Eginald Schlattner

Der geköpfte Hahn

Roman

Paul Zsolnay Verlag

3   4   5   02   01   00   99

ISBN 3-552-04908-8
Alle Rechte vorbehalten
© Paul Zsolnay Verlag Wien 1998
Satz: Filmsatz Schröter GmbH, München
Druck und Bindung: Franz Spiegel Buch GmbH
Printed in Germany

*Meiner toten Schwester und
den fernen Brüdern*

I. Ein Sonntag in Violett

Türen

Exitus, was heißt das eigentlich?

Sofort nachschlagen, wenn man etwas nicht weiß, hatte die Mutter uns eingeschärft. Aber wo? Sie hatte das Fremdwörterbuch mitgenommen, um beim Lösen der Kreuzworträtsel besser beraten zu sein.

Das Wort Exitus verfolgte mich seit Tagen.

Ich stand grübelnd in der Tür, die zur Hausterrasse führte, und schaute in den Garten, der bis an den Himmel reichte.

Die Mutter war in Rohrbach, mit der kleinen Schwester und den jüngeren Brüdern Kurtfelix und Uwe, doch nicht auf Sommerfrische wie bisher in den Ferien. Die Deutsche Volksgruppe in Rumänien, Grupul Etnic German din România, hatte die Frauen und Kinder von Fogarasch in die Dörfer der Umgebung evakuiert – vor den Bombenangriffen der Amerikaner.

Wo nachfragen?

Der Vater war an der Front, wenn auch nicht in der vordersten Linie, der ältere Bruder Engelbert beim Wehrdienst, Instrucția premilitară.

Ah, der Großvater. Er hatte mich auf die Terrasse geschickt, um das Wetter zu belauern. »Der Großvater ist ein wandelndes Lexikon«, wiederholte meine Großmutter oft und mit leuchtenden Augen. Das mußten ihm auch die Tanten, seine Schwestern, zugestehen. Jedoch mit dem Zusatz, der nie fehlte: »Der Bruder Robert in Kronstadt ist doppelt so gescheit.« Sie machten aus nichts ein Hehl.

Exitus, das war das Fest am Nachmittag, das die Großmutter mit den zwei Hausangestellten vorbereitete. Unsere

Klasse, die Quarta der Deutschen Schule von Fogarasch, feierte Exitus – so der tradierte Sprachgebrauch in Siebenbürgen: Abschied von der Schule, Abschied voneinander, Abschied von der Kindheit sowieso – wir waren alle über fünfzehn. Ein verspätetes Fest, denn die Schulen hatten bereits im April geschlossen, als die ersten Bomben auf Bukarest, Ploieşti und Kronstadt fielen. So wurde die Veranstaltung auf bessere Tage verschoben, eben auf heute, den 23. August 1944.

Genaugenommen war dieser Hausball ein einfacher Tanztee. Tanztee ist laut Sprach-Brockhaus die Übersetzung von thé dansant. Er beginnt um vier, fünf Uhr und klingt vor Mitternacht aus. Wir hier in Fogarasch hatten diese gehobene Form der Geselligkeit den rumänischen Lyzealschülern abgeguckt: Sie pflegten den ceai dansant, so der Name bei ihnen, mit südlicher Lust und lateinischer Grandezza, wenn auch unter der Aufsicht von mindestens zwei Müttern, die die Töchter nicht aus den Augen ließen.

In unserem geräumigen Haus und Garten sollte der Exitus, das Ende mit Tanztee, stattfinden. Ich hatte alle eingeladen – ohne Ausnahme! Alle Jungen, nicht nur die Freunde und Kameraden, sondern auch meinen Feind, und alle Mädchen, auch das Mädchen, das mein Herz verwirrte, und selbst die, der alle aus dem Weg gingen.

Ich lehnte an der Doppeltüre und ließ den Blick über die Baumwipfel des Gartens gleiten bis an den Horizont. Und hielt mich an den einzigen Auftrag für heute vormittag, nämlich den Himmel nach Regenwolken abzusuchen und die ersten Wassertropfen dem Großvater zu melden. Die Terrasse, groß wie eine Bühne, war der Längsseite des Hauses vorgelagert. Eine niedrige Galerie mit Steinvasen säumte den Rand. Nach zwei Seiten stieg man über breite Treppen in den Hof hinab.

Der Großvater, der stets beim ersten Hahnenschrei erwachte und sich wie der Kaiser Franz Joseph I. beim zweiten Hahnenschrei erhob, hatte trotzig einen sonnigen Sommertag vorausgesagt, obschon ihm im Traum ein nackter und dazu weißer Mohr erschienen war. Die Großmutter klagte, es liege etwas in der Luft, es braue sich ein Donnerwetter über unseren Köpfen zusammen, man dürfe den Tag nicht vor dem Abend loben. Tatsächlich hatte sich der Himmel am Morgen bezogen.

Ich ließ mich in einen Korbsessel fallen, wollte, daß die Zeit stillstünde. Ein lila Licht stand in der Höhe über den Bäumen. Es erinnerte mich an einen Sonntag im Advent vor zwei Jahren, der eingetaucht war in das Violett der Traurigkeit. Hin flüchtete ich. »Die Erinnerung ist das Paradies, aus dem dich niemand vertreiben kann«, so schrieben wir den Mädchen ins Stammbuch, kaum der Kindheit entwachsen. »Errinerung« oft mit zwei r und einem n. Zwischen zwei Wolkenschüben öffnete sich verlockend der Himmel, in den ich zu entschweben wünschte. Die Wolken waren gesäumt von brennenden Rändern.

»Dies wird ein Sonntag mit brennenden Rändern«, hatte der Bruder Engelbert an jenem Tag im Advent orakelt.

Die kleine Schwester berührten die rätselhaften Worte kaum. Sie kauerte in ihrem Puppenkinderwagen und wollte durch das Haus gefahren werden. Der Puppenwagen war grün. Er hatte Gummiräder und war gefedert, er hatte ein Schiebedach und an den Seiten Zelluloidfenster. Und war so groß, daß die Schwester darin Platz fand, mit der Puppe im Arm.

»... mit brennenden Rändern!« Das hörte sich bedenklich an. Und mußte ernst genommen werden. Es hatte sich erwiesen, daß hinter solchen Aussprüchen Engelberts etwas steckte, das in Erfüllung gehen konnte oder auch nicht, aber sich oft anders in Szene setzte, als wir es uns vorgestellt hatten.

Befragt, ob er etwas Bestimmtes meine, wich Engelbert aus. Vielleicht behielt er sein fatales Wissen für sich? Oder schaute er sonst nichts, als was er preisgegeben hatte? Weissagung steckt den Rahmen der Geschehnisse ab, Hellseherei ist im Bilde über kommende Ereignisse.

Würde man unser Haus an vier Ecken anzünden, daß es an den Rändern brannte? Oder würde Fliegeralarm geblasen werden, und wir müßten in den Garten rennen und dort zusammengepfercht im Luftschutzbunker sitzen, während am Rande der vier Himmelsrichtungen brennende Bomben fielen? Oder würden die vielen Feinde das Königreich Rumänien an seinen Rändern in Brand stecken? Oder ...? Ich besah mir voll Sorge die Karte von Rußland im Kinderzimmer. Seit Kriegsbeginn war das Abend für Abend nach dem drahtlosen Nachrichtendienst eine frohgemute Übung in russischer Erdkunde, auf der grünen Karte die deutschen, die rumänischen, die ungarischen Fähnchen ostwärts hüpfen zu lassen: »Nach Ostland laßt uns reiten!« Doch nun stockte der Vormarsch, die Fähnchen standen in der Nähe der Wolga still.

Meine Phantasie ließ mich im Stich, obschon ich sechsundvierzig Karl-May-Bücher gelesen hatte. Was ich mir dazu ausdachte und ausmalte, überforderte jenes orakelhafte Wort des Bruders. Aber geschärft war die Wahrnehmung, der Blick hellsichtig gemacht. Beim Schlafengehen würde man mehr wissen. Die Flammen begnügten sich, an den Rändern zu lecken. Das Leben im Haus schien bedroht, aber nicht gefährdet.

»Wir sehen jetzt durch einen Spiegel in einem dunklen Wort, dann aber von Angesicht zu Angesicht!« Das dachte ich, obgleich ich damals noch nicht konfirmiert war; ich hatte mich standhaft geweigert.

Die kleine Schwester kauerte im Kinderwagen ihrer Puppe und schrie lauthals, wir sollten anspannen und sie durch die Zimmer fahren.

»Sachte, sachte, zuerst muß alles berechnet werden«, beruhigte sie Engelbert. »Dann kutschieren wir los!«

Alles muß berechnet werden, sonst kommt man unter die Räder, das waren so Sätze ... Wer sich unter die Kleie mischt, den fressen die Schweine, Eile mit Weile! Mit solchen erwachsenen Redensarten zügelte der große Bruder vorwitziges Handeln. Die Tanten unterstützten ihn: »Recht, mein Junge, die unfeine, jüdische Hast – das ziemt sich nicht für einen echten deutschen Jungen. Wobei man gar nicht weiß, ob du einer bist, bei der ominösen Herkunft!« Die Tanten sagten alles frank und frei heraus, selbst vor uns Kindern. Wenn ich jedoch Genaueres wissen wollte, wichen sie aus. »Denk an seinen Spitznamen Engelwärts ...!« Und schüttelten sich, die Roben raschelten.

»Alles berechnen!« In der Ordnung der Woche war der Sonntag ein Ort der Regellosigkeit. Besonders der Vormittag bildete einen Freiraum, wo nichts feststand und alles im Fluß war. Er barg Unberechenbares noch und noch.

An den übrigen sechs Tagen hatte Vormittag für Vormittag jeder von uns seinen bestimmbaren Standort in Haus und Stadt. Wir Buben waren in der Schule, auch Uwe, der jüngste, der seit dem Herbst die erste Klasse besuchte und mit beiden Händen schrieb und zeichnete, denn er war Linkshänder. Die kleine Schwester trippelte in den nahen Evangelischen Kindergarten zur ewig gleich alten Tante Olga, zu der schon die Mütter und Väter als Kinder gepilgert waren. Der Vater hielt sich bis gegen Abend im Geschäft auf. Nach Hause kam er nur zum Mittagessen, das auf die Minute genau auf dem Tisch zu stehen hatte.

Uns Kindern war vieles erlaubt. Wir durften uns im ganzen Haus bewegen. Nein, ein Zimmer war ausgenommen: das Arbeitszimmer des Vaters. »Freiheit erkennt man am Verbot«, hatte er uns wissen lassen. Es war bei uns nicht wie bei anderen Kindern in Fogarasch, wo das ganze Leben in der Küche ablief, wo die Stuben abgesperrt waren und auf eine Familienfeier warteten: daß einer konfirmiert werde oder sterbe. Und nach Mottenpulver rochen.

Bei uns aber waren wir die Gebieter in Haus und Hof und Garten. Darum versammelten sich die Freunde und Mädchen fast immer bei uns zum Spielen. Das mußte der sauertöpfische Hausmeister Attila Szabó, ein Ungar, erdulden. Wir ließen uns nieder und richteten uns ein, wo es Spaß machte, selbst in den Baumkronen. Wir stellten mit den Gefährten das Haus auf den Kopf. Wir trugen in den Zimmern Wettrennen mit Steckenpferden oder Gleitkissen aus. Oder wir jagten mit dem Puppenwagen durch die Wohnung.

Das alles ging so, bis der Vater ins Haus trat. Dann hatten alle Dinge in Reih und Glied zu stehen und alle Hausbewohner an ihrem Platz zu sein.

Was tat die Mutter am Vormittag? Sie sang Operettenlieder und malte. Vor Weihnachten bastelte sie im verborgenen. Sie war ein Tausendkünstler, wie Tante Hermine ihr zugestand, ein Alleskönner. Während Tante Helene warnte: »Dich, Trude, hätte man im Mittelalter als Hexe verbrannt!«

Waren die Großeltern aus Hermannstadt zu Gast, wie in jener Adventszeit 1942, dann änderte sich das Programm. Zwischen elf und zwölf kam der Großvater zum Frühstück. Er trug die mit Ordensbändchen geschmückte Uniform eines k.u.k. Oberleutnants zur See. Mitten am Tag verlangte es ihn, Karten zu spielen oder seit neuestem Schiffeversenken: »Bomben auf Engeland ...« Jeder Partner war ihm recht, selbst die kleine Schwester. Mit Geduld versuchte er, ihr Bridge und Poker beizubringen, was mißlang. Doch rasch erlernte sie vom Großvater aparte Gegenwörter wie: Papagei und Mamagei, Jaguar und Neinguar, Kakadu und Kakaich, womit sie im Kindergarten Furore machte. Und amüsante geographische Versikelchen: Der Elefant von Celebes, der hat am Po was Klebriges, oder: Inin Italienitalien fließtfließt einein Flußfluß, derder heißtheißt Popo, was die jungfräuliche Kindergartentante aus der Fassung brachte. Als fromme Kirchenangestellte tröstete sich Tante Olga, daß das Kind in Zungen rede. Und als aus ihr zur Zeit der Deutschen Volksgruppe eine »Kinderbetreuerin« geworden war, revanchierte sie sich. Eines Mittags brachte die kleine Schwester ein modernes Tischgebet aus dem Kindergarten mit: »Hände falten, Köpfchen senken und an Adolf Hitler denken.«

Vergnügt plapperte die kleine Schwester diese barocken Sprüchlein nach, zur Zeit und zur Unzeit: zu Hause, im Kindergarten und vor dem Tor in der stillen Gasse. Das genierte die Großmutter, die meinte, man dürfe »das Haus nicht austragen«. Doch um uns wohnten Rumänen, die unsere Sprache nicht verstanden und zu allem freundlich nickten, was die kleine Schwester daherredete, sogar wenn sie die fremden Nachbarn mit »Heil Hitler« ansprach und dabei die Hand zum Deutschen Gruß hob. Was der Großvater ihr nicht abgewöhnen konnte, obschon er ihr einschärfte, »Heil Kaiser Franz!« zu sagen. Manchmal sagte sie: »Heil Kaiser Hitler!«

Der Großvater hieß Goldschmidt, H. H. I. G. Goldschmidt, und stammte von Schirkanyen bei Fogarasch. Er war ein Siebenbürger Sachse, »achthundert Jahre alt!«. Und somit erwiesenermaßen rein deutsch auf fünfundzwanzig Generationen zurück. Da er wegen des Namens Goldschmidt oft für einen Juden gehalten wurde, stak der Ahnenpaß ostentativ in der Brusttasche der Marineuniform, so daß jedermann den braunen Leineneinband und das Hakenkreuz erkennen konnte. Im Ahnenpaß stand zu lesen: »Der Inhaber dieses Ahnenpasses ist rein deutschblütig!« Schwarz auf weiß. Die Eintragungen gestempelt und gesiegelt vom Evangelischen Pfarramt Schirkanyen. So – und nur so – konnte man dazumal Goldschmidt heißen.

Unser Vater fragte: »Warum willst du unbedingt ein Deutscher sein? Wo man in Fogarasch keinen Schritt tun kann, ohne in mehreren Sprachen zu grüßen? Dies alles wird ein böses Ende nehmen!«

Der Großvater erwiderte ungehalten: »Ich bin ein alter k.u.k. Österreicher. Und du bist ein Defätist, Felix!« Ein schwieriges Wort, das uns Buben nicht gefiel.

Vollständig lautete sein Name: Hans Hermann Ingo Gustav Goldschmidt. Wer sangesgeübte Ohren hatte, hörte das Glissando einer besonderen Vokalisation heraus. Es waren alle fünf Vokale unserer Muttersprache in diese tönenden Namen hineinkomponiert, wie im ersten Satz der Bibel: »Am Anfang schuf Gott Himmel und Erde.« Ja, noch schöner, weil in alphabetischer Abfolge – a e i o u. Als Ganzes war es eine kunstvoll gefügte Klangfigur. Ingo zum Beispiel: Mit welcher Raffiniertheit dieses »Ingo« durch seine Vokale i und o einen polyphonen Übergang bildete vom strahlenden a des Auftakts – Hans – und weiter vom elegischen e bei Hermann hinüber zum dunklen Finale des u – Gust oder

Gustav; das letzte a bereits wie ein Dacapo. Uns Kindern jedoch klang atonal und fidel in den Ohren die Endsilbe Aff – wir waren in unserem musikalischen Gemüt noch zu ungeübt für andere Finessen, eher gewitzt in Dissonanzen und Eulenspiegeleien.

In dieser Kadenz von Vornamen hatte sich seine Mutter Gehör verschafft über das Schweigen des Grabes hinaus. Solange der Großvater leben und jemand ihn bei seinen Namen rufen würde, war das wie ein Requiem auf die melomane Mama.

Mit allen Vornamen rief ihn bloß die Großmutter. Sie verschenkte viel Zeit an ihn. »Zeit haben für den andern ist ein Maß der Liebe«, belehrte sie uns, und unsere Mutter pflichtete bei. Es konnte geschehen, daß die Großmutter, bis sie mit den vielen Vornamen fertig war, vergessen hatte, was sie ihm sagen wollte. Kurz faßte sie sich, wenn er bei Tisch zu oft in die Schüsseln langte oder wenn man ihn wiederholt nötigte, sich zu bedienen, wie das in Siebenbürgen Sitte ist. Mit sanfter Gewalt entwand sie ihm dann das Besteck und sagte kurz: »Gust bittet nicht! Gust dankt!«

Anders als mit dem Großvater war es rassisch um die Großmutter bestellt. Ihr Ahnenpaß war dunkelgrau. Der Einband war bloß mit einer Siegesrune geziert – nicht mit dem Hakenkreuz. Sie wurde als arisch geführt, was wir Buben mit arabisch verwechselten. Dabei dachten wir an Hadschi Halef Omar und waren erfreut, ihn in der Verwandtschaft zu wissen, mit seinen elf Schnurrbarthaaren auf der Oberlippe, fünf links und sechs rechts.

In der Gebrauchsanweisung des Ahnenpasses war zu lesen: »Rein deutsch ist, wer nur deutsche Ahnen hat. Arisch ist, wer keine Juden zu Vorfahren hat.« Die Großmutter hatte keine Juden zu Vorfahren, war aber nicht rein deutsch, weil sie ungarischer Herkunft war. Ungarisch war hunderttausendmal besser als jüdisch, ja noch anders, ganz anders: ein Unterschied wie zwischen Himmel und Hölle!

Freilich, arisch war nicht so edel wie deutsch. Obschon es bei unserer Großmutter umgekehrt war: In ihrem Fall war das ungarische Blut edler als das deutsche. Sie entstammte einem Aristokratengeschlecht. Wer sich nicht verzählte, konnte auf dem Stammbaum – hoch wie ein Schloßfenster – bis 1467 elf Generationen von adeligen Altvorderen zurückverfolgen.

Leider war das blaue Blut bürgerlich verwässert worden. Darum konnten insgesamt nur siebenundachtzig Ahnen namhaft gemacht werden. Die bürgerlichen Vorfahren endeten um 1700, die Quellen versiegten brüsk, der mathematisch mögliche Rest versank im Meer der Anonymität. Um 1700 tobten in Siebenbürgen die Kuruzzenkriege, wobei mit den evangelischen Pfarrhöfen auch die Kirchenmatrikel eingeäschert wurden und damit das Gedächtnis der Bürger und Bauern.

Als wären es Bezeichnungen von Arzneien, konnte die Großmutter die Namen aller ihrer Voreltern auswendig hersagen, samt Geburts- und Todesjahr. Sie war vor ihrer Heirat Apothekerin in Freck gewesen.

Engelbert hatte ausgerechnet, daß jeder Mensch jüdische Vorfahren haben müsse. Drei einleuchtende Überlegungen führten zu diesem Schluß: erstens die Feststellung, daß sich die Ahnen rückläufig bei jeder Generation verdoppelten, was man an der Stammtafel der Großmutter ablesen könne; zum andern, daß es vorzeiten – also je mehr man in der Zeit zurückgehe – von Generation zu Generation immer weniger Menschen auf der Erde gegeben habe, zum letzten, daß die Juden eines der ältesten Völker der Welt seien.

Auf dreitausend Jahre zurückgerechnet, habe jeder heute lebende Mensch mehr Vorfahren, als die Erde damals Menschen zählte; man müsse auf die Affen zurückgreifen, damit die Zahl stimme, gab Engelbert zu bedenken, nicht nur Orakelbeschwörer und Traumtänzer, sondern auch Großmeister im Rechnen. Ergo sei jeder mit jedem verwandt! Nun sei die Geschichte der Juden älter als dreitausend Jahre. Ergo – bei uns in Siebenbürgen ein vielgebrauchtes Wort –, ergo habe jeder von uns, habe jeder Mensch jüdische Vorfahren, trompetete unser Bruder. Das war eine fatale Rechnung. »Selbst der Führer hat jüdische Vorfahren!« Alle hielten sich die Ohren zu.

Die Juden von Fogarasch hießen Hirschorn und Thierfeld. Oder Schul, Dr. Schul, unser gewesener Hausarzt. Und hießen Glückselich. Ein Jude trug den Namen Alfred Rosenberg. Einer den Namen Bruckental, mit ck und ohne th, schicklicherweise anders geschrieben als Samuel von Brukenthal, der größte Mann, den das sächsische Volk hervorgebracht hatte, und ein Busenfreund der Kaiserin Maria Theresia, wie das Volk stolz munkelte. »Welch Sachse!« Ja, selbst Goldschmidt nannten sie sich – wie unsereiner. Und hießen sogar Deutsch: Siegfried Deutsch, Brunhilde Deutsch, Florence Deutsch. Deutsch! Was nicht nur die Höhe an Impertinenz war, sondern Schande und Kränkung des Führers, wie die Tanten sich entrüsteten: »Aber es nützt ihnen nichts, auch wenn sie noch so deutsch heißen!«

Die Großtanten Helene und Hermine hielten mit ihrer Meinung nicht hinter dem Berg: Das Jüdische lasse sich nicht verheimlichen, selbst wenn man Siegfried und Brunhilde gerufen werde. Das sei wie Hasenscharte und Wolfsrachen. Die Ohren. Der Haaransatz und vor allem die Nase – die verrieten jedem Rassekundigen, daß dies Juden seien.

Großtante Hermine, die poetisch veranlagt war, im geheimen Gedichte fabrizierte und für Innerlichkeit sorgte, ergänzte: »Ihr Schicksal ist den armen Teufeln ins Gesicht geschrieben. Deinem Schicksal entrinnst du nicht!« Beide warnten im Chor, man solle sich mit ihnen nicht gemein machen. Und Tante Hermine fügte hinzu: »Denn sonst nimmt man Schaden an seiner deutschen Seele!«

Trotzdem gebrauchten sie weiter die beliebten jüdischen Redewendungen, besonders wenn sie sich vergaßen: »Du bist total meschugge, hör auf mit diesem Geseire«, oder: »Schmonzes, das ist Schmonzes«, oder: »Diese elende Mischpoche«, oder: »Das ist das reinste Schlamassel.«

»Eigentlich sollten wir Juden uns Ohren und Nasen abschneiden«, hatte meine Klassenfreundin Gisela Glückselich zu mir gesagt. In der Quarta hatte man sie aus der Deutschen Schule hinausgeworfen.

An sonnigen Nachmittagen saß unsere Mutter mit der Tante Glückselich oder mit der Frau Dr. Hirschorn auf einer Bank im Park um die Wasserburg. Alle Vorübergehenden konnten es sehen. Die Damen machten Handarbeit. Sie unterhielten sich über die Kinder und über Dienstmägde, über Strickmuster und wie man Marmelade ohne Zucker einkocht. Über die Zeitläufte unterhielten sie sich nicht. Wenn es heiß war, setzten sie sich in denselben Kahn und ließen sich über den Schloßteich rudern, was in Fogarasch Tschinakelfahren hieß. Unsere Mutter sorgte sich wenig um ihre deutsche Seele. Im Dahinfahren über den See flötete sie die Barcarole aus *Hoffmanns Erzählungen* von Jacques Offenbach, so kunstvoll, daß die Spaziergänger auf der Burgpromenade stehenblieben.

Der Vater hatte jüdische Geschäftsfreunde, ja jüdische Rummyfreunde. Wenn er dienstlich in Kronstadt zu tun hatte, lud er sie ein, in seinem Auto mitzufahren. Die Juden hatten keine Autos mehr. Obschon mein Vater bloß eine Schwester hatte, gab er seine Begleiter als Schwäger aus, wenn die Deutsche Feldpolizei im Geisterwald zwischen Fogarasch und Kronstadt sein Auto anhielt und sie sich als Arier legitimieren mußten.

Was machte unsere Großmutter am Vormittag? Sie machte Jagd auf Ungeziefer, auf Bazillen und Mikroben. Und wusch sich die Hände. Und uns auch, wenn sie uns erwischte.

Was tat der Hund Litvinow? Er wartete, daß wir heimkamen. Seine große Freude war der Sonntag, wenn alle zu Hause waren. Dann war er glücklich. Überglücklich war er, wenn er mit dem Vater spazierenging.

Und schließlich die Fofo, unsere Haushälterin, Fofo von Sophia abgeleitet. Was machte sie? Die Fofo rupfte die Hühner. Sie war die einzige, die auch am Sonntag ein fixes und somit ein berechenbares Programm hatte: Sie ging in die Kirche. Ab und zu begleitete sie unser Bruder Uwe um Viertel zwölf in den zweiten Gottesdienst. Das war der Gottesdienst für Dienstboten, nachdem die Herrschaft aus der Kirche zurück war. So gesehen waren wir keine Herrschaften. Wir gingen am Sonntag nicht in die Kirche. Und nicht zu Ostern und zu Pfingsten. Und nicht einmal zu Heiligabend, wo jeder gesittete Mensch zur Bescherung eilte. Trotzdem hielten wir uns für gesittete Menschen.

Am Nachmittag hatte die Fofo Ausgang. Sie verschwand aus unserem Blickfeld, und das war rätselhaft. Keiner im Haus wußte, was an solchen Nachmittagen mit ihr geschah. Wo man sonst alles von ihr wußte, bei Tag und bei Nacht. Selbst bei Nacht. Denn sie schlief in der Küche hinter der Kredenz.

An jedem ersten Sonntag im Monat kamen ihre vier Kinder, sie zu besuchen. Ob die Fofo einen Mann hatte, war ungewiß. Ihre Kinder wohnten bei den Großeltern in Felmern. Das lag hinter dem Wald, den man aus dem Küchenfenster sah. Zu Fuß eine gute Wegstunde weit jenseits der Aluta über Berg und Tal. Mit den Kindern der Fofo ließ sich nichts anstellen. Sie waren anders als wir und dazu langweilig. Sie redeten nur sächsisch, in unartikulierten Lauten, während wir in der Familie hochdeutsch sprachen, wie das in der Stadt eben Sitte war. Wenn wir uns verständigen wollten, mußten wir rumänisch radebrechen. Keiner wollte das.

Für jenen Sonntag hatten wir die Kinder der Fofo abbestellt. Es war erster Advent, und sie würden die Familienfeier stören. Zur Familie gehörten die Verwandtschaft und der Hund Litvinow, ja, und ausnahmsweise die Fofo.

Nicht zur Familie, dafür zum Haus, gehörten Frau Brunhilde Sárközi und ihre beiden Buben (mit denen wir nicht spielten und die nicht zu unseren Kinderfesten eingeladen wurden, aber mit denen wir uns im Hof, in einer Reihe stehend, photographieren lassen mußten, weil unsere Mutter es wünschte). Frau Sárközi war trotz ihres ungarischen Namens eine deutsche Kriegswitwe. Ihr Mann, Adolf Sárközi aus Kobór bei Leblang, einer rein ungarischen Ortschaft, eingesprengt zwischen die sächsischen Dörfer jenseits der Aluta, wurde zum Volksdeutschen erklärt – der Teufel wußte wieso – und unter den »ersten tausend« zur Waffen-SS eingezogen. Weil er eine Volksdeutsche geheiratet hatte, eben Brunhilde Schropp aus Leblang, oder weil er als Buchhändler den Wälzer *Mein Kampf* dem Kreisleiter Schenker von Fogarasch aufgeschwatzt hatte, der das Buch gar nicht kaufen wollte, oder weil er wegen eines Sprachfehlers ratschte wie ein Reichsdeutscher – er beherrschte die drei Landessprachen gleich gut? Vielleicht wegen des Vornamens. Der brave Mann war auf dem Transport an die Ostfront gefallen. In einer Kurve aus dem Zug gefallen, als er durch die offene Türe der untergehenden Sonne einen letzten Blick nachgesandt hatte, dorthin, wo Kobór lag.

Unbeschadet dessen stand in dem Schreiben des SS-Sturmbannführers, daß Adolf Sárközi als Held für Führer, Volk und Vaterland gefallen sei. Wenn nicht vor dem Feind, so vor der Front. Meine Mutter und ich hatten die arme Frau zur Ortsgruppenleitung begleitet, wo sie sich zu melden hatte.

Als die Ortsgruppenleiterin Hermine Kirr der also verwitweten Frau das Schreiben aushändigte, erläuterte sie: »Du, Volksgenossin, bist nun glücklicherweise eine deutsche Kriegswitwe. Das kann mir nicht geschenkt werden, leider, ich habe keinen Mann. Für dich aber eine einmalige Auszeichnung, derer du dich würdig zu erweisen hast. Germanisiere als erstes deinen komischen Namen, schreib ihn mindestens mit s c h. Oder besser: übersetz ihn ins Deutsche. Sárközi muß ja etwas heißen.«

Meine Mutter sagte: »Das läßt sich nicht übersetzen.«

»Mischen Sie sich nicht ein! Wo Sie in aller Öffentlichkeit jüdische Arien singen! Uns alle zum Gespött machen!« Meine Mutter stand auf und verabschiedete sich. Ich wollte ihr folgen, schlug die Hacken zusammen und sagte, Hände an der Hosennaht: »Grüß Gott!« Statt Heil Hitler Grüß Gott. Und stand still.

Frau Brunhilde sagte: »Ich will nicht lügen. Sárközi könnte man übersetzen mit: zwischen dem Morast, mitten im Kot.«

»Dann laß dir etwas Besseres einfallen, um zu zeigen, wie deutsch du bist!«

»Jawoll!« Die Augen der Frau Brunhilde funkelten. »Das ist meine Rettung, das ist die Zukunft meiner Buben. Heil Hitler!« Sie hob die Hand. Den Arm hielt sie von nun an leicht angewinkelt, um sofort zum Deutschen Gruß bereit zu sein. Wir nannten sie respektvoll die Heil-Hitler-Tante.

Seit jenem großen Tag kleidete sie sich in Bluse und Rock, weiß die Bluse, schwarz der Rock, was mit der Zeit wie eine Uniform wirkte. Nicht nur, wenn sie in der Stadt war, trug sie diese Bekleidung, selbst bei uns im Haus, wo sie arbeitete (und jeden mit Heil Hitler begrüßte, obwohl wir mit Grüß Gott antworten mußten – so der Vater).

Sie ließ sich etwas einfallen, was fast skandalös war, wiewohl arisch und nordisch zugleich. Im Jahr der Trauer war sie schneeweiß geworden. Die Haare kämmte sie streng nach hinten. Doch die dünne Bluse spannte sich über einen Busen, aus dem die Warzen rosa hervorschimmerten. Das ließ – wie Onkel Erich, der jüngste Bruder des Vaters, genüßlich vermutete – auf ein Rosa von arischer Tönung schließen, angesiedelt im edelsten Feld der »nordischen Brüste« – nach dem Farbkatalog von Paul Schultze-Naumburg (geweiht dem Führer des Deutschen Reiches). Onkel Erich besaß die gesamte einschlägige Literatur über die nordische Rasse und die deutsche Frau. Und über Frauen schlechthin. »Wahrscheinlich hat sie in meinen Büchern gestöbert.« Der Onkel wohnte in der Luthergasse, Strada Lutherana, zur Miete. Frau Brunhilde räumte seine Junggesellenwohnung auf. Vielleicht sang sie sogar.

»Warum läuft die halbnackend herum?« fragten die Fogarascher, die geniert hinsahen.

Der Erichonkel klärte die Leute auf: »Nur so kann sie zur Schau stellen, wie deutsch sie ist.«

Von ihrem Dienst bei uns sagte Frau Brunhilde: »Ich helfe der Volksgenossin Gertrud bei der Aufzucht ihrer fünf Kinder. Hoffentlich kommt bald das Führerkind!«

Genau betrachtet ging sie der Fofo in dem verzweigten Haushalt zur Hand, war da fürs Gröbste. So mußte sie im Winter die Kachelöfen heizen (wozu wir das unsere beitrugen nach dem Rat der Mutter: »Wer friert, der schürt!«). Sie verrichtete diese niedrigen Arbeiten streng und stolz. Bevor sie sich an die Arbeit machte, rief sie: »Arbeit macht frei. Heil Hitler!« Alles tat sie in der neuen Montur: ohne schützende Schürze und ohne sich zu bekleckern. Was die Fofo verdroß, was die Mutter erstaunt zur Kenntnis nahm. »Welch sture Präzision, noch besser: geschickt wie eine Marionette!« Die Tanten bewunderten sie: »Merkt auf! Der deutsche Mensch bückt sich, aber er beugt sich nicht!« Und wiesen an der knienden Frau vorbei auf den Boden und mahnten: Die Parketten vertrügen mehr Glanz, höheren Glanz, Hochglanz!

Frau Brunhilde hatte es bloß auf zwei Buben gebracht, Hansi und Nori. Die mußten nach dem Tod des Vaters sommers und winters in schwarzen Ringelstrümpfen herumlaufen. Die drei bewohnten ein Häuschen hinten im Garten, das ihnen der Vater abgetreten hatte, unter der Bedingung: keine Kriegswitwenpropaganda à la Endsieg und ähnliches, dafür Busenhalter. Frau Brunhilde wählte einen schwarzen.

Was tat sie am Sonntag? Uwe, der neugierige Zwerg, der sich von den Hausangestellten mitnehmen ließ, konnte davon ein Lied singen – mit einem weinenden und einem lachenden Auge. Am Vormittag hatte sich die Kriegswitwe in der Klosterkirche von nebenan bei den Geringen Brüdern ausgeweint, einen dunklen Schleier um die Schultern, kniend, die beiden Buben rechts und links. Auch Uwe zerdrückte einige Tränlein. Doch mehr fesselte ihn das Hokuspokus vor dem Altar. »Die Männer und Buben dort sind maschkuriert wie beim Fasching!«

Nicht zur Familie und nicht zum Haus gehörten der Hausmeister Attila Szabó, ein finsterer Gesell, und seine Sippschaft. Der böse Mann verklagte uns Knaben jeden Abend beim Vater wegen unserer Übeltaten. Gottlob war seine Dienstwohnung neben der Einfahrt durch einen Zaun vom Hof getrennt. Ins Haus durfte er nur im Winter, um das geschnittene und gespaltene Holz im Flur zu stapeln.

Berechnungen

Eben hatte sich der Großvater neben mir in Positur geworfen, als trüge er noch die verwaschene Marineuniform. Breitspurig, wie einer, der die Kommandobrücke seines Schiffes betritt, war er durch den Haupteingang ins Freie getreten. Den Haupteingang benützten wir seit Beginn des Krieges kaum noch.

Vor kurzem hatte er seine Offiziersuniform abgelegt. Uns Kindern kam er in Joppe und Knickerbockern fremdartig und mit dem Girardihut auf dem Kopf fast komisch vor. Daran merkten wir, daß der Wind sich gedreht hatte, das Barometer auf Sturm stand, daß wir immer mehr in die Wogen der Weltgeschichte hineingerissen wurden.

Mit kundiger Nase witterte er in den Wind: »Wahrhaftig, die gute Bertha hat recht. Es liegt etwas in der Luft. Donner und Doria über unser Haupt. Das sind böse Vorzeichen. Wetterwendisch und unberechenbar, dieser August 1944!« Er murmelte: »Die in Bukarest werden das Steuer herumwerfen, den Kurs ändern, weg von den Deutschen. Ob die damit dem Schiffbruch entgehen? Wir aber werden kentern. Aus für immer. Unser sächsisches Völkchen in diesem fremden Völkermeer ist wie eine Nußschale auf hoher See. Wir gehen unter. Ein Wunder der Weltgeschichte, daß wir uns achthundert Jahre über Wasser gehalten haben. Exitus letalis.«

Ich sprang auf: Exitus! Da war es wieder, das sekkante Wort, das mir nachging, fast zwanghaft.

»Exitus«, sagte der Großvater, »was das bedeutet? Zunächst heißt Exitus bei uns das, was ihr heute vorhabt: Abschiedsfest einer Schulklasse. Ferner: Exitus trinken, den Becher bis zur Neige leeren, wenn man Blutsbrüderschaft schließt. Ein Wort mit vielen Bedeutungen. Von Exit kommt es und besagt: Er geht hinaus. Er tritt ab. Ausgang. Aus.«

»Und Exitus an und für sich?« fragte ich.

»Abschied und Ende. Und noch einiges. Zum Beispiel sagen die Ärzte Exitus letalis, wenn sie den Tod eines Men-

schen feststellen, ja, und manchmal heißt Exitus Erfolg.«
Der Großvater kannte sich aus. Er war ein welterfahrener
Mann. Als Oberleutnant zur See hatte er bei der k.u.k.
Kriegsmarine gedient. Vom Kriegshafen Pola aus hatte er
viele Meere befahren: »Das Adriatische Meer, das Tyrrhe-
nische Meer, das Ligurische Meer, das Ägäische Meer, das
Ionische Meer, das Marmarameer« – wobei Marmarameer
uns Knaben am schönsten in den Ohren klang – »und das
ganze Mittelmeer.« Den vorigen Krieg hatte er unter dem
Korvettenkapitän Freiherr Arnold Hugo von und zu Aichelburg mitgemacht. Ebenso wie sein Leutnant hatte der
Kapitän den Krieg überstanden, war nicht im Felde gefallen, genauer: im Meere versunken. Erst in diesem Frühjahr
war er gestorben. »Einfach im Bett. Auf dem Trockenen!«
hatte der Großvater ratlos bemerkt. Auch jetzt sagte er, und
seine Stimme zitterte: »Mein hochverehrter und tapferer
Kommandeur, auf schlichte Art ist er aus dem Leben hin-
ausgegangen, ganz unheroisch. Und ohne mich. Doch aus
ist aus!«

Der alte Herr zog einen Korbsessel heran, und beide hingen wir unseren Gedanken nach. Ich begann zu kombi-
nieren.

Exit! Im neuen Kinosaal (vormals Festsaal und Tanzdiele, aber wer feierte zu dieser Stunde schäumende Feste, wo
die Russen bei Jassy standen, wer gab noch rauschende Bäl-
le?) war über den Ausgangstüren in leuchtenden Buchstaben EXIT zu lesen, rot aufleuchtend, wenn die Lichter im
Saal erloschen. Man raffte sich nicht mehr auf zu über-
schwenglichen Lustbarkeiten, aber man führte sich gerne einen UFA-Film zu Gemüte: *Der Mann im Mond* – hatte nicht
der Mediascher Physiklehrer vom Stephan-Ludwig-Roth-
Gymnasium die Mondrakete für diesen Film konstruiert,
Hermann Oberth, ein Siebenbürger Sachse? *Quax der Bruch-
pilot* mit Heinz Rühmann – zum Totlachen. Oder: *Kopf
hoch, Johannes* – welch ein Hitlerjunge bis zuletzt, dieser
Kopfhochjohannes! Ein Film lenkte ab, verscheuchte für
zwei Stunden Angst und Sorgen, nachdem man während
der Tönenden Wochenschau das Fürchten gelernt hatte:

»Deutsche Soldaten, im Schrei der Granaten, haben das Lachen verlernt!« Und das nicht irgendwo weitab vom Schuß in den uferlosen Steppen Rußlands, sondern im Land: diesseits des Dnjestr, nahe den Ostkarpaten, vor der eigenen Tür! Seit Jahr und Tag hieß es: »Wenn die Russen kommen!« Anfangs, um uns Kinder Mores zu lehren, zur Raison zu bringen. Aber jetzt, was nun?

EXIT über den Türen des Kinos am Marktplatz. Der Besitzer Wenzel Laurisch-Chiba war ein Neugekommener aus dem Protektorat Böhmen und Mähren, eigentlich aus der k.u.k. Monarchie, denn er sprach dauernd von der »richtigen Balance« und trug einen Franz-Joseph-Bart. Vorsorglich hatte er das Lichtspieltheater Cinema-Victoria-Kino getauft, wohl wissend, daß nur eine Partei den Endsieg davontragen konnte. Nachher würde man einfach den Firmennamen kürzen, hinten oder vorne, je nachdem. »Hier in Fogarasch ist die Welt noch nicht aus den Fugen«, sagte der Lichtillusionist und schenkte jungen Frauen in Schwarz mit adrett gekleideten Kindern Lebkuchenherzen, geziert von einem Spiegel.

EXIT signalisiert einen Notausgang. »Damit jeder sofort weiß, wie und wo er entkommen kann«, erläuterte der Großvater, im Korbsessel sitzend, »wenn Gefahr droht: Wasser, Feuer, Bomben … Nöte gibt es viele, Notausgänge, Notanker, Nottreppen wenige oder keine – man muß sie ausfindig machen. Und wenn nicht – erfinden!« Der Großvater verstand sich auf Gefahr und hatte mit Notausgängen zu tun gehabt. Als sein Kriegsschiff von italienischen Flugzeugen versenkt worden war – oder war es ein heimtückischer Torpedo gewesen? –, hatte er sich durch einen Notausgang retten können. Fatalerweise nicht in ein Rettungsboot, sondern kopfüber ins Wasser, direkt ins bodenlose Meer. »Der Himmel weiß, wie ich davongekommen bin!« Der Großvater schloß diese oft wiederholte Geschichte immer mit demselben Satz: »Wie ihr wißt, hat das Wasser keine Balken! Ich schlug damals um mich wie euer Hund Litvinow, dieser Erzbolschewik, wenn ihr ihn in den Fluß werft, beim Spaziergang mit eurem Vater.«

Mit dem Hund Litvinow, den wir alle liebten, obschon er den Namen eines bolschewistischen Volkskommissars trug – eines Massenmörders, wie jeder wußte –, war unser Vater an jenem Sonntag in Violett vor zwei Jahren zum Fluß gegangen. Allein. Keiner von uns Buben wollte mit. Obschon es eiskalt war, trug er Hut.

Wir kannten den Weg, den unser Vater wählte. Oft nahm er den kleinsten Sohn mit. Das war jeder von uns, bis der nächstkleinere heranwuchs. Der schwierige Teil des Spazierganges war der Weg zur Toten Aluta. In jenem Flußarm begegneten wir im Röhricht bei den melancholischen Mooraugen, die im Winter nicht zufroren, dem Fuchs, der uns frech anblickte. Wir hörten den Schrei der Wildenten ganz nahe. Einige Male stob ein Rudel Wildschweine davon, mit gesträubten Rückenborsten und gebleckten Hauern, aufgestört vom Hund. Und dazu die unheimlichen Legenden von der Aluta, der totgesagten und der furchtbar lebendigen, einer Flußfrau, die Knaben und Jünglinge und schöne und verliebte Mädchen umschlang und in die Tiefe zog ...

Erst wenn wir diese Pflichtübung absolviert hatten – stillzustehen, nicht mit den Wimpern zu zucken, so zu tun, als sei das nichts, wenn neunundneunzig Wildschweine an einem vorbeidonnerten oder wenn weiße, wehende Hände aus den Mooraugen nach uns griffen –, erst danach begann das Vergnügen: der Spaziergang auf der Burgpromenade um die Wasserburg.

Die Wasserburg war das Glanzstück der kleinen Stadt. Es war die einzige im Lande, wie der Großvater zu berichten wußte. Erbaut vom ungarischen Landesfürsten Mailat im Renaissancestil, war sie Festung und Schloß zugleich. Von dorther hatte Fogarasch seinen Namen: Fagaras heißt ungarisch Holzgroschen. In Holzgroschen hatte der Fürst die Bauleute ausgezahlt mit der Vertröstung, die Scheinmünzen in Gold umzutauschen. Was nie geschah.

Im Wassergraben fuhr man Kahn, im Winter lief man hier auf dem Eis. Über die Burgpromenade ging man spazieren. Oder man saß auf den Bänken und sah den Leuten nach.

Ein Vergnügen war es, mit dem Vater am Sonntag gegen Mittag dort vorbeizukommen. Alle Welt grüßte ihn. Die Leute schwenkten den Hut, winkten mit der Hand, verneigten sich, hatten ein devotes Grußwort bereit. Unser Vater erwiderte die Grüße in vier Sprachen und mit vielerlei Nuancierung, und wir sekundierten: »Am onoarea să vă salut! Respecte! Toată cinstea! Bună ziua.« Das war rumänisch, das hörten wir am meisten. »Jó napot kivánok! Alázatos szolgája«, auf ungarisch. Er grüßte sächsisch: »Gän dooch!« Im Dialekt, für uns Kinder zu schwer zu erlernen. Er sagte: »Habe die Ehre! Guten Tag! Grüß Gott!« Selten: »Servus!« Und nie: Ich küsse Ihre Hand, Madame. Oder: Heil Hitler.

Die Juden grüßte unser Vater so, wie sie selbst zu Hause sprachen: oft ungarisch, manchmal rumänisch. Vor allem deutsch. Die Juden von Fogarasch sprachen deutsch. Aber Deutsch war nicht ihre Muttersprache wie bei unsereinem, denn sie hatten kein Mutterland wie wir: das Deutsche Reich.

Was aber die Höhe war: Der Vater zog den Hut vor jedermann. Auf der Promenade schnappte seine rechte Hand jeden Moment zum Haupt hin. Ja, streckenweise, etwa vor der Franziskanerkirche, wo die Bettler herumlungerten, hatte er nicht Zeit genug, ihn wieder aufzusetzen. Selbst diese Nichtstuer voller Flöhe grüßte er. Das fanden wir fabelhaft.

Vor dem Zigeunerprimas Dionisie Macavei lüpfte unser Vater den Hut ebenso zeremoniell wie vor dem evangelischen Stadtpfarrer. Der Primgeiger vom Gartenrestaurant *Trocadero* küßte dem Vater die Hand. Was der Pfarrer unterließ.

»Jeder Geschäftsmann tut das gleiche«, dämpfte der Großvater unsere Begeisterung. »Hat Kaiser Vespasian nicht ausgerufen: Geld stinkt nicht, non olet, als er befahl, in Rom öffentliche Klosetts aufzustellen, um die Staatsfinanzen zu sanieren?« Wir verstanden kein Wort. Wir verstanden nicht, daß der Großvater sagen wollte, unser Vater grüße nur darum alle Welt so freundlich, weil es Kunden waren, an denen man Geld verdiente. Wir hätten es nicht geglaubt, denn unser Vater war ein Herr.

Unser Vater war ein Herr. Er tat in vielem nicht, was andere taten. So fehlten in den Auslagen von unserem Geschäft die Täfelchen, worauf in gezierter gotischer Schrift zu lesen war: Hier sind jüdische Kunden unerwünscht. Oder knapper: Hier werden Juden nicht bedient.

Engelbert stand im Kinderzimmer vor dem warmen Kachelofen. Er knöpfte sein Hemd auf und zog einen länglichen Lederbeutel heraus, der an einer Schnur um seinen Hals hing. Der Beutel enthielt eine speziell gefertigte Sanduhr. In einem Aluminiumrahmen schwang ein mit Gradstrichen versehenes Glasgehäuse. Dieser altertümliche Chronometer war ein Geschenk des Großvaters. In Gedanken ortete Engelbert, wo sich der Vater zur Stunde etwa aufhalten mochte, und rechnete aus, wieviel Zeit es dauern könnte, bis er das Haus betreten würde. Von dieser Zeitspanne zog er zehn Minuten ab, zwecks Spurentilgung. Das würde reichen, um alles wieder an Ort und Stelle zu rücken. »Wenn der Vater sich an sein Programm hält und die andern uns Ruhe geben, bleibt uns mindestens eine halbe Stunde zum Herumkutschieren!«

Weil Fofo und Frau Brunhilde am Sonntagvormittag in der Kirche waren, hantierte die Mutter in der Küche. Das war für sie verlorene Zeit und Strafe zugleich. Damit ihr die Sachen rascher von der Hand gingen, hatte sie Rollschuhe an die Füße geschnallt. Mit Getöse raste sie über die Fliesen zwischen Kredenz, Speisekammer und Ofen. Die Großeltern stapften im Hof durch den Schnee. Allein in diesem Aggregatzustand vertrug der Großvater Wasser – seit damals. Sie atmeten durch die Nase, wie die Großmutter es empfahl.

Wir öffneten die Flügeltüren zwischen den Zimmern, rollten die Teppiche ein, rückten Möbel aus dem Weg. An allen Einrichtungsgegenständen hatte unsere Mutter Gleitknöpfe anbringen lassen, weil es ihr Spaß machte, die Zimmer jeden Monat anders einzurichten. Bis es dem Vater zu bunt wurde. Als die Mutter in Baassen die Kur gebrauchte, ließ er die Wohnung ausmalen. »Wunderbar«, lobte sie, »jetzt werde ich alles umstellen.« Worauf der Vater ihr einen Kuß gab, obschon es nicht Heiliger Abend war. Hinter den Möbeln aber hatte der Maler die alte Farbe stehenlassen.

Wir entschieden uns für die kleine Route, die durch drei Räume führte, eine Haarnadelkurve zu meistern hatte und zuletzt um den massiven Tisch im Speisezimmer herumschwang.

Noch einmal prüfte Engelbert seine Berechnungen. Er stellte das Stundenglas auf das Gesims des Kachelofens – das einzige standfeste Stück im Haus, wenn wir durch die Räume tobten. Dann kippte er den Glasbehälter um. Der Sand rieselte. Es konnte losgehen.

In halsbrecherischem Galopp jagte Engelbert über die Parketten. Den Puppenwagen mit der kleinen Schwester zog er an den zwei vernickelten Turnringen hinter sich her, die sonst im Türsturz des Kinderzimmers hingen und an denen wir schaukelten und wippten und unsere Kunststücke zeigten. Und am liebsten als Frosch mit dem Bauch nach unten schwebten. Mit präziser Geschicklichkeit lenkte er das Gefährt im Zick-Zack-Kurs und immer haarscharf an den kantigen Möbelstücken vorbei. Von Zeit zu Zeit schielte er auf die Sanduhr, in der sich gleichmütig das rötliche Pulver häufte. Es blieb Zeit zur Genüge. Die kleine Schwester jauchzte. Sie hielt die Puppe an sich gedrückt, als wolle sie um Entschuldigung bitten, daß sie ihr den Wagen streitig gemacht hatte – oder als wolle sie sie animieren, den Spaß ebenfalls schön und aufregend zu finden.

Ich lehnte am Ofen und hütete die Sanduhr.

Unversehens ging der Vater durch die Räume. Er war nicht etwa eingetreten. Er war da. Er ging raschen Schrittes durch die Flucht der Zimmer. Der Hund Litvinow trabte hinter ihm. Über die polierten, sorgsam gehüteten Parketten zog sich eine Spur von Schmelzwasser. Eine Sekunde hielt der Hund inne, doch ohne von uns Notiz zu nehmen. Er schüttelte sich, daß es Eiskristalle und Riedgras sprühte. Eilfertig überholte er den Vater und stieß die Tapetentüre auf, indem er sich reckte und mit der Vorderpfote auf die verborgene Klinke drückte.

Engelbert blickte empört auf das Stundenglas, dann auf die riesige Standuhr. Dabei geriet der Puppenwagen ins Schleudern. Ein Rad stieß an die Vitrine. Die Majolikavase mit den brennenden Farben neigte sich taumelig über den Rand des Gläserschranks und fiel nach einigem Zögern zu Boden. Becher und Gläser klangen aneinander und gaben kristallklare Töne von sich.

Die kleine Schwester entwand sich dem Wagen, der auf die Seite geplumpst und dahingeschleift war. Ihr Gesichtsausdruck schwankte zwischen Lachen und Weinen. Den Vater hatte sie nicht bemerkt. Plötzlich fing sie zu schluchzen an: »Die Puppe, die Puppe!« klagte sie, »sie ist tot, sie ist mausetot!« Die Lider mit den berückenden Wimpern hatten sich über den Puppenaugen geschlossen. Nur das Puppenlächeln war geblieben, mit einer Tönung hin zum Schmerz.

Der Vater war durch den Haupteingang gekommen, aus unerfindlichen Gründen. Alles zirkulierte damals bereits durch die Hintertür bei der Küche. Doch die Doppeltür vorne, bei der Terrasse, war noch nicht mit Eisenschienen verbarrikadiert. Sie blieb ein Notausgang bei Gefahr.

Gefahr lag in der Luft.

Der Zugang vorne führte in einen Vorsaal, der mit gemusterten Fliesen belegt und auf jeder Seite von Türen flankiert war. Zur linken Hand lag das Arbeitszimmer des Vaters. Das durften wir nur betreten, nachdem wir angeklopft hatten und es uns ausdrücklich erlaubt worden war. Die kleine Schwester hielt sich nicht daran. Seit sie Klinken erhaschen konnte, wanderte sie lächelnd durch alle Türen, ohne anzuklopfen und ohne um Erlaubnis zu bitten, genau wie der Hund Litvinow – und ohne sie zu schließen. Rechts lag der Salon. Dort würden wir zu Mittag essen, wie an jedem Sonntag.

Geradeaus gehend war der Vater ins Wohnzimmer gelangt. Er warf einen erstaunten Blick auf die Interieurs der drei Zimmer, die er bisher immer in schöner Ordnung vorgefunden hatte, und lächelte vage, als heiße er alles gut. Dann nahm er die kleine Schwester auf den Arm. Sie wurde still. Als er dem Kind die Puppe in die Hand drückte, schlug sie ihre künstlichen Augen auf. Die kleine Schwester strahlte vor Glück. Sie schmiegte sich an den Vater, umschlang seinen Hals und ließ sich wegtragen.

Beim Adventhäuschen, das die Mutter entworfen hatte, gebot sie Halt: »Aufmachen!« Sie entriegelte das dritte Fensterchen. Drei goldene Äpfel lagen auf einem Fensterbrett, dahinter schwebte ein blonder Mädchenkopf: »Das bin ich«, sagte sie. Es war das erste Mal, daß sie nicht in der dritten Person von sich sprach. »Bald ist Nikolo«, sagte der Vater, »übermorgen abend Schuhe putzen und ins Fenster stellen!« Eilig verschwand er durch die Tapetentür, die der Hund dienstfertig geöffnet hatte.

»Hol einen Besen«, knurrte Engelbert. »Ich hab es gewußt und gesagt! Dies wird ein fataler Sonntag werden! Mit brennenden Rändern.«

Ich ging den dreien nach: dem Herrn und dem Hund und der Schwester. Die Tapetentür führte durch das Badezimmer in einen Korridor, der die Küche, die Speisekammer und andere Räume und Nebenräumlichkeiten verband und sich schließlich zum Hintereingang öffnete.

»Der Horcher an der Wand hört seine eigene Schand«, so hatte uns Tante Hermine belehrt. Wir befolgten nicht gerne, was sie uns einschärfte. Zu horchen aber schämte ich mich. Doch jetzt verzögerte ich den Schritt. Ganz langsam stahl ich mich den Gang entlang.

Meine Eltern redeten ungarisch. Das taten sie vor uns Kindern, wenn sie eine verschwiegene Sache verhandelten. Aber jetzt, wo sie unter sich waren, allein in der Küche? Sie senkten die Stimme zum Flüsterton. Welch großes Geheimnis mußte das sein?

Beim Mittagstisch im Salon, dessen Fenster den Blick zum Garten freigaben, wurde kaum geredet. Jeder hing seinen Gedanken nach. Vater und Mutter schwiegen. Hie und da tauschten sie Blicke. Uns bedrückte das Schweigen der Mutter, die sonst das Gespräch in Gang hielt, indem sie alle, vor allem uns Kinder, zum Erzählen ermunterte. Wobei Kurtfelix den Vogel abschoß. Er fehlte sehr. Alles hing an seinen Lippen und glaubte ihm aufs Wort, selbst wenn grüne Hunde in seinen Geschichten ihr Unwesen trieben.

Kurtfelix war in der Tannenau. Dort wohnte die andere, die zweite Großmutter, Griso genannt, bei ihrer Tochter Maly und ihrem Schwiegersohn Fritz. Der hatte als geübter Bankrotteur aus der Konkursmasse des ererbten Vermögens einen Obstgarten von paradiesischen Ausmaßen gerettet, wo wir uns zu Anfang der Ferien austobten, ehe wir nach Rohrbach auf Sommerfrische gingen.

Kurtfelix hatte »etwas an der Hylusdrüse«, so unser Hausarzt Dr. Schul. Durch eine Liegekur in der ozonhaltigen Tannenluft am Fuße des Krähensteins und durch Butterbrote mit viel Knoblauch sollte das Übel ausgeheilt werden. Das gelang, gelang zuletzt, weil der Malytante die Geduld riß. Als die »vermaledeite erhöhte Temperatur« nicht und nicht sinken wollte, klemmte sie das Fieberthermometer dem Bruder so oft in die Achselhöhe, bis es ihm zu dumm wurde. Er blies kühle Luft dazu, und der Quecksilberfaden verharrte unter 37 Grad. Wir besuchten ihn manchmal. Ich nahm seine Geschichten mit und die traurigen Augen: »Sag niemandem zu Hause, daß ich Heimweh habe. Großes Ehrenwort!«

Liegend und lernend beendete er die dritte Klasse der dortigen evangelischen Volksschule. Ein Nachbarjunge hatte ihm die Aufgaben nach Hause gebracht. Doch einmal täglich unterbrach er die verordnete Ruhe. Während die Malytante und die Griso sich zur Siesta in die altdeutsch geschnitzten Ehebetten legten und der Fritzonkel Platz fand auf dem Kanapee zu ihren Füßen, erhob sich Kurtfelix von seinem Ruhebett aus Bambus, hinterließ unter den Decken ein menschenähnliches Gebilde, schulterte Pfeil und Bogen und machte im Hinterhof Jagd auf die Truthähne, Pockerl genannt, so daß sie puterrot anliefen und in giftigen Farben schillerten, während das Gekoller durch den Garten schallte. Ja, einem schoß er mit dem Pfeil, der eine Patronenspitze trug, glatt den Kopf weg, was die kleinen Leute in der Tannenau entsetzte: Ein geköpfter Truthahn sei schlimmer als ein Hahn ohne Kopf oder ein kopfloser Mensch! Was würde alles über uns kommen!

Engelbert ruderte unmutig in der Suppe. Was ihn beschäftigte, glaubte ich zu wissen. Die Dinge gerieten außer Kontrolle, entzogen sich der Berechenbarkeit. Das brannte auf der Seele. Damit kam er nicht zu Rande.

Die kleine Schwester und der Hund Litvinow schliefen im Lehnstuhl nahe beim Ofen, der kaum Wärme gab. Alle verhielten sich still und stumm. Das kränkte meinen Großvater, der – nachdem er bis zum Mittag geruht hatte und ein Weilchen durch den Schnee gewatet war – das Verlangen verspürte, sich auszusprechen, von verlorenen Seeschlachten zu schwärmen und andere Erinnerungen aufzufrischen. Zum Beispiel an Admiral Wilhelm Freiherr von Tegetthoff, den er nicht gekannt hatte und der 1867 den erlauchten Leichnam Maximilians, des Kaisers von Mexiko, vormals Erzherzog Ferdinand Max, über den Atlantik herübergeschifft hatte, damit Seine Kaiserliche Majestät in der Kapuzinergruft der Habsburger beigesetzt werden konnte. Wir älteren Knaben waren durch Karl May im Bilde: *Der sterbende Kaiser.*

Oder an Admiral Miklós Horthy von Nagybánya, den er gekannt hatte und mit dem die Großmutter weitläufig verwandt war – alle ungarischen Aristokraten sind versippt und verschwägert. Ein Admiral ohne Flotte, ja ohne Meer, dafür Herr über ein Land und – ohne König zu sein – Inhaber des ungarischen Königsthrons. Über diese Kuriositäten der Weltgeschichte hätte der Großvater sich gerne ausgetauscht.

Aber das Schweigen lastete so schwer, daß der Großvater es merkte. Jedes Wort gefror auf seinen Lippen.

Die Suppe dampfte. Man sah sich kaum. Als die Mutter jedem ausgeteilt hatte und die Fofo die Terrine wegtrug, verdichtete sich die Kälte vor dem Mund zu einem Dunstschleier. Man konnte beobachten, bis wohin der ausgestoßene Atem reichte, wie weit bei jedem Atemzug Bazillen

und Mikroben in den Raum versprüht wurden. Die Großmutter wich entsetzt aus – nach rechts, nach links, nach hinten: »Für etwas ist alles gut, selbst diese Kälte«, gab sie sanft
zu bedenken. »Jetzt seht ihr mit eigenen Augen, wie recht
ich habe!« Fofo hatte früh am Morgen den kolossalen Kachelofen angeheizt (am Sonntag wünschte der Vater keine
Brunhilde in den Gemächern), aber niemand hatte Holz
nachgelegt. Sie servierte mit eisigem Gesicht, während Frau
Sárközi – in weißer Bluse über dem schwarzen Mieder – in
der Küche aushalf. Dort aßen die beiden Buben zu Mittag,
in schwarzen Ringelstrümpfen und schwarzen Strickjacken,
Hansi und Nori (denen unser Vater jedesmal die Hand auf
den Scheitel legte, wenn er ihnen begegnete).

Seit kurzem wurde die Fofo mit einer elektrischen Klingel herbeibeordert. Die hing an zwei dünnen, grün isolier-
ten Drähten vom Lüster herab und ersetzte die Tischglocke.
Wenn Uwe mit seiner kleinen Faust auf diese Glocke einge-
schlagen hatte, war die ganze Tischgesellschaft in die Höhe
gefahren, und manchem verging der Appetit. Doch die Fofo
überhörte regelmäßig den Klang. Man mußte nach ihr
schicken.

Auf einen Wink der Mutter betätigte Uwe nun mit Stakkato den elfenbeinernen Knopf der neuen Klingel. Alle hoben wir die Köpfe, lauschten, lange.

Endlich preschte die Fofo mit verstörtem Gesicht in den
Salon. Sie servierte ein Spanferkel. Knusprig gebraten, mit
einer Nuß im Maul und Laub in den Öhrchen, streckte es
die vier rosigen Stelzen von sich. Extra für uns war es auf
dem Binderschen Gut aufgezogen worden. Einen Tag zuvor
hatte es Alfa Sigrid, die Tochter des Gutsbesitzers Binder
von Hasensprung, meine Klassengefährtin, mit dem Schlitten herbeikutschiert. Und wunderbare Rosen aus dem Ge-
wächshaus dazu, gelbe Rosen: »Von mir für deine Mutter,
die ich heiß liebe!« Und drei Häuptel Kohl für die Türkische
Suppe, die zum Spanferkel gehört.

Spanferkel gab es nicht nur am ersten Advent, sondern
zwischen Ostern und Pfingsten an jedem Sonntag. So oft,
daß wir ihrer überdrüssig wurden und man uns zu Tisch

treiben mußte, wo wir keinen Bissen anrührten und es uns trotzdem übel wurde. Solcherart merkten wir uns die Hochfeste im Kirchenjahr.

Selbst Uwe, der Jüngste in der Runde, der von seinen Eindrücken aus der Kirche berichten wollte, verschaffte sich heute kaum Gehör. Bewegt hatte sein empfängliches Gemüt wieder einmal die Menge an Dienstmädchen, die er sonst nur als Einzelwesen in den Häusern der befreundeten Familien kannte. Die Masse flößt Respekt ein. Er habe sich – wie er uns mit belegter Stimme versicherte – vorgenommen, zur Fofo nie mehr frech zu sein und willig beim Abwasch zu helfen, was die Mutter aus pädagogischen Gründen empfahl. »Der Gottesdienst hat sein Ziel erreicht! Ein Mensch ist bereit, sich zu bessern«, spöttelte der Großvater.

Von lila Barttüchlein sprach der Bruder, die man in der Kirche aufgehängt habe, »dort, wo vorne die Kerzen brennen und über dem Tisch ein nackter Mann an einem Kreuz angenagelt ist; und ein anderes lila Barttüchlein dort, wo der Pfarrer hinaufgeklettert ist wie in einen Luftballon! Und von wo er geschrien hat, daß er im Wald vor dem Bären weggelaufen ist und daß er ein Wildschwein geschossen hat. Und der liebe Gott hat ihm geholfen beim Bären und beim Schwein.«

»Dein Barttüchlein«, sagte die Großmutter, »wo ist dein Barttüchlein, du bekleckerst dich.«.

»Ich bekleckere mich nicht, denn ich bin groß.«

»Lila Paramente«, sagte der Großvater mit bewegter Stimme, »zu Advent werden die Behänge gewechselt, Fastenzeit, lila, violett, die Farbe der inneren Bereitung, Trauer vermischt mit Freude: Der Heiland kommt. So war es in meiner Kindheit in Schirkanyen, so ist es heute noch. Heute ist der erste Sonntag im Advent – ein Sonntag in Violett!«

»Das Barttüchlein, leg es bitte um«, sagte die Großmutter, »daß du groß bist, hat nichts zu sagen, auch die Großen bekleckern sich, keiner hat eine saubere Weste.«

Noch bevor das Spanferkel tranchiert wurde, erhob sich der Großvater, die Gelenke knackten. Zu Ehren des Tages,

»weil der erste Advent das neue Kirchenjahr einläutet«, hatte er alle Orden und Medaillen angelegt. Unter den Bändchen, die alltags seine grünlich verfärbte Uniform schmückten, hingen heute die glänzenden Auszeichnungen. Das erfreute das Auge und belebte unsere Phantasie.

Mit großer Gebärde band er die Serviette vom Hals, bedankte sich für die Suppe: »Exquisit, die Türkensuppe ist exquisit gewesen«, bedankte sich für die animierte Unterhaltung und stakste breitbeinig zur Tür, leise schwankend, als habe er Schiffsbohlen unter den Füßen.

Die strafenden Blicke der Großmutter verfehlten ihre Wirkung. Er drehte sich nicht um. Sie hätte ihm nachrufen, ihn zur Ordnung mahnen können. Wir freuten uns schon auf die melodische Kadenz der vier Vornamen. Aber sie schwieg.

Als er die Türe öffnete, sagte er laut in das leere Vorzimmer: »Ich weiß, was ihr jetzt denkt. Ihr denkt, mein Bruder Robert in Kronstadt ist doppelt so gescheit wie ich. Aber ihr irrt, diesmal. Denn ich bin der einzige im Haus, der weiß, warum die Marmeladen hier, bei euch, in den verschlossenen Gläsern eintrocknen!« Darauf nieste er zwölfmal. Das tat er immer nach dem Essen, aber selten so reichlich.

Auch wir Knaben wußten es. Mit einer Makkaroni durchlöcherten wir das Zellophanpapier, unsichtbar, und sogen den süßen Saft heraus, so daß das Mus vertrocknen mußte.

»Endlich niest er«, sagte die Großmutter, »Gott sei Dank, es geht ihm besser. Aber er friert.« Der Großvater hatte nur eine Niere. Die andere hatte er in der Adria verloren, als sein Schiff, die *Kaiserin Elisabeth*, gesunken war.

Eisblume

Die Großmutter streckte ihr feierlich onduliertes Haupt zur Türe heraus, warf einen Blick zum Himmel und sagte sanft und bestimmt: »Hans Hermann Ingo Gustav, ich bitte dich! Tritt ins Haus. Es könnte regnen. Hier in Fogarasch weiß man nie, woran man ist. Vergiß nicht: Wasser ist für dich das rote Tuch.«

Geleitet von mir und der Großmutter verließ der alte Herr die Terrasse. Dabei nieste er zweimal. Jetzt wußten wir es: Kurz und heftig würde es regnen, und zwar bald und vielleicht später noch einmal. Seit er eine Nacht und einen Tag und einen Abend dazu auf dem Meer getrieben war, nieste der Großvater mehrmals nach dem Essen und ausnahmsweise auch zu anderer Gelegenheit; und das hatte einen verborgenen Sinn.

Die Großmutter hatte uns eine freudige Nachricht überbracht: Eben habe sie erfahren, daß Herta – das war die zweite, spätgeborene Tochter, die vor kurzem eine gute Partie gemacht hatte – wohlbehalten in Rohrbach angekommen sei. Herbert, ihr Mann, sei in Bukarest geblieben und gehe dort furchtlos seinen Geschäften nach, obschon die Bomben fielen. *Herbert Kroner, Generaldirektor der Firma Julius Meinl, Rumänien*, stand auf seiner Visitenkarte. Und in der Ecke lachte der Meinl-Mohr, unser Liebling, braun wie eine Kaffeebohne.

Ich räumte die Korbstühle in den Vorraum und lehnte den Tisch schräg an die Wand. Dann bezog ich wieder Posten auf der Terrasse. Rechter Hand mündete die Freitreppe in die von Tannen flankierte Einfahrt. Im Fluchtpunkt der kurzen Zufahrtsallee, in Augenhöhe, lagerte auf einem Podest der Löwe – wüstengrau, naturgetreu in Stein gehauen und furchtbar anzusehen. Neuerdings hockte er mit verdrossener Miene, ja gekränkt, auf seinem Piedestal. Bei einem Schießwettbewerb der Schulfreunde hatte mein Bruder Engelbert den Mut gehabt, den Löwen ins Visier zu nehmen. Beim dritten Schuß mit dem Katapult war ein Malheur passiert, worüber alle lachten, nur wir beide nicht: Die Schnauze samt gereckter Zunge hatte sich vom buschigen Kopf gelöst und war in den Kies gerollt. Zwar hatte die Mutter sie mit Gips angeklebt, aber wer fürchtet sich vor einem Rachen, der mit Gips zusammengekleistert ist? Es sah aus, als habe man dem Löwen das Maul verbunden.

Der Himmel hatte sich verdüstert. Ein Gewitter war im

Anzug. Aus mit dem Gartenfest heute! Mit gemischten Gefühlen dachte ich an den Nachmittag.

Mit gemischten Gefühlen hatten Engelbert und ich uns an jenem Sonntag in Violett gegen drei Uhr auf den Weg in den Wildgarten gemacht, um die Großtanten zur Adventfeier abzuholen. Wildgarten, so hieß seltsamerweise jenes beschauliche Viertel mit seinen netten Häusern in den verwinkelten Gassen. Unsere Mission war es, die Großtanten vor dem Kutscher zu beschützen: »Diese rüden Burschen – sie sind wahllos, wenn es um Frauen geht! Sie machen auch vor Damen nicht halt!«

In den letzten Tagen hatte es geschneit, zu Mittag leicht getaut, in den Nächten gefroren. Gehsteig und Fahrbahn waren vereist. Mit einem kurbelartigen Schlüssel schraubte ich die Schlittschuhe an die Stiefel. Die Metallklammern griffen, daß es die Sohle zusammendrückte.

Engelbert lief zu Fuß neben mir her und hatte die teuren Kunstlaufschuhe über die Schulter gehängt. Die heißen in Siebenbürgen Schecksen – kein Mensch weiß, woher das Wort stammt. Die Großtante Hermine hatte sie ihm zum Geburtstag geschenkt, in der irrigen Annahme, daß sein Fuß nicht mehr wachsen würde. Die vernickelten Kufen waren an der Sohle des weißen Lederschuhs angeschraubt, der bis über die Fesseln reichte. In die Gleitschiene war eine Rille eingeschliffen, um die Stabilität zu erhöhen und die Reibung zu verringern. Mit diesen Schuhen durfte nur auf spiegelglattem Eis gefahren werden. So war das: Das Beste vom Guten gebührte dem Ältesten, vom Fahrrad Marke Adler mit Dreigangschaltung bis zum dunkelblauen Ankermantel mit Goldknöpfen – alles …

Schlimmer war, daß Engelbert sich das Recht anmaßte, uns jüngeren Geschwistern alles wegzunehmen, was sein Herz begehrte. Am schlimmsten aber, daß er das Vorrecht besaß, seine Zugehörigkeit zu uns Kindern aufzusagen und sich auf die Seite der Eltern zu schlagen, die ihn mit Nachsicht und ausgesuchter Höflichkeit behandelten, als sei er nicht ganz unser Bruder.

Es war nicht leicht, den älteren Bruder zu lieben und zu ehren. Es wäre nicht gegangen, wenn ich nicht mein Geheimnis gehabt hätte. Wer ein Geheimnis hat, besitzt eine Zuflucht. Er ist frei von der Welt. Er kann sich dareinwickeln wie in einen zottigen Hirtenpelz.

Ich hatte mein Geheimnis, das immer schwerer zu verheimlichen war, je älter ich wurde.

Ulrike Enkelhardt war ein Mädchen, das seit der Volksschule mein Herz in Bann geschlagen hatte und in ihren verwunschenen Händen festhielt. In schlafwandlerischer Lieblichkeit hatte sie in meinem Gymnasiastenleben Fuß gefaßt und rührte sich nicht und war um mich seit Jahr und Tag – als großes Geheimnis, als vergebliche Gegenwart, als Traum, dem ich die Treue bewahrte. Ich spürte, einmal würde sie sich erwecken lassen. Oder hoffte ich es bloß?

Zehn Jahre mochte sie gezählt haben. Sie war in der dritten Klasse, als ich sie einmal vor der Buchhandlung von Augustin Eisenburger überraschte. Sie bemerkte mich nicht, buchstabierte weiter die Titel in der Auslage. Eifer und Anstrengung überhauchten mit einem Anflug von Röte ihren bräunlichen Teint. Die Auslage war neu eingerichtet worden. Mitten im Getümmel der Bücher, an der Ehrenstelle in hehrer Heldenhaftigkeit, stand aufrecht, überragend und stahlblau: *Mein Kampf*.

Zu sehen waren noch: *Der Mythus des 20. Jahrhunderts*. Und weiter weg: *Die dreizehn Bücher der deutschen Seele* von Wilhelm Schäfer. Und *Ein Kampf um Rom* von Felix Dahn und *Die Ahnen* von Gustav Freytag – Lieblingsbücher des Großvaters. Viele Kriegsbücher lagerten in der Auslage, darunter die broschierten Landserhefte für die Jugend, die wir verschlangen, jedes zweiunddreißig Seiten stark und voll von Heldentaten deutscher Soldaten. Doch suchte ich vergeblich nach zwei Büchern aus unserer Bibliothek zu Hause: *In Stahlgewittern* von Ernst Jünger und *Im Westen nichts Neues* von Erich Maria Remarque, der eigentlich Kramer hieß, verkehrt gelesen, wie die Mutter uns belehrte. Und der laut Tanten ein Jude sein sollte und nicht das Recht hatte, über den großen Krieg zu schreiben, einen Krieg, der zwei

Millionen deutschen Helden das Leben gekostet hatte. Ein jüdisches Machwerk, das die deutsche Seele verderbe, so nannte es die Malytante und warf das Buch kurzerhand in den Kachelofen, von wo es der Vater herausholte. Es blieb kriegsversehrt.

Durch dieses martialische Buchstabengewirr plagte sich das schöne Kind.

Vor einem Schaufenster auf der Piaţa de Libertate, auf deutsch Brukenthalplatz, schlossen wir Freundschaft für Jahre. Und dort, auf jenem Stand der ersten Begegnung, blieb unsere Freundschaft stehen, wie betäubt. Ich sagte ergeben, ja demütig: Ist es mir nicht gelungen, auch nur einen Blick in ihr Inneres zu werfen, dann wird niemand ihr Herz gewinnen können.

Ulrike Enkelhardt ließ sich beim Lesen der Titel helfen. Sie ließ auch später alles an sich geschehen: sie ließ sich beschenken und sagte mit trockenen Lippen danke; sie ließ sich beim Eislaufen an der Hand fassen und über die schimmernde Fläche ziehen, sie ließ zu, daß ich ihr die gefrorenen Tränen aus dem Gesicht wischte. Sie hörte bereitwillig zu und antwortete nicht.

Beim Versteckenspielen in den winterlich warmen Stuben unseres Hauses, wo der kleine Bruder Uwe bald begriff, daß man uns beide zuletzt aufzustöbern und zu finden hatte, bei diesem prickelnden Spiel im Dunkeln, wenn Kindergesellschaft war – fügsam ließ sie sich hinter die schweren Gardinen locken. Sie muckste nicht, als ich den Arm um ihre Schultern legte, willigte ein, daß ich ihr Köpfchen an meine Brust bettete, wo mein Herz schlug. Und als ich sie einmal küßte, bloß linkisch ihre Lippen berührte, ließ sie auch das mit sich geschehen. Sie ließ sich anfassen, aber es schien sie nichts zu berühren.

Einmal, ein einziges Mal, sagte und tat sie etwas von sich aus. Versteckt hinter dem turmhohen Kachelofen, der schräg in der Ecke des Zimmers stand – und hinter den die Ehebrecher flüchten, wenn die Ehemänner sie überraschen, und den man abtragen muß, wenn der eine Mann den anderen mit dem Degen ersticht –, hinter diesem Ofen versteckt, der auch Kavaliersofen heißt, hielt sie mir ihre Hände hin und sagte:

»Riech!«

Ihre Mädchenhände dufteten sanft nach Kölnischwasser, fast so schön, wie es im Schrank unserer Mutter duftete. Die Taufpatin hatte ihr zu Nikolo das erste Parfüm geschenkt.

»Eau de Cologne«, sagte ich. »4711.«

»Wie bitte?« Sie verstand nicht.

Diese von ihr hingestreckten Hände waren das Einmalige in den Jahren, in denen wir beide groß und größer wurden.

Der Kleiderschrank unserer Mutter war unberührbar. Wir durften nicht einmal die Türen öffnen. »Man muß nicht überall seine Nase hineinstecken«, pflichteten die Tanten der Mutter bei. Aber gerade das taten wir mit aufgeregten Sinnen und geschlossenen Augen. Wir öffneten die Türe und steckten unsere Nasen in den Schrank. Denn es roch dort betörend, balsamisch, feenhaft – wie in Tausendundeiner Nacht. *Magie noire*. Nach einer Weile machten wir die Schranktüre lautlos zu. Dann erst schlugen wir die Augen auf.

Verboten war uns der Kleiderschrank der Mutter. Geboten war, pünktlich zu sein, genauer: uns an Vereinbartes zu halten. Dies forderte die Mutter. Ansonsten machte sie uns Mut, zu tun, wozu uns die Liebe drängte.

»Eine gute Viertelstunde können wir verschnaufen«, verriet Engelbert, der neben mir trabte, während ich mit breitgefächerten Schritten dahinfegte.

Am glattesten war die Tannenallee, die zur Kirche des Franziskanerklosters führte. Das bestätigten winzige Gedenktafeln an den Stämmen der Bäume, wo Frauen Gott dankten, daß sie wieder aufgekommen waren, nachdem sie auf dem Weg zur Frühmesse ausgerutscht und gefallen waren. Ich glitt meinem Bruder davon.

Die Konturen der Burg schoben sich ins Blickfeld. Blasmusik schaukelte ans Ohr. Auf dem Eislaufplatz im Wassergraben tummelte sich groß und klein, jeder nach Können und Geschmack. Die vielen Kinder schlitterten zwischen die Beine der Großen, die sie barsch wegschoben. Die Buben spielten Schwarzer Mann im rabiaten Hin und Her. In der Mitte des Platzes zog der pensionierte Arzt Dr. Suciu-Sibianu seine Spiralen und wagte Pirouetten und Sprünge, daß es den Zuschauern schwindlig wurde.

Auf dem Wall der Promenade gaben die Kriegsinvaliden mit irisierenden Instrumenten ein Platzkonzert. Die größeren Schüler des rumänischen Lyzeums Radu Negru Vodă baten die Elevinnen des Mädchengymnasiums Doamnă Stanca zum Paarlauf. Die jungen Männer faßten die Mädchen zeremoniös um die Taille und wiegten sie im Rhythmus der Musik. Bogenschleifen hieß das bei uns: Beide hoben im Takt abwechselnd das eine und das andere Bein und schwenkten es voll Schwung, um in parallelen Schlangenlinien über die Fläche zu gleiten. Ob die Mädchen erröteten, konnte man nicht ausmachen, denn ihre Backen waren ohnehin rot vor Luft und Lust. Ein Mensch sieht, was vor Augen ist, Gott aber sieht das Herz an.

Selbst die Mütter auf dem Damm der Burgpromenade sahen bloß, was sie vor Augen hatten. Aus den Halskrausen von Silberfuchs und Pelzboa heraus spähten sie nach den Töchtern, die voller Anmut und hingegeben in den höflichen Armen der Lyzeaner über die Eisfläche schwangen. Väter und Männer fehlten. Abseits der Schaulustigen sah man in fliegerblauen Uniformen zwei deutsche Offiziere von der Lehrkompanie der Luftwaffe. Ich erkannte sie sofort und grüßte mit »Heil Hitler« und erhobener Hand. Beide waren Gäste bei unserer Sonntagstafel gewesen. Der eine war Major Kurt Kimmi, der diesmal keine Prothese trug, der rechte Armel steckte in der Tasche des Uniformrocks. Er nickte leicht. Der andere Herr mit schwarzem Monokel, Hauptmann Theato, salutierte. Major Kimmi zitierte manchmal beim Tee auf der Terrasse Eugen Roth und Börries von Münchhausen.

»Eine gute Viertelstunde«, sagte mein Bruder, der erhitzt aus dem Häuschen trat, wo er die Schlittschuhe angelegt hatte. Mit den weißen, hohen Stiefeletten, graziös auf den

Spitzen der Kufen tänzelnd, erinnerte er an ein Fohlen mit weißen Fesseln. Ich gab zu bedenken, daß die Zeit knapp sei und er kein Geld bei sich habe. Wie wollte er hineinkommen?

»Laß das meine Sache sein. Amüsier dich mit den Zigeunern dort drüben.«

Die Zigeuner auf der anderen Seite der Burgpromenade waren das ganze Jahr über eine Attraktion, im Sommer wie im Winter. Auf dem geräumigen Platz im Norden der Festung hatte der Magistrat den Nomaden einen Rastplatz zugewiesen. Dort durften sie sich bis zu drei Tage aufhalten, ehe sie weiterziehen mußten. So waren es immer andere, die an dieser Lagerstelle kampierten. Für den Beschauer freilich immer die gleichen, da sie sich für unser Auge nicht voneinander unterschieden. Wegen des aufregenden Treibens hatte ich mich zweimal zu Hause verspätet. Die Mutter strafte mich, indem sie nicht mit mir redete, lange, bis es weh tat.

Der Spaß, den Zigeunern zuzusehen, war im Winter aufregender als sonst. Es schien, als lebten sie außerhalb der Jahreszeiten. Selbst bei beißender Kälte liefen sie in Hemdsärmeln herum, die Kinder barfüßig oder in zerlöcherten Schuhen, ohne Socken an den Füßen. Schien zu Mittag die Sonne, so tollten die Bübchen und Mädchen über den gefrorenen Boden, vom Nabel abwärts nackt.

Gekocht wurde im Freien. Von früh bis spät hockte eine verhutzelte Zigeunerin neben dem Kessel über dem Dreifuß und rührte in einer Brühe. Und jeder der Sippe erhielt, wann immer ihn der Hunger packte, eine Portion Gulasch oder Ciorba in eine leere Konservenbüchse geklatscht.

Etwas drängte mich nun aber, meinen Standort zu verlassen und mir den Spektakel auf dem Eislaufplatz anzusehen, obwohl ein Zigeunerknabe mein Interesse weckte, der sich zwei plumpe Gleitkufen gezimmert hatte. Die bestanden aus Holzlatten und waren mit Blechband beschlagen und mit Schnüren an die Füße gebunden. Er rutschte gewandt die Böschung zur Straße hinab und flitzte dann über den gefrorenen Boden, als habe er Schlittschuhe an.

Ich hatte noch mitbekommen, wie mein Bruder den

Wächter beim Eingang umgestimmt, ja behext hatte. Wir fürchteten uns vor dem Ungetüm von Mensch in seinem Schafspelz und mit der räudigen Fellmütze, die halb über ein ausgeronnenes Auge gezogen war. Mit bärbeißiger Stimme hatte er Engelbert auf rumänisch die Eintrittskarte abverlangt.

Der hielt sofort auf der Holztreppe inne. Zu lügen war er sich zu gut. Auch spielte er nicht Theater: etwa daß er verstört im Handschuh herumgefingert oder die Hosentaschen nach außen gestülpt hätte.

Nein! Er zuckte bloß leicht die Achseln. Was kann ich dafür. Karte habe ich keine ... Daß das nicht genügen würde, eher den wilden Mann reizte, wußte er. Aber zurückpfeifen ließ er sich nicht.

Engelbert legte den Kopf in den Nacken, schlug die Lider auf, mit Wimpern, die viel schöner waren als bei der Puppe unserer kleinen Schwester, er machte die Augen groß auf und schaute den Mann an. Nicht mit einem oberflächlichen Blick aus dem hübschen, frischen deutschen Jungengesicht, nein – es stand zuviel auf dem Spiel –, sondern mit einem Blick aus seinem Zweiten Gesicht. Der Wächter hob ratlos die Hand und ließ ihn laufen.

Der Mensch sieht, was vor Augen ist. Nur Gott sieht das Herz an. Es gibt Augenblicke, wo der Vorhang im Tempel zerreißt, wo einer ohne das Zweite Gesicht in das Herz der Dinge blickt ...

Mein älterer Bruder Engelbert war im Gewoge untergetaucht. Dafür wurden meine Augen von einer Mädchengestalt angelockt. Ulrike. In ihrem khakifarbenen Dreß, aus einem Militärmantel des Vaters geschneidert, der als rumänischer Offizier bei Odessa gefallen war, stand sie im Abseits des Eisfeldes. Sie gehörte nirgendwohin. Ihre Blicke verloren sich in der Menge auf dem Eis.

Schon wollte ich rufen, als ich meinen Bruder auf sie zusausen sah, leicht zu erkennen an seinem Pullover mit den feurigen Farben. In dem Augenblick schwand die Aura von Alleinsein um ihre Gestalt. Mit freudiger Heftigkeit stieß sie sich von den Rändern des Tummelplatzes ab und eilte

Engelbert entgegen, der herbeigeschossen kam, anzuschen wie eine brennende Fackel. Hatte er nicht damit gerechnet, daß sie ihm entgegenlaufen würde? Hatte er, wie so oft an diesem Tag, eine falsche Gleichung aufgestellt? Oder hatte er alles, was kommen würde, richtig ins Kalkül gezogen?

Obschon er bremste, daß sich die Schlittschuhe quer stellten und der Eisstaub aufwirbelte, prallten die beiden aneinander. Aber keiner stürzte zu Boden. Sie lagen sich in den Armen, lange, einer hielt den anderen fest.

Es war der Augenblick, als das Stundenglas stehenblieb – für immer. Das war das einzige, was der Bruder Engelbert zu sagen hatte, am Abend, als jeder über den Tag nachsann: »Heute beim Eislaufen ist meine Sanduhr kaputtgegangen. Wie immer ich sie drehe, schüttle, halte, kein Sandkörnchen rührt sich von der Stelle!« Selbst Uhren haben einen sechsten Sinn.

Das Mädchen Ulrike hatte die Arme um seinen Hals geschlungen. Ihr Gesicht verbarg sie in seinem flauschigen Pullover. Die Mütze hatte sie mit einer unbändigen Bewegung abgeschüttelt. Ihr braunes Haar ringelte sich über die Schultern. Plötzlich legte sie den Kopf zurück und hielt ihm ihr Gesicht hin. Und er küßte sie.

Und dann küßten sie sich.

Als sie sich voneinander gelöst hatten, faßte der Bruder Ulrike unter dem Arm. Mit der gleichen Gewandtheit wie die rumänischen Lyzeaner, die bereits einen dunklen Flaum über der Oberlippe hatten, während seine Wangen nur vereinzelte Härchen verunzierten, schwenkten sie die Beine wie Hampelmänner im Gleichtakt und schaukelten wonnevoll über die Eisfläche, getrieben von den sinnlichen Synkopen einer Musikkapelle, die aus Kriegskrüppeln bestand.

Er: der Herzensbrecher. Sie: die Eisblume. Dabei schaute sie zu ihm auf wie, wie … wie ich das nie gesehen hatte.

Lange mußten wir im Wildgarten auf Engelbert warten: die Tanten, der Schlitten, der Kutscher und die Pferde.

Zuerst stehend, während die Tanten mit dem Krückstock immer heftiger auf den gefrorenen Boden trommelten, im

44

Takt ihrer Gereiztheit. Dann wandelten wir dahin, ich zwischen den beiden alten Damen, die ich an den knochigen Ellbogen untergefaßt hielt. Alle drei mußten wir die Winterluft langsam und tief in die Lunge ziehen, aber bloß durch die Nase.

Die Tanten bedauerten, daß ich eine so kurze Nase hätte, die weder im Sommer den Staub filtern noch im Winter die Luft erwärmen könne. »Geerbt aus der Familie deines Vaters.« Und sibyllinisch: »Ja, der Felix, umsonst heißt er Felix, er wird nie eine glückliche Nase haben.«

Und mußte mir wieder einmal die bekannte Litanei anhören, und widersprach nicht, und kam mir wie ein Lump vor: »Gewiß, der Felix, er scheint kein dummer Kerl zu sein, nicht zu leugnen sein Ruf als gewitzter Geschäftsmann. Vielleicht ist er wirklich ein Finanzgenie, wie eure Mutter behauptet, die Trudl, naiv und weltfremd, wie sie ist. Aber das kann nicht darüber hinwegtäuschen, daß er aus einer Familie kommt, völlig unbedeutend und harmlos. Kleine Leute. Daran ist nicht zu deuteln, selbst wenn seine Schwester Maly den Drang zum Höheren hat und eine passable Handschrift.«

Als wir es uns schon im Schlitten, der mit bordeauxrotem Plüsch ausgeschlagen war, kommod gemacht hatten und der Kutscher den Pferden befahl, sie möchten anziehen, kam Engelbert herangekeucht.

»Wo ist mein Bruder«, war seine erste Frage. Das klang einen Moment lang für mich lieblich wie Hirtenflöte und Maibaum, und wie einst, als alles gut war, in längstverflossener Zeit. Dann erst verstand ich den Sinn der Frage. Es ging um ihn, nicht um mich.

Er hatte mich nicht nur um mein Geheimnis betrogen und daraus vertrieben, so daß ich nicht wußte, wohin mit mir; mein Geheimnis hatte er zu seiner Sache gemacht, wie er alles an sich riß, wonach sein Sinn stand. Bloßgestellt und preisgegeben verkroch ich mich zwischen die Pelzmäntel der Tanten, die mich in die Mitte genommen hatten.

Zu uns in den Kutschschlitten mochte der Bruder nicht steigen. Lieber war es ihm, sich auf Schlittschuhen hinten anzuhängen und sich im Trab der Pferde mitziehen zu lassen. Wortlos reichte ich ihm meine Allerweltslaufschuhe. Seine empfindlichen Schecksen – mit denen er eben noch über das Eis gestelzt war wie ein Hahn mit geschwollenem Kamm – warf er dem Kutscher vor die Füße. Köpfen müßte man ihn.

Ehe der Schlitten mit Schellengeklingel vor unserem Haus hielt – die Dämmerung verflüchtigte sich in der Dunkelheit der Nacht –, geschah auf der Fahrt noch dieses:

Jener wendige Zigeunerknabe mit den Holzschleifschuhen hatte unser Gefährt in einer Krümmung der Straße abgepaßt und sich nach einigen stolpernden Schritten dem Bruder zugesellt. Er klammerte sich an den hinteren Rand des Schlittens, mit nackten Händen, lachend vor Lust.

Engelbert machte gutmütig Platz, rückte zur Seite. Sein Dortsein war legitim, sozusagen im Fahrpreis inbegriffen. Schwarzfahrer jedoch mögen die Kutscher nicht.

Es dauerte, bis er zuschlug. Wir hatten alle nicht damit gerechnet, am wenigsten der Zigeunerknabe, der sich in der Obhut des Bruders glaubte. Der Peitschenschmiß fuhr zwischen den vermummten Köpfen der Tanten haarscharf an meinem Ohr vorbei und traf das Kind auf die nackten Finger. Mit einem tierischen Schrei fiel es zu Boden.

Auch wir schrien auf. Am lautesten Engelbert, voller Entsetzen und Zorn. Er hatte den Schlitten fahrenlassen und kniete bei dem Knaben, der sich nicht rührte. Die Tanten riefen »Hoh! Hoh!« und: »Er ist meschugge, total meschugge. Immer das gleiche Schlamassel mit diesen Kutschern!« Sie attackierten ihn mit den nagelbewehrten Krückstöcken, stachen ihn von links und von rechts in die Flanken. Schließlich warf der Mann die Zügel mit einem Fluch herum, der den ganzen Himmel und die ganze Erde verdammte und nichts verschonte, weder den Thron Gottes noch den Schoß aller Mütter. Das verstanden die Pferde nur allzugut. Der Schlitten wendete fast auf der Stelle, bei voller Geschwindigkeit. Ich wurde mit Gewalt an den Brustkorb der Tante Helene gepreßt.

Kaum hatten sich die alten Damen vom ersten Schreck

und vom Erbarmen erholt, krakeelten sie los: »Bitte! Hab ich nicht immer gewarnt? Solches Gesindel muß man sich vom Leibe halten! Wer ein Lump ist, bleibt ein Lump, zu Wagen, Pferd und Fuß ...« Und weiter: »Was für eine elende Mischpoche, auch diese Zigeuner! Lumpenpack. Überall greifen sie zu. An allem vergreifen sie sich.« Und wie aus einem Mund: »Aber der Führer hat sie unter Kuratel gestellt. Der findet am Ende die Lösung!« So aufgebracht waren die Tanten, daß sie vergaßen, sich zu streiten.

Später rügten mich beide. »Mein Sohn, Haltung ist alles im Leben, äußerlich vor allem. Man läßt sich nicht zügellos auf eine Dame fallen. Das tun Proleten. Den Busen hast du mir eingedrückt.« Soweit die Tante Helene.

Tante Hermine ermahnte: »Sich so würdelos gehenzulassen, hemmungslos zu schreien, daß es einem in den Ohren gellt, so benimmt sich kein gesitteter Mensch, so benimmt sich ein Bolschewik. Du bist neuerdings ein junger Mann, du hast dich zu beherrschen.«

Kaum aber war der getroffene Zigeunerknabe zu sich gekommen, sprang er vom Boden auf, schwankte ein wenig, lächelte mit schneeweißen Zähnen und verschwand auf seinen hölzernen Kufen in der Dämmerung. »Nicht einmal ein Hemd hatte er an«, sagte Engelbert.

Laterna magica

Aus den Bildern jenes Sonntags in Violett störte mich Stadtpfarrer Fritz Stamm auf, der heute bereits am Vormittag auf einen Sprung vorbeikam. Ich geleitete ihn nach alter Gewohnheit durch den Hof zum Hintereingang und in die Küche.

»Über vierundzwanzig Stunden ist dein Großvater im Mittelmeer getrieben. Ich muß ihn beglückwünschen: wie der Apostel Paulus!« Das galt den Wissenden. Ich antwortete:

»Nicht ganz. Der Apostel hing an einer Schiffsplanke, mein Großvater ritt auf einem Rumfaß.«

Der Pfarrer wies mit dem Schirm in den bewölkten Himmel: »Es wird nicht regnen, aber etwas liegt in der Luft. Unaussprechliches verdüstert den Himmel.« Mit diesen Worten trat er in die Küche. Während er hastig grüßte: »Gott zum Gruße alle miteinander!«, dozierte er weiter: »Doch was das auch sein mag, im Himmel wohnt Gott. Somit kann es nur die Heiterkeit Gottes sein. Himmel freilich als Metapher für die Unzugänglichkeit Gottes.« Er seufzte.

»Andererseits ist es tröstlich, sich zu vergegenwärtigen, daß Gott Jesus Christus, unserem Heiland, alle Gewalt gegeben hat im Himmel und auf Erden und daß folglich er der Herr der Welt und der Geschichte ist. Darum haben wir nichts zu befürchten: weder von irdischen noch von politischen Wetterwolken.« Der Pfarrer richtete sich in der Sitzecke beim Fenster ein, und alle Anstalten wiesen darauf hin, daß er sich für diesen Besuch am Vormittag viel Zeit aufgespart hatte. Gewöhnlich erschien er zur Teestunde.

»Man muß sich Zeit lassen, will man dem Wort in seiner Fülle und Güte gerecht werden, man muß sich für die Menschen Zeit nehmen, darin steckt ein Stück Liebe. Darum ist man Pfarrer – welch herrlicher Beruf: Man wird bezahlt, um Zeit zu haben und Gutes zu sagen.«

Feststellen wolle er, wer sich im Moment im Hause aufhalte. In diesem Durcheinander, das die Ortsgruppenleitung wieder einmal angezettelt habe, indem sie die Frauen und Kinder aufs Land verschickt hatte, kenne sich niemand mehr aus in der kleinen Stadt: »Ich als Seelenhirte weiß nichts von den Seelen meiner Schafe, weil ich nicht weiß, wer wo ist.«

Doch nach der knappen Information des Großvaters, wer wo war, und einem Gedankenaustausch bei einer Tasse Franck-Kaffee über die Wetterlage und die Frontlage erhob sich der Großvater, nieste vernehmlich und sagte: Vorbereitungen seien im Gange für ein Fest am Nachmittag, einen thé dansant, Exitus der Schüler.

»Ein Blödsinn, diese Evakuierung! Und sträflicher Mangel an Gottvertrauen«, fuhr der Pfarrer nach Pfarrerart in seinem Gedankengang fort, schwenkte jedoch plötzlich ein:

»Exitus? Jetzt, mitten im August?« Wo doch die Schulen im April geschlossen hätten und bald das neue Schuljahr beginne? »Ja, und wo der endgültige Exitus vor der Tür steht: Zwar hat uns die Deutsche Volksgruppe in Rumänien«, er betonte jedes Wort, »im vorigen Jahr die evangelischen Schulen mit Gewalt entsteißt. Doch diese gotteslästerliche Tat wird sie teuer zu stehen kommen. Das ist ihr Exitus, ein Exitus letalis, aus für immer und ewig. Diesen hybriden Verein von Neuheiden gibt es im Herbst nicht mehr. Allein die Kirche wird überleben: Verbum domini manet in aeternam. Die Kirche hat den längeren Atem.«

»Was heißt das: hybride?« fragte ich.

»Eine gemischte Gesellschaft«, erläuterte der Pfarrer. Jedoch: Nachher werde man die ganze Bande unter der Kanzel haben, und alle diese Fanatiker der Bewegung würden herbeieilen, um ihre neuheidnischen Kinder taufen zu lassen.

»Wann nachher?« fragte ich.

»Wenn die Russen kommen.«

»Die Russen, die Russen …«, räsonnierte die Großmutter, während sie dem Dienstmädchen Katalin und der Hausmeisterin auf ungarisch bedeutete, leiser zu hantieren: ein Pfarrer sei zu Besuch. »Noch sind sie nicht da, aber man redet sie herbei wie ein Unglück. Wechseln wir das Thema!«

Der Pfarrer wechselte das Thema: Er habe das Übergabeprotokoll für die Schulen nicht unterschrieben, wohl wissend, daß die Russen dem ganzen Zauber ein Ende setzen würden. Nur über meine Leiche! habe er gerufen. Sehr wohl, hätten die Herren vom Schulamt gesagt, wir werden Sie an die Wand stellen, Volksgenosse Stamm, wir werden Sie füsilieren lassen, ganz nach Wunsch, wie es Ihnen beliebt.

»Eben darum feiern die Kinder Exitus«, antwortete der Großvater zerstreut und drückte dem Pfarrer den Regenschirm in die Hand, kaum daß sich dieser die Galoschen über die Schuhe gestreift hatte.

»Laßt die jungen Leute schöne Erinnerungen sammeln«, sagte die Großmutter, »wir alle werden sie brauchen. Wir werden bald von Erinnerungen leben. Tempi passati!«

»Begleite unseren Gast«, sagte der Großvater. »Und hock ruhig auf der Terrasse und beobachte den Himmel. Ich spüre, daß dies ein guter Tag werden wird mit einem schönen Ende. Hier drinnen braucht dich niemand. Übrigens bist du der Hausherr und kannst tun und lassen, was du willst.«

Der Pfarrer verabschiedete sich: »Ich mache mich auf, ich gehe schon. Sonst schwatze ich noch das Blaue vom Himmel herab, und es gibt ein Donnerwetter. Wie wankelmütig der heutige Tag ist. Aber deinem Schicksal entgehst du nicht.« Er spannte den Schirm auf, obwohl es nicht regnete.

Beim Tor trennten wir uns: »Habe die Ehre, Grüß Gott«, sagte der Pfarrer, während ich höflich mit »Heil Hitler« antwortete.

»Ein Pfarrer ist nicht zu verachten«, sagte der Großvater. »Er macht sich gut in Gesellschaft, wirkt dekorativ wie ein futuristisches Bild, man versteht es nicht, aber man sieht es gerne an.«

»Hans Hermann Ingo Gustav«, mahnte die Großmutter, »verunglimpf die Leute nicht hinter ihrem Rücken. Unser Pfarrer belebt jedes Gespräch, verleiht ihm Niveau. Vor allem weiß man, daß er am Ende immer recht hat. Wie tröstlich!«

»Heil Hitler!« Es war das letzte Mal in meinem Leben.

Das letzte Mal im Leben würde ich unglücklich sein, das hatte ich mir zähneknirschend gelobt, an jenem Sonntag im Advent, während wir die Tanten durch den Hof zum Hintereingang geleiteten, über Wege, die der Hausmeister kunstgerecht aus dem Schnee geschaufelt hatte. Nie mehr würde ich mich so an einen Menschen binden, daß er mir weh tun konnte.

Wir wurden mit gedämpftem Hallo empfangen. Man verbiß sich die Vorwürfe wegen des Zuspätkommens. Die eine Kerze, die am ersten Adventsonntag zu brennen hatte, war am Erlöschen. Bis sie ersetzt wurde, fuchtelte Uwe mit der Taschenlampe herum, die feldgrau war, einen Knopf zum Senden von Morsezeichen besaß und deren Lichtstrahl mit einer blauen oder roten Klappe abgedunkelt werden konnte.

In ihrem schwankenden Schein tappten die Tanten zum Biedermeiersofa. Biedermeier bevorzugten sie aus moralischen und hygienischen Gründen. Die steifen Lehnen förderten den Charakter, indem sie den Oberköper zu aufrechter Haltung verpflichteten. Die hartgepolsterte Sitzfläche wies die Hämorrhoiden in die Schranken. »Gut für die güldenen Adern«, wie es Tante Hermine raunend ausdrückte. Das alles kannten wir und hörten es von neuem.

Doch auf dem Sofa hatte es sich der Hund Litvinow bequem gemacht und wollte nicht weichen. Darob waren die Tanten so verdattert, daß sie nur hervorstoßen konnten: »Pfui Teufel, der Stinkatores, was sucht der hier?«

Die Erklärung hatte Uwe bereit: »Wenn wir Advent feiern, gehören zur Familie der Hund und die Fofo.« Wahrhaftig: Der Schemen der Fofo ließ sich nahe der Tapetentür ausmachen, von wo sie in jedem Moment in die Küche entschwinden konnte. Es blieb den beiden nachtblinden Damen nur übrig, dem Strahl der Lampe zu vertrauen, mit dem sie Uwe, neckisch wie ein Kobold, zu zwei Fauteuils lotste. In denen versanken sie: »Huh, finster ist es hier wie in einem Büffel!« Die Hüte behielten sie auf, die Schals blieben leger um den Hals gewickelt, mit der Hand umklammerten sie die damenhaften Spazierstöcke. Aus finsterer Tiefe hörten wir sie sagen: »Wir sind alte Jungfern, jawohl, aber wir sind noch Jungfrauen, und auf beides sind wir stolz!«

Das schien allein die Großmutter ernst zu nehmen und restlos zu verstehen, denn sie schüttelte peinlich berührt den Kopf, man bemerkte es am Schatten an der Wand. Aber weil sie vornehm war, im Wesen und von Geblüt, schwieg sie. Vornehmheit, nicht nur Vorsicht, gebietet Distanz. Die Großtanten waren die Schwestern des Großvaters und folglich die Schwägerinnen der Großmutter. Distanz war geboten.

Am Ofen lehnte der Großvater in einem Hausrock mit Seidenaufschlägen, die marinebläulich schimmerten. Die Großmama saß neben ihm und hielt seine Hand an ihre Wange gedrückt. Sie sahen aus wie ein glückliches Ehepaar. Und waren es. Unsere Mutter sagte das bei Tisch im engen

Familienkreis und blickte dabei an meinem Vater vorbei und seufzte: »Eine glückliche Ehe bis ins Alter, wie herrlich mag das sein!« Sie sagte es so oft, daß unser Vater zwischen zwei Gängen aufsprang, die Serviette hinschmiß und davonstürzte.

Der Vater fehlte bei der Feier. Aber das merkten wir erst, als er aus dem Tunnel der dunklen Gemächer auftauchte, die vorne lagen, beim Haupteingang. Eben dort war er am Vormittag hereingekommen. Vermutlich war er im Arbeitszimmer gewesen, das stets verschlossen war. Er knipste einen Moment lang das Licht an, alles blinzelte. »Wie unhöflich«, murmelten die Tanten und schirmten die Augen ab. Die Mutter nahm die Gelegenheit wahr, entzündete einige Kerzen und placierte sie auf die Möbel. Der Vater grüßte kurz, blickte sich zerstreut um, löschte die Deckenbeleuchtung und wandte sich an Engelbert. Ob er auf seine Sanduhr verzichten könne? Der Vater brauche sie dringend und für immer, »auf nimmermehr, auf Nimmerwiedersehen«. Scherze kleideten ihn nicht. Er versuchte zu lächeln, was mißlang.

»Auf Nimmerwiedersehen?« fragte Engelbert ins Halbdunkel. Er machte aus seiner Antwort ein Wortspiel. Sie sei entzwei für nun und nimmer, »bis auf den Nimmerleinstag«.

Während Uwe mit der Taschenlampe die Gesichter überflog, bis der Vater Einhalt gebot, fiel mein Blick auf den feindlichen Bruder. Er hatte die kleine Schwester in die Arme genommen und hielt ihr Köpfchen an seine Brust gedrückt mit einer Zärtlichkeit, die mich erbeben ließ.

Der Vater setzte sich ganz nahe zur Mutter. Im Licht der Kerzen sahen sie wie ein glückliches Ehepaar aus. Als ich an ihnen vorbeistreifte, auf dem Weg in den finstersten Winkel des Hauses, weil ich nur noch traurig sein wollte, haschte der Vater mit ungeübter Hand nach mir und suchte mich auf seine Knie zu ziehen. Das war zuviel.

»Ich bin groß«, stieß ich hervor, riß mich los und floh ins letzte Zimmer. Dort umklammerte ich den Kavaliersofen und drückte meine Wange an seine brennenden Kacheln, daß es schmerzte.

Die Feier hatte eine Ordnung. Ordnung ist eine Form der Bequemlichkeit. Wir mußten uns nicht anstrengen, um zu erraten, was folgen würde.

Als erstes half Uwe der Tante Hermine aus dem tiefen Lehnstuhl. »Das wäre nicht nötig gewesen«, nörgelte sie, »hätten wir unsere angestammten Plätze behalten können: Doch der Hund scheint in diesem Haus mehr zu gelten als ein alter, gebrechlicher Mensch!«

»Aber Liebe«, sagte unsere Mutter, »keineswegs. Weg mit ihm. Er ist froh, unter uns zu sein, dabei sein zu dürfen. Fort vom Diwan, Litvinow! Marsch! Marsch! Troll dich!« Davon wollte der Hund nichts wissen. Und noch weniger die Tanten: »Die Flöhe!« Die Großmutter pflichtete energisch bei. Morgen werde sie das ganze Zimmer zu früher Stunde desinfizieren. Sie freue sich darauf. »Heute aber ist Advent …«

»Amen«, sagte Tante Hermine und tastete sich zum Adventkranz aus silbrigen Tannenreisern. Am Vortag hatte ihn mein Klassenkamerad Johann Adolf Bediner abgegeben, mit ausdrücklichem Dank von seinem Vater an meinen: »Er hat meinem Vater einmal aus der Patsche geholfen, das kann er nicht vergessen. Aber er verrät nicht, was für eine Patsche es war! Ihr wißt es auch nicht?« Nein, wir wußten es nicht.

Damals war Johann Adolf mein bester Freund, was manche im Haus wunderte. »Mag ja Rauchfangkehrer ein ehrenwerter und nützlicher Beruf sein«, seufzte die Großmutter, »aber nicht unser Fall! Freilich, in einer so kleinen Stadt hat man nicht viel Auswahl.« Und fuhr fort: »Ja, noch ärger, vielleicht ist sein Vater, wie man munkelt, ein verkappter Kommunist, ergo ein gottloser Mensch.«

Trotzdem richtete es der Vater meines Freundes so ein, daß er zu Beginn der Weihnachtszeit beim Präfekten Scherban de Voila die Schornsteine fegte und dabei, während er über die vereisten Dächer turnte, von der chinesischen Silbertanne Äste absäbelte, für unseren Adventkranz. »Mit ausdrücklichem Dank an unseren Vater.« Nein, wir wußten nicht, wieso! Die Welt war bis zum Rand voller Geheimnisse. Und auch in mir brannte eines lichterloh und versengte meine Seele.

Tante Hermine zückte nun einige Bogen Papier, die in Sütterlinschrift beschrieben waren. Uwe mußte mit der Taschenlampe das Licht der Kerze verstärken. Aber er wedelte so herum, daß die Tante im Lesen stolperte und über die ersten Sätze nicht hinauskam:

»Der Adventkranz ist rund und grün, und er ist mit Kerzen geschmückt«, hob sie an. Die immergrünen Nadeln seien die Farbe der Hoffnung, die Hoffnung aber dürfe nicht zuschanden werden. Die Kerzen versinnbildlichten die Unsterblichkeit der Seele, die sich im wachsenden Licht vermehre, bis sie im Jenseits zur vollendeten Blüte gelange. Das Runde am Kranz wiederum erinnere an die ewige Wiederkehr aller Dinge, so daß nichts verlorengehen könne, nicht hier, nicht dort – und sie wies irgendwohin ins Dunkel. »Vor allem die guten Taten gehen nicht verloren, sie leben in unseren Kindern weiter für alle Ewigkeit!« Niemand getraute sich zu widersprechen.

Das wiederholte die Tante Hermine viermal, dann gab sie dem Bruder Uwe einen Klaps, nannte ihn ungezogen, weil er mit der Taschenlampe Schabernack getrieben hatte, und stellte in Aussicht, am vierten Adventsonntag das ganze Werk vorzulesen, von A bis Z. Am vierten Adventsonntag sei mit hellerem Licht zu rechnen, dann würden vier Kerzen brennen. »Das Bisherige ist nur die Einleitung gewesen.«

Der Vater sagte unvermittelt: »So ist es! Der Kreis ist grün, und der Kranz ist rund. Ewig das gleiche. Her mit der Taschenlampe. Die kommt mir wie gerufen. Mit der kann man morsen!« Und entwand sie den Händen des kleinen Bruders.

Dann wurden Weihnachtslieder gesungen: »O du fröhliche, o du selige, gnadenbringende Weihnachtszeit«, »Es ist ein Ros entsprungen«, »Vom Himmel hoch, da komm ich her«, »Ihr Kinderlein kommet«, »Leise rieselt der Schnee«. Und andere.

Die Tanten wünschten sich Lieder, die unsere tapferen

Landser gerne hörten, welche an den vielen Fronten des Reiches Wache hielten. »Denn diese Fronten sind für alle Ewigkeit die Grenzen von Großdeutschland, dem Deutschen Reich, das für eine neue Ordnung in Europa gesorgt hat.«

»Amen«, sagte die kleine Schwester. Die Tanten klopften mit den Stöcken auf den Boden, was der Mutter weh tat. Es blieben Löcher in den kostbaren Parketten, für immer.

So sangen wir Lieder, die den Tanten gefielen und die aus grauer germanischer Urväterzeit stammten, es sollte jeder zufrieden sein an diesem Adventsonntag: »O Tannenbaum, o Tannenbaum, wie grün sind deine Blätter«, »Horch, was kommt von draußen rein«, »Hohe Nacht der klaren Sterne«. Und zuletzt: »Flamme empor«, das nur die Tanten und wir zwei ältesten Brüder singen konnten; wir hatten das im Jugendring gelernt und die Tanten im Germanischen Singkreis.

Zur Krönung der Adventfeier setzte sich die Mutter ans Klavier. Das stand im Nebenzimmer. Ich leuchtete ihr mit einer Kerze, die in einem Kerzenhalter aus Messing steckte und rot war wie die am Adventkranz. Auf dem Klavier standen Armleuchter, deren Kerzen ich entzündete. Uwe mußte erklärt werden, daß man Weihnachtslieder nicht im künstlichen Licht einer Taschenlampe spielen könne. »Das ist ein Stilbruch«, belehrte ihn die Großmutter. Der Bruder begriff zwar nicht, was für ein Stiel zu Bruch ging, aber er fügte sich.

Als ich an der Fensternische vorbeiging, die hinter den Vorhängen eine kuschlige Zuflucht bot, wenn wir mit den Mädchen Dunkelverstecken spielten, begann der Kerzenhalter in meinen Fingern zu zittern. Das Wachs ergoß sich auf die Hand und verbrühte die Haut. Ich gab keinen Ton von mir. »Merke dir, mein Sohn: Haltung ist alles im Leben. Du bist nun ein junger Mann, der sich zu beherrschen hat«, hatte die Tante vor kurzem gemahnt.

Die Mutter spielte »Stille Nacht, heilige Nacht«, einen einfachen Satz. Alle sangen, selbst der Vater, dem die vorletzte Zeile zu hoch war, weshalb er jäh eine Oktave hinunterrutschte. Die Mutter klappte den Klavierdeckel zu. Fertig.

»Etwas anderes, spiel noch etwas«, riefen die Tanten. Die Mutter lehnte ab. Mehr könne sie nicht.

»Das ist nicht wahr«, sagte Uwe, »sie kann noch zwei Lieder.«

»Wer, sie?« fragte der Vater scharf: »Die Mutter, heißt das, und nicht sie. Außerdem spricht eine Mutter immer die Wahrheit. Je größer du wirst, desto frecher bist du.«

»Die Mutter kann noch zwei Lieder«, sagte Uwe gehorsam. »Das ist die Wahrheit.«

»Es sind keine Weihnachtslieder«, wehrte sie ab.

»Trudi, spiel! Spiel, was immer es sei«, bedrängten sie die Tanten, »aber laß uns nicht zappeln wie den Käfer auf der Nadel!« Sie bearbeiteten den Boden mit den Stöcken, daß es knatterte. Um des lieben Friedens willen und um die Parketten zu schonen, setzte sich die Mutter wieder ans Klavier. Es war eine Tanzweise von dezenter Rhythmik, die sie zum besten gab. »Das ist doch ein Tanz. Jetzt im Advent?«

»Das ist ein Slowfox«, sagte die Mutter.

»Ein wie, ein was? Kein vernünftiger Mensch kann sich so was merken! Also ein Schlager.«

Tante Hermine sagte: »Sie ist meschugge, das arme Kind!«

»Total meschugge«, ergänzte Tante Helene, »das bedauernswerte Mädel. Das ist die ungarische Mitgift. So viel rapplige Vorfahren, pures Gift. Unser Hermann, der war immer schon eigensinnig. Wir haben ihn gewarnt: Schuster, bleib bei deinem Leisten! Aber wer hört auf uns?«

»Wie heißt der Schlager?« bohrten sie weiter. Die Mutter schwieg. Aber der Bruder Uwe kannte sich aus. Dienstbeflissen zitierte er die erste Zeile: »Titi Puh, du süße meine Kleine, Titi Puh, du süße meine Kleine …« Den Tanten war der Rhythmus zu modern und der Text zu frivol.

»Das nächste Stück«, kommandierten sie.

Es war das Menuett aus *Don Giovanni* – für Anfänger.

»Ah …« Damit gaben sie sich zufrieden. Sie ergingen sich in Erinnerungen an ihre Jugend, als man auf glanzvollen Bällen Menuett getanzt hatte. Die Bürgertöchter waren von den Dienstmägden in Waschschäffern – »das waren originelle Sänften!« – durch den Morast ins Ballhaus getragen worden, damit die Atlasschuhe nicht Schaden nahmen.

Meine Mutter hatte noch eine Weise am Klavier erlernt, einen sentimentalen Schlager. Von dem wußte nur ich. Sie spielte ihn, wenn sie allein war. Eine Zeile lautete: »Denn das Glück ist entschwunden, das zu bleiben versprach.«

Nun meldete sich der Großvater zu Wort, der das Gerede der Schwestern seit Jahrzehnten im Ohr hatte und alles auswendig konnte. Er hatte eine Überraschung auf Lager und wollte sie vorführen. Die Laterna magica seiner Kindheit hatte er aufgemöbelt und funktionsfähig gemacht.

Das war ein Unikum: ein teleskopisches Rohr aus Messingblech mit verstellbaren Linsen. Durch einen Schlitz schob man rechteckige, mit Szenen bemalte Glasscheiben. Enorm vergrößert wurden diese Bilder auf eine Leinwand an der Wand projiziert. Doch spendete keine elektrische Glühbirne das Licht, sondern eine Petroleumlampe mit spiegelndem Glaszylinder. Das war aufregend neu, und wir Kinder wollten es sehen, selbst ich, der ich mich am liebsten verkrochen hätte.

Aber die Tanten weigerten sich. Das Gestinksel kannten sie aus ihrer Jugend. Sie seien fünfzehn Jahre älter als der Großvater und ließen sich nicht von ihm kujonieren.

Doch ehe es zu einem genüßlichen Familienstreit kam, legte sich meine Mutter ins Mittel: »Laßt den Großvater gewähren! Die Kinder haben so etwas noch nie gesehen!« Und schloß: »Wir machen doch gerne jeder dem anderen eine Freude!« Wie schön die Mutter das sagte. Wie gut die Mutter alles meinte.

Dann möge die Fofo »husch, husch!« einen Mietschlitten rufen: »Für uns ist diese unerquickliche Feier zu Ende!«

»Die Fofo bleibt hier, mit uns«, entgegnete meine Mutter sanft. »Heute ist Advent …«

»Die Fofo bleibt hier …« Wie idyllisch die Trude sich das ausgedacht habe, wie naiv sie sich das vorstelle. Die Fofo? Die? Die kaum erwarten könne, den Soldaten nachzulaufen, den deutschen von der Wehrmacht, ja vielleicht sogar einem rumänischen. Das habe der liebe Gott weise eingerichtet, daß am Sonntag in der ganzen Welt die Soldaten zusammen mit den Dienstmädchen Ausgang hätten. Zum ersten Mal war an diesem Adentsonntag vom lieben Gott die Rede.

Sollte die gute Fofo, die dem deutschen Volk vier volksdeutsche Kinder geschenkt hatte und die vom Gauleiter dekoriert worden war mit dem Ehrenzeichen einer Mutter und beschenkt mit einer Schreibmaschine Marke Erika (wie auch unsere Mutter nach der Geburt der kleinen Schwester), zum Thema Soldaten, Dienstmägde und die Weisheit Gottes am Sonntag etwas gedacht haben – sie hätte sich nicht zu Wort melden können.

Denn nun überstürzten sich die Ereignisse. Der Großvater hatte kurzerhand den Docht in der Lampe seiner Laterna magica entzündet und eine Bildserie durchlaufen lassen. Es erschienen aber nicht wie angekündigt Maria und Josef im ersten Advent der Welt, auf der Reise von Galiläa, aus der Stadt Nazareth, in das jüdische Land zur Stadt Davids, die da heißt Bethlehem; statt dessen erheiterten uns die Streiche von Max und Moritz, die groß und farbig auf dem Leintuch an der Wand zu sehen waren. Wir alle kannten uns in den Bilderbüchern von Wilhelm Busch besser aus als in der Bibel, wahrlich ein Buch mit sieben Siegeln.

Bei einer fuchtigen Bewegung zu den Schwestern hin, die sich aus den tiefen Stühlen hochzurappeln versuchten, stieß der Großvater die Petroleumlampe um. Das flüchtige Öl ergoß sich auf das Tischtuch und verbreitete sich im Nu. Es wäre nichts passiert, wenn es nicht zur Sonntagszigarre des Vaters gesickert wäre, die durch Kräfte der schwarzen Magie, *Magie noire*, vom Aschenbecher gekippt war. An der Glut der Zigarre fing das durchtränkte Gewebe Feuer. Von seinen brennenden Rändern stürmten die Flammen zur Mitte hin, zum Behälter der Lampe, aus dem es glucksend floß.

Ehe noch jemand in dem Gewirr von Rauch und Geschrei, von Flammen und Menschen etwas Rettendes sagen oder tun konnte, wurde die Tapetentür – die nur für Eingeweihte zugänglich war – wie von Geisterhand aufgerissen. Herein stürzte ein bärtiger Mann mit Augen wie Feuerräder, umwallt von Haarsträhnen und einem schwarzen Lodenmantel. Wir erkannten ihn sofort: Es war der Prophet.

So wie jede kleine Stadt ihren stadteigenen Narren hat, so hat sie ihren Propheten.

Der stadteigene Narr in Fogarasch hieß die verrückte Emma. Die verrückte Emma gehörte zum Stadtbild wie die Büste der Doamnă Stanca, einer Fürstin der Walachei, auf der Burgpromenade oder das Denkmal des sächsischen Königsrichters Weyrauch im Hof der Evangelischen Schule.

Was sie tat, war ungereimt, aber für sie das Richtige und Angemessene. Sie badete bei jeder Temperatur und zu jeder Jahreszeit im Bach, der mitten durch die Stadt floß. Allerdings immer je nach Wetter gekleidet: jetzt im Winter mit Mantel, Damenturban und Muff, wenn es jedoch regnete, mit dem Schirm über dem Kopf. Die verrückte Emma tat noch anderes: Mitten auf der Straße, am hellichten Tag, tat sie Dinge, die uns unschuldige Kinder so erschreckten, daß wir die Augen mit den Händen verdeckten und nur zwischen den Fingern hindurchlugten. Aus heiterem Himmel raffte sie ihre Röcke und zeigte den Unterleib und drehte ihn wollüstig in alle Windrichtungen, und das war furchtbar anzusehen: ein weißer Feuersturm, eine blendende Luftspiegelung.

Anders der Prophet. Der entblößte sein Inneres. Sprach von Sünde, von Buhlerei mit dem Bösen, sprach vom Teufel – von diesem sehr intim. Er sprach von der Bekehrung, vom Jüngsten Gericht, von der Auferstehung und vom ewigen Leben. Und viel sprach er vom Himmel, und das so familiär, als ginge er dort ein und aus. Jeden, dessen er habhaft werden konnte, bedrängte er mit dem Wort Gottes, das scharf ist wie ein zweischneidiges Schwert. Wir waren ihm bisher entronnen.

Einmal jedoch war er vor die Mutter hingetreten, hatte sich wie ein Wegelagerer auf sie gestürzt, sie am Handgelenk gepackt, in den Hof eines Hauses gezerrt und dabei die gelben Zähne gefletscht. Hoheitsvoll hatte er sie angeschnauzt, sie möge sich bereithalten: Er brauche sie als Köchin an seinem Hof.

Das Befremdliche am Propheten war nämlich, daß er manchmal das göttliche Amt verließ, in die Haut des Kaisers von China schlüpfte und den verwirrten Bürgern von Fogarasch vorgaukelte, wie es am Hof des Himmelssohnes zuging.

Diesmal aber trat er als Prophet auf und wurde zum rettenden Engel. Ohne einen Augenblick zu zögern, warf er seinen Prophetenmantel über das Feuer, das uns zu verschlingen drohte. Es wurde stockfinster im Raum. Es stank nach versengten Haaren und verbrannter Wolle, nach Auspuffgasen und rußenden Petroleumlampen. Es stank, wie der kundige Prophet bemerkte, nach Höllenpfuhl und Teufelsspuk.

Endlich drehte die Fofo das Licht an. Aber ehe wir die Bescherung abschätzen konnten, befahl der Prophet inmitten der Verwüstung: »Rasch eine Bibel her, her mit der Bibel. Das Gebot der Stunde heißt, Gott auf der Stelle danken für die wunderbare Errettung aus dem Feuerschlund der Hölle, aus den Krallen des Leibhaftigen.«

Die Bibel? Niemand hatte eine Vorstellung, wo die Bibel stecken mochte, um so mehr, als sie keinen fixen Platz hatte, einen Platz, der ihr zustand.

»Wie«, rief der Prophet und raufte sich die Haare, »ihr feiert Advent ohne Bibel? Advent, das ist die heilige Zeit der Vorbereitung auf das Kommen des Sohnes Gottes, das ist die heilige Zeit der geistlichen Bereitung auf die Geburt Jesu Christi, unseres Herrn und Heilandes. In den Kirchen verhängen sie Altar und Kanzel mit violetten Paramenten. Und ihr wißt nicht einmal, wo eure Bibel ist?«

Wir sahen uns betreten an. Daß Advent mit Weihnachten zu tun hatte, das wußte jedes Kind. Aber daß es mit Jesus Christus zu tun hatte – das hatten wir vergessen.

Engelbert entsann sich, wo die Bibel steckte: zwischen seinen Skiern, deren Laufflächen er mit dem dicken, strammen Buch gespreizt hatte. Denn Advent hatte nicht nur mit Weihnachten und Jesus Christus zu tun, wie wir eben vernommen hatten, sondern vor allem mit Wintersport, mit Schlittschuhlaufen und Skifahren.

Doch der Prophet hatte keine Zeit zu verlieren. Gute Taten harrten seiner und mußten getan werden. Auch stank es ihm zu stark nach Teufelswerk.

»Alles stillgestanden, aufgesessen«, erscholl der Befehl. Vor seiner Bekehrung, munkelte man, war der Prophet Rittmeister gewesen, und man munkelte manches andere dazu; sogar, daß er Abkömmling des ungarischen Landesfürsten Mailat sei.

»Wir beten ein Vaterunser. Alle miteinander. Gut laut. Je lauter, desto besser, damit Gott, der himmlische Vater, jeden einzelnen von euch Sündern extra anhört!«

Wirklich und wahrhaftig. Wir setzten uns auf, und wir standen still. Wir falteten die Hände und beteten laut das Vaterunser. Selbst der Vater, in dem es viele verschlossene Türen gab. Und die Tanten, die auf den Führer schworen. Und der Großvater, der zwei Nächte hintereinander in der Adria getrieben war und dort nicht nur seine Niere, sondern auch seinen Gott verloren hatte. Die Großmutter betete ungarisch, das war die Sprache ihrer Kindheit. Die Fofo betete sächsisch, in der Sprache, in der sie mit ihren Kindern redete.

Und die Mutter betete, wie eine Mutter betet.

Es betete der Engelbert das Vaterunser. Er betete es aalglatt und ohne Fehl und stockte nicht, bei keiner Bitte. Ich schämte mich für ihn.

Die Kinder, die das Vaterunser zum ersten Mal hörten, beteten: »Müde bin ich, geh zur Ruh ...« Schließlich sagte die kleine Schwester: »Amen!«

Der Prophet nahm Abschied. Sein Mantel blieb über den Tisch gebreitet, getränkt mit Petroleum und Gestank. Der Prophet schied im Hemd – ein Held und ein Heiliger. Mit Bart und Haarmähne rauschte er durch die Tapetentüre, bereits auf der Lauer nach neuen Guttaten und doch zufrieden in seinem erhabenen Gemüt: Gott hatte ihm Gelegenheit geboten, gottvergessenen Menschen ins Gewissen zu reden und sie vor dem Verderben zu erretten. Gott rechnete mit ihm. Gott brauchte ihn. Gott wäre einsam und hilflos, gäbe es den Propheten nicht. Was aber täte der Prophet, fragte ich mich, wenn es unsereins nicht gäbe?

Der Vater fragte laut: »Wie und wo ist dieser Mensch hereingekommen?«

»Durch den Hintereingang«, antwortete der Großvater. »Hintereingang für Dienstboten, Hauslieferanten und Briefadel.« Wobei er meiner Großmutter zuzwinkerte. »Und seit heute Noteingang für Propheten.«

»Man muß ihm alles nachsehen«, fügte die Großmutter hinzu und streichelte seine Hand. »Wer das durchgemacht hat, was er durchgemacht hat, das Schiff in Grund und Boden geschossen. Und er im unergründlichen Meer ...« Es schüttelte sie.

Wir verstanden, weshalb unser Großvater keinerlei Wasseransammlung vertrug. Beim Waschen berieselte ihn die Großmutter mit einer Gießkanne. Der Anblick einer Pfütze verursachte ihm Schüttelfrost, und Teiche oder Seen lösten Platzangst aus. Wassergläser duldete er, wenn man darin Wein kredenzte. Und Brunnenwasser trank er aus Likörbechern.

Alle hatten sich nach diesen Ereignissen verändert, zumindest für diesen Abend. Am offenkundigsten der Hund und der Großvater. Der Hund Litvinow drehte sich verzückt um seine Achse und suchte seinen Schwanz; vergeblich, denn der klemmte zwischen seinen Beinen. Der Großvater aber verlangte ein Glas Wasser – in einem Wasserglas. Wir hörten es klar und deutlich, er sagte: »Ein Glas Wasser, in einem Wasserglas!«

Die Tanten schlugen majestätisch das Kreuz über der Brust und stritten, ob man mit der Handspitze zuerst nach links oder nach rechts auszuschlagen habe und ob man zwei oder drei Finger benütze. Das eine sei die orthodoxe, das andere die katholische Manier. Sie seien im katholischen Glauben getauft worden, hätten aber von diesem Glauben nie Gebrauch gemacht. Das aber werde sich ändern. Gleich morgen würden sie in die Frühmesse gehen. Um so mehr, als sie die Kirche vor der Nase hatten. Daß ihnen das nicht schon vorher aufgefallen war, wunderte sie sehr. Schuld waren die anderen.

Engelbert schonte die Bibel und spannte sie nicht wieder zwischen die Skier, doch war er sichtlich verlegen, wohin mit ihr. Er schlug sie auf und las laut und bewundernd den ersten Satz: »Die Bibel oder die ganze Heilige Schrift – echtes Ziegenleder, schwarz, Goldschnitt.« Die kleine Schwester hörte andächtig zu.

Ich suchte die Nähe der Mutter. Beim Klavierspiel war ich mit der Kerze neben ihr gestanden, während das heiße Wachs auf der Hand mein Weh nicht zu dämpfen vermochte. Am liebsten wäre ich zu ihr ins Bett geschlüpft und hätte mich zu ihren Füßen zusammengerollt, wie einst als Kind in den Nächten, wenn der Vater auf Reisen war.

Alles ihr sagen, drängte mein Gefühl. Schweigen wie ein Grab, warnte der Verstand. Auch das stimmte: Wer ein Geheimnis hat, ist allein. Und muß schweigen.

Ich war groß. Ich hatte mein eigenes Zimmer. Und neuerdings war ich ein junger Mann, der Haltung zu bewahren und sich zu beherrschen hatte. Die Tanten, die so viel Kritisches und Kriegerisches von sich gaben, zur rechten und zur unrechten Zeit, wenn die gewußt hätten, wie sie heute mit diesem Satz bei mir ins Schwarze getroffen hatten …

Der Vater war zur Mutter getreten. Die Zerstörung im Zimmer, die im Schein des Lüsters ungemildert ins Auge stach, schien ihn nicht zu stören. Die beiden zogen sich in die Fensternische zurück, verschwanden fast hinter den schweren Vorhängen. Er hatte den Arm um ihre Schultern gelegt, vielleicht auch, daß man nicht erfahre, was er ihr zuflüsterte. Sie neigte den Kopf, hörte zu. Mit einer hastigen Bewegung drehte sie sich weg und führte die Hände an die Schläfen. Sie war bleich. Ehe sie wegeilte, erhob sie sich auf die Zehenspitzen und küßte ihren Mann auf die Wange. Meine Eltern hatten ein Geheimnis. Das umhüllte sie wie ein Tarngewand im Märchen.

Gleich darauf rief die Mutter uns alle vier mit einer Stimme zusammen, die keinen Widerspruch duldete. Schroff wies sie uns an, sofort zu Bett zu gehen.

»Ohne Abendessen?« maulte Uwe.

»Ihr habt genug Süßigkeiten genascht. Die Schüsseln sind leer!«

»Ohne Zähneputzen?« fragte Engelbert.

»Ins Bett mit euch! Ihr, die Großen, geht auf eure Zimmer und rührt euch nicht bis morgen früh!«

»Aber wenn wir auf die Seite müssen?« bohrte Engelbert. »Weg mit euch!« Ihre Stimme war erregt. »Die Kleinen schlafen oben bei den Großeltern.«

Warum wollen die Eltern allein sein? hätte ich fragen können. Die kleine Schwester schlief sonst bei ihnen und Uwe im Kinderzimmer daneben bei offener Türe. Aber ich fragte nicht. Mir war alles recht. Plötzlich war ich dankbar, in mein Zimmer entweichen zu können. Ich wünschte mich ganz in die Nische meines Schmerzes zu verkriechen, hinter die dunklen Portieren der Traurigkeit.

Aus meiner Stube trat der Vater. Er sah dort manchmal nach dem Rechten, prüfte die Ordnung in dem spartanisch eingerichteten Raum. Unter dieser Bedingung durften wir jeder ein eigenes Zimmer beziehen. Doch um diese Zeit, vor dem Schlafengehen, in der jeder seine stille Stunde brauchte, störte er nie. Er verhielt den Schritt, schien wie ertappt, wollte etwas sagen, lächelte verlegen. Ohne ein Wort zu verlieren, ging er davon.

Kundgabe

Es regnete. Nicht gerade in Strömen, wie nach dem Niesen des Großvaters zu erwarten gewesen wäre, aber so, daß man naß wurde. Ich hatte mich im Flur in einen Korbstuhl fallen lassen. Regentropfen zerstoben auf der Terrasse und bildeten Wasserspiele in Miniatur. Jetzt saß die Großmutter oben im Gästezimmer beim Fenster und las dem Großvater vor, der mit seinem Bambusschaukelstuhl in den letzten Winkel entwichen war. Teure Zeit verfloß. Ach was, soll das Fest ins Wasser fallen!

Dauerte der Regen länger, dann las die Großmutter aus der Bibel vor, Geschichten von der Wüstenwanderung. Der Großvater schwärmte: »Vierzig Jahre durch die Wüste, wo es alle hundert Jahre einmal regnet, welch Glücksfall für einen wie mich!«

Doch hatte es einmal einen Dammbruch gegeben. Bei einem Landregen hatte die Großmutter gutwillig zur Bibel gegriffen und monoton zu lesen begonnen, und hatte gelesen und gelesen und war an die Stelle gelangt, wo Mose Wasser aus dem Felsen schlägt: »Und die ganze Gemeinde der Kinder Israel zog aus der Wüste Sin ihre Tagereisen, wie ihnen der Herr befahl, und sie lagerten sich in Raphidim. Da hatte das Volk kein Wasser zu trinken.« Das war ganz nach dem Geschmack des Großvaters. Monoton, wie der Regen floß, und monoton, wie die Wüste Sin sich breitet, las die Großmutter weiter und las: »Und Mose hob seine Hand auf und schlug den Fels mit dem Stab zweimal. Da ging viel Wasser heraus ...«

Der Großvater fuhr mit jähem Schwung aus dem Schaukelstuhl und schrie auf, schrie: »Feurio, Mordio, Exit! Aus! Viel Wasser! In der Wüste Wasser? Von wo? Wieso ging viel Wasser heraus? Wo denn?«

»In der Bibel«, sagte die Großmutter.

»In der Bibel?« fragte der Großvater entgeistert. »Im Buch des Trostes und der Hoffnung? Verrat! Auch du, mein Sohn Brutus. Auf nichts ist Verlaß.«

Die Großeltern hatten sich nun dem Neuen Testament zugewendet. Sie vertieften sich in die Geschichte von der Versuchung Jesu. Dort kam kein Wasser vor, nicht ein Tropfen. Beeindruckend war, wie ausdauernd Jesus dem Verführer standhielt. Obschon er vierzig Tage nichts zu trinken hatte, kam er dem Erzbuben nicht ein Haarbreit entgegen. Der Großvater bemerkte: »Übrigens ein medizinischer Grenzfall, wie meine Kreuzfahrt einstmals im Mittelmeer.«

Regnete es noch lange, so schwamm das Fest davon. Denn die Großmutter war in der Küche nötig und nicht in der judäischen Wüste. Ich erwachte aus dem Sinnieren, aber ich rührte mich nicht vom Fleck. Mußte ich auch in der

Küche nach dem Rechten sehen? Dort hantierte das ungarische Mädchen Katalin allein, wenn sie nicht ruhte und ihren braunen Zopf auskämmte oder im Keller dem Soldaten Ion schöntat. Eben war die Hausmeisterin vorbeigehuscht, nach Hause.

Unsere Fofo, lange Zeit die Perle, sie war auf und davon; eines Sonntags nach der Kirche auf in ein Wehrmachtsauto und davon mit deutschen Soldaten, heim ins Reich.

Ich sank zurück in die schlaftrunkenen Abgründe jener Nacht nach dem Adventsonntag mit brennenden Rändern.

In der Nacht nach jenem Adventsonntag war ich erwacht aus tiefem Schlaf. Ich rührte mich nicht im Bett. Kein Laut war im Haus zu hören. Nichts bewegte sich. Vor dem Fenster im Garten keine Regung. Weiße Stille unter den Bäumen. Ehe mich das Nahe mit all seiner Verzweiflung überfiel, erinnerte ich mich an Abwegiges: In der Küche waren neue Möbel aufgetaucht.

»Woher?« hatten wir Kinder neugierig gefragt, »aus dem Geschäft?«

»Nein«, sagte die Mutter.

»Von wem?« Niemand antwortete.

»Ist das ein Geheimnis?«

»Nein«, sagte die Mutter.

»Von wem dann?«

»Von Juden«, sagte die Mutter.

»Von Juden? Aus der Stadt? Von hier? Kennen wir sie?«

»Ihr kennt sie«, sagte die Mutter.

»Wer ist es?«

»Die Bruckentaltante«, sagte die Mutter.

»Die Bruckentaltante. Dort haben wir die süßeste Dulceaţa bekommen. Und warum haben sie ihre Möbel verkauft?«

»Weil sie weggezogen sind« sagte die Mutter.

»Wohin?«

»Wir wissen es nicht«, sagte sie.

»Brauchen sie dort keine Möbel?« Die Mutter schwieg. Nie mehr wurde über diese Leute gesprochen, als seien sie gestorben. Es gibt Dinge, die man totschweigen muß.

In der Stille der Nacht war es, als hörte ich die Tanten eifern: »Wo immer die sich verstecken, ihr Schicksal ist ihnen ins Gesicht geschrieben! Nase und Ohren verraten sie!«

Es fiel mich wieder an, was mir zugestoßen war. Ich sah den Film von diesem Tag abrollen, den Engelbert mit den rätselhaften Worten angesagt hatte: »Dies wird ein Sonntag mit brennenden Rändern.«

Getrennt von mir durch eine Wand, schlief er den Schlaf des Leichtfertigen. Wie leicht er mit allem fertig geworden war, was er angezettelt und angerichtet hatte. Zwischen ihm und mir würde es nie mehr sein, wie es gewesen war. Nie mehr würde ich ihn lieben und ehren können wie früher.

Versagt hatte er! Nicht nur als Bruder und Freund, sondern auch als Geisterseher und Wahrsager. Alles Lug und Trug. Gewiß, immer wieder hatte es an diesem Sonntag irgendwo am Rande gebrannt. Das Tischtuch hatte lichterloh gebrannt, und dem Zigeunerknaben hatte der Kutscher eins auf den Pelz gebrannt. Mein Herz brannte an allen Rändern, verbrannte zu Asche, ich spürte es …

Aber diese paar verstreuten Vorkommnisse konnten mit dem Spruch nicht gemeint sein. Zu dürftig war dies alles, um das schicksalsträchtige Wort zu erfüllen.

Brennende Ränder: Das schwelte im verborgenen, das flackerte irgendwo am Rande, das flammte auf und wurde erstickt. Da lauerte Gefahr für alle, Unglück mußte abgewendet werden. Nichts davon hatte sich bewahrheitet.

Engelbert, der Scharlatan! Ein Gaukler, der uns mit seinen Masken und Märchen narrte.

Und für mich, was war er? Die Sprache versagte sich vor Traurigkeit. Ich hatte ihn geliebt und verehrt, trotz seiner Fremdartigkeit. Ich hatte ihm alles geglaubt. Ich hatte zu ihm aufgeschaut und sein Bild im Herzen getragen. Nun war alles aus. Er hatte mein Geheimnis zerstört. Er hatte mein Geheimnis an sich gerissen. Er hatte mich daraus verdrängt. Unbehaust verging ich in der Welt. Die Leere riß mich in die Tiefe, und ich fiel ziellos in die Nacht.

Ein Gedanke blitzte auf: Wenn aber die Geschichte dieses Tages noch nicht zu Ende war? Wußte ich alles? Hatte ich alles mitbekommen? Was war anders gewesen als sonst – und was davon hatte sich im verborgenen abgespielt? Stück um Stück tastete ich mich durch den Tag, leuchtete aus, was ich gesehen hatte, ging dem auf den Grund, was ich gehört hatte. Und begriff: Die Geschichte dieses Tages ist nicht zu Ende.

Ich entdeckte – damals oder später, wer kann Erinnerung und Erkenntnis auseinanderhalten: Das Geheimnis ist groß. Groß und so verschwiegen, daß es allezeit noch ein Geheimnis verwahrt. Selbst wenn eine wahre und wirkliche Geschichte zu Ende erzählt ist, tut sich in der Tiefe voll Verschwiegenheit ein anderes Geheimnis auf, das vielleicht eines Tages als Wahrheit ins Wort drängt und doch unaussprechlich bleibt. Wahrheit, das ist nicht nur gewußte Wirklichkeit, sondern Wissen um das nicht endende Geheimnis.

Ich griff nach der Taschenlampe, mit der ich jeden Abend unter der Decke verbotene Bücher las. Zum Beispiel *Polnisch Blut* von Nataly von Eschstruth, aber auch *An Lagerfeuern deutscher Vagabunden in Südamerika* von Franz Donath.

Ich glitt aus dem Bett, streifte Wollsocken über die Füße, zog einen Pullover über mein Nachthemd. Im letzten Augenblick nahm ich das Fahrtenmesser an mich, das mit dem koketten Hakenkreuz am Griff, das jeder Pimpf bei Nachtübungen bei sich zu tragen hatte. Wie an der Hand geführt, folgte ich einer unsichtbaren Spur. Sechsundvierzig Karl-May-Bücher hatte ich gelesen. Und dazu *Das Nachtleben von London* von Edgar Wallace. Das machte sich bezahlt.

Ich schlich durch den eiskalten Salon. Vor den Fenstern zogen die kahlen Bäume an mir vorbei. Im Geäst hoben sich die Nester der Vögel ab. Gegen den Garten zu fehlten die Vorhänge, damit man bei Tag und bei Nacht die Natur genießen konnte.

Im Vorsaal beim Haupteingang fühlte ich unter den

Füßen die kalten Fliesen mit ihrer eingekerbten Musterung. Direkt in das Arbeitszimmer des Vaters vorzudringen hatte wenig Sinn. Diese Tür war versperrt. Zur Sicherheit versuchte ich die Klinke. Sie gab nach, aber die Tür bewegte sich nicht. Ich verschnaufte. Noch hatte ich kein Geräusch verursacht. In der Kälte des Flurs schlug mein Herz lauter als bisher.

Im Speisezimmer aber, wo der Vater uns am Vormittag beim Toben mit der kleinen Schwester überrascht hatte, als er erregt und viel zu früh heimgekehrt war, spürte ich wohlig die Wärme. Von hier führte noch eine Tür in das Herrenzimmer. Die wurde nie benutzt. Sie war von innen verstellt. In den Türstock hatte der Vater ein Bücherregal einbauen lassen. Hier war es warm. Ich konnte leichter überlegen. Auf dem Parkettboden glitzerten Schilfblätter, Schnitzel von Riedgras, die der Hund vom Spaziergang zur Toten Aluta mitgebracht hatte. Wie er sich geschüttelt hatte, ohne daß der Vater es ihm verwies! Nur die Kletten in den Ohren, die in Siebenbürgen auch Zigeunerzuckerl heißen, konnte er nicht loswerden, unser treuer Litvinow, der keinen von uns je verraten würde. Bis zum Abend schmückten sie ihn als possierliche Ohrgehänge.

Ich machte mich an die Arbeit. Mit der Taschenlampe leuchtete ich die Fuge in der Doppeltüre ab, beäugte das Türschloß. Es schien, als ob der Riegel das Schließblech gerade nur berührte. Mit der Spitze des Dolches vergewisserte ich mich. Tatsächlich, der Schlüssel hatte nicht gegriffen und den Riegel nur mäßig nach vorne getrieben. Mit einem Ruck der Dolchspitze drückte ich ihn zurück. Die Türe war aufgesperrt. Sie würde sich öffnen lassen.

Nach jedem Gang hatte man eine Pause einzulegen. Das lehrten die Abenteuerbücher. Ich ruhte aus, horchte. Kein Laut. Kein Geräusch, nicht drinnen noch draußen.

Ich drückte auf die Klinke und zog behutsam den einen Flügel der Türe auf, nur einen Spalt. In diesem Augenblick stürzte etwas vom Bücherbord und schlug mit dumpfem Laut auf den Teppich, vor meine Füße. Ich rührte mich nicht. Lange stand ich im Dunkeln und dachte an nichts. Fragte nicht, ob sich der Himmel auftun und es Pech und Schwefel regnen würde, erwog nicht einmal, alles sein zu lassen und in mein Zimmer zu schleichen, ohne mich umzudrehen.

Schließlich kniete ich nieder. Ich knipste kurz die Taschenlampe an, dicht über dem Boden, um den Lichtkegel zu bündeln. Dort war ein Lederfutteral auszumachen. Im Dunkeln tastete ich in die Hülle hinein und erriet mit den Fingerspitzen, was es war: Es war ein Revolver. Ich wog ihn kurz und verstaute ihn in seinem Behältnis. Dann stand ich auf.

Indem ich die Bücherstellage entlangleuchtete, die in der Türnische den Eingang ins Zimmer verbarrikadierte, fand ich in der vorletzten Regalreihe den Ort, wo der Revolver sein Versteck hatte. Zwei Bücher lehnten schräg aneinander, sparten ein zeltähnliches Verlies aus. Dort war der Revolver gelegen. Dorthin wollte ich ihn zurücklegen.

Doch in der Höhlung zwischen den Büchern hatte noch ein Objekt seinen Platz gefunden, ein kleines viereckiges Etui, das ich sofort identifizierte: Es war mein Kompaß, der immer über meinem Bett hing. Ich zog ihn sachte heraus und lugte durch die Luke in das Zimmer. Zögernd huschten die Lichtstrahlen durch den Raum.

An der Wand gegenüber, zwischen den Fenstern zum Garten, auf dem pompösen Ledersofa, schlief ein Mann, bedeckt von einem Plaid. Neben seinem Lager standen Stiefel in einer Wasserlache. Er schlief tief und atmete kaum. Seine Hand umklammerte Uwes Taschenlampe, als sei es eine Waffe. Er schlief wie tot, zu Tode erschöpft. Sein Kopf lag halb zur Lehne gekehrt. Zu sehen war der Haaransatz. Das rechte Ohr. Zu sehen war das Profil der Nase.

Ich kannte den schlafenden Mann nicht. Ich hatte ihn nie gesehen. Aber ich erkannte ihn sofort.

Sein Schicksal stand ihm ins Gesicht geschrieben.

Ich löschte die Lampe, um seinen Schlaf nicht zu stören. Lautlos räumte ich Revolver und Kompaß zwischen die Bücher. Dann schloß ich die Tür. Das war es also.

Die Geschichte dieses Tages war zu Ende. Sie tat weh.

Aber das Geheimnis blieb groß und war voller Verschwiegenheiten. Tränen netzten meine Wangen. Ich konnte den Bruder Engelbert wieder lieben und ehren.

Über dies alles würde ich schweigen wie ein Grab – nein: wie ein Mann.

II. Verschwiegene Stadt

Ungleichheit

Zum zweiten Mal huschte die Großmutter herbei. Ich saß im Vorraum und starrte auf die griechischen Muster des Mosaikbodens, ohne zu bemerken, daß der Regen aufgehört hatte. »Riecht es nicht nach Schimmel«, fragte sie besorgt, »und nach Trauer?« Wir traten auf die Terrasse. Sie sagte das Mittagessen an, das wegen der Festlichkeiten vorgezogen werden müsse, aber bis dahin sei noch Zeit. Das Menü heute sei herzlich einfach, »Brodelavend«, auf sächsisch Bratensuppe, eine Kartoffelsuppe mit angebratenen Fleischstücken drin. »Wie gut, daß Frau Szabó gestern vorgekocht hat. Ja, und Apfel im Schlafrock gibt es als zweiten Gang.«

Und wollte wissen, wohin der Großvater verschwunden sei, der beim letzten Regentropfen mitten aus der Bibellektüre weggelaufen war. »Hoffentlich steckt er nicht im Keller beim Soldaten Ion, dem Schmutzjackel voller Ungeziefer, pfui! Das ist unter seiner Würde als ehemaliger k.u.k. Offizier.« Sie spähte zum Kellereingang, dessen Bohlentür geschlossen war. Dann hob sie mit zitternden Lidern die Augen zum Himmel, der dunkel von Wolken war: »Um Gottes willen, hoffentlich erwischt uns kein zweiter Regen. Der Großvater, er ist unruhiger als das Barometer. Regnet es noch einmal, so bekommt er den Tropenkoller. Was rede ich«, sie führte die Finger an die Dauerwellen, »so überkommt ihn sein Wasserfall, pardon: Wasseranfall! Der Himmel möge ein Einsehen mit uns haben!«

Sie fragte nach dem Dienstmädchen Katalin, das nie das tue, was man ihr auftrage, obschon sie mit ihr ungarisch rede:

»Zum Beispiel Äpfel schälen, die Klinken putzen. Dafür

macht sie sich dauernd im Keller zu schaffen, ist bei diesem unappetitlichen Soldaten. Aber wer getraut sich, ihr einen Tanz zu machen? Wo die Bolschewiken ins Haus stehen. Als erstes hetzen sie die Dienstboten gegen ihre Herrschaft auf. Ich habe das alles mitgemacht, in Budapest: Béla Kun! Wehe, wenn sie losgelassen! Hätte der Hausmeister nicht am Morgen den Hof und die Straße fegen müssen? Bevor der Regen den Unrat zu einem Brei verkleistert. Die Blätter und Äste soll er aufsammeln. Es schaut hier aus wie bei den Hottentotten! Du bist jetzt der Hausherr.« Auch zieme es sich nicht, daß sich seine Töchter Oronko und Irenke dauernd bei uns im Hof herumtrieben und um die Türe des Soldaten scharwenzelten. »Die haben ihr Häuschen beim Tor, einen eigenen Hof und einen Streifen vom Garten!« Und wie dieser Haustyrann seine Frau kurzhalte! »Abgemacht ist, daß sie bei uns jeden Tag am Vormittag aushilft. Du bist hier die Autorität. Sieh nach dem Rechten, selbst wenn wir am Finetti sind!«

Exitus, klickte es in meinem Kopf.

»Dagegen die Fofo! Welche Perle. Daß sie sich so vergessen hat können als Mutter von vier Kindern und ausgezeichnet mit dem Mutterkreuz und einer Schreibmaschine Marke Erika! Alles im Stich lassen, nicht nur Kinder und Schreibmaschine, sondern auch ihre Herrschaft!«

Tatsächlich. Nicht nur nach Hause zu kommen hatte unsere gute Fofo vergessen, sondern überhaupt sich selbst. Mit Tränen hatte Uwe die Nachricht überbracht, daß sie heim ins Reich gefahren sei, mit einem Kübelwagen, der in der Strada Lutherana geparkt hatte, vor dem Kirchhof. Aufgerufen von einem deutschen Soldaten: »Komm heim ins Reich, du Dralle!«, sei sie nach dem Gottesdienst aus der Schar der schnatternden Dienstboten davongerannt, ins Auto gesprungen und jauchzend davongefahren.

Uwe schwenkte in der Hand ihren falschen Zopf, den sie ihm vom wegrollenden Fahrzeug aus zugeworfen hatte, mit den Worten: »Ich muß von nun an in Wahrheit ein ganzer deutscher Mensch werden, ehrlich. Ein deutscher Mensch betrügt und lügt nicht!« Ihre vier Kinder von Felmern hinter dem Wald bekamen wir nie mehr zu Gesicht. Doch das war das wenigste.

Wohl oder übel rückte Frau Brunhilde zur Haushälterin auf. Eine gewisse Liso Edling aus Schaas wurde ihr an die Seite gestellt. Doch durfte man nicht mehr Dienstmädchen sagen, sondern mußte sie Haustochter nennen. Da »Heil Hitler« im Haus verboten war, grüßten sie sich mit »Heihi!« Und verbündeten sich zu einer Front der völkischen Selbsthilfe gegen die reaktionäre Herrschaft. Mich wollten sie als dritten im Bunde haben: »Du als Pimpf! Zuerst kommt Blut und Boden, dann erst das eigene Fleisch und Blut!«

Ich zögerte.

Die Großmutter fragte, ob Frau Rozalia im Hause sei. Das war die Witwe des Rittmeisters Costescu und Seelenfreundin des Herrn Colonel Procopiescu, dem wir seit kurzem den Salon vermietet hatten, damit er uns vor den Russen beschütze. Ich sagte, daß Frau Rozalia meist erst spät am Nachmittag erscheine. »Und manchmal bleibt sie über Nacht.«

»Um Gottes willen«, rügte die Großmutter, »so was sieht man nicht, und so was sagt man nicht.« Es gehe um die Kuhmilch. Frau Rozalias Vater, der alte Harhoiu von Ileni, habe sich seit Tagen mit der Milch nicht gezeigt. Man werde sie wieder vom Binderischen Gut bestellen müssen, wenn die Maul- und Klauenseuche vorbei sei, denn auf Rumänen sei wenig Verlaß. Oder irre sie? »Es ist schwer, die Wahrheit auszumachen. Du sollst kein falsch Zeugnis ablegen wider deinen Nächsten ...«

»Lehrt Luther im Kleinen Katechismus«, fiel ich ein, »sondern Gutes von ihm reden und alles zum Besten kehren!«

»Erste Früchte«, die Großmutter klatschte Beifall, »nachdem du dich endlich hast konfirmieren lassen; besser spät als nie. Aber: Unterschiede zwischen den Menschen gibt es und ebenso unter den Völkern, das kann niemand bestreiten.«

Ob der Erichonkel schon hier gewesen sei und sich seine Schreibereien geholt habe. Er habe aus dem Geschäft angerufen. Gesagt habe er unter anderem, daß ihm dieses Fest ungelegen käme, weil er am Nachmittag verhindert sei. Wie gut, dachte ich. »Wegen einer Übung von der DM kann er nicht dabei sein. Apropos DM: Was bedeutet das gleich? Diese vielen Abkürzungen, seit die Deutschen das Sagen haben, man wird schwindlig!«

»Deutsche Mannschaft.«

»Sehr gut, du weißt ja alles. Aber zuviel des Deutschen ist ungesund. Das macht böses Blut.«

Schließlich meinte sie noch: »Ah, du hast die Korbmöbel verräumt und paßt auf das Wetter auf!« Das beweise, daß ich meine Hausherrenpflichten ernst nehme. »Doch in Liebe geh deinen Pflichten nach. Du weißt ja:

Sage nie, das kann ich nicht!
Vieles kannst du, will's die Pflicht,
alles kannst du, will's die Liebe
Sage nie, das kann ich nicht!«

Sie eilte davon.

Bei mir war es umgekehrt. Alles konnte ich, wollte es die Pflicht: Ich duschte jeden Morgen kalt, lief barfuß durch den Garten, selbst im Schnee. Ich hatte meine Bücher in Packpapier eingebunden und numeriert – zweihundertvierundfünfzig war der letzte Stand – und sie dann wieder aus ihren Einbänden gelöst, weil mir die Farblosigkeit des Papiers mißfiel.

Nichts konnte ich, wollte es die Liebe.

Ulrike Enkelhardt! Ich hatte sie mit Stumpf und Stiel aus meinem Leben ausrotten wollen. Und so rasch verschmerzt, daß ich mich wunderte, daß ich fast verstimmt darüber war. Und trotzdem geisterte sie noch immer durch meine gekränkten Sinne.

Daß Engelbert sie nach jenem Kuß auf dem Eislaufplatz nicht mehr angesehen hatte, war mir kein Triumph. Eher unheimlich. Eine Seele ohne Erinnerung, dieser fremdartige Bruder. Aber: Der Betrogene war ich. Nein, das Wort traf nicht zu, es war zu banal. Ich fühlte mich nicht betrogen, ich fühlte mich geprellt, noch genauer – getäuscht: Während ich geduldig gewartet hatte, sie möge die puppenhafte Kindlichkeit abstreifen und hineinwachsen in die Rolle ihrer Sinne, war das längst geschehen. Und ein anderer hatte geerntet, was ich gehegt und gepflegt hatte.

»Der Erstbeste, der ihren Weg gekreuzt hat«, sagte der Prophet zweideutig, als ich ihm mein Leid klagte. Nie wieder würde ich der Unterlegene sein! Das schwor ich mir.

Ich dachte an Alfa Sigrid, von der ich wollte, sie würde dem Fest fernbleiben, von der ich wünschte, sie möge erscheinen. Ich fühlte schwingendes Erschrecken.

Mit Bangen erinnerte ich mich an Gisela Judith, die gewesene Schulkollegin, das jüdische Mädchen mit dem lachhaften Familiennamen Glückselig.

Und dachte fassungslos an den besten Freund von einst, Johann Adolf, den ich vergeblich geliebt hatte und den zu hassen ich mich vergeblich bemühte.

Und sehnte mich, daß alle Menschen gleich wären, und mochte es gleichzeitig nicht.

Die Großmutter glaubte nicht, daß die Menschen gleich seien. Darum schnitt sie bei den Geburtstagen die Torte zu unserem Ärger in verschieden große Stücke, denn, so betonte sie voll Ernst, im Leben würden die Lose verschieden fallen. Ich begann mich vor dem Ernst des Lebens zu fürchten. Nicht einmal im Tod herrsche Gleichheit, wahrscheinlich auch im Himmel nicht. Denn sie konnte sich schwer ausmalen, daß alle Seligen gleich nahe bei Gott Platz finden würden.

»Wie? Sind nicht alle Menschen gleich«, hatte ich entgegnet, »zumindest die, in deren Adern deutsches Blut fließt?«

»Nein«, hatte die Großmutter gesagt, die sonst zu allem ja sagte, sogar ja und amen, wie die Großtanten, ihre Schwägerinnen aus dem Wildgarten, krakeelten. »Selbst die Deutschen sind nicht gleich, nicht einmal in dieser kleinen Stadt. Schon was ihr Kinder mir erzählt habt, ist unglaublich!« Und fragte: »Möchtest du mit einem von unseren Leuten hier tauschen? Mit dem Sohn vom Schuldiener Feichter? Der mit seiner Familie unter demselben Dach mit dem Schulklo haust? Oder mit Viky Welther, bei denen sich alles in der Küche abspielt und es so unhygienisch riecht? Oder mit deinem Freund Hans Adolf, bei denen man vom Hof direkt in die Küche tritt, so daß man sie bei allen intimen Verrichtungen überrascht? Badezimmer haben sie keines, obschon sie Deutsche sind.«

»Intim, was ist das?« fragte mein kleiner Bruder Uwe.

»Sich nackig waschen«, erläuterte ich.

»Ja, ja«, sagte Uwe, »beim Hans sieht man dir bis in den Bauch, und beim Viky riecht es immer nach Schweineblut.«

Aber Kurtfelix verbat sich unter Tränen jede abfällige Bemerkung über seinen besten Freund Viky.

Solche Gespräche wurden im Kinderzimmer geführt, wenn der Großvater seine Siesta hielt und wir mit der Großmutter Domino, Halma oder Mensch-ärgere-dich-nicht spielten.

War sie frommer gestimmt, räumte sie ein, daß es im Himmel eine ausgleichende Gerechtigkeit geben könnte. Doch nicht auf Erden! »Nicht einmal im Tod ist man gleich.«

Als Beispiel nannte sie den Zentralfriedhof in Hermannstadt. Dort gebe es drei Klassen, davon die erste Klasse mit A und B. »Wie sie sich unterscheiden? Im Feld zwei liegt man näher beieinander. Bei drei dazu noch am Rand. Ja, und bei der Geburt ist man sowieso nicht gleich.« In der kirchlichen Geburtenklinik des Luther-Krankenhauses in Hermannstadt könne man erster oder zweiter Klasse, ja sogar dritter Klasse auf die Welt kommen. Andererseits sei Gleichmacherei nicht wünschenswert. Es führe zu keinem guten Ende, wenn man sich mit jedermann gemein mache. »Übrigens heißt es im Gebet, und Pfarrer irren nicht: Herr, segne und schütze jeden in seinem Stande. Jeder Mensch hat in seinem Stand den angestammten Platz und erhält dort seine Würde als Ebenbild Gottes.« Das sei eben die herrschende Ordnung. Über diesem allem wache Gott in eigener Person.

Uwe wollte wissen, welchem Stand wir angehörten. Und

er wollte wissen, wie der liebe Gott ausschaue, wenn er unser Ebenbild sei, wo doch jeder Mensch ein anderes Gesicht habe: »Schaut der liebe Gott wie unsere Fofo aus oder wie die Mutter, ähnelt er mehr dem Soldaten Ion oder dem Colonel Procopiescu?« Wobei uns die Mutter und der Soldat lieber gewesen wären als die anderen.

Der erste Teil der Frage ließ sich präzise beantworten: Wir seien gehobener Mittelstand. Doch bedurfte es der Erläuterung, weil die Kinder damit nichts anfangen konnten. »Bürgersleute sind wir! Bürger!« sagte die Großmutter. »Hoffentlich noch immer gutsituiert, denn der Krieg und die Inflation fressen alles auf ...« Das ließ sich einordnen: »Kaiser, König, Edelmann, Bürger, Bauer, Bettelmann«, zählte die kleine Schwester ab, während Uwe enttäuscht überschlug: »Dann sind wir nur an vierter Stelle, unter der Mitte.«

Engelbert rechnete nach: »Wir sind an erster Stelle. Kaiser gibt es keinen hierzulande. König gibt es einen einzigen in Bukarest, der scheidet aus. Edelleute haben wir keine in der Stadt. Also stehen wir an erster Stelle.«

»Nein«, sagte ich, der ich damals auf Teufel komm raus widersprach. »Die Binders von Hasensprung, die Pildner von Steinburg: Sind das keine Adeligen?«

»Weit gefehlt«, sagte Engelbert. »Das sind Bürgersleute wie wir, geadelt vorzeiten wegen irgendwelcher Verdienste. Das ist so, wie man heute einen Orden bekommt.«

»Und der Fürst Bathory in seinem Wasserschloß?«

»Der zählt nicht. Der hat nie einem Menschen die Hand gereicht. Doch gut, hab wieder einmal recht. Dann stehen wir eben an zweiter Stelle, immer noch oberhalb der Mitte.«

»Recht hat er«, bemerkte Uwe, »denn unten ist der Bauer und der Bettelmann.«

»Und der einfache Bürger«, sagte Engelbert, »und der Kleinbürger und der Handwerker und andere noch. Der Unterschiede nach unten sind unendlich viele. Habt ihr nicht von der Infinitesimalrechnung gehört?« Das hatten wir nicht.

»Was heißt: einfacher Bürger?« fragte ich lauernd.

»Das ist der mit den Gartenzwergen.«

Der Bruder Engelbert ... Wir blickten zu ihm auf. Wir ärgerten uns über ihn. Alles berechnen! »Er ist ein Rechenkünstler, ein Mathematikus, ein Mantiker, ein Kabbalist«, wie der Großvater kopfschüttelnd bemerkte.

Frau Brunhilde meinte argwöhnisch: »Ganz aus der Art geschlagen, als ob man ihn bei der Geburt vertauscht hätte.«

Ausgerechnet hatte er, daß der fünfundzwanzigste Längengrad durch mein Zimmer und mein Bett lief, und wünschte, daß er durch sein Bett laufe. So mußten wir die Zimmer tauschen, und ich hatte nicht nur den fünfundzwanzigsten Längengrad verspielt, sondern kam auch über den Kellereingang zu liegen, darunter der Soldat Ion sich Nacht für Nacht als Lebemann unter tollem Getöse vergnügte. Doch das Unberechenbare holte den Bruder Engelbert stets und ständig ein. Und bald für immer.

Dann sagte er noch, daß dies alles nicht mehr gelte, denn im Reich spreche man nur noch vom Nährstand, vom Wehrstand, vom Lehrstand, vom Mehrstand ... »Alle Deutschen sind untereinander gleich, einschließlich unseresgleichen!« Nur die vielen Führer seien mehr. Damit war dieses Thema erschöpft.

Zur Frage, wie das mit dem Ebenbild Gottes sei, bemerkte die Großmutter, daß nicht Gott wie wir ausschaue, sondern umgekehrt: »Wir sind sein Ebenbild. Doch da niemand Gott gesehen hat, nicht einmal Mose, der sehr neugierig gewesen ist und ein Intimus Gottes, niemand also, nur Jesus allein als Sohn, wissen wir nicht, wie Gott ausschaut, und somit könnte jeder sein Ebenbild sein.« Sie schloß: »Übrigens steht in der Bibel, daß der, der Gott von Angesicht zu Angesicht schaut, sterben muß.« Darauf wollte niemand von uns Gott schauen oder ausschauen wie Gott. Auf der Erde gab es genug zu schauen, und sterben konnte man jeden Augenblick, denn es war Krieg.

»Jeder möge in seinem Stand zufrieden sein«, nahm die Großmutter den Faden wieder auf. »Denkt ihr, es machte uns Spaß, sollte der König Michael plötzlich zum Tee erscheinen? Oder der Sohn vom Sargtischler die kleine Schwester heiraten?«

Nein, das gefiel uns wahrlich nicht. Nur die kleine Schwester wünschte heftig beides. Das wäre ein Spaß, sollte der junge und schöne Märchenkönig zur Teestunde erscheinen, und ebenso, daß der Sohn des Sargtischlers Mild, Karlibuzi, sie heirate. Aber zuerst müsse sie unseren schwarzgelockten Geschäftsführer Sorin Mircea Nicoara heiraten.

Das brachte die Großmutter auf andere Gedanken: »Welch schöner Rumäne«, schwärmte sie. Und: »Alles so traurig!« Wir mußten der kleinen Schwester verschweigen, daß dieser schöne Mensch bei Odessa gefallen war. Gott sei Dank, wie es allgemein hieß; Granatsplitter hätten sein Gesicht zerkratzt, andere meinten, ganz zerstört. Er hatte unseren Splittergraben im Garten entworfen und gebaut, der seinen Heldentod einige Jahre überdauerte.

»Nein«, sagte die Großmutter, »die Leute sind nicht gleich, und so ist die herrschende Ordnung.«

Engelbert und Uwe gaben sich zufrieden und trollten sich. Was Kurtfelix meinte, wußten wir nicht. Er fehlte. Bei solchen Gesprächen stahl er sich bald davon, um mit dem Katapult Spatzen zu schießen.

Ich gab mich mit der herrschenden Ordnung nicht zufrieden. Aus dem Roman *Das gläserne Wunder* hatte ich mir einen lapidaren Satz von Ernst Abbe gemerkt: Wenn wenige reich sind, müssen viele arm sein. Und gefolgert: Uns geht es deshalb gut, weil es anderen schlechtgeht. Gewiß, das war ein Schönheitsfehler. Doch mochte ich mit niemandem tauschen, geschweige denn arm sein. Bei armen Leuten störten mich der Armeleutegeruch und die Fetzenteppiche.

Wie das mit der herrschenden Ordnung sei, fragte ich. Könne man sie nicht verändern, daß es allen gutgehe?

Die herrschende Ordnung würden die Russen sowieso auf den Kopf stellen, antwortete die Großmutter. Denn die Russen, früher ein frommes Volk, seien gottlose Bolschewiken geworden, die rechtschaffene Menschen einsperrten oder verhungern ließen, nachdem sie ihnen alles weggestohlen hätten. Die Bolschewiken: Nicht würden sie ruhen und rasten, bis alle arm geworden seien, in Massenquartieren hausten und aus demselben Kessel ihre Portion Essen bekämen. Die Kinder würde man den Eltern wegnehmen und in Heimen erziehen, ohne Gott, um sie zu Arbeitsmaschinen umzumodeln. »Ja, in Rußland sind alle gleich wie Gartenzwerge oder wie die Chinesen. Aber dann, wenn es soweit ist, möchte ich tot sein!« Die Schreckensherrschaft unter dem Kommunistenführer Béla Kun in Budapest im Neunzehnerjahr habe ihr ein für allemal gereicht, fürs ganze Leben.

Die Großmutter hatte eine Qualität, die alle anderen Qualitäten überragte wie der Sonnenschirm den Steintisch im Garten: Sie war vornehm. Der Umgang mit ihr war reine Freude, die nur an zwei Stellen getrübt wurde: War sie zu Besuch, mußten wir dauernd die Hände waschen, besonders die Kniewel, wie das bei uns heißt, die Knöchel am Handrücken, wo die Bazillen nisteten; und wir mußten in verrenkter und gequälter Haltung bei Tisch sitzen, mit je einem Buch unter die Ellbogen geklemmt, und wurden unerbittlich angehalten, elegant mit dem Besteck zu hantieren, die Gabel widernatürlich in der linken Hand.

Für mich traf seit geraumer Weile nicht mehr zu, daß ich die Welt zur Kenntnis nahm, wie sie sich darstellte, und nur das wahrnahm, was sich vor den Augen abspielte. Oft sah ich in Menschen und Dinge hinein, bis dorthin, wo es schrecklich wurde, bis auf den Grund, der sich jäh wie ein Abgrund öffnete. Nichts mehr bot Halt, weder Menschen noch Worte, weder innere Zustände noch Ordnungen. Alles war anders als vorher und wurde anders in jedem Augenblick. An wem, an was sich festhalten? Wo festen Boden finden, felsigen Grund, auf dem man das Haus seines Lebens bauen konnte? Die Formulierung gefiel mir, ich genoß sie als Bild und Sinn und notierte sie im Tagebuch. Groß war das Geheimnis und schaurlich.

Der heißgeliebte Freund – was war aus dieser Freundschaft geworden? Hatte er nicht bei einem Kriegsspiel in unserem Garten sein Blut für mich vergossen, um mich aus dem Splittergraben zu befreien, wo mich die Gegner eingesperrt hielten? Ein Nagel hatte seine Haut geritzt. Darauf hatten wir Blutsbrüderschaft getrunken. Am selben Nagel hatte auch ich meine Haut verletzt, bis blutrote Tropfen in den Becher rollten. Mit verschränkten Armen hatten wir den Becher auf einen Zug geleert.

Was war daraus geworden, aus dieser Freundschaft bis in den Tod, die begonnen hatte, als wir Buben waren und uns vom Fleischer Welther Schweinsblasen kauften, sie aufbliesen und mit ihnen die Aluta hinuntertrieben, sie trugen uns wie zwei Schwimmballons?

Dieser Mensch, den ich heute hatte einladen müssen und den ich zum Teufel wünschte, mein bester Freund von einst – wieviel Enttäuschung hatte er mir bereitet. Gescheit und bildhübsch war er. »Hübsch wie eine ungarische Pfarrerstochter und doch nicht unser Fall«, wie die Großmutter befand, »solche Leute passen nicht zu uns!«

Warnung hätte mir der peinliche Besuch sein sollen, den wir nach Weihnachten gemacht hatten, meine Mutter und ich. Ich hatte sie bewogen, den Eltern meines besten Freundes Besuch abzustatten. Alle, die mir nahestanden, sollten teilhaben am Glück dieser Freundschaft.

Als wir aber bei den Bediners in die Küche traten, wo ich mich sonst zu Hause gefühlt hatte, und die Hausfrau uns aufforderte, am Küchentisch Platz zu nehmen, genierte ich mich vor meiner Mutter. Ich bemerkte vieles, was mir nie aufgefallen war. Die Dinge stießen sich hart im Raum.

Die Wohnung der fünfköpfigen Familie war klein. Alles wirkte gering, war auf einmal so eng, daß ich meinte, riesige Füße zu haben, affenlange Arme und einen Wasserkopf mit Hängeohren. Meine Mutter auf einem Hocker sitzen zu sehen, bereitete mir Pein. Von der Decke baumelte eine Glühbirne, deren Strahlen alle Ecken und Winkel ausleuchteten. Blickte ich zu einem in der Runde, so schirmte ich unwillkürlich mit der Hand die Augen ab.

Der Vater meines Freundes trug eine todernste Miene zur Schau. Dieser fremdartige Mann hatte ein schneeweißes Hemd an. Das verwirrte mich. Ohne darüber nachzuden ken, hatte ich gemeint, daß Schornsteinfeger immer, selbst zu Hause und privat, schwarz wären wie die Nacht im Dezember. Unheimlicher war, daß er das Stündchen hindurch, das wir am Küchentisch saßen und Pfefferminztee und Schnaps trinken mußten, keinen Ton von sich gab, so daß sich das Gespräch dahinquälte, obschon meine Mutter plauderte und lächelte.

Beim Abschied aber, als er ihr in den pelzgefütterten Mantel half, brach er sein Schweigen und sagte einen Satz. Er hatte den Mantel prüfend zur Glühbirne gehoben, während meine Mutter bereits die Arme ausgestreckt hinhielt und nun in dieser Positur verharrte. Endlich tat er den Mund auf und sagte: »Begrüßen Sie mir Ihren Mann, liebe Frau!« Und sagte: »Liebe Frau, dieser Pelz wird Ihnen gute Dienste leisten, wenn die Russen kommen.«

»Eben nicht, fürchte ich!« sagte die Mutter. »Wie man hört, stehlen die Russen alles weg, was nicht niet- und nagelfest ist!« Ohne auf diesen Einwand zu achten, fuhr der Herr Bediner in seiner Rede fort: »In Rußland wird er Ihnen gute Dienste tun, dieser teure Pelzmantel, liebe Frau, wenn man Sie nach Rußland verschleppen wird. Dort ist es so kalt, daß man im Winter die Toten nicht begraben kann, man hebt sie bis ins Frühjahr auf!«

Was man in unseren Kreisen nicht gesagt oder so nicht gesagt hätte.

Vorkehrungen

Erich, der jüngere Bruder meines Vaters, radelte an der Terrasse vorbei. Er war als Kompagnon in unsere Firma aufgenommen worden und wohnte bei uns, seit der Vater nach Transnistrien eingerückt war. Erich hatte man wegen Plattfüßen vom Heeresdienst zurückgestellt. Er drückte es anders aus: Rußland sei zu groß für ihn. Es mache ihn schwindlig, er leide an Platzangst, das sei eine echte Krankheit, Agoraphobie heiße sie.

Erichonkel nahm mich für voll, zu voll. Immer wieder suchte er mir beizubringen, wie man kommode und ohne böses Blut zu machen mit mehreren Freundinnen zur gleichen Zeit verfahre: »Gib allen denselben Kosenamen, dann kann es nicht passieren, daß du sie am Telephon verwechselst.«

Meldete sich eine Frauenstimme – und es meldeten sich Stimmen noch und noch –, begrüßte er sie voller Schmelz und zuckersüß mit: »Zumpi, mein Lieb, wie freue ich mich, deine Stimme zu hören.« Die Großmutter meinte: »Diese Frau muß ihn sehr lieben, daß sie so oft anruft! Heiraten soll er sie, auch bei Männern gibt es ein Zuspät.«

Ich aber weigerte mich standhaft, über den Umgang mit Frauen von ihm belehrt zu werden.

Im Vorbeifahren rief er mir zu, mich heute nachmittag in acht zu nehmen. Es liege etwas in der Luft, etwas Verführerisches: »Die Luft, sie ist wie geschwängert! Ich spüre es, spüre es bis in den Urin. Eros, Cupido, sie haben ihre Pfeile gespitzt. So viele reizende, aufreizende Mädchen bei dieser Tanzerei, Jungwild, wild und jung, das bringt die Liebesnerven, Liebesreserven in Aufruhr: duftig, luftig, lustig, knusprig, durstig.«

Beim ersten Tango bekomme man im Handumdrehen die genaue Topographie ihrer Körper heraus: »Welche Entdekkung, die modernen Tänze, alles ein einziger Nervenkitzel, Leib an Leib, Haut an Haut, Bauch an Bauch – reizend und aufreizend. Tango: Ich berühre, ich berühre dich!«

Er hielt inne: »Ja, ehe ich vergesse, was treibt noch Alfa, diese fanariotische Hexe, diese Prinzessin aus Tausendundeiner Nacht, deine gewesene Busenfreundin?« Ich zuckte zusammen. »Oder lieber ohne Busen? Sie hält sich versteckt, sie hält sich bedeckt, haha! Vor die Flinte bekomme ich sie doch, wie Pfarrer Brandstetter gesagt hätte, Gott hab ihn selig, den tollen Weidmann. Dein wassersüchtiger Großvater würde sagen: Stille Wasser sind tief. Solch heißblütige Jungfrauen können mit vierzehn schon Kinder machen.«

Ich betete, er möge sich aus dem Staub machen, abtreten.

»Exit! Weiche von mir, Satan«, hätte der neue Pfarrer, Fritz Stamm, gedroht. Ich ließ den Onkel sein unflätiges Zeug daherschwafeln, flüchtete ...

Pfarrer Fritz Stamm hatte beim Tee auf der Terrasse erzählt, wie er aus einer sächsischen Bäuerin in Arkeden einen bösen Geist ausgetrieben hatte. »Den hat sie aus eigenem Verschulden aufgeklaubt wie die Krätze. Mein Gott, was für einen Schabernack der Teufel einem so spielt!«

Die Frau hatte sich in das orthodoxe Kloster Sâmbăta aufgemacht, um beim berüchtigten Mönch Arsenie für gutes Geld einen Fluch, eine Verwünschung zu bestellen. Der Mönch war aus der Klostergemeinschaft ausgebrochen und hatte sich in den Bergen bei der Schutzhütte Saxonia unter dem Wasserfall der Fereastra Mare, des Großen Gaden, eine Klause errichtet, nicht allzuhoch in den Karpaten gelegen, eine Stunde zu Fuß vom Kloster entfernt, auch für ältere Leute ein Spaziergang.

Hier betete der eifrige Gottesmann auf Bestellung Krankheiten weg, trieb unsaubere Geister aus, segnete Eheringe, befahl den Frauen, fruchtbar zu sein, stillte Liebeskummer bei Jugendlichen und Blutungen an Hunden, erlöste Menschen vom bösen Blick und aufgedunsene Pferde von Blähungen, ließ Wasser aus versiegten Quellen und Milch aus verdorrten Kühen sprudeln und tat vieles andere Gute – und das Gegenteil: Er vermaledeite und verteufelte, hexte höllische Geister in die Seelen der Menschen und Krankheiten in ihren Leib je nach Wunsch, prophezeite Hölle und Untergang auf Kommando, rief Teufel und Tod herbei – alles nach Auftrag und Bezahlung. Freilich mit der Vorwarnung, daß mit diesen Mächten nicht zu spaßen sei und daß Gott nachhelfen müsse: »Unser guter Gott, bunul Dumnezeu, muß leibhaftig und in eigener Person die Gebete erhören. Selbst die Verwünschungen macht der Herr nach eigenem Gutdünken wahr, und immer ein wenig anders und manchmal sogar sehr anders, als von uns bestellt.« Woran er, der gehorsame Diener Gottes, nicht schuld sei.

Doch der sächsischen Bäuerin war es ganz anders ergangen als bestellt und bezahlt. Sie hatte begehrt, der vielvermögende Mönch möge den Satan in ihre Schwiegermutter treiben, doch nicht für immer und ewig, Gott bewahre. Bloß für ein Weilchen solle der Höllenfürst dort Wohnung nehmen und die Alte zum Schweigen bringen, ihr wenigstens bis zu Advent das unlautere Maul stopfen. Dann sei die hektische Zeit der Herbstarbeiten vorbei, und der ewige Krakeel der Alten werde leichter zu ertragen sein. Gut ausgetüftelt. Aber ...

Gutes willst du, Böses siehst du, sagt der Rumäne. War die Geldsumme, die die Frau aus dem aufgeknüpften Schnupftuch fingerte, zu hoch und folglich der Mönch zu eifrig im Fluchen? Oder hatte er die verflixten deutschen Vornamen verwechselt, Annemarie und Marianne? Wie dem auch sei, der böse Geist verfehlte die Behausung, nistete sich in der Bittstellerin ein und schlug sie mit einem Flattern der Glieder: Ihr fiel alles aus der Hand, und allein konnte sie nicht gehen noch stehen. Es verschlug ihr die Sprache. Kurzum, die Schwiegermutter mußte ihr zur Seite sein. Die zog der Verhexten die besten Kleider an und zerrte sie auf den Pfarrhof von Arkeden. Während die also Geschlagene blöde im Sorgenstuhl des Pfarrers saß, berichtete die alte Bäuerin auf sächsisch von der Wallfahrt ihrer frommen Schnur zu einem Mönch im Gebirge, der viel von sich reden mache. Sie schloß, daß es sich für uns evangelische und deutsche Menschen nicht zieme, zu walachischen Popen zu laufen. So denke sie. Das habe sie sich in ihrem einfachen Sinn zusammengereimt, wiewohl sie kein studierter Mensch sei mit ihren sieben Klassen. Ja, es sei gefährlich, zu diesem Fremden zu rennen, von dem sie gehört habe, er würde sich nie waschen und nie den Bart scheren oder die Nägel schneiden: »Dat allent sekt aser saksesch Herrgott net gern!«

»Wie Figura zeigt, sieht das unser Herrgott nicht gerne«, sagte der Pfarrer. Er nahm seinen Ornat aus dem Schrank und das Holzkreuz vom Nagel an der Wand. Hoch schwang er das Kreuz über den schwankenden Kopf der Mundtoten, während die Schwiegermutter sie mit sanfter Gewalt in die

Knie zwang. Dreimal rief der Pfarrer, während er jedesmal die Besessene mit dem Kreuz berührte: »Im Namen Jesu Christi, unseres Herrn und Heilandes! Fahre aus, du Satan! Schere dich zum Teufel! Weiche, du unsauberer Geist!«

Und er wich! Die Frau fiel zu Boden, nachdem ihr Leib mit übermächtiger Gewalt geschüttelt worden war, als würden die Glieder auseinanderfliegen. Sie stieß schrille Schreie aus: »Herr, verzeih mir meine Sünden, Herr vergib mir meine Schuld!« Die losgesprochene Frau lag auf dem Teppich, weinte bitterlich und begann zu beichten, alles, aber auch alles! Und das im Beisein der sprachlosen Schwiegermutter, die sich vor Schreck bekreuzigte und von Stund an nie mehr ein häßliches Wort oder ein Wort zuviel sagte.

Dem Erichonkel hätte ich zurufen mögen: Scher dich weg, du Teufelsbraten! Jedem getauften Christenmenschen ist Gewalt gegeben über unsaubere Geister, das hatte ich im Konfirmandenunterricht gelernt. Aber ich traute mich nicht und sagte nur: »Geh in deine wilde Groß!« Was ohne Wirkung blieb.

So mußte ich weiter hören, was der Onkel zu raten hatte: »Laß dich nie auf eine festnageln!« Man müsse mehrere Eisen im Feuer haben. Alfa Beta, Gamma Delta … Mehrere Mädchen könne man zugleich am Bandel haben. »Das, solang man jung ist.« Später müsse man wählerischer werden, schon um sich zu schonen, wegen der Kräftevergeudung. »Die Liebe strengt auf Dauer an. Man wird müde. Doch irgendeine bleibt kleben:

> Aber so nach zweimal zwanzig,
> wird die Butter langsam ranzig …
> Hans, ich lieb dich, Hans, du mußt!
> Und sie klebt ihm an der Brust.«

Um dies alles zu sagen, verlängerte er den Weg mit dem Fahrrad, das bei uns Bizykel heißt, indem er im Hof um die Terrasse Serpentinen und Achter fuhr. Es liege etwas in der Luft, aufreizend, ja gefährlich: »In der Luft, in der Luft fliegt der Paprika«, trällerte er. Aber leider sei es aus mit der berühmten Berliner Luft: »Berliner Luft, Luft, Luft … Dort zischen die Bomben wie Teufelsfürze in der Hölle.«

Endlich verschwand er hinter der Hausecke, nicht ohne ein »Heil Hitler« zu mir heraufgeschmettert zu haben, und: »Alles für den Endsieg! Siegheil!«

»Grüß Gott«, sagte ich erleichtert, als ich ihn nicht mehr hören und sehen mußte.

Doch nach einer kühnen Kurve kam er wieder zum Vorschein, streifte im Eifer den Sockel des Löwen und verhielt am Fuße der Treppe: »Sollte ich mich nicht freimachen können, wir müssen wahrscheinlich ausrücken, noch einen Tip: Mit ein wenig Fingerspitzengefühl kannst du beim ersten Tanz herauskriegen, ob ein Mädchen einen Busenhalter, Busenbehälter, hat oder nicht. Du fährst ihr mit den Fingern sachte und wie zufällig vom Nacken her über die Wirbelsäule abwärts und spürst, was du wissen willst.«

Ich dachte verzweifelt: Wenn man etwas nicht sehen will, macht man die Augen zu. Aber gegen Stimmen ist man wehrlos. »Oder andersherum«, sagte er, »von vorne herein, haha, kannst du einen Blick in ihren Busen fallen lassen. Zum Beispiel, wenn du ihr Wein einschenkst und dich höflich und tief über ihre Halsöffnung beugst. Meerbusen, mehr Busen. Dann weißt du von vornherein alles, was du im nachhinein zu spüren bekommst, Tango amore.«

Ich wollte nicht spüren, was er wissen wollte, weder im nachhinein noch von vornherein.

»Ich bin ja zu eurem Exitus eingeladen?«

»Nein!« antwortete ich rasch.

Ohne sich beeindrucken zu lassen, sang er: »Du bist verrückt, mein Kind, du gehörst nach Wien, wo die Verrückten sind, da gehörst du hin …« und schwenkte in die Tannenallee ein.

»Berlin heißt das, du Lustgreis«, rief ich ihm nach, und: »Es gibt einen Frosch, der kackt dir in die Gosch!« Ich hörte nicht, daß das Tor ins Schloß fiel. Verdammt, er ist zu faul, vom Rad abzusteigen. Das Tor läßt er offen, der Narr!

Ja nicht das Tor offen lassen, ja nicht vergessen, die Türen zum Hof abzusperren, das hatte man uns eingeschärft. Eines Tages hatte der Vater Sicherheitsschlösser anbringen lassen, tüchtige deutsche Dammschlösser. Vorne beim Haupteingang waren zusätzlich Eisenriegel eingebaut worden.

Seit Anfang dieses Jahres 1944 hatte sich der Rahmen unseres Lebens sichtbar verschoben, spürbar verändert. Wir entwickelten eine eigene Strategie im Blick auf den Endsieg. Gott bewahre: Wir glaubten an den Endsieg! An etwas muß man glauben, hieß es allenthalben. Aber wir bereiteten uns auf den Endsieg vor unter der Geheimparole: falls die Russen trotzdem kommen ...

Als erstes tauften wir den Hund Litvinow um. Wir wollten die Russen nicht unnötig reizen. »Der Hund reagiert allein auf Vokale«, sagte der Großvater. Jeder Name mit den Vokalen i i o sei brauchbar.

»Libido«, sagte der Erichonkel.

Der Name gefiel uns Buben, und er gefiel vor allem dem Hund, er klang genau wie Litvinow. Doch der Großvater winkte ärgerlich ab: Das seien Schweinereien.

Was nicht ganz stimmte. Ich hatte das Wort nachgelesen: im handlichen blaßgrünen Sprach-Brockhaus der Mutter, und, neugierig gemacht, im fünfzehnbändigen Meyer-Lexikon mit Lederrücken und Goldschnitt im Arbeitszimmer des Vaters.

Da wir keinen männlichen Ersatznamen finden konnten und Eile geboten war – die Russen standen vor Jassy, der ehemaligen fürstlichen Residenzstadt der Moldau –, blieb es beim Vorschlag der kleinen Schwester. Der gefiel Libido nicht, und spontan rief sie aus: »Ingeborg!«

»Schon gut«, sagte der Großvater, »i e o ist wie i i o. Das i steht dem e nahe.« Dabei blieb es. Willig mit dem Schwanz wedelnd, aber kopfschüttelnd, kroch der Hund in den neuen Namen Ingeborg.

»Die Bücher, die Bücher müssen weg – hinaus mit ihnen. Bücher sind den Kommunisten verdächtig!« Der Großvater hatte 1919 in Budapest unter den Kommunisten nur überlebt, indem er aus roten Büchern den Kreml auf die Fensterbank seiner Wohnung gebaut hatte. Seit damals sah die Großmutter rot, wenn sie rot sah, und zitterte.

Sie sagte: »Es schwant mir, daß sich alles wiederholen wird, und ich weiß: Der Fluch der bösen Tat ereilt auch die Guten und Unschuldigen. Und ich ahne, daß sich zur gegebenen Stunde keine Männer Gottes finden werden, die den bösen Geistern Paroli bieten können. Dann Gnade uns Gott! Malmaison!«

»Einen guten Eindruck auf die Rote Armee machen rote Bücher!« Also verheizten wir in der Waschküche alle Bücher, die nichts Rotes an sich hatten. Da das höllisch langsam vor sich ging und weithin zu riechen war, vergruben wir den Rest unter der zerfallenen Laube im Garten. Einen Streich spielte uns dabei die neue Dienstmagd Liso Edling, die wir nach der Heimfahrt der Fofo ins Deutsche Reich eingestellt hatten. Aus unerfindlichen Gründen entwendete sie das Buch *Mutter erzählt von Adolf Hitler* und klebte es unter den Boden eines Schranks, den wir dem Colonel Procopiescu für seine Waffensammlung abgetreten hatten und der im Vorsaal beim Haupteingang seinen Standort hatte.

Bald sahen wir uns gezwungen, die Haustochter Elisabeth, in die sich die einst biedere sächsische Dienstmagd Liso Edling aus Schaas gemausert hatte, hinauszutun.

Daß man sie statt Liso Elisabeth rufen mußte, man gewöhnte sich, obwohl die Namen der Mägde kurz zu sein hatten, knallen mußten wie ein Peitschenschmiß. Daß sie die Seidenstrümpfe der Mutter benützte, war unverschämt, aber bitte; es gelang ihr nicht einmal, die Naht über die Symmetrieachse ihrer Waden zu geleiten. Daß sie jeden zweiten Abend Ausgang hatte, wegen irgendeiner Übung, war ärgerlich, aber die Zeiten waren schon lang aus den Fugen. Jedoch die Höhe war, daß sie von der Ortsgruppenleiterin zur Frauenschaftsführerin ernannt wurde. Somit übte sie Kommandogewalt über Bürgersfrauen aus, die unter der Woche ihre Herrschaft hätten sein können.

Als aber die Mutter ihre teuren Netzstrümpfe im Uniformärmel der Elisabeth entdeckte, stellte sie der Haustochter den Holzkoffer vor die Tür.

Elisabeth Edling, Haustochter und Frauenschaftsführerin, wich mit einer Feststellung auf den Lippen, die stimmte: daß dies ein Haus sei, wo man zwar an den Endsieg glaube, sich aber auf das Kommen der Russen vorbereite. Damit ging sie. Exit. Aus. Verständnisvoll sagten die Tanten: »Domestiken? Das sind bezahlte Spione im Haus!«

Kurzerhand entschlossen wir uns, ein ungarisches Mädchen in Dienst zu nehmen. »Die Kommunisten haben eine Schwäche für das Internationale«, klärte uns der Großvater auf. »Darum heißt ihre Hymne die Internationale.« Das Mädchen, verwandt mit den Sárközis, stammte aus Kobór, dem einzigen ungarischen Dorf in der Nähe von Fogarasch. Sie war keine Haustochter, keine Dame, keine Führerin, sondern eine Dienstmagd mit einigen Mucken, vielen Pflichten und wenigen Rechten, darunter das auf ihren Soldaten zweimal die Woche. Sie hieß Katalin. Mehr wußten wir nicht. Bedienstete kennt man nur unter dem Vornamen, wie Könige und Königinnen.

Den Soldaten für die Katalin lieferten wir frei Haus. Er hieß Ion, wie anders, logierte im Kellereingang auf einer zerfledderten Pritsche und war die Ordonnanz vom Colonel Procopiescu. Die Großmutter wunderte sich, daß das Dienstmädchen Katalin fortlaufend in den Keller schlüpfte, zu dringenden Verrichtungen. Ich wunderte mich nicht, seit ich im Lexikon beim Wort Libido fündig geworden war. Aber daß der Hausmeister Attila Szabó es übersah, wenn seine beiden mannbaren Töchter mit dem Rumänen Ion schäkerten, wunderte mich schon. Rumänen und Ungarn sind in Siebenbürgen Erbfeinde wie Katz und Hund.

Dem Colonel Mihai Procopiescu – immer mit Monokel, einer Reitgerte, Cravache genannt, und einer zierlichen Damenpistole, Pistolet, Bojarensproß aus der Oltenia, Ritter des Königlichen Michaelsordens – hatten wir den Salon vermietet. Es machte sich gewiß gut, sollten die Russen kommen, einen rumänischen Obersten im Haus zu haben. Er war Absolvent der Militärhochschule Saint-Cyr und sprach besser Französisch als Rumänisch. Wir brauchten den Salon nicht mehr, den wir nur benutzt hatten, wenn die

Großfamilie zu Festlichkeiten versammelt war, oder sonntags beim Mittagessen.

Unsere Familie war klein geworden. Eines Tages war ein Geländewagen mit einem Soldaten als Fahrer vor dem Tor gestanden. Der Vater war ausgestiegen, um sich von uns zu verabschieden. In der gleißenden Uniform von französischem Schnitt, der zu Königs Zeiten den rumänischen Militärs Schick und weltmännische Eleganz verlieh, behangen mit Tressen und Schnüren, mit mancherlei Silber und Gold, hätten wir ihn leicht mit einem Zauberer aus dem Märchen verwechseln können, hätten ihn nicht der Säbel und die Dienstpistole als Soldaten ausgewiesen.

Nach Art der Väter, die in den Krieg ziehen, legte er mir die behandschuhte Hand auf den Scheitel und sagte feierlich: »Hab acht auf alles hier, geh deiner Mutter zur Hand! Du bist nun der einzige Mann im Haus!« Was den Großvater zu Recht kränkte. Ihn hatte man mit ähnlichen Worten aus Hermannstadt herbeizitiert.

Engelbert war schon vorher eingezogen worden, aber nicht zur Waffen-SS, wie alle anderen volksdeutschen Burschen in der kleinen Stadt und von den sächsischen Dörfern jenseits der Aluta, sondern zur Instrucția premilitară, um rumänischer Soldat zu werden. Das hatte der Vater durchgesetzt, gegen die Tanten und Schwäger und gegen die von der Idee und der »Bewegung« berauschte Schwester Maly aus Kronstadt, ja selbst gegen den Bruder Erich, den forschen DM-Mann, und sogar gegen das deutsche Wehrkommando der Volksgruppe, auf die Gefahr hin, als Volksverräter gebrandmarkt zu werden.

Wo aber war der Rest der Familie, die Mutter, Kurtfelix, der kleinere Bruder Uwe und die kleine Schwester? Wie gesagt, seit April in Rohrbach, einem sächsischen Dorf, das geschützt im Hügelland nördlich der Aluta liegt, mit dem Bizykel in eineinhalb Stunden zu erreichen. Nicht zur Sommerfrische weilten sie dort, sondern auf Befehl von oben. Und ich hatte mich an der Oberstufe der Brukenthalschule in Hermannstadt eingeschrieben, die bereits der Großvater besucht hatte und wer weiß wie viele Vorväter, denn sie ist über sechshundert Jahre alt, und stieß als letzter zur Familie. Nur gelegentlich kam ich nach Fogarasch, um nach dem Rechten zu sehen.

Was tat die Mutter in Rohrbach? Sie tat, was sie immer tat: Sie widmete sich den Kindern. Mit mir zum Beispiel übte sie Französisch. Daneben bastelte sie. Von der alten Bäuerin ließ sie sich zeigen, wie man aus Strohhalmen Borten flocht. Aber sie trällerte nicht mehr den ganzen Tag Lieder aus Operetten, sondern am Morgen, wenn der Hirt mit der Peitsche knallte, und am Abend, wenn die Kürbisse blühten, sang sie tragisch gestimmte Arien wie »La donna è mobile«. Oft wiederholte sie das alte sächsische Volkslied »Ech gon af de Bröck und kun nemi zeröck«. Angeregt durch den Gesang, gaben die Kühe im Stall neben uns mehr Milch, und meine Geschwister weinten in den Schlaftruhen.

Die Mutter malte. Aber nicht mehr fröhliche Stilleben, sondern was sie aus dem Fenster des Bauernhauses erblickte. Dort, im Altenteil, waren wir untergekommen, nachdem der alte Bauer in das Wohnhaus des Jungbauern umgezogen war, der wiederum an der Front stand. Aus dem Fenster sah sie oben am Himmelsrand die sächsische Kirchenburg mit den Wehrtürmen. Und von der Ringmauer bis zur Straße hinunter sah sie den Friedhof, überwuchert von Blumen und Kreuzen. Das war ein schönes Bild, eingefaßt vom Fensterrahmen.

Das malte die Mutter. Den Speckturm oben und die Ziehbrunnen unten. Und dazwischen den Friedhof mit den Wolken der Gestorbenen. Mit Geduld malte sie die Kreuze, die von Woche zu Woche mehr wurden. Und die Blumen malte sie einzeln, die vielen Blumen, die sich häuften. Am Fuß des Gräberfeldes gleich hinter den Gärten malte sie Sonnenblumen. Die waren größer als die Ziehbrunnen auf der Gassenseite gegenüber, Sonnenblumen, die nur sie sah und sonst niemand.

Frau Brunhilde hatte unsere Mutter nach Rohrbach begleitet. Zuerst versuchte sie es mit Propaganda und Aufklärung unter den kriegsmüden Bauersfrauen. Ohne Erfolg.

Die Bäuerinnen leisteten passiven Widerstand. Alleingelassen von den Männern, die im Felde standen, und erledigt von der Arbeit in Haus und Hof und auf dem Feld, hatten die Frauen in den verstümmelten Sommernächten weder Lust noch Kraft, über Scheiterhaufen zu springen oder Sonnwendlieder zu üben. Sie schliefen die wenigen Stunden wie tote Seelen.

Und noch etwas dämpfte Frau Brunhildes Höhenflug, kränkte sie in tiefster Seele. Der NS-Ortsguppenleiter Petrus Rheiner, ein Kriegskrüppel, drückte ihr eine Mistgabel in die Hand: »Hier Landdienst! Heimatfront!« Und befahl ihr, eine Leinenbluse anzuziehen, arische Brustwarzen hin, nordische Brüste her. Propaganda und Aufklärung möge sie gefälligst ihm überlassen. Sie zog sich in ihre Trauer zurück, markiert durch die schwarzen Ringelstrümpfe der beiden Buben.

Vergrämt über so viel politisches Unverständnis, half sie wieder bei der »Aufzucht« von uns Kindern (obwohl die Mutter ihr klipp und klar gesagt hatte: »Sie sind zu Ihrem Vergnügen hier, ich komme allein zurecht. Habe ich etwas nötig, so sind die Bauersleute nebenan zur Stelle«); tat es freiwillig und in eigenwilliger Manier. Sie besann sich auf ihre Kindheit in Leblang bei Reps und sprach mit uns nur noch Dialekt. Sie lehrte uns sächsische Kinderlieder:

> »Bika, bika, bombolom,
> nem mich af de Herner,
> schmeiß mich en de Derner,
> schmeiß mich ön en Trijeltchen
> mach mich za em Vijeltchen.«

Welch tödliche Verführung: sich vom Büffelstier auf die Hörner nehmen zu lassen, um in die Dornen, in den Brunnentrog geschmissen zu werden und dennoch als Vögelchen wegzufliegen! Und brachte uns gewagte Abzählreime bei:

> »Ene tene turz,
> der Teufel läßt einen Furz,

der Teufel läßt ihn fahren,
vor dem Himmel dich zu bewahren –
eins zwei drei,
du bist frei!«

Sie eröffnete uns ungeahnte Welten voller Wunder: Wer
weiß schon, daß Fürze lichterloh brennen? Mit offenem
Mund verfolgten wir in der Scheune, wie Frau Brunhilde die
Winde anzündete, die dem Hintern unseres Bruders Uwes
entwichen und plötzlich blaugrün aufflammten. Wobei sie
klarlegte: »Jedes Böhnchen ein Tönchen, jede Bohne eine
Kanone!« Ihre Buben, Nori und Hansi, blieben diesen Vergnügungen fern.

Sie machte sich nützlich. In aller Herrgottsfrühe kochte
sie in einem irdenen Topf das saftige Kartoffelgulasch und
brachte es uns vom anderen Ende des Dorfes. Die Mutter
packte es in die Kochkiste; umhüllt von Holzwolle, bedeckt
vom Plumeau der kleinen Schwester, blieb es warm bis zum
Abend, wenn wir heißhungrig vom Ausflug zurückkamen.

Als die Experimente in der Scheune ruchbar wurden –
Uwe plauderte aus der Schule, gekränkt darüber, daß gerade er, das Versuchskarnickel, die brennenden Gase seines
Leibes nicht zu Gesicht bekam –, bat die Mutter Frau Brunhilde in aller Form, sich nicht mehr um uns zu bemühen. Sie
zog nach Leblang, in ihre Heimatgemeinde. Und ward nie
mehr gesehen.

Selbst Erichonkel, unser neuer Hausgenosse, bereitete sich
auf das Kommende vor. Neben dem obligaten Führerbild
hatte er noch eine Photomontage über seinem Bett hängen:
Hitler, Hindenburg, Friedrich der Große. Mit einem Dia-
manten schnitt er zuerst den Führer weg und warf ihn ungerührt ins Feuer und kurze Zeit später, als die Russen den
Pruth überschritten hatten, auch den General. Es schien, als
atme der Alte Fritz auf, den der Großvater beruhigend zitierte: »Es kommt nie so gut, wie man hofft, und nie so
schlimm, wie man fürchtet.«

Als Mitglied der Deutschen Mannschaft, der DM, hatte

der Erichonkel jeden Sonntagmorgen zu Übungen anzutreten, ja manchmal schon am Vortag. In seiner pechschwarzen Uniform mit allem Drum und Dran verließ er dann in gewichsten Stiefeln das Haus. Die schwarze Mütze saß schief über dem Scheitel, den er wie der Führer auf der rechten Seite trug. Zur DM gehörten Männer im gefährlichen Alter oder mit Plattfüßen.

Auf der Piaţa de Libertate bestiegen die Deutschen Mannen in voller Ausrüstung das Lastauto, das sie vom Spediteur Mircea Poparadu gemietet hatten. Der volksdeutsche Frachtfuhrmann – so hieß das neuerdings im Munde der Ortsgruppenleiterin – Otto Ollmützer weigerte sich, zu Diensten zu sein, selbst gegen gutes Geld, der Volksverräter! Ein anderes deutsches Lastauto gab es in Fogarasch nicht.

Wenn der Vater mit uns drei Brüdern am Sonntagvormittag ins türkische Dampfbad gegangen war, um auszuschwitzen, was die Woche an Schmutz und verderblichen Säften in den Leib geschwemmt hatte, und wo unser Bruder Kurtfelix in Ohnmacht fiel, wenn er die Masse von nackten, behaarten und fetten Männern erblickte, waren wir den Deutschen Mannen auf dem Marsch begegnet. Sie sangen kriegerische Lieder mit programmatischem Refrain wie: »Heute gehört uns Deutschland und morgen die ganze Welt.« Sie schmetterten das Lied, daß die Rumänen, Ungarn, Juden und Armenier, und die Zigeuner, hören und staunen mußten, was die ganze Welt von den wenigen Deutschen der kleinen Stadt zu erwarten hatte. Erschraken sie? Die Zigeuner gewiß nicht. Die ließen sich nicht ins Bockshorn jagen, ihnen gehörte seit eh und je die ganze Welt. Und die anderen Völkerschaften? Hoffentlich hielten sie das für einen schlechten Witz, eine Marotte, die vergeht.

»Die sind größenwahnsinnig«, hörten wir den Vater murmeln. »Mit ihrem Gedudel verderben sie uns die Geschäfte. Sie werden sich den Hals brechen! Und wir werden draufzahlen.«

Die Deutschen Mannen sangen auch harmlosere Lieder: »Schwarzbraun ist die Haselnuß.« Und später, gegen Abend, wenn sie müde waren von den langwierigen Einsätzen im Gelände und den letzten Rest an Blut und Rasse ausgeschwitzt hatten, sangen sie: »Träume von der Südsee« und sogar »La Paloma« und »Santa Lucia«.

Wir Pimpfe und Deutschen Jungen aus dem Jungvolk und der Deutschen Jugend stießen manchmal auf sie, wenn wir ihnen bei einem großangelegten Kriegsspiel zwischen den Hügeln und Wäldern jenseits der Aluta ins Gehege kamen. Etwas verwirrt sahen wir zu, wie sie es trieben: Tagesmärsche über Scharosch und Rohrbach nach Großschenk, im prallen Rucksack Sand oder Kieselsteine, Gemeinschaftslauf durch den verfilzten Akazienwald beim Kreuzberg bis nach Calbor, ja Kóbor. Wobei es nicht darauf ankam, als erster anzukommen, sondern gemeinsam das Ziel zu erreichen – alle Männer wie ein Mann, die ganze Gruppe ein Kamerad. Durchs Ziel keuchten sie, indem sie sich jeweils zu dritt an den Händen faßten. Keiner durfte verlorengehen.

In letzter Zeit aber ging Onkel Erich wie ein normaler Ausflügler zu den Sonntagseinsätzen der DM, mit grünem Hut und in Jägerkleidung. Die schwarze Uniform trug er im Rucksack. So machten es alle Deutschen Mannen. Erst außer Sichtweite des »Feind hört mit« warfen sie sich in Uniform und übten unverdrossen Geländemarsch und Gemeinschaftslauf.

Keine Vorkehrungen trafen die Tanten, um drohender Gefahr zu begegnen. Sie hatten keinen Splittergraben im Garten anlegen lassen: »Wir werden ja nicht den Garten verschandeln, unseren Augapfel. Und mitten in der Nacht aus dem warmen Bett in den Schützengraben kriechen, unter die Erde schon jetzt! Gott bewahre! Wir werden bald genug von unten die Veilchen riechen. Und überhaupt, bei solchen Eskapaden holt man sich einen Schnupfen. Angst vor dem Tod? Am bequemsten stirbt man im Bett. Man legt sich hin, es macht pack!, und man ist tot.«

Das Bild des geliebten Führers weghängen? Nicht um die Welt. »Erstens kommen die Russen nicht, weil der Führer den Endsieg verheißen hat. Und kommen sie, so muß man seinen Idealen treu bleiben. Man sollte den Mut haben, sich vor die großen Leitbilder seines Lebens zu stellen.«

»Es ist sowieso alles scheißegal, was wir da anstellen«, sagte unser Erichonkel oft und immer öfter. »Wenn die Russen kommen, nützt alles nichts. Keine roten Bücher, keine ungarische Dienstmagd. Und den Obersten Procopiescu, den Bojarensohn, stellen sie als ersten an die Wand. Wenn sie kommen, dann ist alles aus.«

Das wußten wir, hing doch bei der Kreisleitung ein riesiges Plakat, das veranschaulichte, was uns erwartete: Darauf rollte ein russischer Panzer über eine Frau, deren Dürersches Antlitz sie als deutsche Frau auswies und die aus weit aufgerissenem Mund um Hilfe schrie. Daneben stand ein russischer Soldat mit Untermenschengesicht, der das Seitengewehr zückte und ein Kind aufspießte, das haargenau wie ein deutsches Kind aussah.

So wappneten wir uns gegen das Kommen der Russen recht und schlecht. Anderes fiel uns nicht ein.

Zuletzt fragte die Großmutter mit zitternden Mundwinkeln nach dem Familienschmuck. Wohin damit? Der Großvater war dafür, ihn in einer rostfreien Kassette in einen See zu versenken. Ich aber wußte, daß die Mutter den Schmuck und ihre persönlichen Preziosen bei ihrer rumänischen Herzensfreundin Vally Langa hinterlegt hatte, die lange Zeit in Amerika gelebt hatte und trotzdem nach allen Gerüchen des Orients duftete. Sie betrieb eine Drogerie neben unserem Geschäft. Den Perserteppich hatten wir in der Stille der Nacht hingeschleppt. Und das Porzellan mit dem Doppeladler ebenso.

Was aber die Gefahr besonders eindringlich verdeutlichte: Der Großvater legte seine verblaßte Marineuniform ab und kleidete sich zivil. Das war so verwirrend, als hätte sich eine Rohrbacher Bäuerin ein seidenes Sommerkleid angezogen und wäre zum Coiffeur Eduard Schmegner gegangen, um sich die Haare ondulieren zu lassen. Jetzt wurde es gefährlich.

Wir spürten: Es lag etwas in der Luft – nicht nur Paprika, nicht nur Trauer und Schimmelgeruch, nicht nur die Heiterkeit Gottes …

Aber so wie man in unseren Kreisen nicht so recht an die

Wiederkunft Jesu Christi glaubte, so glaubte niemand wirklich und wahrhaftig an das Kommen der Russen.

Stadtrundgang

Eben hatte ich an diesem zwielichtigen Augusttag 1944 den Stadtpfarrer bis zum Hoftor begleitet. Das war kunstvoll in Schmiedeeisen gearbeitet, bestand aus spiralig gedrehten Stäben, Ovalen und Ringen und war rot gestrichen.

Wüstenrot. So hatte es meiner Mutter gefallen, die vor dem Einschlafen gerne auf dem Fliegenden Teppich ferne Landschaften aufsuchte und dabei ihren Kummer vergaß: »Wißt ihr, Kinder, woran mich die Einfahrt erinnert? Hinter dem Tor die Tannenallee, winters und sommers tiefgrün wie Palmen, dann als Blickfang der lebensgroße Löwe, daneben der Abessinierbrunnen mit der Steinschale, wo sich Frauen mit vermummten Gesichtern drängen und mit dem Eimer auf dem Kopf davontrippeln. Was sind das für Frauen, ihr Buben? Und weiter drinnen im Hof eure Spielplätze mit Sandhaufen, kleine Buchten, gesäumt von Meerschaum. Meerschaum: Seht diese feinen Nadeln, jede in einer anderen Nuance: weiß, gelblich, rötlich und grau. Es erinnert mich an eine Oase, besonders am Abend, wenn der Mond scheint und ich auf der Terrasse sitze und auf euren Vater warte. Alles wie in einem arabischen Märchen, Tausendundeine Nacht, aber selbst bei Tageslicht ... Ja, wo war ich geblieben? Eben, eben, darum muß das Tor wüstenrot sein.«

Ich bezog wieder meinen Beobachtungsposten auf der Terrasse, streckte mich in einen der Liegestühle, die zu Recht Faulenzer heißen, spähte zum Himmel und ließ mich von der Wärme der Sonne einhüllen, die nun durch die Wolken drang. Die Stühle gehörten eigentlich in den Garten zum Steintisch.

Zu dem Steintisch im Garten gehörten sie, wo wir in diesem bedrohlichen Sommer 1944 nur selten unter dem Rund der Rotbuchen saßen und plauderten. Bloß wir drei, der Pfarrer, der Großvater und ich, der ich von Rohrbach hie und da für ein paar Tage hereinkommen mußte, um als Hausherr und Familienoberhaupt nach dem Rechten zu sehen.

Oft uferten solche Gespräche am Nachmittag zur Fünf-Uhr-Stunde aus. Noch tranken wir echten Tee, chinesischen, den wir immer häufiger russischen nannten. Jawohl: russischen Tee tranken wir, in englischer Manier mit Milch gemischt.

Zum Großvater gewendet, begann Pfarrer Fritz Stamm: »Ihre Meerfahrt, Herr Oberleutnant zur See a. D., wie der Apostel Paulus. Sie sind ein Held und ein Märtyrer zugleich.« Dabei blickte uns der Pfarrer streitlustig an. Und lächelte. Die ganze Woche über behielt er sein Sonntagslächeln im Gesicht – sieben Tage und Nächte. Selbst im Schlaf, behaupteten die bösen Mäuler, die in allen verschwiegenen Dingen der kleinen Stadt Bescheid wußten und die zu ihr gehörten wie die verrückte Emma und der bodenständige Prophet, Meister Mailat, der sich manchmal als Kaiser Mai-Lat von China aufspielte. Diese Leute wußten, daß das Lächeln nicht von Herzen kam. Schließlich werde ja ein Pfarrer dafür bezahlt.

Wir Kinder aber glaubten dem, was wir vor Augen hatten, denn wir nahmen die Welt, wie sie war. Auch ich, solange ich zu den Kindern gehörte. Uns gefiel es, daß der Pfarrer von Sonntag zu Sonntag lächelte. Nicht jeder Mensch, mit dem wir zu tun hatten, bewies diese Ausdauer und Kraft.

Der Hausmeister zum Beispiel, Attila Szabó, war zu uns Kindern nie freundlich, und lächeln tat er nicht. Um diese Stunde machte er sich in unserer Nähe mit Hacke und Rechen an den Wegen zu schaffen. Ich gab mir einen Ruck und sagte hoheitsvoll: »Lassen Sie das für später, Attila!«

»Keine Zeit später, urfi«, antwortete er auf ungarisch und harkte weiter. Immerhin: Er sagte urfi, junger Herr!

»Um ein weniges, und Sie hätten Ihr Leben auf dem

Felde der Ehre verloren«, sagte der Pfarrer zum Großvater.

»Eben nicht auf dem Felde der Ehre, sondern in den Tiefen des Meeres.«

»Was nichts an der Ehre ändert«, erwiderte der Pfarrer. »Auf dem Felde der Ehre zu fallen, im Meer der Ehre unterzugehen, Katz wie Miez – für Führer, Volk und Vaterland, wie das heute so heißt.«

»Für Kaiser und Reich.«

»Und wie haben Sie es dennoch nicht verloren, Ihr Leben?«Doch ehe der Großvater erwidern konnte, hatte der Pfarrer nach Pfarrerart schon die Antwort parat: »Wir liegen vor dir, Herr, mit unserm Gebet, nicht auf unsre Gerechtigkeit, sondern auf deine große Barmherzigkeit! Daniel 9,18. Oder war es anders?«

Wir Buben bewunderten am neuen Stadtpfarrer von Fogarasch, wie gewandt er die Zitate aus der Bibel zupfte, als seien es Kaninchen aus dem Zylinderhut des Zauberkünstlers und Balancevirtuosen Apollo Bonifazius Strohschneider.

»Oder war es anders?« fragte der Pfarrer.

»Es war anders«, antwortete der Großvater. »Ganz anders. Erstens lag ich nicht, weder auf den Knien noch sonstwie, sondern ich wurde von den Wellen hin und her geworfen, hatte mich an ein Rumfaß geklammert. Und ich betete nicht, sondern sagte mir vor, was mein Kaiser und Kriegsherr Franz Joseph der Erste uns gelehrt hatte: Man muß sich so lange wehren, als es geht, seine Pflicht bis zuletzt tun und endlich mit Ehre zugrunde gehen.«

»Zugrunde gehen, zum Grunde gehen, war unter den wäßrigen Umständen nicht schwer«, sagte der Pfarrer freundlich und lächelte. »Schwieriger war es, seine Pflicht zu tun. Was heißt seine Pflicht tun, wenn man mutterseelenallein auf dem Meer treibt, an ein Rumfaß gebunden, das auch noch leer ist? Welches war Ihre Pflicht bis zuletzt?«

»Am Leben zu bleiben«, sagte der Großvater. »Das hieß: gegen das Wasser zu kämpfen! Das Wasser ist ein charakterloses, hinterhältiges Element. Es paßt sich der gegebenen

Form an, es hat keine Balken und spuckt Verderben und Tod.«

»Und ist trotzdem lebenswichtig«, mahnte der Pfarrer.

Später sagte der Großvater zu mir: »Vielleicht hätte ich doch beten sollen, auf dem Rumfaß reitend, das sich dauernd drehte, so daß ich bis zuletzt nicht wußte, was oben, was unten. Ihr Buben, gibt es bei einer Kugel ein Unten oder Oben?«

»Nein«, antwortete die kleine Schwester.

»Vielleicht hätte Gott nicht nur mein Leben, sondern auch meine Niere gerettet.« Die Niere des Großvaters hatte bei dieser Parforcetour daran glauben müssen. Daran glauben mußte auch sein Glauben, »der ohnehin das Geschenk eines willkürlichen Gottes ist«, wie der Großvater zu böser Stunde äußerte, wenn zuviel Regen fiel.

Die beiden Herren waren einander gewogen und machten kein Hehl daraus. Dem Großvater schmeichelte es, daß ihn der Pfarrer mit dem Apostel Paulus verglich. »Das passiert nicht jedem«, betonte er. »Noch nie ist es jemandem eingefallen, mich mit dem Apostel Paulus zu vergleichen, diesem weltberühmten Gottesmann.«

Dem Stadtpfarrer behagte am Großvater, daß er ein Mann war, »mit dem man reden kann, der mit sich reden läßt«. Dazu lag unser Haus, wie er feststellte, bequem einen Spaziergang weit vom Zentrum entfernt, wo auf dem Brukenthalplatz das einstöckige Stadtpfarrhaus prangte. »Nach dem Essen sollst du ruhn oder tausend Schritte tun.« Er tat beides.

Zum anderen genoß er den Verkehr mit besseren Leuten. Er hielt nicht viel davon, daß ein Christ nur dann in guter Gesellschaft ist, wenn er in schlechter Gesellschaft ist, wie das der Prophet Mailat und der fromme Friseur Nikesch kolportierten.

Wir saßen in der Sonne um den Steintisch, der auch der »heiße Stein« genannt wurde, und ließen uns von der Großmutter Tee einschenken. Katalin hatte sie begleitet und balancierte das Serviertablett. Darauf klirrten leise die Tassen, überragt von der Teekanne, die durch eine gestickte

Haube vor dem Abkühlen geschützt wurde. »Volksmotive! Ein Geschenk aus der Tannenau«, fühlte sich die Großmutter bemüßigt zu erläutern. »Zum Gertrudentag. Man ist dort immer so aufmerksam!«

»Danke, Gnädigste«, sagte der Pfarrer, »danke, allerliebst, daß Sie sich selber bemühen.« Und sprach, nachdem Katalin gegangen war und ehe sich die Großmutter zurückzog: »Selbst für unsereinen ist im Himmel Platz, wie tröstlich und gerecht.«

Das war für den Großvater über jeden Zweifel erhaben, aus einem einfachen Grund. »Die Hölle habe ich schon hier absolviert. Bleibt nur noch der Himmel.«

Doch würde man sich im Himmel dreimal wundern, ergänzte der Pfarrer: »Erstens, wer alles nicht drin ist. Zweitens, wer alles drin ist. Und dann, daß man selbst dort ist.«

Einig waren sich die Herren im Flüsterton, daß die Deutschen den Krieg verlieren und die Russen Rumänien bald überrollen würden. Für ihre Panzer T34 sei es eine Spazierfahrt bis zu uns: »In einem Tag sind sie hier!« Für ihre klobigen Flugzeuge ein Katzensprung. »Eine Stunde.«

»Wir müssen nicht auf die Amerikaner oder Briten warten. Die Russen können uns jeden Augenblick bombardieren. Treffen sie die Dynamitfabrik, auch wenn die weit weg bei der Papiermühle liegt, dann fliegen wir alle in die Luft«, sagte der Pfarrer und lächelte. »Aus ist es mit der kleinen Stadt!«

Wir blickten in den Himmel, wo Gott sein heiterstes Gesicht aufgesetzt hatte. Es war ein Himmel wie in den Gedichten von Mörike oder Chamisso.

»Obwohl das bloß ein amüsantes Feuerwerk sein wird gegenüber dem, was geschieht, wenn die Russen mit Roß und Wagen kommen werden. Dann gnade uns Gott! Die Russen ... Ein kühner Versuch, das Reich Gottes ohne Gott zu bauen – jetzt und hier auf Erden. Nicht Gottesdienst, sondern Menschendienst. Eine prometheische Unternehmung. Aber es wird nicht gelingen. Denn ohne mich könnt ihr nichts tun!« Wir sahen den Pfarrer verwundert an.

»Aus dem bekannten Ich-bin-Wort Jesu. Wo Jesus sagt: Denn ohne mich könnt ihr nichts tun! Somit muß der Versuch mißlingen. Und die nächsten Opfer sind wir, leider.«

Diesmal dauerte es, bis ich das Ich-bin-Wort Jesu aufgespürt hatte; die Bibel ist kein Lexikon. Es lautete, und ich spürte Widerspruch wegen der kolossalen Anmaßung: »Ich bin der Weinstock, ihr seid die Reben. Wer in mir bleibt und ich in ihm, der bringt viel Frucht; denn ohne mich könnt ihr nichts tun.«

»Natürlich: Wenn sich die Deutschen und die Rumänen im Karpatenwall verschanzen, würde die Front zum Stehen kommen und der Krieg mindestens sechs Monate länger dauern, mit zigtausend Toten mehr. Doch eine Hoffnung gäbe es für den Endsieg – ein schreckliches Wunder.«

»Ein Wunder, ein schreckliches? Wie denn? Was denn?«

»Die Wunderwaffe«, sagte der Pfarrer, »V1, V2, vielleicht V3 und V100 – bis an das Ende der Zeiten. Hundertfältige Vergeltung. Vergeltung statt Vergebung.«

Der Großvater fiel ihm ins Wort: »Larifari, das mit der V, das sind Propagandatricks. Bevor man den Krieg verliert, nimmt man den Mund voll. Augenauswischerei, Wassermusik. Alles schon dagewesen. Etwas anderes! Eine andere Hoffnung für einen guten Ausgang, ein echtes Wunder!«

Der Pfarrer schwieg sich aus. Wenn er auf ein göttliches Wunder hoffte, so behielt er diese Hoffnung für sich. Ich hob die Teetasse behutsam zum Mund. So dünn war sie, so ätherisch, daß ich bangen mußte, sie flöge davon – geisterhaft zart wie der Schmetterling aus der Grablegende von Malmaison, dem bösen Haus.

Auf niemanden mehr Verlaß, auf nichts Verlaß, das war es. Nicht auf Menschen, nicht auf Mächte, nicht einmal auf die eigenen Gefühle. Und nicht auf das festgefügte Äußere der kleinen Stadt und unseres soliden Hauses.

»Schade um die kleine Stadt, wenn die in Schutt und Asche sinkt wie Sodom und Gomorrha, oder wenn sie dem Erdboden gleichgemacht wird und der Pflug darüber geht wie seinerzeit über Jerusalem«, nahm der Stadtpfarrer den Faden wieder auf.

»Na, na!« bremste der Großvater. »Sie extemporieren, Hochehrwürden.«

»Denn sie hat alles, was eine kleine Stadt zu einer kleinen Stadt macht. Denken Sie, Herr Oberleutnant zur See a. D., an die Namen, die hier vorkommen. An den Namen sollst du sie erkennen! Nicht nur Hinz und Kunz, Hienz, der Uhrmacher, der die Turmuhr repariert, immer gratis, und der Leichenbestatter Kuntz, der unsere lieben Toten unter die Erde bringt, zwar nicht gratis, aber in erschwinglichen Preisklassen, nach Stand und Vermögen, wiewohl er pleite machen wird, denn dieser Neuunternehmer Theobald Renz gräbt ihm das Wasser ab, wie er das macht, ist allen ein Rätsel, die Arbeit reicht für beide bei dieser Hochkonjunktur, doch die Leidtragenden, die Hinterbliebenen ziehen den Renz vor –, ja, wo wollte ich hinaus? Nein, nicht nur Hienz und Kuntz, sondern es erklingen hier auch so volltönende Namen wie Kaiser und König.« Erstaunlich, was unserem Pfarrer alles aufgefallen war in diesem knappen Jahr seit seiner Präsentation.

»Mein guter Schneider Friedrich Theodosius Kaiser, Kaiser Theodosius oder Kaiser Friedrich, wie Sie wünschen. Mein ehrenwerter Kirchenmeister heißt König und heiratet eine Frau mit dem Mädchennamen Preuß. Der preußische König in unserer kleinen Stadt! Sein Bruder nimmt eine Frau, die ist die Tochter vom Lehrer Türk. Dazu nennen sie sich sinnreich und ausgeklügelt Türk-König und nicht umgekehrt, so legt es sich nahe, an einen türkischen König zu denken in einem pompösen Palastzelt. Palastzelt, Zelte, Zeltmacher ist er. Übrigens war der Apostel Paulus das auch.« Was den Großvater sichtlich enttäuschte. »Zur Zeit beliefert der Türk-König das Heer mit Zelten und Planen.

Und alle diese unsichtbar gekrönten Häupter in unserer Mitte! Einen geadelten sächsischen Gutsbesitzer haben wir, der die kleine Stadt mit frischer Milch versorgt. Jeden Morgen kommt er mit einem Wagen voll dröhnender Blechkannen über das Kopfsteinpflaster herbeigesprungen. Doch einen Schönheitsfehler hat die Sache: sein Adelsprädikat lautet nicht von Kuhsprung oder Springmilch, sondern von

Hasensprung, und Hasen spenden wohl kaum Milch. Ein Vonischer also, wie man hier so sagt – erblicher siebenbürgischer Adel seit 1690. Und einen zweiten Vonischen gibt es hier in der Stadt: ein ehemaliger sächsischer Gerbermeister mit dem gängigen Namen Kraus, der heißt seit zweihundert Jahren von Kraus, mit einem Einhorn im Wappen. Seine Schuhe haben den gichtigen Füßen der Maria Theresia so gutgetan, daß sie hüpfte wie das Einhorn bei Jesaja.«

Nachsehen: Jesaja, Einhorn, prägte ich mir ein, während der Großvater äußerte, die alte Blumenverkäuferin Clementine Kraus von nun an mit Frau von Kraus anreden zu wollen.

»Es gibt noch die Pildner von Steinburg«, warf ich ein.

»Der Apotheker in Schirkanyen«, sagte der Pfarrer, »aus dem Geschlecht der Königsrichter von Reps. Wechselten sich ab im Amt mit der Familie Weyrauch. Standbild im Kirchhof.«

»Nein, hier, eine geborene von Steinburg, die Frau vom Zahnarzt Maurer, die Mutter meiner Freundin Elinor.«

»Ach Gott«, sagte der Pfarrer, »noch kenn ich nicht alle meine Schäflein. Und Zahnärzten geh ich aus dem Weg!«

Zum Großvater gewendet: »Das können Sie mit gutem Gewissen tun, denn so heißt sie, die Blumenverkäuferin, von Kraus. Die schönsten Blumen hält sie feil, noblesse oblige. Zwei Häuser haben die von Kraus in der Stadt, leicht zu erkennen am Wappen über dem Tor. Eines in der Griechengasse und das andere bei der Aluta-Brücke.«

»Daneben wohnt der Prophet«, unterbrach ich. Wir sind Freunde, sagte ich nicht. Wofür ich mich schämte.

»Genau: der Weisheitsapostel Mailat«, sagte der Pfarrer. »Eine skurrile Person. Aber nicht zu verachten. Weiß man, wen der Heilige Geist zu seinem Werkzeug erwählt?« Ich atmete auf: wie gut, daß er nichts Abfälliges geäußert hatte.

»Den ungarischen Fürsten Bathory mit den Wolfszähnen im Wappen, der im Wasserschloß wohnt, sollten wir nicht vergessen«, gab ich zu bedenken.

»Ungarischer Fürst, ist das richtig?« überlegte der Pfarrer. »Bei den Aristokraten spielt die Nation keine Rolle.«

»Mit dem ist meine Frau verwandt«, warf der Großvater leichthin ein. Sogleich wollte der Pfarrer wissen, wieso.

»Von zwei Seiten. Erstens sind alle Aristokraten verwandt, zweitens sind alle Ungarn Edelleute von Haus aus. Meine Frau ist beides.«

»Aha?« Mehr sagte der Pfarrer nicht und fuhr fort:

»Und die Völkerschaften in unserer Stadt, dies Tuttifrutti an Sprachen und Konfessionen. Mischen Sie sich am Freitag während des Wochenmarktes unter das gemeine Volk: ein Spectaculum mundi und ein Abbild der Civitas Dei. Darum habe ich mich in diese kleine Stadt wählen lassen, die meiner Vorstellung von der Gottesstadt ähnelt. Hier herrscht – so meine ich – ein Geist der Toleranz. Man liegt sich nicht in den Haaren, auch rennt man nicht blind aneinander vorbei, sondern man bleibt stehen, reicht sich die Hand, tauscht ein freundliches Wort, wer immer es sei.«

»Leere Formeln«, fiel der Großvater ein, der vor dem Krieg in Budapest und Fiume gelebt hatte und sich nicht auf die Freundlichkeit einer kleinen Stadt verstand. »Nichtige Floskeln und damit basta und nichts dahinter!« Ach Gott, gewiß, dachte ich: Fogarasch ließ sich mit Budapest nicht vergleichen, wohl auch mit Fiume nicht. Aber auch umgekehrt: Budapest in nichts mit Fogarasch.

»Doch jetzt ist es damit aus«, sprach der Pfarrer weiter. »Plötzlich gibt es nur noch auserwählte Rassen.«

Wir schwiegen. Keiner hatte etwas zu bemerken. Ich wollte über das Einhorn Bescheid wissen.

Der Pfarrer zögerte, gab zu, daß es sich um eine Legende handle, die in die Bibel gerutscht sei, und zwar, daß das wilde und unbezähmbare Einhorn nur durch eine reine Jungfrau angelockt und auf ihrem Schoß gefangen werden könne, wobei das symbolfreudige Mittelalter den Stoff auf den Heiland und die Gottesmutter übertragen habe. Aber auch psychologisch könne man diese Sage deuten, und zwar sehr profan. In Fogarasch komme das Einhorn nicht nur im Wappen über der Krausschen Toreinfahrt vor, vielmehr habe es als anstößiges Emblem über dem Eingang eines übel beleumundeten Hauses in der Strada Verde einen Skandal ausgelöst. »Ich betone: anstößig, das Einhorn hat angestoßen, zugestoßen.« Aber das gehöre zu der Zweideutigkeit aller irdischen Erscheinungen! »Und wie gesagt: Das Einhorn findet Ruhe, läßt sich zähmen im Schoß einer Jungfrau. Das kann man so und anders deuten.«

»So und anders«, unterbrach ich erregt, »wo es eindeutig heißt: Ja, ja, nein, nein! Was darüber ist, ist von Übel!«

»Das wirkliche Leben ist anders«, sagte der Pfarrer kühl.

»Ein anderes Thema, Hochehrwürden«, lenkte der Großvater ab, »oder weiter im Text!«

»Man studiere die Straßennamen, die Namen einiger Gebäude, die Namen der Kirchen und der Friedhöfe: welche Farbigkeit und Vielstimmigkeit! Zum Beispiel die Griechengasse, die Ziganie, die Strada Lutherana, wo unsere deutsche Schule und evangelische Kirche stehen, die Biserica Armeană, die ungarische unitarische Kirche: Unus est Deus ...«

»Das sind die, die den Mohammedanern näherstehen als den Christen.«

»Sie irren, Herr Oberleutnant ... Aber streiten wir nicht. Die ungarische reformierte Kirche, das Franziskanerkloster, das rumänisch-orthodoxe Protopopiat und der orientalisch-katholische Bischofssitz der mit Rom unierten Rumänen ...«

»Das sind die Rumänen, die sich mit Rom zusammengetan haben, um nachzuweisen, daß sie von Römern abstammen. Alles Politik, Machinationen, die Segel nach dem Wind drehen – selbst in der Kirche.«

»Nicht ganz so, Herr Oberleutnant! Das sind die Rumänen, die vor zweihundertfünfzig Jahren den Anschluß an das Abendland gewagt haben und heute zu Europa gehören. Hier können Sie nachprüfen, wie Religion den Menschen verändert, prägt, formt – von der Mentalität an bis ins Eheleben. Diese Art von Rumänen steht dem Okzident näher als dem Orient.« Und führte uns weiter durch die Verschwiegenheiten unserer Stadt, wie ich sie selbst nicht kannte.

»Die jüdische Synagoge, wo sie die Fenster mit Maschendraht bewehrt haben. Das ist Ihnen doch aufgefallen?« Ja, mir war das aufgefallen.

»Und die Sensation: das türkische Dampfbad ...«

»Türkisches Dampfbad, so heißt das?« fragte ich verwundert. Es war jenes einstöckige Gebäude mit den floralen Verzierungen an der Fassade und mit dem Wappen von Fogarasch beim Eingang: zwei gegeneinander schwimmende Fische. Wir nannten es schlichtweg Dampfbad.

»Genau, junger Mann. Nun weiter: die kuriose Villa des Präfekten Scherban de Voila, eklektischer Stil zwischen portugiesischem Kloster und buddhistischer Pagode, doch ohne Stilbruch.« Eklektisch, versuchte ich zu behalten. Skurril, fiel mir ein. Alles nachschlagen.

»Fast hätte ich diesen hohen Herrn ausgelassen. Ein echter edler Ritter, übrigens k.u.k. Adel, ein rumänischer Cavaler, Bogdan Aurel Scherban, Cavaler de Voila, unser verehrter Präfekt vom Judet Făgăras. Halber Iberer, halber Sinologe und ein waschechter Rumäne von europäischem Format.«

Jetzt sprang der Pfarrer an den Rand der Stadt, zur Flußau der Aluta: »Dort der jüdische Friedhof, eine Sehenswürdigkeit, wenn auch hinter der Strada Verde gelegen.« Der Pfarrer betonte den Straßennamen so, daß ich stutzig wurde.

Der Großvater fiel ein: »Strada Verde? Grüne Gasse? Das sagt mir gar nichts.«

»Hab ich mir gedacht. Gott sei Dank, daß es so ist. Wie es sagen, ohne es zu sagen?« Mit einem verstohlenen Blick auf mich, fast versonnen: »Ja, auch mit einer Strada Verde sind wir gesegnet, wo vor manch einem Häuschen eine rote Ampel hängt! Sie als gewiegter Seemann kennen sich in diesen Gewässern besser aus als ich einfältige Landratte.«

»Capisto!« Der Großvater hatte kapiert und kommandierte heftig, Hochehrwürden möge nicht mehr herumlavieren, sondern den eingeschlagenen Kurs halten.

»Und jetzt haben wir neben der rumänischen Offiziersschule noch eine reichsdeutsche Lehrkompanie mit einer Fliegerstaffel. Schade, wenn die kleine Stadt vom Erdboden verschwände wie weiland Jerusalem. Sie stellt eine eminente Lebensform dar, ja sie nimmt etwas vom neuen Jerusalem vorweg.«

»Sie übertreiben. Die Pfarrer hexen Konstellationen herbei, daß man an der Kompaßnadel irre wird. Fogarasch und Jerusalem – zum Lachen!«

»Zum Weinen«, sagte der Pfarrer, »wie es jetzt um unsere Stadt steht. Erinnern Sie sich: Jesus weinte über Jerusalem.« Er wartete nicht ab, ob dem Großvater das Gedächtnis zu Hilfe eilen würde: »Darf ich vorlesen?« Er zückte eine Bibel, klein wie eine Zigarettenschachtel und mit Blättern wie aus Zigarettenpapier. Es war hochsommerlich warm, das Laub der Bäume noch leuchtend grün, darüber strahlte der Himmel.

»Eine der wenigen Stellen der Bibel, wo Jesus weint:

Und als er nahe hinzukam, sah er die Stadt an und weinte über sie und sprach: Wenn doch auch du erkenntest zu dieser Zeit, was zu deinem Frieden dient! Aber nun ist's vor deinen Augen verborgen. Denn es werden über dich die Tage kommen, daß deine Feinde werden um dich und deine Kinder einen Wall aufwerfen, dich belagern und an allen Orten ängstigen; und werden dich schleifen und keinen Stein auf dem andern lassen, darum daß du nicht erkannt hast die Zeit, darin du heimgesucht bist.«

Der Pfarrer schloß nicht mit Amen, er sagte: »Exitus.«

»Dieses Nest – das reinste Babel der Bibel«, entgegnete der Großvater bissig. Er wollte nicht weinen.

»Sie irren, lieber Leutnant! Im Gegenteil. Unsere kleine Stadt könnte das neue Jerusalem aus der Offenbarung werden – mit seinen zwölf offenen Toren, wo alle Völker hinwallen und in Frieden leben. Ein einmaliges Angebot, schon jetzt und hier ein Stück Reich Gottes zu schaffen als Ort des himmlischen Friedens auf Erden. Civitas Dei! Hic et nunc.«

»Hirngespinste! Verzeihung, Hochehrwürden, ich meine: Fata Morgana, Zukunftsvision, fast wie bei den Bolschewiken. Im Grunde genommen lebt jeder sein eigenes Leben, auch hier nicht anders als überall, mit dem Unterschied, daß man in dieser Kleinstadt dauernd übereinander stolpert, sich kennt und grüßt und Krethi und Plethi die Hand schütteln muß.«

»Damit beginnt es, mit dem Händeschütteln, aber bei uns ist mehr Bibel als Babel, mehr als Sie denken, lieber Leutnant.« Wieder Leutnant! Was dem Großvater nicht schmeichelte, hatte er doch als Oberleutnant den Dienst quittiert.

»Man könnte sagen: ein geometrischer Ort der Gleichheit, der Brüderlichkeit, des Friedens. Kann man das so ausdrücken, du bist ja Mathematiker, junger Mann?«

»Ja«, sagte ich prompt, ohne sogleich zu wissen, was ein geometrischer Ort war und ob man das so ausdrücken konnte.

»Dann nennen Sie mir einen Ort in der Stadt, wo diese himmlische Harmonie, Gleichheit, Brüderlichkeit, Friedlichkeit geometrische Gestalt annimmt, zu sehen ist, gelebt wird – das neue Jerusalem. Ich bin fürs Handfeste, Überprüfbare, Offensichtliche.«

Der Stadtpfarrer dachte kurz nach: »Es gibt den Ort, hier und jetzt.«

»Wo?« fragten wir beide wie aus einem Mund.

»Jeden Nachmittag im Sommer bei der Badestelle am Fluß, wo sich alles trifft, was Fogarasch heißt, fast ohne Textilien wie einst im Paradies, wie wahrscheinlich auch im neuen Jerusalem. Alle Völkerschaften und Rassen, jeder Stand und Beruf, alle Altersstufen und Geschlechter sind schiedlich, friedlich versammelt. So wird jener Ort am Fluß für mich zum Vorbild und Sinnbild. Alpha und Omega, biblischer Anfang, biblisches Ende treffen sich dortselbst ...«

Alpha! Alfa Sigrid. Ich erbebte, während der Großvater schluckte und schluckte, als ertränke er. Hydrophobie hieß die Krankheit, an der er litt. Er mied den Fluß.

»Das heißt, es gab ihn bis vor kurzem, diesen geometrischen Ort der Einigkeit und Brüderlichkeit im Geist der Liebe – Liebe ist die Kraft, die das Trennende überbrückt –, einen Ort des himmlischen Friedens in irdischer Gestalt. Aber wir haben die Chance Gottes verspielt. Denn wir haben zu dieser Zeit nicht erkannt, was zu unserem Frieden dient. Jesus Christus weint wieder über uns.«

Ich redete, da der Großvater noch immer schluckte. Und niemand getraute sich, ihm ein Glas Wasser anzubieten. Endlich nieste er. Das war ein Zeichen der Besserung.

»Und warum ist es nicht mehr so?« fragte ich. »Wir gehen jeden Tag baden! Und der Strand ist voller Menschen, alle treffen sich dort.«

»Nicht mehr alle.«

»Nicht mehr alle? Wieso? Oft kann man keinen Platz am Ufer finden«, sagte ich. »Na ja, wir Deutschen sind in diesem Sommer spärlich vertreten, weil die meisten weg sind.«

Da hörten wir den Pfarrer mit schneidender Stimme sagen, während er freundlich lächelte – und das war furchtbar anzusehen: »Du fragst? Gerade du fragst, ein Hitlerjunge wie aus der Schachtel? Hast du nicht bemerkt, daß die Juden sich nicht mehr hingetrauen?«

»Die Juden? Ja, die Juden!«

»Die haben das Fürchten gelernt. Auch bei uns. Vor Grünhemden! Vor Braunhemden! Vor Schwarzhemden! Vor nackten Horden und Rotten. Man hat den Badestrand arisiert! Das heißt, von selbst ist er arisiert worden. Sie kommen von sich aus nicht mehr, zeigen sich nicht mehr, nicht dort und nicht anderswo. Pfui Teufel, Schande über uns«, schnaubte der Pfarrer. »Empfehle mich bestens.« Er nahm seinen Panamahut und eilte davon, so schnell, daß der Großvater mit seiner einen Niere nicht Schritt halten konnte.

Ich begleitete unseren Gast zum Tor, bestürzt: Wahrhaftig, die jüdischen Kinder hatte ich beim Baden nie mehr zu Gesicht bekommen. Zum Beispiel unsere gewesene Schulkollegin Gisela Glückselich, zu der ich mich nicht mehr nach Hause wagte, obschon es mich lockte, mit ihr durch den Gang zu ihrem Hof zu schlendern, der so eng war, daß sich unsere Glieder berührten. Nicht mehr gesehen hatte ich am Badestrand die Buben vom Kaufmann Bruckental, bei denen wir zum Geburtstag eingeladen gewesen waren und beim Eintritt geschnuppert hatten, ob es tatsächlich nach

Knoblauch rieche, wie es bei Juden zu riechen hatte. Es fehlten die Kinder vom Thierfeld, die nicht badeten, sondern schwarz gekleidet, mit Peies an den Schläfen und mit steifem Hut in der Stirne, am Ufer dahinstrichen und durchsichtige Angelschnur feilboten.

»Zu Wucherpreisen. Früh übt sich, was ein Meister werden will, auch bei Gaunereien«, keiften die Tanten, die unter Sonnenschirmen lagerten, auch sie von Kopf bis Fuß schwarz gekleidet – so war ihr Badekostüm.

Beschämt war ich, daß ich dieser beklemmenden Tatsache nicht nachgegangen war. Ja, nicht einmal wagte noch wollte, das zu Ende zu denken, was man flüsterte und hörte ...

Unsere kleine Stadt schwebte in Gefahr, unterzugehen wie Sodom und Gomorrha, wie Jerusalem und Rom. Vieles wankte, kam ins Gleiten, manches fiel, und alles veränderte sich von einem Tag zum anderen, von einer Stunde zur anderen.

Die Russen schon im Lande. Wohin mit dem Endsieg? Die Fähnchen, die wir Abend für Abend nach den drahtlosen Nachrichten vom Reichssender Breslau auf der wiesengrünen Karte gegen Moskau und gegen die Wolga hatten hüpfen lassen, wir mußten sie seit langem schon zurücknehmen. Aber wer getraute sich, am Wort des Führers zu zweifeln, der von Berlin aus eine neue Ordnung in Europa geschaffen hatte? Oder am Wort des Marschalls Antonescu, des Conducătors, der mehr Macht im Lande hatte als der König Michael?

Als im Frühjahr ruchbar geworden war, die Russen hätten die Grenze bei Soroca am Dnjestr überschritten, da hatten wir Brüder die Papierfähnchen, das Hakenkreuzbanner und die rumänische Trikolore, dort steckenlassen, an der blessierten Grenze. Sie schien mir wie eine geöffnete Ader, aus der das Blut des Landes floß, hoffnungslos. Dem »strategischen Rückzug« und der »Verkürzung der Ostfront aus taktischen Gründen« war bereits Bessarabien, eine heißumstrittene Provinz des Königreiches Rumänien, zum Opfer gefallen.

Doch nicht zu zweifeln war am Endsieg, selbst wenn alles andere in die Brüche ging. Etwas mußte verläßlich bleiben, an etwas mußte sich der Mensch festhalten können, an etwas Unverbrüchliches glauben. Das meinte auch der Stadtpfarrer.

Gelöbnisse

Dicke Tropfen zerplatzten auf den Steinfliesen der Terrasse oder versickerten im Laub der Bäume. Die Augusthitze sog die Feuchtigkeit auf. Der Boden blieb trocken. Es entlud sich kein Gewitter, doch mitten am Tag wurde es dunkel. Ich lehnte am Eingang, dessen Doppeltüren offenstanden.

Die Doppeltüren standen heute offen, wie sie es schon lange nicht getan hatten. Seit vor drei Jahren der Krieg gegen Rußland begonnen hatte, war der Haupteingang kaum noch benützt worden.

Zum letzten Mal hatte die Fofo im Spätsommer 1943 dienstbeflissen die Türen geöffnet, aus einem fast liturgischen Anlaß: Das war, als der neue Stadtpfarrer bei den besseren Leuten von Fogarasch Antrittsvisite gemacht – und uns nicht ausgelassen hatte. Welche Aufregung!

Und am ersten Adventsonntag 1942 war hier bei Nacht und Nebel ein Mann hereingeschlüpft, den mein Vater bei uns versteckt gehalten hatte. Um dieses Geheimnis wußten die Eltern und ich. Sie aber glaubten, allein eingeweiht zu sein.

Später war es mir gelungen, den Spuren dieses Flüchtlings nachzugehen bis an den Ort, wo er in einer Höhlung kampiert hatte, ausgewaschen im Steilufer der Aluta. Die Kälte des Dezember mochte ihn aus dem Schlupfloch vertrieben haben. Unser Vater hatte ihn im Röhricht aufgespürt, mit dem Hund, der damals noch Litvinow hieß.

Diesen verfolgten Mann hatte der Vater in der Dämmerung durch den Vordereingang hereingelassen, im Arbeitszimmer versteckt und ihm später – vielleicht erst nach Tagen – zur Flucht verholfen. So konnte es gewesen sein. In der Nacht hatte ich ihn entdeckt. Er schlief, zu Tode erschöpft, und mußte ein Jude sein, denn sein Schicksal stand ihm ins Gesicht geschrieben.

Ich hatte meinen Busenfreund Hans Adolf in dieses große Geheimnis nicht eingeweiht. Auch nicht, als wir den Sommer darauf bei einer Kahnfahrt dort, in jener Wohnhöhle, eine wundersame Nacht verbrachten und es mich sehr dazu drängte. Ich hatte geschwiegen, wie ich es mir geschworen hatte. Später meinte ich, daß mich eine Stimme gewarnt habe.

Das mit dem Schwören versuchte ich durchzudenken bis zum Ende, zur handfesten Formel. Man brauchte das in diesen Tagen, wo einen das wirkliche Leben auf Schritt und Tritt verfolgte.

Ein Schwur, wie auch das Ehrenwort, bindet vor allem und als erstes den, der ihn ablegt, sagte ich mir. Das war in der Sache des Flüchtlings zweimal ich selber. Ein Treueschwur ist unabhängig von der Person oder der Sache, der er gilt. Sonst findet sich ein Vorwand, ihn zu brechen. Aber auch die andere Seite wird durch mein Gelöbnis in die Pflicht genommen.

Für den Vater war das einfach: »Ich habe auf den König den Eid abgelegt. Dieser Eid bindet beide. Ich bin bereit, mein Leben für den König zu wagen, aber der König hat mein Leben zu schützen.«

Bei mir war es komplizierter: Mich wollte man veranlassen, den Eid auf zwei Herren abzulegen, mit Ideen, die einander bekriegten. Also wollte ich mich nicht und nicht konfirmieren lassen. Ich war verschreckt durch die Last des Gelöbnisses, das mich über den Tod hinaus bis in alle Ewigkeit festgebunden hätte an einen fremden Gott und an einen mysteriösen Heiland und an einen Glauben, in dem Ungeheuerliches bezeugt werden mußte in der Kirche vor dem Altar: »Willst du durch Gottes Gnade in diesem Glauben bleiben und Jesus Christus nachfolgen, so bezeuge das vor Gott und dieser Gemeinde durch dein Ja!«

Vor allem weigerte ich mich, weil ich einen Monat vor der fälligen Konfirmation auf den Führer vereidigt worden war. Selbst ein Blinder mußte einsehen: Man kann nicht durch zwei Türen zugleich gehen. Ich konnte nicht hier vor dem Haupteingang Wache halten und zur Hintertür eintreten.

Von der Konfirmation hatte ich mir schon seit Jahren ein Bild machen können als einer, ohne den diese Feier nicht programmgemäß ablief. Ich war es, der während der Einsegnung die Glocken zum Ertönen bringen mußte. »Das kann nur ein gescheiter und geschickter Bub meistern«, hatte der alte Pfarrer Brandstetter gesagt, ein großer Jäger vor dem Herrn, seinen Sohn hatte er Nimrod getauft. In einer Pause hatte er in den Schulhof geäugt, der auch Kirchhof war, und mich aufs Korn genommen. »Gescheit wie eine Elster und geschickt wie ein Eichhörnchen mußt du sein. In deinem Tirolerrock und den Lederhosen schaust du aus wie ein echter Wildschütz.«

Das, was es zu geloben und zu beschwören galt, wurde Tage vorher in der Kirche x-mal geprobt, was mir zutiefst mißfiel. »… so bezeuge das vor Gott und dieser Gemeinde mit einem lauten Ja!« An einem Nachmittag mehrere Male: »Denn das muß klappen wie eine Sauhatz!« Von einem lauten Nein war nie die Rede. Während ich von der Empore aus zuschaute, bleute Pfarrer Petrus Hubertus Brandstetter den Kindern ein: »Meine Hand kräftig drücken. Kräftiger, du Maulesel. Heute morgen bist du ein Mann von echtem Schrot und Korn, machst im Ural Jagd auf russische Bären. So! Jetzt beim Handschlag mir fest in die Augen schauen, nicht stramm habe ich gesagt, du Ziege, sondern fest habe ich gesagt, und freundlich und treuherzig wie das arglose Reh auf der Wiese, bevor man schießt. Das Ja gut laut, damit es in der Kirche wie ein Jagdhorn widerhallt und die Großmütter zufrieden sind, die lahmen und tauben Enten. Alt werden ist kein Vergnügen.«

Wer dies nicht behalten oder auseinanderhalten konnte, bekam eins über den Schädel. Oder noch ärger: bekam mit dem hornigen Knöchel des Daumens eine Kopfnuß verpaßt. Wie schrien die Kinder »Auweh!« Das wurde gedrillt, bis es klappte und der Pfarrer zufrieden schloß: »Jetzt seid ihr abgerichtet wie Jagdhunde. Weidmannsheil für Sonntag Exaudi. Exaudi – was heißt das? Das heißt: Gott hat gehört. Habt ihr gehört: Gott hat gehört. Er hört alles. Er sieht alles. Er weiß alles.« Auch das noch! Es war zum Fürchten.

»Hals und Beinbruch! Weidmannsheil!« wünschte der Pfarrer.

»Siegheil«, antworteten die Konfirmanden und schlugen die Hacken zusammen, wie sie es in der DJ eben gelernt hatten.

»Ihr Halbaffen«, sagte der Pfarrer fröhlich und verabschiedete sich.

Mir schleuderte er die immer gleiche Frage zur Orgel empor: »Wann trittst du an zum Herrenmahl, zum Sakrament des Altares, zum heiligen Abendmahl? Je älter du wirst, um so mehr werd ich dich zwiebeln! Gott ist freundlich und von großer Güte. Aber wehe deinen Pizziknochen, wenn Er die Geduld verliert. Timor Domini initium sapientiae. Merk dir das!«

Mein Auftrag als störrischer Außenseiter war, während der Einsegnung auf ein Stichwort des Pfarrers hin von der Empore in den Turm zu stürzen, die steilen Treppen hinaufzujagen und dem Glöckner Feichter ein Zeichen zu geben, er möge zu läuten beginnen. Die Glocken mußten genau zu dem Zeitpunkt feierlich anheben, da der Pfarrer dem ersten Konfirmanden die Hand auf den Scheitel legte und ihm den Denkspruch fürs Leben zusagte. Viel schwieriger aber war es, den Burghüter zeitgerecht zum Beenden des Geläutes anzuhalten, nämlich am Schluß der Zeremonie, die mit dem gemeinsam gesprochenen Vaterunser auslautete. Während er nämlich am Strang zog, hielt er die Augen geschlossen, so daß sein Gesicht wie eine Totenmaske aussah. Nicht zu Unrecht, war er doch einmal bereits tot im Sarg gelegen. Hören konnte er ohnehin nichts bei dem ohrenbetäubenden Brausen und Tosen.

Vergebens signalisierte ich mit einer Taschenlampe zur

Glockenstube hinauf: »Aufhören, aufhören, zum Teufel hinein!« Zuletzt schrie ich so laut, daß es bis in die Kirche tönte, beschwor ihn: »In aller drei Teufels Namen! Schluß!« Er hörte nicht, er zog weiter an den Glockenseilen, als sei er allem Irdischen entrückt. Ich mußte die Treppen hinaufkeuchen.

So mochte es geschehen, daß die Glocken viel zu spät ausschwangen, nachdem die Konfirmanden längst eingesegnet vom Altar weggetreten waren und auf ihren hervorgehobenen Sitzplätzen im Chor die letzten Vermahnungen anhörten: »Nachdem ihr den Glauben bekannt und daraufhin den Segen Gottes empfangen habt, dürft ihr hinfort zum Abendmahl kommen und das Patenamt übernehmen.«

Als ich endlich atemlos aus dem Turm auftauchte und mich an die Brüstung der Empore drängte, war die Gemeinde bereits zum gemeinsamen Sündenbekenntnis aufgestanden, das den Auftakt zur Abendmahlsfeier anzeigte. Der Pfarrer sagte es vor, und die Leute nickten oder verhielten sich still: »Ich armer sündiger Mensch bekenne vor Gott, daß ich leider schwer und mannigfaltig gesündigt habe in Gedanken, Worten und Werken, nicht allein mit äußerlichen, groben Sünden, vielmehr mit innerlicher Blindheit, mit Unglauben, Zweifel und Kleinmut, mit Ungeduld, Hoffart, Geiz und heimlichem Neid, mit Haß und Mißgunst, auch mit anderen bösen Lüsten ...«

Das Sündenbekenntnis der anderen ließ mich nicht kalt, obschon ich mich im Beichtspiegel kaum erkannte: Zwar war ich geschlagen mit Unglauben und Zweifel, oft plagte mich Kleinmut, wenn ich an das wirkliche Leben dachte, und Ungeduld mit Leuten, die dümmer waren als ich, Hoffart packte mich manchmal, wenn ich an die Freitreppe und den Steinlöwen dachte, und heimlicher Neid überfiel mich auf solche, die eine gerade Nase hatten. Aber innere Blindheit? Zuviel sah ich mit dem inneren Auge. Haß und Mißgunst kannte ich noch nicht. Und böse Lüste? Nur gute Lüste hatten mich durchschauert. Wie gut war jede Lust, und noch besser sollte die Wollust sein! »Das Schaudern ist der Menschheit bestes Teil.« Ich bereute nichts und mußte keineswegs im Chor, coram publico, wie das bei uns im Haus hieß, ja sagen.»Ja, das ist meine redliche Gesinnung! Diese meine Sünden reuen mich von ganzem Herzen, und mit gebeugtem Herzen flehe ich Gott, den Allbarmherzigen, an um Gnade und Vergebung durch seinen lieben Sohn Jesus Christus!« Damit der Pfarrer mich kraft seines Amtes frei, ledig und lospreche von allen meinen Sünden.

Ich machte mir so meine Gedanken, während ich von oben auf die kauenden und schluckenden Abendmahlsgäste hinabschaute und über dem Triumphbogen einen Spruch entzifferte, stockend, da die gotischen Lettern mit soviel Firlefanz umrankt waren, daß man das r vom e nicht unterscheiden konnte: »Gott ist Liebe, und wer in der Liebe bleibt, der bleibt in Gott und Gott in ihm. 1 Joh. 4,17.« Ein Spruch, der mich bestach. Und enttäuschte, weil zu einfältig.

Während die Männer des Kirchenchores auf der Empore mit den Blicken berauscht den Seidenstrümpfen der Organistin Olga Hildegard Ollmützer folgten, deren Füße geschmeidig im Adagio oder Presto über die Pedaltasten strichen, verwandelte sich beim Tisch des Herrn das Brot in den Leib Christi und der Wein in sein Blut. Die knienden Menschen erfuhren die Realpräsenz des Heilandes – ein Mysterium, das mit dem Verstand zu befragen sich verbiete, wie der Pfarrer unter Berufung auf Melanchthon warnte.

»Nimm und iß vom Brot des Lebens. Nimm und trink vom Kelch des Heils. Christi Leib für dich gegeben, Christi Blut für dich vergossen. Gehe hin im Frieden des Herrn.«

»Sie fressen ihren eigenen Führer mit Haut und Haar auf, ärger als die Neger im Urwald.« So spottete der Bannführer der DJ, Samuel Csontos. Und zitierte die Bibel: »Schmecket, wie freundlich der Herr ist!« Aber: Mußte man dem Bannführer nicht recht geben? Der Pfarrer betonte ausdrücklich: Das ist wahrhaftig und wirklich der Leib und das Blut Christi. Wahrer Gott und wahrer Mensch. Aß und trank man nicht Leib und Blut eines Menschen? Und eines Gottes dazu?

Der Bannführer versäumte keine Konfirmation. Regelmäßig ließ er im Schulhof vor den Toren der Kirche mit viel Siegesgeschrei ein Sportfest ablaufen. »Das Heil des Herrn über die Friedensstörer, damit sie sich bekehren«, unterbrach der Pfarrer die Predigt mit frommer Rede. Einmal jedoch hatte ihn heiliger Zorn gepackt, er war mit wehendem Talar und rotem Kopf hinausgeeilt und hatte, trotz des brausenden »Heil Hitler«, mit dem er empfangen worden war, die lautstarke Konkurrenz zu Boden gestreckt, indem er den Bannstrahl geschleudert hatte, wenn auch in der dritten Person: »Die Strafe des Himmels über alle gottlosen Führer! Jeder Schakal und jedes Stinktier hat mehr Respekt vor unserem Herrgott als so eine gottverlassene Bande! Pfui Teufel!«

Was mich verunsicherte, war, daß meine Schulkollegen beides konnten: dem Führer Gefolgschaft schwören und Jesus Christus die Nachfolge angeloben. Man kann nicht zwei Herren dienen, das behauptete schon die Bibel. Ja, ja, nein, nein! Was darüber ist, ist von Übel! Für mich war alles klar: Ich hatte einen Eid abgelegt auf den Führer an Führers Geburtstag im Jahre des neuen Heils 1943 (wir Schüler grüßten uns seit kurzem mit Heil!). Damit war der Fall für mich erledigt. Das war einen Monat vor der Konfirmation meiner Klasse.

Die Eltern ließen mich gewähren. Mit einem sanften Satz überstimmte die Mutter das Zögern meines Vaters, der es lieber gesehen hätte, wenn ich mit meinen Klassenkameraden in die Kirche mitgegangen, ja ganz dort geblieben wäre.

»Felix, Lieber, laß den Buben tun, was sein Herz sagt.« Mein Herz sagte glühend: »Führer befiehl, ich folge dir!«

Die erste Vereidigung der DJ, der Deutschen Jugend in Fogarasch, zu Führers Geburtstag am 20. April 1943 – es mutete an wie ein Aprilscherz.

Der Bannführer Samuel Csontos, trotz des fremdvölkischen Namens ein geeichter Deutscher, war in Person erschienen. Angetreten waren alle Jungen zwischen zehn und sechzehn. Auf einen Schlag sollten sie vereidigt werden und zugleich vereinigt unter dem Sammelnamen Horde. Zu klein an Zahl war die Deutsche Jugend von Fogarasch, als daß man Fähnlein und Gefolgschaft, Schar und Jungzug, Pimpfe und Hitlerjungen hätte trennen können.

Aber was der Bannführer zu sehen bekam, entsteißte ihm nur verächtliche Worte und vernichtende Drohungen, ehe er sich in den Kübelwagen warf und davonfahren ließ. Er habe immer gewußt, bellte der Empörte, daß die Fogarascher erbärmliche Deutsche seien, aber eine solche Schweinebande sei ihm noch nie vor Augen gekommen.

Er trat zu mir, erwischte meine schwarze Krawatte und schüttelte mich, daß die Verschlüsse an meiner Kluft klirrten, die Schnüre und Riemen flogen und ich kaum strammstehen konnte. Er schrie die Horde an: »Wie, nur dieser eine allein? Und sonst keiner?« Und folgerte richtig: »Erstens, wenn einer kapiert hat, was ich befohlen habe, hätten es alle kapieren können, verstanden, ihr Drecksäcke! Zweitens sind wir alle deutschblütig, eines Stammes Söhne und desselben Führers Kinder, ein Herz und eine Seele. Aus dem folgt ehern, daß wir alle das gleiche denken, fühlen und tun müssen. Einer für alle, alle für einen!«

Sein letztes Wort war: »Das ist eine Schande, die zum Himmel schreit, eine Beschimpfung der gesamten DJ im Königreich Rumänien und eine Beleidigung des Führers in Berlin!« Er werde dem Landesjugendführer in Kronstadt Meldung erstatten. Ehe er davonstob, rief er: »Die Judenschule ist eine wahre Erholung gegen euch!« Eine Staubwolke legte sich über uns wie eine Tarnkappe. Selbst der Panzerspähwagen der deutschen Lehrkompanie, der im Schulhof parkte, verschwand unter den Schwaden. Allein der sächsische Königsrichter Weyrauch auf seinem Sockel von rotem Granit behielt einen klaren Kopf.

Wir blieben unter der Obhut des Kreisleiters zurück, der sich bekümmert den Staub aus den Augen wischte. Er hieß Andreas Schenker und teilte den Vornamen mit dem Volksgruppenführer Andreas Schmidt. Das war Auszeichnung und Verpflichtung zugleich. Von Haus aus war er Rotgerber und dazu ein gesuchter Tschismenmacher, ein Meister der Stiefelschusterei. Er wußte, worin sich ein sächsischer

Stiefel von einem Szekler Stiefel zu unterscheiden hatte, wie die Tschismen der Rumänen zugeschnitten werden mußten und wie die Bundschuhe für die Zigeuner zusammengeflickt wurden. Die vielen Juden von Fogarasch zu bedienen oder abzuweisen, blieb ihm erspart. Klugerweise kauften sie Schuhe als Konfektionsware.

Mit der hohen Führungsposition als Kreisleiter des Kreises Fogarasch im Gau Siebenbürgen war er von heute auf morgen betraut worden. Eines Morgens wachten die Fogarascher auf und erfuhren verdutzt, daß der Tschismenmacher Schenker zum Kreisleiter ernannt worden war. Ein Mann, »ganz unbedeutend und harmlos«, der nie hervorgetreten war oder den Ton angegeben hatte, außer wenn er am Abend vor dem Haus mit seiner vielköpfigen Familie einen Kanon anstimmte: »Meister Jakob, Meister Jakob, schläfst du noch, schläfst du noch, hörst du nicht die Glocken, hörst du nicht die Glocken, bim bam, bim bam ...«

Über Nacht war er Führer über die Stadt und die vielen sächsischen Dörfer jenseits der Aluta bis nach Neithausen und Seligstadt geworden. Warum er? Wieso der?

Man machte sich belustigt einen Reim darauf: weil er acht Kinder gezeugt hatte, welche zu allem Überfluß noch Namen trugen, die immer mehr dem Zeitgeist entsprachen. Freilich, Alice, der Name der Ältesten, das war ein Regiefehler, dazu mit c geschrieben. Doch wurde es von Heidrun über Helmtrud bis Frigga hörbar besser. Es folgten die Buben: Loki, ein verzeihlicher Ausrutscher, noch war man in den deutschen Götter- und Heldensagen nicht sattelfest, doch danach ging es hieb- und stichfest weiter: Baldur, Wieland und Thor.

Diese nordischen Namen, vielleicht aus Ratlosigkeit oder Bequemlichkeit gegeben, weil sie sich mit Aufdringlichkeit anboten, vielleicht auch, um sich in kleinbürgerlicher Mimikry der herrschenden Meinung anzupassen, schienen zu dem gängigen Schlagwort zu passen: Sag mir, wie du heißt, mein Kind, und ich weiß, ob deine Eltern gute Deutsche sind.

Zum Führer erkoren wurde dieser weichherzige und nachgiebige Mann, der am Feierabend gerne vor dem Haus saß, alle Kinder und die marode Frau idyllisch um sich versammelt, und Kanons sang und der auch weiterhin lieber dem Plätschern des Baches gelauscht hätte, in dem die Felle der Gerbereien gefleiht wurden und manchmal davonschwammen. Nun mußte er nach getaner Arbeit Vorträge halten, Schulungskurse leiten, Propagandaarbeit leisten und an den Wochenenden auf die sächsischen Dörfer radeln, um die dortigen Ortsgruppenleiter zu befehligen und das Volk aufzuklären über den Endsieg und die Götterdämmerung.

Er würde uns vereidigen.

»Kommt, ihr Kinder«, sagte er nun wohlwollend und klatschte in die Hände, wie es tat, wenn er seine Familie zum Abendbrot rief. »Auch dieses geht vorüber. Es geht alles vorüber, es geht alles vorbei, auf jeden Dezember folgt wieder ein Mai! In den Saal mit euch, hier im Hof erstickt man vor Staub. Jetzt werdet ihr vereidigt. Hinein in den Saal. Wir schaffen das auch ohne den Bannführer.«

Was hatte den Bannführer, den Schwarzen Mann, wie man ihn heimlich nannte, so in Rage versetzt, daß Worte gefallen waren, die unser Gemüt kränkten und unsere Ehre als Fogarascher verletzten?

Es war ausdrücklich befohlen worden, in Kluft zu erscheinen, in der DJ ein Fachausdruck für Uniform, der – es ist nicht zu glauben – aus dem Hebräischen kommt, wie es der Brockhaus vermerkt. In Kluft … Die Mutter nannte das: in großer Kriegsbemalung, der Großvater: in kompletter Montur. Für mich hieß das: in voller Uniform. Für den Vater: am liebsten nicht. Und wenn schon, dann in Tirolertracht: »Genaugenommen auch eine Uniform! Sieh dich an, Lederhosen mit Ornamenten, Rock mit Eichenlaub, der grüne Hut mit Gänsefeder!« hatte der Vater fast bittend geworben, »eine schöne, gediegene, bewährte Uniform, die kein Aufsehen erregt und die uns Sachsen jeder in dieser Stadt zubilligt.«

Dank der Tanten aber besaß ich eine echte, stramme und schneidige Uniform. Extra meinetwegen waren sie nach

Kronstadt gefahren – mit dem Zug, nicht erster Klasse, aber auch nicht dritter, sondern »zweiter Klasse, wie das sich für unsersgleichen geziemt!« – und hatten im Zeughaus der Landesjugendführung eine Kluft erstanden und sie mir pünktlich zu Führers Geburtstag als Gabe auf den Tisch gelegt. Nichts fehlte, selbst der Dolch mit zierlichem Hakenkreuz nicht, und es fehlte nicht das Käppi, das man meist vergaß und das eigentlich die Pimpfe trugen.

Alles paßte wie angegossen und verlieh mir ein Gefühl von Mut und Stolz und das Bewußtsein der Unversehrbarkeit an Leib und Seele. So mußte es Siegfried zumute gewesen sein, nachdem er im Blut des Lindwurms gebadet hatte. Und nicht anders dem Hitlerjungen Quex und Horst Wessel und Herbert Norkus, den Blutzeugen.

Als ich durch die Straßen ging, drehte sich alles nach mir um, und der Polizist salutierte. So etwas hatte man bisher nur in Zeitschriften und im Kino gesehen, aber nicht in Fogarasch. Das Braunhemd mit allem Drum und Dran war einsame Klasse: schwarze Achselklappen, mit einer Zwei versehen, das hieß Bann 2 der Landesjugend, die Ziffer des Fogarascher Jugendkreises. Am linken Arm die rote Armscheibe mit weißer Siegesrune, darüber ein schwarzes Dreieck, beschriftet: Deutsche Jugend in Rumänien. Schwarze Krawatte mit braunem, geflochtenem Lederknoten. Diagonal über die linke Schulter lief der schwarzlackierte Schulterriemen, der das Koppel, den Leibriemen, und damit die kurze, schwarze Hose festhielt – gottlob, sonst wäre sie an den Hüften hinabgerutscht. Das Koppel war mit einem silbernen Runenschloß zusammengeheftet, in der Mitte prangte in Gold getrieben eine Siegesrune wie ein stilisierter Blitz. Dazu gehörten weiße Kniestrümpfe und Haferlschuhe. Das schlug ein.

Auf dem Weg in die Stadt schlüpfte ich beim Photographen Sawatzky hinein, um meinen Kameraden Anton abzuholen, neugierig, wie ihm die Uniform stehe, noch genauer: begierig, mich selber in seinem Aufzug zu spiegeln.

Seine Mutter, eine Rumänin, bat mich, im Atelier zu warten, er sei gleich fertig. Sie wolle uns photographieren und habe schon den Hintergrund ausgewählt. Er gefalle mir gewiß, wo er an die Landschaft um Fogarasch erinnere.

Der Hintergrund gefiel mir zwar nicht, aber als guterzogener Junge schwieg ich. Einer Gebirgslandschaft mit Tannen und Wasserfall enteilte ein Wildbach, an dem sich Rehe und Hirsche labten. Der Bach ergoß sich auf den Teppich des Photostudios.

Als der Freund eintrat, flammten die Scheinwerfer für Augenblicke auf. Geblendet starrte ich ihn an. Wie sah er aus? Allerliebst sah er aus, wie der fắt-frumos din lacrima, der Märchenprinz aus der Träne, Titelheld einer allbekannten rumänischen Legende. Er war in rumänischer Tracht. Puddingfarbene, wollene Beinkleider, hauteng anliegend, auf dem Kopf keck eine Lammfellmütze, das blütenweiße, lange Hemd mit zarter schwarzer Stickerei versehen.

»Aber die DJ-Uniform«, japste ich. Die Photographin schaltete die Lampen aus: »Nix Uniform«, schnitt sie mir das Wort ab. Sie schusselte zwischen den Apparaturen in der Dämmerung hin und her und sprudelte auf rumänisch los, das ich nur mangelhaft verstand: »Erstens ist sein Vater ein Tscheche, und ich bin Rumänin. Warum sollte mein Anton ein Deutscher sein? Und Treue schwören einem Conducător, der irgendwo in Berlin sitzt und ein Caporal gewesen ist ...«

»Auch Napoleon ist ein Caporal gewesen und doch Kaiser geworden«, gab ich schockiert zu bedenken.

Und sei elend gestorben, vergiftet! Was ich nicht so genau wußte. »Wenn schon Treue schwören, dann unserm König Michael, bereits als Kronprinz Wojwode von Alba Julia und heute Führer der rumänischen Strajeri, aller Pfadfinder, dazu Ritter des Michaelsordens.« Alles, was man für Leib und Seele brauche, habe man reichlich im Land, es lange für alle, Rumänen wie Deutsche. Denn eines wisse sie, selbst wenn sie nur eine Popentochter vom Dorf sei, aus Ileni, de sub munte, von unter dem Gebirge: »Die Ostgrenze Deutschlands wird nie bis Fogarasch reichen.«

»Aber der Herr Sawatzky sagt, er ist ein Deutscher«, entgegnete ich.

»Das sagt er, weil er Photograph ist. Seit die deutschen Soldaten in der Stadt es wissen, daß der Herr Anton« – so sprach sie von ihrem Mann: der Herr Anton – »ein Volksgenosse ist, lassen sie sich lieber bei ihm photographieren als bei der Konkurrenz Dimitrescu. Aber bald wird der Herr Anton kein Deutscher mehr sein, denn Hitler wird alle seine Kriege verlieren. Wenn die Russen kommen, wird der Herr Anton ein Rumäne sein oder sogar ein Russe. Mit diesem Namen kann man alles werden.«

Das war Wehrkraftzersetzung, und ich wußte nicht, was tun: Mußte ich mir jedes dieser lästerlichen Worte merken, oder sollte ich besser alle vergessen?

Außerdem gefalle ihr das Braun der Hemden nicht, fuhr die Frau Anton fort. Es sei so braun, daß es nach Durchfall stinke! Sie hielt sich theatralisch die Nase zu und trat einen Schritt zurück. Plötzlich stach es auch mir verdächtig in die Nase. Aber eine Beleidigung und Lästerung von Heiligem und Hehrem blieb das Gesagte dennoch. Ich beschloß, nichts gehört zu haben. Diesmal ließ ich Liebe vor Ehre ergehen.

»Die Legionäre des Erzengels Michael, unsere Grünhemden, das ja, oder die italienischen Schwarzhemden. Das sind Farben, die einem etwas sagen: Hoffnung und Tod. Und photographisch wirkungsvoll. Aber Braun?«

Mit energischen Bewegungen rückte sie uns beide vor den Wildbach, schaltete die Jupiterlampen ein und knipste. Ein Zugeständnis an die weihevolle Feier der Vereidigung der Deutschen Jugend hatte sie doch gemacht: Antons bauschiges langes Trachtenhemd, das man über der Hose trägt, wurde von einer Kordel in den Farben Schwarz-Weiß-Rot gerafft. Auf dem Schwarzweißfoto sahen die freilich genauso aus wie die rumänische Trikolore: Blau-Gelb-Rot. Zum Abschied küßte sie ihren Anton auf den Mund und flüsterte ihm etwas ins Ohr, das er schalkhaft lachend quittierte: »Fac eu, să fie bine!« Er würde es schon richtig anstellen.

Auf der kurzen Strecke bis zum Schulhof gaben wir ein merkwürdiges Gespann ab. Es war ein Spießrutenlaufen. Belustigt blickte man uns nach. Ob der Karneval nicht zu

Ende sei, mußte ich mir anhören, und andere witzelnde Bemerkungen. Der nächste Polizist salutierte nicht, sondern lachte. Mit Schweiß in den Achselhöhlen langte ich beim Kirchtor an, getröstet von der Vorstellung, daß ich bald untertauchen würde in der Masse der braununiformierten Horde. Dann wäre Anton allein der weiße Rabe.

Ich täuschte mich.

Im Hof zwischen Kirche und Schule drängte sich das junge Volk in Erwartung des Bannführers. Der gute Kreisleiter versuchte vergeblich, Ordnung zu schaffen. Ans Befehlen mochte er sich nicht gewöhnen. »Ihr lieben Kinder, in Reih und Glied, hopp, hopp. Der Größe nach angetreten, bitt schön. Von links nach rechts, wenn ich bitten darf.« Niemand wußte, wer der Größte war, keiner, wo links und rechts.

Der Anblick? Wie beim Karneval, obwohl jeder ein Feiertagsgewand trug. Um es kurz zu sagen: In Uniform waren der Kreisleiter und ich. Die anderen? Bunt zusammengewürfelt wie Landsknechte. Keiner im Braunhemd.

Hans Adolf schien versucht zu haben, sein Hemd braun zu färben. Es war mißraten zu einer fahlen grauen Farbe, als ob es vor Schmutz knisterte wie die Hemden seines Vaters, des Rauchfangkehrers. Die meisten hatten kurze dunkelblaue Hosen an, trugen weiße Hemden und irgendwelche Krawatten.

Das Hemd von Bubi Ballreich war mit roten Spritzern bekleckert. Er war katholisch und hatte sich in der düsteren Klosterkirche der Franziskaner gegen böse Geister mit Weihwasser wappnen wollen, ausgiebig. Antiklerikale Mächte hatten aus Jux Himbeersaft in die marmornen Becken geschüttet, was erst die Sonne an den Tag brachte.

Béla Feichter hatte die sächsische Tracht an – blau besticktes Hemd und gelappte Samtkrawatte mit Seidenmustern. Die Höhe war Viky Welther, der Sohn des Fleischhauers; er trug einen Russenkittel mit orangefarbenen Ornamenten.

Arnold Wolff, dessen Mutter Ungarin war, steckte in hellen Stiefelhosen, hatte ein weitärmeliges Hemd an mit glitzernder Weste; er ähnelte einem ungarischen Betjaren.

Dazu noch Anton, der Tränenprinz. Es war zum Heulen. Der Sohn vom Sargtischler Mild hatte es schlau angestellt und sich die Uniform der Strajeri, der rumänischen Pfadfinder, ausgeborgt. Er war unangreifbar. Dagegen einzuschreiten wäre Majestätsbeleidigung gewesen.

Das Wort Kluft hatten folglich nur die Tanten richtig verstanden, vielleicht weil sie diese inkonsequente Vorliebe für jüdische Ausdrücke hatten. Somit war ich allein mustergültig gewandet. Ich kam mir vor wie ein Mannequin bei einer Modenschau. Für die anderen war ich der verkörperte Vorwurf. Das machte die Sache schlimm.

Trotzdem wurde es eine erhebende Feier im hohen Fest- und Turnsaal, der der Kirche und Schule zugleich gehörte und von dessen Decke die Reformatoren mit verdrehten Köpfen herabblickten. Wir hatten uns in einem gemütlichen Karree aufgestellt. Béla Feichter, der Sohn des Kirchendieners, der hier zu Hause war, hißte die Hakenkreuzfahne. Die Rollen quietschten, und der Kreisleiter empfahl, sie mit Wagenschmiere zu ölen, am besten mit einer Gänsefeder. Spinnweben hatten über das Bild des Führers ein Netz gesponnen, in dem schillernde Fliegen zappelten. Die Pimpfe sahen gefesselt hin. Die Spinnweben überschauerten das Porträt mit einem Hauch von Jenseits. Ein Platzregen trommelte aufs Blechdach. Der Kirchendiener Feichter, der, mit unförmigen Schlüsseln behängt, der Zeremonie von der Türe aus beiwohnte, meinte dienstbeflissen, er könne eine Leiter bringen und die Gespinste wegmachen, aber bis zum Ende der Feier wäre ohnehin alles wieder beim alten. Das seien hinterlistige Gesellen, die Spinnen, denen man nicht beikommen könne und die einen flugs umgarnten. Darin ähnelten sie den Menschen und manch einem Pfarrer.

Der gutmütige Kreisleiter widersprach. Die Spinnen seien nützliche Lebewesen und bildeten im Haus eine Sanitätspolizei, sie seien Jäger der Hygiene, weil sie alles Ungeziefer vertilgten. »Leben und leben lassen«, schloß er, bevor er seine Rede begann. Vom Fenriswolf sprach er, der über die Erde streiche, und von der Midgardschlange, die das Meer aufwühle, denn beide seien zornig über das Weltjudentum und den Bolschewismus. Er sprach von der Götterdämmerung, die das baldige Ende der Welt besiegeln werde. Er sprach voller Verehrung von Yggdrasil, der germanischen Weltesche, aus deren ewigen Wurzeln der Führer Kraft schöpfe, um eine neue Ordnung im Abendland zu schaffen, durch Blut und Eisen, und später, nach dem Endsieg, in der ganzen Welt.

Diese Worte wirkten. Ich war stolz, ein Deutscher zu sein, und gelobte, zu beweisen, daß auch wir Fogarascher es verdienten, im germanischen Weltenbaum auf einen grünen Zweig zu kommen. Wie entsetzlich, durchblitzte es mich, wenn ich nicht als Deutscher geboren worden wäre! Weiter verbot ich mir zu denken.

»Seid getreu bis in den Tod, meine lieben Kinder«, schloß der Kreisleiter, »dann will ich euch die Krone des Lebens ... will ich euch, will ich euch ...« Er stockte, legte eine hilflose Pause ein und bog das Bibelzitat zurecht: »Seid getreu bis in den Tod, dann wird der Führer zufrieden sein.«

»Und nun hebt die Hand, meine lieben Kinder, sprecht mit mir also und schwört mir nach!« Wir hoben gehorsam die Hand und schworen mit lauter Stimme, wie es uns befohlen war, heiser vor heiliger Erregung. Von der Saaldecke sahen streng die evangelischen Reformatoren auf uns herab, Luther und Melanchthon, Bugenhagen und Butzer, Honterus und Zwingli. Den Calvin abzukonterfeien hatte der damalige Pfarrer und Bauherr vergessen.

Diesem Schwur blieb ich treu, obschon ich oft schwer an ihm trug. Treu nicht bis in den Tod, aber bis an den Tod. An den ich jetzt in namenloser Begeisterung nicht dachte und den ich dennoch blindlings zu sterben bereit war, für Führer und Mutterland. Der Tod begann mich geraume Weile später zu beschäftigen, genauer: von jenem Herbsttag an, noch im Jahr meiner Vereidigung, als ich Alfa Sigrid Binder auf dem evangelischen Friedhof begegnete. Der Tod machte mir zu schaffen und das ewige Leben noch mehr.

Die Feier dauerte lange, denn wir mußten viele Lieder singen. Wir begannen mit dem Horst-Wessel-Lied und »Deutschland, Deutschland über alles, über alles in der

Welt« und »Flamme empor« und »Das Lied der Getreuen«. Wir wechselten zu den Wanderliedern, »Im Frühtau zu Berge«, und stimmten Heimatlieder an, zuerst die sächsische Hymne: »Siebenbürgen, Land des Segens, Land der Fülle und der Kraft«, wo es in der dritten Strophe heißt: »Und um alle deine Söhne schließe sich der Eintracht Band.« Am Abend beim Einschlafen erwischte mich ein heilloser Schreck, als ich überlegte, daß damit nicht nur Rumänen und Ungarn, sondern auch Juden und Zigeuner gemeint sein müßten.

Wir beendeten den Chorgesang mit den beliebten Kanons, darin der Kreisleiter Meister war. Hingerissen vom Gesang der Knabenstimmen, hielt er die Augen geschlossen und übersah, daß wir den rechten Arm unentwegt in die Höhe gestreckt hielten, ihn schließlich mit der linken Hand abstützen mußten. Eines hatten wir begriffen: ohne Befehl keine Bewegung. Es ging um blinden Gehorsam.

Als wir die Hacken zusammenschlugen und die Hand zum Schwur erhoben – plötzlich klappte es –, kippte unser Tränenprinz der Länge nach zu Boden. Allem Anschein nach fiel er nicht nur hin, sondern in Ohnmacht. Doch irrte er, wenn er glaubte, wir würden springen und ihm zur Seite stehen. So wie ein orthodoxer Gottesdienst um nichts in der Welt unterbrochen werden darf, selbst wenn die Kathedrale in Flammen aufgeht, so durfte nichts die hehre Eidablegung auf den Führer aufhalten. Dort blieb der Anton Sawatzky liegen, bis die Zeremonie ihr Ende gefunden hatte.

»Nehmt ihn und tragt ihn in den Hof und bespritzt ihn mit Wasser«, riet der Kreisleiter. Wir packten Anton unter den Armen, an den Füßen, einer legte ihm die Mütze auf den Bauch, und schleppten ihn zur Wasserpumpe. Dort streckten wir ihn auf den Brunnenstein und hielten seinen Kopf unter die Röhre. Sein weißes Gewand, bereits fleckig, sog die Nässe an. Als aber Béla Feichter den Brunnenschwengel zu schlenkern begann, sprang unser Tränenprinz auf, griff nach der Fellmütze und rannte lachend davon, gescheckt wie eine Ziege. Die Mutter hatte ihm geflüstert: »Schwör ja nicht. Tu etwas. Fall in Ohnmacht!«

Es kam die Zeit, wo ich ihn darum beneidete. Jeder Eid bindet als erstes den, der ihn ablegt, hatte der Kreisleiter gewarnt. Genauso hatte ich es mir zurechtgelegt.

Ehe sich Andreas Schenker auf sein Rad schwang und aus dem Staub machte, riet er noch: »Wählt euch einen Führer!« Regelwidrig, denn Führer wurden ernannt.

»Wen sonst als dich«, hörte ich sagen und spürte die schwere und warme Hand meines besten Freundes Hans Adolf auf meinem Scheitel. Es durchrieselte mich. Stolz und Zuneigung verwirrten und erhoben mich. Der Freund sprach ruhig und sicher weiter: »Er allein hat eine ordentliche Kluft, die sich sehen lassen kann. Wir werden ihm blind folgen und ihm in allem blindlings gehorchen.« Alle nickten.

Der Riesenbursche Roland, der Recke unter uns, getreuer Schatten von Hans Adolf, grinste zustimmend. Er hatte sich für die Weihestunde nicht herausgeputzt, sondern war verspätet in Räuberzivil erschienen, vom Fischen, die Angel unter dem Arm. Doch auch sein Schwur galt.

Höllenfahrt

Ich hatte schon lange die Gartenmöbel von der Terrasse geräumt, lehnte im Vorsaal des Hauses und wartete auf einen neuen Regenguß. Die Hände hatte ich auf einen der zierlichen Korbsessel gelegt. Der war für Alfa Sigrid vorgesehen, »unsere Märchenprinzessin«, wie der Großvater neckte.

In der Klasse schwärmte man für sie und scheute sie zugleich. »Sie ist, sie ist wie ...« Unsere Buben quälten sich vergeblich, stotterten herum, kein Vergleich reichte an sie heran, selbst die Märchen versagten sich.

Ihre Familie lebte außerhalb der Stadt auf einem Gutshof hoch oben am Steilufer der Aluta, wo sich Fuchs und Wolf Gute Nacht sagten. Sie bewohnte ein prächtiges Haus, dessen Fassade mit den vielen Fenstern und Balkonen weithin leuchtete. Von dort kamen am Morgen die Kinder des

Gutes mit dem Milchwagen zur Schule gefahren, dorthin verschwanden sie zu Mittag mit der Kutsche.

Alfa Sigrid war früher oft bei uns zu Besuch gewesen, gehörte fast zum Haus. Bis sie seltener kam, ganz ausblieb. Das war im vorigen Sommer nach ihrer Konfirmation gewesen.

Ich starrte durch die offenen Türen in den Garten und wünschte, die Zeit möge jetzt, auf der Höhe des Tages, stillstehen. So heißt es im Tageszeitengebet, das der Pfarrer Fritz Stamm jedesmal laut aufsagte, wenn ihn bei uns die Mittagsglocke der Franziskanerkirche überraschte.

Mitten im Gespräch hielt er dann inne und begann zu beten – pro pace – und machte das so nett, daß sich keinem die Zehen krümmten und man von selbst die Hände faltete oder mindestens die Hacken zusammenschlug:

»Auf der Höhe des Tages halten wir inne; lasset uns Herzen und Hände erheben zu Gott, der unseres Lebens Mitte ist.

Herr, unser Gott, laß uns vor dir stillestehen mitten im Tagewerk. Richte uns aus, daß wir suchen das EINE, daß wir tun, was not ist.« Singend schloß er mit der Bitte um Frieden:

> »Verleih uns Frieden gnädiglich,
> Herr Gott, zu unseren Zeiten
> Es ist ja doch kein anderer nicht,
> der für uns könnte streiten,
> denn Du, unser Gott, alleine.«

Und nahm den Faden des Gesprächs lächelnd wieder auf, wo er zerrissen war.

Auch ich nahm den Faden meiner Gedanken auf, wo sie zerrissen waren, aber ohne zu lächeln.

Als einen Monat nach meiner Vereidigung Alfa Sigrid Binder im Mai 1943 zu Exaudi konfirmiert wurde, wollte ich es besonders gut machen, hatte ich doch als Akteur im Hintergrund bei jeder Konfirmation etwas dazugelernt.

Einen Monat lang vor diesem Ereignis war sie ganz weggeblieben. Dr. Schul, so hieß es, habe ihr eine Liegekur verordnet. Warum? Fragte ich, so lächelte sie und schwieg. Ich brachte ihr die Hausaufgaben hinaus, die sie sich willig erklären ließ. Sie lag auf ihrer Couch, eingehüllt in langhaarige Wolldecken, neben sich französische Romane und eine Biographie Luthers, vor dem Fenster den Himmel. Vielleicht war die Hylusdrüse angegriffen (hatten auch Mädchen so etwas?). Oder war es eine verschwiegene Mädchenkrankheit? Denkbar, daß sie mit ihrer Großmutter Marie Jeanne, einer geborenen de Filality aus rumänischem Fürstengeschlecht, den ganzen Tag französisch parlieren wollte. Möglich, daß sie Lust hatte, zu schwänzen oder einfach zu Hause zu bleiben. Nach jenem Sonntag Exaudi kam sie wieder in die Schule.

Die Konfirmation ist der üppigste Gottesdienst, den die evangelische Kirche in Siebenbürgen anzubieten hat: Mit Predigt, Prüfung, Einsegnung und Abendmahl dauert er zwei bis drei Stunden. Darum muß die Predigt kurz sein. Kurz, aber einprägsam, sitzen doch bei dieser Gelegenheit Menschen unter der Kanzel, die sonst das Antlitz Gottes meiden.

Jagd und Literatur lieferten dem Pfarrer Brandstetter wieder einmal anschauliche Metaphern für das Reich Gottes in der Welt. *Jagt ihn, ein Mensch* war nicht nur ein Drama von Erwin Guido Kolbenheyer und bot sich als bequemer Einstieg an, sondern war bereits beim Propheten Micha verbürgt: »Sie lauern alle auf Blut, einer jagt den anderen, daß er ihn verderbe.« Der Kreuzzug gegen den Bolschewismus glich einer Treibjagd durch die russischen Steppen und fand seine Begründung in den Imperativen des Alten Testaments: »Ihr sollt eure Feinde jagen und sie sollen vor euch her ins Schwert fallen.« Wobei interessant war, zu hören, daß die Steppenwölfe mit der Front mitliefen. Und zwar immer auf der Seite der Verlierer, der Zurückweichenden. Zuerst waren sie mit den Russen zur Wolga gelaufen, und neuerdings zogen sie sich mit den Deutschen zurück, immer ein paar Schritte voraus.

So wie es im Leben ein biologisches Gleichgewicht gebe, so sorge Jesus Christus, der nicht nur der Erzrichter sei, sondern auch ein Erzjäger, für ein vernünftiges Gleichgewicht zwischen Sündern und Gerechtfertigten. Das Gericht Christi sei immer auch Gnade, genau wie der echte Jäger das Wild nicht nur schieße, sondern gleichzeitig schütze, nicht nur töte, sondern erhalte – schon im eigenen Interesse. So auch Gott, der aus Selbsterhaltungstrieb Sorge trage, daß es immer ein Revier mit Sündern gebe. »Das, damit Gott der Herr einen Vorrat an solchen hat, die es zu rechtfertigen gilt, denen die Sünden vergeben werden müssen!«

Der Pfarrer im schlohweißen Haar auf der Kanzel hoch über der Festgemeinde blätterte in seinem Konzept. Das hieß, daß er den Schluß anvisierte. Noch zögerte er, ehe er den letzten Satz in die Menge schmetterte: »Darum, sündigt feste drauflos!« Und als er das Befremden von den Gesichtern ablas, ergänzte er: »Wie Dr. Martin Luther, unser großer Reformator, es anpreist. Weidmannsheil. Amen!«

Alle atmeten auf. Sie antworteten mit Amen, einige mit Weidmannsheil, einer sagte »Heil Hitler«.

Aber noch einmal wendete sich der Pfarrer um, die Bibel und die Bücher bereits unter dem Arm, und schoß los: »Denkt ja nicht, der Sünder ist immer der andere. Wir sind Sünder und Erlöste allzumal, sagt Luther. Jeder.«

Dann folgte das Spannendste – die Prüfung! Das war ein Spektakel, das die Zuhörer erheiterte wie ein Film im Cinema-Victoria-Kino gleich neben der Kirche. Eine Benefizvorstellung, wie unser Vater es nannte.

Schallendes Gelächter erfrischte die Gemüter, als bei der Frage des Pfarrers, gegen welches Gebot jeder von uns jeden Tag verstoße, der Sohn des Sargtischlers, Karlibuzi Mild, unerwartet und ungerufen die Hand hob, und noch ehe der Pfarrer den Richtigen bestellen konnte, dem die Frage laut Regie galt, behauptete: »Gegen das sechste Gebot!«

Jeder fahndete in seinem Gedächtnis nach dem sechsten Gebot. Auch ich war verwirrt. Als Professionist in Sachen Konfirmation wußte ich seit Jahr und Tag, daß das achte Gebot gemeint war und daß laut Generalprobe diesmal Monika Bertleff zu antworten hatte: »Du sollst nicht falsch Zeugnis reden wider deinen Nächsten.«

»Weißt du, was du sprichst, mein Sohn?« fragte der Pfarrer, als das Lachen verebbt war.

»Ja«, sagte Karlibuzi, »ich weiß, was ich sprich.«

»Sprech«, verbesserte der Pfarrer.

Sprich! verstand der Bub und sprach: »Du sollt nicht ehebrechen.« In der Stille, die sich über die Kirche legte, hörte man draußen das Brausen des Sportfestes. Während die Kinder sich hier mit belegter Stimme plagten und vom spröden Stoff der Gotteslehre fast erdrückt wurden, brachen draußen ihre Kameraden von der DJ Rekorde im Springen und Laufen und Stoßen und freuten sich laut und hörbar.

»Dann sage mir: Was ist das?«

Aber es folgte nicht das Was-ist-das aus dem Kleinen Katechismus von Dr. Martin Luther, wo es so schön heißt bei: »Du sollst nicht ehebrechen. Was ist das? Wir sollen Gott fürchten und lieben, daß wir keusch und züchtig leben in Worten und Werken und ein jeglicher sein Gemahl liebe und ehre.«

Vielmehr folgte dieses: »Was das ist, Herr Pfarrer? Das ist, wenn meine Mutter eine ganze Nacht mit dem Herrn Strohschneider am Fluß spazierengeht, um die Nachtigallen schlagen zu hören, und erst am Morgen zurückkommt, mit verstrubbelten Haaren.«

»Um Gottes willen«, sagte der Pfarrer. »Besinne dich, mein Sohn! Was redest du denn da?«

»Ja«, sagte der Sohn des Sargtischlers, »ich rede, was ist!«

Der Pfarrer blickte in die Kirche. Der Pfarrer blickte zum Himmel. Der Pfarrer blickte auf den Knaben. »Wie kommst du darauf? Jeden Tag jeder von uns die Ehe brechen?«

Aufhören! rief es in mir. War das nicht ein Wort zuviel?

»Mein Vater sagt es. Er sagt: Keiner ist besser als der andere. Alle sind sie gleiche Schweinehunde!«

»Aber doch nicht jeder von uns jeden Tag! Das gibt es nicht. Das ist wider die menschliche Natur«, wehrte der Pfarrer ab. Der Knabe ließ seine Augen über die Leute in der

Kirche schweifen, die plötzlich alle wie gebannt zum dreieckigen Auge Gottes hinaufsahen, das golden über dem Altar erstrahlte. Allein die Pfarrfrau in der plüschbespannten Pfarrerinnenbank hielt das Haupt mit dem toupierten Haar gesenkt. Schließlich kehrte sein Blick zum Pfarrer zurück.

»Vielleicht Ihr nicht, Herr Pfarrer!«

Frau Malwine, die Pfarrfrau, hob ihr Haupt. Wegen eines Gerechten kann eine Stadt vor dem Untergang gerettet werden.

Vor den Toren der Kirche tobte der Sportwettkampf. Jemand mußte besonders hoch oder weit gesprungen sein, denn das Skandieren von Siegheil, Siegheil! schwoll an und wollte nicht enden. Das Triumphgeschrei stürmte in den Kirchenraum. Die Flammen der sieben Kerzen am Altar erbebten. Alle wandten sich empört nach hinten zum Eingang. Die junge Organistin Olga Hildegard Ollmützer stampfte mit den Füßen auf. Die Pedale preßten Luft in die pompösen Orgelpfeifen und lösten einen Schwall von Baßtönen aus. Die grollenden Laute vermochten kaum das Siegesgejohle zu übertönen. Der Pfarrer schritt zur Tat.

Er ergriff den Kerzenlöscher, den Holzstab mit dem hohlen Blechkegel an der Spitze, und schritt martialisch den Mittelgang entlang zum Ausgang unter dem Turm. Als er das Eichentor mit dem geschnitzten Jüngsten Gericht öffnete, verstärkte sich abrupt der Lärm. Und flaute jäh ab.

Der Pfarrer rief mit Stentorstimme: »Weg, ihr Kinder, oder ich schieße.« Dabei klopfte er mit dem Stab auf die Steinplatten zu seinen Füßen. »Noch dreimal klopfe ich. Springt ihr nicht, so schieße ich.« Sie sprangen nicht weg. Sie rührten sich nicht. Sie waren erstarrt.

Selbst der Bannführer Samuel Csontos schwieg. So standen sie einander gegenüber, jeder in seinem schwarzen Dienstkleid: der Pfarrer im Ornat mit den Silberspangen über der Brust und mit dem krausen Rock um die Schultern, den Kerzenlöscher in der Hand wie Mose den Schlangenstab, der Bannführer schwarz von oben bis unten, von der Schirmmütze, die er zurechtgerückt hatte, bis zu den gewichsten Stiefeln, einen Dirigentenstab in der Hand. Zwei Führer

Auge in Auge, der eine von Gottes Gnaden, der andere von sehr irdischer Herkunft, und sahen sich mit stahlhartem Blick an. Dazwischen das verschwitzte Jungvolk in schwarzen Turnhosen und weißen Turnhemden, ausnahmsweise aus gegebenem Anlaß Mädchen und Buben zusammen. Sie standen stumm und still.

Der Pfarrer schoß nicht. Er trat in die Kirche zurück und schloß die Tür. Die Organistin griff in die Tasten und spielte einen Tusch. Vom Altar her gab der Pfarrer eine Erklärung ab: »Auch wir Jäger haben unsere Ethik. Du darfst nie ein wehrloses Tier töten, zum Beispiel, wenn es schläft. Du mußt es warnen, ihm die Chance geben, sich zu retten, davonzuspringen. Beim Hasen solltest du auf den Busch klopfen.«

Was folgte, war Durcheinander. Jeder Konfirmand hatte auf vorher angekündigte Fragen vorgegebene Antworten zu liefern, so wie jeder Jäger im Wald seinen Stand hat und nur auf das Wild schießen kann, das man ihm zutreibt. Nach dem ordnungswidrigen Dazwischentreten des Konfirmanden Buzi Mild aber kam Verwirrung in die Abfolge von Frage und Antwort.

So konnte man auf die Frage: »Erster Glaubensartikel?« zu hören bekommen: »Du sollst nicht begehren deines Nächsten Weib, Haus, Knecht und Magd.«

Oder: »Wer war Dr. Martin Luther?«

»Dr. Martin Luther war der Reformator der Siebenbürger Sachsen und heißt Johannes Honterus.«

Alfa Sigrid war es, die die Situation zurechtbog. Sie hatte es abgelehnt, sich vorher die Fragen aushändigen zu lassen: »Sie fragen, Herr Pfarrer, was Sie wünschen. Und ich antworte, wie ich es wünsche.« So geschah es und war gut so.

Endlich trat die Schar der Konfirmanden zum Altar. Während die meisten Mädchen in sächsischer Tracht oder im weißen Musselinkleid waren, mit Zöpfen und Similischmuck, zog Alfa Sigrid die Blicke auf sich: Sie hatte ein bordeauxrotes Samtkleid an. Das Haar war zu einer Pagenfrisur gekürzt, so daß man ihre koketten Ohrläppchen zu sehen bekam, sehen mußte. Sie trug keine Ohrgehänge. Den Hals zierte ein Bändchen mit einem Medaillon. Ob sie Seidenstrümpfe oder Strickstrümpfe anhatte, konnte man nicht ausmachen.

Der Burghüter Béla Feichter hatte auf mein Kommando zu läuten begonnen, genau in dem Moment, als der Pfarrer dem ersten Konfirmanden die Hand auflegte. Mit sanfter Stimme sagte er einem nach dem anderen den Konfirmationsspruch zu: »Wie der Hirsch schreit nach frischem Wasser, so schreit meine Seele, Gott, nach dir«, mußte sich Viky Welther sagen lassen, wobei er wie befohlen in die Knie gesunken war. Das Mädchen daneben, das Hella Holzer hieß, Holzer wie die Mutter, bekam auf den Lebensweg das Psalmwort: »Der Vogel hat sein Haus gefunden und die Schwalbe ihr Nest, wo sie ihre Jungen hecken – das sind deine Altäre, Herr Zebaoth.« Auf den schmächtigen Sohn des Sargtischlers, der während der Prüfung so pikante Dinge zur Sprache gebracht und für Unterhaltung und Verwirrung gesorgt hatte, entfiel das Wort: »Dein Weib wird sein wie ein fruchtbarer Weinstock drinnen in deinem Hause, deine Kinder wie Ölzweige um deinen Tisch. Siehe, also wird gesegnet der Mann, der den Herrn fürchtet.« Bei jedem Wort sackte der Knabe tiefer hinab. Aber der Pfarrer verfolgte ihn mit den aufgelegten Händen bis zur Erde.

Gedämpftes Glockengeläute erklang. Diesmal hatte ich Zeit, ehe ich zum Burghüter in den Turm eilen mußte, um seinen Schwung zu stoppen, gegen Ende der Einsegnung, nach dem Vaterunser. Es war ein kinderfreudiger Jahrgang von Konfirmanden, die in drei Gruppen vor dem Altar harrten.

Etwa in der Hälfte der Zeit war Alfa Sigrid an der Reihe, merkwürdigerweise nach der Hella Holzer, obschon Binder und Hasensprung vorher rangierte. Die Binders waren mit zwei Kutschen gekommen, und mit dem Milchwagen, denn auch die Tochter des Großknechts wurde konfirmiert. Meine Großmutter im schwarzen Seidenkleid mit plissiertem Umlegekragen entdeckte ich in der Bank neben der alten Fürstin Filality.

Alle in der Kirche reckten die Hälse, um besser sehen zu können, als der Pfarrer die Tochter des Gutsbesitzers mit feierlichem Klang aufrief und sie vortrat, ruhig wartend, bis die Kette ihrer acht Namen niederperlte, langsam gesprochen, damit die acht Engel Gottes Muße hatten, sie wortgetreu in das Buch des Lebens einzutragen: »Alfa Sigrid Renata Marie Jeanne ...« Der Pfarrer betonte Marie falsch und sprach Jeanne nicht ganz richtig aus; er nahm einen neuen Anlauf: »Alfa Sigrid Renata Marie Jeanne«, und obschon es auch diesmal nicht stimmte, psalmodierte er weiter: »Binder«, während ich leise wiederholte: Alfa Sigrid Renata Marie Jeanne Binder. »Von Hasensprung«, der Pfarrer schaute noch einmal auf den Spickzettel und ergänzte: »Zu Neustift!« Er atmete hörbar auf und wiederholte: »Hasensprung zu Neustift!« Zu Neustift! Das war neu für uns alle.

Noch ehe sie auf die gerippten Kissen niederglitt, um den Segen zu empfangen, öffnete sich der Halbkreis um sie. Ohne daß jemand die anderen dazu angehalten hätte, schwenkten sie nach rechts und nach links und bildeten ein Spalier, eine Ehrengarde, gaben den Blick frei auf die Kniende. Eine Wolke hatte das Sonnenlicht vom Himmel gewischt. Die Schlagschatten in der Kirche verblichen. Gleichförmige Helligkeit erfüllte den Raum, die ihre Leuchtkraft aus den sieben Kerzen zu ziehen schien. Vor denen kniete am Fuße des Altars das Mädchen im Samtkleid, das Gesicht zum Pfarrer erhoben, als sähe es den Himmel offen. Erst als er mit den Fingerspitzen der segnenden Hände ihr Haar berührte, senkte sie den Kopf. Wie eine dunkelrote Tulpe.

Wie eine dunkelrote Tulpe mit verschränkten Kelchblättern. Unter diesem Siegel nahm ich ihr Bild mit in die Erinnerung. Seit dieser Stunde war etwas mit mir geschehen.

Stellte sie sich in der großen Pause im Schulhof neben mich an die sonnige Wand der Kirche, näßten Schweißperlen meine Handflächen, während ich mit schmerzlicher Genauigkeit zusah, wie anmutig und herzhaft sie in ihr Brot biß – Hausbrot, mit weißer Büffelbutter bestrichen. Mein

Herz schlug bis zum Hals, daß man es sehen mußte, und im Hals blieb mir jedes Wort stecken. Ehe sie mich befragen konnte, über den Konjunktiv oder die Ellipse, und ehe das wildgewordene Herz aus meiner Brust sprang, warf ich mit ballistischer Gewandtheit meine Schinkensemmeln in die Mülltonne am anderen Ende des Hofes. Und lief ihnen nach, lief weg.

Ähnlich war es, wenn sie am Nachmittag mit dem Fahrrad vom Gut herbeigeschlüpft kam, zu uns nach Hause, um sich bei den Aufgaben in Algebra und Geometrie helfen zu lassen, sie hatte manches versäumt. Ich lud sie nicht in mein Zimmerchen ein, sondern wir saßen am Tisch im Wohnzimmer und studierten die Gleichungen zweiten Grades. Sie drängte ihre Haare, die sie wieder lang trug, so eifrig an mein Gesicht, daß sie nichts mehr im Heft entziffern konnte und auch ich ein X für ein U hielt. Obschon sie nicht begriff, wieso die schlichte pythagoräische Formel auch einen Kreis darstelle, war sie so entzückt, daß sie mir einen Kuß auf die Wange drückte. Und daß die transzendentale Konstante Pi, diese rätselhafte Zahl, in den Proportionen der Cheopspyramide verborgen sei, veranlaßte sie, aufzuspringen und sich mit einem Knicks vor mir zu verbeugen. Mein Herz stand still.

Manchmal sauste sie herbei, nur so, mit wehendem Faltenrock, der hinter ihr herflatterte (damals waren die Damenräder mit einem Netz versehen, damit sich die Kleider und Röcke nicht in den Speichen verfingen). Nur so: um mit mir Pingpong zu spielen oder beim Tee auf der Terrasse dabei zu sein oder meiner Mutter zu sagen, wie heiß sie sie liebe.

Einmal sagte sie: »Du bist mein liebster Freund!« Worüber ich mehrere Nächte lang nachdachte. War ich unter vielen der liebste, oder war ich allein der liebste? Ich las in der Deutschen Grammatik über die Steigerungsstufen nach; so wie ich im Brockhaus beim Stichwort Kuß nachschlug, mit dem Ergebnis, daß ich, statt über die Technik des Kusses, über seine Chemie belehrt wurde: 65 Prozent ist Speichel, gemischt mit Bazillen, und Zucker und Zahnstein gehören auch dazu.

Ich wurde abweisend, fast unhöflich, schützte vor, wenig Zeit zu haben, verließ brüsk die Teerunde und überließ das Mädchen meiner Mutter, den beiden Tanten und dem Großvater oder der Vally Langa oder anderen Gästen. Ich begleitete sie knapp bis zur Tür und nicht mehr bis zum Tor. Hielt sie bei uns Mittagsrast, weil die Kutsche sie nicht von der Schule abgeholt hatte, fuhr ich sie nicht mehr mit meinem Rennrad zum Gut hinaus, bis zur Fähre über die Aluta, wie früher manchmal: Sie war auf der Stange gesessen, ich hatte mit meinem Gesicht ihr Haar berührt, das leicht nach Brennessel und Honig roch, und nach einem Parfüm, dessen Duft im Schrank unserer Mutter fehlte. Mit Brennesselsaft und Honigseim versetzten die Großmütter das Wasser, wenn sie uns die Haare wuschen. Ich ließ Alfa Sigrid gehen, allein den langen Weg.

Als ich an einem Sonntagvormittag auf der Aluta vorbeigepaddelt war, hatte sie mir zugewinkt, mich gerufen. »Komm herauf!« Sie lag im grünen Badeanzug auf dem Balkon, von wo aus man die Flußniederung von Schirkanyen bis Freck überschauen konnte, mit allen Spitzen der Südkarpaten, und Fogarasch dazu mit der Schar seiner Kirchtürme und der Silhouette der Burg mittendrin.

»Nein!« rief ich. »Nein danke!« Und ruderte hastig weiter, so nahe am Ufer, daß sie mich aus den Augen verlor.

Obschon sich unsere Blicke über den Spion an meinem Fenster trafen, durch den ich den Hof bis zum steinernen Löwen auskundschaften konnte, ließ ich mich verleugnen. Wie entgeistert sie war, als sich unsere gebrochenen Blicke im Spiegel kreuzten. Sie besuchte uns seltener. Sie kam nicht mehr. Die Sommerferien gingen vorüber.

Ich verblieb mit dem Bild von dem Mädchen, wie es unter dem Kreuz kniete im Schein der sieben Kerzen.

Mit beschwörender Stimme hatte der Pfarrer das Psalmwort über sie gesprochen, das sie begleiten sollte im Leben bis in die Ewigkeit: »Gott hat seinen Engeln befohlen, daß sie dich behüten auf allen deinen Wegen, daß sie dich auf den Händen tragen und du deinen Fuß nicht an einen Stein stoßest.« Und im selben Atemzug weiter – und nur zu ihr und zu keinem anderen so – sprach der betagte Pfarrer diese Formel: »Gott Vater, Sohn und Heiliger Geist gebe dir Gnade: ER gebe dir Schutz und Schirm vor allem Argen, ER verleihe dir Stärke und Hilfe zu allem Guten, daß du bewahrt werdest an Leib und Seele zum ewigen Leben.«

An den Sprüchen ließ sich erkennen, daß sie seine Lieblingskonfirmandin war. »Voriges Jahr ist es die Elinor Maurer gewesen. Heuer ist die sein Herzpinkel«, wisperten die Leute. »Der alte Fuchs, er hat Geschmack, er weiß, was schmeckt.«

Als sich Alfa Sigrid Renata Marie Jeanne Binder von Hasensprung zu Neustift aufrichtete und um den Altar schritt, wie es der Brauch erforderte, nickte sie den Buben und Mädchen zu, die sich daraufhin wieder kompakt gruppierten. Auf den Teller aus altem Zinn ließ sie das Opfergeld fallen, das man bei uns entrichtet, wenn man um den Altar gewallt ist. Am Klang des auffallenden Geldstücks hörten die Bessergestellten, daß es die kostbarste Münze war, eben in Umlauf gesetzt: eine Münze aus Sterlingsilber im Wert von fünfhundert Lei, vorne mit der Effigie des schönen Königs von Rumänien, ausgeprägt als Streiter gegen den gottlosen Bolschewismus, auf der Rückseite mit dem Bildnis des moldauischen Fürsten Stefan cel Mare, des Türkenbezwingers, den der Papst einen Verteidiger des Abendlandes genannt hatte.

Den Schluß der Einsegnung bildete das gemeinsam gesprochene Vaterunser. Beim Amen am Ende mußte das Läuten aufhören. Amen, das heißt: So soll es sein. Doch diesmal sollte es nicht so sein.

Bereits bei »Dein Reich komme« verließ ich wie ein Fidschipfeil die Empore, schnellte die Leitern im Turm hinauf, damit pünktlich beim Amen die Glocken ausklangen und man sich in feierlicher Stille dem Abendmahl zuwenden konnte. Doch als ich die vorletzte Sprosse erklommen hatte, brach sie. Ich konnte noch den Glöckner am Hosenbein erwischen, der sofort und zu Tode erschrocken die Glocken fahrenließ. Als das Geläute mit einigen Schlägen erstarb, war das Vaterunser erst bei »Und erlöse uns von dem Übel« angekommen. Aber Gott erhörte die Bitte nicht.

Ich stürzte ab mit Gepolter und Lärm. Aber ich ließ mich nicht einfach fallen, ich setzte mich zur Wehr. Ich griff nach allem, was Halt hätte bieten können. Ich schnappte nach den Sprossen der Treppe, doch die Hände rutschten ab. Ich langte nach dem Geländer, das wegkippte. Zuletzt haschte ich nach dem Seil mit den Gewichten, die die Uhr in Gang hielten. Für mich im Turm die Rettung, für den Fortgang der Konfirmation in der Kirche von Folgen.

Das Seil mit den sandgefüllten Behältern ließ sich fassen, umklammern, halten. Aber Halt bot es keinen. Ich fiel in die Tiefe des Turmes. Was sonst eine Woche dauerte, geschah im Handumdrehen. Das eherne Uhrpendel zappelte hin und her, die riesigen, mannshohen Zeiger der Turmuhr drehten sich rasch und rascher, das Schlagwerk hallte hektisch und wurde von Sekunde zu Sekunde nervöser. Zuletzt ertönte ein Stakkato, das die Leute im Gotteshaus von den Sitzen hob und die Menschen in der Stadt in Schrecken versetzte.

Mit dem Geschrei aus gottvergessenen Mündern: »Gottverdammich, es brennt! Alarm, die Amerikaner bombardieren! Jesses Maria und Josef, die Russen kommen! Herrje, das Jüngste Gericht! Hinaus! Nur hinaus!«, verließen die Menschen rudelweise die Sitzreihen, drängten zur Tür: Rette sich, wer kann! Einige sprangen über die Banklehnen, trampelten auf die Gesangbücher, zertraten Handtaschen, Schirme, Brillen, die liegengeblieben waren, und erreichten trotzdem nicht das Portal, das von Menschenklumpen verstopft war. Die Gemeinde Christi zerfiel in Haufen von Angst und Panik, die Kirche entleerte sich schubweise durch den Haupteingang. Die Organistin aber spielte weiter, Lieder vom Ende des Gesangbuchs aus den Kapiteln: Vom richtigen Umgang mit den irdischen Gütern. Von Vergänglichkeit, Tod und Ewigkeit.

Das alles geschah, während ich im kirchlichen Gerümpel auf der Sohle des Turmes aufschlug und in einer Wolke von Moder versank, daß mir für etliche Zeit Hören und Sehen verging.

Vergeblich hatte der Pfarrer gemahnt: »Zuerst die Frauen und Kinder!« Sein Ruf: »Hinter dem Altar gibt es noch eine Türe!« verhallte ungehört. Auch die Abkündigung: »Der Gottesdienst geht mit dem Abendmahl im Keller weiter!« machte kaum Eindruck. Alles drängte, wohin alle drängten. Auf dem kürzesten Weg hinaus und in die Luftschutzkeller unter dem Pfarrhaus! Da niemand ihm Gehör schenkte, geleitete er die Konfirmanden durch die Sakristei nach draußen, wo ein sonniger Maihimmel Frieden verhieß. Er führte sie an den lammfrommen DJ-Sportlern vorbei, die sich ihm anschlossen, und brachte alle in die zyklopisch gemauerten Keller des Pfarrhauses, wo sich die Gemeinde im trüben Licht einiger Petroleumlampen allmählich wieder sammelte.

Umsichtig hatte der Pfarrer die Vasa sacra, die Abendmahlsgeräte, mitgenommen: den Kelch aus vorreformatorischer Zeit und die vergoldete Patene und die Oblatendose und den Wein in der Zinnkanne mit der Jahreszahl 1609 und den Opferteller mit dem Geld. Die Kerzenständer mit den brennenden Kerzen hatte er den Konfirmanden in die Hände gedrückt, so daß es wie eine geistliche Prozession aussah, als sich die Gruppe der Jugendlichen in ihren Festkleidern in den Keller hinabließ und eine feierliche Helligkeit verbreitete.

Hubertus Petrus Brandstetter aber sah das anders. Er sprach elegisch vom letzten Pirschgang seines Lebens. Bald darauf wurde er in die ewigen Jagdgründe abberufen, nach denen er sich gesehnt hatte in der Hoffnung, seinen Sohn Nimrod anzutreffen, der in Rußland verschollen war.

Ich war betäubt am Grund des Turmes liegengeblieben. Als ich mich aufrappelte und aus dem Unrat wühlte, war ich über und über mit Holzstaub bepudert. Es rauschte in den Ohren, ich hörte alle Glocken der Stadt auf einmal läuten. Langsam kam ich zu mir. Durch eine Schießscharte warf ich einen Blick in die Kirche. Schauder packte mich. Keine Menschenseele. Wohin waren die Gläubigen verschwunden? In der gähnenden Leere gewahrte ich eine kniende Frau auf den Kissen vor dem Altar. Sie war in tieflila Gewändern versunken, aus denen der weißhaarige Kopf hervorleuchtete. Zwei Krückstöcke lagen zu Seiten der Betenden. Es war die fanariotische Großmutter von Alfa Sigrid.

Ich schlich mich durch die Gärten der Griechengasse zu meinem Freund Mailat und klagte über eine erschreckende Leere. Der Prophet nickte verständnisvoll: »Sehr richtig! Bei dir, bei der Fürstin, wirkte sich der Horror vacui aus. Das ist im Angesicht der Leere Schreck und Faszination zugleich. Damit beginnt der echte Glaube. Wer wiederum glaubt, fürchtet nichts, außer Gott. Auch ich wäre nicht in den Keller gekrochen, sondern hätte wie die alte Fürstin vor dem Altar zu beten begonnen. Es lebt, wer dem Verlust durch Verzicht vorauseilt!« Das war ein weiser Spruch, von dem ich noch kein Wort verstand.

»Man muß nicht fliehen. Wenn Gott will, hält er überall seine Hand über dir, selbst in der Kirche, mein Freund. Lies Psalm 139!« Den er in Auszügen deklamierte, während er mit einem Handbesen meinen Anzug säuberte:

»Von allen Seiten umgibst du mich und hältst deine Hand über mir ... Führe ich gen Himmel, so bist du da. Bettete ich mich in die Hölle, siehe, so bist du auch da. Nähme ich Flügel der Morgenröte und bliebe am äußersten Meer, so würde mich doch deine Hand daselbst führen und deine Rechte mich halten.«

Wieso aber wußte er Bescheid? »Welcher Keller?« fragte ich verdutzt.

»Sie hocken alle im Luftschutzkeller unter dem Pfarrhaus und feiern das Abendmahl.«

»Warum sind sie alle dort?«

»Sie meinen, es sei Alarm gegeben worden. Feueralarm. Fliegeralarm. Zuerst hat es von eurem Turm wie Feueralarm geklungen. Tam, tam, tam im Stakkato. Du weißt es ja am besten. Dann haben die Sirenen Fliegeralarm geblasen.«

Darauf prüfte er, ob ich nach der Höllenfahrt, wie er es nannte, meine fünf Sinne beisammen hätte. Während er mir die Bibel verkehrt vor die Augen hielt, las ich in der Apostelgeschichte Kapitel eins über die Himmelfahrt Christi.

Mit verschlossenen Ohren sollte ich eine Melodie erkennen, die er auf der Mundharmonika spielte. Es war das Lied: »Trink, trink, Brüderlein trink, lasse die Sorgen zu Haus …«, das auch die Rumänen rumänisch singen und beherzigen. Ich mußte Handstand an die Wand machen und dabei Rizinusöl schlucken und, ebenfalls mit dem Kopf nach unten, ein Stück Brot in mich würgen. Erfreut war er, daß alles prompt gelang. Und gänzlich beruhigt, als ich, ohne die Nase zu rümpfen, sofort erschnupperte: es war ein stinkiger Furz, den er hatte fahren lassen. Wenn einer auf den Kopf fällt, mag es vorkommen, daß er ohne Geschmack und Geruch bleibt! Er zwickte mich in die Arschbacke, von der es heißt, sie sei stumpfsinniger als die übrigen Körperpartien, und ich rief »Au«.

Darauf sanken wir zu Boden, mit dem Gesicht zur schönen Ecke mit dem Kreuz und dem Dornenkranz, und er ließ ein Dankgebet zum Himmel steigen, mit dem er alle bösen Geister vertrieb, die sich in meinen Leib gebohrt und meine Aura verbogen hatten.

In der kleinen Stadt sprach man nur noch von den Ereignissen des Sonntags Exaudi: Exaudi, Domine, vocem meam, qua clamavi a te; miserere mei! Viele fühlten sich bemüßigt, zu berichten, in welcher Weise Gott auf ihr Schreien gehört, sich ihrer erbarmt hatte. Daß Gott die Hand im Spiel gehabt hatte, war offenbar. Um so mehr, als keine andere auszumachen war. Mit rechten Dingen war es nicht zugegangen.

Ganz unabhängig von den anderen hatte die Organistin Olga Hildegard Ollmützer die Kirche verlassen. Zu Hause und unter Freunden wurde sie Oho genannt, nach den Anfangsbuchstaben ihres Namens. Den Exodus der Gemeinde hatte sie mit einem Potpourri von melancholischen Liedern aus dem Gesangbuch begleitet: »Valet will ich dir geben, du arge falsche Welt«, »Mitten wir im Leben sind von dem Tod umfangen«, »Begrabt den Leib in seine Gruft, bis ihn des Richters Stimme ruft«. Sie konnte es sich leisten, auszuharren, bis sie fühlte: Jetzt wünscht Gott, daß ich mich davonmache!

Sie gehörte zur Gemeindebewegung von Prediger Georg Scherg aus Kronstadt. In ihrer Familie wurden vor jeder Mahlzeit blumenreiche Gebete gesprochen, bis die Suppe auskühlte und die Kinder vor Hunger vergingen, ja, eines sich ein Magengeschwür einhandelte. In ihrem Haus lagen auch unter der Woche in allen Ecken, sogar auf dem Küchentisch, zerlesene Bibeln griffbereit. Der Hausvater nahm Luther mit seinem allgemeinen Priestertum beim Wort und hielt jeden Abend eine Andacht. Bei ihnen gab es kein Radio, und keiner las die Zeitung. Man wußte nur, daß die Welt im argen lag, ohne die schrecklichen Einzelheiten.

Ihre Eltern hatten einander bei den Nachmittagsvespern und Liebesmahlen kennengelernt, die von Laien veranstaltet wurden. »Wir, das einfache Fußvolk Gottes, wo jeder Gläubige, der aus dem Ei der Taufe gekrochen ist, Bischof ist, selbst als Friseur, wir machen alles allein, ohne Pfarrer.« Vater Ollmützer war nicht der Deutschen Volksgruppe beigetreten. Er konnte auch ohne sie ein guter Deutscher bleiben. Und ein Siebenbürger Sachse dazu, wie es seine Vorfahren achthundert Jahre lang gewesen waren. Das war ein doppelter Verlust für die Volksgruppe. Zum ersten verlor sie vierzehn Volksdeutsche, hatte er doch zwölf Kinder. Als Strafe durfte er sie nicht mehr in die Deutsche Volksschule schicken, was ihn wenig anfocht. Er schickte sie in die ungarische Schule von Fogarasch, so daß die Kinder die drei Landessprachen Siebenbürgens fließend beherrschten: Rumänisch, Deutsch, Ungarisch. Zum zweiten: Er war der einzige deutsche Spediteur am Ort, der einen Lastkraftwagen besaß. Da er sich weigerte, selbst gegen gutes Geld, die Deutsche Mannschaft zu ihren Übungen ins Gelände zu fahren, mußte man Herrn Poparadu angehen. Der war ein Rumäne, was der hehren Sache des Reiches nur schaden konnte, um so mehr, als er perfekt deutsch sprach und alles mithören konnte: Achtung! Feind hört mit!

Als unserer Organistin mithin die Gotteseingebung wurde: Jetzt schlägt die Stunde des Heils!, hielt sie im Choral inne, beugte sich über die Balustrade der Galerie und spähte in das Mittelschiff, wo die Leute noch immer zur Pforte drängten. Dort hinaus ging es nicht. Wie aber würde es Gott anstellen, sie aus der bedrohten Kirche zu erretten? So dachte sie voller Neugier, fast belustigt. Irgendein Wunder würde er sich wohl einfallen lassen.

Sie öffnete das Seitenfenster zum Kirchgarten, lugte hinaus, erkundete die Mauern links: nichts!, überflog die Mauer rechts: dort! Der Blitzableiter. Das mußte es sein!

Obschon sie nicht im BDM war, bei keinem Sportwettkampf ihre jungen Glieder hatte trainieren und stählen können und in der ungarischen Schule bloß zweimal pro Woche Turnen hatte, glückte es so wunderbar, daß sie keinen Schaden nahm an ihren kostspieligen Seidenstrümpfen. Wie auf einer Himmelsleiter, konnte man später hören, kletterte sie das Drahtseil abwärts und erreichte wohlbehalten an Leib und Seele Gottes gute Erde.

Auch Buzer Montsch, eigentlich Reinhold Samuel Montsch, Fallschirmjäger in der Aviaţia Regală Română, zur Zeit mit seiner Kompanie abkommandiert zur Leibgarde des Königs, dem es beliebte, mit ihm deutsch zu konversieren, aufsehenerregend in seiner Galauniform aus blaugetöntem Rehleder, dazu ein phantasiebegabter Turner, erreichte sein Ziel anders als die anderen. Ursprünglich hatte er erwogen, sich an den schmiedeeisernen Lüster zu hängen und diesen in Schwingungen zu versetzen, so daß er im Augenblick höchster Amplitüde bequem durch das Seitenfenster in den Kirchgarten schnellen würde, die Füße voran, um gekonnt die Scheiben zu zerschlagen. Alles, wie wir es vor dem Krieg in französischen Filmen gesehen hatten. Als er aber die Kinder auf ihren Kinderbänken in den seitlichen Bogengängen erspähte, die gespannt und mucksmäuschenstill dem Aufbruch der Massen zuschauten, im Glauben, das gehöre zum Gottesdienst, ließ er sich etwas anderes einfallen.

Mit Brachialgewalt hob er ein Fenster aus dem Rahmen und stemmte die Mädchen und Buben auf die Fensterbank, von wo sie frohgemut ins Freie purzelten. Draußen war der Boden höher als im Inneren, denn in all den Jahrhunderten war die Erde um die Kirche gewachsen.

Als letzter sprang er selbst hinaus, stolperte, fiel hin, fiel der Olga zu Füßen: »Falle zu Füßen, du Himmelskönigin«, rief der baumlange Fallschirmspringer, und gleich darauf: »Oho!«

»Hier bin ich, Oho«, sagte sie gehorsam mit den Worten des Priesterlehrlings Samuel aus dem Alten Testament, der so den Anruf Gottes beantwortet: »Hier bin ich!«

Buzer Montsch hatte sich beim Kniefall die Stirne an ihrem Schnallenschuh verletzt. Das heiße Blut sickerte durch den Strumpf auf ihre Haut. »Wie von einem heiligen Opfertier«, sagte sie später, habe sein Blut »mit himmlischer Lust« ihre Sinne den Fuß abwärts berührt bis in die kleine Zehe. Und von dort »hinauf bis unter die Haarwurzeln«.

»Oho«, meinte er zum zweiten Mal, nicht ahnend, daß er sie beim Namen rief. Laut und entschieden antwortete sie: »Ja!« So laut, wie man bei der Trauung vor dem Altar ja sagt. Dann zog sie ihn sanft zu sich empor, reckte sich auf die Zehenspitzen und säuberte mit ihrem Taschentüchlein die Wunde. Unter stillen Gebeten gelang es bald, das Blut zum Versiegen zu bringen. Mit dem Seidentuch von ihrem Schwanenhals verband sie ihm die Stirne, was ihm etwas Heroisches verlieh, gefährlich und kühn anzusehen, als die Wunde erneut aufbrach und das duftige Gewebe sich rot verfärbte. Die Kinder umringten ihn mit betroffenen Zwergengesichtern.

Er ergriff ihre Hand, drückte einen Kuß darauf, wie er es bei Hofe in Bukarest gelernt hatte, und ließ sie nicht mehr los. Hand in Hand erschienen sie im Luftschutzkeller.

Manchen fiel der Rattenfänger von Hameln ein, als der Buzer Montsch mit den vielen Kindern in die unterirdischen Höhlen des Kellers einzog. Andere meinten, als sie das bildschöne Mädchen an seiner Seite sahen, es erinnere an mittelalterliche Minnebilder, auf denen der Ritter seine Angebetete ersingt und erringt.

So und ähnlich berichtete die erregte Großmutter beim Mittagstisch. Sie erzählte und erzählte. Ins Schwarze getroffen hatte die verrückte Emma, als sie triumphierend aufschrie:

»Das wird ein Brautpaar, schaun S' das blutige Tüchel, viele Kinder werden's haben und lang werden's leben!«

So entstand die Legende von der Himmelsfee Oho und dem Fallschirmjäger Buzer. Bevor er an die Front zurück mußte, verlobten sie sich. Sie verlobten sich auf Wunsch der Braut nach alter sächsischer Sitte kirchlich, trotz Einwänden von vielen Seiten, nicht nur von der Ortsgruppenleiterin und ihren Kumpanen, sondern selbst aus dem bürgerlichen Milieu, wo es hieß: »Das hat sich doch überlebt.«

Wenn sich beide kurz faßten, sagte er: »Sie ist wie ein Engel vom Himmel gefallen!« Sagte sie: »Er ist mir sofort zu Füßen gefallen!«

»Deutlichere Fingerzeige Gottes«, sagte die Großmutter, die sehr animiert aus dem abenteuerlichen Gottesdienst heimgekommen war, »daß die beiden durch höhere Gewalt zusammengehören für das ganze Leben, bis daß der Tod sie scheide und darüber hinaus in alle Ewigkeit«, könne es nicht geben. Dazu die vielen Kinderchen, die von allem Anfang an dabei waren. Die verhießen offensichtlich eine kinderreiche Ehe nach dem Willen Gottes: Seid fruchtbar und mehret euch. Klarer mochte Gott nie gesprochen haben.

»Mumpitz, alles Mumpitz!« belehrte mich Alfa Sigrid bei uns im Garten, als sie mich eines Nachmittags doch gestellt hatte, ich ihr nicht entlaufen konnte. Das war beim Steintisch an der Kreuzung zweier Gartenwege, wo sich zwischen Buchen eine Lichtung auftat. Auf den Tisch hatte sie sich geschwungen und den Faltenrock ausgebreitet. So saß sie auf dem heißen Stein und sog dessen Wärme mit ihrem Körper ein. »Was heißt hier höhere Gewalt, Fügung und Führung Gottes? Gestolpert ist der Buzer über das Gesims des Fensters, hingefallen wie ein Tolpatsch, die Stirne hat er sich an einem Stein blessiert. Und weil er sich so was als Fallschirmjäger und Leibgardist nicht leisten kann, hat er einen Fußfall gemacht: Falle zu Füßen, Himmelskönigin! Das kann doch nur ein Witz sein. Und beide haben daraus eine Legende zusammengebutzt.« Sie durfte so reden, er war ihr rechter Cousin, seine Mutter eine Binder vom Gut.

»Oho! hat er gesagt, ohne zu wissen, daß das ihr Spitzname ist. Er sagt das immer, wenn etwas danebengeht. Verknallt haben sie sich ineinander wie zwei normale Menschen und sofort verlobt wie zwei Narren. Meinetwegen: Liebe auf den ersten Blick. Alles das gibt es seit Adam und Eva. Für mich heißt lieben aber sterben!«

»Wie das«, fragte ich. »Tot sein ist doch das völlige Aus, nie mehr Torte essen, mit niemandem reden, weg von allem.«

»Mag das der Tod von außen sein, die totale Beziehungslosigkeit. Dies aber ist der Tod in uns, er gehört uns selbst. Wir sterben ihn, wenn wir einen Menschen von ganzem Herzen lieben. Denn lieben heißt sich an den anderen verlieren und so sich selber verlieren in Hingabe. Darum fürchten wir uns vor der großen Liebe. Und sehnen sie trotzdem herbei!«

»Du meinst, Liebe ist gleich Sterben?«

»Einen Schmarrn mit Kren. Du reduzierst alles auf mathematische Formeln, die den Dingen weh tun. Das eine ist die Idee mit ihren Verschwiegenheiten, das andere eine Formel mit scharfen Rändern!« Ich spürte die scharfen Ränder wehtun. Und schwieg. Darüber mußte ich Wort für Wort nachdenken. Ich suchte mit den Augen die Kalib in der Ecke des Gartens, das Häuschen, von den Kindern aus Kisten gezimmert, mit allem, was dazugehörte: mit Dach und Fenstern und mit Vorzimmer und Wohnstube und Schlafraum und einer Veranda. Es war ein Kinderhaus, darin ein Großer nur liegen und sitzen konnte. Dorthin verkroch ich mich, um verbotene Bücher zu lesen, meine Gedanken zu ordnen, leer und allein zu sein, oder wenn ich mich vor dem wirklichen Leben fürchtete. Auf dem Boden lag Heu, und zum Lümmeln waren Hasenfelle ausgebreitet.

»Dagegen diese frömmelnde Oho, was die an kitschigem Stumpfsinn daherredet: Märchenfee mit Flügelschuh, heiliges Opferblut, Himmelsleiter, ich fühle: Jetzt gibt Gott grünes Licht, er wird sich schon etwas einfallen lassen, um mich zu retten! Wer ist diese Ollmützer, daß sich Gott so um sie zerfranst, während täglich Tausende ins Gras beißen!«

Wie Alfa Sigrid in heiligem Zorn erglühte! Heiliger Zorn

war in der Bibel erlaubt. Und der heilige Zorn machte sie schön! Ich stand neben ihr, hielt die Hand an den heißen Stein, auf dem sie saß mit ihren nackten Schenkeln, indes ihr Schoß vom Rock verhüllt war. Eine Bewegung von mir, und ich würde die Wärme ihres Körpers spüren. Eine Spanne trennte meine Hand von ihrer Haut. Ich schloß die Augen.

Und begriff, indem ich die Hand nicht bewegte, einen Anflug jener verhüllten Worte des Propheten: »Es lebt, wer dem Verlust durch Verzicht voraus ist.«

Ich murmelte: »Ich muß nun leider ins Haus gehen, um ...« Ja, warum?

Sie sprang vom Tisch, daß sich der Faltenrock bauschte und der Kies knirschte. Ich begleitete sie bis zum Tor, nachdem ich Luft in ihr Rad gepumpt hatte, denn der Weg zum Gut war weit. Ich sah ihr nicht nach, als sie davonbrauste.

Bald sollte Reinhold Samuel Montsch für immer fallen – bei einem Einsatz als Fallschirmjäger im Osten. Um die Offensive der Russen zu stoppen, hatte man alle verfügbaren Kräfte an die Front geschickt. Eine der beiden Fallschirmjägerkompanien, die dem König als Leibwache dienten und die er zärtlich mit »Leilor mei«, meine Löwen, anredete, wurde vom Paradedienst bei Hof abgezogen und in die vorderste Linie geworfen.

Der Fallschirmspringer Buzer Montsch fiel nicht tief genug vom Himmel, er gelangte nicht bis auf die gute Mutter Erde. Als er in einem Baum hängenblieb, wurde er abgeschossen, im strengen Sinne des Wortes, da ihn die Russen als Zielscheibe benützten. Sie hatten – erschöpft vom ungewohnten Siegen – keine Lust, ihn gefangenzunehmen. Dafür hätten sie ihn herunterholen müssen.

Der Leichnam konnte geborgen werden. Er wurde in der Binderschen Gruft beigesetzt, wo er wegen seiner übermäßigen Körperlänge so viel Raum beanspruchte, daß in derselben Etage kein Platz mehr blieb für einen Erwachsenen, nur noch für einen Heranwachsenden oder ein größeres Kind oder einen geschrumpften, sehr alten Menschen.

Seine rumänische Auszeichnung, den Kriegsorden Michaelis der Tapfere, auch Michaelskreuz genannt, behielt seine Mutter. Sie befestigte ihn unter seinem Bild. Das Beileidstelegramm des Königs, gezeichnet mit MIHAI R, was Rex bedeutet – Rex wie der Hund von Arnold Wolff und doch anders –, rahmte sie ein.

Das Deutsche Kreuz schenkte seine Mutter weg: »Die Deutschen haben uns nur Unglück beschert.« Sie schenkte es seiner angelobten Braut Olga Hildegard, die es hochhielt als Lesezeichen im Orgelbuch. Alles dieses bewunderten wir Buben mit Scheu und Schaudern.

»Er war mein Lieblingscousin«, sagte Alfa Sigrid bei uns auf dem heißen Stein. »Nun ist er tot. Wer von uns wird mit ihm seine Nische teilen? Mit Sarg mit allem – ein Meter siebenundsechzig Zenti.« Nur so viel Platz war geblieben.

Plötzlich blickte sie in die Ecke des Gartens und machte die Augen schmal: »Die Kinder, sie haben eine Kalib gebaut. Dort werde ich mich verstecken, verstecken vor der Angst. Und vor dem Tod.« Wie meinte sie das? Aber ich schwieg.

Beim Mittagstisch nach jenem fatalen Gottesdienst erzählte die Großmutter mit flammenden Wangen, was noch alles geschehen war. Den Burghüter habe man unter den Glocken im Starrkrampf auf den Bohlen liegend gefunden und in den Keller gezerrt. »Wie aus dem Boden gestampft waren zwei Beamte von der königlichen Siguranţa zur Stelle und nahmen ihn ins Gebet. Niemand durfte die Lokalität verlassen.«

Außer daß ein Dämon, der Dracule, den Glöckner mit einer glühenden Zange am Fuß gezwickt habe, konnten die grusligen Männer nichts herausbekommen. Nichts weiter, als daß ihn ein Teufel am Fuß gepackt habe.

Was diese Sicherheitsbeamten alles wissen wollten, mit Fangfragen aus ihm herauszuholen suchten – schauderhaft und spannend zugleich! »Von der Siguranţa und deren geheimen Aktivitäten hat man zwar gewußt, aber die Häscher gottlob nie zu Gesicht bekommen. Zum Beispiel hat eine Frage gelautet, wie die glühende Zange ausgesehen habe.«

Vor der wartenden Menge im halbdunklen Keller und dem ungeduldigen Pfarrer, der im Gottesdienst fortfahren wollte, war das Verhör abgelaufen. »Genau wie die Zangen auf den Bildern von der Hölle im Sâmbăta-Kloster«, gab der gequälte Mann zur Antwort.

»Wie hast du die Zange sehen können, wenn sie dich von unten an den Füßen gepackt haben und deine Augen oben im Kopf sitzen? Oder hast du noch anderswo Augen?«

»Ich habe anderswo keine Augen, aber oft sehe ich mit geschlossenen Augen«, sagte der Befragte und schloß die Augen. Wie er sich erkläre, daß er an den Füßen keine Brandwunden habe, überhaupt keine Wunden habe?

Das erkläre er so: Es gebe Wunden, die von innen her in der Seele brennen würden.

»Dann müssen wir dich wenden lassen, umkrempeln«, sagten die Männer in Ledermänteln und mit dem Hut auf dem Kopf. Und lachten nicht. »Doch wie immer du dich drehst und wendest, wir sehen in dich hinein, als wärst du von Glas!«

Die Großmutter seufzte, und mir brannte der Boden unter den Füßen. »Bei diesen Worten starrten sie uns der Reihe nach an, jeden einzelnen, auch mich, daß ich meinte, ich wäre durchsichtig. Es schien, als könnten sie meine Gedanken lesen. Und niemand lachte. Uns war das Lachen vergangen.«

Die Fofo brachte den zweiten Gang. Der Erzählfluß stockte. Das war ein ungeschriebenes Gesetz: In Gegenwart der Dienstboten wurde geschwiegen. Kaum hatte sie den Raum verlassen, berichtete die Großmutter weiter:

»Der gute Feichter, sonst immer ein wenig abwesend, er gab eine so treffende Antwort, daß die Männer endlich schweigen mußten: Wenn ich durchsichtig bin wie Glas und ihr in mich hineinseht, dann wißt ihr alles von mir. Warum fragt ihr noch? Sie schrien: Halt dein ungewaschenes Maul!«

Die Großmutter schwieg, dachte nach.

»Weiter im Text, Bertha«, forderte Tante Helene sie auf, »es ist wie im Kino.«

»Wir atmeten auf, als die Herren gegangen waren. Sie hatten ihre Hüte nicht abgenommen, obschon es dort im

Keller wie in einer Kirche war. Ein wahrer Katakombengottesdienst, hat der Herr Stadtpfarrer uns aufgeklärt.«

Sie schloß: »Aber Kinder, wie spannend so ein Verhör ist! Und wie aufregend es ist, wenn ein Mensch mit Fragen, einfach mit Fragen, in die Enge getrieben wird, bis er nicht mehr weiter kann. Das ist eine Kunst für sich. Elegant. Die bringen einen so weit, Dinge zuzugeben, die man nie getan hat, und es zuletzt sogar zu glauben. Wie man so hört, tun sie das, wenn es um vaterlandslose Gesellen geht, wenn das Vaterland in Gefahr ist.«

»Der Zweck heiligt die Mittel«, meinte Tante Hermine.

»Der Burghüter hat den Kopf aus der Schlinge ziehen können«, fuhr die Großmutter fort, »indem er sich auf die Welt der Geister herausgeredet hat. Die hätten sich einen Jux erlaubt und auf die Gewichte geschwungen.«

Seltsamerweise hatte das den Beamten von der Siguranţa eingeleuchtet. Dem könne man nachgehen, der fromme Mönch Arsenie von Sâmbăta sei hierin Spezialist, hatte einer der Männer gemeint. Als aber der Beschuldigte zu spekulieren begann: »Oder war es einer von den Bengeln der DJ, der den Gottesdienst stören wollte?«, waren ihm die Kommissare über den Mund gefahren. Er habe hier nicht Fragen zu stellen und herumzuraten, sondern über Geschehenes und Gesehenes auszusagen.

Die Großmutter ließ nichts aus. »Gegen die Bezichtigung der DJ hat ihr Führer protestiert, dieser Dingsda mit dem ungarischen Namen, wie heißt er doch? Csontos!« Mit seinem Jungvolk habe er sich ebenfalls in den Keller geflüchtet. »Huh, wie das nach Schweiß gestunken hat!«

Gesagt hatte der Bannführer: Die DJ habe nichts mit der Kirche oder gegen die Kirche. Das Sportfest sei rechtens im Schulhof abgehalten worden, der leider auch Kirchhof sei. »Ich kann das nicht ändern. Möge der Sohn Gottes die Kirche in drei Tagen abbrechen und anderswo wieder aufbauen. Das wäre eine ideale Lösung. Bei Gott ist kein Ding unmöglich. Oder?«

Vielleicht sei Sabotage am Werk, hatte der Glöckner sich seine Gedanken gemacht.

»Vermutungen und Schlußfolgerungen überlaß uns«, hatten die Männer unter den Hüten mit scharfer Stimme gesagt. »Es zählen die Tatsachen! Blinder Alarm? Durch wen ausgelöst? Das werden wir herausbekommen!« Er möge sich vorsehen, der Feichter, der aussehe ca maortea în vacanţa! »Das letzte Wort ist noch nicht gefallen!«

»Nein«, hatte der Pfarrer ausgerufen, »denn das letzte Wort ist bei Gott. Hier werden wir Abendmahl feiern, hier unter der Erde, wie die ersten Christen in den Katakomben zu Rom.« Kelch und Patene, Brot und Wein hatte er mitgebracht. Ein alter Gartentisch diente als Tisch des Herrn.

»Und nun der Clou vom Ganzen«, frohlockte die Großmutter. »Die von Binders haben mich eingeladen, mit ihnen zum Abendmahl zu gehen. Warum nicht? Gleich und gleich gesellt sich gern.« Sie sah fast hochmütig drein. »Die alte Fürstin allerdings ist in der Kirche geblieben. Sie hat ja immer so originelle Einfälle. Heute war sie lila angezogen, mit lila Behängen bekleidet«, sagte die Großmutter und zitierte die Duse: »Ich kleide mich nicht, ich bedecke mich nur.«

»Doch wißt ihr, wer sich zu uns gedrängt hat und mitten unter uns niedergekniet ist: dieser Dingsda, dieser Csontos, dieser schwarzgestiefelte Kater! In die vornehmste Reihe hat er sich gestellt. Gestatten Sie, Volksgenosse Binder, ich bin so frei, gleich und gleich gesellt sich gern, hat der dreiste Mann gesagt. Ist das nicht unverschämt?«

»Recht hat er«, warf Helenetante ein. »Alle, in deren Adern deutsches Blut fließt, sind gleich.«

»Die deutsche Seele …«, sagte Tante Hermine entrückt.

»Na prosit«, sagte der Großvater. »Sei froh, Bertha, daß dein Blut eine Mixtur ist. Du kannst dich zu wem immer stellen oder dich heraushalten, wie es beliebt. Du mußt mit niemandem gleich sein, mit dem du nicht wirklich gleich bist.«

»Mir ist das Nichtgleichsein lieber als das Gleichsein«, sagte unsere Mutter. Aber es war keine Zeit für Erörterungen. Die Großmutter erzählte: »Daraufhin erhob sich Herr von Binder mit der ganzen Familie und trat einen Schritt zurück. Das ist ein Herr vom Scheitel bis zur Sohle! Mir half seine reizende Tochter auf die Beine, auch die in Lila, aber Samt. Ohnehin war der Boden feucht, und ich spürte meine Kniegelenke. Ein zuvorkommendes Mädchen, was rede ich, ein Fräulein mit erlesenen Manieren, die Alfa Beta.«

»Alfa Sigrid. Beta heißt die zweite Schwester und Gamma die dritte. Und die vierte wird Delta heißen«, erläuterte die Mutter. »Dazu Renata, weil sie bei der Geburt fast erstickt und dann doch mit dem Leben davongekommen ist, und Marie Jeanne nach ihrer Großmutter von drüben, aus dem Altreich.«

»Hab ich schon gesagt, die alte Dame ist in der Kirche geblieben, sie wollte sich partout nicht in den Keller tragen lassen!« Die Großmutter glitt zurück in den Fluß der Erzählung. »Diese Person aber, dieser schwarze Mann, er blieb am Boden knien, mutterseelenallein. Fast hätte ich ihn bedauert. Aber ich habe mich beherrscht. Nicht hat er sich vom Fleck gerührt. Unser Pfarrer hat es ihm auf den Kopf zugesagt: Ihre Sünden kann ich Ihnen nicht vergeben, selbst kraft meines Amtes als verordneter Diener der Kirche nicht, obschon ich durch meinen Herrn und Heiland Jesus Christus befugt bin, zu binden und zu lösen, Sünden zu behalten oder zu vergeben. Denn deine Sünden schreien zum Himmel, mein Sohn!«

Wie die Großmutter das hersagte, als wäre sie eine Konfirmandin in der Prüfung! »Nur Gott allein kann mit einem so großen Sünder fertig werden. Und stellt euch vor, er reichte ihm trotzdem das Abendmahl: Nimm und iß vom Brot des Lebens. Nimm und trink vom Kelch des Heils. Der Friede Gottes hole dich zurück von deinen Irrwegen! Und redete ihm ernsthaft ins Gewissen: Aber passen Sie auf, Herr Führer: Wer unwürdig von diesem Brot isset und trinket, der isset und trinket sich selber zum Gericht. Und unser Pfarrer hat dreimal das Kreuz über ihn geschlagen. Die Leute haben geflüstert: Dreimal das Kreuz über ihm! Aus ist es mit dem Csontos. Ich aber hörte mit meinen eigenen Ohren, wie er beim Aufstehen murmelte: Sicher ist sicher. Man kann nie wissen. Schaden kann es nicht! Wie aufregend das in der Kirche war. Dabei hab ich mich nur wegen den von

Binders aufgemacht. Ja, aufregender als beim Mensch-ärgere-dich-nicht.«

Sie geriet ins Schwärmen: »Im dunklen Keller brennen einige Kerzen. Wir warten, daß die Bomben fallen. Jede Sekunde kann die letzte deines Lebens sein. Aber der Gottesdienst geht weiter. Das heilige Abendmahl, wir werden mit der ewigen Wegzehrung versehen. So kann man ruhigen Gewissens sterben, wie einst in den Katakomben. Wie zur Zeit der Christenverfolgungen. Finita la commedia! Exitus! Aus!«

»Du erschreckst mich, Bertha«, sagte der Großvater.

»Ein so erhebendes Abendmahl habe ich schon lange nicht gefeiert.«

»Bertha«, mahnte der Großvater und drohte mit dem Finger, »warst du seit deiner Konfirmation jemals beim Abendmahl?«

Ja, hätte die Großmutter antworten können, vor drei Jahren beim Engelbert. Aber sie ließ sich nicht ablenken.

Die Mutter sagte, obwohl niemand seinen Namen genannt hatte: »Engelbert, man ist immer in Sorge um ihn.«

»Wieso ist er nicht an der Front?« fragte Tante Helene.

»Er ist noch nicht achtzehn. Immer wieder ziehen sie ihn ein zur Instrucţia premilitară«, beschwichtigte die Mutter.

»Andere melden sich freiwillig mit sechzehn in die erste Linie. Und zu den Deutschen«, sagte Tante Hermine spitz. Niemand antwortete.

»Man sollte öfter in die Kirche gehen«, sagte die Großmutter voll Elan. »Übrigens meinte die Frau Ballreich, die von der Messe kam, es sei blinder Alarm gewesen.«

»Möglich«, sagte der Vater, »Entwarnung hat es keine gegeben.«

Die Mutter ergänzte: »In den Splittergraben ist allein die Fofo gelaufen.«

Jemand fragte nach dem Verbleib und Ergehen von Burghüter Feichter. »Mitgenommen haben sie ihn nicht. Nachweislich ist ihm nichts passiert. Bloß die Wattebäusche sind ihm aus den Ohren gekollert. Der arme Mann!«

Jenes Allegro von hämmernden Glockenschlägen hatte die Stadt in Schrecken versetzt. Die Sirene der Präfektur hatte das geisterhafte Signal vom sächsischen Turm als gesicherte Information ernst genommen und Fliegeralarm geblasen. Der Brukenthalplatz vor der Kirche hatte sich geleert, als habe man ihn mit dem eisernen Besen gefegt.

Das gab der Bubi Ballreich zum besten, der mit seiner Freundin Henriette Kontesveller, der Apothekerstochter, auf dem Korso flanierte. Korso in Fogarasch, das hieß, in der kompakten Masse der Sonntagsspaziergänger die zwei Flanken des Platzes hin- und herpendeln, von der Konditorei des Herrn Embacher, der als Hoflieferant auf jede Torte das königliche Wappen spritzen durfte, bis zur Sächsischen Sparkassa am Eck und zurück und wieder von vorne, immer dieselbe Strecke von früh bis abends und bis in die Nacht, wobei sich manchmal bei den jugendlichen Paaren überraschend neue Kombinationen ergaben. Das war eine großartige gesellschaftliche Veranstaltung – der Korso auf der Piaţa de Libertate.

Obschon sie unsere Schulkameraden waren, der Bubi und die Henriette, ging sie die evangelische Konfirmation nichts an. Beide waren katholisch und hatten die Firmung bereits vergessen. Und da sie ungarisch angehaucht waren, konnten sie sich vor Sportfesten drücken.

»Zuerst das monotone, immer schnellere Bimbam der Glocken. Die Zeiger von eurer Uhr drehen sich wie verrückt, und plötzlich die Sirene. Keiner glaubt es, bis einer brüllt: Vin Americanii! Alle starren in den Himmel. Ruşii! Ruşii! schreit ein anderer. La adăpost! Wir springen in die Luftschutzgräben am Marktplatz. Alle verschwinden wie die Mäuse in ihren Löchern. Mir gruselt unter der Erde. Nicht vor den Bomben, sondern vor den Toten. Tausende von Knochen haben sie ausgescharrt – ihr wißt ja –, als sie die Unterstände gegraben haben. Kein Mensch kann sagen, welcher Konfession. Wir sind hier auf einem Friedhof, sag ich zur Henriette auf ungarisch. Fällt eine Bombe, braucht man uns nicht mehr zu begraben. Wir sitzen in geweihter Erde.

Vorbiți românește, fauchen die Rumänen. Ich sag es noch einmal auf rumänisch, wie gewünscht: Suntem la cimitir!

La dracu! schreien die Rumänen. Zum Teufel mit euch! Redet in eurer Sprache, wenn euch nichts Besseres einfällt. Alle schweigen wir, horchen hinauf. Kein Fliegeralarm. Keine Bomben. Himmlische Stille. Es wird uns unheimlich. Irgendwann verduftet jeder nach Hause. Seit wir dort in der Dunkelheit gehockt sind, jeder in seinem Grab, weiß ich, daß sie mich liebt, die Henriette. Na bittschön«, sagte der Bubi Ballreich.

III. Die Blöße des Freundes

Berührungen

Ich ließ den Blick von der Terrasse über die Bäume schweifen, die sich jenseits des Klostergartens im Uferlosen verloren. Von der Franziskanerkirche war nichts zu sehen, nicht einmal der Turm. Nur die Schläge der Uhr oder das Läuten der Glocken verrieten sein Dasein hinter dem Gewoge von Blättern und Zweigen. Ein dunkler Wind strich über die Wipfel.

Im Herbst waren wir mit der Mutter in der Dämmerung über den Zaun gesprungen und hatten uns aus dem Garten der Patres Äpfel geholt. Die aus dem Klostergarten schmeckten besser als die unseren, stellten wir fest.

Dort hinten, in der verfallenen Laube, die von wildem Wein überwuchert und von Himbeerstauden umdrängt war, hatten wir unser Versteck gehabt, Johann Adolf und ich, das nicht einmal der gallige Gärtner entdecken konnte. Dort, in jenem Unterschlupf für zwei, eng wie eine Schlafkoje, hatten wir vieles berührt, an uns berührt, das bloß uns beide anging. Wie rasch alles zu Ende war.

Es wurde eine Geschichte daraus, die jeder zu seiner eigenen machte. Und die wir einander nie erzählen sollten, unsere Geschichte, wie ich, wie er sie erlebt und bewahrt hatte. Es ergab sich nicht und nicht.

Es ergab sich nicht, dem Freund die Geschichte von dem Flüchtling in unserem Haus zu erzählen, nicht einmal im strengsten Vertrauen und unter dem Siegel der Verschwiegenheit, sub rosa, wie der Pfarrer Stamm mich belehrte, indem er auf die steinerne Rose im Gewölbe der Sakristei zeigte. Etwas kam dazwischen, eine scheinbare Nebensächlichkeit hielt mich in dem Moment zurück, als ich ihn einzuweihen gedachte. Später sah das anders aus, erhielt im nachhinein einen Sinn.

Zum Beispiel: Gerade als ich anfangen wollte, verschlug es mir die Sprache. Der Freund berichtete, daß der neue Stadtpfarrer bei den Bediners nicht Besuch gemacht hatte, obwohl er schon geraume Weile in Amt und Würden war.

In der verfallenen Laube hatten wir uns in einem Schlupfwinkel verkrochen. Es war Sommer 1943. Die Ferien hatten begonnen. Wir lagen nebeneinander und genossen die Nähe des anderen.

»Eigentlich wollte ich dir schon lange etwas sagen, wie es sich unter Blutsbrüdern schickt«, hob ich an, als er mir mit der Frage ins Wort fiel: »War der Stamm bei euch?«

»Der Stamm? Wen meinst du?«

»Der neue Pfarrer, war er bei euch?«

»Ja, natürlich, er kommt oft zum Tee.«

»Ja, ja, ihr trinkt Tee, am Nachmittag«, sagte Hans Adolf nachdenklich, »ich erinnere mich, auf der Terrasse oder im Garten beim Steintisch. Trinkt ihr jeden Nachmittag Tee?«

»Gewiß! Wenn es sich machen läßt.«

»Jeden Tag? Auch im Winter?«

»Ja, natürlich.«

»Wo?«

»Je nachdem. In einem der Zimmer. Wo es am wärmsten ist. Am Sonntag im Salon, sonst im Wohnzimmer, manchmal im Arbeitszimmer meines Vaters, aber dort selten.«

»Und warum trinkt ihr jeden Tag Tee? Ist das nicht Zeitverschwendung? Unnötig?«

Ja, warum tranken wir jeden Nachmittag Tee? Das war eine verblüffende Frage. Ich war verwirrt, ich fand keine plausible Antwort, überhaupt keine Antwort. Ach Gott, weil es immer schon so gewesen war! Nötig war es wirklich nicht. Außerdem beeilte sich der Vater ins Geschäft, erhob sich mitten im Plaudern, verließ die Gesellschaft. Oft führte Erichonkel das große Wort, der Schwadroneur. Trotzdem ... »Vielleicht der alten Teeschalen wegen, von der Großmutter meiner Oma geerbt«, sagte ich zögernd. Ja wirklich, um das alte Porzellan in der Vitrine nicht zu kränken? Besaß man etwas, so mußte man sich damit abgeben, ihm die Ehre erweisen, Zeit widmen. Darum war es anstrengend, vieles zu haben.

Der Großvater, er würdigte täglich die Bilder an der Wand eines versonnenen Blickes, obschon wir sie auswendig kannten. Und die Großmutter! Sprach sie nicht mit den Blumen? »Sie hören dich, sie erkennen deine Stimme, sie sehen einen, ja es scheint, sie haben eine Seele!« Die altehrwürdigen Teetassen, luftig und bunt gemustert wie Schmetterlinge, konnte man sie verstauben lassen? »Dinge und Menschen verkommen, wenn man sich ihnen nicht in Liebe zuwendet.«

Und wir beide? Lagen wir nicht in unserem Versteck und vertrödelten den Nachmittag? Unnötig war es und doch nicht vergeudete Zeit. Warum dünkte es mich, es sei kostbare Zeit, in der vieles geschah? Ich sagte zu mir: weil wir uns gut sind, einander zugetan; zugetan, welch schönes Wort. Schon indem wir einfach zusammen sind, geschieht etwas. Man möchte die Zeit ergreifen und festhalten. Laut wußte ich nichts zu sagen, denn eines ist es, Dinge zu denken, und etwas anderes, sie vor jemandem auszusprechen. Ich schwieg.

»Bei uns war der Stamm nicht. Meine Mutter ist gekränkt, aber mein Vater sagt: Laß den scheinheiligen Pfaffen zum Teufel. Dem sind wir nicht fein genug. Der gibt sich nicht ab mit Menschen von geringer Herkunft. Aber das Kraut macht der nicht fett. Und den Himmel sperrt er auch nicht auf.« Daß sein zugeknöpfter Vater so vieles gesagt hatte …

Aus den Religionsstunden wußte ich, daß sich Jesus gerne von den oberen Zehntausend zu einem Festgelage oder einem Nachmittagstee hatte einladen lassen. Aber ich wußte auch, daß er sich mit dem geringen Volk abgegeben hatte, daß er mit Sündern und Zöllnern, Burghütern und Rauchfangkehrern, Flüchtlingen und Zigeunern das Brot gebrochen hatte. Sein Herz hatte er verachteten Mädchen zugewendet, wie der Hella Holzer, die unehelich war, oder wie den leichten Frauenzimmern aus der Strada Verde. Der großen Sünderin Maria Magdalena hatte er das Leben gerettet, dafür hatte sie ihm die Füße gewaschen und mit ihren Haaren getrocknet. Alle waren sie nach ihrer Bekehrung oder Berufung ihm nachgefolgt.

Ja, mein neuer Freund, der Prophet, der im Jahr zuvor, an einem Adventsonntag mit brennenden Rändern, durch die Tapetentüre eingedrungen war und uns vor Flammentod und Höllenschlund bewahrt hatte, dieser zwiespältige Mensch, der bei der Aluta-Brücke wohnte, in der ehemaligen Mauthütte neben dem Haus der Familie von Kraus mit dem weißen Einhorn über dem Torbogen, behauptete sogar: »Ein echter Christ ist nur dann in guter Gesellschaft, wenn er in schlechter Gesellschaft ist!« Was mir einleuchtete, aber in der Familie mißfiel.

Auch die nächste Frage genierte mich, so etwas fragte man nicht: »Glaubst du an das Leben nach dem Tod?« Ohne eine Antwort abzuwarten, wofür ich dankbar war, fuhr er fort: »Meine Annatant, du weißt, sie ist gelähmt, bewegt nur den Kopf und den kleinen Finger, die Annatant und ihre Kränzchenfreundinnen rufen regelmäßig die Toten herbei und unterhalten sich mit ihnen intim. Sie hat im letzten Buch der Bibel den Namen vom Führer entdeckt, alle Buchstaben stimmen. Er ist der neue Messias, sagt sie. Ihm muß man folgen. Der Führer macht allem ein Ende. Glaubst du das?«

Daß der Führer allem ein Ende machte, glaubte ich das? Gottlob mußte ich nicht antworten. Hans Adolf hatte vieles auf dem Herzen, und es war die Stunde, wo er sein Herz öffnete.

»Glaubst du wirklich, daß die Alfa Sigrid mehr ist als wir? Bloß weil sie so viele Namen hat? Oder weil sie in einem Schloß wohnt, oder weil ihr Vater ein Edelmann ist? Was ist das schon. Ein Bauer ist er, nur hat er mehr Grund und Boden geerbt, gerafft, als ein einfacher Bauer.«

Ich überlegte: Für mich war Alfa Sigrid mehr als die anderen, wenn auch nicht mehr als der beste Freund. Aber das verschwieg ich mir. Und der Freund wollte es nicht hören, denn er sprach schon weiter: »Glaubst du nicht, daß sie nackt auf die Welt gekommen ist wie du und ich? Oder daß sie genauso verfault, wenn sie tot ist, wie jeder von uns, auch wenn man sie in ihre Gruft einmauert? Und das mit dem blauen Blut, was für ein Blödsinn, Blut wie Tinte. Rotes Blut hat sie in ihren Adern wie wir, ich werd es dir beweisen. Und Alfa, was ist das für ein verdrehter Name? Das ist, als ob man mich Jott oder Zett getauft hätte.«

Er hatte recht. Aber etwas störte. Nicht nur, was er sagte, sondern wie er es sagte. Manche Wörter paßten nicht in seinen Mund, wie das Wort intim und Edelmann und Gruft. Und der Name Alfa, so leichthin ausgesprochen, es verwirrte mich. Es gibt Dinge, die man nicht einmal zu denken wagt. Doch ich wischte alles weg: Kein Schatten sollte dieses Zusammensein trüben.

Das mit dem blauen Blut ist kein Blödsinn, hat mit Tinte nichts zu tun, hätte ich antworten können und erklären, woher dieser Ausdruck kam: Als die hellhäutigen Goten und Vandalen Spanien eroberten und dort die Oberschicht bildeten, da nannten die Einheimischen sie blaublütig, weil man durch die helle Haut die blauen Adern durchschimmern sah. Aber ich wollte nicht widersprechen, ihn nicht kränken. Ich fragte bloß: »Hast du *König Geiserich* gelesen?«

»Nein«, sagte er, »ich hab es für Oktober geplant. Ihr habt ja das Buch?« Wir hatten es. Und sagte tadelnd: »Du hast mich unterbrochen, was wollte ich sagen? Ja, als der Pfarrer die Alfa segnete, ist die Sonne untergegangen.«

»Woher weißt du das? Du warst nicht in der Kirche.«

»Nein, ich war seit meiner Konfirmation nicht mehr in der Kirche. Das schickt sich nicht für einen Hitlerjungen. Stramm, daß du dich nicht hast konfirmieren lassen. Man muß sich entscheiden: entweder – oder. Aber ich bekomm alles heraus, was ich wissen will. Rotlila Samtkleid, von der gleichen Farbe wie das Kleid ihrer Groß, der verdrehten Fürstin. Was für ein Durcheinander in diesen Familien, eine Schande! Diese Großmutter! Vorname französisch Marie Jeanne – oder nicht? Familienname griechisch, Filality – oder? Ihre Güter an der Donau in Altrumänien. Hier eine eigene orthodoxe Kapelle im Park beim Schloß. Der Führer gibt nicht viel auf die Adeligen. Er spürt es: Einmal werden sie ihn verraten. Wer nicht zu ihrem Klüngel gehört, stinkt ihnen in der Nase. Armeleutegeruch, der dumme Bauer, solche Wörter haben die erfunden. Ich weiß alles! Ich weiß, wer die Glocken verrückt gemacht hat! Auch du mußt es wissen, du warst ja im Turm!«

Wie heiß es wurde. Die Hitze in meinem Gesicht benahm mir den Atem.

»Was hast du? Was schnaufst du so? Ja, es ist heiß hier, aber gemütlich! Alle sind in den Keller gelaufen. Nur die walachische Fürstin ist in der Kirche geblieben. Und du bist zum spinnigen Mailat gerannt. Ich allein weiß, wer die Stadt zum Narren gehalten hat.«

»Sag es«, würgte ich heraus. Er beugte sich über mich mit seinem nackten Oberkörper, dessen seidige Haut mir schmeichelte, und flüsterte es mir ins Ohr. »Aber häng es nicht an die große Glocke!« Ich hörte und staunte und hing es nicht an die große Glocke. Und war bereit, alles zu glauben.

»Weißt du«, flüsterte er mir ins Ohr, »es gibt in alten Türmen und Schlössern eine besondere Sorte von Geistern. Sie heißen Klopfgeister. Die Schotten sind Spezialisten in diesem Fach. Solche haben sich am Klöppel der großen Glocke festgekrallt und ihn hin- und herbewegt, bis es schallte.«

»Und warum haben sich die Zeiger der Turmuhr wie verrückt gedreht?« fragte ich in sein Ohr hinein, das nahe an meinem Mund war.

»Einige haben sich auf die Gewichte der Uhr gehockt. Und ein Kobold hat den Feichter, den armen Trottel, mit einem glühenden Eisen am Fuß gezwickt, darum ist er umgefallen.«

Wir blieben noch eine Weile so liegen, wie wir lagen, spürten, wie das rote Blut durch die Adern floß und warm und innig an die Brust des andern klopfte. Irgendwann rollte der Freund in seine Kuhle zurück, blieb aber an mich geschmiegt liegen und sinnierte weiter: »Warum fragt der katholische Pfaffe den Bubi Ballreich jedesmal, wenn er beichten geht: Berührst du dich? Berührst du einen andern? Vor den Katholiken muß man sich hüten, sagt meine Annatante, denn die Katholiken können Ungarn sein, auch Rumänen, Franzosen sowieso, ja, und schändlicherweise sogar Juden. Während die Evangelischen Deutsche sind. Nur der Führer ist ein Katholik!« Es war ihm nicht alles eins, denn er seufzte.

Ja, warum fragte das der Franziskanerpater den Bubi Ballreich? Konnte man leben, ohne sich zu berühren? Ohne den andern zu berühren?

Wir lehnten mit den Köpfen am Zaun, der unseren Garten vom Garten des Franziskanerklosters trennte. Wir lagen auf den trockenen Blättern so nahe beieinander, daß wir uns berührten und daß ein Drittes zwischen uns nicht Platz gehabt hätte. Während sich der Geruch von welken Blättern und morschem Holz um unsere Sinne legte und der Duft von Himbeeren, die in der Sonne brüteten, verfing sich der Blick in den behaarten Stauden und sog sich fest an den fleischigen Früchten.

Bald würde ich nach Kronstadt zur Führerschulung fahren, aber der Sommer war endlos lang, die Zeit stand still.

Und wir berührten uns.

Bevor er zur Wehrertüchtigung eingezogen worden war, hatte Engelbert mir gezeigt, wie man das Zimmer des Vaters öffnete. Hin flüchteten wir vor der Hitze aus unserem kuschligen Versteck, Hans Adolf und ich. Ich verriegelte die beiden Türen, bangend, daß uns jemand überraschte. Wir vertieften uns in das dicke Buch *Die Frau*. Im kühlen Raum mit den Herrenmöbeln und der Sitzgarnitur von Leder überkam uns die Gänsehaut, als wir die Bilder betrachteten.

»Wie scheußlich«, sagte der Freund und lüpfte auf dem Schaubild im Buch den Kartondeckel über dem Bauch der nackten Frau, klappte ihn ganz auf. Wir schraken zurück: Die Eingeweide sprangen mit schrillen Farben in die Augen. Dann hob er die kleineren, kreisrunden Deckelchen über den Brüsten mit den braunen Warzen weg, darunter sich in blauer und roter Faserung die Blutadern paarten und die Milchgefäße eitriggelb ins Auge stachen. Auch der anatomische Querschnitt durch die Frau, dieser mittendurch gesäbelte Körper mit dem einen Schenkel, erregte Widerwillen, und die Gebärmutter war ekelhaft anzusehen.

»Wie ekelhaft«, sagte der Freund und schlug das dicke Buch zu. Staub wölkte auf. Der Vater hatte *Die Frau* lange nicht studiert. Aufatmend verließen wir den dämmrigen Raum. Wir schlichen durch den stillen Salon zum Hintereingang und gelangten ins Freie. Dort kniffen wir die Lider zusammen. Die Sonne schmerzte.

Der Freund sagte: »In so einer schwarzen Höhle hocken wir vor der Geburt. Aus so einem garstigen Loch kriechen wir heraus! Sollte das bei unseren Mädchen ebenso sein? Wie stramm sie im Turnanzug ausschauen. Hast du schon ein nacktes Mädchen gesehen?«

Ich zögerte, sagte dann leise: »Meine kleine Schwester.«

»Und sterben müssen wir auch noch«, seufzte der Freund.

»Wir können nichts tun, weder gegen unsere Geburt noch gegen den Tod«, gab ich kleinlaut zu bedenken.

Einige Tage später machten wir uns um die Mittagsstunde auf und paddelten mit meiner Sandoline den Fluß hinauf. Sandoline hießen diese zweisitzigen, schnittigen, aus Brettern zusammengeleimten Paddelboote. So hießen sie nur in Fogarasch – vielleicht noch in der Türkei – und sonst nirgendwo in der Welt. Meine Sandoline war rabenschwarz und hatte beim Steven in weißen Buchstaben den Namen RABE aufgepinselt.

»Ich habe eine Höhle entdeckt, wo man sich verstecken kann, wo sich vielleicht ein Flüchtling verkrochen hat!«

»Das kann ein Jude, ein russischer Gefangener, ein Kommunist gewesen sein«, schloß der Freund so messerscharf, daß ich zusammenfuhr. »Wir müßten das der Siguranţa melden.«

Nur das nicht, blitzte es mir durch den Kopf. Während ich den Rucksack im Bug verstaute und ihn mit der Kinderpelerine zudeckte, war mein Sinn verwirrt, ich spürte entsetzt: Du hast deine Familie in Gefahr gebracht. Und war bis in die Tiefen aufgewühlt: Wie? Auch das gibt es? Vor dem besten Freund muß man auf der Hut sein? Ich zwang mich zur Ruhe und antwortete scheinbar gelassen: »Melden ...? Laß mich nachdenken.« Und nach einer Weile: »Lieber nicht. Erstens wissen wir nichts Genaues. Zweitens machen sie die Höhle kaputt. Wir könnten das Versteck für uns behalten. Und drittens soll man sich mit denen nicht anlegen. Die sind wie Spürhunde, bist du ihnen einmal über den Weg gelaufen, packen sie zu, halten dich fest. Laß das lieber!«

»Vielleicht. Übrigens, das mit dem Alarm haben sie nicht geklärt. Nur ich weiß Bescheid! Wo liegt die Höhle?«

»Bei der Toten Aluta, im hohen Ufer.«

»Dann ist es keine Höhle. Höhlen gibt es nur in Kalkgestein. Dort ist Sandstein. Ergo ist es keine Höhle.« Das war richtig, richtig wie alles, was er sagte.

»Dann hat sich einer die Höhle selber ausgebuddelt. Aber es gibt sie.«

Zu Hause hatten wir hinterlassen: Wir sind Kahn fahren und kommen erst am Abend zurück. Die Kleider, bis auf Badehose, Ruderhemd und Trainingsbluse, hatten wir bei den Bediners abgelegt, die einen Steinwurf weit vom Fluß in der Brückengasse wohnten, rumänisch Strada Galaţului.

»Wenn euch etwas passiert, bleibe ich mit den Kleidern zurück«, hatte die Mutter gejammert. »Und mit den Schuhen und den Erinnerungen«, hatte Hans Adolf sie getröstet, die sich in die Schürze schneuzte: »Kommt nicht zu spät!«

Proviant für einen halben Tag hatten wir eingesackt und eine Decke zum Lümmeln dazugelegt. Leichtes Gepäck, denn das Paddeln gegen die Strömung war anstrengend.

Wir starteten unter den Augen des Propheten, der uns keines Blickes würdigte. Er saß vor dem alten Mauthaus in einem Liegestuhl und schaute mit geschlossenen Augen in den Himmel. Wir banden das Boot los, die Kette rasselte, und grüßten zum Brückenkopf hinauf. Kein Echo.

»Er meditiert, ist mit Höherem beschäftigt«, sagte ich mit Ehrerbietung, während ich das Boot festhielt, damit der Freund hinten Platz nehme. Der Ältere und Gewichtigere hatte dort zu sitzen, um beides zu tun: zu paddeln und zu steuern.

»Er spinnt«, sagte der Freund.

»Er ist ein frommer Mann«, verteidigte ich ihn.

»Er hat den religiösen Wahn.«

»Wie erklärst du dir«, lenkte ich ab, »daß dem Soldaten nichts passiert, der am 6. Januar zu Boboteaza von der Aluta-Brücke nackt in den Fluß springt, um das Holzkreuz herauszufischen, das der Bischof hineingeworfen hat? Daß er nicht krank wird oder ihn vor Kälte nicht der Schlag trifft?«

»Die orthodoxen Popen, eine Bande von Bauernfängern und Volksbetrügern, Wölfe im Schafspelz wie alle Pfaffen. Einfach, ganz einfach ist das«, sagte der Freund und ruderte weiter: »Vor Schreck und Kälte schließen sich alle Poren, und er verliert nicht eine Kalorie Wärme. Das gleiche passiert, wenn man dir den Fuß oder die Hand abhackt. Du verblutest nicht, weil sich alle Adern schließen. Hemoragie albă heißt das auf rumänisch.«

»Weiße Blutung«, wiederholte ich. »Welch komisches Wort.« Er fragte: »Was feiern die Rumänen bei Boboteaza? Du bist ja Spezialist in heiligen Sachen.«

»Die Taufe von Jesus im Jordan. In Erinnerung an damals wirft ein Erzpriester, oft ist es der Bischof, ein Kreuz in den Fluß. Für die orthodoxe Kirche ein großer Feiertag.«

»Aha! Aber paddle gleichmäßig! Du bringst mich mit deinem Gerede aus dem Takt und die Sandoline aus dem Gleichgewicht.«

Wir arbeiteten mit den Paddeln tunlichst im Gleichtakt, kämpften gegen die Strömung. Nach einer Weile lenkte der Freund das Boot schräg zum anderen Ufer. Dort wollten wir im Schutz der Böschung und unter den Gewölben der Uferweiden an der Zigeunersiedlung vorbeischleichen.

Über dem Fluß hausten die Zigeuner in Lehmhütten mit steilen Strohdächern oder in Holzkaten, die mit Weidenästen gedeckt waren. Näherte sich von der Landseite einer, ob Rumäne, Deutscher oder Ungar, so hetzten sie die Hunde auf ihn. Erspähten sie uns auf dem Fluß, so warfen sie mit Steinen und schrien unflätige Worte.

Obschon die Strömung mit Gewalt an den Steilhang

prallte und einen Wirbel erzeugte, der alles Schwimmende in die Tiefe sog, gelangten wir mit vereinten Kräften durch alle Fährnisse hindurch. Auf der Rückfahrt jedoch übersahen wir die Zigeunersiedlung am Steilufer. Jeder war in Gedanken vertieft, wir hatten die Gefahr vergessen. Unvermutet prasselte ein Steinhagel auf uns nieder. Der Wasserspiegel splitterte. Einige Geschosse trafen die Bordwand, zwei fielen ins Boot, einen Stein wehrte ich mit dem Blatt des Paddels ab, während der Freund einen Zickzackkurs steuerte und befahl: »Rudern, verflucht und zugenäht, mit ganzer Kraft rudern, sonst kommen wir nicht durch!« Die Strömung half uns.

Sie standen in dunklen Scharen am Rand des Steilhangs, die Buben splitterfasernackt, einen Strick um die Mitte des Leibes, die Mädchen mit einem roten Tuch um die Lenden, braunhäutig und schwarzhaarig. Sie brüllten: »Săsălăi afurisiţi! Verfluchte Sachsenböcke. Cu Hitler al vostru cu tot! Duceţi-vă dracului în Germania! Schert euch zum Teufel!«

Ein alter Zigeuner im Pelz, auf seinen Stock gestützt, rief plötzlich mit grollender Stimme aus seinem Bart heraus: »Nimic, Germania, cu noi la Bug în Rusia! Nichts da, Germania, mit uns an den Bug nach Rußland!«

Ich fragte: »Was schreien die da, was wollen die von uns? Was heißt das Rusia, Bug?« Das waren die einzigen Worte, die wir wechselten, als wir beim Nachhauseweg flußabwärts der Stadt zueilten.

»Weißt du wirklich nichts? Lebt ihr auf dem Mond? Der Marschall Antonescu klaubt alle Zigeuner zusammen und schafft sie an den Bug, nach Transnistrien in die Ukraine, wohin er die Juden aus Bessarabien und der Bukowina schon verfrachtet hat. Dort ist das faule Geschmeiß kaltgestellt. Allein auf weiter Flur, haben sie niemanden, den sie bestehlen können. Endlich müssen sie arbeiten oder krepieren. Wie die Wanzen sind sie. Eine minderwertige Rasse, die man ausrotten müßte. Die Rumänen sagen, der Antonescu sollte sie im Schwarzen Meer ersäufen. Er ist zu weich, kein Führer, auch wenn er sich Conducător nennt. Eben ein Rumäne, kein Deutscher.«

Der Freund wußte alles. Er wußte alles besser.

Jetzt aber fuhren wir den Fluß hinauf, und die Sonne schien. Obschon wir aus Leibeskräften ruderten, kam das Boot nur im Schneckentempo vorwärts. Der Brustkorb weitete sich bei jedem Paddelschlag, und die Muskeln an den Armen glänzten vor Schweiß. Langsam veränderte sich die Landschaft.

Von hinten drängten sich die Füße des Freundes an meine Hüften. Ich bemerkte, wie breit und häßlich sie waren, mit ungepflegten Fußnägeln, gelb und schartig wie die Zähne von unserem Hausmeister. Es störte mich nicht. Denn es waren die Füße des Freundes.

Mit Genuß maß ich die schlanken, wohlgeformten Füße vorne im Boot, die mir gehörten – mit hohem Rist und mit mattglänzenden Nägeln, kunstvoll von der Großmutter über der Kuppe der Zehen geschnitten. Und seufzte: Liebend gerne wäre ich barfuß über die Erde gelaufen, um meine wohlgeratenen Füße zur Schau zu stellen, statt meine zu kurze Nase durch die Welt tragen zu müssen.

Der Gutsherr Binder badete im Alt. Von der Zigeunersiedlung bei der Aluta-Brücke bis zum rein rumänischen Dorf Sona gehörte das ganze Bergufer zu seinem Besitztum. Er tat, was jeder Bauer tut, wenn er im Sommer im Fluß ein Bad nimmt: Er wusch sich den Kopf. Und wie jeder Bauer hatte er eine blaue Schürze vor den Unterleib gebunden.

»Das ist ein Herr, dieser Vonische«, sagte der Freund, »er badet in seinem eigenen Fluß.«

»Guidoonkel, Heil Hitler, du badest im eigenen Fluß«, rief ich zu ihm hinüber. Beim Hitlergruß war er untergetaucht. Prustend rief er: »Grüß euch Gott, ihr Buben! Was hast du gesagt?«

»Heil Hitler! hab ich gesagt, du badest im eigenen Fluß.«

»Ja«, sagte der Gutsherr, »das kann man auch so sagen.« Er versank bis zum Hals im Wasser und massierte mit der blauen Schürze das Haupthaar. Dann tauchte er wieder unter und ließ sich von den lauen Wassern die Seife ausspülen, als wolle er den Beweis liefern, daß es sein Fluß sei und ihm zu Diensten.

Auch als er wieder zum Vorschein kam, konnten wir nicht fragen, wie es seiner Tochter Alfa Sigrid gehe, denn Gesicht und Ohren waren vom Lendenschurz verhüllt. Das höfliche »Heil Hitler« zum Abschied überhörte er.

»Was ist das für ein Herr? Wäscht sich im Fluß wie jeder Bauer und mäht mit seinen Knechten in Reih und Glied! Warum sagst du Onkel zu ihm?«

»Ja«, sagte ich und drehte den Kopf nach hinten, ohne ihn anzublicken. Es war nicht angenehm, sich mit einem Menschen zu unterhalten, der einem in den Rücken fallen konnte.

»Ihr seid ja nicht verwandt.«

»Onkel und Tante heißen für uns Kinder alle Kränzchenfreunde meiner Eltern.«

Wir spähten zu den Fenstern des Herrenhauses, das hoch oben auf dem Steilufer lag.

»Fünf Vornamen hat sie«, sagte der Freund. Es klang wie ein Vorwurf.

»Sie kommt mir wie das Dornröschen vor«, meinte ich nachdenklich, »so weit weg von uns, den übrigen.«

»Dornröschen?« hörte ich die Stimme hinter mir, während wir uns in den stillen Wassern nahe am Ufer entlangschlängelten, »eine Prinzessin auf der Erbse ist sie, hochnäsig.«

»Anders meine ich das«, erklärte ich erschrocken. »Dornröschen, als ob eine Dornenhecke um sie wäre. Niemand besucht sie am Nachmittag. Freund hat sie keinen ...«

»Möchtest du sie zur Freundin haben? Eine Freundin, die du zum Beispiel nach dem Kino bis hierher begleiten mußt, fünf Kilometer, plus den Weg zurück?«

»Ich muß an den Prinzen denken, der schließlich das Dornröschen eroberte. Glück hatte er, weil der Tag gekommen war. Ich glaube, man kann nur dann das Herz eines Menschen gewinnen, wenn die Zeit – wie soll ich das sagen? – dafür reif ist, sich bereit hält, es erlaubt. Man spricht ja von der Gunst der Stunde. Bedenke: Alle Prinzen vorher sind in der Hecke hängengeblieben, das Schwert in der Hand. Warum?«

»Weil sie blöd waren. Ich hätte die Hecke angezündet. Dann wäre die verschlafene Königstochter aufgewacht und mir von alleine um den Hals gefallen, in die Arme gesprungen. Heilfroh hätte sie mich geküßt: Sieh, der Retter ist da. Hurra, Liebster, ohne dich wäre ich erstickt, verbrannt. So macht man das.« Er hatte recht. Wie recht er hatte.

Die Nachmittagssonne brannte. »Spritz mir Wasser auf den Rücken«, bat ich. Der Freund spritzte Wasser auf meinen nackten Rücken.

»Sie ist nichts für uns«, sagte Hans Adolf hinter mir. Beide musterten wir die glänzenden Reihen der Fenster so gebannt, daß wir das Paddeln vergaßen. Der Bug des Bootes geriet in die Strömung, die Sandoline drehte bei, nahm Richtung auf die Stadt, flußabwärts. Plötzlich kam der Gutsherr wieder in Sicht. »Damit du nicht sagst, Guidoonkel, wir hätten keine Manieren!« So rasch riefen wir ihm das »Heil Hitler« zu und hoben pflichtgemäß das Paddel zum Deutschen Gruß, daß er nur abwinken konnte, ehe er wegkraulte.

»Ein großer Herr, dieser Binder, badet im eigenen Fluß und hat eine eigene Kirche.« Mit triefendem Paddel wies der Freund zu einem zierlichen Bau auf einer Kuppe beim Gutshaus, nahe beim Eichenwald. Die glasierten Ziegel glänzten.

»Das ist die Kapelle seiner Mutter.«

»Mich mußt du nicht aufklären. Ich weiß das alles. Die Großmutter von der Alfa stammt aus der Walachei. Eine verdrehte Person, die nie deutsch reden will, spricht nur französisch, sogar mit dem Gesinde, mit der Kathi und dem Hans.«

»Wie Friedrich der Große.« Er hörte wieder zu paddeln auf. Ich spürte, wie das Boot plötzlich dahinkroch, obschon am Ufer die Gegenströmung nur schwach war. »Das getraust du dich zu sagen, wo wir gerade vereidigt worden sind? Von einem unserer größten Deutschen?« Ich getraute mich nicht mehr, es zu sagen.

Vor uns schwebte eine Brückenfähre über den Fluß, schräg am Leitseil hängend, und setzte einen beladenen Heuwagen vom Steilufer zum Stadtufer über. Die Ochsen käuten geduldig wieder, während ihnen der Speichel von den Lefzen troff. Den Hintergrund bildeten Weiden, und in der Ferne erhoben sich die Gebirge. »Diese Fähre hat der Guidoonkel gebaut.«

»Die Vonischen fühlen sich im Sumpf des Rassenkuddelmuddels am wohlsten. Diese Alfa, schon ihre fünf Vornamen sind ein Greuel für ein deutsches Ohr. Die eine Großmutter Magyarin, die andere eine Walachin, die Urgroßeltern griechische Fanarioten. Und sie ist eine Deutsche, zum Lachen.«

»Die Fähre: das Parallelogramm der Kräfte, der Vektor …«

»Fall mir nicht immer ins Wort! In so einem Völkermischmasch sind die Binders zu Hause. Unglaublich!«

Der Spätnachmittag hatte eine solche Hitze entfacht, daß wir uns an einer stillen, tiefen Stelle ins Wasser fallen ließen, während das Boot in der Bucht um sich kreiste. Ich hatte eine Badehose mit allem Drum und Dran, Talisman und Monogramm, er trug seine verschossene Turnhose.

»Ein Fisch, ein Fisch«, schrie ich. Unter den Wurzeln der Weiden hatte ich ihn in den Griff bekommen. Ich hielt ihn fest in den Händen, aber vergeblich versuchte ich, ihn seinem Element zu entreißen. Der Fisch, ein großer Fisch, steckte hinter der Wurzel. Er war mein Gefangener, und ich war seiner. Ließ ich die eine Hand los, entschlüpfte er. Zu spüren, wie das bis in die Nervenspitzen prickelte, wie dieses glitschige Wesen in den Händen zappelte, zu spüren, wie das Wasser über meinen Unterleib strich und sich zwischen den Schenkeln staute, wie die behaarten Wurzeln die Arme entlangflimmerten – es glitt durch die Sinne mit Lust.

»Komm, rette mich! Fangen wir den Fisch!« rief ich. Und halb im Scherz: »Dann haben wir zu essen und können bis morgen bleiben.«

Der Freund kam zu Hilfe, das Wasser spritzte unter seinen Sprüngen. Er stand mir zur Seite. Wir schafften es zuletzt. Aber es war Lust und Qual zugleich – das mit dem Fisch.

»Laß den Kopf erst frei, wenn wir beide den Schwanz erwischt haben!« Seine Hand glitt den Fischleib entlang, berührte meine geballte Faust, schnappte zu. Den Fisch hatten wir in die Zange genommen. Eisern umklammerten wir seinen schlüpfrigen Schwanz. Entkommen konnte er nicht, wie sehr er den Kopf auch kreisen ließ.

Unsere Leiber hatten sich verstrickt. Johann Adolf griff mit der einen Hand unter meinen Schenkeln in den dunklen Schoß des Wurzelgrundes, mit der anderen umfaßte er meinen Rücken und meine Brust. Wir tänzelten hin und her, jeder fühlte die pulsierende Haut des Freundes. Als wir den Fisch mit einem Jauchzer an den Strand geworfen hatten, wo er emporschnellte, bis er verendete, in einem Meer von Luft erstickte, tauchten wir unter, ineinander verschlungen.

Wir ließen uns unter Wasser mit offenen Augen von der Strömung schaukeln, uns zärtlich durch das sonnige Wasser rollen, so daß immer einer oben war und Luft schnappen konnte, während der andere über das weiche Bett des Flusses strich, bis wir im warmen Sand einer Landzunge liegenblieben, müde vor Glück.

Wir tauschten die Vesperbrote. Seine Brotschnitten, mit Speck und Zwiebeln und feingehacktem Ei, schmeckten mir wunderbar. Ob es ihm ähnlich erging mit meiner Jause – ich wußte es nicht. Die Orange teilten wir. »Eigentlich müßte man die Orangen verbieten. Sie kommen aus Ländern, die unsere Feinde sind. Von wo hast du sie?«

»Vom Major Theato oder vom Dr. Kimmi. Am Sonntag waren sie bei uns«, sagte ich fast entschuldigend.

»Dem einen fehlt der Arm, dem anderen ein Aug, aber es sind Helden. Ihr habt ein spezielles Messer für Orangen?«

»Ja«, sagte ich eifrig, »ein Messer mit einem scharfen Bügel über der Klinge. Damit schneidet meine Mutter tolle Spiralenmuster aus der Schale, wahre Kunstgebilde.«

»Es hat einen blauen Griff, dieses verrückte Messer. So was gibt es nur bei euch. Aber heb dich, wir müssen fort!«

Der Fisch, von allen Seiten mit Sand beschmiert, sah aus wie paniert. »Du kannst ihn dir gleich braten«, sagte der Freund trocken, bereits im Boot sitzend.

Als wir in die Tote Aluta einbogen, zwischen Schilfinseln

dahintrudelten, rollte die Sonne schräg zum Wald von Felmern hin, schwebte nur noch einige Ellen über den Wipfeln. Doch ihre Strahlen waren voller Feuer und Kraft. Wir zogen die Sandoline ans schlammige Ufer und tasteten uns durch das Geranke der Büsche und Brennesseln das Steilufer empor.

Die Höhle, der Schlupfwinkel – wir hatten uns auf keinen Namen geeinigt –, ziemlich hoch oben in der Erdspalte, ließ sich erst entdecken, wenn man davorstand. Das Ganze war so angelegt, daß es Unterkunft auf Dauer gewährte. Tatsächlich hatte hier ein Mensch gehaust. Im Sommer, im Herbst vorigen Jahres mochte das gewesen sein, dachte ich, bis ihn der Frost im Dezember vertrieben hatte. Wir übersahen die Spuren nicht, aber wir schwiegen. So wie wir alles vergaßen, als stünden wir unter einer Glocke von Glück.

Zuerst suchten wir die Umgebung ab. Den Pfad durch den Flußarm schritten wir ab, bis wir eine Quelle fanden. Dann stiegen wir zur oberen Kante der Flußterrasse, über Treppen, die in den Sandstein gehauen waren. Vor uns lagen die Binderschen Felder mit Frühkartoffeln. Ich hob ein Nest aus und nahm eine Handvoll mit. Wir sammelten Holz und verstellten den Eingang zur Höhle mit Ästen.

Wir richteten uns in der kleinen Herberge häuslich ein. Ich machte den Abzugstollen für den Rauch ausfindig, das Becken für das Sickerwasser reinigte Hans Adolf, und beide probierten wir die Pritsche aus. Als wir ins Freie traten, war es dunkel geworden. Ohne einen Gedanken an anderes zu verschwenden, beschlossen wir, über Nacht hier zu bleiben, in dem paradiesischen Gefühl, die einzigen Menschen auf der Erde zu sein.

Wir machten Feuer und rösteten Speck, der sich glasig krümmte, die Fetttropfen tupften wir auf Brot. Der Fisch, in Butterbrotpapier gewickelt, schmorte in der Asche. Unter der Glut wurden die Kartoffeln knusprig, ihre schwarzgebrannte Haut schmeckte wie ein Gewürz. Als der Fisch gar geworden war und wir die Kartoffeln unter den Kohlen herausgerollt hatten, fachten wir das Feuer von neuem an.

Es wurde hell und warm in der Höhle. Wir aßen uns satt. Unseren Durst löschten wir mit Quellwasser.

Wir vermieden es, uns gegenseitig Fragen zu stellen. So geriet keiner in Verlegenheit, etwas weniger zu wissen als der andere. Wir unterhielten uns wie nie zuvor, gaben Lebensweisheiten von uns und sagten Gedichte auf, aber nicht nur das Landläufige an Sprüchen und Reimen wie beim Heimabend: »Rein bleiben und reifen« oder »Das Lied der Getreuen«:

> »Einer ward Führer, einer von vielen,
> und er formte ein Ziel aus den Zielen
> einer schicksalsschwangeren Zeit.
> Einer trug gläubig die Fahne vor allen,
> sie ist seither noch niemals gefallen,
> sie wird leuchten in Ewigkeit.«

Vielmehr:

> »Reiße der Freundschaft Band nie entzwei,
> denn knüpfst du es wieder,
> ein Knoten bleibt immer dabei!«

Oder:

> »Bei einem Wirte wundermild,
> da war ich jüngst zu Gaste;
> ein goldner Apfel war sein Schild
> an einem langen Aste.«

Sogar ellenlange Balladen sagten wir auf, in rhapsodischer Wechselrede, Balladen von Ehre und Treue und Freundschaft: *Der Handschuh* und *John Maynard* und *Die Bürgschaft*, und die Parodie dazu: »Zu Dionys, dem Tyrannen, schlich Mörus, den Dolch im Gewande; ihn schlugen die Häscher in Bande. Was wolltest du mit dem Dolche, sprich! Kartoffelschälen wollte ich …«

Darüber lachten wir. Und freuten uns unserer Muttersprache und waren stolz auf sie und daß wir echte Deutsche waren, manche Deutsche meinten sogar, deutscher als die Deutschen, und nannten uns »germanissimi germanorum«.

Auch *Das Birkenlegendchen* von Münchhausen, eines der Lieblingsgedichte der Mutter, gab ich preis. Doch die *Ballade vom Brennesselbusch*, die meine Mutter in der Dämmerung vor sich hinsprach, wenn sie sich alleine wähnte, behielt ich für mich:

> »Liebe fragte Liebe: ›Was ist noch nicht mein?‹
> Sprach zur Liebe Liebe: ›Alles, alles dein!‹
> Liebe küßte Liebe: ›Liebste, liebst du mich?‹
> Küßte Liebe Liebe: ›Ewig, ewiglich!‹
>
> Hand in Hand hernieder stieg er mit Malleen
> von dem Heidehügel, wo die Nesseln stehn,
> eine Nessel brach er, gab er ihrer Hand,
> zu der Liebsten sprach er: ›Uns brennt heißrer Brand!‹«

Ich behielt sie für mich, die Ballade vom Brennesselbusch, nicht nur, weil ich dem Freund glühend zugetan war und alle anderen Menschen auf dieser Welt vergessen hatte, selbst meine Mutter, sondern … Ich sagte sie mir leise auf bis zur letzten Strophe, ohne daß es der Freund bemerkte, denn an diesem Abend schwiegen wir auch und blickten schweigend ins Feuer. Ich gab sie nicht preis, vielleicht weil sie so endet:

> »Viele Wellen wallen weit ins graue Meer,
> Eilig sind die Wellen, ihre Hände leer,
> Eine schleicht so langsam mit den Schwestern hin,
> Trägt in nassen Armen eine Königin.
>
> Liebe fragte Liebe: ›Sag, weshalb du weinst?‹
> Raunte Lieb zu Liebe: ›Heut ist nicht mehr einst!‹
> Liebe klagte Liebe: ›Ist's nicht wie vorher?‹
> Sprach zur Liebe Liebe: ›Nimmer, nimmermehr.‹«

Es erfüllte uns eine übermütige Zärtlichkeit. Wir erzählten von Abenteuern, die wir erlebt oder nicht erlebt hatten, wer konnte das noch auseinanderhalten, und glaubten einander alles, selbst wenn wir wußten: Es ist nicht wahr. Wir waren ein Herz und eine Seele und schütteten unser Herz aus – wenn auch nicht ganz bis zum Boden.

Wir kamen dahinter, daß der andere ein verborgenes Herz hatte, das er hütete, und wunderten uns, ja erschraken, wie viel wir voneinander nicht gewußt hatten. Und begriffen: Das Aussprechen, das Bekennen, das Hören, das Eingeweiht-werden – es berührt einen als Schauer.

Gleichzeitig geisterte eine Unruhe durch mich, die ich verscheuchte und später erst in Gedanken faßte, als ich wieder bei Sinnen war: Aussprechen – bedeutet das nicht auch, daß sich die Dinge verändern? Bloß indem man etwas in Worte kleidet, verliert es an Wahrhaftigkeit. Und dunkel spürte ich: Im Aussprechen gibt man nicht nur Verborgenes preis, sondern auch sich selbst, liefert sich dem anderen aus, begibt sich auf Gedeih und Verderb in des anderen Hand.

Vieles, was uns Not bereitete, entäußerten wir. Es war nicht leicht, vom Knaben zum Mann zu werden. Man wurde sich selbst fremd, so stellten wir fest. Man war nirgends mehr daheim. Am wenigsten in seinem eigenen Körper, der einem zu schaffen machte mit Lust und Leiden. Wir waren derselben Meinung, immer wieder. In manchem übertrieben wir.

Über Mädchen redeten wir kaum, obschon wir unsere Erfahrungen hatten. Das tun echte Männer nicht, hatte ich gehört, und der Freund widersprach nicht.

Wir sangen den Kanon: »Oh, wie wohl ist mir am Abend …« und erinnerten uns an die vielen Führer über uns, die uns beschützten, so daß wir uns vor dem wirklichen Leben nicht zu fürchten brauchten. Und waren uns in allem einig.

Ein Rausch übermannte uns. Wir traten vor die Höhle. Der Himmel hing voller Sterne. Wir stiegen zum Fluß hinunter, Hand in Hand, denn der Weg war steil und dunkel. Und verbrannten uns an den Brennnesseln bis zu den Schenkeln und lachten. Wir badeten in den schwarzen Fluten der

Aluta und fürchteten uns ein wenig vor der Flußfrau. Im Schatten der Uferweiden war es finster, aber die Nacht leuchtete, und die Wasser verströmten die üppige Wärme des Tages.

Wir hatten vergessen, die Badehosen auszuziehen. Sie klebten klatschnaß an unseren Leibern, als wir fröstelnd in der Höhle ankamen. Das Feuer war abgebrannt, es glomm kaum noch. Zum Wechseln hatten wir nichts. Kurzerhand warfen wir die kalten, ekligen Hosen von uns.

So schliefen wir die Nacht in einem Zuge durch, warm und innig aneinandergekuschelt. Im Auf und Ab des Atmens berührten sich unsere Körper, und wir spürten die bloße Haut des anderen durch den Schlaf. Wir lagen auf dem getrockneten Moos der Pritsche, über das wir die Kinderpelerine gebreitet hatten, damit das Moos unsere Haut nicht reize, schliefen unter der Decke, die wir vorsorglich mitgebracht hatten, bis der Morgen graute. Keinen Augenblick dachte ich an jemanden anderen als an den Freund.

Am Morgen ritzten wir unsere Namen in die sandige Lehmwand: er seinen und ich meinen. Um zu unterstreichen, wie ich den Freund hochhielt, zog ich mit dem Taschenmesser einen kräftigen Strich unter seinen Namen: Adolf. Eine Sekunde danach rutschten die Buchstaben von der Lehmwand weg, der Name zerbröckelte, allein meiner blieb, war zu lesen.

Der Freund sagte, ohne zu lächeln: »Du untergräbst mich, wo du kannst.« Und mit gleichmütiger Stimme: »Ehe der Hahn zweimal kräht, wirst du mich dreimal verraten haben.«

Und sprach weiter: »Meine Überlegung ist die, denn alles ist Logik: Hätte der Hahn nicht gekräht, hätten die Gefolgsmannen ihren Führer nicht verraten. Ergo muß man den Hahn köpfen, ehe er kräht.« Ich schwieg entsetzt. Er schloß: »Ich aber lasse mich von niemandem verraten.«

Wir packten unsere sieben Zwetschken. Die Badehosen waren noch immer feucht. Es schüttelte uns. Es roch dumpf, wenn auch kaum nach Rauch. Es roch nach stinkigem Käse, obschon wir nichts mehr zu essen hatten.

Beim Verlassen der Unterkunft, als wir uns umblickten, streifte mich zum ersten Mal der Gedanke an den Flüchtling, der hier gehaust hatte – wie lange wohl?

Ich dachte nicht ausführlich an ihn, sondern verspürte bloß ein starkes Gefühl: Stolz auf meine Familie, auf meinen Vater, auf meine Mutter. Sehnsucht befiel mich, Sehnsucht nach zu Hause und eine große Traurigkeit. Plötzlich gab ich mir Rechenschaft, was unsere Eltern durchgemacht hatten, waren wir doch über Nacht weggeblieben, nicht heimgekehrt vom tückischen Fluß, der jedes Jahr seine Opfer forderte. Wie sie sich verhalten würden, was uns erwartete, entzog sich jeder Vorstellung, denn es fehlte der Vergleich. Es gab keinen Anhaltspunkt in der Erfahrung.

Wir trieben die Sandoline aus Leibeskräften talab, der Stadt zu, hockten wortlos im Boot, jeder für sich, verbunden nur durch den Takt der Paddel. Wir suchten die Strömung auf, wo sie am heftigsten war, damit sie uns helfe, rascher vorwärtszukommen. Trotzdem wurde es Mittag, ehe nach einer Krümmung die Burg und die Brücke langsam heransegelten. Das Gutshaus hatte keiner erwähnt, vielleicht gar nicht wahrgenommen, als wir vorbeitrieben. Den Zigeunern waren wir ungeschoren entronnen, kein Stein hatte uns getroffen, obwohl es prasselte.

Einmal hatten wir auf einer Sandbank haltgemacht, hatten im Rucksack nach etwas Eßbarem gekramt und die Aluminiumdosen ausgemistet. An Brotkrusten kauten wir, als wir hinter uns eine Ziege erblickten, die Papierschnitzel fraß.

»Das gibt Milch«, sagte ich. »Hast du Papier bei dir?«

»Eine Zeitung. Von der Annatant.«

»Stopf sie der Ziege ins Maul, die frißt alles. Dabei melk ich sie.« Während Hans Adolf ohne Widerrede gehorchte und ihr die Zeitschrift seiner Annatante vorsetzte – erlesenes Papier: *Christliche Kabbalistik heute*, ein Schweizer Blatt –, molk ich lustlos die Ziege und zog aus den zwei Zitzen Milch in den Becher meiner Feldflasche, daß es für mehrere Schlucke reichte.

Der Prophet stand an der Brüstung des Mauthauses und

sah zu, wie wir das Boot anketteten. Er prophezeite uns eine Tracht Prügel, was nicht schwer vorauszusagen war. »Wen Gott liebt, den züchtigt er«, rief er uns nach.

Bei Bediners war der rauchgeschwärzte Vater zum Mittagessen nach Hause gekommen. Seine Gerätschaften lagen vor der Tür. Ohne unseren Gruß zu erwidern – wir sagten beide fromm »Grüß Gott!« –, ohne ein Wort zu sagen und ohne sich vorher die Hände zu waschen, schlug er mit den schwarzen Händen zweimal zu. Auf der linken, dann auf der rechten Backe des Sohnes blieben dunkle Fingerabdrücke mit scharfen Rändern, um die rote Verzierungen aufblühten.

Die Mutter hielt die Schürze an den Mund und schluchzte: »Wie hast du deinen Vater gekränkt. Was hast du uns angetan.« Mit drohend erhobener Stimme herrschte Herr Bediner seine Frau an, und es war ein Befehl: »Erna! Ich verbiete dir, rot zu werden!«

»Mit euren Kleidern wären wir zurückgeblieben!« klagte sie, plötzlich totenblaß.

Mich hatte der rabiate Mann gottlob keines Blickes gewürdigt. Ich raffte meine Kleider und floh. Nicht aus Angst, sondern weil ich mich schämte, Zeuge dieser Demütigung des Freundes gewesen zu sein. Und weil es mich nach Hause trieb. Was mir blühte, konnte ich mir nicht ausmalen, aber es bekümmerte mich nicht.

Die Mutter empfing mich mit Schweigen. Sie sagte kein Wort. Das war Strafe genug. Denn sonst war es so, daß wir Kinder bereits im Verlauf des Erlebnisses, während das Geschehnis noch im Gange war, in Gedanken der Mutter alles zu erzählen begannen und, zu Hause angekommen, bereits auf den Treppen berichteten, was sich zugetragen hatte.

Als der Vater am Abend aus dem Geschäft kam, sagte er zu mir, der ich mich in der Küche nützlich gemacht hatte: »Na also, der Flußpirat ist da!« Dann wurde das Essen aufgetragen.

Später hieß es: »Drei Tage rührst du dich nicht von zu Hause!« Für mich eine wahre Wonne. Ich stürzte mich auf *Die Flußpiraten des Mississippi*. Aber nach den ersten Seiten spürte ich: Du bist zu groß für dieses Buch. Dafür las es der Vater. Ich verkroch mich in die Kalib der Kinder, in das Kinderhaus, rollte mich in der Schlafkabine auf einem riesigen Schaffell zusammen, das die Fofo vorsorglich hingelegt hatte, und griff nach der Trilogie von Bruno Brehm: *Apis und Este, Weder Kaiser noch König, Das war das Ende*. Und verschlang sie in drei Tagen und in den zwei Nächten, die dazwischen lagen. Ich las bis zum Morgengrauen, als mich das Gezwitscher der Vögel auffahren ließ, ich hatte den ersten und zweiten Hahnenschrei überhört.

Ich glühte vor deutschem Schicksal. Ich verfaßte Schmähbriefe an die Kaiserin Zita, die die deutsche Sache an die welschen Feinde verraten hatte, um ihre Krone zu retten. Hatte Hans Adolf nicht recht: Adelige, das waren vaterlandslose Gesellen? Im Traum zitierte ich die Kaiserin vor das Femegericht der DJ-Horde von Fogarasch. Stellte sie sich, würde Hans Adolf der Scharfrichter sein. Mit seinem messerscharfen Denken traf er gewiß das Richtige, setzte ihr den Kopf zurecht, machte sie gar um einen Kopf kürzer. »Gekrönt – entehrt«, sagte er später. Treffender und kürzer geht es nicht.

Doch in der Familie wurde vom Allerhöchsten Erzhaus mit elegischer Verehrung gesprochen. Mein Vater hatte auf den letzten Kaiser und König seinen ersten Eid als Soldat abgelegt und blutjung sechs Isonzoschlachten mitgemacht. Mein Großvater war vom vorletzten Kaiser und König in Allerhöchster Person dekoriert worden, weil er mit den Wellen des Meeres gekämpft und dabei die Niere verloren hatte, nachdem die *Kaiserin Elisabeth* untergegangen war.

Übrigens hatte man im Haus, wo sich die Bewohner und der häusliche Krach, die Liebe und das Leid in viele Räume verflüchtigten, erst am nächsten Morgen bemerkt, daß ich von der Kahnfahrt noch nicht nach Hause gekommen war.

Wir hatten eine Nacht unter einer Decke gesteckt. Ich fragte den Freund nicht, ob er wisse, woher diese Redensart komme. Ich aber wußte es. Denn wir bemühten uns daheim nicht nur um ein gutes Deutsch, zu dem uns unter anderem das Büchlein von Dr. Wasserzieher, *Schlechtes Deutsch*, verhalf, sondern wir suchten auch den Worten auf den Grund zu gehen. Wer weiß schon, woher die Redensarten kommen, die wir täglich daherreden: »Das geht auf keine Kuhhaut« oder »Sein Schäfchen ins Trockene bringen« oder »Alle Felle sind ihm davongeschwommen« oder »Die beiden stecken unter einer Decke«? Ich wußte es. Schön und erregend war im Anfang der Sinn des Wortes gewesen: mit Liebe und Vertrautheit und Berührung hatte es zu tun.

Ich sagte es nicht einmal dem Freund. Was im Haus Bediner weiter geschehen war, erfuhr ich nicht. Wir trafen uns nicht mehr, Johann Adolf und ich. Denn kurz darauf ging ich nach Kronstadt zur Ausbildung als Jugendführer.

In Bewegung

Von den Großeltern mit wichtigen Aufgaben betraut, blieb ich gehorsam auf der Terrasse. Während mich die Ereignisse jenes vergangenen Sommers in ihren Strudel zogen, hatte eine Trägheit meinen Körper erfaßt, die an Angst grenzte. Ich scheute jede Bewegung, als ob ich etwas Schreckliches heraufbeschwören könnte, wenn ich mich nicht still verhielte.

Mich still zu verhalten und vor nichts zu erschrecken, ja, und eingedenk zu sein bei allen anstrengenden Bewegungen des Körpers, daß ich dem Führer in Berlin Gehorsam geschworen hatte, das waren Ratschläge des gemütvollen Kreisleiters, als ich in den Sommerferien 1943 zum Schulungskurs abkommandiert wurde. Und einen netten Kanon hatte er mir ins Ohr geflötet, erfrischend, wenn mich Ängstlichkeit und Ermüdung befielen: »Es tönen die Lieder, der Frühling kehrt wieder, es spielet der Hirte auf seiner Schalmei ...«

Was ich in Kronstadt zu Gesicht bekam, lernte und erlebte, verschlug mir den Atem.

Ich wohnte auf der Warthe bei Verwandten. Alle im Haus

waren in der Bewegung, alles war in Bewegung. Mein Onkel Gebhardt Schotner war nicht in der DM, sondern gehörte der EM an, der Einsatzmannschaft, einer Elitetruppe der Deutschen Volksgruppe in Rumänien. In diese Kampfeinheit wurde man durch strenge Auslese aufgenommen, nach erwiesener Deutschblütigkeit weit über den Kleinen Ahnenpaß hinaus und aufgrund genauer anthropologischer Messungen, die dem nordischen Kanon gehorchten: der Winkel des Nasenbeins geteilt durch den Radius des Jochbeins, Länge der Beine im Verhältnis zum Rumpf, Umfang der Waden bezogen auf die Rundung der Kniekehlen. Die Schenkel mußten konkav gebuchtet sein, so daß bei zusammengepreßten Knien mindestens eine Bierflasche Marke Luther leger durchschlüpfen konnte. Und ja keine semitischen Plattfüße oder jüdischen Ohrwascheln!

Mich erfaßte Panik, als ich die dicke Rassenkunde zur Hand nahm und feststellte, daß ich mit Ach und Krach in die letzte Kategorie von »deutscher Rasse« hineinrutschte, »ostisch«, obschon ich zwischen den Schenkeln eine Champagnerflasche hindurchziehen konnte. Und vielleicht nicht einmal ostisch: Meine Nase war zu kurz, dazu polynesisch gesattelt.

Der Onkel war noch öfter im Einsatz als ich, wiewohl er sich am Vormittag murrend um sein Geschäft kümmern mußte, einen Einmannladen, »Zum Nagel«, in der Zwirngasse, Nägel aller Sorten von Hufnagel bis Reißnagel, nicht zu vergessen den lackierten Fingernagel: »Schließlich muß man von etwas leben!«

Auch die Tante war pausenlos in Bewegung, momentan mit dem Fahrrad auf Tour im Burzenland. Die Heumahd war im Gange, und die Bauern wußten nicht, wo ihnen der Kopf stand. Die Tante beaufsichtigte den Landdienst der Schülerinnen und ledigen Frauen, die aus der Stadt zur Hilfe ausgeschwärmt waren und den Bauern das Leben sauer machten. Ihr oblag es, zu kontrollieren, ob sich die weibliche Jugend jeden Morgen und Abend mit entblößtem Oberkörper im Brunnentrog kalt wasche. Das sei laut Wegners *Rassenhygiene für jedermann* entscheidend für die Gebärfreudigkeit der deutschen Frau. »Endlich rückt das sächsische Volk aus Stadt und Land zu echter deutscher Volksgemeinschaft zusammen!«

In die entfernt gelegenen Dörfer, nach Rosenau, nach Tartlau, nach Marienburg, fuhr sie mit der Bahn oder mit dem Autobus. Ihr Rucksack war gefüllt mit Kieselsteinen, die verdächtig rumorten. Einmal hatte eine rumänische Polizeistreife sie hoppgenommen, doch ohne Folgen: Die Tante verstand kein Wort Rumänisch. Die Polizisten wollten nicht begreifen, daß die Steine aus patriotischen Gründen mitgeschleppt wurden, zur körperlichen Ertüchtigung für Führer, Volk und Vaterland, und daß kein Anschlag der Kommunisten aus der Illegalität dahintersteckte.

Die Tante war rassisch so perfekt, daß sie in Günthers *Rassenkalender* abgebildet war, in Kronstädter Patriziertracht. In Berlin war der Führer bei ihrem Anblick vor dem Spalier der Jubelnden stehengeblieben und hatte sie lange angeschaut, und seine Gefolgschaft hatte gehorsam das nämliche getan. Der Führer hatte sie so lange angeschaut, daß niemand mehr »Heil Hitler« und »Hurra« geschrien hatte. Dann war er weitergegangen und sie einer Ohnmacht nahe gewesen.

Nicht nur ihr, auch uns wurden die Knie weich, und es liefen uns die Schauer über den Rücken, wenn sie berichtete, wie der Führer in seinem Schreiten innegehalten und sein gottvolles Auge auf ihr hatte ruhen lassen, eine Ewigkeit, während sich heilige Stille verbreitet hatte, und wie er in tiefem Schweigen weitergeschritten war, und wie alle kleineren Führer seiner Begleitung das gleiche getan hatten: haltmachen, hinsehen, schweigen, weitergehen.

Leider hieß sie Julia Emilie, doch bestand sie darauf, daß man sie Liane-Lilí nannte, Lilí, mit Betonung auf dem zweiten i, »wie einst Lilí Marlen«. Allein ihre Mutter rief sie frank und frei Julia oder Emilie, und wenn sie besser gelaunt war, Lia und Mili, und wenn sie ihre Tochter ärgern wollte: Mililili.

Diese alte Dame namens Friederike Ernestine Wilhelmine Renz geborene Wackernagel war nicht in Bewegung. In dunkelgetönten Seidenkleidern thronte sie auf einem hohen Hocker beim Fenster, oder sie stand auf dem Balkon und äugte mit dem Feldstecher in das braune Gebrodel am Grunde der Stadt. Da fast nie ein Erwachsener im Haus war, redete sie mit sich selbst: »Defiladen, Paraden, sie gebärden sich, als ob sie die Herren der Stadt wären. Das nimmt kein gutes Ende. Das ist Hybris, frevelhafte Vermessenheit, Hochmut, eine der sieben Todsünden, die Gott nicht vergibt.«

Bei meiner Ankunft hatte sie geöffnet. »Wer sä Se?« hatte sie mich auf sächsisch gefragt. Wer sind Sie? Ich war verdattert, stellte mich mit vollem Namen vor. »Ah, Gertruds Sohn mit dem englischen Vornamen. Sie hatte immer schon einen Hang zum Extravaganten. Gut! Schlafen kannst du bei uns, zu essen gibt es nichts.« Auf deutsch duzte sie mich.

Sie bezog ihre Aussichtswarte, während ich nicht wußte, wohin mit mir, und plauderte weiter mit sich selbst: »Alle sind sie wie mein Schwiegersohn. Das ist der Orgiasmus des kleinen Mannes.« Orgiasmus? Ein Wort, das sie nicht erklärte, das ich notierte und nachschlug. Wie wirr die Welt war.

Orgiasmus. Ich stieß auf ein zweites Wort, Orgasmus, fast gleich im Klang, doch noch aufreizender. Das waren Worte, die einen in Erregung versetzten, die etwas beschrieben, mit dem man sich würde herumschlagen müssen.

Über Orgiasmus war zu lesen: schwärmerische, zügellose, wilde Ausgelassenheit, bei Orgasmus aber: Wallung, heftiger Trieb, strotzende Fülle, und im neuen Fremdwörterbuch ungeschminkt: Höhepunkt der Wollust beim Geschlechtsakt. Das brodelte bedrohlich in Leib und Seele. Schon als DJ-Junge fand ich heraus: Namen sind nicht Schall und Rauch, hinter Wörtern verbergen sich Dinge und Taten und Geheimnisse.

Die alte Dame in der perlgrauen Seidenrobe ließ das Binokel nicht von den Augen. Sie hob die Hand zum Himmel und rief herrisch, daß man es bis in die Stadt hinunterhörte: »Herr, du Gott, der Eisen frißt! Laß mich einen Tag Du sein. Einen Tag Du, damit ich hier auf Erden Ordnung schaffe.«

Sie war die Tochter eines preußischen Offiziers, ihre Mutter eine geborene von Pritzkow aus Zeuthen bei Berlin. Der Fauxpas ihres Lebens war, sie sagte es frei und frank heraus, daß sie den Otto Renz geheiratet hatte. Aber er sei »zur Zeit gestorben«! Begegnet waren sie sich in Wien in der Kirche. Beide spielten Geige im Orchester der Evangelischen Kirche A. B. und H. B. Otto Renz war Zögling der Höheren k.u.k. Kochschule, sie Schülerin im Pensionat für Höhere evangelische Töchter »Prinzessin Friederike«. Otto Renz, nach Siebenbürgen heruntergekommen (welch zweideutiges Wort), brachte es bloß zum Groschenwirt im Burggasthof zu Rosenau. Dort spielte Tante Friederike den ganzen Tag Wiener Walzer und preußische Märsche, was Konsum und Umsatz steigerte.

In die preußische Flagge eingehüllt wünschte sie begraben zu werden. Ordnung auf Erden würde sie schaffen zum Heil aller. Die heillose Unordnung im Haus aber focht sie wenig an.

Die vier Kinder, die stimmige Vornamen von Siegrade bis Siegbalde, von Siegrecht bis Sieghart trugen – Sieglinde wurde verworfen, das Linde widersprach dem Sieghaften –, blieben sich selbst überlassen und lebten wie die Tiere des Feldes und die Fische im Wasser. In einer Zeit, als nur der gebündelte Wille von oben nach unten als Autorität galt, wuchsen die Kinder wie Wilde auf. Denn die Haustochter Rosina war ebenfalls in der Bewegung und somit außer Haus – und wenn daheim, dann meistens aus dem Häuschen. Ihr verdankte ich eine artige Kleinigkeit. Es zeuge von politischer Reife und völkischem Anstand, wenn man einem Menschen, der niese, nicht nur schlicht »Zur Gesundheit!« zurufe, sondern: »Zur Gesundheit dem Führer!«

Der Haushalt war bis zum äußersten vereinfacht worden. Gingen die Kinder zu Bett, dann zogen sie sich im Gehen, Laufen, Springen aus. Sie ließen die Kleider auf den Boden fallen oder schleuderten sie durch die Luft. Am Morgen, wenn sie sich für die Schule rüsteten, rannten sie splitternackt und wie besessen durch die Wohnung, suchten verzweifelt die Kleidungsstücke in allen Winkeln und machten sie sich gegenseitig streitig. Unten am Kirchhof hörte man die Schulglocke bimmeln, die zur ersten Stunde rief, während hier oben alles drunter und drüber ging. Aber in der großen Pause waren sie alle dort.

Weiter: Da sich ohnehin jeder am Abend wieder in sein Bett oder in ein anderes legte, lohnte es sich nicht, die Betten zu machen. So blieben sie tagsüber schlafbereit und wurden auch benützt. Zu jeder Tagesstunde schlief jemand, schlief mitten am Tag, denn Nachtübungen waren an der Tagesordnung. Eine andere Überlegung lautete: Warum die Teller abwaschen, auf denen jeder am Abend etwas schnabuliert hat, wenn man sie am Morgen doch wieder brauchte? So suchte sich jeder beim Frühstück den bekleckerten Teller vom Vorabend, was zusätzlich den Vorteil hatte: Man konnte an den getrockneten Resten ablesen, wer am Abend was gegessen hatte. Die Zakuska zum Beispiel, diese körnige Paste aus roten Paprika, konnte man an den oxidierten Überbleibseln ausmachen, die Vinete, Blaufrüchte, an den blaugrünen Spuren.

Ein unförmiger Eisschrank, ein Geschenk der Ortsgruppenleitung zum vierten Kind, stand jedem offen, der hungrig war. Das Ungeheuer wurde mit Eisprismen gespeist, die ein alter Ungar am Morgen ins Haus brachte und oben in den Gefrierbehälter legte. Dort schmolz das Eis langsam, lief als Kühlwasser über die Seitenwände in ein Sammelbecken hinunter und gab die Kälte ab.

Wenn die getriebene Tante Liane-Lilí zu Hause war, machte sie dreierlei auf einmal. Mit den Händen rührte sie eine Mayonnaise an, die – obschon eine französische Erfindung – allen mundete. Mit den Augen las sie in einem Dreißig-Pfennig-Roman: »Damit man für ein paar Minuten auf andere Gedanken kommt!« Was mich wunderte, denn so herrliche und erhebende Gedanken wie in dieser Zeit in Kronstadt hatte ich noch nie im Leben gehabt. Mit den Ohren aber lauschte sie im Volksempfänger einem Vortrag der NS-Reichsfrauenführerin Gertrud Scholtz-Klink über »Die deutsche Familie als Urkörper der deutschen Volksgemeinschaft«.

Verließ ich am Morgen vor ihr das Haus, so rief sie mir nach, während sie hastig das Müsli löffelte: »Rein bleiben und reifen!« Und der Onkel erinnerte mich im Davoneilen, mit einem Stiefel bereits im Treppenhaus: »Deutsch sein heißt eine Sache um ihrer selbst willen tun!« Ich beherzigte beides.

Die sächsische Innenstadt von Kronstadt, *intra muros* um die Schwarze Kirche und das barocke Rathaus gelagert, wo bis ins vorige Jahrhundert kein Fremder – Ungar, Rumäne, Armenier oder Jude – das Bürgerrecht erwerben konnte oder ein Haus ankaufen durfte, schien zur Stunde ausschließlich von deutschen Volksgenossen bevölkert zu sein. Überall, über allem wehten Hakenkreuzfahnen, nicht anders als in Nürnberg oder Quedlinburg: über dem Hotel Krone am Ende der Purzengasse, wo die deutschen Offiziere wohnten, oder über der Sternwarte der Honterusschule, die, 1544 gegründet, sich ihrem vierhundertjährigen Jubiläum näherte. Fast jedes Haus war geschmückt mit der deutschen Reichsflagge. Manchmal, verschämt, zeigte sich die blau-rote sächsische Fahne, die laut königlichem Dekret an bestimmten Feiertagen gemeinsam mit der rumänischen Trikolore hinausgehängt werden durfte. Ich erinnere mich nicht, die rumänische Flagge in diesen Tagen je gesehen zu haben.

In der Geschäftswelt in Kronstadt wußte man genau, was man sich als Deutscher schuldig war und wo der Feind stand: In den Auslagen oder an den Eingangstüren hingen Täfelchen, auf denen in gezierter gotischer Schrift zu lesen war: Juden unerwünscht. Oder unmißverständlich: Hier werden Juden nicht bedient! Gut, daß sie in so vielen Sprachen zu Hause waren und einer so kultivierten Sprache wie des Deutschen mächtig. Hier erst begriff ich, wie sehr die Tanten recht hatten, die in Fogarasch von laxen Leuten belächelt oder des Fanatismus geziehen wurden. Ich hielt es für gut und richtig und voll Charakter und Konsequenz, daß die alten Damen es vorzogen, mühsam mit dem Zug nach Kronstadt zu fahren, statt sich vom Vater im Auto mitnehmen zu lassen, wo sie Raum und Luft mit seinen jüdischen Geschäfts- und Rummyfreunden hätten teilen müssen. »Das ist unzumutbar für die deutsche Seele: mit Dr. Schul und Schmul im selben Auto, nicht um den Tod!«

Ja, ja, nein, nein! Was darüber ist, ist von Übel. Entweder, oder! So dachte man, so handelte man, so marschierten wir in Kronstadt im Sommer 1943. Ich sog alles voll Begeisterung in mich auf. Ich notierte mir das mit den Juden. Als erstes würde ich meinen rückständigen Vater in Fogarasch aufklären und auf Vordermann bringen.

Meine Vorschläge zur totalen Germanisierung unserer Firma ließen mich aber an ihm erschreckend neue, nie geahnte Züge und rätselhafte Reaktionen wahrnehmen.

Außer der Änderung der Firmenaufschrift von »Fraţii« zu »Gebrüder« und der Abwehr der jüdischen Rasse durch Verbotsschilder in den Auslagen verlangte ich, daß alle rumänischen Angestellten sofort durch »Unsrige« ersetzt werden sollten. Diese wichtige Angelegenheit brachte ich nach meiner Rückkehr vor, am Sonntag während des Mittagessens im Salon.

Unsere Helenetante nieste, laut und ungeniert trompetete sie die Bazillen über den Tisch der pikierten Großmutter ins Gesicht. Sofort brachte ich mein Sprüchlein an den Mann: »Zu deiner Gesundheit und zur Gesundheit des Führers!«, worüber die Mutter so herzlich lachte, daß niemand etwas zu beanstanden hatte.

Der Vater hörte mich wortlos an. Da er nicht antwortete, wiederholte ich das Ganze, begann zu argumentieren, führte ins Treffen, was ich frisch einstudiert hatte. Ich wurde heftiger, als er sich weiter in Schweigen hüllte. Die Tanten hatten zustimmend, später ermunternd genickt. Die Großeltern sagten nichts.

Als ich zum dritten Mal begann, obschon alles eindeutig war und jedem Kind einleuchten mußte – fast schämte ich mich, daß der Vater so begriffsstutzig war –, hielt er im Essen inne. Ich dachte: Jetzt nimmt er das Telephon und trifft seine Anordnungen. Er legte Messer und Gabel kreuzweise über den Teller – um Tischregeln Wissende gaben sich Rechenschaft, daß er die Mahlzeit bloß unterbrach und später weiterzuessen wünschte –, erhob sich umständlich und kam ruhigen Schrittes zu meinem Platz am unteren Tischende. Vergessen hatte er die Serviette auf seinem Schoß, die als weißer Fleck an seiner Hose klebte. Das sah fast unanständig aus. Als er bei mir angekommen war, fiel sie zu Boden.

Spring, bück dich, es ist etwas zu Boden gefallen! So hallte es in meinen Ohren seit der Kindheit. Ohne mich vorzusehen, sprang ich, wollte mich bücken, und sprang geradewegs in seine Ohrfeige hinein. Die tat weher als geplant, weil die Geschwindigkeiten sich summierten. Als müsse er sich widerwillig einer Pflicht entledigen, haute er mir noch eine herunter. Dann nahm er die Serviette aus meiner Hand, sagte »Danke!« und wischte sich über den Mund.

Bei diesen zwei Ohrfeigen blieb es fürs Leben. Wir haben nie ein Wort darüber verloren. Das Essen ging weiter.

Immer wieder, am Sonntag und auch unter der Woche, war die Innenstadt von Kronstadt für den Verkehr gesperrt. Frontsiege und Gedenktage mußten begangen, Mahnwachen vor flammenden Bronzeschalen bezogen, Gedächtnisfeiern abgehalten werden. Alles und jedes gab Anlaß zu Aufmärschen, Paraden, Aufzügen mit Jungzug, Fliegerzug, Fackelzug, Spielmannszug. Es dröhnte und brauste und trommelte und tirilierte. Die Straßen wimmelten bis in die Nacht hinein von Jungen und Mädchen, von Burschen und Männern und Frauen in Uniform.

Dann die Fahnen: Fahnenweihen, Fahnenhissen im Karree, Fahnen noch und noch, die Fahne hoch. Immer flatterte etwas über unseren Köpfen: Banner, Flaggen, Standarten, Wimpel. Der Himmel war blau wie in Berlin, doch bar jeder Gefahr. Der Krieg bei uns war erst zwei Jahre alt. Die Front rollte zwar zurück, aber trotzdem wurde gesiegt. Es lag nichts in der Luft, die Amerikaner bombardierten Kronstadt noch nicht. Leuchtend und seidig schimmerte der Himmel über der Stadt und anders als über Berlin. Denn dies war Siebenbürgen, das »Land des Segens« im Südosten des Abendlandes.

Überall nur die Unsrigen, Körper an Körper und deutsch. Deutschland, wir rufen dich. Deutschland, wir sterben für dich. Deutsche Volksgruppe, Deutsche Mannschaft, Deutsche Frauenschaft, Deutsche Jugend, Bund Deutscher Mädchen, Deutsches Jungvolk. Jugendgruppe der Mütter. Mütterwerk. Winterhilfswerk. Hilfe durch Eintopf! Durch Topfschlagen Kraft. Kraft durch Freude. Und die Freude, körperlich greifbar: »Heute gehört uns Deutschland und morgen die ganze Welt«!

Manchmal verirrte sich ein rumänischer General zu diesen Aufmärschen in der Inneren Stadt, im Hof der Schwarzen Kirche, auf dem Sportfeld. Begleitet von schwarzuniformierten Chargen der Volksgruppe, nahm er unser Defilee ab, die Hand mit dem Glacéhandschuh am goldverbrämten Schild der Mütze, sphinxhaft lächelnd hinter dunklen Brillen.

Der Paradeschritt beim Exerzieren auf der Warthe bei den Wehrtürmen gelang mir nicht, ich mußte ihn vor der Front der Jungen Führer alleine üben. Wohl hob ich wie befohlen die Hände bis in Koppelhöhe, aber beide Hände zu gleicher Zeit, so daß sich die Fingerspitzen im Zenit berührten. Was falsch war und drollig aussah und ärgerlich wirkte. Die Kameraden durften auf Kommando lachen und hörten auf Kommando wieder auf. Dafür war ich dem Schulungsführer dankbar. Richtig war es, die Hände abwechselnd bis zur Gürtelschnalle mit der Siegesrune zu heben.

Vor dem General gelang das vorbildlich, und es schien, als habe er an mir seine besondere Freude. Ob es jedesmal derselbe General war oder ein anderer, das konnte ich nicht auseinanderhalten. Für Außenstehende und Nichtkenner sehen Generale, Chinesen, Pimpfe und Zigeuner gleich aus – und Männer mit Vollbart. Der rumänische General trug eine schwarze Brille. Möglicherweise, um sich gegen die Überfülle an weißen Kniestrümpfen, schwarzen Hosen, braunen Hemden abzuschirmen, gegen das Zuviel an »Heil« und »Deutschland, Deutschland über alles«. Ich dachte plötzlich geniert, denn ich sah uns mit seinen Augen vorbeimarschieren: Sind wir ihm nicht genauso fremd wie er uns? Vielleicht aber hatte er eine schwarze Brille aufgesetzt – durch die auch ich für Sekunden die Dinge betrachtete –, weil er schwarzsah. Am Hals glänzte das Ritterkreuz mit Eichenlaub, Schwertern und Brillanten, vom Führer in Berlin persönlich verliehen. Ich atmete auf: Das gab ihm ein Recht, unter uns zu weilen.

Ich war ganz drinnen, und darum war ich ganz außer mir. Nichts Herrlicheres, als gemeinsam aufzugehen in Höherem, zu verschmelzen mit den Seinen, gleich zu sein mit allen und sich vergessen zu können. Hören und gehorchen, sich fügen und folgen. Mein Ich zerfloß in der Gemeinschaft, die einen trug und schützte. Der einzelne war nichts, das Volk war alles. Alles war leicht, weil handgreiflich und eindeutig. Jeglicher Zweifel und Zwiespalt erlosch. Ich versank in einem Meer von Glückseligkeit und spürte: Der Mensch ist nicht zur Freiheit geboren. Freiheit strengt an, erfordert Nachdenken, stürzt in Zweifel und Zwiespalt, zwingt zu Entscheidungen. Freiheit macht einsam und unglücklich.

An einem dieser hochgeschwellten Tage mußten wir die Innenstadt räumen. Wir waren plötzlich Zuschauer. Ich hatte vergessen, daß ich außer meiner Kluft auch normale Kleider mitgenommen hatte.

»Die Junii Români kommen!« flüsterte Onkel Gebhardt, der die Arbeit in seinem Nagelgeschäft schwänzte, als ich mich am Vormittag auf dem Rathausplatz einfand. Überall hörte ich nur rumänisch sprechen. Ich kam mir wie ausgestoßen vor, fühlte mich schutzlos ausgeliefert an das Fremde.

Den Roßmarkt herab erklang auf dem Steinpflaster Pferdegetrappel. Ein gewaltiger Zug von jungen Reitern näherte sich dem Marktplatz von der Angergasse außerhalb der Stadtmauern her, wo das rumänische Lyzeum Andrei Saguna stand. Die Pferde waren prächtig aufgezäumt, die Sättel unterlegt mit verzierten Schabracken. Die Burschen hatten weitärmelige, lange Hemden an, übersät mit Stickerei in

Gold und Silber und Rot, mit Ornamenten von aufgenähten bunten Metallplättchen, wie ich das bei den schlichten rumänischen Trachten in Schwarz und Weiß nie gesehen hatte. Diese Männer erinnerten an orientalische Prinzen. Stiefel und Pelzmützen fehlten nicht, obschon es Hochsommer war.

Gemessenen Schritts lenkten sie die Pferde um das ehemalige Sächsische Rathaus, ohne einen Laut von sich zu geben. Mich überkam die Gänsehaut, mußten wir doch bei allen Aufmärschen schreien und jubeln. Auf dem Marktplatz schwenkten die Reiter mit todernsten Gesichtern die Streitkolben nach allen vier Himmelsrichtungen und ritten darauf in die Waisenhausgasse und durch das Katharinentor hinaus aus unserer Stadt. Und ritten zurück in ihre Siedlung Skei, wo sie seit undenklichen Zeiten jenseits vom Oberen Anger beim Salomonfelsen lebten, weit weg von der Stadt.

Auch die Leute, die Spalier standen, schwiegen. Eine einzige Frau rief gellend: »Trăiască Junii Romăni, speranţa noastră!« Aber niemand nahm den Ruf auf: Hoch leben die Rumänischen Jünglinge, unsere Zuversicht!

Als sie verschwunden waren wie die himmlischen Reiter der Apokalypse – nur der Pferdekot erinnerte daran, daß es keine Phantome gewesen waren –, erläuterte mir Onkel Gebhardt, selbst er in Zivil, was es mit dem Reiterzug für eine Bewandtnis habe: Vor 1918, als Siebenbürgen noch zu Ungarn gehört hatte, waren die Junii Romăni aus dem Skei Jahr für Jahr nur bis an die Mauern geritten, aber nie durch die offenen Tore und Straßen in die Stadt hinein, der damals ein sächsischer Magistrat vorstand. An der westlichen Wehrmauer hatten sie die Streitkolben drohend und mahnend gegen die Stadt geschwungen und dann auf der Hinterhand der Pferde gewendet, daß diese sich fast überschlugen.

An diesem verbummelten Tag machte ich beim Onkel Robert einen Anstandsbesuch; mit Eilpost hatten mich die Tanten dazu aufgerufen. So schicke es sich unter Blutsverwandten. Auf dem Messingschild entzifferte ich in verschnörkelter Schrift: Robert Goldschmidt, dahinter: Dipl. Ing./Maschinenbau, darunter: Privatier. Als Turbinenfabrikant hatte er nach dem Weltkrieg im Burzenland die ersten Stromerzeuger in die wassergetriebenen Mühlen eingebaut, was in der Lokalpresse gewürdigt worden war und im Kronstädter Faschingsblatt des Industriellenverbandes ebenfalls und später als Pioniertat Eingang fand in die Heimatbücher.

Er war »doppelt so gescheit« wie der Großvater, ja wie die meisten Menschen, weil er jedes Buch zweimal durchlas, von A bis Z. Kaum hatte er geendet, blätterte er auf die erste Seite zurück und fing von vorne an. Das tat er mit jedem Buch, sogar mit so dicken Büchern wie *Die ganze heilige Schrift*, an die er nicht glaubte, und *Der Untergang des Abendlandes*, an den er glaubte. Er hatte Zeit, war er doch in Kronstadt das erste Opfer der Weltwirtschaftskrise gewesen. Seit damals privatisierte er und zuckte mit den Fingern.

Er wollte wissen, ob mir etwas »Außertourliches« begegnet sei: »Wo jetzt alles uniform auf Hochtouren läuft.« Auf das Stichwort »Junii Români« sprach er: Das sei ein Ritual, ein Begängnis, welches zeichenhaft Ansprüche und Erwartungen beschreibe, die durch höhere Mächte eingelöst werden würden. »Mit ihrem Zug Jahr um Jahr am Tag des heiligen Elias bis an die Mauern haben sie symbolträchtig ihr Anrecht auf diese Stadt dargestellt, ohne sie mit Gewalt erobern zu wollen, wohl wissend, daß sie nicht von ihnen erbaut worden ist. Mit dem Umzug über den Rathausplatz aber haben sie bekräftigt, daß sie hier die Herren sind, selbst wenn der Kern der Stadt noch von unseren Leuten bewohnt ist.«

Er dozierte weiter: »Man kann auf diese stille Weise in der Geschichte zum Ziel gelangen. Man kann auch solcherart groß werden an Land und Leuten, indem man selbstgenügsam wartet, abwartet, zuwartet, mit Geduld die Zeit für sich arbeiten läßt und gerade soviel tut, daß man die Zukunft rituell als Schauspiel beschwört. Anders als bei den kriegerischen Preußen zum Beispiel geschieht Geschichte auch so – durch Erdulden und in Duldsamkeit. Dazu sind die Rumänen wie geschaffen, prädestiniert: Sie sind ein tolerantes Volk, willig im Leiden, getröstet von Märchen und Sagen und gewiß, daß ihr ›gütiger Gott‹, bunul Dumnezeu – du kannst ja Rumänisch? –, alles zu ihrem Besten wendet. Und er tut es. Geschichte geschieht selbst dann, wenn nichts geschieht, obschon das eine Contradictio in adjecto zu sein scheint. Geschieht, wie Figura zeigt, wenn man keinen Finger rührt, aber zur gegebenen Zeit mit vollen Händen zugreift. Die Rumänen – Român, übrigens ein Kunstwort, erfunden im vorigen Jahrhundert –, sie meinen, daß Transsilvania ihre Urheimat ist, und das seit der Erschaffung der Welt. Sie kennen keine Geschichte, ›wie es wirklich war‹, dafür erfinden sie Geschichten, die sich von alleine erfüllen. Seltsam.«

Der Onkel hatte mir in einem rosa Kurbecher aus Karlsbad auf einer zierlichen Untertasse Wasser serviert: »Das Wasser ist das Beste, sagen die Griechen!« Zu absehbaren Zeitpunkten zuckte er mit allen zehn Fingern, die er rhythmisch zusammenkrallte und wegstreckte; dabei schloß er die Augen. Rasch besah ich die Kehrseite des Tellerchens und erhaschte eine Krone und mit Schwung geschrieben: Rosenthal. Und hatte einen Augenblick lang Heimweh nach meiner Mutter. Und fühlte mich geschmeichelt: Rosenthal, er hält etwas von mir. Und getraute mich, etwas zu sagen: »Gewiß, Wasser ist das Beste. Schon Thales behauptet es: ariston men hydor!«

»Woher weißt du das?«

»Vom Großvater.«

»Ja, der Hermann, siebengescheit noch immer.«

»Ja«, sagte ich, »aber er glaubt es nicht.«

»Gewiß, er glaubt es nicht. Und recht hat er. Vielleicht hat das nämlich Pindar gesagt.« Ich widersprach nicht, obschon ich wußte, weshalb der Großvater nichts vom Wasser hielt. Der Onkel säuberte die Gläser seines Augenspiegels und betrachtete mich mit geschärftem Blick, ehe er seine geschichtlichen Betrachtungen fortsetzte:

»Dagegen die Ungarn, nicht wegzudenken aus der Geschichte des Abendlandes, obschon von der Herkunft ein wildes asiatisches Volk. Apostolisches Königreich seit nahezu tausend Jahren. Und ist es heute noch, wenn auch ohne König.«

»Ja«, sagte ich, »mit einem Admiral als Regent, doch kein Meer weit und breit.«

Der Onkel blickte mich aufmerksam durch dicke Brillengläser an: »Woher weißt du das?«

»Vom Großvater.«

»Ah, der Hermann, siebengescheit in allem.«

»Ja«, sagte ich, »er ist sehr gescheit.«

»Und die gute Bertha, was macht die noch? Ich bin ihr einen Hut schuldig geblieben, oje, eine alte Schuld und ein alter Hut, von vor dem Krieg.«

Und dann erzählte er die Geschichte vom Hut meiner Großmutter aus dem Jahr 1910, als sie mit seinem Nash, einem offenen Tourenwagen, von Hermannstadt nach Kronstadt gereist waren und meiner Großmutter der Hut vom Kopf geflogen war. »Du kennst das Lied: Der Hut flog mir vom Kopfe.« Und als man nicht stehenbleiben durfte, sonst hätte man nicht weiterfahren können. »›Nur zu, Herr Antal‹«, habe ich dem Chauffeur zugerufen, »›still, Bertha, kein Lamento, ich kauf dir einen neuen Hut‹. Doch hat das nichts gefruchtet, in Zeiden ist das Automobil stehengeblieben und war nicht von der Stelle zu bewegen. Zwei Ochsenwagen mußten uns die letzten zehn Kilometer bis nach Kronstadt ziehen. Die ganze Reise, hundertvierzig Kilometer, hat zwölf Stunden gedauert. Und wer den Schaden hat, muß für den Spott nicht sorgen, diese Geschichte wurde in der Faschingszeitung breitgetreten. Ja, welche Zeiten, ist lang her, das mit dem Hut der guten Bertha und dem Automobil von 1910.« Er notierte in ein Heft, daß er meiner Großmutter einen Hut schulde.

»So ist das bei uns in Siebenbürgen: man berichtet nicht kurz und bündig, sondern erzählt sich Geschichten. Doch den Durchblick sollte man nicht verlieren!«

Damit war mein Besuch zu Ende, denn der Großonkel nahm ein dickes Buch zur Hand, schlug die erste Seite auf, begann zu lesen und hatte für nichts und niemand mehr Aug und Ohr. Ich machte mich unbemerkt davon und getraute mich nicht zu fragen, ob er es zum ersten oder zum zweiten Mal lese, das dicke Buch.

Onkel Gebhardt, der noch immer am Marktplatz Wache hielt, drückte das mit Siebenbürgen und den Rumänen und den Ungarn volkstümlicher aus als der belesene Robertonkel. Er belehrte mich, wie er es aus dem Lehrgang für Volksaufklärung und Propaganda behalten hatte: »Alles ist den Rumänen in den Schoß gefallen. War ihr Land vor dem Krieg ein Kipfelchen, ist es nun aufgegangen wie ein Krapfen. Dazu haben sie eine Geschicklichkeit, sich ins Fertige zu setzen, ohne daß man es recht bemerkt. Man wacht auf, und sie sind da und mittendrin. Schon bei unseren schönen Friedhöfen muß man aufpassen; bis du dich umdrehst, hat sich einer in dein Grab gelegt. Und nun sieh dir mal den Marktplatz an, alles sächsische Patrizierhäuser, aber überall stecken sie drin. Sie ernten, wo sie nicht gesät haben, sie schlüpfen in Nester, die sie nicht gebaut haben.« Er zeigte mit der Hand über den Platz: »Zwei rumänische Kirchen sind hier versteckt. Siehst du sie, erkennst du sie? Plötzlich waren sie da, wie vom Himmel gefallen.« Ich sah sie nicht. Ich drehte mich herum, ließ den Blick über die pompösen Fassaden schweifen wie über ein Vexierbild. Ich entdeckte keine.

»In die Hinterhöfe haben sie sie hineingeschmuggelt. Eine auf dem Roßmarkt dort drüben hinter der Ecke: Das himmlische Jerusalem, und die andere, schau dort schräg rechts, das unscheinbare Tor neben der Zeidnerschen Buchhandlung, unauffällig mit Heiligenbildern umrahmt, das ist der Eingang, und im Hinterhof die Kirche La sfânta adormire, Zur heiligen Einschläferung. Besser kann man es nicht ausdrücken.«

»Was ausdrücken?« fragte ich.

»Die Art, wie ihnen alles gelingt; es ist wie ein Wahlspruch. Die heilige Parole heißt: sich selber schlafend stellen und dabei die anderen einschläfern!«

»Ja, ja«, sagte ich zerstreut. »Den Seinen gibt's der Herr im Schlafe.«

»Den Seinen gibt's der Herr im Schlafe?« Der Onkel sah mich an. »Wieso bist du so beschlagen in der Bibel?«

»Ach«, sagte ich, »das ist der Konfirmationsspruch eines Schulkameraden.«

»Bist du konfirmiert?«

»Nein«, sagte ich.

»Wieso, das Alter hättest du.«

»Man kann nicht zweier Herren Knecht sein.«

»Bravo, das ist recht gesprochen für einen Hitlerjungen. Ja, ja, nein, nein! Was darüber ist, ist von Übel!«

Daß er aus der Bibel zitiert hatte, wußte er das? Ich fragte nicht, denn voll Eifer redete er weiter, überquellend von guten Ratschlägen, hingerissen von hehren Erinnerungen: »Und wenn es ans Heiraten geht, dann nur im Wald unter der heiligen deutschen Eiche, dort schließ den Bund der Ehe. Wir haben es vorexerziert, deine Tante Lilí und ich, und es war ein Sieg. Alle Namen unserer Kinder beginnen mit Sieg.«

»Siegheil«, antwortete ich prompt, so wie man Prosit sagt, wenn einer niest, verwahrte mich aber gegen allzu ferne Zukunftspläne: »Das mit dem Heiraten hat noch Zeit.«

»Ja, die Rumänen! Sie sind unsere Waffenbrüder und so geziemt es sich, etwas Gutes zu sagen. Gute Infanteristen sind sie«, meinte der Onkel noch, »mit ihren Wickelgamaschen sind sie kommode bis an die Wolga gelaufen. Noch sind sie unsere Waffenbrüder im Kreuzzug gegen den Bolschewismus. Aber du wirst sehen: Bei der ersten Gelegenheit, wenn es etwas Besseres zu ergattern gibt, fallen sie uns in den Rücken. Und fallen immer auf die Füße. Sieben Leben haben sie.«

»Wie die Katze«, sagte ich, um zu bestätigen, daß ich verstanden hatte. Mit Rumänen hatte ich nichts zu tun. Daß es sie gab, vergaß ich immer wieder, obwohl man in Fogarasch auf Schritt und Tritt über sie stolperte. Ihre Geschichte war mir so fremd wie die der Zulukaffern (doch halt: über die wußten wir durch Lettow-Vorbeck bestens Bescheid). Zu ihren Geschichten verbaute mir die Sprache den Zutritt. Außer dem Märchen vom Tränenprinzen kannte ich nichts.

Mit Müh und Not lernte ich in der Schule Rumänisch als Fremdsprache, zwei Stunden in der Woche. Und sprechen tat ich es eher schlecht als recht.

Dies alles hatte der Onkel im Flüsterton vorgetragen, unter den Arkaden des Hirscherhauses, während sich die Rumänen auf dem Marktplatz drängten, noch lange, nachdem ihre Junii mit erstarrten Gesichtern und stumm vorübergeritten waren.

Wir blickten uns um. Dieselben Fassaden der sächsischen Patrizierhäuser um den Marktplatz, dieselben bewehrten Hügel aus der Zeit, da im Mittelalter die Stadt rein deutsch gewesen war, alles wie eh und je, aber nicht wie gestern und nicht mehr unsere Stadt.

Tags darauf hatten wir sie wieder erobert.

Ich lernte, was ein DJ-Jugendführer zu lernen hat: zu gehorchen und zu befehlen. Das Befehlen war schwerer als das Gehorchen.

Ich merkte mir feinsinnige Kleinigkeiten: Der Feind war nötig, damit wir Freunde blieben. Entscheidend war es, den Feind auszumachen, aber nicht fertigzumachen! Es war weniger wichtig, wofür man kämpfte, als wie man kämpfte. Sich opfern war alles, glücklich sein nichts. Das deutsche Herz stand über dem welschen Verstand. Am deutschen Wesen mußte die Welt genesen.

Aber auch praktische Faustregeln blieben haften. Zum Beispiel durfte ein Deutscher Junge, wenn es hieß: Der Größe nach angetreten!, nicht zwischen dem Führer und der sich bildenden Front hindurchschlüpfen, um an seinen Standort zu gelangen, sondern mußte hinten um den Führer herum einen Bogen schlagen. Rief ein Führer dich beim Namen und winkte dich herbei, konntest du nicht einfach sagen: Hier bin ich!, wie der Knabe Samuel in der Bibel. Vielmehr mußte man sich vor dem Führer aufpflanzen, so nahe oder so fern – das hing von beider Größe ab –, daß man ihm klaren Blicks in die Augen schauen konnte; man mußte laut und mit heller Stimme melden, was man darstellte, selbst wenn das ersichtlich war, und aufsagen, wie man hieß, alles nach einer genauen Formel: Pimpf Magnus Klein oder Deutscher Junge Ernst Heiter meldet sich zur Stelle! Erscholl ein Befehl, so genügte nicht: »Ja, ja, schon gut, verstanden!« Vielmehr mußte man »Jawoll!« rufen (Jawoll mit zwei l) und den Befehl wiederholen. Hatte man seine Meldung an den Führer gebracht, und er befahl: »Weggetreten!«, dann rannte man nicht frohgemut davon, sondern sagte: »Jawoll! Zu Befehl! Weggetreten!« Und machte linksum kehrt, blieb stehen wie in Erz gegossen, tat einen Paradeschritt, hielt wieder an, Hände an der Hosennaht, und stelzte schließlich davon.

Beim Befehlen war wichtig, daß man immer recht behielt. Ging etwas schief, nie zögern, sofort handeln. Strafen war unvermeidlich, es gehörte zum Drill und Schliff. Bestraft wurde, wenn einer das deutsche Ehrprinzip verletzte. Der Täter mußte von der Gewichtigkeit der Verfehlung und der Rechtmäßigkeit der verhängten Strafe überzeugt sein. Die Strafe hatte der Ertüchtigung zu dienen. Der Bestrafte mußte gestärkt und erhoben hervorgehen, stärker der Gemeinschaft verpflichtet und dem höchsten Führer in Berlin ergeben.

Zu empfehlen waren Liegestütze, in besonders ehrenrührigen Fällen mit einem gefüllten Rucksack. Der Schulungsführer mit seiner Schramme unter dem rechten Auge, den wir gern hatten, den wir manchmal liebten, obwohl das nicht gefragt war, denn es verriet Schwäche (besser: für den wir bereit waren, durchs Feuer zu gehen), warnte uns davor, beim Liegestütz dem Gezüchtigten mit dem Schuh auf den Kopf zu treten und ihn hinunterzudrücken. Das kränkte für lange. Vielleicht verlor man einen Freund für immer oder erwarb sich, ohne es zu merken, einen Feind. Was an sich wünschenswert war, aber nichts nutzte, wenn man es nicht wußte. Nie durfte man vergessen, daß der Bestrafte ein Kamerad war und in seinen Adern ebenso deutsches Blut floß wie in denen des Führers in Berlin. Das war klar, Mensch!

Ich merkte mir die kürzeste Definition eines komplizierten Ablaufs: Was heißt tarnen? Tarnen heißt sehen und nicht gesehen werden. Ich bekam mit, daß wahre deutsche

Jugend nicht dem englischen Fußball frönte, Ausgeburt eines Rassenkuddelmuddels, auch nicht ausschließlich Handball spielte, wiewohl das dem deutschen Wesen eher entsprach, sondern ihre Kräfte und Fähigkeiten im Raufball der Germanen erprobte, ein Spiel, bei dem alles erlaubt war, was nicht gegen die Ehre verstieß.

Ich lernte zwischen Geländespielen und Kriegsspielen zu unterscheiden. Bei den Geländespielen sollte man kundig werden im Terrain, sich im Kartenlesen üben, nach Kompaß marschieren, sich an Moos oder Sternen orientieren, Feuer entfachen, das keinen Rauch machte, Erste Hilfe leisten und vieles andere, was dem Hordenmenschen ziemt.

Beim Kampfspiel hingegen drängte alles auf den festlichen Höhepunkt zu, »wie bei einem Orgasmus« – das Wort verstand allein ich. Orgasmus, das war die Berührung mit dem Feind.

Es konnte bis zum Abend dauern, ehe es zur Feindberührung kam, einen ganzen Tag lang, nicht frei von Wankelmütigkeit und Bangbüxigkeit. Dann aber fiel jegliche Angst ab, und der blinde Mut von Helden übermannte uns. Wir stürzten uns aufeinander und begannen uns zu prügeln mit einer Sinneslust, in der sich Wut und Entzücken küßten. Wir haßten den Feind, aber wir liebten seinen Leib, der uns zu solchem Hochgenuß verhalf.

Auch ich erlebte diesen Rausch der Verwandlung. Mit liebestoller Inbrunst stürzte ich mich auf meinen Feind. Denn ihm, der sich mit Gier dem Kampf stellte, verdankte ich, daß ich mich vergessen konnte, die Ängste weggeschwemmt wurden, mein Inneres in seiner Zwiespältigkeit ausgelöscht war. Es blieb ein blutrünstiges Ich, voll Verlangen nach schmerzhafter Berührung..

Dieser mein Gegner stachelte mich auf. Er schlug mir die ersehnten Wunden. Gesteigert der Rausch: Die Haut barst und Blut spritzte. Blut, das ausgebrochene Leben – es rann aus mir wie beim geköpften Hahn, der vor Lust tanzte, wenn die Magd ihm den Kopf abschlug. Mein Blut in übermütiger Röte, zum Sprühen gebracht durch den Feind, der sich in meine Haut verbiß, in mein Fleisch krallte. Um ihn an mich zu fesseln, schlug ich zurück, riß Wunden in seinen Leib. Welch ausschweifendes Glück, mit dem geliebten Feind zu verschmelzen! Fragte ich noch nach Sieg und Heil? Lust war alles, der Tod war nichts. Ich begriff, warum geschrieben steht: Liebet eure Feinde. Und ich verstand das höhnische: Tod, wo ist dein Stachel?

Bei einem dieser Kriegsspiele war ich nach mörderischem Kampf allein übriggeblieben. Das hieß, dem Gegner war es nicht gelungen, von meinem linken Handgelenk einen Wollfaden wegzureißen. Das Manöver hatte am Schuler – dem Schulberg des Honterusgymnasiums – seinen Ausgang genommen und nach einem anstrengenden Tag auf gefährlichen Schleichwegen beim Hangestein gegen Abend geendet, als die Späher erregt berichteten, der Feind sei in Sicht, habe sich am Felsabhang verschanzt und warte.

»Fangt ihn und macht ihm den Garaus, nur noch dieser ruppige Teufel ist am Leben!«, so brüllten die Feinde. Ich sah mich um. Meine Kampfgefährten hielten zähneknirschend ihr zerkratztes linkes Handgelenk in die Höhe. Sie hatte man fertiggemacht. Sie waren tot. Ich war allein geblieben.

Ich rannte los, gegen den Hangestein zu. Auf einer Felsnase ließ ich mich auf die Knie fallen, rollte mich ein, umfaßte schützend mein linkes Handgelenk mit dem blauen Wollfaden und biß um mich, als die Burschen sich über mich warfen. Fluchend wichen sie zurück, verhielten ratlos.

Ich hob den Kopf. Unter der Felskante gähnte der Abgrund. Tief unten erblickte ich die Wipfel der Tannen. Mein Herz schlug wie eine Glocke in Flammen. Die Glut des Kampfes brauste in Feuerströmen durch meinen Leib, sprengte den Willen zur Form. Aus mir brach ein leidenschaftliches Verlangen, mich in die silbernen Spitzen zu werfen, mich in die tödliche Dämmerung fallen zu lassen, im Schweigen der Wasser tief unten zu verlöschen. Ich schrie auf: »Rührt mich nicht an. Sonst stürz ich mich hinunter!« Totenstille im Rund der Zeugen, während ich den Blick hinunterfallen ließ.

»Laßt ihn leben«, hörte ich die Stimme des Bannführers, »er hat es verdient, er hat sich tapfer geschlagen!« Eine Aufwallung von demütiger Dankbarkeit erfaßte mich für den unbekannten Führer ganz in Schwarz, den Herrn über Leben und Tod, der mich ins Leben zurückbefahl. »Robb zurück, Junge, es geschieht dir nichts!« Der Riesenmensch, der nach meinem Namen nicht fragte, packte mich am Kragen wie ein Karnickel, zog mich in die Höhe und stellte mich vor die Kameraden, für die mein Herz wieder normal zu schlagen begann. Ich stand Habtacht und wiederholte: »Jawoll! Ich robbe zurück, mir geschieht nichts!«

Der letzte Abend in Kronstadt gestaltete sich grandios. Im nächtlichen Stadion der Obervorstädter Schule, dem Sportplatz der DJ, entrollte sich ein gewaltiges Fest der Weihe und der opfervollen Darbringung.

Fackelträger aller Formationen von den Pimpfen bis zu den Frauen marschierten in das Stadion ein und entfalteten mit ihren Leibern auf dem Kampffeld unter den steilen Tribünen kunstvolle Ornamente, Runen und Signale, schrieben mit feuriger Schrift auf den Rasen und in die Aschenbahnen heroische Parolen. Das wurde untermalt vom Trommelwirbel der Spielmannszüge, dumpf wie im Zirkus, wenn Gefahr droht.

Ich saß auf der Zuschauertribüne, neben mir mein Bruder Kurtfelix. Die Malytante und der Fritzonkel waren mit der gelben Trambahn aus der Tannenau angereist. Gegen den Protest der Griso hatten sie meinen Bruder, der noch immer liegen sollte, mitgebracht. Die Malytante hatte entschieden: Man dürfe das Kind vom politischen Geschehnis nicht abschneiden, denn was jetzt sein empfindsames Wesen aufnehme, das forme seine deutsche Seele fürs Leben.

Der Fritzonkel war gekämmt und gestutzt wie der Führer in Berlin und hatte einen Schnurrbart wie dieser und war fast auf den Tag so alt wie er. Und obwohl er Dworak hieß, ähnelte er ihm so, daß die Leute auf der Straße entgeistert stehenblieben, ihn anschauten und »Heil Hitler, Herr Hitler« sagten.

Die Malytante hatte tiefblaue Augen, trug ihr vorzeitig, aber in Ehren ergrautes Haar hochtoupiert und hatte es mit zwei tiefblonden Zöpfen versehen, um anzuzeigen, daß sie früher noch germanischer ausgesehen hatte. Sie war die Ortsgruppenleiterin in der Tannenau, wo sehr reiche Sachsen ihre Villen in Gärten und Parks besaßen und einfache Rumänen ihre Bauernhäuser zu einer Gassenzeile zusammengerückt hatten. Unter den reichen Volksgenossen, klagte sie, sei es schwer, die Beiträge einzusammeln.

Kurtfelix hatte Pfeil und Bogen mitgebracht, verborgen unter dem Sommermantel. An die Pfeilspitzen band er Wunderkerzen und zündete sie an, ehe er das Geschoß in die Luft schickte. Alles Volk reckte die Hälse, als die Wunderwaffen ihre funkensprühenden Bahnen über das Stadion zogen. Ich half ihm dabei, indem ich Tante und Onkel von der Trefflichkeit der Unternehmung überzeugte. Doch das Vergnügen war von kurzer Dauer. Von hinten faßte ein schwarzuniformierter Arm nach den Instrumenten, mit denen Kurtfelix die Lichteffekte des Festes bereicherte, und entwand sie ihm mit sanfter Gewalt: Die Pfeile lenkten die Sinne der Volksgenossen in die falsche Richtung, sagte die Stimme aus dem Hintergrund, hin zu den rassisch minderwertigen Indianern oder, noch schlimmer, zum judaistisch infizierten Weihnachtsfest, das müsse der Knabe verstehen. Beim germanischen Sonnwendfest habe man an die lichtvolle Gestalt des Führers im Reich und an den Endsieg über die Mächte der Finsternis zu denken. »Siegheil!« Weg war er samt Pfeil und Bogen, der Mann ohne Schatten. Mein Bruder weinte nicht, obwohl es ihn nicht kaltließ. Das hieß laut Großvater Contenance. Fast kamen mir Tränen der Bewunderung.

Wie genoß ich es, meinen Bruder in der Nähe zu haben, den ich nur einmal in der Tannenau besucht hatte, da mir Übungen und Einsatz keine Zeit ließen. Er ruhte auf seinem Bambusbett und ließ sich mit stillen Augen berichten, was ich so trieb. »Wann kommst du nach Hause?« fragte ich.

»Bald«, sagte er. »Tannenluft! Wir haben doch Tannenluft zu Hause noch und noch!« Bei der Einfahrt stünden genug Tannen für seine kleine Lunge. Für jede Rippe eine

Tanne, habe er ausgerechnet. Dort baue er sich eine Kalib.

»Komm! Auf der Terrasse schlagen wir dir ein Liegebett auf. Ich besprech alles mit der Mama«, sagte ich.

»Ich hab ihr schon geschrieben«, flüsterte er, »ich habe mich in der Getreidekammer versteckt und dort den Brief geschrieben und ihn dem Postknecht zugesteckt, denn die Malytante liest alle fremden Briefe.«

Ihre große Stunde war gekommen, als die deutschen Offiziere vom Stab etwas verspätet in der Loge der Zuschauertribüne Platz nahmen. Umloht von Fackeln, rückten sie ihre Stühle ins rechte Licht.

In diesem Augenblick schnellte unsere Malytante empor, schüttelte gewaltig das Haupt, daß die grauen und blonden Flechten auseinanderfielen und herniederrollten und sie aussah wie die Germania im Matronenalter. Mit glockenklarer Stimme hob sie an zu schreien: »Seid willkommen, ihr deutschen Recken! Siegheil euch deutschen Helden!« Dabei warf sie beide Arme in Richtung der Offiziere und wiederholte, ohne sich eine Pause zu gönnen, ohne Atem zu schöpfen: »Seid willkommen, ihr deutschen Recken! Siegheil euch deutschen Helden!« Das zündete. Das Stadion erhob sich wie ein Mann, und Tausende fielen in den Ruf ein: »Seid willkommen … Siegheil … Seid willkommen … Siegheil …« Der Zinnenwald erbebte.

Die Offiziere standen aufrecht in ihren Uniformen von aristokratischer Eleganz und rührten sich nicht, bis der Obersturmbannführer so energisch abwinkte, daß die befehlsgewohnte Volksgruppe begriff: Das war ein Befehl! Wie auf Kommando ließen wir uns auf die Holzbänke nieder und schwiegen.

In der Mitte des ovalen Feldes hatte man einen Scheiterhaufen errichtet, fast so hoch wie das Katharinentor, aus dessen Mitte sich ein schmiedeeisernes Hakenkreuz erhob. Als die Darbietungen der Turner und Fackelträger zu Ende waren und sie sich auf der Aschenbahn als ovales Band von feurigen Punkten niedergelassen hatten, wurde der Scheiterhaufen von oben entzündet. Das war ein technisches Problem und ein Kunststück dazu. Mit einer Leiter hinaufzuklettern hätte den Festakt profanisiert. Und hätte man die Fackeln emporgeschleudert, wären sie im Flug erloschen. So hatte man eine Gruppe von Stabhochspringern eingeübt, die das Kunststück fertigbrachten, sich mit brennender Fackel in die Lüfte zu erheben, knapp am Scheiterhaufen vorbeizufliegen und mit Präzision die Flamme in die Krone des Holzstoßes zu werfen.

Konnte man noch am Endsieg zweifeln, wenn man sich getraut hatte, je zu zweifeln? Wir drei, die Malytante, der Fritzonkel und ich, waren einer Meinung: Man konnte nicht. Man durfte nicht. Kurtfelix schwieg sich aus.

Dann folgte die Zeremonie der Darbringung. Während der Holzstoß feierlich abbrannte und das Hakenkreuz in den Flammen verschwand, traten nacheinander je zwei Uniformierte mit einem Kranz in den Feuerkreis. Den warfen sie mit Worten der Huldigung steil hinauf in die Lohe. Als der Holzstoß noch hoch emporragte, waren es Männer, die die Tannengebinde emporschleuderten. Ja, der erste Kranz, mit Stentorstimme dem Führer geweiht, wirbelte mit so viel männlichem Schwung durch die Luft, daß er auf dem Hakenkreuz landete wie eine Brezel auf dem Spieß. Das wippte kaum, denn es war an der Basis einbetoniert und so berechnet, daß es selbsttragend aufrecht stehen konnte. Ehe wir begriffen, was geschah, zerstob der Kranz des Führers auf dem ehernen Hakenkreuz zu Asche, statt in der Glut aufzublühen. »Vielleicht war das so ausgeknobelt«, tröstete Onkel Fritz, »denn deutsche Menschen machen keine Fehler.«

Wem alles die Kränze gewidmet wurden: den Kriegern an den vielen Fronten! Der Götterdämmerung! Dem deutschen Wald! Dem Blut und dem Boden! Den Frauen an der Heimatfront! Den deutschen Witwen und Waisen! Der Mutter und dem Führerkind! Inzwischen war der Holzstoß nahezu niedergebrannt, und die Pimpfe der Inneren Stadt warfen Kränze und sagten Sprüche.

Glühend hob sich das Hakenkreuz an seinem überhohen Schaft in den Himmel. Mit dem Schwinden der Lohe und dem Zunehmen der Dunkelheit trat es immer deutlicher hervor, von einem inneren Leuchten erhellt, das von oben nach unten weihevoll erlosch.

Der Mond verklärte den Himmel, und der gewölbte Zinnenberg wehrte den bösen Geistern. Während das Hakenkreuz oben in die Schwärze seines Wesens zurückkehrte und der Schaft in gestufter Röte verglomm, erstrahlte der Fuß noch in Weißglut. Plötzlich knickte die Stange an der Basis weg, und das Hakenkreuz fiel um. Ein Schauder durchlief das Stadion, ein Raunen rauschte auf und verebbte.

Hinter uns erhob sich ein Herr in Knickerbocker und Lederjoppe, der wie ein Geschichtsprofessor des Honterusgymnasiums aussah. Mit antiker Kürze sagte er ein Wort, das niemand verstand, aber alle empörte und das ich zeitweilig vergaß. Er sagte laut und hörbar: »Exitus! Exitus letalis.« Und ging. Trat ab.

Der Abschied von den Schotners war einfach, schon darum, weil niemand daheim war. Die Kinder waren in Übungslager abmarschiert. Tante Lilí und die Haustochter Rosina taten Landdienst, der Onkel war verschwunden: geheimer Wehreinsatz. Allein Tante Friederike, die im grünseidenen Rüschenkleid und mit dem Feldstecher auf dem Barhocker thronte, nahm von meiner Abreise Notiz. Sie hatte ihr Selbstgespräch unterbrochen und angekündigt, ein »fescher Renault« komme die Serpentinen herauf. Das war der Vater, für sie »der Mann meiner angeheirateten Nichte«.

Ich löste mein Bett am Boden auf, wo ich auf einer Schicht von *Kirchlichen Blättern* kampiert hatte. Die Tante sagte: »Ihr Sohn, Felix, barbarische Allüren! Dauernd in diesem martialischen Narrenkleid! Alle diese hübschen Buben sehen gleich aus, wie Maikäfer.« Sie schärfte dem Vater ein, daß sie in die preußische Fahne gehüllt begraben werden wolle: »Merken Sie sich das, Felix, Sie allein haben in dieser desolaten Familie einen klaren Kopf bewahrt.«

Ich beugte mich tief über die Fingerspitzen, die Tante Friederike mir reichte, und sagte artig: »Grüß Gott!«

Mein Vater setzte mich in den Fond, während er sich vorne mit David Thierfeld über den schlechten Gang der Geschäfte unterhielt. Als verständnisvoller Gesprächspartner erwies sich Dr. Schul neben mir, unser Hausarzt, ein belesener und bewanderter Herr, dem ich die Vorzüge der deutschen Rasse erläuterte, wozu er viel Lobesames und Hörenswertes beizusteuern wußte. Später, von Zeiden bis Schirkanyen, zwei Drittel des Weges, etwa vierzig Kilometer, verbreitete ich mich erregt über das Unheil, das die semitische Rasse in der Welt und in der Geschichte angezettelt habe. Darüber schwieg sich Dr. Schul aus. Von Schirkanyen an, dem Geburtsort meines Großvaters, der Goldschmidt hieß, hielt ich den Mund.

Mein Nachbar hatte seit Zeiden kein Wort gesprochen. Erst in Mândra pe Olt, einer rein rumänischen Gemeinde kurz vor Fogarasch, ließ er die Bemerkung fallen, von hier komme Horia Sima, der Căpitan der Eisernen Garde, der Führer der Legionäre. Der lebe, »Gott sei Dank«, im Exil in Spanien, sonst hätte man den Juden hierzulande ebenfalls den Garaus gemacht. Nach der blutigen Rebellion der Eisernen Garde habe der Marschall Antonescu den Căpitan des Landes verwiesen.

An die Rebellion der Eisernen Garde gegen den Marschall erinnerte ich mich mit Grausen. Etliche Tage hatten wir das Haus nicht verlassen dürfen. Tag und Nacht hörten wir das Knattern der Gewehre.

Den Geburtstag unseres Bruders Kurtfelix feierten wir in aller Stille in der Familie – keine Kindergesellschaft wie sonst, kein Maskenball, kein Tanztee, keine Spiele mit Pfänderauslösen. Selbst der Vater war nicht ins Geschäft gegangen, sondern daheim geblieben, was uns in Verlegenheit brachte, fast beklemmend war. »Gut, daß wir vor den Auslagen Rolläden haben«, sagte er, was die Gefahr unterstrich. Von der Fofo, die man nach Brot und Milch geschickt hatte und die gottlob heil nach Hause gekommen war, hörten wir Gruselgeschichten: daß in der Stadt Grünhemden und Soldaten aufeinander schossen und daß sich vor der Molkerei vom Wenrich Milch und Blut mischten.

Das war im Januar 1941 gewesen. Im selben Jahr im

Sommer war der Krieg gegen Rußland ausgebrochen, ebenfalls an einem Geburtstag, Uwes Geburtstag, am 22. Juni. Mitten in das Kinderfest platzte der Vater und störte sehr. Er sagte so laut, daß wir schweigen und hinhören mußten: »Die Rumänen und die Deutschen haben den Russen den Krieg erklärt. Jetzt ist alles verloren.« Wir pusteten die drei Kerzen aus und aßen die Torte mit Appetit.

Wer weiß, was sich an meinem Geburtstag Anfang September ereignen würde. Ich seufzte.

»Du seufzt, mein Kind, ist dir nicht gut?« fragte Dr. Schul.

»Nein, nein!« beteuerte ich.

Und leise: »Hat dir jemals ein Jude etwas Böses angetan?«

»Nein, wie denn«, sagte ich erstaunt, »im Gegenteil, mit der Gisela Glückselig und ihrer Schwester Dora und ihrem kleinen Bruder Baldur haben wir herrlich Häuschen und Hochzeit gespielt ...«

»Und hast du einem Juden etwas Böses getan?«

»Gott bewahre«, sagte ich, »nicht einmal ein Schimpfwort jemandem nachgerufen, Hand aufs Herz, schiefe Schicksel oder Judensau oder so, geschweige ein jüdisches Mädchen vom Trottoir gestoßen. Umgekehrt: Wir müssen uns gefallen lassen, daß uns unsere Führer Sauhaufen oder Schweinehunde schimpfen oder gar mit einer Judenschule vergleichen. Verboten hat man uns nur, mit Judenkindern zu spielen. Das wird geahndet.«

»Geahndet«, sagte Dr. Schul, »ein altes deutsches Wort.«

Hinter Mândra pe Olt erschien bald das Weichbild der kleinen Stadt. Rechter Hand jenseits der Aluta, auf dem Steilufer, sah man durch den Flor zarter Akazien und Robinien das Gutshaus der Binders, daneben, etwas höher auf einer Kuppe, die leuchtende Kapelle der alten Fürstin.

Sieh das Haus der Alfa Sigrid Binder, dachte ich, ohne an sie zu denken, obwohl ich das Bild von der Konfirmation in mir trug wie einen Talisman: eine verschlossene Tulpe. Aber mein Inneres war erfüllt vom Kampf der Mächte des Lichtes gegen die bösen Geister der Finsternis. Hochgeschwellt als frischgedrillter Hordenführer konnte ich kaum den ersten Heimabend erwarten. Ich würde es ihnen zeigen! Wem? Allen. Was zeigen? Wessen ich übervoll war.

Wir holperten über das Kopfsteinpflaster der Stadt.

Ränkespiel

Während ich von der Terrasse in das müde Grün der Bäume starrte und mich den Launen dieses Augusttages zu entziehen suchte, zermarterte ich mir den Kopf: Wie hatte es geschehen können, daß eine solche Freundschaft in die Brüche gegangen war, damals nach meiner Rückkehr von Kronstadt, ja in Feindschaft ausgeartet war? Eine Freundschaft, die in der Kindheit begonnen hatte, als wir – gehalten von zwei luftgefüllten Schweinsblasen – die Aluta hinuntergetrudelt waren und die bis in den Tod dauern sollte, hatten wir doch Blutsbrüderschaft getrunken.

Das Unerklärliche begann schon am ersten Heimabend, zu dem ich voll Begeisterung und Überschwang die Horde zusammengetrommelt hatte.

Was einem weh tut, merkt man sich fürs Leben, ging mir auf. Darum hebt der Tanzbär die Tatzen. Hebt im Takt die Tatzen, wenn der Zigeuner das Tamburin schlägt, am Freitag zum Wochenmarkt oder Samstag nachmittag auf der Burgpromenade: Beim dumpfen Klang der Trommel erinnert sich das Tier an die heißen Steine, die der Zigeuner, sein Herr und Bändiger, ihm einst untergelegt hat, damit es die Tatzen hebe und tanze, an der Nase herumgeführt mit Ring und Stab.

Es erhebt sich die Vergangenheit in dem, woran einer Schaden genommen hat an Leib und Seele, was er erlitten hat in seinem Gewissen: der Aufstand der Vergangenheit. Nicht nur vor dem, was kommt, auch vor dem, was war, fürchte man sich!

Aber wie das Geschehene in Worte fassen? Einmal ausgesprochen, verändern sich die Dinge. Das Wort widerruft sich selbst, entstellt das Genannte. Bewahren allein im Schweigen die Dinge ihr Wesen? Was in Worte gefaßt wird, fesselt das Sein, tut ihm Gewalt an, so schien es mir. Jedes Wort ist eine fremde Grenze, die dem getroffenen Wesen weh tut ... Ähnlich, doch einfacher, schlichter, hatte Alfa Sigrid es ausgedrückt, einst beim heißen Stein dort drüben unter den Rotbuchen – auch sie auf unsagbare Weise entschwunden, verlorengegangen.

Hat er nicht das Beste gewollt, wie ich das Gute gewollt habe? Vielleicht liegt das Trennende in dieser Nuance. Denn das Gute ist schwer in Erinnerung zu behalten. Was nicht schmerzt, vergißt man. Auch das tut weh.

Somit ist das, was über diese Geschichte gesagt wird, wahr und nicht wahr. Das Gewesene wird durch das Letzte verdammt oder verklärt. Auch das ist schlimm.

»Laßt das Letzte etwas Gutes sein!« höre ich die Stimme des Pfarrers Fritz Stamm. Das Letzte wann?

Trotzdem: laßt das Letzte etwas Gutes sein!

Trotzdem war das Letzte keineswegs etwas Gutes. Meine Laufbahn als Hordenführer nahm bald ein böses Ende.

Zum ersten Heimabend nach meiner Ankunft aus Kronstadt hatten sich alle Jungen eingefunden. Das Bild war noch bunter als bei der Vereidigung im April. Jeder kam so angezogen, wie man tagsüber eben angezogen war. Von Uniform, Kluft, Sonntagsstaat keine Spur.

Ich hatte mir vorgenommen, einen »gemütlichen Abend« zu veranstalten, was in Kronstadt Kameradschaftsabend geheißen hätte. Obschon ich der Führer war, der Befehlsgewalt hatte, wollte ich freundschaftlich verfahren – wenn auch in den Formen der Disziplin und des Gehorsams.

Es ließ sich gut an. Unter dem von Spinnweben entrückten Führerbild an der Stirnwand des Festsaales und den stereotyp lächelnden Reformatoren des Plafonds saßen wir auf Klappstühlen in einem Kreis, der nahezu geschlossen war.

Der Burghüter Feichter, der mit seinem Totengesicht bei der Türe stand, die riesigen Schlüssel wie Sankt Petrus dekorativ vor der Brust gekreuzt, hätte nicht ausmachen können, wer unter der Gefolgschaft im Kreis der Führer war. Er wußte eben nicht, was Napoleon gesagt hatte: Bei einem runden Tisch ist dort oben, wo ich sitze.

Es wurde ein gelungener Heimabend, fast so gemütlich wie bei den geselligen Treffen zu der Zeit, als wir noch ohne DJ waren. Ich hatte trotz aller kollegialen Gefühle die Stühle so angeordnet, daß meine Sonderstellung markiert war, unauffällig, aber sichtbar. Rechts zu Johann Adolf hin, meinem besten Freund, und links zu Roland, seinem Freund, klaffte eine Lücke.

»Das hast du fein gemacht«, lobte mich Johann Adolf, den wir in guten Stunden Hans nennen durften. »Keiner kann so erzählen wie du.« Ich hatte von Kronstadt berichtet. Alle waren zufrieden, bewegt, angeregt. Selbst der tumbe Roland sagte: »Wie wenn meine Großmutter Geschichten erzählt.« Daß das alles in diesem Sommer siebzig Kilometer östlich von uns geschehen war und noch geschah, glaubte er nicht.

»Morgen um drei Uhr nachmittags zum Exerzieren im Schulhof angetreten«, gab ich den Befehl aus. »Bei jedem Wetter. In der Kluft«, fügte ich mit fester Stimme hinzu. Befehle mußten kurz und bündig sein, ja, und trotzdem faßlich.

»Ich begleite dich nach Hause«, trug ich mich Johann Adolf an, dessen Lob mich bestätigt und beflügelt hatte.

»Gut«, sagte er, »auch du kannst mitkommen. Wir können eine Runde um die Burg machen.«

Ich hatte erwartet, daß er Roland nach Hause schicken würde, der am Ende der Stadt beim Friedhof wohnte. Andererseits hatte der Freund recht. Denn auch in Rolands Adern floß das gleiche Blut wie in unseren und in den Adern des Führers. Das war klar, Mensch! So nahmen sie mich, der ich einen Kopf kleiner war als sie, in die Mitte, und wir promenierten um die Wasserburg. Der Schloßteich schimmerte, als strahle er nicht nur die Wärme, sondern auch das Licht des Sommertages aus.

»Du hättest das Exerzieren gegen Abend ansetzen können. Die Jungs wollen baden gehen. Alles Volk ist am Nachmittag bei der Aluta. Sogar der Pfarrer. Nachher kannst du uns drillen. Am Abend ist es kühler. Ein Führer muß alles bedenken.«

Ja, das hatte ich so nicht bedacht, obschon ich an alles gedacht hatte. Wir würden baden gehen. Am Sonntag würden wir ein Kampfspiel austragen. Wir würden Radtouren unternehmen. Sogar zu Nachtübungen würde es kommen. Viele Heimabende mit Spielen und Gesang würden uns zusammenführen. Interessante Sachen hatte ich von der Schulung mitgebracht. Und die Mutter würde das Ihre beitragen: Intelligenzspiele, Denksportaufgaben. Gewiß, der Leib mußte ertüchtigt werden, aber Seele und Geist sollten nicht zu kurz kommen.

Unsere Horde konnte mit der Mädchengruppe ein Programm aushecken. Dem Bannführer Csontos galt es zu zeigen, daß wir Fogarascher echte Deutsche waren. Ich würde alles mit Edeltraut Maultasch, Scharführerin des BDM, abmachen. Anlässe zum Feiern lieferte der Krieg an den vielen Fronten noch und noch. Generalfeldmarschall Rommel war in aller Munde. In der Zeitschrift *Signal*, die deutsch und rumänisch erschien, konnte man unsere Soldaten bewundern, wie sie mit nacktem Oberkörper in der Wüste Spiegeleier auf den Tanks brieten.

Wir schlenderten um die massige Burg, die aus Schatten und Finsternis gemauert schien. Hans hatte meine Hand genommen und nicht mehr losgelassen. Das war wunderbar. Sofort hatte Roland meine andere Hand erwischt, was er ruhig hätte lassen können. Doch schließlich waren wir alle drei Deutsche. Und das war mehr als wunderbar, das war ein Wunder. Die Sterne zwischen den Kronen der Kastanien hatten sich zum Reigen untergefaßt. Manchmal riß sich ein Stern los, leuchtete auf und verglühte am Himmelsrand.

Als es am nächsten Tag vom Kirchturm drei schlug, trat ich in den Schulhof. Ich war in Uniform, mit allem Drum und Dran an Tressen, Koppel und Siegesrunen. Es hatte geregnet. Der Boden war naß. Johann Adolf und sein Schildknappe Roland waren bereits da. »Man kann nicht draußen üben«, vermeldeten sie. Aber der Schlüssel zum Saal sei nirgends zu finden. Das beteuerte Béla. Sein Vater wisse nicht, wohin der Schlüssel geraten sei. Béla Feichter senior stand mit Leichenbittermiene in der Tür des Küsterhäuschens, das mit den Schulklos der Jungen und Mädchen dasselbe Dach teilte.

Wir seien eine arme Kirche, hatte der Stadtpfarrer gesagt. Jeder Kirchendiener müsse auch Schuldiener spielen. Denn die Kirche erhalte alle deutschsprachigen Schulen, eine jahrhundertelange, schwere Last. Damit aber sei die evangelische Kirche der Kulturträger des sächsischen Volkes geworden. Und wir Sachsen der Kulturdünger der anderen Völker hier. Doch in diesem Sommer hatte die Deutsche Volksgruppe die Kirchenschulen an sich gerissen. Die Gauleiter drohten, Dechanten zu füsilieren, die sich widersetzten. Eben liefen die Verhandlungen in Fogarasch, wem was gehören sollte.

Zu teilen hieß es nicht nur den Kirchen- und Schuldiener, was am einfachsten zu machen war, denn er bekam ein halbes Gehalt von beiden Herren und diente keinem mehr: »Man kann nicht zwei Herren dienen«, antwortete er gleichmütig, ob nun Schulrektor oder Stadtpfarrer etwas von ihm verlangten. Es hieß sich auch teilen in den Hof, in den Saal und in die Klos.

»Volksgenosse Feichter«, sagte ich erregt, »herbei mit dem Schlüssel! Der Saal gehört jetzt auch uns!«

»Nichts Volksgenosse, ich dreiviertel Ungar. Kann ich nicht dienen vier Herren: Herr Stadtpfarrer und Herr Rektor von der Schule und meiner Frau, welche ist Herr im Haus, und dem Herrn Tod. Ich weiß nicht, wo Schlüssel. Laßt mich in Ruh, ich bin mehr jenseits, ich war schon Toter im Sarg.«

Wenn etwas Unvorhergesehenes geschieht, ja nicht zögern, sofort handeln, hörte ich den Schulungsführer in Kronstadt raten. Der Saal zu? Sofort handeln! Ich befahl: »Wir ziehen uns in ein Klassenzimmer zurück!« Daß einige Jungen zu spät gekommen waren, wollte ich diesmal nicht ahnden. Es genügte zu erinnern, daß das Zuspätkommen der wenigen das Ehrgefühl der Pünktlichen verletze.

»Du mußt früher kommen«, hörte ich die tonlose Stimme von Johann Adolf an meinem Ohr. »Du kannst uns nicht zusammentrommeln, verlangen, daß wir pünktlich sind, und uns dann herumstehen lassen. Das verdirbt den Geist der Horde.«

»Früher kommen«, wiederholte sein Schatten Roland, als äffe er ihn nach. Wie recht der Freund hatte. Ich würde früher kommen. Man kann sich auf niemanden verlassen, nur auf sich selbst.

»Was machen wir mit den Bänken?« fragte ich. »So können wir nicht exerzieren. Kommt, ihr Jungs, wir schieben sie an die Wand.« Keiner rührte sich. Alle schielten auf Johann Adolf, der die Hände in den Taschen hielt und zur Tafel blickte. »Du mußt kommandieren, sonst gehorcht keiner. Was heißt: Kommt, ihr Jungs?« Sie feixten.

Wie recht er hatte. Ich mußte kommandieren. Und ich rief: »Ganze Horde stillgestanden! Mit dem Gesicht zu mir!« Und wirklich, die Hände fuhren an die Hosennaht. Alle standen Habtacht und drehten sich mit dem Gesicht zu mir. Die Spannung löste sich. »Herhören! Die Bänke zur Wand!« Dann, wie durch eine Eingebung: »Raum schaffen zum Exerzieren!« Raum ließ sich schaffen, aber zum Üben war er zu klein. Ja nicht zögern, sofort handeln. »Wir singen!« Ich hatte mit der Mutter Kanons eingeübt.

»Rührt euch! Kanons werden gesungen!«

»Was heißt: Rührt euch«, fragte Johann Adolf, ohne die Stimme zu verändern. »Wir rühren uns doch.«

Wie recht er hatte. Also befahl ich: »Stillgestanden! Zum Singen angetreten!«

»Wie? In Reih und Glied oder in zwei Reihen?«

»In Reih und Glied!«

»Bei Stillgestanden kann man nicht gut singen.«

Also kommandierte ich: »Rührt euch!«

»Was singen wir?« fragte Johann Adolf.

»Kanons.«

»Kanons singen wir nicht. Wir sind nicht in der Schule. Hier hat man Kriegslieder zu singen.« Recht hatte er. Hier sang man keine Kanons, sondern Kriegslieder.

»Das Horst-Wessel-Lied«, kommandierte ich.

»Das ist kein Lied, das ist eine Hymne, die man bei Feiern anstimmt, wenn man eine Fahne weiht oder hißt.« Keine Sekunde zögern, wenn etwas schiefgeht.

»Stimm ein Soldatenlied an, Johann Adolf.« Denn solche hatte ich mit der Mutter nicht eingeübt. Jetzt hatte ich ihn in die Ecke getrieben. Er war im Stimmbruch. Auch sonst haperte es bei ihm mit dem Singen.

»Ich lehr euch den Text«, sagte er ohne die leiseste Verlegenheit, »und Roland lehrt euch die Melodie.« Ich zog mich in eine Ecke zurück. Niemand nahm Notiz von mir. Dort blieb ich abgestellt in aller Pracht wie ein Pfau. Johann Adolf und Roland aber lehrten die Horde das Lied: »Es zittern die morschen Knochen«, und dazu die anrüchige Parodie: »Es zittern am Arsch die Knochen«. Was den Jungen gefiel und Spaß machte.

Als wir auseinandergingen, sagte er nicht etwa: Siehst du, so muß man es anstellen. Er gab mir bloß ernst die Hand und sagte einfach: »Heil Hitler.« Auch Roland gab mir die Hand und sagte: »Heil Hitler.« Ich nahm beide Hände und sagte ebenfalls: »Heil Hitler.«

Das nächste Mal war es anders und doch ähnlich. Ein heißer Tag kündigte sich an. Ich hatte am Vormittag alles für die Übung vorbereitet. Mit dem Photographensohn Anton Sawatzky und dem mürrischen Béla hatte ich das Klassenzimmer ausgeräumt. Inzwischen hatte sich der Schlüssel vom Saal gefunden, er hing an seinem Platz an der Klotür. Würde es im Hof zu heiß werden, konnte man in die kühlen Räume ausweichen.

»Weißt du, was wir gedacht haben«, meinte Johann Adolf, der mit seinem Schatten Roland schon im Hof stand, »wir machen die Übung bei der Aluta. Schwimmen, springen, tauchen. Du selbst hast gesagt, daß vielseitige Ertüchtigung nötig ist, um einen neuen deutschen Menschen zu schaffen. Gestern hab ich sogar vom totalen deutschen Menschen gelesen.«

»Wie gescheit er redet«, bemerkte Roland, »unser Hans, er liest viel, er studiert. Der totale Mensch, was ist das?«

Johann Adolf sagte laut: »Der totale Mensch, das geht alle an, herhören! Ich bringe das Zitat: ›Die schicksalhafte Geburtsstunde unseres Reiches soll in uns den totalen deutschen Menschen finden, der seine Sehnsucht durch Willen zur Tat geläutert hat.‹ Zitat Ende.«

Ein kluger Einfall, das mit dem Fluß, mit dem Baden, Schwimmen und Springen, ein Vorschlag, der Hand und Fuß hatte. Und gegen den totalen deutschen Menschen war ohnehin nichts einzuwenden, außer daß es ihn unter uns nicht gab.

»Es ist gut warm. Der Pfarrer und seine Frau sind eben zur Aluta abmarschiert«, bekräftigte er seinen Vorschlag.

»Mit Stock und Hut, und mit dem Zecker in der Hand und der Sonnenbrille auf der Nase«, ergänzte Roland.

»Haben alle die Badehosen mit?« rief ich im Befehlston, damit auch ich etwas sagte. Die Jungen nahmen Haltung an. Alle hatten die Badehosen an.

Leider hatte ich in Kronstadt nichts über Wasserübungen gelernt, weil es dort an Schwimmgelegenheiten mangelte. Eben wurde von der Ortsgruppe Bartholomae gegenüber der Kirche ein Deutsches Strandbad gebaut. So mußte ich das Kommando für diese Sondermission meinem besten Freund Johann Adolf übertragen. Was Roland sehr richtig fand. Er nickte mit seinem mächtigen Kopf und legte wohlwollend seine Hand auf meinen Scheitel, wie er es bei seinem Mentor gesehen hatte. Dabei fiel mein Käppi zu Boden.

Es übergoß mich. In dieser Aufmachung konnte ich nicht an den Strand gehen, in der Kluft, in voller Kriegsbemalung, wie die Mutter sagte, im martialischen Narrenkleid laut Tante Friederike. Welch unangenehmes Aufsehen das auslösen würde, von Ärgernis bis zu Gelächter! Auch den Vater würde es stören. Wir mußten an der Firma vorbeidefilieren, wollten wir zur Badestelle an den Fluß.

»Können wir die Kleider nicht bei deiner Tante lassen, Johann Adolf?« Er schwieg. »Bei deiner Annatante.« Er schwieg noch immer. »Und von dort in der Badehose zur Aluta laufen?« Er überlegte und sah mich dann ernst an: »Nein. Das geht nicht. Erstens ist das kein Ausflug, sondern eine dienstliche Übung. Zweitens ist meine Tante gelähmt, wie du weißt. Wenn sie uns sieht, wie wir unsere nackten Glieder bewegen, tut das ihren Nerven nicht gut.« Solch klaren und noblen Argumenten konnte ich mich nicht verschließen.

Irgendwie mußte ich meine protzige Uniform rechtfertigen. Ich sagte: »Wir marschieren in Marschkolonne, dann sehen alle, daß wir Dienst tun und wie aktiv wir sind! Singend wollen wir marschieren ...« War das ein Befehl? Ich wußte es selbst nicht. Eher ein Bittruf. Niemand nahm ihn ernst.

»Weißt du«, sagte Johann Adolf, »das würde sich so gehören. Aber wenn wir beim Fluß als Marschkolonne ankommen und singen: ›Heute gehört uns Deutschland und morgen die ganze Welt ...‹, dann würden alle erschrecken und denken, wir hätten die Absicht, die Badestelle zu germanisieren. Hast du dir das ausgemalt, was das heißt? Fünfundneunzig Prozent müßten wir im Fluß ertränken, damit wir Deutsche die Herren bleiben. Darum drängt ja der Führer: Schenkt mir Kinder.« Nein, ich hatte mir so etwas nicht ausgemalt. Und hatte nicht vor, es mir auszumalen.

»Es ist schon ein Sieg, daß der Strand arisiert worden ist«, sagte er.

»Ari, arisi, was ist das?« fragte Roland. Ich schwieg. »Wie? Du hast in Kronstadt Führer gelernt und weißt das nicht?«

»Das heißt judenrein«, sprang Johann Adolf ein, »hin kommen keine Juden mehr baden. Die haben sowieso den Fluß verschmutzt, ihr wißt ja, sie waschen sich nie. Ergo sind wir dort nur Arier, wenn auch nicht Deutsche allein, leider.«

Und zu mir gewandt: »Du mußt dein Bewußtsein als Deutscher schärfer in Zucht halten.« Er belehrte uns weiter: »Nach innen sind wir die geschlossene Horde im Dienst der Bewegung. Nach außen erscheinen wir als ein zufälliges Rudel von Jungs, die baden gehen. Das heißt sich tarnen. Du allerdings wirst auffallen.« Er sah mich prüfend an.

Was blieb mir anderes übrig, als mich vor mir selbst zu verstecken. Viel war nicht zu machen. Ich stopfte das

Käppi in die Hosentasche, krempelte die Ärmel des Braunhemdes hoch, damit ein Teil der Runen und Embleme verschwand, löste die schwarze Krawatte vom Hals. Den Schulterriemen abzuschnallen getraute ich mich nicht, sonst wäre mir die Hose mit dem schweren Koppel vom Leib gerutscht. Noch immer war ich mit genug Talmi und Klimbim behängt. Den Dolch hätte ich am liebsten in ein Kanalloch geworfen. Ich beneidete die Kameraden um ihr Alltagsgewand. »Was machst du?« fragte Johann Adolf. »Ziehst du dich schon hier aus?«

»Einiges. Es ist mir zu heiß.«

»In diesem Zustand kannst du die Horde nicht anführen. Es bleibt mir nichts übrig, ich muß das Kommando übernehmen.«

Durch die Griechengasse trabten wir zur Badestelle. Ich versuchte, im Haufen der Kameraden in Deckung zu gehen, was Johann Adolf zu Recht nicht zuließ: »Du bist und bleibst der Führer und mußt dich außerhalb der Horde bewegen, damit jeder in dir den Führer sehen kann.« Das war richtig gedacht und gerecht gehandelt. Ich blieb also außerhalb der Horde, damit mich jedermann erkennen konnte: ein Führer bleibt in jedem Zustand ein Führer. Es gebe einen geometrischen Ort der Gleichheit im ökumenischen Horizont der Badehosen – das waren die Worte des Stadtpfarrers, die mich zur Teestunde amüsierten, die mir aber im Moment bedrohlich durch den Kopf wirbelten: Verdammt und zugenäht, auch in der Horde sind alle geometrisch gleich, nur ich bin eine Extrawurst!

Da es eine Frontübung war, durften wir uns erst ausziehen, als Johann Adolf mir zuzischte: »Befiehl: ausziehen und sofort ins Wasser! Treffpunkt am anderen Ufer zum Springen.« Dort erwartete uns eine weitausladende Weide, hoch wie ein Sprungturm. Darunter war die Aluta bodenlos tief.

Für mich war es zu spät. Die Völkerschaften auf der Uferwiese glurten mich an. Zu meiner Schande hörte ich den Herrn Sándor Fekete zum Herrn Alodár Wácak sagen, beide Rummyfreunde meines Vaters: »A szegény Felix, es megbolondult, der arme Felix, auch er ist närrisch geworden. Seht seinen Sohn an! Wie ein Pajazze!«

Ein Trost war mir Pfarrer Fritz Stamm, der in seiner grünen Badehose neben dem katholischen Pleban im Gras saß und mir lächelnd zuzwinkerte. Seine Frau Manuela Marika hielt über beide den japanischen Sonnenschirm, während ihre verschwenderische Gestalt sich viel Platz unter der Sonne sicherte. Die Fogarascher sagten voll Respekt und Zärtlichkeit: »Wie gut unsere Pfarrerin im Fleisch ist.«

Verschämt winkte der Pfarrer mit einer Zigarette, jener amerikanischen Zigarette, die er von seinem katholischen Amtskollegen erbettelt hatte und die er meinem Großvater mit den Worten überreichen würde: »Herr Oberleutnant zur See a. D., hier mein Angebinde. Sehen Sie, werter Freund: An dieser einen amerikanischen Zigarette spürt man den Unterschied, ob man einer Weltkirche angehört wie die Katholiken oder einer Landeskirche wie wir. Es ist nicht alles eins, ob man eine amerikanische Zigarette besitzt oder ob man sie erbitten muß.«

Doch als ich ausgezogen den anderen sehr ähnlich sah, ermannte ich mich und gab den Befehl: »Alle ans andere Ufer zum Kopfspringen!« Johann Adolf fauchte mich an: »Du bist verrückt. Man merkt, daß du nicht in Fogarasch geboren bist. Nie springt man per Kopf in ein fließendes Gewässer! Gesprungen wird Bombe. Wiederhol den Befehl. Du bist der Führer und hast die Verantwortung.«

»Bombe!« sagte ich.

Bei jeder Zusammenkunft war es ähnlich. Und wurde von Mal zu Mal rätselhafter, ja unheimlich. Alles, was ich anging, war richtig und gut bis zu einem Punkt, einem kritischen Punkt, wo Johann Adolf einspringen mußte. Und alles besser machte als ich.

Einmal vertrat mir der alte Béla Feichter den Weg, als ich in den Schulhof hetzte. Seine Warnung hätte ich nicht in den Wind schlagen sollen, um so mehr wir wußten, daß für ihn die Grenze zwischen diesem und dem ewigen Leben hin- und herrutschte: »Tu, Pub, der Béla hat mir gesagt alles. Das wird kein gutes Ende nehmen. Darum, junger Pursch, bekümmer dich mehr ums ewige Leben, nur dorten, im Jenseits ...« Er blickte in die Ferne, sein knochiges Gesicht verklärte sich.

Teufel, ewiges Leben, dachte ich und stob davon, getrieben von einem Gedanken: mich bei der Horde nicht zu verspäten.

Daß der Burghüter wie das ewige Leben ausschaute, ein Memento mori war, das gab es auch in der kleinen Stadt. »Um Gottes willen, du schaust aus wie das ewige Leben«, so begrüßte man ehrlich erschrocken Leute, die aussahen, als habe der Tod sie auf Urlaub geschickt. Aber mit ihm war tatsächlich etwas passiert, was mit Tod, Urlaub und ewigem Leben zu tun hatte: Er war gestorben. Die Seinen hatten ihn gewaschen, angezogen, in den Sarg gelegt und beweint. Drei Tage und zwei Nächte lag er im Haus aufgebahrt. Die Nachbarn waren zum »Wachen und Hüten« herbeigeeilt, wie es bei uns »das Recht erheischt«, und hatten ihn an zwei Abenden bis Mitternacht bei Schnaps und Milchbrot beklagt.

Am dritten Tag sollte er begraben werden. Gegen allen evangelischen Brauch hatte die ungarische Ehefrau Sarolta durchgesetzt, daß der Sarg erst nach der Aussegnung im Hof zu schließen sei. Wir Buben und Mädchen standen im Kirchhof und intonierten unter der Leitung der Lehrerin Iren Hienz die Lieder: »Wolkenhöhen, Tannenrauschen« und »Af deser Erd, do es ä Land«, wie sich das bei einem toten Siebenbürger Sachsen ziemte, der seine Berge und seine Heimat über alles geliebt hatte. Unter dem Leichentuch war der Tote zu sehen und nicht zu sehen, was uns beruhigte, die wir verschüchtert unsere Lehrerin umstanden und, von ihr dirigiert, aus vollen Kehlen sangen, auch um die Angst zu vertreiben. Nach uns spielte die Blasmusik »Ich hatt' einen Kameraden, einen bessren find'st du nit« und »La Paloma« und »Santa Lucia«.

Der Panzergrenadier Emil Lohmüller II, ein Reichsdeutscher von der Lehrkompanie, der mit einer Fogarascher Schneiderin und Tausendkünstlerin verlobt war und seinen

Panzerspähwagen im Kirchhof stehen hatte, war so hingerissen von der Totenfeier, daß er uns Kindern versicherte,
hier sterben zu wollen, um so begraben zu werden, »wenn
dann alles aus ist!«

Der Pfarrer Petrus Hubertus Brandstetter stellte sich zum
Fußende des Sarges, wo die Schuhe des Toten das Leichentuch in die Höhe hoben. Das war ungewöhnlich. Die Sachsen ziehen ihren Toten keine Schuhe an, belehrte uns die
Fofo, die sich ausbedungen hatte, zu allen evangelischen
Begräbnissen gehen zu dürfen: Sie brauche das, um sich aus-
zuweinen, denn in der Nacht sei sie zum Weinen zu müde.

Barfuß gehe es sich besser, wenn man tot sei, meinten die
Sachsen. Die Ungarn unterstellten ihnen darob Geiz: Der
Sachse sei habsüchtig von Natur aus! Die Ungarn zogen
Schuhe an, Lackschuhe wenn möglich, als ob es im Jenseits
zu einer Tanzpartie ginge.

Als der Pfarrer im liturgischen Fluß an die Stelle gekommen war, wo er den Toten aussegnen mußte, aus dieser Welt
hinaussegnen in das ewige Leben, und zu diesem Zweck die
Hände erhoben hielt, gerade am Ende der agendarischen
Formel: »Der Herr, der deinen Eingang gesegnet hat, segne
deinen Ausgang von nun an bis in Ewigkeit«, schrie der
Tote auf: »Nichts! Nichts! Nur das nicht, bittschön!« Setzte sich auf, wurstelte sich aus dem Leichentuch heraus und
verlangte ein Wiener Schnitzel: »Bringt mir ein Wiener
Schnitzel. Dalli! dalli, her damit!«

Laßt das Letzte etwas Gutes sein. Dieses Letzte und Gute
aber bekamen die wenigsten mit. Die Trauergemeinde war
davongestoben. Als sich die Staubwolke gelichtet hatte, war
der Hof leergefegt. Geblieben waren der Königsrichter Weyrauch auf seinem Sockel, der deutsche Panzergrenadier in
seinem Spähwagen, von wo er durch den Sehschlitz alles
verfolgte, einige neugierige Knaben und unsere Fofo, die Be-
gräbnisse genoß und dieses besonders.

Was sah man vom guten Ende? Man sah, wie die betretene Familie dem erwachten Toten umständlich aus dem
Sarg half, während die kleinste Tochter bemerkte: »Umsonst haben wir so viel geweint!« Die verwirrte Gattin aber,

die nicht wußte, ob sie sich freuen mußte, schluchzte: »Wie gut, daß ich ihm Schuhe angezogen hab.«

Wegen der Begräbniskosten zog man vor Gericht. Der Leichenbestatter Renz war nicht gewillt, die Spesen zurückzuerstatten, obschon es ein billiger Beerdigungstarif war, der zur Verhandlung stand. Er sei nicht schuld, daß Gott der Herr den Toten auferweckt habe vor der Zeit, wider alle Vorsehung und Natur. Der Sarg sei benützt worden, die Pferde hätten über Gebühr in der Hitze gestanden, aufgezäumt und gestriegelt, das Grab habe man ausgehoben, es warte gastfreundlich. Man müsse es zuschaufeln. Es kam zu einem Vergleich. Diesmal mußte gezahlt werden, dafür sei dann das nächste Begräbnis gratis, wenn einer in der Familie sterbe, aber bald, denn die Inflation sei besorgniserregend, das müsse man in Rechnung stellen.

Der Sarg blieb im Besitz der Familie. Er könne vielfältige Dienste auch für die Lebenden leisten, tröstete Herr Theobald Renz, Pompe funebre: So etwa halte sich das Korn in der Totenlade luftig und trocken. Oder man könne nach dem Essen seine Siesta darin halten.

Fürs erste aber schied man an diesem Nachmittag in Frieden, betäubt von der Zeremonie der Auferstehung. Während Herr Renz seinen Halbzylinder lüpfte, verabschiedete er sich mit den traditionellen Worten: »Gott tröste dem Toten die Seele im ewigen Leben.«

Auch der Pfarrer war vor dem guten Ende vom Erdboden verschwunden. Er war mit den meisten der Trauernden von der Stätte des Schreckens gewichen, und zwar nicht in blinder Angst, wie er beteuerte, sondern im Gedenken an ein totgeglaubtes Wildschwein, das sich auf die Jäger gestürzt hatte, als diese beim Feuer saßen und tranken und aßen und kolossale Geschichten erzählten. Ihn, den Pfarrer, habe das scheintote Wildschwein überrannt. Mit dem Leben sei er bloß davongekommen, weil sich der Friseur Edi Schmegner auf den Rücken des wutschäumenden Tieres geschwungen und ihm mit dem Genickfänger den Gnadenstoß gegeben habe. Der andere Jagdgenosse – den Namen verschwieg er, denn ein Pfarrer sei angehalten, immer alles zum Guten zu kehren – sei auf den Hochstand geklettert und habe von dort gerufen, wie man am besten das rasende Tier erledigen könne. Mit Totgesagten, die auferstehen, sei nicht zu spaßen, wie die Parabel demonstriere. Das sei blutiger Ernst und habe Folgen bis heute und bis in alle Ewigkeit. Man denke unter anderem an unseren Herrn und Heiland Jesus Christus.

Später ergaben sich bürotechnische Schwierigkeiten. Der Pfarrer Brandstetter mußte in seinem Archiv eine Mappe anlegen: Nichtgehaltene Totenreden, oder besser: Totenreden auf Nichtgestorbene. Dem Pfarrer diente diese Begebenheit als leibhaftige Illustration im Unterricht. Jeder Konfirmandenschar wurde bei dem zweifelhaften Satz des zweiten Glaubensartikels: »Auferstanden von den Toten« der Burghüter vorgeführt, und dieser mußte gewissermaßen als Dienstauftrag berichten, wie ihm, der ergeben im Sarg gelegen sei, der Blechhahn vom Kirchendach zugeschrien habe: Kikeriki! Niemehrnie! Dabei sei ihm der Gedanke unerträglich erschienen, nie mehr ein Wiener Schnitzel zu essen. Für sein einzigartiges Aufstehen aus dem Sarg wurde er entlohnt: Jeder Konfirmand lieferte ihm am Samstag vor der Einsegnung eine lebende Henne ins Haus, jedes Mädchen einen geköpften Hahn. So hatte es das Presbyterium beschlossen.

Zum Teufel ewiges Leben und Jenseits, dachte ich, als ich vor der Horde die Befehle ausgab. Hier heißt es seinen Mann stehen. Weil Regen drohte, ließ ich im Saal antreten. Innerlich zitternd wartete ich, bis sich alle hineingedrängt hatten. Endlich war es soweit, und es wurde exerziert. Ein Stein fiel mir vom Herzen: Es klappte auf Anhieb.

Das Kommandieren und Exerzieren hatte ich zu Hause mit den Meinen geübt. Dabei stand mir der Großvater zur Seite, mal als Rekrut in der Front, mal als Offizier vor der Front, die von allen Hausinsassen gebildet wurde, ausgenommen der Vater, dem man diese Übungen verschwieg.

»Bertha, Liebe, wie stehst du dort, ein Fragezeichen ist nichts dagegen. Und Sie, Fofo, wie ein Hühnerdreck. Fürs

Geradestehen gibt es eine einfache Formel: Brust heraus, Bauch hinein, Arsch hinein. Sehr gut, Gertrud, ganz meine Tochter! Was soll das, Fofo? Haben Sie nicht kapiert, verstehen Sie kein Deutsch, soll ich sächsisch kommandieren?«

»Ich kann nicht! Wie soll ich den Bauch in den Hintern versorgen, wenn ich den Hintern in den Bauch versorgt hab?«

»Stimmt«, sagte der Bruder Engelbert, der für kurze Zeit zu Hause war. »Das ist raumgeometrisch unmöglich.«

»Und ein Blödsinn«, muckte Uwe auf, während die kleine Schwester alle Befehle wortgetreu der Puppe weitergab. Der Großvater blieb unbeugsam: »So ist das Reglement!«

Doch als er weiter seine Befehle gab, verstand ich nichts mehr. Die österreichischen Kommandos aus der k.u.k. Armee deckten sich nicht mit denen der DJ. Was hieß das: »Vergatterung?« Ein genierliches Wort, im Wortlaut in der Nähe von begatten. So vertraute ich meinem guten Stern und dem, was ich aus der Führerschule in Kronstadt mitgebracht hatte.

Es lief wie geschmiert: Die Jungen traten an, sie standen still, sie rührten sich, sie traten weg. Sie hörten auf mich und schielten auf Johann Adolf. Das war richtig. Man braucht beim Exerzieren einen Orientierungspunkt. Mit Roland führte er die Zweierreihe an.

Doch beim Marschieren entstand Durcheinander: »Geradeaus marsch!« Johann und Roland marschierten geradeaus. Aber noch ehe ich »Links schwenkt! Rechts schwenkt!« rufen konnte, waren sie mit todernsten Gesichtern in den Tisch gerannt, hatten ihn umgeworfen oder waren darübergeturnt. Rief ich: »Halt! Auf der Stelle halt!«, so blieben sie wie erstarrt stehen, einige auf der Tischfläche, von wo sonst die Ortsgruppenleiterin Hermine Kirr ihre Brandreden hielt. Nie gelang es mir, zum gelegenen Zeitpunkt den passenden Befehl zu geben.

Als sie auf das Fenster losmarschierten, zu zweit im preußischen Stechschritt, verlor ich die Beherrschung, verlor ich die Befehlsgewalt. Flehentlich rief ich: »Seid so gut, rennt mir nicht das Fenster ein! Oder wollt ihr in den Hof springen? Schwenkt links an der Wand entlang! Ich bitt euch, schont die Fenster. Die Glasscheiben zerschneiden euch den Hals, die Arme, die Beine. Seid vernünftig, nicht ins Fenster, um Gottes willen!«

Genau das aber geschah. Die überhohen, gotisch zugespitzten Glasscheiben zerbrachen, als Roland seinen Dickschädel mit einem Ruck an die Fensterfront knallte und Johann Adolf im Stechschritt mit dem Fuß zustieß. Mit höllischem Geklirr fielen die Splitter zu Boden, während die ganze Horde auf der Stelle trat.

Kaum hatte sich die Weite des Hofes geöffnet, als Johann Adolf und Roland über die Fensterbank sprangen und draußen stur geradeaus marschierten, auf die Glastür des Sprechzimmers zu, bis ich mit letzter Verzweiflung schrie: »Halt! Ganze Horde halt!« Sie hielten. Ich lehnte an der Fensterbrüstung, ordnete meine Gedanken. Dort mochten sie stehen wie der Weyrauch auf seinem Sockel, bis sie umfielen.

»Was tut sich hier?« hörten wir die schneidende Stimme der Ortsgruppenleiterin, hinter ihr respektvoll der Kirchendiener. »Was hast du zu melden?«

Ich sprang in den Hof, ritzte meinen Knöchel an den Spitzen der geborstenen Scheiben, doch scherte mich das wenig. Sollte es auslaufen bis zum letzten Tropfen, mein Blut. Ich meldete, wie ich es in Kronstadt gelernt hatte: wie ich hieß, wer ich war, welches Amt ich innehatte.

»Das weiß ich. Auch wer du bist, habe ich verstanden. Daß du gleich drei Vornamen hast, ist mir neu. Einer ausgefallener als der andere. Kein Wunder, bei der Mutter. Ein normaler hätte genügt!« Ich nahm das betrübt zur Kenntnis.

»Sieh mich an!« Ein Befehl, der mich wunderte, denn ich sah sie ja an. »Ich heiße Hermine, ein einziger geläufiger Vorname, und jeder kennt mich. Wissen will ich, was geht hier vor? Deine Antwort will ich hören!« Antwort kam keine. Nicht einmal stottern konnte ich. Es war mir ein Rätsel, was hier mit unrechten Dingen zuging. So trat ich nach allen Regeln der Exerzierkunst weg, was ohne Eindruck blieb.

»Adolf Johann! Meldung!«

Bei weitem nicht so zackig und gekonnt wie ich trat er vor die Dame in Schwarz mit den Litzen und Tressen und dem Cäsarengesicht. Was er vorbrachte, kurz und bündig, war ungeheuerlich. Er läßt alle Minen springen, und ich muß gute Miene zum bösen Spiel machen, während sie keine Miene verzieht, dachte ich betäubt. Herr Mine, Frau Miene, das war ihr Spitzname. Während ich stand und staunte, fiel mir auf: Einen Defekt hat auch sie, die alte Jungfer! Sie hat dem Führer noch kein Kind geschenkt.

Er schnarrte: »Wir führen die Befehle aus, die der Hordenführer gibt.« Ich wollte dazwischenrufen, dazwischentreten. Aber der erhobene Arm im schwarzen Uniformrock duldete keinen Widerspruch.

»Er wird euch doch nicht befohlen haben, durch geschlossene Fenster zu springen?« Die Augenbrauen hatte sie unmerklich gelupft. Dann setzte sie wieder die Cäsarenmaske auf.

Sie mußte wissen, daß ihr Profil martialisch und klassisch wirkte, obschon sie Spiegel und Kamm, Nivea und Lippenstift, Haarlotionen und Dauerwellen und anderes verachtete, weil das die Sitten verdarb und den Menschen verweichlichte. Kaltes Wasser leistete das und heilte alles. Die Haare mit zwei, drei grauen Fäden waren am Hinterkopf aufgesteckt und mit einem Hornkamm zusammengehalten. Ansonsten flatterten die Strähnen im Wind, wie sie der Gott aller Deutschen wachsen und werden ließ. Außer den fünf Sinnen, die auch Nichtdeutsche ihr eigen nannten, hatte sie noch einen sechsten Sinn, durch den ihr der Rabe auf Wotans Schulter vieles von seiner Weisheit zuflüsterte. Sie war unfehlbar. Nicht nur ihre Gefolgschaft, sogar der Kreisleiter fürchtete sie, wiewohl er ihr vorgeordnet war.

»Hat er euch das befohlen? Befohlen, durch das Fenster zu marschieren?« Adolf Johann – so hieß er seit ein paar Minuten – zögerte keinen Augenblick, während alle den Kopf reckten und ich den Atem anhielt.

»Nein!«

»Warum habt ihr dann die Scheiben zerschlagen?«

Adolf Johann, Hände an der Hosennaht, blickte der Ortsgruppenleiterin in die stahlgrauen Augen. »Melde gehorsamst, wir haben dem Befehl des Hordenführers blind gehorcht.«

»Und der lautete?«

»Geradeaus marsch!«

»Und sonst nichts?«

»Eben! Sonst nichts.«

Ich drängte mich vor und sprudelte los: »Das stimmt nicht. Als ich gemerkt habe, was sie im Schilde führen, hab ich gerufen: Links schwenkt! Ich hab sie gebeten, angefleht. Zu spät. Der Roland hatte bereits die Fenster zerschlagen und der Hans mit dem Fuß die Scheiben entzweigetreten.«

Ohne den Kopf zu wenden, seine Tatarenaugen auf die Augen der Dame in Schwarz geheftet, erwiderte er gemessen: »Der Hordenführer sagt es. Er hat uns gebeten, um Gottes willen angefleht, nach links zu schwenken. Das gilt nicht. Wir sind hier nicht in der Kirche oder im Kränzchen, wo man bittet und fleht. Hier wird befohlen und gehorcht. Befehlen kann man nicht lernen. Zum Befehlen muß man geboren sein.«

»Sag das noch einmal.«

Adolf Johann sagte es noch einmal: »Befehlen kann man nicht lernen, dazu muß man geboren sein.«

»Ihr werdet von mir hören.« Dann knappe Bewegung des Oberkörpers zu mir, imperiales Gesicht: »Deinem Vater teile mit, er möge die Scheiben bis morgen einschneiden lassen. Wir brauchen den Saal. Übermorgen um zwanzig Uhr ist ein Propagandaabend. Übrigens hat sich dein Herr Vater bei uns noch nie sehen lassen. Was ist das für ein Volksgenosse?«

Mein Vater – was war das für ein Volksgenosse?

An der Wand

Es regnete schon wieder, zum wievielten Mal heute? Ein Junge bog um die Ecke des Hauses, triefend vor Nässe. Er warf einen scheuen Blick auf den Löwen am Ende der Allee. Als er mich in der Eingangstür entdeckte, blieb er am Sockel der Freitreppe stehen, an die Wand gepreßt. Es war mein Klassenkamerad Karlibuzi, der Sohn des Sargtischlers Mild, den zu heiraten die kleine Schwester keine Hemmungen gehabt hätte – »Er hat eine Struppifrisur wie mein Igel in der Laube!« –, während die Großmutter abriet.

»Sie kommen!« berichtete Buzi Mild. Die feuchten Haarsträhnen hingen ihm über die Ohren, sein fadenscheiniger Rock klebte am Leib. Bei der Vereidigung im Jahr zuvor – wie unheimlich lang das zurücklag – hatte er noch neben mir im Karree gestanden, etwas kleiner als ich. Dort war er stehengeblieben, ein Krepierl, ein Krischpindel. Nun überragte ich ihn.

»Wer kommt?« fragte ich von oben herab. »Die Russen?« Etwas lag in der Luft, wir spürten es beide. Auch er blickte zum Himmel hoch, der sich zu lichten begann, obschon es noch regnete. In diesem Augenblick erhob sich ein ohrenbetäubender Lärm, ein knatterndes Geräusch, das hinter dem Dachfirst des Hauses mit jäher Gewalt hervorbrach. Buzi Mild hielt sich die Ohren zu und begann durch aufspritzende Pfützen in den Garten zum Luftschutzgraben zu laufen. Über den grauen Himmel schaukelten drei ungeschlachte Flugzeuge, das Maschinengewehr am Rumpf. Wir erkannten sie sofort, nicht nur am Balkenkreuz. Es waren die drei Doppeldecker der reichsdeutschen Lehrkompanie von Fogarasch. Sie flogen so tief, daß die Wipfel der Bäume im Garten erbebten und man das Profil des Piloten und seines Begleiters sehen konnte.

Der eine winkte zu uns herunter, freundschaftlich, als erkenne er uns, oder belustigt, weil wir davonliefen. Vielleicht war es der MG-Schütze Jupiter Hinrich Wernecke aus Kiel, bekannt als ein Freund der Kinder – auch Schülerinnen übersah er nicht –, der am letzten Heiligen Abend unser Gast gewesen war, eingeladen als Weihnachtsüberraschung für die Haustochter Elisabeth. Vielleicht war er es, der winkte.

»Wer wird kommen«, fragte ich, als wir wieder unsere Stellungen bezogen hatten, ich oben, er unten, »die Russen?«

»Auch die, sie greifen wieder an, in der Moldau. Aber bis die da sind, dauert es noch ein wenig.« Auf seine Informationen war Verlaß. Als Sohn des Sargtischlers bezog er die Nachrichten aus erster Hand. Die Bahnstationen, an denen die Särge mit den gefallenen Soldaten aufgegeben wurden, markierten die Front. Die Frachtbriefe gaben Aufschluß, wie der Feind vorrückte.

»Wer also?«

»Der Adolf und der Roland.«

Nur das nicht, durchzuckte es mich. Gewiß: Zu einem Exitus hat man alle Kollegen einzuladen, mit denen man die Schulbank gedrückt hat. Der Großvater hatte geraten, auch die zu rufen, die die Schule vorzeitig verlassen hatten. »Ihr seid ja ohnehin wenige.« Und damit mehr Mädchen kämen, war es den Jungen freigestellt, eine jüngere Schulfreundin mitzubringen.

Aber Roland, dieser Menschenberg, dieser ausgewachsene Büffel, älter als wir, weil x-mal sitzengeblieben, der mit uns die Schule weder begonnen noch beendet hatte, Begleiter von Johann Adolf, dem er auf Schritt und Tritt folgte wie ein Eunuch seinem Despoten … »Hörst du, der kommt mir nicht ins Haus, der hat beim Exitus nichts zu suchen!«

Ich hatte mich zwar von Pfarrer Fritz Stamm belehren lassen, wer in den Himmel kommen wolle, müsse im Geist der Liebe handeln, doch heute ging es um mehr: Es ging um irdische Gerechtigkeit. Um mich für diesen Strauß zu rüsten und mich in Hartherzigkeit und Kaltblütigkeit zu üben, ließ ich den Buzi Mild im Regen stehen. Ansonsten hätte ich ihn in die Küche geschickt, damit er sich wärme und trockne, oder ich hätte ihm meine Pelerine geliehen. So fertigte ich ihn kühl ab: »Heute nachmittag! Ja nicht vor vier!«

»Heil Hitler!« grüßte er und trat ab.

»Servus«, sagte ich. Dieser Adolf Johann Bediner, von dem ich hoffte, er würde heute durch Abwesenheit glänzen ...

Denn glänzen tat er immer und überall. In der Schule war er Primus, zwar bloß einige Hundertstel besser als ich, aber nicht zu überrunden: er mit Durchschnittsnote 9,75, ich 9,73 (10 war die beste Note). Blödsinnig, es war zum Kotzen: Wegen dieser infinitesimalen Differenz fiel ich auf den zweiten Platz zurück.

Sein Haar rieb er mit Nußöl ein und kämmte es glatt nach hinten, wofür er ein Haarnetz benützte. Niemand durfte lachen, so lächerlich es aussah. Und Schweißfüße hatte er auch. Trotzdem, er war eine glänzende Erscheinung, denn wer sieht schon die Füße an? Wenn auch undeutsch in allem: dunkelhäutig, mit blauschwarzen Haaren und Augen von kirgisischem Schnitt. Er hatte das erste und letzte Wort und behielt immer recht. Begrüßte ich ihn mit den Worten: »Bist du gekommen? Fein!«, so antwortete er trocken: »Du siehst es ja, was fragst du noch.« Es war zum Verzweifeln.

Er war einen Kopf größer und ein Jahr älter als wir. Die erste Klasse hatte er zweimal absolviert: zuerst rumänisch, darauf deutsch. Auch rumänisch, worüber man die Nase rümpfte, obschon es einen triftigen Grund hatte: Er war zur Unzeit geboren. In Fogarasch mit seinen wenigen Deutschen gab es nur jedes zweite Jahr eine erste Klasse. Aber schon daß die Eltern bei der Zeugung dieses Sohnes nicht genug deutsch gedacht und geplant hatten, war manchen verdächtig.

Er gehörte nicht zu unseren Kreisen. Trotzdem hatte ich ihn einmal zum Tanztee eingeladen, aus dem Gefühl heraus: Wo ich bin, hat mein bester Freund auch zu sein. Das war ein Fauxpas, wie die Großmutter bemerkte, und eine Eselei, wie ich mir eingestand. Schon jener Besuch mit meiner Mutter bei den Bediners, als wir in der Küche gehockt waren und Pfefferminztee und Schnaps hatten trinken müssen, hätte mich warnen sollen. Eine Freundschaft ist zwar ewig, aber sie läßt sich nicht an jedem Ort austragen.

Mit der Einladung zu unserem Hausball hatte ich mir eine Suppe eingebrockt, die unsere Jungen auslöffeln mußten: Alle Mädchenherzen flogen ihm zu, ohne daß er einen Finger gerührt oder mit der Wimper gezuckt hätte. Die Mädchen machten ihm schöne Augen, summten um ihn wie die Motten um die Petroleumlampe, wollten partout mit ihm tanzen, sagten dauernd Damenwahl an und stürzten sich auf ihn, der gar nicht tanzen konnte. Woher auch? Wo er weder die Tanzstunden noch das Privatturnen bei der Lehrerin Iren Hienz besucht hatte. Zuletzt hatte Ulrike Enkelhardt mit ihm angebandelt, die ich seit jenem Sonntag in Violett aus meinem Inneren beseitigt hatte mit Stumpf und Stiel.

Er war der Hahn im Korb. Ich aber hätte ihm den Hals umdrehen mögen. Nie mehr hatte ich ihn zu einer Unterhaltung eingeladen. Und liebte ihn dennoch! Beim ersten freundschaftlichen Blick aus seinen schmalen braunen Augen schmolz mein Trotz.

In der Nacht nach jenem Nachmittag, an dem die Fensterscheiben geklirrt und gekracht hatten, konnte ich nicht schlafen. In den Bäumen vor dem Fenster raschelten Nachtgespenster. Die Ortsgruppenleiterin geisterte in schwarzer Uniform durch die Räume, auf ihren Schultern schaukelten zwei Raben und schlugen mit den Flügeln. Alles schien verhext. Malmaison.

Wie ich es mit der Horde anstellte, wie ich es nicht anstellte – nichts gelang. Und immer hatte Johann Adolf recht, die überzeugend bessere Lösung zur Hand, wenn er mich sachlich und leidenschaftslos ermahnte oder selber die Zügel ergriff. Ich hörte eine Katze schreien, dachte, alles für die Katz!, und spürte: etwas war gegen mich im Gange. Der Burghüter hatte es getroffen: Böses bahnte sich an, es lief auf ein böses Ende hinaus. Fallen und Fußangeln stellten sich in den Weg. Das alles war kein Netzwerk von Zufällen. Einen Knoten, einen Riß mußte das Ränkespiel haben. So fein es gesponnen, es kommt doch an die Sonnen. Und keineswegs war der Sprung ins ewige Leben der Weisheit letzter Schluß, wie der Burghüter riet. Verzweifelte Rachsucht erfaßte mich: Scheintot müßte man sich stellen, alles hören, auf ein Stichwort aus der Totenlade auffahren und den Ränkeschmieden einen panischen Schrecken einjagen! Doch die Lust, mir vorzustellen, wie ich in der DJ-Uniform aus dem Sarg hochfuhr und das Kommando der Horde an mich riß, während alle davonstoben, erlahmte rasch. Was führten sie im Schilde?

Ich schlief ein, und ich schlief einen schweren Schlaf. Als ich erwachte, war aus dem Traumlabyrinth eine Szene geblieben, jene Szene nach der Vereidigung, als Johann Adolf mich zum Hordenführer vorgeschlagen hatte. Deutlich hörte ich seine Worte: »Wir werden ihm blind folgen und ihm in allem blindlings gehorchen!« Das war es!

Sie waren mir blind gefolgt und hatten mir blindlings gehorcht. Abgekartet? Schon damals ausgetüftelt, von langer Hand ausgeheckt? So abgefeimt konnte der böseste Feind nicht sein, geschweige der beste Freund! War das die Wahrheit, dann lieber ganz tot statt scheintot.

Doch ich hatte Gespenster gesehen, ja, ich mußte meine Verdächtigungen zurücknehmen. Die Woche darauf lief alles wie am Schnürchen. Keine Zwischenfälle. Die Befehle trafen die Situation genau. Johann Adolf im ersten Glied gehorchte, und die anderen folgten ihm. Es machte Spaß, zu kommandieren. Es war ein Vergnügen, Führer zu sein.

Ich freute mich. Die braunen Hemden mehrten sich, wir sahen von Mal zu Mal einheitlicher aus. Denn die Ogrulei hatte die Horde angepfiffen: »Ihr macht einen toll wie die Judenkirsche! In zwei Wochen will ich nur noch braun sehen, sonst seh ich rot, und dann werdet ihr euer blaues Wunder erleben.« Sie versuchte ein Lächeln: »Thor und Donar auf euer Haupt!« Etwas an diesem Ausspruch war falsch, und ich wußte es. Aber ich schwieg. Der Mensch versuch die Götter nicht!

Die Heimabende mit Gesang und Spiel, Vorlesen und Erzählen fanden Anklang. Ich war zufrieden und schlief gut.

Zehn Tage später bog ich in den Schulhof ein. Die Horde war angetreten. Vor der Front stand Johann Adolf. Als er mich erblickte, befahl er mit eintöniger Stimme: »Rührt euch!« Ohne sich von der Stelle zu bewegen, sagte er knapp: »Du bist abgesetzt. Führer bin ich.«

Haltung bewahren, Contenance, das ist alles im Leben! Darauf kommt es an! So die Tanten, so der Großvater. Halbwegs mit Haltung überstand ich den Schlag. Auf die Frage warum, gab er eine einleuchtende Antwort: »Deine Wahl war ungültig. In einem Führerstaat gehen alle Kräfteimpulse von oben aus.« Die nächste Frage verbiß ich mir: Warum bin nicht ich ernannt worden?

»Tritt an!« Das war ein Befehl.

Ich riß die Hände an die Hosennaht: »Jawoll! Zu Befehl! Ich trete an.« Machte kehrtum und suchte meinen Platz. Als Drittgrößter kam ich gottlob nicht neben Roland zu stehen. Arnold Wolff war ins erste Glied aufgerückt. »Aufrücken!« Ich rückte auf. »Stillgestanden!« Ich stand still.

»Alle herhören!« Ich hörte hin. »Von heute nennt ihr mich Adolf. Wer sich vertut, wird bestraft.« Ich nannte ihn Adolf. Immerfort, ich war bestraft genug. Ich nannte ihn Adolf, selbst als er bat, wieder Hans genannt zu werden.

Zu Hause wollte ich nicht gesehen werden. Ich schämte mich. Der Himmel hielt zu mir. Nur er, dachte ich bitter. Ich begegnete niemandem. So war das bei uns im Sommer: Keiner wußte Bescheid, wer wann wo im Haus und Garten zu finden sei. Hatten wir nicht einmal die kleine Schwester im Garten in der blauen Hängematte vergessen, bis sie um elf Uhr abends laut zu krähen begann? Kaum hatte ich die elende Kluft abgeworfen und mich umgezogen, schoß ich davon. Der Fofo rief ich zu: »Wartet nicht mit dem Essen auf mich!«

Zu einer Bank am Schloßteich, die wenige kannten, ganz unten am Uferrand, flüchtete ich mich und schaute zu, wie auf der Wasserfläche die Farben bunter wurden, je tiefer die Sonne sank. Oben auf der Burgpromenade wälzte sich das Gewühl der Bummler. Dann lichtete sich das Gewimmel. Das Abendessen lockte die Leute nach Hause. Man konnte einzelne Gestalten unterscheiden. Aus meinem Versteck erspähte ich den Erichonkel, der sich nach Geschäftsschluß auf der Uferpromenade erging, so bürgerlich mit einem Zierstock in der Hand, als ob er nie Uniform trüge und Kameradschaftsläufe übte. Er war allein. Mit Frauen zeigte er sich in der Öffentlichkeit nicht. Tarnen heißt sehen und nicht gesehen werden, dachte ich. Keinem Menschen wollte ich begegnen, obschon ich mich nach der Nähe eines Menschen sehnte.

Eintönige Trommelklänge drangen zu mir herunter. Ich spitzte die Ohren, hob den Kopf. Vor der Büste der Doamnă Stanca gab es einen Auflauf von Kindern und Gaffern. Ein Tanzbär überragte die Köpfe der Zuschauer und hob die Pranken wie einst auf den glühenden Steinen, als der Bändiger ihn abgerichtet hatte: Er versuchte den Erinnerungen zu entkommen, die sich ihm eingebrannt hatten.

Auf dem Fußsteig nahe dem Wasser, einem Trampelpfad an der Uferböschung, erkannte ich Gisela Glückselich, die wie ein Wiesel dahinhuschte, an meiner Bank vorbei. Seit man sie aus der Deutschen Schule hinausgetan hatte, hatten sich unsere Wege nicht mehr gekreuzt. Ich sprang auf, ging ihr nach. Sie beschleunigte den Schritt, als fühle sie sich verfolgt. Etwas drängte mich zu ihr. Einige Male rief ich leise ihren Namen: »Gisela, Gisela!« Bevor sie am Marktplatz in das Hirschornsche Haus schlüpfte, vor den Auslagen der Buchhandlung Augustin Eisenburger, hatte ich sie eingeholt.

»Gisela, so höre doch!« Sie blieb im Gang stehen und schloß rasch die Türe gegen den Platz.

»Was willst du von mir?«

»Mit dir sprechen. Wir haben uns lange nicht gesehen.«

»Ich heiße nicht mehr Gisela.«

»Auch du heißt plötzlich anders? Wie heißt du?«

»Es lohnt sich nicht mehr, Gisela zu heißen. Die Meinen rufen mich Judith.«

Ich erinnerte mich. Erstaunt hatte ich festgestellt, daß in dem Schulbuch im Sprechzimmer viele von Amts wegen andere Vornamen hatten als im täglichen Leben: Gisela hieß tatsächlich mit dem ersten Namen Judith. Verblüfft aber war ich über meinen besten Freund. Der hieß zwar Johann Adolf, Johann aber war rumänisch geschrieben: Ioan.

»Warum willst du mit mir sprechen? Keiner von euch hat ein Wort für mich übrig gehabt, als man mich von eurer Schule gejagt hat. Auf der Straße drehen sie sich weg, gehen auf die andere Seite, grüßen nicht. Besonders wenn sie in Uniform sind. Darum will ich nicht mehr Gisela heißen.« Taten sie das? Fast wunderte ich mich, daß sie das taten, obschon ich es wußte. »Ich bin eine Aussätzige geworden. Auch die Ungarn wollen mich nicht in ihrer Schule haben.«

Ich wußte nichts zu erwidern und fragte: »Wo machst du die Quarta, oder gehst du nicht mehr in die Schule?«

»Bei den Rumänen, im Liceu Doamnă Stanca. Aber geh jetzt. Meine Mutter ist in Sorge. Ich muß zu uns ins Haus.«

»Auch ich muß zu euch ins Haus«, sagte ich. »Ich will noch einmal sehen, wo wir Hochzeit gespielt haben, wo wir Häuschen gespielt haben, Vater und Mutter und Kind. Wer wohnt in der Sommerküche?«

»Niemand. Sie gehört uns. Aber wir sind alle oben in der Wohnung. Auch im Sommer.«

»Auch im Sommer? Führ mich nach hinten und sperr mir auf«, bat ich, »und dann laß mich allein. Geh zu deiner Mutter, sag ihr, ich lasse sie von Herzen grüßen. Sag ihr, wie gern ich mich an die schöne Zeit erinnere, als wir hier Hochzeit gespielt haben, mit alten Töpfen Musik gemacht und Himbeersaft getrunken.« Und sagte nicht: als ich noch ein glücklicher Mensch gewesen bin.

Gisela, die jetzt Judith hieß, ließ mich nicht allein. »Meine Mutter weiß, daß ich da bin, sie weiß, daß du da bist, sie weiß, wo die übrigen sind, selbst wenn sie nicht mehr da sind, sie weiß alles, meine Mutter süße!« Ihre Mutter wußte alles! Hinter einem Vorhang, der sich kaum merklich verschob, spähte sie in die Welt.

»In einem habt ihr Deutschen recht: Wir Juden wissen alles, nämlich alles, was uns bedroht. Wir wissen bestens Bescheid, wann und wo Gefahr lauert.«

Wir setzten uns auf das Eisenbett mit den ruppigen Roßhaarmatratzen. In der Sommerküche war alles wie in unserer Kindheit. Vater und Mutter hatten wir gespielt. Ich war der Vater, sie war die Mutter. Ihre ältere Schwester

Dora war die Schwiegermutter, ewig in Witwentracht und echt ekelhaft, wie es für eine Schwiegermutter aus dem Märchen paßte. Ihr jüngerer Bruder Baldur und meine kleinen Geschwister waren unsere Kinder. Mein Bruder Kurtfelix war der Jäger, der mit Pfeil und Bogen für Geflügel und Wildbret sorgte, Katzen und Krähen herbeischleppte, daß es uns grauste. Über Wochen hatten wir dasselbe gespielt, hatten wir Häuschen und Hochzeit gespielt.

»Wo ist deine Schwester, die Dora?«

»Sie ist nicht da«, sagte das Mädchen. Ich schwieg. Dora, neunzehn mochte sie sein, vielleicht darüber.

Die geöffnete Tür tat dem Raum gut. Die dumpfe Luft belebte sich. Letzte Lichtstrahlen tasteten herein. Wir saßen auf dem Bett und erzählten. Ihre blasse Haut rötete sich.

»Wieso bist du so blaß? Es ist doch Sommer.«

»Wir sitzen Tag und Nacht im Zimmer.«

Mich aber riß der Fluß der Erinnerungen mit. »Unsere Hochzeit«, sagte ich und erhaschte ihr Handgelenk, »erinnerst du dich, Gisela? Ich wollte noch Gäste rufen. Aber dein herziger Vater beruhigte uns. Je kleiner eine Hochzeit, je feiner. Er spielte selbst den Pfarrer.«

Judith, die für mich immer noch Gisela hieß, hing an meinen Lippen. Sie ging mit den Bildern und Begebenheiten mit, als hätte ich sie mit einem Zauberstab berührt. Auch ich spürte, wie ich die furchtbare Gegenwart abstreifte. Schrieben wir nicht in die Poesiealben der Mädchen: Die Erinnerung ist das Paradies, aus dem dich niemand vertreiben kann? »Erinerrung«, oft mit einem n und meistens mit zwei r, aber wir schrieben es, kaum der Kindheit entlaufen.

»Wie geht es deinem Vater?«

»Er ist nicht da«, sagte sie. Ich spürte, wie ihre Pulsader unter meinen Fingern klopfte. Ich stand auf.

Sie saß und hörte. »Und die Hochzeitsnacht. Wie sie uns ins Bett gesteckt haben und uns bis zum Kinn mit dem Bügeltuch zugedeckt. Ich hab nicht eine Minute ruhig liegen können, so haben mich die Roßhaare der elenden Matratze gepiekt. Du hast ganz ernst gesagt: Jetzt müssen wir nach unserem Gesetz ein Kind zeugen, und ich bin starr geblieben vor Schreck, denn ich hab nicht gewußt, wie man das anstellt. Du hast dich über mich gebeugt und hast mir einen Kuß gegeben und hast gesagt: Jetzt ist alles in Butter ...«

Plötzlich schreckte ich auf. Ich ließ ihre Hand los und sah zu ihr nieder. Das war nicht mehr das Kind von damals. Wie schön sie war. Die Haare wie aus gesponnenem Gold im Märchen. Die Haut über den Schläfen bleich und so dünn, daß man die Äderchen sah, die sich verzweigten. Niemand würde sie schützen können, dachte ich, ohne zu wissen, was ich dachte. Ich bog ihr Gesicht zu mir. Die Bluse verrutschte, der weite Kragen gab die linke Schulter frei. »Woher hast du diese blauen Augen?« fragte ich verwirrt, der ich nichts mehr fragen wollte, weil ich heute keine Antworten ertrug.

»Blaue Augen, das gibt es auch bei uns«, sagte sie. Sie sagte es nicht trotzig. Sie sagte es traurig. Wie bildschön sie war. Als wäre sie dem Rassenkalender entstiegen. Jetzt, da sie nicht mehr versunken auf dem alten Bett saß, sondern zu mir aufschaute, der ich stand, merkte ich, wie erregend schön sie war. Es schien, als wolle sie sich für diese Minuten nicht verstecken, als wäre sie erleichtert, nichts verbergen zu müssen. Sie zog die Bluse nicht zurecht, sie knöpfte den Halsausschnitt nicht zu. Ihre Brüste schimmerten weiß.

Nie mehr werden wir Hochzeit spielen, dachte ich.

»Nie mehr werden wir Hochzeit spielen«, sagte sie.

»Ich geh jetzt.« Sie sagte nicht: Bleib! Bleib noch! Sie weinte nicht. Sie hielt meine Hand fest und legte ihre Wange hinein. Es war die Hand, mit der ich meinem Führer Treue geschworen hatte bis zum Tod. Ich wurde nicht fertig damit, daß in ihren Adern das falsche Blut rollte.

Nachher konnte ich nicht sagen, wie lange wir zusammengewesen waren. Ich sollte es erfahren.

Einige Tage später war die erste Versammlung, seit Johann Adolf, jetzt nur Adolf, zum Hordenführer ernannt worden war. Ging es nicht vielen ähnlich? Man war durchdrungen davon und verließ sich darauf: der Mann wie eine Eiche, die Frau fruchtbar, die Schwiegermutter pudelgesund, die Dienstmagd eine Perle; der Endsieg todsicher, Gott barmherzig und von großer Güte – das ist so und bleibt, wie es ist. Und unverbrüchlich: der ewige Jude, der beste Freund! Doch eines Tages fiel es einem wie Schuppen von den Augen, und man sah der Wahrheit ins Gesicht. Manchmal schlug mit schicksalhaftem Gong die Stunde der Wahrheit, manchmal war es eine Bagatelle, die einem die Augen öffnete, Schweißfüße zum Beispiel. Nachher war nichts mehr wie vorher.

Den ersten Rüffel erhielt ich am Übungsplatz, weil ich die Befehle beim Exerzieren zu prompt, zu genau ausführte. »Du verwirrst die anderen«, sagte Adolf, der Hordenführer, in geschäftsmäßigem Ton, »du schaffst Durcheinander.« Das war ungerecht, aber richtig. Rechtsum, linksum und alles andere an Schliff und Drill war mir in Fleisch und Blut übergegangen. Ich mußte nicht überlegen: wo ist mein linker Fuß, mit welcher Hand schreibe ich? Auch den Paradeschritt hatte ich heraus. Während ich längst dort stand, wohin uns der Hordenführer befohlen hatte, zappelten die anderen herum. Nach rechts, falsch, nach links, falsch. Verdutzt befanden sie sich Gesicht an Gesicht, ärgerlich Arsch an Arsch; sie traten sich auf die Füße, stolperten übereinander, vergaßen zuletzt, was befohlen worden war. Mitverursacht wurde die Unordnung, weil Roland im ersten Glied den Kopf verloren hatte, seit er von seinem Meister getrennt war, und weil Arnold Wolff, sein neuer Kamerad an der Spitze des Zuges, links und rechts verwechselte. Ich genoß die Verwirrung, während ich korrekt und ungerührt auf meinem Standort verharrte.

Doch der neue Hordenführer bewahrte die Ruhe. Er brach kurzerhand und ohne Erklärung die Übung ab und schnarrte: »Noch zwei wichtige Punkte haben wir abzuwickeln.« Als nächstes befahl er, den Sand gegen Brandbomben auf den Dachboden der Schule zu schleppen und zu verteilen. Wir hatten, wie angeordnet, Blecheimer mitgebracht. Das war Knochenarbeit und alles für die Katz, im wahrsten Sinne des Wortes: Kommod konnten die Katzen bei so viel Sand ihre Notdurft verrichten, wo es sie gelüstete. Und würden uns die Amerikaner bombardieren, flog sowieso die ganze Stadt in die Luft, wegen der Dynamitfabrik.

Wir schufteten wie die Kulis, wie die römischen Sklaven unter Hermann dem Cherusker im Teutoburger Wald.

Ich hatte meinen Eimer wieder mit Sand gefüllt, um ihn auf den Dachboden zu schleppen – zum wievielten Mal, ich wußte es nicht –, als der Befehl ausgegeben wurde: »Die ganze Horde antreten!« Ich stellte den schweren Kübel an die Mauer des Hauses. Die Jungen standen unschlüssig herum. »Wird's bald, ihr krummgeschissenen Arschlöcher«, erscholl die Stimme des Hordenführers. »Die leeren Eimer in Reih und Glied hinüber zum Klo!« Wir traten an. »Augen rechts!«

Zweiter Punkt: »Exemplarische Bestrafung eines Verräters!« Keiner getraute sich, den Kopf zu wenden und sich umzuschauen. »Augen rechts!« Das hieß, auf die Nasenspitze des rechten Kameraden schielen. Endlich hörten wir: »Halbkreis bilden. Aufrücken.« Dann, mit dem Finger auf mich weisend: »Vortreten, zur Stelle melden!«

Ich trat vor, vor meinen besten Freund Johann Adolf Bediner. »Melde mich zur Stelle«, sagte ich. Dann nannte ich meinen vollen Namen. Amt hatte ich keines mehr.

»Das weiß ich«, sagte der Hordenführer tonlos. »Hast du etwas Besonderes zu melden?« Ich hatte nichts Besonderes zu melden. Die Hände an der Hosennaht, blieb ich unbeweglich vor ihm stehen. »Er ist der Verräter.«

Ich zuckte mit keiner Wimper, auch mein Herz klopfte nicht. Leblos stand ich vor ihm. Allein die Gedanken waren in Bewegung: Das war Verleumdung. Oder eine Falschmeldung. Erstens hatten wir keine Hordengeheimnisse, die ich hätte verraten können. Zweitens hatte ich mit niemandem über den Dienst gesprochen. Zu Hause hatte ich nur bekanntgegeben, daß ich meine Ämter verloren hatte. Mein Vater war sichtlich zufrieden gewesen. Die Mutter erleichtert. Nur der Großvater bedauerte, daß es mit dem Exerzieren aus sei. Doch die Großmama war froh darüber. Und ebenso die Fofo.

Adolf, der Hordenführer, machte keinen Kasus daraus. Sachlich, geschäftlich kühl wickelte er das Verfahren ab. Mit gleichmütiger Stimme staffelte er die schweren und erdrückenden Wörter vor uns auf: »Er ist der Verräter. Er muß exemplarisch bestraft werden. Er hat das Ansehen der Horde geschändet, er hat die deutsche Ehre verletzt, er hat den Führer des Deutschen Reiches beleidigt. Ergo hat er seinen Schwur gebrochen. Das muß geahndet werden.« Er fügte hinzu: »Du weißt genau, was ich meine, was du dir zuschulden hast kommen lassen!« Ich sagte, daß ich nicht wisse, was er meine. Doch ich sagte nicht, daß ich unschuldig sei.

Ungerührt fuhr er fort: »Es ist alles sonnenklar, obschon es eine finstere Geschichte ist. Berichte!« Ich meldete, daß ich nichts zu berichten oder zu berichtigen hätte – das Wortspiel gefiel mir –, ehe ich nicht erfahren hätte, wessen ich angeklagt sei. »Wo kein Kläger, da kein Richter!«

Der Hordenführer fauchte mich nicht etwa an: Er weiß, aber er will nichts sagen. Er hält uns für Trottel, er stempelt uns zu Lügnern, er spielt mit uns Verstecken, er hält uns hin. Auch quetschte er mich nicht aus, unterzog mich keinem Verhör. Wo warst du gestern? Was hast du um jene Stunde gemacht? Wem bist du begegnet? Er sagte: »Am vorigen Mittwochabend war er in einem Haus am Brukenthalplatz, wo nur Juden wohnen, in einem Judennest. Ergo hat er sich mit diesen Untermenschen gemein gemacht. Schon das genügt, um ihn zu bestrafen. Wir aber wissen mehr: Nachdem er mit der Jüdin Judith Glückselig auf der Burgpromenade spazierengegangen ist, hat er sie nach Hause begleitet und ist für vierundvierzig Minuten bei ihr im Haus geblieben. Als er knapp vor neun das Haus verließ, sollen sie sich im Gang geküßt haben. Er wird melden, was er in dieser Zeit mit der jüdischen Schickse getrieben hat.«

Während er redete, stand ich in Habtachtstellung vor ihm und wich nur in einem Punkt von der Dienstvorschrift ab: Ich blickte nicht, wie befohlen, in seine Augen, diese dunklen Tatarenaugen, die ich geliebt hatte und die mich glücklich gemacht hatten, sondern ich beobachtete seinen sprechenden Mund. Und erkannte, daß es der gekränkte Mund von Großtanten war, die meinen, man zolle ihnen nicht genug Respekt, oder von zermürbten Müttern, deren

Ehemänner sie wegen einer Jüngeren verlassen haben, oder von einem kleinen Mann, der plötzlich große Worte macht: ein Mund von der verknitterten Form des Karfiols. Ich bedauerte ihn fast, meinen Hordenführer, diesen fremden Menschen. Der nichts Eigenes mehr hatte außer einem gekränkten, verkniffenen Mund, mit dem er die Gewalt und die Worte gebrauchte, die ihm von hoch oben verliehen worden waren, vom Führer aus Berlin. Von solchen lieblosen Lippen würden sich die Mädchen nicht gerne küssen lassen, dachte ich und hörte aufmerksam zu. Allen Befehlen würde ich folgen, die dieser Mund ausstieß. Ich verspürte ein Gefühl der Befreiung und rang um das knappe, treffende Wort, wie der Großvater geraten hatte: Lernt von den Franzosen; für jedes Ding der Welt gibt es nur ein Wort.

Und fand es: Er hat Gewalt über mich, aber keine Macht.

Der Mund sagte: »Ich tue, was mir als Führer zusteht. Der Bannführer und die Ogrulei werden das Ihre tun …!« Doch es endete anders: Der schwarze Mann und die Dame in Schwarz sollten mir nichts mehr antun können.

»Melde auf der Stelle, daß alle es hören, was du mit der Jüdin angestellt hast!« Ich meldete, daß ich nichts zu melden hätte. »In einer Dreiviertelstunde kann viel Ehrenrühriges geschehen.« Ich meldete, daß in den vierundvierzig Minuten nichts geschehen sei. Rein nichts. Weder Ehrenrühriges noch Ehrenhaftes. Er drang nicht weiter in mich, während ich die erschrockenen Augen aller mich durchbohren spürte.

»Gibst du zu, das Ansehen der Horde geschändet zu haben, die deutsche Ehre verletzt zu haben, den Führer in Berlin gekränkt zu haben?« Wie weit weg war Berlin! Die Horde – was war das? Aber mit der deutschen Ehre, damit war es anders bestellt. Ich dachte nach. Ich ließ auf die Antwort warten, weil ich mit mir ins reine kommen wollte. Dann meldete ich, indem ich die Hacken zusammenschlug, wie es geboten war, daß ich die deutsche Ehre verletzt hätte, indem ich Gisela Judith Glückselig besucht hatte.

»Falsch«, sagte der Hordenführer, »völlig falsch: Nicht diese, diese … ihren Namen gibt es für uns nicht mehr, hast du besucht. Du bist mit einer Volljüdin im geheimen zusammengewesen.« Und zur Horde: »Riecht ihr nicht, wie er nach Knoblauch stinkt? Sage es korrekt noch einmal!«

Aber ich nahm die Formulierung nicht zurück. Und gab nicht zu, das Ansehen der Horde geschändet zu haben, noch weniger, den Führer in Berlin gekränkt zu haben. Nein, das gab ich nicht zu! Ohne den Kopf zu wenden, rief ich den Jungen zu: »Empfindet ihr das als Schande, daß ich die Gisela besucht habe, unsere Schulkollegin?«

Und plötzlich hieß es im Chor: »Nein, nein, wie denn!« Arnold Wolff griff sich an den Kopf: »Sie ist doch seit dem Kindergarten mit uns zusammen gewesen!«

Den Hordenführer verließ die Fassung. Er wurde fuchsteufelswild, schrie wie am Spieß. Die ganze Horde mußte Liegestütze und Kniebeugen machen, Froschhüpfen, Arnold die doppelte Portion. Nur ich durfte stillstehen.

»Egal, was er zugibt oder nicht, die Tatsachen sind eindeutig. Gesagt werden muß noch, daß er mit dieser Judenbande Hochzeit gespielt hat.«

»Als Kind, vor meiner Vereidigung«, erwiderte ich.

»Bist du bereit, die Strafe auf dich zu nehmen, die ich als dein Führer über dich verhängen werde, um einen Teil dessen zu sühnen, was du an der deutschen Volksgemeinschaft verbrochen hast?«

»Ich bin bereit, die Strafe auf mich zu nehmen, basta!«

»Heil Hitler!« brüllten die Jungen und traten an. Das hatte der Hordenführer Adolf befohlen. Die leeren Kübel standen in strammer Reihe vor dem Klo. Meiner voll Sand abseits. Ich aber hatte Zeit, weiterzudenken, bis der Führer Adolf die Horde bändigte.

Kontakt mit Juden verletzte die deutsche Ehre. Daran war nicht zu rütteln. Alles, was ich vorgebracht hätte, wäre an diesem Axiom gescheitert. In der Physik hieß Axiom eine Grundwahrheit, die ohne Beweis einleuchtet, eine Grundannahme, die nicht bewiesen werden muß. Daß ich eine ehemalige Schulkollegin mit dem Vornamen einer deutschen Kaiserin und dem einer altbiblischen Heldin, die noch dazu aussah wie eine nordische Fee, nach Hause begleitet hatte, daran fand ich nichts Schändliches und Ehrenrühriges.

Daß ich mich, aufgewühlt in meinem Sinn, innerlich in die Enge getrieben, in großer Not einem Menschen für eine Stunde angeschlossen hatte, der mir einmal nahegestanden war und der – wie ich ahnte und spürte – selber Not litt, eine Not, der weder ich noch sonst jemand abhelfen konnte, wen mochte das kränken, wessen Ehre hatte ich abgeschnitten?

Das alles fiel nicht ins Gewicht gegenüber der Ungeheuerlichkeit, daß in den Adern dieses Menschenkindes das falsche Blut floß. Weil ich mit ihr geredet, Erinnerungen getauscht, sie berührt und gestreichelt und ihre Wange in meiner Hand gehalten, weil ich sie vielleicht unter dem Tor geküßt hatte und wir beide in unsere Vergangenheit geflohen waren, das ja: dadurch hatte ich mich mit diesem geächteten Blut gemein gemacht. Und somit die deutsche Ehre verletzt. Das konnte und wollte ich nicht abstreiten.

Der Hordenführer bellte: »Alle lesen das Buch *Hitlerjunge Quex*, damit ihr das mit der deutschen Ehre kapiert! Billig beim Eisenburger zu haben! Und nun die Strafe!«

Die deutsche Ehre, dachte ich. Wieviel kostet sie?

Aus drei Teilen sollte die Strafe bestehen. Der erste war nicht nur eine Geschicklichkeitsübung und Mutprobe, sondern auch eine Anfrage an die germanischen Götter, gleich einem Gottesurteil. Käme ich mit heilen Knochen davon, wäre geklärt, was die nordischen Schicksalsgöttinnen, die Nornen, über mein Vergehen dachten. Hals und Beinbruch wünschten mir die Kameraden, freiwillig …

Ich stieg zur oberen Reihe der Fenster hinauf, die den Saal zum Hof hin säumten und offen standen. Von innen turnte ich an einem der steilen Prachtfenster empor, wo mein Vater ordnungsgemäß die Scheiben hatte einsetzen lassen, ohne zu verstehen, weshalb er das veranlassen und bezahlen mußte.

Beim ersten, ganz nahe den fast monströs dreinschauenden Reformatoren an der Decke, glitt ich nach außen. Ich war barfuß. Auf dem vorkragenden, leicht abgeschrägten Mauersims faßte ich Fuß. Einen Blick warf ich in die Tiefe, die abgründiger erschien als von unten. Wenn du stürzt, brichst du dir die Knochen und den Hals dazu!

Worte irrten durch den Sinn: Niemand kann dich schützen, niemand kann dir helfen, Worte, die ich an jenem Abend mit Judith über sie gedacht hatte und die nun plötzlich mir galten. Ich war allein und allein auf mich angewiesen.

Ich sah das Gesicht Gisela Judiths vor mir, wie ich es zu mir gehoben hatte, herauf aus der hoffnungslosen Versunkenheit, in der sie auf dem Bett gekauert war: die Augen hell und hilflos, der Mund so gedemütigt, daß er nicht mehr klagte, die frauliche Schulter in makelloser Schönheit bloßgelegt, ich sah die geöffnete Bluse über der Brust, leichenblaß die Haut; und ich spürte ihr Gesicht, in dem ihr Schicksal vorgezeichnet war, in meiner Hand erbeben. Ich tastete am Nachbarfenster nach Halt, um mich hinüberzuziehen. Achtmal mußte das gelingen, die ganze Fassade entlang, dann war es geschafft.

Gelang es, konnte ihr nichts mehr geschehen, nichts Böses zustoßen. Unnötig der Brief an Marschall Ion Antonescu mit der Bitte, er möge beim Führer vorstellig werden, daß man Gisela Judith Glückselich aus Fogarasch ihres deutschen Namens wegen, vor allem aber wegen ihres nordischen Aussehens zur Ehrenarierin erkläre: ein Brief, den ich in der Nacht nach der Begegnung voller Verzweiflung entworfen hatte. Ein Farbphoto wollte ich von ihr anfertigen lassen, das den Führer in Berlin eines Besseren belehren würde. Ein Farbphoto, das war horrend teuer und eine Staatsaktion; man konnte so etwas nur in Bukarest bestellen. Ich würde das Geld zusammenkratzen, meine Ersparnisse hingeben, mein Fahrrad verkaufen, ich würde … In jener Nacht hatte ich mir geschworen, sie um jeden Preis zu retten. Jetzt bot sich die Gelegenheit: Schaffte ich es, mit heiler Haut an das Ende der Fassade zu gelangen, war sie so gut wie gerettet. Das war eine Gewißheit, die jenen anderen Satz auslöschte: Sie kann niemand schützen, ihr ist nicht zu helfen.

Während ich, an die mütterlich warme Hauswand gepreßt, Griff um Griff seitwärts tappte, erahnte ich, nein, begriff ich etwas von der geheimnisvollen Verknüpfung zwischen diesem Opfergang und der Erlösung vom Bösen, begriff ich manches von der bewahrenden und rettenden

Kraft im Leiden für andere und von der freundlichen Gegenwart der Engel Gottes. Das war fürs erste genug an numinosen Erkundungen und jenseitiger Offenbarung, denn trotz der überirdischen Erleuchtungen mußte ich höllisch aufpassen.

Auch den Jungen unten auf der festen Erde war es nicht wohl zumute. Dem Tränenprinzen Anton, der nur jedes zweite Mal zu den Übungen kam, weil er bloß ein halber Deutscher war, blinkte eine Träne im Auge, und Karlibuzi, der Sohn des Sargtischlers, fiel vor Erregung in den Jargon der Altgasse: »Hättst sollen nehmen zuvor Maß bei meim Vatter für die Totenlad!« An alles muß man vorher denken! Daran hatte der Hordenführer nicht gedacht.

Während ich traumwandlerisch und beinahe glücklich zwischen Himmel und Erde von einem Fenster zum anderen balancierte und der Hordenführer Adolf bei jedem waghalsigen Schritt nickte, zufrieden, daß ein Schnitzel der verletzten deutschen Ehre geahndet worden war, begleitete mich ihr Gesicht, die Augen ungläubig auf mich gerichtet, so nahe, daß ich es zu berühren meinte. Und ich spürte, wie sich bei jedem meiner Schritte am Abgrund vorbei um das jüdische Mädchen ein Geflecht von guten Mächten verdichtete.

Endlich das letzte Fensterkreuz. Die Jungen klatschten in die Hände, trampelten mit den Füßen, sie riefen hurra, es herrschte eitel Freude, obschon es niemand befohlen hatte. Arnold Wolff trat ganz unreglementär vor den Hordenführer und sagte erregt: »Wie hättest du dich gefühlt, wenn er heruntergefallen und liegengeblieben wäre?«

»Ich? Gefühlt? Gefühle sind weibisch. Ich tu meine verdammte Pflicht und Schuldigkeit. Alles andere ist Sache der Vorsehung, wie unser Führer spricht.« Zu mir herauf rief er: »Das hätten wir geschafft. Komm herunter.« Das war ein Befehl, und ich mußte gehorchen. Ich kam heil herunter.

Was folgte, schien eine Routinesache: »Liegestütz, verschärfter Liegestütz!« Diesmal ging es um die angeschlagene Ehre des Führers. Eilfertig stülpte mir Roland den mit Schlagsteinen gefüllten Rucksack über die Schultern. Schon ließ ich mich in meiner ganzen Länge nach vorne fallen, ohne den Befehl abzuwarten, konnte aber meinen beschwerten Körper mit den Händen nicht abfangen und schlug mit dem Kinn auf den Boden. Es blutete.

Ich atmete durch und begann mich und die Last emporzustemmen, langsam, denn ich mußte mit den Kräften haushalten. Ging es dem Hordenführer zu langsam, ärgerte ihn mein Sieg als Fassadenkletterer? Er tat etwas, wovor uns der Schulungsführer in Kronstadt gewarnt hatte: Mit seinem Schuh drückte er meinen Kopf zu Boden. Tut das nicht, hatte der junge Führer geraten, das kränkt, man kann einen Freund verlieren und einen Feind erwerben, ohne es zu wissen oder zu wollen. Mit mir konnte das nicht mehr geschehen. Den Freund hatte Johann Adolf verloren in dem Augenblick, als mir im Traum klargeworden war, daß er gezielt querschoß, daß er die schändliche Absicht hegte, mich fertigzumachen.

Für mich galt im Moment: Er hat Gewalt über mich, aber keine Macht. Und daß ich eifrig bereit war, zu leiden.

Trotzdem fühlte ich Wut aufsteigen. Ich handelte mit mir eine Grenze aus. Würde er bei dreimal nicht aufhören, mich zu schikanieren, dann setzte es etwas. Wenn ihr strafen müßt, vergeßt nicht, daß es ein Kamerad ist und daß in seinen Adern deutsches Blut fließt! Das war klar, Mensch! Aber in meinen Adern floß nicht nur deutsches Blut, es floß auch ungarisches Blut, und das von edler Herkunft. Und floß aus mir heraus und tropfte über das aufgeschürfte Kinn auf den Boden des Schulhofes.

Zweimal! Ingrimmig spürte ich den schweren Halbschuh auf meinem Hinterkopf, bis ich mit dem Kinn den heißen Sand berührte. Es schmerzte höllisch. Ich biß die Zähne zusammen und verharrte ausgestreckt am Boden, um Kraft zu schöpfen. Doch dann war ich wieder bereit, alles über mich ergehen zu lassen, auch eine dritte und vierte Erniedrigung, hatte ich mich doch rechtzeitig besonnen, daß ich mich nicht um meinetwillen kujonieren ließ, sondern daß das Los eines Menschen auf dem Spiel stand. Was immer er mit dir treibt, du hältst durch!

Im nächsten Augenblick jedoch war ich aufgesprungen und hatte den Rucksack mit den Wackersteinen vor ihn hingeworfen, daß er zurückwich und »Au!« schrie. Er bückte sich zu seinen Fußspitzen und sagte vorwurfsvoll: »Was fällt dir ein, du Esel, du hast mir weh getan.«

Was war geschehen? Als ich unter dem Druck seines Fußes am Boden liegengeblieben war und verschnaufte, hatte er plötzlich die Spitze seines Schuhs unter mein Kinn geschoben, um mich aufzurichten. Daß die Wunde brennend schmerzte, begrüßte ich, denn ich war da, um zu leiden. Aber der Gestank seiner Schweißfüße machte mich rasend. Von meiner Großmutter wußte ich, daß er darunter litt. Er hatte sie, die Apothekerin alter Schule, um ein probates Hausmittel angegangen: »Denn wissen Sie, liebe Frau Goldschmidt, die Mädchen rümpfen bereits die Nase.« Aber daß seine Füße einen so pestilenzialischen Gestank verbreiteten, das hatte ich nicht wahrgenommen. Alle hehren Absichten, das gute Werk der Erlösung Giselas durchzuhalten im Leiden bis zum bitteren Ende, zerstoben. Vielleicht hat das Bisherige ausgereicht, dachte ich schuldbewußt.

Inzwischen hatte sich der Hordenführer gefaßt, und die Jungen waren aus ihrer Erstarrung erwacht. Während ich mit dem Taschentuch Blut und Boden vom Kinn wegtupfte, holte ich meinen Eimer, um nach Hause zu gehen. Eben wollte ich den Sand ausleeren, als ich die Stimme Adolfs über den Hof gellen hörte: »Manteldresch. Rasch, Roland, die Decke über seinen Kopf. Jetzt rächt ihr eure geschändete Ehre. Alle Mann ran. Auf ihn. Und drauflos gedroschen, daß es kracht.«

Doch noch ehe sich die Angreifer zur Phalanx formierten und der Büttel Roland mit der Decke zur Hand war, hatte ich mich mit dem Rücken an die Wand der Kirche gestellt, so daß ich alle Angreifer vor Augen hatte. »Wirf die Decke über ihn, du blöder Hund«, schrie der Führer Adolf.

»Ich kann nicht! Wie soll ich das machen?«

»Tritt neben ihn!« Ich aber schwenkte den Eimer voll Sand und schuf einen Halbkreis, eine Sperrzone, die kaum zu durchbrechen war. »Die Decke über ihn! Dann haben wir ihn und machen ihn fertig. Wir schlagen ihn kurz und klein. Faschiertes machen wir aus ihm!« Die Decke flog durch die Luft. Ich trat einen Schritt zur Seite. Die Meute mit. Die Decke fiel zu Boden.

»Reißt ihm den Kübel aus den Händen! Freiwillige vor! Tretet vor!« Es traten keine Freiwilligen vor. Endlich wagte es einer, aber ich traf seine Hand, daß er aufheulte.

»Nehmt eure Kübel in die Hand! Und los! Schlagt zu. Gebt ihm Saures. Auf ihn!«

»Was sollen wir mit den Kübeln? Sie sind leer.«

»Macht nichts. Schlagt drein!« Es gab einen schrillen Klang, als meine sandgefüllte Blechkeule Arnold Wolff den Eimer aus der Hand schlug und dieser seinem Nachbarn an die Brust prallte, daß der strauchelte. Ich fühlte mich wie Tom Mix, der Filmheld aus den Western, der spielend jede Übermacht von Rowdys bezwingt, und bemerkte fast erstaunt: Das gibt es nicht nur im Film. Auch ich schaffe es. Zwei Gegner hatte ich bereits kampfunfähig gemacht, der dritte, Béla Feichter, verschwand, verduftete auf okkulte Weise.

Der Burghüter Feichter hatte mit seinem Totenvogelgesicht, die riesigen Schlüssel über der Brust gekreuzt, meiner Exekution zugesehen, an der sich sein Filius nur lax beteiligte. Als es brenzlig wurde und ich in Rage geriet und um mich zu schlagen begann, war er im Haus verschwunden. Plötzlich stand seine Frau Sarolta, eine resche Ungarin, in der Tür und kreischte, daß es das Kampfgetümmel übertönte: »Bélus kedves, liebe Vatter dein wieder gestorben. Hol der Hitler der Henker. Gyere hamar! Komm rasch! Sollen sehen wir, wie lange er wird bleiben tot.« Um Gottes willen, durchfuhr es mich, sie redet sich einen Strick um den Hals. Beinahe entglitt mir der kriegstüchtige Eimer, die Wunderwaffe.

Dieses Wort der vorwitzigen Frau hatte ein Nachspiel: Sie wurde vor ein Ehrengericht zitiert, das aus der Ortsgruppenleiterin und vier Männern bestand, darunter der Erichonkel. Ihr Glück war, nachweisen zu können, daß sie akkurat so ausrief, wenn der Hühnervogel ein Küken schnappte:

»Hol der Geier der Hendel!« Wie vertrackt die Regeln der deutschen Sprache waren, bekräftigte sie mit einem Beispiel: »Alles, was man kann erwischen mit Hand, halten in die Hand, schreibt man groß?« Die Herren in den schwarzen Uniformen schwiegen. Hermine Kirr verzog keine Miene. Die Angeklagte fragte: »Wie schreibt Ihr, kedves Volksgenossen, die Katze läuft hintern Ofen?« Niemand antwortete. Sie gab die Antwort selbst: »Schreib ich so: Katze klein, kann ich nicht erwischen mit Hand, lauft immer weg, schreib ich Hintern groß, kann ich halten mit zwei Hände«, und sie griff zu, daß es knatschte, »schreib ich Ofen klein, kann ich nicht erwischen, ist zu heiß. Was sagt Frau Lehrerin Hienz: falsch, alles falsch. Hol Teufel deutsche Sprache! Ist ein Gefrett!«

Die Herren stellten eine Fangfrage: Welches sei im gegebenen Fall der Henker, den der Führer Adolf Hitler holen solle? »Wer is Henker? Der Hansi Dolfi von Kiepenkratzer Bediner ist geworden wie eine Henker, schlackt alle Kinder.« Sie ließen sie laufen, die Sarolta Feichter. Wie man es drehte, es war fatal.

Erichonkel berichtete von der Verhandlung bei der Ortsgruppenleitung. »Fazit: Hitler ein Henker. Aber vor so einem ungarischen Biest mit Haaren auf den Zähnen und einem Schlabrament wie ein Hühnerarsch und dem Hintern einer Wildsau zieht auch die Ogrulei den Schwanz ein. Kein Wunder, daß der Burghüter, der trottlige Adalbert, jeden Piff alle viere von sich streckt und sich in den Sarg legt. Ein Teufelsweib, ein Vollweib.« Er schnalzte mit der Zunge.

Vier waren ausgeschieden, kampfunfähig, als sich der Hordenführer entschloß, endlich eigenhändig in die Kampfhandlung einzugreifen: »Horcht genau auf mein Kommando. Tut sofort und alle zugleich, was ich befehle. Im Nu haben wir ihn erledigt. Teeren und federn müßten wir ihn. Achtung, aufgepaßt! Jetzt: Alle springen wir auf ihn!«

Sie sprangen herbei, aber an der Bannmeile, die mein Eimer mit brisantem Schwung ausgrenzte, schreckten sie zurück. Noch hielt ich sie mir vom Leib. Doch ich spürte, wie meine Kräfte erlahmten. Lange würde ich nicht mehr das Feld behaupten. Die Keule in meiner Hand wurde schwer und schwerer. Sie hatten sich ganz nah postiert, eine Arm- und Eimerlänge von mir, meine Kameraden, meine Feinde, als mich ein Gedankenblitz durchfuhr, würdig eines Feldherrn. Während sie einige Sekunden verschnauften und der Führer Böses sann, schleuderte ich ihnen mit einer genau gezielten und wohldosierten Bewegung den Sand ins Gesicht, streute ich ihnen Sand in die Augen.

Adolf, der einen halben Kopf größer war als die anderen, verstopfte der Sand den Mund, daß er für diesmal nichts mehr zu befehlen hatte: Ich stopfte ihm das Maul!

Roland, der sich zu seinem Führer Adolf gebeugt hatte, wohl um Order zu erhalten, wie sein Unwesen zu treiben, erging es ganz übel. Die Sandkörner verstreuten sich im Gesicht: Sie trommelten an sein Ohr, behelligten die Augen, verdufteten in seinen Nasenlöchern, fraßen sich in seinen offenen Mund bis unter die Zunge und zwickten seine Haut. Beraubt seiner fünf Sinne, drehte er sich sinnlos um seine Achse und mußte seinen Lehr- und Waffenmeister im Stich lassen, wie übrigens die ganze Horde ihren Führer verließ.

Und auch ich ging meines Weges. Schwenkte den tapferen und treuen Blechkübel, der viele Beulen davongetragen hatte und den ich zu den übrigen Trophäen in mein Zimmer hängen wollte. Ging mit gewaltsam gezügeltem Schritt den schmalen Kirchhof entlang – endlos. Es schien mir, als erblickte ich das schmiedeeiserne Portal zum ersten Mal in meinem Leben, und es erinnerte mich so heftig an unser Tor zu Hause, daß es mich vor Heimweh heiß übergoß.

Der Stadtpfarrer lehnte am Fenster seiner Studierstube und rief von oben mit lauter Stimme, daß es im ganzen Hof widerhallte: »Gratuliere, meine Hochachtung, großartig hast du dich gehalten, geschlagen hast du dich wie ein Held.« Ich wandte den Kopf nicht zu ihm hinauf. Geradeaus starrend ging ich weiter, das rettende Tor schien unerreichbar fern, kam nicht näher.

»Wie in der Wochenschau! Nein, was rede ich: antik!

Wie im römischen Stadion zur Zeit der Christenverfolgungen. Ich werde deinem Großvater berichten.« Als letztes hörte ich und merkte mir: »Vergiß nicht, Psalm 91, elf und zwölf, lies dort nach. Gratuliere. Bravo! Bravo!«

Ich hörte alles und behielt es. Aber es berührte mich nicht. Zu Hause angekommen, schloß ich mich in mein Zimmer ein, schlug die Bibel auf und las:

»Denn Gott hat seinen Engeln befohlen über dir, daß sie dich behüten auf allen deinen Wegen,

daß sie dich auf den Händen tragen und du deinen Fuß nicht an einen Stein stoßest.«

Später, viel später erinnerte ich mich, daß dies der Konfirmationsspruch von Alfa Sigrid war.

Ich warf mich auf mein Bett und heulte los.

IV. Begängnisse

Heldentod

Aus der Tannenallee kamen Hand in Hand zwei Kinder zur Freitreppe getrippelt, begleitet von einer Dame mit Regenschirm, umsprungen vom Hund Ingeborg, vormals Litvinow: ein messingblondes Mädchen, etwa vier Jahre alt, und ein kleiner Bub. Die Dame trug ein gelbes Leinenkleid, das in den Regentag leuchtete. Über der Brust war es ausgeschnitten und ließ tief blicken, wenn sie sich über die Köpfe der Kinder beugte. Ihr Gesicht rief das Bild der Lucrezia Borgia ins Gedächtnis. Ich hatte in diesem Sommer 1944 den Roman *Leonardo da Vinci* von Mereschkowski gelesen, die Prachtausgabe mit vielen Bildern. Ich wußte über Lucrezia Borgia Bescheid.

»Diese Frau Rozalia hat etwas Römisches, etwas Imperiales an sich«, bestätigte der Großvater. »Eine edle Rasse, die rumänischen Bauern vom Gebirge!« Von dort stammte sie. Daß sich der Colonel Procopiescu der Kriegswitwe seines Adjutanten Romulus Napoleon Costescu und der beiden Halbwaisen angenommen hatte, fand der Großvater selbstverständlich. Es gebe einen k.u.k. Ehrenkodex der Offiziere, gültig auch noch in den Nachfolgestaaten.

Die Großmutter war angetan von der väterlichen Barmherzigkeit und Nächstenliebe des Colonels und freute sich, daß ihm am Ende seiner Laufbahn noch dies Lebensglück beschieden worden sei. Doch sie vermißte den Punkt auf dem i – die Heirat. »Alles muß vor Gott und den Menschen seine Ordnung haben.« Sie schloß ihre Betrachtungen mit dem Satz: »Wie dem auch sei, bei diesem edlen Mann, dem Herrn Colonel, ist die Frau Rozalia wahrlich wie auf Rosen gebettet.«

Wie sie gebettet war, beschäftigte auch den Erichonkel, der immer wieder laut fragte, zu laut, wie die Großmutter besorgt feststellte, ohne ihn dämpfen zu können: »Wie kann der Schwachmatikus von Colonel, dieses Wachsfigürchen, einem solchen Vollweib gewachsen sein, als Mann, meine ich?«

Ihr Vater, meinte die Tante Hermine, ähnle einem Lord. Es war die Rede vom alten Harhoiu, einem Bauern aus dem Dorf Ilieni vom Fuße der Karpaten, unserem Milchmann, mit dem meine Mutter englisch sprach – er war in jungen Jahren in Amerika gewesen.

»Keine Rede«, verbesserte Tante Helene, »er ähnelt frappant Edward VIII.«

»Wie romantisch«, sagte Tante Hermine verträumt, »wegen einer Frau hat der König auf den Thron verzichtet. Ja, um der großen Liebe willen heißt es Opfer bringen ...«

»Darum bist du allein geblieben«, sagte Tante Helene.

»Und du auch!« Sie streckten einander die Zunge heraus.

»Wegen dem Harhoiu sich streiten, er ist ja bloß ein Rumäne ...«, lenkte Tante Helene ein.

»Aber trotzdem ein anständiger Mensch«, ergänzte Tante Hermine. »Sogar seine Tochter ist ein anständiger Mensch.«

»Das kann man bei den Rumänen nie genau wissen«, sagte Tante Helene. »Und überhaupt, das mit dem Colonel. Ich bin für klare Verhältnisse.«

Frau Rozalia Căpitan Costescu scheuchte die Kinder die Treppe hinauf, die der Kleine mühsam und mit gerunzelter Stirne erklomm. Sie hielt die Hände schützend gebreitet, der perlgraue Schirm, vorgestreckt in der rechten Hand, war wie ein Geländer. Dabei beugte sie sich so tief über ihre Kinder, daß sich das Dekolleté in voller Pracht vor meinen Augen entblößte. Diese leibliche Veranstaltung von Fürsorge und barocker Sinnenlust beschwor ein Bild der Mütterlichkeit und rief zugleich ein Wort von Erichonkel auf, das mir durch den roten Kopf taumelte: Vollweib.

Onkel Erich hatte sie nicht nur ein Vollweib genannt, sondern sie auch noch mit einer römischen Kurtisane verglichen, ein Wort, das ich nachschlagen mußte. *Der kleine*

Brockhaus verdeutschte Kurtisane mit »vornehme Buhlerin«, Buhlerin aber verdeutlichte er mit »käufliche Geliebte«; käuflich in Klammer.

»Sărut mâna, küß die Hand«, grüßte ich. Sie war die einzige Dame, der ich diese Ehrerbietung erwies. Heute war sie überraschend früh erschienen, den Colonel erwartete man erst gegen Abend. Der Abend, das war ihre Stunde. Manchmal blieb sie über Nacht. Doch am Morgen, beim ersten Hahnenschrei, war sie samt Kindern verschwunden. Sie bewohnten ein Häuschen in der Parkgasse.

Während sie mir sonst mit der verhätschelten Hand über das Haar strich und sich wunderte, wie seidenweich es sei, oder mich mit erregter Stimme fragte, was ich so trieb und was ich las, mir französische Bücher vom Colonel heraussuchte, vor allem über Napoleon, ja einmal sogar meinen Kopf an ihre Brust gedrückt hatte, daß mich der Geruch ihrer Haut benebelte, war sie heute in Eile. Sie bat mich, einen Blick auf die Kinder zu werfen, und verschwand in der Wohnung des Colonels. Die Kleinen unterhielten sich bestens. Mit affenartiger Geschicklichkeit waren sie in den Liegestuhl geturnt, wo sie stehenden Fußes schaukelten oder auf und nieder sprangen, während der Hund Ingeborg versuchte, es ihnen gleichzutun.

Mich aber drängte es zu der Frau. So holte ich das Buch aus meinem Zimmer: *Napoleon intime* von Lévy, das mir in vielem zu schwer war, auch weil ich es bei Nacht unter der Decke mit Taschenlampe und Wörterbuch enträtseln mußte, und schlüpfte durch die offene Türe in den Salon, der sich verändert hatte, seit er an den Colonel vermietet worden war.

Unsere Biedermeiereinrichtung war Eichenmöbeln in Schwarz und Gold gewichen, mit geschnitzten Löwenpranken oder Schlangenköpfen. Ein Rauchtischchen, dessen Metallplatte gezeichnet war von Arabesken – oder von arabischen Schriftzügen? –, versammelte kubische, ledergepolsterte Stühle um sich. Auf dem Tischchen glitzerte eine Karaffe mit einem bernsteinfarbenen Getränk, vielleicht Cognac. Daneben lag einladend geöffnet ein Kistchen mit Zigarren. Ich buchstabierte: *Flor Morena* und in verschnörkelter Schrift: *Fabrica de Tabacos superiores Colorado Claro.*

An den Wänden Gemälde, erdrückt von Gipsrahmen: die spielenden Kinder von Murillo, daneben das Porträt einer Zigeunerin mit einem Kollier von Goldmünzen und halbnackter, brauner Brust. Das sei ein Herrenzimmer nach venezianischem Gusto, erläuterte der Großvater: »Typisch für rumänische Bourgeois.«

»Nemaipomenit«, rief sie mir zu, »unerhört, tritt näher, mein Freund, unglaublich, sieh her: er hat nichts verspeist, nichts angerührt, zum ersten Mal passiert so etwas, prima dată, seit er gefallen ist, der teure Tote, ich hab es geahnt. Das Traumgesicht heute nacht, la noapte. Er verläßt uns, geht weg von uns, tritt ab, richtet sich häuslich ein in der anderen Welt. Er will von uns nichts mehr wissen!«

Wer, wo, was? Unter dem Gewirr von Ikonen erspähte ich im Silberrahmen das Lichtbild des Rittmeisters Romulus Napoleon Costescu, beschirmt von der Muttergottes, ein ewiges Licht davor. Er war hoch zu Roß, in der pompösen Galauniform der königlichen Kavallerie. Auf der Stirne klaffte ein unheimliches Loch, gezeichnet mit rotem Stift. Und, ja wirklich …

»Er hat unser Opfermahl verschmäht, ofranda noastră!« Tränen traten ihr in die Augen, während sie vor der »Schönen Ecke« im heiligen Winkel niederkniete, auf die Schenkel sank. Ihre Glieder bebten. Sie hielt die zuckenden Hände unter dem Busen gefaltet, während auf ihren Wangen Rosen erglühten. Leidenschaftlich hob sie an zu beten in Worten, die nur Gott, der Herr in den Himmeln, zu deuten vermochte: »Dumnezeule in ceruri …« Dann warf sie die nackten Arme empor, die Gestalt reckte sich, daß sich die Konturen ihres Körpers strafften, das modisch kurze Kleid rutschte hinauf, und es schien, als ob sie emporschnellen und den Himmel stürmen und den Leib Gottes umschlingen wollte, ihn herabziehen von seinem Lichtthron in die Welt, die im Schatten des Todes lag.

Das war ein Knien und Beten, das die Sinne aufwühlte, als streichelte die Dame Rozalia über meine nackte Haut.

Anders als bei der Konfirmation der Alfa Sigrid, anders kniete und betete diese Frau, ganz anders als jene Konfirmandin, die vor dem Altar niedergeschwebt war, so unirdisch, daß der betörte Pfarrer die himmlischen Heerscharen beschworen hatte, sie zu schützen, und mein Herz zu flattern begonnen hatte wie der Schmetterling von Malmaison.

Ja, wirklich und wahrhaftig, unter dem Bild des gefallenen Rittmeisters zu Pferde stand ein Tischchen mit niedlichen Näpfen voller Delikatessen, für gewöhnliche Sterbliche in diesen Kriegszeiten verblichene Erinnerung: Schinkenscheiben, zart wie Rosenblätter, Oliven, gleißend wie die Augen der Betenden, und Salamischnitten, gesprenkelt wie der Halbedelstein an ihrem Hals, Vinetesalat von Blaufrüchten, garniert mit Paprika und Paradeis, das Beste vom Besten zierte die Tafel des Toten. Und es warteten in ritueller Ergebenheit liturgische Speisen: die Coliva, aus Korn gekocht und versetzt mit Honig und Nüssen, die man den Heiligen und Märtyrern verehrt, und vom Priester gesegnetes Brot aus der Kirche, Anafora genannt, und schließlich sprießendes Gras von jenseitigem Grün, in Weihwasser gebadet. Tatsächlich, die Opfergaben waren unberührt.

»Nemaipomenit. Nie dagewesen!« Die Dame sprang auf. Mit einer einzigen Bewegung der Schenkel federte sie von den Knien empor. Sie strich das Kleid zurecht, indem sie mit den Händen langsam über ihren Leib glitt, als wolle sie sich vergewissern, daß sie von Fleisch und Blut sei. Dann fragte sie, ob sie unser Telephon benützen dürfe, ließ sich mit der Kadettenschule verbinden und verlangte schluchzend nach dem Colonel. Ich stand betroffen daneben. Nannte man das ein Dreiecksverhältnis: sie, er und der Selige?

Wie im Flug war der Colonel zur Stelle. Mit der Dienstkutsche hatte er sich herfahren lassen. Die Pferde waren in Schweiß gebadet. Wieso der Soldat Ion schuld sein könnte, wenn der teure Tote die Opferspeisen verschmähte – so ihre letzten Worte am Telephon –, leuchtete mir nicht ein, dem Colonel jedoch wohl. Denn kaum hatte er den Hof betreten, schritt er schon mit klirrenden Sporen, ohne sich vom Tatbestand oben in der Wohnung zu überzeugen, geradewegs zum Kellereingang. Dorthin hatte er sich noch nie verirrt, denn üblicherweise beorderte er seinen Leibburschen zu sich, indem er am Glockenzug zerrte.

Als der Oberst die Kellertüre öffnete, schreckte er zurück, hielt sich die Nase zu und klemmte das Monokel ins Auge. In die Dunkelheit spähend, befahl er seinem Burschen, herauszukommen und zu rapportieren, weshalb unser Held, eroul nostru, heute die Opfergaben nicht angerührt habe. Das seien böse Zeichen, zusätzlich zu den vielen anderen bösen Zeichen, die in der Luft lägen.

Der Soldat Ion mußte sich erst fassen. Das Licht blendete ihn. Barfuß stand er vor seinem Vorgesetzten und Brotherrn, denn er hatte gerade zwischen seinen Zehen saubergemacht. Beim Hackenzusammenschlagen schrie er »Au!«, als die nackten Fersen aneinanderprallten.

»Nemaipomenit«, stotterte der Bursche.

»Du bist schuld«, herrschte der Colonel ihn an.

»Da, domnule colonel, ja, ich bin schuld, der Herr Oberst mögen leben«, antwortete der Soldat, und stammelte: »Ich war noch nicht oben!« Er war in langen Unterhosen, rumänisch indispensabili, für einen Mann seines Schlages unentbehrlich selbst im Hochsommer, wie die Seidenstrümpfe bei einer echten Dame. »Vielleicht hat er heute keinen Hunger, der domnule căpitan?« gab er stotternd zu bedenken.

»Keinen Hunger? Tote haben immer Hunger! Asta e la mintea cocoşului, măgarule, das geht in den Kopf eines jeden Hahnes ein! Ich lasse dich köpfen! Je jünger sie sterben, desto stärker ihr Lebenshunger! Hörst du?«

Das gemahnte den Soldaten Ion an etwas: »Bei uns im Dorf, wenn ein Mann jung stirbt, schaufelt man die Grube einen Meter tiefer als gewohnt und setzt einen oder mehrere junge Tannenbäume auf seine ewige Stätte, nur so gibt er Frieden, dă pace! Wenn nicht, so erscheinen die zu früh Gestorbenen den Leuten in der Dämmerung, denn sie haben Hunger, Hunger nach Leben, wie der Herr Oberst so wohlwollend waren zu bemerken!« Doch dem Colonel war nicht wohl zumute; er war nicht willens, fadenscheinige Erklärungen anzuhören:

»Ausflüchte! Nu te ascunde după deget! Versteck dich nicht hinterm Finger!«

»Vielleicht«, sagte der Soldat, »vielleicht fastet der domnul căpitan, eroul nostru?«

»Fasten, jetzt, im Sommer? Du treibst dein Spiel mit uns!« Der Colonel hob die Reitgerte. Aber seine Dame rief aus dem Hof: »Lasă-l în pace. Nicht schlagen, er hat recht!« Während der Soldat, noch immer strammstehend, mit Würde ergänzte: »Denn es ist eben die kleine Fastenzeit zu Ehren der heiligen Maria der Großen.«

»Da«, sagte der Colonel, der das vergessen hatte.

»Das ist gut möglich«, sagte die Dame, »Sânta Maria ai Mare im August.« Und lenkte ein: »Wir haben sie vergessen, die kleine Fastenzeit.« Sie bekreuzigte sich. »Und du fastest?«

»Immer faste ich!« Der Soldat hob für einen Augenblick die rechte Hand von der Unterhosennaht und wies in den Kellergang, der heller geworden war. Sein zerwühltes Lager wurde sichtbar. Und die Kiste, die als Tisch diente, mit den verkommenen Essensresten. »Ich faste immer! Jeden Tag, den Gott der Gute gibt! Der Herr Oberst mögen leben!«

»Bine«, sagte der Colonel, nicht ganz zufrieden mit des Rätsels Lösung, und wandte sich achselzuckend ab.

»Domnule colonel«, rief der Bursche voll freudiger Erleuchtung, »ich hab's! Vielleicht wünscht der domnule căpitan vorher einen aperitiv, un coniac, una țigară?«

»Das ist es«, rief die Dame voll frohgemuter Ergriffenheit, »das hab ich in den Tod vergessen. Der Entschlafene hat es sich an der Front angewöhnt: Vor jedem Imbiß, gustare, genießt er einen Cognac, eine Zigarre.«

»Wegtreten, du Nichtsnutz!« befahl der Colonel und wischte ihm eins mit der Reitgerte über den Arsch.

»Der Herr Oberst mögen leben«, brüllte der Soldat und trat ab, zurück in den finsteren Schacht des Kellers. Wir stiegen die Freitreppe hinauf, der Colonel zwei Stufen voran, und sahen uns suchend um. Der Hund Ingeborg und die Kinder blieben verschwunden, das Mädchen Otilia und der Knabe Trandafir, Trandafir von Rose, die rumänisch männlich ist. Die Bespannung des Liegestuhls war mittendurch gerissen, als habe man sie mit einem Schwerthieb zertrennt, die Türflügel zum ehemaligen Salon standen sperrangelweit offen, von den dreien keine Spur.

Während die beiden Herrschaften in der Wohnung des Obersten verschwanden, blieb ich auf der Terrasse zurück und umkreiste den heutigen Vormittag, der gespickt war mit bittersüßen Erinnerungen. Ich versank in die schmatzende Fülle des eben Geschehenen, fühlte mich getrieben von Verlockungen und Gelüsten und fragte verzweifelt, wer ich sei und wer ich sein würde. Und blieb gefangen im Dorngehege der Gedanken wie das Einhorn im Dickicht. Gleichzeitig störte es mich, wie schwunglos – und warum gerade jetzt? – unsere Katalin die Klinken mit Sidol putzte.

Freudestrahlend stürzte die Dame Rozalia auf die Terrasse, mit einem Tablett in den Händen, auf dem leer geleckte Teller und Schüsselchen standen: »Sieh! Unser toter Held war so wohlwollend, binevoitor, und hat gespeist. Er hält sich wieder zu uns, Gott läßt ihn uns! Aber, mein junger Freund: Auch er hat seine Marotten, unser teurer Toter, mortul nostru. Ion, die verflixte Kreatur, keine zwei Kreuzer gibst du auf ihn, doch diesmal hat er es getroffen! Recht hat er: Stets muß man auf die Angewohnheiten und Launen der Menschen achtgeben. Das gilt nicht nur für uns Sterbliche, sondern auch für die ins Wesenlose Hingegangenen. Komm, sieh!« Sie preßte mich voll Erregung an sich, an ihren Leib, es roch nach bulgarischem Rosenwasser und ein wenig wie in der Binderischen Gruft. Sie strich mir über das seidigweiche Haar, sie packte mich an der Hand, wir eilten in die Wohnung des Colonels. Mein Herz klopfte wild.

»Das wahre Mirakel aber ist dieses: Er hat sich selbst bedient, er hat sich eigenhändig, wenn man so sagen darf, Cognac eingeschenkt, gleich zwei Gläschen hat er sich genehmigt.« Sie zeigte mir die entstöpselte Karaffe und zwei Likörgläser, an denen Tropfen des öligen Tranks klebten. »Und er hat sich selber die Zigarre angezündet und hat sie zu Ende geraucht. Wie wunderbar: Die volle Asche hängt am Stummel, aufgereckt, ganz steif und schwellend, und fällt nicht schlapp und schwächlich in den Aschenbecher. Wunder über Wunder, komm und sieh ...« Ich sah das Wunder. Bloß am geweihten Gras hatte der teure Tote sich nicht gütlich getan. Es sprießte grün.

Der Colonel machte der Ekstase ein Ende, indem er ein rumänisches Sprichwort bemühte: »Jedes Wunder währt drei Tage!« Und schnarrte: »Wo sind die Kinder hin verschwunden?« Wir stöberten sie im Zimmer unseres Vaters auf, jenseits des Flurs. Alle drei, selbst der Hund Ingeborg, hatten sich in die Polsterstühle gekuschelt. Sie schliefen, die Mäuler mit den feuchten Lippen genußvoll geöffnet. Und lächelten selig.

Selig lächelte der Panzergrenadier Emil Lohmüller II von der reichsdeutschen Lehrkompanie. Keiner konnte das abstreiten, der ihn im Sarg liegen sah, wiewohl man sich so seine Gedanken machte. Sein Wunsch, nach evangelisch-sächsischer Ordnung in Fogarasch begraben zu werden, war in Erfüllung gegangen. Damals, bei der Beerdigungszeremonie des Burghüters Béla Feichter, hatte er begeistert ausgerufen: »So schön und feierlich möchte ich unter die Erde kommen!« Dabei war der Feichter gar nicht unter die Erde gekommen. Noch schöner und noch feierlicher sollte es nun werden.

»Selig sind die Barmherzigen, denn sie werden Barmherzigkeit erlangen ...« Diesen Bibelvers setzte Pfarrer Fritz Stamm im Herbst 1943 über die Leichenpredigt des Panzergrenadiers Lohmüller. Doch schien es, als ob er ihn in seinen Ausführungen vergessen hätte. Erst bei Teil zwei, Biographie, als der Lebenswandel des toten Grenadiers stückweise einsichtig wurde, dämmerte manchem, daß der Text nicht zufällig ausgesucht worden war.

Emil Lohmüller II, der längst Lohmüller I hätte heißen können, weil sein Doppelgänger Emil Lohmüller I an der Ostfront gefallen war, wurde Anfang September mit allen militärischen Ehren auf dem Friedhof in Fogarasch beigesetzt, als ob er ebenfalls auf dem Felde der Ehre gefallen sei, obschon nicht geklärt werden konnte, wie er zu Fall gekommen war. Der Militärarzt Hauptmann Dr. Theato hatte bloß festgestellt, daß das Herz zu schlagen aufgehört hatte: »Exitus letalis!« Der Kommandeur der Lehrkompanie, Major Kurt Kimmi mit der ledernen Hand, konnte nur noch den Befehl geben: »Tragt ihn hinaus!« Gestorben war er zwischen dem jüdischen Friedhof und der Strada Verde, in einer anrüchigen Gegend. War es ein Unfall, Ausrutscher, Herzversagen, Hirnschlag, war er unter Räuber und Mörder gefallen, unter jüdische Attentäter oder bolschewistische Partisanen, war er zu Fall gekommen wie ein gefallenes Mädchen? Kaum einer in der kleinen Stadt, der sich nicht einen unreinen Reim darauf gemacht hätte.

Denn entdeckt hatte den Gefallenen die korpulente Madame Burlea, die gegen Abend mit einem Scherenfernrohr die ganze Länge der Strada Verde auskundschaftete. Nach beiden Seiten der Straße streifte ihr künstlich gebrochener Blick. Geduldig folgte sie dem gleichen Strich mit diesem denkbar einfachen optischen Instrument, das aus einer prismatischen Hülse bestand mit zwei im Winkel von 45 Grad geneigten Spiegeln. Ein Frontsoldat hatte es ihr als Gage hinterlassen. Als sie den feschen feldgrauen Soldaten vom jüdischen Friedhof her ins Visier bekommen hatte, war sie in Aktion getreten und hatte die Töchter des Hauses in freudigen Alarmzustand versetzt. So waren sie hilfreich bei der Hand, als das Malheur geschah. Behutsam hoben die warmherzigen Mädchen den Bewußtlosen oder bereits Toten auf und trugen ihn ins Innere des Hauses. Erichonkel wollte wissen, daß es dort von tollen Sofas, Ottomanen und Diwans nur so wimmle.

Über dem Eingang, beleuchtet von der roten Laterne, prangte in Gips modelliert ein weißes Einhorn, das sich in einem Kittel von ordinärem Rot verfangen hatte. Empörend schon darum, weil das die gemeine Schildfigur aus dem Wappen derer von Kraus war. Es wegzuschaben, weil es obendrein ein christliches Symbol darstelle, das schändlich profaniert worden sei, weigerte sich Madame Burlea standhaft, selbst als der Prior des ungarischen Franziskanerklosters in Person auf den Plan trat und von Gotteslästerung und Anathema sprach. »Sie irren, hochwürdiger Vater, denn wenn Sie genau hinschen, dann werden Sie bemerken, das ist kein Nashorn, vielmehr das Wahrzeichen meines Lebens, ein Pelikan, der den eigenen Leib aufreißt, um seine Klientel zufriedenzustellen, der sich seine Brüste zerfleischt, daß das rote Blut nur so nach allen Seiten spritzt und alle befriedigt werden. Außerdem hat sich unser Herr und Heiland um unsereins besonders gekümmert. Erinnern Sie sich, hochwürdiger Vater, denken Sie an Maria Magdalena, die große Sünderin, unsere Schutzpatronin hier in Fogarasch. Also: kein Nashorn, sondern ein armer, gequälter Pelikan!« Der Franziskanerpater mußte unverrichteter Dinge abziehen. Die Abordnung der Familie von Kraus empfing sie nicht.

Doch alle wußten es, auch er: Sie log. Es war das wilde Einhorn, einzufangen und zu stillen im Schoß der Jungfrauen. Ein scheinheiliges Emblem des Hauses.

In dekorativen Hauskleidern und seidigen Schlafröcken, die so geschmeidig am Leibe lagen, daß man sich nicht vorstellen konnte, darunter etwas anderes aufzuspüren als die nackte Haut, wie Erichonkel anschaulich zu berichten wußte, hatten die Mädchen die verschlafene Strada Verde aufgerührt, daß sie einem orientalischen Basar glich.

»Übrigens kommt Schlafrock nicht von schlafen, sondern von Schlaufe. Es ist ein Gewand mit Schlaufe, in das man hineinschlüpft, das man rasch überzieht, um sich gerade nur zu bedecken, ehe man dem Opfer die Schlaufe ums Herz wirft. Denn wenn die sagen, wir schlafen, dann schlafen sie gerade nicht. Und haben bereits keinen Schlafrock mehr an, das ist der Witz! So vernarrt und verführt einen die Sprache. Wie gesagt: Die schlafen nicht, sondern sind sehr wach, wenn sie schlafen! Wachschlaf, Freischlaf, Bei...«

»Basta! Finita la commedia!« schnitt ihm die Großmutter das Wort ab mit einer Schärfe, daß der Erichonkel verstummte. Sie gebrauchte gern italienische Wörter: avanti, addio, Ave Maria, in petto, maccaroni. Die Großeltern hatten in Italien gelebt, wo der Großvater sich Goldino hatte nennen lassen.

Ein Wort von hier, ein Wort von dort, oft verstand ich das Gesagte nicht ganz, dafür das Ungesagte. Und fürchtete mich. »Trotz meiner ausgehatschten Plattfüße werden sie mich an die Front schicken«, sagte der Erichonkel. »Im letzten Augenblick wird es mich erwischen. Es ist die Angst, die das Unglück anzieht! Wovor du dich fürchtest, dem entgehst du nicht! sagt der Walach.«

»Der Rumäne heißt das«, mahnte die Großmutter.

»Auch den Panzergrenadier Emil hat die Angst kaputt gemacht. Den Frontbefehl habe er in der Tasche gehabt, heißt es. Er aber hat in Fogarasch bleiben wollen, der verliebte Gockel. Doch wer weiß, wofür das alles gut ist. Nun haben wir eine weitere Soldatenbraut in der Stadt, außer der bigotten Oho. Ich bin neugierig, wie die neue sich macht!«

Uns Knaben und einige der Mädchen interessierte kaum, warum und wie der Panzergrenadier Emil Lohmüller umgefallen war, denn wir hatten ihn liebgehabt. Wir waren betroffen und trauerten ihm nach, ihm, der viele lobesame Eigenschaften hatte, aber auch Eigenheiten, zum Beispiel: Statt sein poröses Gebiß dem deutschen Zahnarzt Dr. Maurer anzuvertrauen, bevorzugte er den jüdischen Zahnarzt Dr. Hirschorn und ging in dessen Haus am Marktplatz ein und aus, obzwar er wußte, daß das Haus an Juden vermietet war, ein Judennest also. Hinten im Hof wohnten die Glückselichs.

Den Dr. Maurer wiederum begleitete er auf die Jagd und war damit in guter, ja in bester Gesellschaft, nämlich mit dem Stadtpfarrer Brandstetter und mit dem Inhaber des Friseursalons Eduard Schmegner, ganz abgesehen davon, daß die Frau vom Dr. Maurer eine geborene Pildner von Steinburg war. So hing hier jedes mit allem zusammen.

Uns Heranwachsende hatte der Panzergrenadier in seinen Geländespähwagen, der friedlich im Schulhof parkte, einsteigen lassen. Wir spähten durch die Sehschlitze in eine linear beschränkte Welt. Das ganze Fahrzeug mußte man wenden, um neue Winkel zu Gesicht zu bekommen. Manchmal durfte dieser oder jener beim Fahren lenken, mal mit dem einen Hebel nach rechts, mal mit dem anderen Hebel nach links. Wir konnten bei dem infernalischen Lärm bloß Grimassen schneiden, um uns zu verständigen. Aufregend war es, wenn er uns in seinem Panzerwagen spazierenfuhr und ein Mädchen mit von der Partie war. Wir kauerten in der dämmrigen Höhle des Tanks, Leib an Leib, bis wir bei dem Geschüttel übereinanderpurzelten und sich unsere Glieder verwickelten und vor Benommenheit keiner mehr wußte, was zu wem gehörte.

Einmal war Alfa Sigrid durch den Drehturm hereingeschlüpft, als die Motoren bereits aufheulten. Bei einer der zackigen Wendungen des Tanks berührte ihr Mund meine Wange. Ich hätte schwören können, daß sie mir einen Kuß auf die Wange gedrückt hatte, obschon sie mir ins Ohr schrie: »Pardon!«

Leider hatte ich Emil Lohmüller nicht näher kennenlernen können. Er war nie bei uns zu Hause gewesen, obschon Reichsdeutsche bei uns verkehrten, selbst niedrige Chargen, wie der MG-Schütze Jupp Hinrich Wernecke von der Flugzeugstaffel, der an einem Sonntag mit seinen beiden Kollegen zum Mittagessen bestellt worden war. »Einmal und nie wieder! Schon wie einer ißt, mit Messer und Gabel umgeht«, räsonnierte die Großmutter, »genügt, um zu wissen, aus was für einem Haus er kommt und wes Geistes Kind er ist.« So einfach war das. Der eine hatte das Messer abgeschleckt, der andere war mit dem Handrücken über den Mund gefahren. »Und der dritte, unser Freund Jupp?«

»Der hat passable Manieren. Beim besten Willen kann ich nichts Schlimmes über ihn sagen, aber: mitgegangen, mitgehangen, mitgefangen.«

Als ich den Panzergrenadier Lohmüller als deutschen Gast für Weihnachten vorschlug, lehnte man ab. Auch das Argument des Propheten fruchtete nichts, daß man am Heiligen Abend jedermann aufnehmen müsse, der an die Türe klopfe, denn es könnte das hochheilige Paar sein. Anzuklopfen hat, auch am Heiligen Abend, wer eingeladen ist und niemand sonst! Basta! Vor allem ist es ein Familienfest.

So also hatte Emil Lohmüller II nicht an unsere Türe geklopft, sondern an die Tür des Artisten und ehemaligen Seiltänzers Apollo Bonifazius Strohschneider, eines Menschen, der nie nein sagen konnte. Er nahm sich seiner väterlich an und führte ihm seine Tochter Amalaswintha Malwine als Braut zu. Eine Jungfrau, die nicht nur Schneiderin war, sondern auch jonglieren und zaubern konnte, und feuerschlukken und feuerspeien, und Meisterin war im Hinunterwürgen und Ausspucken der unsinnigsten Gegenstände, von Eheringen bis zu Tafelmessern. Von da an waren Brautvater und Verlobter unzertrennlich wie ein Brautpaar.

Vater Strohschneider war seit neuestem als Konduktperson beim Leichenbestatter Theobald Renz angestellt, weil es unter allen Anwärtern auf diesen begehrten Posten ihm allein perfekt gelungen war, das traurigste Gesicht aufzusetzen, doch vor allem, weil er auf Kommando echte Tränen weinen und ebenso auf Kommando den Fluß der Tränen abstellen konnte. Er hatte seine Akrobatenlaufbahn als Seiltänzer aufgegeben, nachdem er bei einem fingierten Sturz vom hohen Seil zwischen den Dächern der Sächsischen Allgemeinen Sparkassa und des Hauptischen Hauses tatsächlich abgestürzt war und von der Feuerwehr aus der Traufe über der Dachrinne heruntergeholt werden mußte. »Nicht habe ich geahnt, wie nahe ich dem Himmel bin«, sagte er tiefsinnig und sah sich auf der Erde nach »etwas Todsicherem« um.

Der Tod seines zukünftigen Schwiegersohnes schien Apollo Bonifazius Strohschneider näherzugehen als dessen Verlobter, wie die bösen Mäuler in der kleinen Stadt behaupteten, noch bevor der Gefallene unter der Erde war. Das Begräbnis verzögerte sich wegen der Ankunft der Eltern aus dem Reich. In seiner Verstörung suchte Herr Strohschneider den Propheten auf, um mit ihm über den ominösen Tod des Panzergrenadiers zu beraten.

Auch ich hatte mich in diesen zeitlosen Tagen zum Propheten geflüchtet. Wir räkelten uns in den Liegestühlen, als der Artist seinen Kopf über die niedrige Hofmauer zwischen die Holunderzweige hängte, ein Mondgesicht ohne Rumpf. Ich erschrak und sprang auf.

»Störe ich«, flüsterte der schwebende Kopf.

»Nein«, sagte der Prophet, ohne hinzusehen, während ich mich an den Maulbeerbaum lehnte.

»Und der junge Herr?« säuselte der Lampion. »Ich erkenne ihn nicht. In seiner Familie scheint man nicht zu sterben. Wo liegen die Gräber?«

»Nein, noch stirbt man dort nicht«, sagte der Prophet, »aber es ist eine anständige Familie. Der Bub ist in Ordnung. Treten Sie näher!«

Herr Strohschneider schnellte mit einem Satz auf die Steinbrüstung, darunter der Fluß dahinbrauste: »Ich bitte um Nachsicht, aber ich hab meine innere Balance verloren«, sagte er und versuchte mit verzweifelten Schwüngen der Arme im Gleichgewicht zu bleiben. »Was kann es gewesen sein? Ein so vielversprechender junger Mann. Zimmermaler wie Hitler!«

»Halten Sie still«, sagte der Prophet mit flatternden Lidern, »Sie machen uns närrisch, setzen Sie sich. So können wir nicht reden, Sie treiben es so weit, daß wir uns mit Ihnen in den Fluß stürzen.« Auch er begann die Arme zu schlenkern. »Bemühen wir das Prinzip des dritten Ausgeschlossenen!«

Ein Anschlag der Juden konnte es nicht sein, obschon der Gefallene aus der Richtung des jüdischen Friedhofs gekommen war und man dort auf dem Grab von Judiths Bruder Baldur Levi grünes Laub und acht brennende Kerzen gefunden hatte. Die schmückten das Grab nach jüdischem Brauch.

Dieser Friedhof war verlassen, ein aufgelassener Ort, obschon noch viele Juden in der Stadt dahinlebten. Er wurde in der letzten Zeit kaum noch benützt. Gras wuchs. Grabsteine waren umgestürzt, lagen auf dem Boden. Manche waren mit dem Zeichen der rumänischen Legionäre, der Grünhemden, beschmiert: kein Hakenkreuz, sondern vier Gitterstäbe, kreuzweise vor ein Zellenfenster gelegt – die Legionäre saßen dauernd hinter Gittern. Der jüdische Besorger hatte das Feld geräumt, das Weite gesucht.

»Der Friedhof ist tot. Dort tut sich nichts mehr. Die Juden sterben, aber sie werden nicht mehr begraben«, sprach der Prophet – dunkel, wie Propheten sprechen.

»Dann ist es das andere«, sagte Herr Strohschneider, der

seinen Klappzylinder mit einem scharfen Klack aufsetzte, die Rockschöße gerafft hielt und auf der Mauerkrone dahintänzelte. Offenbar ging es ihm besser, doch wir sahen weg.

»Das könnte es sein«, sagte der Prophet, ohne daß Herr Strohschneider gesagt hätte, was es sei, das andere.

»Der andere«, sagte Herr Strohschneider.

»Ja, der könnte es gewesen sein.«

»Der elende Frömmler!«

Der Prophet sagte: »Es gibt halt Leute, die ihren gottgeschenkten Glauben praktisch im täglichen Leben verwenden.« »Der scheinheilige Mann, der ist schuld«, sagte Herr Strohschneider. »Er hat dem armen Emil mit seinen vermaledeiten Worten den Kopf verdreht. Er hat ihn bedroht, er hat ihn verflucht. Und der Fluch ist wahr geworden. Man muß sich hüten vor dem bösen Wort.«

»Nicht jedes böse Wort ist ein Fluch, aber es kann wie ein Fluch wirken«, sagte der Prophet. »Der hat ihm nur gedroht, daß ihm ein unguter Tod bevorstehe, daß er eines unnormalen Todes sterben werde.«

Der Herr Strohschneider fragte nicht: Woher wißt Ihr das, Herr Prophet?, sondern ergänzte: »Der gute Emil, der arme Hund. Er hat sich das so ausgebrütet, daß er an die Front gehen muß und dorten vorm Feind tot hinfallen.«

»Er hat die Verwünschung mißverstanden. Die Leute verstehen die Zeichen der Zeit nicht. Vor dem Feind zu fallen, das ist heutzutage ein guter Tod, das ist das Normale.«

»Mir fällt es wie Schuppen von den Augen«, sagte Herr Strohschneider. »Ich danke Ihnen von meinem ganzen Herzen!«

Ich half dem Artisten höflich von der Steinbrüstung herunter, die den hängenden Garten des Propheten vom Brükkenkopf trennte. Stützmauer und Pfeiler stürzten senkrecht in den Fluß. Unten schaukelte mein Boot, rabenschwarz und RABE getauft. Der Prophet lag im Faulenzer und blickte in die Krone des Maulbeerbaums, dessen Laub sich verfärbte.

»So könnte es gewesen sein«, sagte er, der über vieles Bescheid wußte, ohne sich von daheim wegzurühren.

Damit war das Gespräch beendet. Mit tiefen Verbeugungen verabschiedete sich der Leidtragende, getröstet und sichtlich erleichtert. Das ersah man an dem Luftsprung, mit dem er über die Hofmauer setzte, und an dem Zigeunerrad, das er nachher auf der Landstraße schlug. Die Rockschöße klatschten ihm um die Ohren, doch der Zylinderhut flog nicht vom Kopf.

»Wahr ist«, repetierte der Prophet, »daß die Ogrulei, diese große Sünderin, den Emil gebeten hat, die Aufschrift an eurer Schule neu zu schreiben. Der arme Emil, der treue Hund, getraute sich nicht, nein zu sagen. Er fuhr mit seinem Panzerspähwagen auf und bezog Stellung vor eurer Schule in der Strada Lutherana. Er klemmte eine Leiter in den Drehturm und kletterte hinauf und kratzte die Buchstaben herunter: EVANGELISCHE VOLKSSCHULE A. B. ŞCOALA ELEMENTARĂ C. A.«

»Was heißt C. A.?« fragte ich

»Confesiune Augustană.«

»Ja«, sagte ich, »zu deutsch A. B. – Augsburger Bekenntnis.«

»Wann war das?« fragte der Prophet nebenbei.

»1530. Reichstag zu Augsburg. Melanchthon«, sagte ich, geeicht in Fragen für Konfirmanden.

»Laß dich endlich konfirmieren«, sagte der Prophet kurz angebunden, »wissen tust du ja genug.«

»Vielleicht«, sagte ich.

»Schreiben soll der Emil: DEUTSCHE VOLKSSCHULE DER DEUTSCHEN VOLKSGRUPPE IN RUMÄNIEN. Mit dauerhafter Anilinfarbe. Und nun wird es aufregend. Die Ortsgruppenleiterin Hermine Kirr befiehlt: Nur das! Und weiter nichts, kein Wort mehr!

Er fragt: Rumänisch nicht auch? – Rumänisch? Was haben wir mit den Walachen? Jeder in seiner Sprache. Bald wird das Großdeutsche Reich bis an den Ural reichen, dann hört alles Fremdvölkische auf.«

Der Prophet wandte sich zu mir: »Sogar euch hat sie nicht vergessen, die bissige Natter. Sie hat lauthals gerufen: Auch die ›Fraţii Schlattner‹ werden das walachische ›frate‹

aus dem Firmennamen streichen und gut deutsch ›Gebrüder‹ schreiben müssen. Und keineswegs ›Feliciu & Eric‹, vielmehr ›Felix und Erich‹. Das sagt sie heute, Herbst 43, die alte Nebelkrähe, wo jeder Blinde weiß, daß der Krieg verloren ist! Auf die Waggons, die eure Burschen im Mai, im Wonnemond, wie das jetzt heißt, an die Front verfrachtet haben, pinselt sie: Fogarasch–Moskau und nie mehr zurück!

Also von der Frau belehrt, macht sich der Grenadier an die Arbeit. Er schreibt gotisch wie befohlen und in verschnörkelten Buchstaben, wie er es in Magdeburg bei seinem Vater, dem Malermeister, gelernt hat, als man noch auf neue Häuser schrieb: Erbaut mit Gottes Hülfe.«

Ich saß auf der Steinmauer zum Fluß hin, hörte zu und stellte mir alles vor. Nicht vorstellen konnte ich mir, daß unser Emil tot im Sarg lag. Aus für immer.

Der Prophet fuhr fort: »Vorbei kutschiert der Ollmützer.«

»Ohos Vater.«

»Derselbige. Mit dem Streifwagen, bespannt mit zwei Pferden wie ein Bojar. Tafelwagen sagen die Deutschen im Reich.«

»Er hat zwei rotbraune Pferde«, sagte ich. »Füchse. Wieso hat man sie nicht requiriert?«

»Er hat einen Dreh gemacht. Je frommer einer ist, desto schlauer ist er. Der Kommission hat er gesteckt, daß die Pferde vom Unternehmen Renz Pompe funebre stärker und besser seien, Leichenwagenpferde, ausgeruht, gut gehalten. Die können wir nicht wegnehmen, hat der Hauptmann gesagt. Wer begräbt die Toten? Es werden immer mehr. Jetzt, wo sich die Front dem Land nähert. Der Ollmützer hat einen Vorschlag zur Güte: Ich leihe dem Renz meine Pferde! Und hat ein doppelt gutes Geschäft dabei gemacht. Ihm bleiben die Pferde im Stall, und der Renz muß jedesmal bezahlen, wenn er sie ausleiht.

Der Ollmützer ist mit seinem Tafelwagen die Strada Lutherana hinunter zum Schlachthaus gefahren, er hat Hoh gebrüllt, Grüß Gott geschrien und ausgerufen: Was machen Sie dort um Himmels willen, Sie Unglücksmensch?«

»Ja, er hat eine grobe Stimme«, erinnerte ich mich.

»Und dann losgelegt: Oho! Bist du von allen guten Geistern verlassen? Weißt du nicht, daß sich Gott nicht spotten läßt? Das wirst du an deinem Leben büßen. Du wirst eines bösen Todes sterben, ein vorschnelles Ende haben. Mit diesen Pferden werden wir dich zum Friedhof fahren. Und nachher wirst du alles eigenhändig herunterkratzen, jeden Buchstaben einzeln, wenn die Russen kommen. Grüß dich Gott!

Er hat dem Emil mit der Peitsche eins über den Hintern geknallt und ebenso den Pferden: Allons, enfants! Vorwärts, ihr Kinder! Nje Oliver, nje Cromwell. Ich bin ein Christusmensch und ein Republikaner, hat er gebrüllt, daß es bis zum Brukenthalplatz gehallt hat. In diesem Nazi-Saustall haben meine Kinder nichts zu suchen. Und ihr werdet sehen, die königliche Siguranţa sperrt mich nicht ein und nicht die deutsche Gestapo! Sprach's und schrieb seine Kinder in die ungarische Volksschule ein.«

Der Prophet erholte sich von seinen Schauungen, sein Gesicht nahm eine gelbliche Färbung an. Wir schwiegen. Unten rauschten die Wasser des Flusses.

»Der Schreck ist dem Emil in die Knochen gefahren. Er hat gejammert: Fast bin ich von der Leiter gefallen. Ganz schwindlig ist es mir geworden! Über jedes Wort hat er gegrübelt, der Schafskopf. Aber am meisten hat ihn beschäftigt, daß er nachher – wann nachher? – alles würde herunterschaben müssen, abkratzen, jeden Buchstaben einzeln.«

»Die Strohschneiders haben gewiß ihr Kreuz mit ihm gehabt«, sagte ich.

»Sein Unglück war«, sinnierte der Prophet, »daß ihn niemand von dem Fluch erlöst hat. In der Bibel steht, daß die Jünger Christi Vollmacht haben, zu binden und zu lösen. Aber die Pfarrer getrauen sich nicht, damit Ernst zu machen. Und der einfache Christenmensch noch weniger.«

Zu binden und zu lösen, dachte ich. Wem gelingt das schon im wirklichen Leben? Wo ich hinsah, waren Menschen falsch verbunden und konnten sich doch nicht lösen.

»Der Pfarrer Stamm hat einmal eine Bäuerin vom Teufel befreit«, sagte ich.

»Zufrieden war die Ortsgruppenleiterin. Sie hat ihn gelobt und sein Werk von höherer Warte beurteilt. Erstklassig! Sehr gut! Schön haben Sie das gemacht, sagte sie, als sie vorbeikam. Das überdauert das Tausendjährige Reich. Deutsche Qualitätsarbeit. Maade in Germaany. Wir werden es den Engländern zeigen. Bomben auf Engeland. Heil Hitler. Die Götter mögen es Ihnen lohnen, lieber Reichsgenosse!«

»Sie haben es ihm gelohnt«, sagte ich: »Wen die Götter lieben, den ziehen sie jung zu sich.«

Von kuriosen Verwechslungen, ja Späßen, die sich die Vorsehung leistete, vom Schicksal, das blind zuschlug, von Verkehrtheiten der Menschenwege und von tragischen Zufällen sprach der Prophet immer häufiger.

Und kaum noch von Gott.

Ohne den Kopf zu wenden, sagte er: »Kriech in den Hühnerstall. Dort sind vier Eier. Wir machen uns eine Eierspeis.«

»Aber Sie haben doch keine Hühner, Meister!«

»Kaiserliche Hoheit«, berichtigte er. »Trotzdem sind dort vier Eier. Übrigens: Ich zieh den Kaiser vor. Als solcher fahr ich besser in diesen argen Zeiten. Ein Kaiser hat immer Eier im Stall.« Wir aßen Eierspeis von vier Eiern, dazu winzige Paradeis, die der Kaiser von einer Topfpflanze gepflückt hatte. Während wir tafelten, sagte der Sohn des Himmels: »Die Nacktheit der Frau ist weiser als die Lehre der Philosophen.« Mit dieser Lebensweisheit entließ er mich zum Begräbnis.

Bei der ausgiebigen Leichenfeier auf dem Fogarascher Friedhof an der Rohrbacher Straße geschah etwas, das mein Leben in Verwirrung stürzte.

Ich war in Zivil erschienen, wie es der ferne Vater gewünscht hatte, der in Transnistrien Dolmetscher bei der Organisation Todt war. Obschon die DJ und der BDM in voller Mannschaftsstärke und in der Kluft aufgeboten worden waren, hatte ich die Tirolertracht angelegt, die der Vater immer schon als »gediegenen Dreß« empfohlen hatte, »schikker und fescher als das andere«. Die Joppe war aus Lodenstoff, ihre rotgefütterten Taschen mit Eichenblättern verziert, und die Lederhose, die mit mir gewachsen war, geschnitten aus der Haut eines längst verschollenen Hirsches meiner Kindheit in Szentkeresztbánya, auf deutsch: Hütte zum heiligen Kreuz.

»Das wirst du mir büßen«, fauchte der Hordenführer Adolf Johann Bediner, als er an mir vorbeistrich, so nah, daß mich sein zorniger Atem streifte, der nach Knoblauch roch. Ich frohlockte: Endlich kochte er.

Ich wollte, ohne durch Strammstehen gehindert zu werden, nach Herzenslust traurig sein. Traurig sein nicht nur über den Tod des Grenadiers, sondern über mein Leben jetzt und über das wirkliche Leben, vor dem es mich grauste. Auch wünschte ich, ohne von Befehlen gegängelt zu werden, alles haargenau beobachten zu können wie Leonardo da Vinci, der das Geschaute zusätzlich gezeichnet hatte, sogar die herabhängenden Mundwinkel des um seine Gattin leidtragenden Fürsten von Mailand.

Ich stand außerhalb und etwas erhöht an einem Grabstein aus schwedischem Granit, der alles überragte und in den bloß ein Name eingraviert war: Adolf Kühn. Die vielen Blicke, die mich streiften, machten mir nichts aus. Du gehörst nicht zu ihnen, aber dazu.

Nicht zu ihnen und auch nicht dazu gehörte jemand, der erst im zweiten Abschnitt, bei der kirchlichen Feier, ins Rampenlicht trat, und zwar bei den Worten des Stadtpfarrers: »Friede sei mit euch allen!« Bei diesen formelhaften Worten kam unsere ehemalige Kameradin Gisela Glückselich hinter der Kapelle hervor, gelbe Rosen in den Händen, um dann nach einigen Augenblicken des Zögerns tapfer auf das Grab zuzugehen.

Die Ehrengarde marschierte im Stechschritt die Thujenallee herunter, so abgezirkelt, daß man an die Gesäße der Soldaten eine Meßlatte hätte legen können. Die sächsische Blaskapelle spielte einen Trauermarsch, doch anders, als es sich der Grenadier vorgestellt hatte. In einer so traurigen Weise spielten sie den Trauermarsch, daß niemand weinte. Die paar Männer, Kriegskrüppel und Mummelgreise, blie-

sen aus dem letzten Loch. Im Mai und Juni waren alle wehr-
fähigen sächsischen Männer von Fogarasch nach einem
Sonderabkommen des Conducătors Ion Antonescu mit dem
Führer in Berlin zur Waffen-SS eingezogen und an die Ostfront geschickt worden.

Als Vorletzte in der Schar der Bündisch-Deutschen Mädchen stand Alfa Sigrid, in Habtachtstellung wie die anderen
und wie sie in weißer Bluse und blauem Faltenrock, die Krawatte mit dem geflochtenen Lederring um den Hals, Haferlschuhe an den Füßen und die schwarze Baskenmütze schick
über das Ohr gelegt. Sie unterschied sich von den anderen
durch ein Trauerband am Kragen und eine rote Korallenkette und fiel auf durch ihre Pagenfrisur und eine verdros-
sene Miene. Sie hatte mich vermutlich nicht bemerkt, denn
als ich zu ihr hinübergrüßte, nur zu ihr, antwortete sie nicht,
zuckte mit keiner Wimper. Jetzt konnte sie mich nicht sehen,
denn es war extra befohlen worden, auf den Major Kurt
Kimmi zu blicken: »Stillgestanden! Augen geradeaus!«

Der Major eröffnete die Reihe der Reden. Er begann mit
einem Vierzeiler, der mir bekannt ins Ohr klang:

»Ein Mensch erblickt das Licht der Welt,
doch oft hat sich herausgestellt
nach manchem trüb verbrachten Jahr,
daß dies der einzige Lichtblick war.«

Und er schloß mit der Feststellung, daß ein Wunsch in Erfüllung gehen könne, wenn man fest an ihn glaube: »Hier
wollte unser Held begraben sein, hier begraben wir ihn.
Aber das Wichtigste für ihn war, für etwas Hohes sein Leben zu wagen«, schloß der Major. Was wohl das Hohe hier
war, fragte manch einer sich neugierig oder traurig.

Zuletzt sagte der Kommandeur: »Wen die Götter lieben,
den ziehen sie jung zu sich.« Er salutierte mit der linken
Hand. Nachher kondolierte er den Eltern mit einer schnei-
digen Verbeugung, die Tellermütze unter den Lederarm geklemmt. Die Eltern waren mit dem legendären Orientex-
preß aus dem Reich herbeigereist, erst jetzt im Herbst zur

Beerdigung und nicht im Sommer, als man sie zur Verlobung eingeladen hatte. »Besser wäre es umgekehrt gewesen!« klagten sie. Geklagt aber hatten sie auch damals.

Der Colonel Mihai Procopiescu fehlte nicht. In seiner Galauniform ähnelte er dem Pricici aus der Operette *Die lustige Witwe* von Lehár. Ich hatte die Arien im Ohr, die meine Mutter mit Hingabe sang, und ertappte mich, wie ich sie vor mich hinsummte. Er war eine Augenweide, der Colonel, mit dem Monokel im linken Auge, einem Zierdegen am glitzernden Portepee, mit silbernen Sporen an den Schaftstiefeln und einer Farbpalette von Orden auf seinem Oberleib. Wir konnten uns nicht satt sehen. Von ihm lernte ich, daß es Situationen gibt, in denen gut Bekannte sich nicht kennen: Auf meinen freudigen Gruß antwortete er nicht.

Auch die rumänischen Mädchen aus unserer Klasse – Oana Georgetta Scherban de Voila, Rodica Haţeganu, eine Popentochter, und Xenia Atamian, eigentlich eine Armenierin – waren zur Stelle, obschon die Scharführerin Edeltraut Maultasch es ihnen untersagt hatte: »Dort habt ihr nichts zu suchen, dort sind nur Übermenschen gefragt, es ist eine reindeutsche Heldenfeier!«

Doch es erwies sich das Begräbnis als eine Veranstaltung von kultischer Öffentlichkeit, bei der schicksalhafte oder künstliche Unterschiede verwischt wurden, ja, das eine Gelegenheit bot zu spontaner Gleichstellung. Nicht nur die drei fremdvölkischen Schulkolleginnen und den rumänischen Oberst mußte man erdulden, sondern auch die verrückte Emma. Die stellte sich neben zwei Damen der Gesellschaft zur Schau – Frau Rose Maria Montsch, eine geborene Binder von Hasensprung, und Frau Stadtpfarrer Marika Manuela Stamm –, gottlob noch nicht entschränkt, das heißt entblößt in ihrer unberechenbaren Manier, vielmehr zuchtvoll und in großer Toilette.

Es schien mir, der ich mich seit kurzem bemühte, Welt und Leute scharf zu beobachten und ungerührt zu betrachten, daß bei einem Leichenbegängnis der Friedhof zu einem geometrischen Ort menschlicher Gemeinsamkeiten wurde, wie der Badestrand. Denn hier, im Bannkreis der verhängten Trauer, fanden Menschen von verschiedener Lebensart zueinander, vielleicht, weil sie unter dem Eindruck des Trauerspiels und im Wissen, daß alle gleich sterblich waren, die gleichen salzigen Tränen weinten und mit der nämlichen Inbrunst ihre Neugier stillten. Das konnte so weit führen, daß Menschen von zweifelhafter Lebensführung und unbestimmter Herkunft Herrschaften unter den Arm faßten oder daß einer von geringem Stande einem Höhergestellten die Hand drückte, während man sonst aneinander vorbeiging oder sich bestenfalls grüßte, von unten nach oben, wie es sich schickte. Ich verstand, warum meine Großmutter behauptete: »Eine Stätte der Exzesse. Gewisse Leute dünken sich gleicher als sonst!«

Wenn die Erdschollen mit dumpfem Klang hinunterkollerten, geschah es regelmäßig, daß der Frau Fritzi Haupt, Gemahlin des Engrossisten Haupt, eine gewisse Ella Holzer weinend um den Hals fiel. Von der wußte man nicht, »welcher Wind dieses Frauenzimmer nach Fogarasch verschlagen hat«, wie die üppige Monika Bertleff aus unserer Klasse das ausdrückte, »noch mit wem sie umgeht!« Wobei sie gutherzig zugab, daß »diese Person nur ein einziges uneheliches Kind hat«. Das mußte man der Monika lassen: Wem immer sie die Ehre abschnitt, ein gutes Haar ließ sie dran.

Es kam auch vor, wenn das Grab zugeschaufelt worden war, daß der Sargtischler Jonathan Mild, der sich zu Recht beklagte, kein Kunstwerk auf Erden sei so kurzlebig wie seine Produkte, mit geröteten Augen und geschwollener Nase auf den Dr. Maurer zuwankte, daß er dem Wehrlosen beide Hände entriß und sie in die seinen klemmte und mit tränenerstickter Stimme sagte: »Gott tröste Ihnen die Seele im ewigen Leben!« Was sich der Doktor so zu Herzen nahm, daß er von heute auf morgen das Zeitliche segnete; im Grunde genommen verblichen wegen eines sprachlichen Ausrutschers, denn die beliebte Wunschformel an die Hinterbliebenen lautete etwas anders: »Gott tröste ihm die Seele im ewigen Leben!« – ihm, dem Verstorbenen, nicht dem, dem man Beileid wünschte.

Es wurden weitere Reden gehalten. Der Kreisleiter

sprach vom Fenriswolf und der Midgardschlange und dem unverwüstlichen germanischen Lebensbaum. Und dann übermannte ihn die Rührung, und wir erfuhren nicht, wer im Endkampf der Götterdämmerung den Endsieg davontragen werde. Seine acht Kinder, mit denen er einen Kanon eingeübt hatte: »Der Hahn ist tot, der Hahn ist tot, kikeriki, er kräht nicht mehr ...«, warteten vergeblich auf den Einsatz.

»Die Brust heraus«, befahl die Scharführerin Edeltraut Maultasch mit verhaltener Stimme den BDM-Mädchen, die sich verschämt nach innen krümmten. »Die Brust heraus! Brüste heraus! Ihr müßt euch nicht verstecken, ihr habt doch etwas vorzuzeigen!« Indes schritt die Ortsgruppenleiterin in ihrer schwarzen Montur zum Katafalk des Helden. Dort erklärte sie, daß sich deutsche Mütter Nacht für Nacht anstrengten, die im schicksalhaften Völkerringen geschlagenen blutigen Lücken wettzumachen, indem sie dem Führer fortlaufend Kinder schenkten. Und sie sagte, daß sich die neue Ordnung des Führers in Europa schon abzeichne, vom Siegfriedwall bis zum Ural.

Bannführer Csontos gelobte, daß für jeden deutschen Helden, der für Führer, Volk und Reich falle, Tausende begeisterter Hitlerjungen in die Bresche springen wollten, auch hier in Fogarasch. Béla Feichter erschrak sichtlich.

Das Zeremoniell hatte sich dem Augenblick genähert, der die Herzen höher schlagen ließ: Die trauernde Braut trat vor. »Jetzt den Verlobungsring«, sagte Herr Strohschneider halblaut zu seiner Tochter, doch so, daß alle es hören konnten. Er sagte das in dem Augenblick, als die Kameraden des Toten den Sarg mit dem Stahlhelm auf dem Deckel an Seilen in die Tiefe sinken ließen, nachdem sie die Hakenkreuzfahne vom Deckel gezogen, zusammengerollt und dem Hordenführer Adolf in die Hand gedrückt hatten.

Doch die Aufmerksamkeit wurde abgelenkt. Durch die ringförmigen Reihen der Trauernden und Schauenden drängten sich im Gänsemarsch Madame Burlea und die Schar ihrer Mädchen. Diese waren auffallend sittsam angezogen, die dunklen Kleider bedeckten nicht zuviel, aber auch nicht zuwenig, wie es geboten schien in diesem einzigartigen Fall einer raffinierten Reklame bei vollem Tageslicht. Die Jungfrauen wirkten so, daß viele enttäuscht waren, die sie bloß vom Hörensagen kannten und nun von Angesicht zu Angesicht schauten. Jede hielt eine tiefrote Nelke in der Hand. Madame Burlea trug das »kleine Schwarze«, das auf ihren heißgelaufenen Gliedern knisterte.

Dreimal griffen die Töchter des Hauses mit manikürten Fingern eine Prise Erde auf und ließen sie graziös mit der Blumenspende in die Tiefe rieseln. Daraufhin schlugen sie das Kreuz über die wohlgeformten Brüste. Dreimal schlugen sie das Kreuz; alle hoben zwei Finger an die Stirne, dann trennten sich die Wege: einige berührten zuerst die rechte, andere zuerst die linke Brust, je nachdem, ob sie orthodox oder katholisch waren. Jede murmelte mit hochrotem Gesicht einen Segenswunsch.

Eine breite Gasse bildete sich, als die glühenden Mädchen den Ort des Jammers verließen, die Hände vor dem Leib gefaltet oder in der Hüfte, die Schuhe so hochstöcklig, daß die Füße seitlich einknickten. Angeführt wurden sie von ihrer Madame, die sich Luft zufächelte mit einem Fächer, auf den Schmetterlinge und Orchideen gemalt waren.

Die Stadtpfarrerin tat entrüstet über diesen Werbefeldzug für ein so zwielichtiges Gewerbe am hellichten Tag: »Doch kann man dagegen etwas unternehmen, Gnädigste? Auf einem Friedhof sind alle zugelassen. Nur, ist alles zulässig?«

Frau Montsch, unsichtbar unter ihrem schwarzen Schleier, lenkte ein: »Die haben sich doch sehr manierlich benommen, direkt comme il faut, wie junge Damen. Diese einmalige Gelegenheit, sich gutbürgerlich darzustellen, haben sie eben am Schopf erwischt. Wo können diese armen Seelchen so ungeniert und in corpore in aller Öffentlichkeit auftreten? Und dann bedenken Sie, Verehrteste, das bekannt gute Herz solcher Mädchen. Und denken Sie an ihr schlimmes Schicksal!«

»Kommen Sie mir ja nicht mit Jesus Christus und der großen Sünderin!«

»Gott bewahre! Ich bedaure diese Geschöpfe bloß: so

jung und fesch zu sein und sich nie am hellichten Tag, wie
Sie sagten, meine Teure, schön angezogen auf dem Korso
zeigen zu können, ist das kein böses Schicksal? Ist Ihnen
aufgefallen, Verehrteste, wie diese … diese Kellerasseln,
nein, diese Nachtschattengewächse vor Freude leuchteten?«
Das war der Stadtpfarrerin nicht aufgefallen.

»Der Verlobungsring«, mahnte Vater Strohschneider. Ganz
in Schwarz und tief verschleiert sah Amalaswintha Malwine wie eine Dame aus. Sogar schwarze Seidenstrümpfe hatte sie an, die ihr der Verlobte im letzten Augenblick geschenkt hatte: »Wenn ich fallen sollte …!«

»Sogleich!« hörten wir ihre erschreckte Stimme. Sie streifte die Handschuhe von den schmucklosen Fingern – kein
Ring. Dann schlug sie den Schleier zurück. Mit verweinten
Augen, wie erwartet, blickte sie in die Runde, führte das
Schnupftüchlein aus der Handtasche von Krokodillederimi-
tation an den Mund, atmete tief, schluckte, schluckte mehrmals, rülpste angestrengt, räusperte sich schließlich und nahm
das Tüchlein vom Gesicht. Am vierten Finger gleißte der
Verlobungsring. Alle atmeten auf, einige klatschten Beifall,
andere zischten: »Ruhe! Schämt ihr euch nicht!«

Sie löste den Ring vom Finger und warf ihn mit gezügeltem Schwung in die Grube. Es klirrte gülden aus der Tiefe.
Sie zog den rechten Handschuh an die Hand, bückte sich
mit zusammengepreßten Schenkeln und seitlich geneigten
Knien. Dreimal griff sie nach je einem Erdklumpen und ließ
ihn auf den Sarg poltern. Darauf entwich sie hinter den
Schleier und ragte auf bis zum Ende der Feier wie der
schwarze Engel auf dem Hauptschen Familiengrab.

Herr Strohschneider weinte und weinte, und sein Prinzipal, Bestatter Theobald Renz, ließ den Trauernden gewähren, ließ dessen Tränen freien Lauf, weil er begriff, daß sie
diesmal nicht verrechnet werden konnten.

Nicht lange danach erhängte sich Herr Renz an der Tür-
klinke seiner Haustür. In der kleinen Stadt hieß es: Er sei zu
ungeduldig gewesen, er habe das eigene Leichenbegängnis
nicht abwarten wollen, das einzige in seinem Leben, das er
in Ruhe hätte genießen können, außer obligo! Meister Mai-

lat sagte: »Wer zu lang in den Abgrund starrt ...« Ich ergänzte: »Der stürzt hinein!« Das wußte ich bereits.

Die Ehrenkompanie hob die Gewehre, um die Ehrensalve abzufeuern, was nach einer Verzögerung schließlich geschah. Übertreibe ich, wenn ich meine, daß die Soldaten vorerst die Gewehre sinken ließen, trotz des Befehls »Dreimal Feuer!«, weil sich im erstarrten Karree der Trauergemeinde etwas ereignet hatte?

Mit einer heftigen Bewegung hatte sich Alfa Sigrid das dreieckige schwarze Tuch vom Hals gewunden, als sei es ihr in der Septembersonne zu warm geworden, und hatte es fallen lassen. Gleich darauf riß sie die militärische Baskenmütze vom Kopf und warf sie nach oben. Was die Trauerfeier um einige Molltöne betrog, denn die schwarze Kappe segelte auf den Engel nieder, der die Hauptschen Gräber bewachte. Und landete nicht etwa auf dessen Haupt, wie es ihm gut gestanden hätte, sondern auf der tragisch ausgestreckten Hand. Das sah aus, als böte der Engel die Mütze feil wie ein Verkäufer im Basar zu Bukarest.

Die stämmige Scharführerin Edeltraut Maultasch begriff nicht, was geschah, und dann fand sie den Befehl nicht, der der Lage angemessen gewesen wäre, zum Beispiel: »Schließt die Reihen!« Von selbst getrauten sich die Mädchen mit den blonden und braunen Zöpfen nicht aufzurücken. Alfa Sigrid hatte sich nicht nur des lästigen Tuchs und der kecken Mütze entledigt, sondern der ganzen Schar. Sie war aus der Reihe getanzt, wie man so sagt.

Aus der Reihe zu tanzen, es ihr nachzumachen wie gewohnt, versuchte auch Majo Bucholzer, die Hühnermamsell, die Gänsemagd vom Binderschen Gut, Alfa Sigrids Schatten. Das gelang nicht. Es gelang nicht, weil die romantisch gestimmte Henriette Kontesveller den langen Zopf der Majo an die schmiedeeiserne Einfassung der Hauptschen Gräber gebunden hatte. Allein ihre schreckgeweiteten Augen folgten der Schulfreundin und Herrin.

Was nun weiter? Alle blickten auf Alfa Sigrid, drehten sich nach ihr um. Was nun? Das fragte auch ich und vergaß, alles scharf und ungerührt aufzuzeichnen wie Leonardo da

Vinci. Verloren stand sie in ihrer zerzausten Uniform auf weiter Flur. Sie blickte sich um, als wisse sie, wo sie hin müsse, aber nicht, wo das sei. Ohne Hast wendete sie den Kopf, bis sie mich sah. Und kam zu mir. Als sie sich an den warmen Grabstein von Adolf Kühn stellte und ihn mit einem Arm umschlang, nahe dem meinen, krachte die Salve.

Endlich trat Pfarrer Fritz Stamm hinter einer Grabsäule hervor, wo er taktvoll gewartet hatte. Mit ihm erschien, wie ein Lichtengel in leuchtendes Weiß gekleidet und mit einem Lächeln auf den Lippen, seine Organistin Olga Hildegard Ollmützer. Seit ihr Verlobter, der Fallschirmjäger Buzer Montsch, im Sommer in der Binderschen Gruft beigesetzt worden war, ging sie in Weiß. Allein ein schwarzer Gürtel wies sie als Trauernde aus.

»Sie glaubt«, erläuterte der Prophet, »was der Mann von der Straße, das einfache Volk bloß hofft: Ihr Verlobter weilt im Himmel unter den Seligen, die gemeinsam mit den Engeln Gott preisen und lobsingen. Auch glaubt sie, daß bei Gott tausend Jahre wie ein Tag sind und daß sie bald bei ihrem Bräutigam sein wird, mit ihm vereint in himmlischer Hochzeit!« Ich aber entgegnete trotzig: »Oho! Der Mann von der Straße, die Leute aus dem Volk, die sehen das anders. Die sagen: Die Arme, sie ist nicht ganz beieinander, es rappelt bei ihr …«

Die Organistin entnahm einer Hülle ein Orgelpositiv eigentlich ein Spielbrett. Das legte sie auf die Knie, nachdem sie sich auf der Einfriedung des nächsten Grabes niedergelassen hatte. Mit einem rosa Gummischlauch vom Irrigator blies sie Luft in das Innere des Manuals. Unter dem Geleit der dünnen Melodie begannen einige Trauergäste das Lied 429 aus dem Gesangbuch anzustimmen:

> »Nun bringen wir den Leib zur Ruh
> und decken ihn mit Erde zu,
> den Leib, der nach des Schöpfers Schluß
> zu Staub und Erde werden muß.«

Aus dem Gesangbuch der Organistin baumelte das Deutsche Kreuz in Gold, das die Frau Montsch der Verlobten ihres Sohnes vermacht hatte, mit der schrecklichen Bemerkung, die in der Kleinen Stadt kursierte: »Nimm dieses! Die Deutschen haben uns nur Unglück gebracht.«

Diese Frau Montsch war, wie gesagt, zugegen, eine Dame ganz in Schwarz: »Um zu sehen, wie es gewesen wäre, wenn mein Bub ein Begräbnis gehabt hätte, wie es heute üblich geworden ist und vor dem ich ihn bewahrt habe.« Die Totenfeier hatte im Sommer in der Binderischen Gruft stattgefunden, im engsten Kreis der Familie, hinter verschlossenen Türen. Der enttäuschten Menge war es verwehrt worden, einen Blick ins Innere zu werfen. Das Militär hatte man sich verbeten.

Diesmal hatte sich Frau Montsch zur Gemahlin des Stadtpfarrers gesellt, die auf Abstand hielt. Die beiden standen außerhalb der Menge und sahen alles und sahen somit mehr. Und hatten gleichzeitig einen wachsamen Blick auf die Emma, damit sie keine ihrer Enthüllungen in Szene setzte, die hier fehl am Platz gewesen wären. Sie zappelte zwischen den Damen in einem Kleid von verblichener Pracht mit Tournüre und Schleppe, um den Hals eine Federboa, auf dem Kopf ein Kapotthütchen mit bunten Pompons. Das waren Modestücke aus der Mottenkiste der Emilia Scherban de Voila, der einstigen Hofdame, die die verrückte Emma regelmäßig einkleidete, zum Gaudium der kleinen Stadt.

Zu gewärtigen war, daß die tolle Emma, überfordert von den Verwirrungen der Welt, sich zu den Säumen hin bücken und die vielen Falten ihres Gewandes jäh raffen würde, um es mit einem gekonnten Ruck hochzuheben und den Unterleib zu entblößen. Doch jedesmal, wenn sich an der Emma etwas erregte, geschah dieses: Die Frau Stadtpfarrer, die sich mitverantwortlich fühlte für den würdigen Verlauf der kultischen Feier, stach zu, sie nagelte mit der Spitze des Sonnenschirmes die Schleppe der Irren in den Rasen, während Frau Rose Maria Montsch beschwichtigend ihre Hände nahm und sprach: »Beruhigen Sie sich, Emma, Liebe, bewahren Sie Haltung! Ihre Zeit kommt noch!«

Nach der achten und letzten Strophe, »Wenn unser Lauf vollendet ist, so sei uns nah, Herr Jesu Christ, mach uns das Sterben zum Gewinn, zieh unsre Seele zu dir hin«, hob der Pfarrer mit den Worten an: »Im Namen Gottes des Vaters und des Sohnes und des Heiligen Geistes« und bezeichnete mit diesen Worten einen heiligen Raum, der ganz anders war als alle Räume dieser Welt.

Als er den Friedensgruß gesprochen hatte: Friede sei mit euch allen, verließ das Mädchen Gisela Judith Glückselig seinen Standort und näherte sich der Grube. Sie ging wie im Traum an der Front der deutschen Soldaten und an den Hitlerjungen in Reih und Glied vorbei, vorbei am Hordenführer mit der Hakenkreuzfahne in der Hand und an der schnurgeraden Zeile der BDM-Mädchen unter dem Befehl der Scharführerin. Sie beugte sich über das offene Grab. Ihre dicken blonden Zöpfe pendelten nach vorne und verdeckten ihre Wangen. Das Haar glänzte in der Sonne. Sie ließ die drei gelben Rosen in die Tiefe schweben. Und war verschwunden, als ob die Erde sie verschluckt hätte.

Alfa Sigrid berührte erschrocken meine Hand. Plötzlich sagte sie: »Komm, wir gehen. Es ist an der Zeit.«

Wir gingen.

Begegnungen

Das Gabelfrühstück, das die Großmutter eigenhändig auf die Terrasse gebracht hatte, blieb unberührt. Ich aß erst, als es mir zuwider wurde, die Fliegen wegzuscheuchen.

Damit würde es sein Bewenden haben, hatte sie gesagt, denn für ein reguläres Mittagessen reiche die Zeit nicht. Putze die Katalin in diesem Tempo die Klinken, dann dauere es bis Weihnachten. Sie hatte das Mädchen in die Küche befohlen: »Gyere hamar! Geschwinde!« Die vielen Hände heute nachmittag würden das Ihre tun, um die Klinken zu säubern. Mit dem Gartenfest sei es wohl Essig: »Finita la commedia!« Daß ich hier draußen stünde, auf der Hut wie eine Schildwache, beruhige sie. Die plötzlich sperrangelweit offenen Türen seien beängstigend. Doch gut, daß gelüftet werde, es rieche dumpf. Die vielen Kinder aus so unterschiedlichem Milieu mit ihren Ausdünstungen, da brauche es Luft.

Ich brauchte Luft. Als Alfa Sigrid mich an der Hand nahm und wir im Rösselsprung zwischen den Grabsteinen dahineilten, überkam mich der Drang, zu jodeln, Schreie auszustoßen wie ein Indianer und Gloria – Victoria zu rufen.

Sie führte mich zur Gruft ihrer Familie, schloß die Eisentür auf und zog mich in das Gelaß, das Uneingeweihten verwehrt war. Für Augenblicke war ich wie blind. Aber die Kühle tat gut.

»Ich hab Angst«, sagte sie und entzündete eine Kerze.

»Angst? Angst wovor?« fragte ich. Fragte eigentlich mich und antwortete lautlos: vor der Zukunft, vor dem wirklichen Leben, vor der Nacktheit der Frau.

»Davor!« sagte sie und bedeckte mit den Armen eine waagrechte Nische, die auf Brusthöhe in die Seitenwand eingelassen war. »Davor hab ich Angst!« Und fragte: »Weißt du, wo du begraben sein wirst?«

»Ich? Begraben?«

»Wo habt ihr eure Gräber?«

»Wir haben keine Gräber.«

»Jede Familie hat Gräber! Oder stirbt bei euch niemand?«

»Gewiß«, sagte ich kleinlaut. Aber es fiel mir niemand ein. Ja, wahrhaftig, bei uns lebten noch alle. Irgendwelche weitläufigen Cousins waren gefallen, Söhne von Verwandten aus Mediasch, die wir nie gesehen hatten, Totenkopfhusaren. Man hatte darüber gesprochen. »Hier in Fogarasch haben wir keine Gräber«, gab ich zu, »noch keine.«

»Wo sind eure Familiengräber?« bohrte sie.

»In Freck«, sagte ich zögernd. Dort stand unser Familienhaus, erbaut 1839, wie am Giebel zu entziffern war. Also mußten in Freck unsere Gräber liegen.

»Du Glücklicher«, sagte sie und verriegelte die Tür. Durch die Luftlöcher fiel gebrochen das Licht. Der Innenraum war als Totenkapelle gehalten, groß genug, um eine Familie in Andacht zu versammeln. In der Mitte erhob sich ein schmaler Katafalk. Auf dem saß Alfa Sigrid und sah mich an.

Die Stirnwand gegenüber der Tür teilte ein mannshohes Eichenkreuz in vier Felder. Das schildförmige Herzstück des Kreuzes fehlte, war ausgespart, war leer. Sie zeigte darauf: »Wir bekommen ein neues Wappen.«

Jedes der vier Felder innerhalb des Kreuzes trug eine Marmortafel mit Namen und Jahreszahlen. Hier hatte man die Särge der Länge nach in die Stollen der Wand geschoben. Alle Plätze waren besetzt. An den beiden Seitenwänden wurden die Särge parallel zum Katafalk in Hohlkehlen gelegt, je zwei in derselben Etage, Kopf an Kopf, Fuß an Fuß hintereinander.

Gedämpft erklangen von draußen die Lieder »Wolkenhöhen, Tannenrauschen« und »Af deser Erd, do es ä Land«, die es dem Grenadier angetan hatten und die die Lehrerin Hienz mit dem Schülerchor der Deutschen Schule eingeübt hatte. Das hieß, die Predigt war zu Ende. Kurz darauf setzte blechern »La Paloma« ein, die Melodie war kaum von »Santa Lucia« zu unterscheiden, bloß der Baß zottelte durch den Äther bis zu uns. Nun wurde das Grab zugeschaufelt.

»Ich hab mir ausgerechnet, daß allein ich von der Familie dort Platz hab«, sagte Alfa Sigrid und wies auf die Nische in der Wand. »Alle anderen sind größer als ich und meine beiden jüngeren Schwestern noch zu klein. Gott sei Dank!«

Um Gotteswillen, was entgegnen. Endlich fiel mir ein: »Aber deine Großmutter von drüben, aus dem Regat, die ist uralt und klein, ganz zusammengeschrumpft.«

»Hast du vergessen«, sagte sie, »ich hab es dir doch erzählt! Sie will zu Hause begraben werden, auf ihren Gütern an der Donau. Sie haben in Dor-Mărunt ein Erbbegräbnis. Ganz unten in der Walachei. Du schmunzelst! Ja, so heißen die Dörfer ihrer Familie: Dor-Mărunt und Vaideei: Winzige Hoffnung und Wehe ihnen. Aber das Herrenhaus ist einem französischen Schloß nachgebaut. Und heiß ist es dort wie in einem Panzer. Wir müßten einmal hinfahren«, ihre

Augen glühten, »ich und du!« Dann fand sie zurück: »Das Herz von ma grand-mère bleibt hier. In der Kapelle, die mein Großvater ihr hat bauen müssen, als sie hierher geheiratet hat. Damit haben wir die alte Dame untergebracht. Ergo bleib ich übrig! Fait accompli! Hörst du?«

»Der Buzer! Er war mein Lieblingscousin. Was hätte ich nicht gegeben, mit ihm ein Leben lang zusammenzusein. Aber hier, und tot, das nicht! Wir waren wie versprochen. So glaubte ich. Er sagte zwar: Du bist zu jung, um das schon zu wissen. Der Richtige kommt wie der Märchenprinz zum Dornröschen. Zu jung, sagte ich: Schau, unsere Zigeunermädchen, mit fünfzehn bekommen die Kinder. Du bist keine Zigeunerin. Aber fünfzehn bin ich.« Sie war aufgestanden und hatte sich vor mich gestellt, mit dem Rücken zur Seitenwand, wo Buzer auf ewig eingemauert war. Tränen füllten ihre Augen.

Ihr Kummer brach mir das Herz. Ich wollte besänftigen: »Hast nicht du selber gesagt, damals beim heißen Stein ...«

»Als du keine Zeit für mich hattest, jäh weg mußtest!«

»Ja, nein, nicht so. Gesagt, der Tod ist die Liebe?«

Sie sah mich verzweifelt an: »Niemals! Du verdrehst alles, preßt es in mathematische Formeln, die dazu nicht taugen. Tot ist tot, kapierst du?« Sie strich mit den Händen über Buzers Ruhestatt. »Nicht der Tod ist Liebe. Wie auch? Sondern Liebe ist wie der Tod: Man gibt sich auf, geht verloren.«

Kein Wort, schwor ich mir, nur noch zuhören!

»Tante Rose Maria hat mir sein Tagebuch gegeben. Sie will von ihm nichts behalten außer dem Michaelsorden vom König in Bukarest. Selbst kein Bild. Und verschleiert bleiben, bis das Trauerjahr um ist. Niemand, auch keiner von der Familie, wird ihr Gesicht zu sehen bekommen.«

»Ist sie ganz allein?« entfuhr es mir voll Mitleid. Zu spät biß ich mir auf die Zunge.

»Was fragst du so? Du weißt es doch«, antwortete sie vorwurfsvoll. »Wie es zuvor der Offizier in seiner Rede gesagt hat, so schreibt er: Es ist wunderbar, für eine große Sache zu leben und zu sterben. Oder für eine Idee ... Er war Hitlerjunge in Berlin.«

»In Berlin?« Ich gab es auf, die Zunge im Zaum zu halten. »Wie? Das weißt du nicht? Er ist dort geboren. Ein begeisterter Hitlerjungen, einer der besten. Mit allen Spangen und Abzeichen in Gold, die es gibt. Als Fallschirmjäger gehörte er zu dem Kommando, das über Kreta abgesprungen ist. Wenn der Buzer erzählte, bei uns am Kamin, im Winter, indes der Wind um unser Haus wehte und weit und breit alles weiß war, das Haus zu den vier Winden nannte er es ...« Die Stimme gehorchte ihr nicht mehr.

»Göring selbst hat ihn dem König für seine Leibgarde empfohlen. Der Buzer schreibt: Besser als sich für eine Idee einzusetzen, ist es, für einen Menschen sein Leben zu opfern ... Für unseren König ist er durchs Feuer gegangen. Zuletzt schreibt er: Ideen können irreführen, falsch sein. Und Menschen können einen enttäuschen, verraten. Was bleibt und überdauert, sind nicht die Idee und die Person, sondern die eigene Begeisterung, deine Treue, deine Opferwilligkeit. Vor sich hat man zu bestehen. Nicht wofür man gekämpft hat, wie man gekämpft hat, das entscheidet ...« Ihr Gesicht brannte. Die Tränen waren getrocknet.

»Und dann stolpert er bei dem blödsinnigen Fliegeralarm dieser ... dieser Ziege, dieser Himmelsfee Oho vor die Füße. Oho! Gerade bei meiner Konfirmation! Und von Stund an sind sie ein Paar, wie es so heißt.« Sie reckte die Zunge in Richtung Trauerfeier. Wie ihre Augen funkelten!

»Wenn ich wüßte, wer bei meiner Konfirmation das Durcheinander angerichtet hat, ich würde ihm den Hals umdrehen. Ha, du müßtest es wissen«, fauchte sie, »du warst bei der Läuterei! Wer hat den falschen Alarm gegeben?«

»Ich bin damals die Treppen hinuntergesaust.«

»Zuletzt schreibt er: Seit ich verlobt bin, scheint es mir, daß dies allein einem Leben Sinn und Ziel gibt: einen einzigen Menschen von ganzem Herzen zu lieben, bis der Tod einen scheidet. Und über den Tod hinaus ... Er liebt sie auch jetzt noch!« Sie drehte sich um, trommelte mit den Fäusten an die Wand, wo eine schwarze Marmortafel seinen Namen trug, darunter die Jahreszahlen 1920–1943.

Dann zu mir: »Sei froh, daß du nicht weißt, wo man dich begräbt!« Sie begann zu weinen, mit gesenktem Kopf. Die Haare verdeckten das Gesicht. »Ich hab Angst, Angst, Angst!« Sie schluchzte. »Aber wenn ich bis zum nächsten Sommer nicht sterbe, dann komm ich durch, dann bin ich außer Gefahr ...«

»Wer sagt das?«

»Dein Bruder Engelbert, der Hexenmeister im Rechnen. Er hat alles berechnet, aber die gefährlichen letzten Tage wollte er nicht preisgeben. Nächstes Jahr im Sommer, konnte ich ihm entlocken. Im Sommer bin ich zu groß für hier!« Und sie legte die Hand in die leere Mauernische.

»Er hat alles vermessen. Mich, die Nische. Dann war er bei uns auf dem Gut und hat notiert, wie rasch ich gewachsen bin. Du weißt: die waagrechten Striche an der Wand. Bei euch im Badezimmer ist es genauso: Jedes Kind hat seine Meßlatte.«

So war es. Jeden zweiten Monat lehnte uns die Mutter an die Wand, drückte uns Dr. Haarers Buch *Die deutsche Mutter und ihr erstes Kind* auf den Scheitel, zog einen Strich und versah ihn mit Datum und Zentimeterzahl.

»Dann hat er in Doktorbüchern nachgelesen, wann ein Mädchen wie rasch wächst.« Sie fröstelte. Die Kerze war erstickt. Unsere Augen hatten sich an die Dämmerung gewöhnt, aber nicht die Körper an die Kälte. Ich legte ihr meine Joppe um. Sie hielt sie vorne zu, hüllte sich in meine Wärme, die in dem flauschigen Stoff verblieben war. Und fragte: »Glaubst du an das Leben nach dem Tod? Glaubst du an das ewige Leben? Glaubst du an die Auferstehung von den Toten?«

»Ja«, hörte ich mich laut sagen, indem ich die Augen auf sie richtete.

»Wie gut!« sagte sie.

»Ja«, sagte ich, obschon ich es nicht glaubte.

»Du glaubst es! Wie mich das tröstet.«

Ja, hatte ich gesagt, obschon ich es nicht glaubte. Aber: Es gibt Augenblicke, wo man ja sagen muß, auf Teufel komm raus, sofort, ohne mit der Wimper zu zucken, laut und mit leuchtenden Augen, selbst wenn es nicht stimmt. Wobei man die eigentümliche Erfahrung macht: Es gibt ein Ja, auch ins Leere gesprochen, das sich mit der Zeit seine Wahrheit schafft, in Erfüllung geht. Ich hatte ohne zu zögern ja gesagt, denn ich spürte: Es geht um ihrer Seele Seligkeit, was das auch sein mag. Und sagte mir: Jetzt mußt du in die Hände spucken und dich mit dem ewigen Leben beschäftigen. Zumindest bis zu jenem fatalen Sommer nächsten Jahres. Gleich morgen würde ich beim Pfarrer vorsprechen, um mich mit dem ewigen Leben bekannt zu machen.

Obschon mir der Gedanke an das, was nachher sein würde, eher unangenehm war. Das Vorher, was ich vor meiner Geburt gewesen war, beschäftigte mich manchmal, beunruhigte mich. Niemand wollte dazu etwas sagen. Ja, und täglich verfolgte mich, was ich jetzt war und in diesem Leben sein würde.

»Fast grün leuchten deine Augen«, sagte sie leise. Sie reckte sich auf die Zehenspitzen. Während meine Jacke von ihren Schultern glitt, legte sie ihre nackten Arme um meinen Hals und ihren Kopf an meine Brust. Eine Weile lang.

Mitten im Tango »Ramona« – eine Draufgabe für den begrabenen Grenadier – lärmte es schrill durch die gepanzerte Tür. Es war das Auf und Ab der Sirenen. Fliegeralarm.

»Nur weg«, rief sie, »hier trifft es uns beide!«

Während die Leute, die sich nach der Beerdigung zu ihren Gräbern verstreut hatten, über den Friedhof galoppierten, um den nächsten Luftschutzkeller mit heiler Haut zu erreichen, führte Alfa Sigrid mich zu einer Stelle, »wo uns nichts passieren kann«. Eine Eberesche ragte mit dem ausgewaschenen Wurzelwerk über die Kante der Böschung zu einem Bächlein hin und bildete einen Unterschlupf.

Um Gottes willen, dachte ich, hier trifft es uns nicht nur todsicher, hier sind wir sogleich auch begraben. Bei der ersten Bombe fällt der Baum vom Luftdruck um. Doch wenn sie sich hier sicher fühlt … Und dann: Vom ewigen Leben her besehen war es egal. Wir richteten uns ein, und ich fand die Erfahrung vom Dunkelverstecken bestätigt, wenn ich hinter den dichten Gardinen Ulrike Enkelhardt angerührt hatte: Es war nicht einfach, ein Mädchen innerlich zu erfassen, aber noch schwerer, ein Mädchen rundum zu umfassen – je näher sie einem steht, desto mehr schmerzt es, wieviel an Leib und Gliedern ungeborgen bleibt. Als wir uns unter das verfilzte Geflecht von Wurzeln, Steinen und Erde gekauert hatten, das über uns schwebte, faßte sie meine Hand und zog sie um ihre Schultern. Und hielt sie fest.

Höllisches Motorengeräusch näherte sich, von Maschinen im Tiefflug. Ich mußte alle Kraft zusammennehmen, um nicht zu erschrecken. »Erschrick nicht«, sagte sie, obschon ich mich nicht geregt hatte. »Es sind unsrige!« Und tatsächlich, die drei deutschen Doppeldecker der Lehrkompanie donnerten über uns hinweg. »Dort sitzt mein Freund, er heißt Jupp und tut uns nichts zuleid. Er ist ein herzensguter Mensch.«

»Ich weiß«, sagte ich, »ich kenne ihn.«

Daß alle drei Flugschützen herzensgute Menschen waren, davon hatten wir uns überzeugen können, als wir sie zum Mittagessen eingeladen hatten. Sie hatten sich von der angenehmsten Seite gezeigt und die kleine Schwester mit ihren Gunstbezeugungen fast erdrückt. Doch ihre Eßmanieren hatten der Großmutter nicht behagt.

Und noch etwas war der alten Dame nicht zupaß gewesen: »Frontsoldaten haben eine aufdringliche Manier, einem dauernd die Hand zu schütteln. Sie stürzen sich förmlich auf einen und reißen einem die Hand weg. Habt ihr das nicht bemerkt? Das widerspricht dem guten Ton! Überhaupt sollte man sparsam sein mit dem Händegeben, schon aus hygienischen Gründen. Und dann: die Hand reichen, das ist eine Auszeichnung. Früher, wenn ein Fürst seinen Kadetten die Hand hinstreckte, mußten sie einen Kniefall tun. Waren sie adeliger Herkunft, so durften sie die Hand des Fürsten küssen, waren sie bürgerlich, nicht einmal das, nur den Saum des Rocks mit dem Mund berühren. So geschehen dem großen Schiller!« Aber gruslig berühre sie, fuhr die Großmutter fort, gleichgültig, ob diese Krieger einem die Hand hinhielten oder den Kindern über die Haare strichen oder beim Essen das Fleisch zerschnitten: daß sie mit denselben

Handen Menschen umgebracht hätten. Manche von ihnen hätten die Nahkampfspange, behaupteten die Buben! »Dieser Jupp – was ist das für ein Kasperlname? – soll diese blutrünstige Medaille sogar in Gold besitzen!«

»In Gold?« fragte der Großvater. »Dann hat er mindestens drei Feinde im Kampf Mann gegen Mann erstochen.« Wir glaubten nicht, daß der Großvater spaßte.

»Dagegen Offiziere!« schwärmte die Großmutter.

»Gewiß, Offiziere mit weißen Glacéhandschuhen«, sagte der Großvater. »Aber vergiß nicht: Die geben die Befehle.«

Alfa Sigrid verschloß mir den Mund mit der Hand und sagte: »Verdirb mir nicht den Spaß an diesen Fliegern.«

Bis zur Entwarnung hatten wir gute Zeit. Es galt vieles zu sagen, zu erkunden, wichtige Kleinigkeiten zur Sprache zu bringen und manches zu klären. »Seit meiner Konfirmation bist du so komisch zu mir.« Ohne meine Antwort abzuwarten, die nur eine Notlüge hätte sein können, spann sie den Faden weiter. »Als ich niederkniete, ist die Sonne untergegangen.«

»Ja«, sagte ich.

»Auch du hast es bemerkt!« Sie löste ihr Köpfchen von meiner Schulter, um mich anzusehen. Die Lider waren fast geschlossen. Sand rieselte durch das Netzwerk der Wurzeln.

»Damit du besser in Erscheinung trittst«, beruhigte ich. »Du hast den schönsten Spruch bekommen. Einem Teil der Engel hat der Pfarrer befohlen, immer für dich unterwegs zu sein.«

»Nicht der Pfarrer, Gott selbst hat es befohlen«, sagte sie ernsthaft.

»Deinen Fuß sollst du an keinen Stein stoßen.«

»Manchmal glaube ich es wirklich, daß es Engel gibt, die mich beschützen wollen.« Sie seufzte.

Einmal fuhren wir in unserem Wurzelversteck auseinander. Über die Allee lustwandelten die Tante Rose Maria in Schwarz und die Pfarrerin Stamm mit einem Sonnenschirm aus dem Land des Lächelns. Sie waren in Gesellschaft der Emma, die aus der Ferne einer Grande Dame der *Berliner Illustrierten* zu Kaisers Zeiten glich.

Um die drei schlug Herr Wenzel Laurisch-Chiba einen Bogen. In der Hand glänzte ein Lebzelten. Er hielt Ausschau nach jungen, verwitweten Müttern mit adretten Kindern.

Alfa Sigrid sagte: »Auch dieser obskure Kinodirektor mit dem Kaiserbart. Schenkt mir einen Pfefferkuchen mit Spiegel! Ich wehre ab, will ihm klarmachen, daß man so etwas Dienstmägden gibt, doch er schneidet mir das Wort ab, siezt mich sogar: Schöne Odaliske von Hasensprung, billigen Sie diesen westöstlichen Leckerbissen, denn in Ihrer noblen Familie herrscht Balance. Auf die richtige Balance kommt es an im wirklichen Leben! Und schiebt mir das Herz in die Bluse.«

»In die Bluse, wo du schon eins hast! Übrigens, der Inhaber eines Lichtspieltheaters kann nicht obskur sein.«

Als die Flugzeuge zum zweiten Mal heranbrausten, hielt die verrückte Emma ihre Zeit für gekommen. Sie zog sich aus der Damengesellschaft zurück – ohnehin waren die Damen nicht ansprechbar, hielten sich die Ohren zu, während Hüte und Schleier im Sturmwind flatterten – und tat, was jeder befürchtete, wenn er ihr begegnete: Sie hob die Säume ihres Kleides mit geübter Fertigkeit vom Boden und verhüllte ihr Haupt mit den Röcken. Halbnackt verharrte sie einige Momente wie eine enthauptete Statue. Dann beugte sie den Oberleib flugs nach vorne, legte die Hände in den gehäkelten Handschuhen neben die Stiefeletten und reckte den Hintern in die Höhe, daß es gleißte und blendete. Jäh drehten die Flugzeuge bei. Es wurde totenstill. Auch wir drehten uns weg.

»Alfa zum Beispiel, warum Alfa?« fragte ich nach einer Weile, als wir die Blicke wieder zur Allee streifen ließen, die nun menschenleer war.

»Eigentlich sollte ich Asta heißen. Astrid gefiel meiner Mutter nicht. Das erinnere an Fußtritt. Mein Taufpate, ein zerstreuter Professor aus Wien, du kennst ihn, er heißt Oswald Thomas und hat eine *Astronomie* verfaßt, ein Kronstädter, er steckt dauernd mit dem Kopf in den Wolken ...«

»Schlimm für einen Sterngucker«, bemängelte ich.

»Du bemerkst alles, man muß sich zusammennehmen,

wenn man mit dir spricht. Hör trotzdem weiter. Als der Pfarrer fragte: Wie soll das Kind heißen?, antwortete er kopflos ...«

»Noch schlimmer«, sagte ich.

»Sei nicht so wortklauberisch! Antwortete er: Alfa.«

»Gut, daß er nicht Omega gesagt hat.«

»Noch bevor jemand protestieren konnte, rief ma grand-mère: Adorable! Alpha, mais ce sonne magnifique! C'est vraiment drôle. Alpha! Ainsi soit-il! Das aber heißt französisch: Amen. Was der Pfarrer verstand. Und ohne zu warten, taufte er drauflos. Sowieso verheddert er sich in meinen vielen Namen. Die Mutter mußte flüstern.«

»Gut. Aber warum heißen deine kleinen Schwestern Beta und Gamma und Ewwa mit Doppel-W?«

»Weil mein Vater sich nicht von der Volksgruppe die Namen vorschreiben lassen will. Volksgenosse Binder! Was sind das für artfremde Vornamen?« näselte sie. »Aber jede meiner Schwestern hat noch andere Namen, normale: zum Beispiel Karoline, Berchta, Charlotte, Annunziata.«

»Ist deine Großmutter eine Rumänin?« Diese Frage war mir entrutscht. Gewiß hatte der scheelsüchtige Johann Adolf sie mir eingeflüstert. Noch hatte ich seine Worte im Ohr: Bei diesen Adeligen herrscht das reinste Rassenkuddelmuddel. »Ja und nein. Bei solchen weitverzweigten Familien ist das schwer zu sagen. Sie meint, sie komme von Fanarioten her.«

»Das sind griechische Fürsten, die die Türken in der Walachei und in der Moldau als christliche Statthalter eingesetzt haben: Ghika, Sturdza, Calimaki«, sagte ich stolz.

»Du weißt alles.«

»Du fragst nach dem neuen Wappen? Partout gefiel der grand-mère unser Name nicht. Von Hasensprung, c'est trop ridicule! Sie hat meinen Großvater tribuliert, der ihr jeden Wunsch von den Augen abgelesen hat, beim Kaiser in Wien zu intervenieren, das Prädikat zu ändern. Im November 18 ist es so weit gewesen.«

»Als er gehen mußte, Karl der Letzte. *Weder Kaiser noch König*«, sagte ich.

»Es war eine der letzten Amtshandlungen, bevor der Kaiser verjagt wurde, wird erzählt. Wir heißen seit damals Neustift, nach dem alten Namen der Walachei: Novo plantatio. Daß das mit Neustift übersetzt wird, dafür hat sich der Großvater stark gemacht. Der alten Dame war es recht. Nur nicht Hasensprung, hat sie räsoniert.«

»Aber ihr heißt noch immer von Hasensprung.«

»Das ist ja das Elend. Der Kaiser hatte keine Zeit, den Hasensprung wegzustreichen. Die Kaiserin Zita mit den vielen Kindern an der Hand drängte. Die Kommunisten randalierten im Schloßhof. Nur weg, es ergeht uns wie dem Zaren! So setzte der Kaiser das zu Neustift dazu. Hasensprung blieb.«

»Legenden!« Und schwächte erschrocken ab: »Herkunftslegenden nennt man das. Ja, ein putziger Name.«

»Jetzt wird Ordnung gemacht. Ma grand-mère hat mit meinem Vater ein Gentlemen's Agreement geschlossen: Ich bringe meine Zähne in Ordnung, du machst Ordnung mit den Namen.«

»Was ist das, Gentlemen's ... Wie hast du gesagt?«

»Das muß man wissen!« Dann sagte sie sanfter: »Ein Abkommen zwischen Herrschaften auf Gedeih und Verderb.« Sie meinte wohl: auf Treu und Glauben. Aber ich schwieg.

»Vettern von uns nennen sich statt von Hasensprung seit langem schon von Halvelagen oder Hogylag. Es ist das Dorf, wo sich die Geschichte zugetragen hat. Im Grunde genommen sind wir Bauern, sagt mein Vater.«

»Was für eine Geschichte?«

»Ohne eine Geschichte wirst du nicht geadelt.«

»Na bitte: die Herkunftslegende ...«

»Ja, ja, du hast immer recht. Aber nun die Geschichte: Beim sächsischen Bauern Weprich Binder in Halvelagen dicht bei Elisabethstadt dringen ungarische Betjaren ein, verlangen zu essen, zu trinken, fragen, ob er Ungarisch könne, was er, schlau wie der Bauer ist, verneint.«

»Wann war das?«

»Ende 17. Jahrhundert. Die ungebetenen Gäste verschwören sich, den Fürsten von Siebenbürgen Apafi noch in derselben Nacht umzubringen. Als alle betrunken sind und sich schlafen gelegt haben, springt der Bauer Weprich Binder wie ein Hase nach Elisabethstadt, hopp, hopp, hopp, zwei Meilen weit, und warnt den Fürsten. Der läßt die Banditen gefangennehmen und aufhängen. Den Bauern Binder erhebt der Fürst in den erblichen siebenbürgischen Adelsstand: Und weil du bist gesprungen wie ein Hase, sollst du heißen von Hasensprung.«

»Wieso habt ihr Boden nur auf dem Steilufer?« fragte ich.

»Weil mein Vorfahre bei der Landnahme links und rechts verwechselt hat. Er war ein berühmter Schütze, er schnitzte seinen Bogen aus einer jungen Esche, doch statt in die fruchtbare Flußau flog der Pfeil gegen Felmern hin. Doch Boden ist so viel, daß mein Vater mit den Knechten in Reih und Glied um die Wette arbeitet.«

Dazwischen schob sie kleine Sätze ein: »Wenn ich mit dir bin, spüre ich keine Angst.« Oder: »Du warst immer mein liebster Freund. Denn für unsereinen ist es schwer, einen Freund zu haben.« Oder: »Mein Vater hält große Stücke auf dich, seit du deine Haut für die Gisela zu Markt getragen hast. Ich hatte nicht die Courage, mich heute neben sie zu stellen. Aber sie war auch gleich verschwunden.« Oder: »Der Dolfiführer hätte ja als Jude auf die Welt kommen können!«

»Wer ist das?« fragte ich scheinheilig.

»Du weißt es nicht? Der Hordenführer. So heißen wir ihn.« »So heißt ihr ihn«, sagte ich und sonst nichts.

Oder: »Deine Mutter lieb ich heiß!«

Zuletzt sagte sie: »So wie es jetzt ist, so möchte ich sterben. Aber vorher möchte ich glücklich sein!«

Etwas merkte ich mir fürs Leben. Sie sagte: »Die echte Liebe beginnt dort, wo man sich vor dem anderen nicht mehr schämt, sich nicht verstecken muß – seelisch nicht und auch äußerlich nicht.«

»Fertig«, sagte ich, als die Entwarnung kam. Wir holten unsere Fahrräder, die hinter der Kapelle lehnten.

Sie schmollte: »Alles schon vorbei.«

»Nein. Heute machen wir uns einen guten Tag. Ich fahr dich heim, wie du noch nie hingekommen bist. Vorher aber muß ich einen Besuch machen.«

»Wo?«

»Unten in der Griechengasse. Kommst du mit?«

»Ich weiß nicht! Zu wem?« Sie rümpfte die Nase. »Dort wohnen arme Leute, bei denen riecht es so, so ...«

»Auf einen Sprung nur. Auf einen Hasensprung. Ich muß ein Buch abgeben: *Mutter erzählt ...*«

»... *von Adolf Hitler*«, fiel sie mir ins Wort.

»Nicht ganz: *Mutter erzählt von Jesus Christus.*«

»Gibt es das?«

»Das gibt es bei uns. Wir hatten auch das andere. Es ist spurlos verschwunden.«

»Wem trägst du das fromme Buch?«

»Einer Anna Königes.«

»Die Ärmste. Das übrigens ist die Tante vom Dolfiführer, der zerreißt dich in der Luft, wenn er dich dort trifft.«

»Trifft mich nicht. Die Horde sammelt Alteisen. Um nach dem Begräbnis etwas Nützliches zu tun. Für den Endsieg!«

»Aktion ›Kampf dem Verderb! Der Klabautermann geht um‹!«

»Und nachher besuchen wir den Propheten. Der serviert uns himmlische Neuigkeiten und das Neueste vom Tage. Vielleicht auch ein Mittagessen.«

»Fein«, sagte sie, »mit dir ist man nicht allein.«

»Und nachher«, sagte ich, »folgt die Überraschung.«

»Was denn?«

»Verrate ich es, ist es keine Überraschung.«

»Wie gescheit du bist.« Wir schoben die Räder neben uns her, betont langsam, während wir auf Umwegen zur Griechengasse bummelten, vorbei am Liceu Radu Negru Vodă, erbaut im orthodoxen Klosterstil, und an der jüdischen Synagoge, deren Fenster mit Maschendraht vergittert waren. Wir gingen ein Stück an den Fleischbänken des Viky Welther entlang, kreuzten bei der Kontesvellerschen Apotheke die Kronstädter Straße, flanierten über die Burgpromenade und bogen in die Griechengasse beim schönsten Haus von Fogarasch, der Villa des Präfekten Scherban de Voila, der nicht nur Chinesisch verstand, sondern auch deutsch sprach.

»Die Ärmste«, sagte Alfa Sigrid noch einmal.

Die Ärmste saß im Rollstuhl, den Rücken uns zugekehrt. Sie forschte in der Bibel. Ohne den Kopf zu wenden, der von einem Korsett gestützt war, begrüßte sie uns: »Kommt herein, ihr Gesegneten des Herrn. Welch schönes Paar.«

Wir fuhren zusammen. Die Freundin packte meine Hand. »Wieso sieht sie uns?« flüsterte sie.

»Nehmt Platz. Unser Dolfi kommt gleich.«

Zum Teufel, dachte ich, das ist ja wie verhext! Mit belegter Stimme sagte ich: »Meine Mutter läßt grüßen. Hier, bitte, das versprochene Buch.«

»Wunderbar! Leg es nur auf den Tisch. Vor mich. Auf die Bibel. Meine Kinderchen werden sich freuen.« Mit dem kleinen Finger, dem einzigen, was sie an ihrem Leib außer den Lippen und Lidern bewegen konnte, blätterte sie die Seiten des Buches um, wie Kassierinnen Banknoten zählen.

»Meine Kinderchen! Bald kommen sie in die Christenlehre. Die werden sich freuen. Wie wunderbar es Gott gefügt hat, daß ich Zeit habe. Niemand hat heutzutage Zeit. Zum Beispiel ein Pfarrer. Der sollte sich Zeit nehmen, Zeit haben für alle Menschen: für die Kinder, für die Alten, für die Kranken, für die Verzweifelten, die an seine Türe klopfen, für die, die sich langweilen … Dafür wird er bezahlt. Und wie steht es in Wahrheit? Der jüngst verstorbene Pfarrer, wo war er zu finden bei Tag und bei Nacht? Im Wald und auf der Heide, da sucht er seine Freude. Er war wohl ein gewaltiger Jäger, aber nicht vor dem Herrn wie einst Nimrod, sondern eher wie der Jäger aus Kurpfalz.« Mit hoher, dünner Stimme begann sie zu singen: »Ein Jäger aus Kurpfalz, der reitet durch den grünen Wald und jagt das Wild daher, als wie es ihm gefallt! Wie rasch er davon ist, eins, zwei, drei im Sauseschritt läuft die Zeit, wir laufen mit. Und plötzlich fertig! Aus! Vielleicht hat ihn der Satan geholt. Der allbarmherzige und gütige Gott vergebe ihm seine Sünden. Stellt euch vor mich, damit ich eure Mienen studieren kann.« Wir stellten uns vor sie, aber wir trugen keine Miene zur Schau.

»Und der neue Pfarrer? Ich bin neugierig, was für ein Steckenpferd der hat. Mich hat er noch nicht besucht.«

Außer dem kleinen Finger vermag sie ebenso hurtig die Lippen zu bewegen, dachte ich. »Er ist erst seit zwei Monaten hier«, fühlte ich mich bemüßigt zu erinnern.

»Und hat bei allen besseren Leuten Besuch gemacht! Oder war er noch nicht bei euch? Lüg nicht!« rief sie, obschon ich kein Wort gesagt hatte. »Unter den ersten wart ihr. Seit damals besucht er euch jeden Tag. Kein Wunder: Ihr habt den schönsten Garten, bewohnt das nobelste Haus nach der Villa vom Präfekten, bei euch trinkt man noch echten Tee. Lüg nicht!« rief sie wieder. Ich log nicht, ich schwieg.

»Aber ich frage dich: Ist jemand bei euch an Leib und Seele krank, vom Schicksal geschlagen, von bösen Geistern heimgesucht, verlangt es jemanden bei euch nach Jesus Christus, unserem Heiland und Erlöser? Hab ich nicht recht? Ist es nicht so? Lüg nicht! Was sucht er bei euch, wo es bei euch keine Seele zu fangen gibt? Der Kranke bedarf des Arztes.«

Sie hatte recht, so war es: In unserem Haus waren keine Seelen zu fangen, es war niemand krank, geschlagen und heimgesucht, und niemand verlangte ausdrücklich nach Jesus Christus. Am ehesten mich, jedoch erst seit heute, seit knapp einer Stunde. Und lügen? Ich log nicht. Nicht nur weil es eine Schande war für einen deutschen Jungen, sondern weil es unbequem war und mir zuwider.

Sie sagte: »Ich muß gefüttert werden, hernach halte ich Stunde mit den Kinderchen. Sie können es kaum erwarten, zu mir zu kommen. Nehmt Platz, ihr Gesegneten des Herrn.«

»Verzeihung, aber wir sind in Eile«, sagte ich.

»Und überflüssig«, flüsterte die Freundin, »mehr als flüssig. Komm, wir gehen. Nur weg von hier!«

Aber wir blieben, blieben stehen wie gebannt, und blickten beide zu der Frau, die außer den Augen und dem Mund bloß einen Finger bewegen konnte, den kleinen. Wie wunderbar! war jedes zweite Wort von ihr. Und nie hörte sie auf zu lächeln, wiewohl wir es sehnlich wünschten.

»Wie wunderbar, nun habe ich beide Bücher: *Mutter erzählt von Jesus Christus, Mutter erzählt von Adolf Hitler.* Ich, Anna Königes, eine Jungfrau, erzähle den Kinderchen von Jesus Christus, von Adolf Hitler, wie eine Mutter.«

Sie redete und redete, sie hielt uns im Netz ihrer Redekunst gefangen, hatte uns an Leib und Seele umgarnt.

»Wie wunderbar«, begann sie von neuem, »die Bibel hat immer recht. Unser Heiland und Erlöser, auf dessen Wiederkehr wir warten, entsendet von Zeit zu Zeit Doppelgänger, noch besser: Vorläufer, um unsere Ungeduld zu zügeln, um uns Mut zu machen. In der Offenbarung ist alles vorausgesagt und aufgeschrieben, was im Himmel und auf Erden geschehen wird. Wer Ohren hat zu hören, der höre. Doch es lese nur, wer Verstand hat, nur der lese. Um zu verstehen, braucht es viel Zeit.« Wir spitzten die Ohren. Doch ich mußte zugeben: an diesem besonderen Verstand fehlte es mir.

»Darum verstehen die Pfarrer die Bibel nicht. Sie nehmen sich für jede Art von weltlichen Geschäften Zeit, nur nicht für die Bibel. Das Nebensächliche ist ihre Hauptbeschäftigung. Sind sie nicht Heuchler und Scheinheilige? Lüg nicht«, fuhr sie mich an, der ich kein Wort gesagt hatte.

»Jegliche Wahrheit kommt aus der Bibel allein. Aber nicht auf den ersten Blick. Man muß graben, grübeln. Den Namen des Führers habe ich entziffern können. Die Tiere mit dem Malzeichen sind unsere herrliche SS, eine Sturmstaffel Gottes. Die Bewegung ist in der Offenbarung beschlossen und verborgen. Ich habe alles enträtselt. Mir hat sich alles aufgetan, der Anna Königes von Fogarasch, einer gelähmten Jungfrau, die ihr Leben den höchsten Dingen geweiht hat. Der Führer gewinnt den Krieg. Er ist das wilde Einhorn des Jesaja. Das ist Bibel!« Und rief, ohne die Augen zu bewegen: »Da ist er!«

Da war er! Adolf Johann Bediner, mein Hordenführer, der mir vor zwei Stunden zugezischt hatte: Das wirst du mir büßen. In der Hand trug er einen leeren Eimer. Er tat beschäftigt. Die Tante Anna hatte ihn vor uns erspäht. Das war des Rätsels Lösung: In Augenhöhe der Gelähmten waren in der Wohnküche rundum Spiegel angebracht. Wie wunderbar!

»Wie wunderbar«, sagte sie. »Leerer Eimer, das bedeutet im Volksmund Unglück. Aber bei Gott gilt solcher Aberglaube nicht. Gott wendet alles zum Besten denen, die ihn lieben.«

Er grüßte: »Heil Hitler!« Die Freundin schwieg. Ich murmelte »Heil!« Mehr sprachen wir nicht miteinander.

»Stell den Kübel unter den Stuhl und bedecke den Stuhl. Man könnte sich ekeln. Gesunde mögen solche Geräte nicht. Ein Zimmerklo ist nicht jedermanns Sache. Und leg das Tuch darüber. Dann wasch dir die Hände!« Er stellte den Eimer unter den Stuhl mit dem Loch in der Sitzfläche und zog ein Tuch darüber. Er goß Wasser in eine Blechschüssel und wusch sich die Hände. Er räumte Bibel und Buch weg. Er legte ein Gedeck vor seine Tante, band ihr ein beklekkertes Mundtuch vor die Brust. Dann füllte er den Teller und flößte ihr Suppe ein. Sein gebräuntes Gesicht war angespannt, als löse er eine taktische Aufgabe beim Geländespiel oder ein Mathematikbeispiel an der Tafel. Selbst in Mathematik war er um ein weniges besser als ich. Im letzten Zeugnis war sein Jahresdurchschnitt wieder um eine Bagatelle höher als meiner gewesen. Um zwei, drei Hundertstel war ich dümmer als er, zum Lachen, zum Weinen. In Religion bekam ich nie eine Höchstnote, weil ich mich nicht hatte konfirmieren lassen. So wurde er jedesmal Erster, war Primus. Ich der Zweite. Der Zweite ist der Erste, der verloren hat. Alfa Sigrid und mich würdigte er keines Blickes.

»Ein echter Christ, der Dolfi. Und wie wunderbar: Er trägt den gleichen Vornamen wie unser göttlicher Führer. Und ist neuerdings euer Führer, auf den ihr hören und den ihr von ganzem Herzen lieben und ehren sollt. Ich bitte euch, tut das um Gottes willen!« Wir waren von der gierig Essenden abgerückt, standen halb hinter ihr. Die Freundin bewegte meine Hand, die sie nicht losgelassen hatte, seit wir eingetreten waren. Ich drehte mich um. Auf einem Bücherbord erblickte ich eine Zeile dunkelroter Bücher von gleichem Format, eines wie das andere: Ullsteins Kriminalserie.

»Man muß manchmal auch das lesen«, sagte unbewegt die Tante meines ehemaligen Freundes. »Kriminalromane sind spannend. Ich liebe sie. Viele Tote. Doch immer ein gutes Ende, wie es unserem Heiland gefällt.« Alfa Sigrid hatte höflicherweise ein Exemplar aufgeschlagen und las laut: »Ludwig Kapeller, Das Fräulein aus der Bar, Kriminalroman, im Ullstein Verlag Berlin, jeder Band gebunden eine Mark.«

Adolf Johann Bediner fütterte seine Tante Anna Königes, die gelähmt war. »Wie wunderbar«, sagte sie mit vollem Mund – was nicht erlaubt ist, mit vollem Mund redet man nicht – und verschluckte sich dabei, während er ihr die Serviette vors Gesicht hielt. »Wie wunderbar!« keuchte sie, »alles quillt aus Gottes gütigem Herzen.«

»Komm«, flüsterte die Freundin, »es ist unanständig, daß wir zusehen.«

»Wir gehen jetzt«, sagte ich. Sein und mein Blick hatten sich einmal gekreuzt. Alfa Sigrid hatte ihn kurz gemustert.

»Lüg nicht!« schnaubte die Tante, die nicht rasch genug schlucken konnte, um mehr zu sagen. Ich log nicht. Wir gingen tatsächlich.

Wir verließen das Häuschen in der Griechengasse Hand in Hand. Von dort zur Aluta-Brücke war es ein Katzensprung. »Ein schmucker Bub«, sagte Alfa Sigrid. »Das hätte ich ihm nicht zugetraut.« Sie nannte ihn nicht mehr Dolfiführer.

Der Prophet erwartete uns am gedeckten Tisch.

»Ich wußte, daß ihr kommt. Aber ihr habt euch verspätet. Seid willkommen, ihr lichten Kinder des Himmels. Dornröschen und der Märchenprinz. Ein schönes Paar.«

»Das Begräbnis …«

Er schnitt mir das Wort ab: »Ich weiß alles.«

»Weiß er alles?«

»Nein«, antwortete ich leise, »aber sehr vieles.«

»Nein, nicht alles weiß ich, Gott bewahre, sonst wäre ich Gottvater gleich, lästerlich und lästig zugleich. Zum Beispiel wohin ihr während des Begräbnisses verschwunden seid, konnte ich nicht ausmachen.«

»Sag es nicht. Wir brauchen eine Tarnkappe«, flüsterte Alfa Sigrid, die mich immer noch an der Hand hielt.

Auf dem Rohrtisch, der in die Sonne gerückt war, standen drei Gedecke. Jeder von uns hatte ein Spiegelei auf seinem Teller, garniert mit Schnittlauch und Bratkartoffeln. Das hieß, daß der Prophet am Morgen als Kaiser von China aufgewacht war. Er lag im Liegestuhl unter dem Maulbeerbaum und strich sich über die Augen, um die vielen Bilder und Gesichte zu verjagen. Die Sonne schien warm.

»Wahn ist der Raum, wie weit die Bahn!
Ich wollte ziehn und einen Weisen suchen.
Im Teich des Untergangs ließ ich die Rosse trinken ...

Kiü Yüan, etwa 300 vor Christi Geburt«, erläuterte er.

Der Maulbeerbaum wuchs aus der überhohen Böschung neben der Brücke. Er breitete seine Äste über das Mauthaus, über das Steilufer, über den Fluß. Hinunter führte eine steinerne Wendeltreppe. Gelbe Blätter rieselten.

Benommen nahm der Meister Platz, sagte »Mahlzeit« und band sich eine Serviette um. »Ohne Tischgebet?« fragte ich.

»Sprich du eins! Ich kann heute nicht aus meiner Haut. Ich bin als Kaiser von China aufgewacht. Wo ist deine Mutter?« fragte er mich barsch. »Ich brauche eine Köchin für die Hofhaltung.«

»Zur Kur im Bad«, sagte ich. »Seit zwei Wochen.«

Er klopfte mit der Hand an die Stirne: »In Baassen! Wie konnte er das vergessen ... Ich habe sie gesehen.«

»Wann?« fragte Alfa Sigrid beunruhigt.

»Gestern nachmittag.«

»Aber seine Mutter ist doch seit zwei Wochen in Baassen! Haben Sie nicht gehört, Herr Prophet?«

»Eben«, sagte er, »dort hab ich sie gesehen. Sie spielt Rummy. Ein Zahn ist ihr ausgebrochen. Die Lücke kaschiert sie mit Stearin. Niemand merkt etwas. Eine Frau voller Einfälle. Im Mittelalter hätte man sie als Hexe verbrannt! Du mußt das Dornröschen nicht unterm Tisch anstoßen. Einmal wird ihr der Knopf aufgehen, und dann werden ihr die Augen übergehen.« Ich sprach ein Tischgebet, das eine Dienstmagd uns gelehrt hatte:

> »Dank Vater für die Gaben dein,
> Laß sie diesmal zum Segen sein.
> Vor Hunger, Plünderung, Verschleppung, Leid
> bewahr uns Herr in dieser Zeit.
> Gib auch den fernen Lieben Brot,
> behüte sie in jeder Not.«

»Amen«, sagte die Freundin fromm.

»Das kommt alles«, sprach der Gastgeber, »in Bälde!«

Er teilte sein Ei in zwei Teile: »Erst das eine und das andere ergibt das Ganze«, brummte er in den Bart. »Eins und zwei macht eins. Erst Gott und Mensch ergeben die Welt. Mann und Frau ergeben den Menschen. Und so ist das mit dem Kind. Und so ist es mit dem Kuß. Eins und zwei ergeben das Eine.« Er gab jedem eine Hälfte vom Ei. »Eßt, ihr Kinder des Lichtes, welch schönes Paar. Jeder von euch für sich ist nicht schön, bloß hübsch, aber beide, der eine und die andere, so ja, so seid ihr schön, beide zusammen.« Wie rot sie wurde. »Greift zu! Leidet nicht Hunger wie zu Haus!« Wir griffen zu.

»Und das mit dem jüdischen Mädchen heute, wie heißt sie gleich? Was denkt ihr? Warum hat sie dem toten Soldaten Blumen aufs Grab gelegt?« Keiner antwortete. »Erst das eine und das andere ergibt das Ganze.«

Wieder sah mich meine Freundin betreten an. Faßte ein Herz, fragte: »Warum sagen Sie mir Dornröschen, Herr Kaiser?«

»Du könntest eine Chinesin sein: mit deinen blauschwarzen Haaren und deinen Augen wie Tollkirschen und einer Gestalt wie eine Porzellanfigur«, sagte er zerstreut. »Deine Augen sind geschlitzt und schiefgestellt. An meinem Hof würde ich deine Dienste brauchen. Aber du bist eben keine Chinesin. Es fehlt die Mongolenfalte. Und die Haut ist weiß, zu weiß. Und überhaupt ...« Er seufzte:

»Doch alles dies ist Wahn, wie ich's erfand
Wer fängt des Windes Schatten mit der Hand.

Fang Schu Schao, gestorben 1642.«

Seit die Ereignisse im Himmel und auf Erden sich überstürzten, in der weiten Welt und in der Kleinen Stadt, klagte der Seher, wie schwer er es habe. Mit dem Hellsehen kam er nicht nach, er wurde von Schauungen überrollt. Er ging kaum aus und flüchtete hinter die geschlossenen Augen. Doch auch dort wurde er von allmächtigen Visionen heimgesucht. Darum kroch er immer öfter in die Haut des Kaisers, in der Hoffnung, eher geschützt zu werden vor okkulten Überfällen, abgesehen davon, daß ein Kaiser immer etwas zu essen habe und nicht Hunger leiden müsse wie ein Asket.

»Wohin mit mir«, fragte er uns, »im Wachen und im Schlafen überfallen mich Traumbilder und Gesichte.«

»Auch meine Großmutter spricht von Träumen und Erscheinungen«, sagte die Freundin.

»Das ist etwas anderes, das gehört sich so in alten Familien und alten Schlössern, dort spukt es.«

»Unser Haus ist kein altes Schloß, unser Haus ist neu. Der Großvater hat es gebaut«, trumpfte sie auf.

Ich lenkte ab: »Meinem Großvater erscheint in letzter Zeit der Fliegende Holländer. Und unsere Dienstmädchen sehen Gespenster und hören Klopfgeister.«

»Zeichen der Endzeit. In nächsten Jahr wird es ganz böse werden. Wie steht geschrieben?« Er zückte eine winzige Bibel, nicht größer als ein Zigarettenetui, und las:

»›Und so soll geschehen in den letzten Tagen, spricht Gott, da will ich ausgießen von meinem Geist auf alles Fleisch: Und eure Söhne und Töchter sollen weissagen und eure Jünglinge sollen Gesichte sehen und eure Alten sollen Träume haben … Und ich will Wunder tun oben am Himmel und Zeichen unten auf Erden, Blut und Feuer und Rauchdampf.‹

Es ist Endzeit, wie es in der Bibel heißt.«

»Ich träume, daß ich das Rotkäppchen bin, und manchmal bin ich das Dornröschen.«

»Das ist etwas anderes. Jedes Mädchen, pardon: jedes Märchen ist ... Ich werde den Cavaler Scherban de Voila zu meinem Hofmarschall ernennen. Ein Mann von feinen Sitten, der sich in China auskennt«, unterbrach er sich.

»Jedes Märchen ist ...?« fragte die Freundin.

»Ist nicht seine Enkeltochter mit euch in der Schule? Wie heißt sie gleich?«

»Georgetta Oana.«

»Eine sonderbare Logik. Echte Deutsche, die nicht in der Volksgruppe sind, wie die Ollmützers, tut man aus der Schule hinaus. Die deutschen Juden schmeißt man sowieso hinaus. Das hat der kleine Glückselig nicht verwunden. Warum hätte er sonst an einer harmlosen Erkältung sterben sollen? Aber noch anderes steckt dahinter. Das eine und das andere.«

»Man hat Giselas Bruder in den Burggraben gestoßen«, sagte die Freundin. »Und ihren Vater verschleppt.«

»Aber nicht nach Deutschland«, ergänzte ich.

»Nein«, bestätigte der Meister.

»Aber wo sind sie dann?« fragte ich.

Ohne die Frage zu beachten, fuhr er fort: »Es ist, daß man sich kugelt vor Lachen. Allein wer rein rumänisch ist, kann ungehindert die volksdeutschen Schulen besuchen. Bei den anderen findet man ein Haar in der Suppe.«

»Wenn wir Ausflüge machen, dürfen die Rumäninnen nicht dabei sein«, sagte die Freundin. »Und bei den Heimabenden und Sportfesten und Geländespielen sowieso nicht. Im ganzen sind es drei: die Georgetta, die Xenia Atamian und die Rodica Hațeganu.«

»Hațeganu? Ist das nicht die Tochter des orthodoxen Protopopen? Sehr gut, daß ihr rumänische Kinder bei euch in der Schule habt. Die Deutschen hierzulande werden Freunde brauchen. Die Atamian ist eine Armenierin. Das ist noch besser. Die haben die Schlächterei schon hinter sich. Im Brockhaus findest du das Stichwort: Armenierschlächterei«, kam er meiner Frage zuvor. Und ergänzte: »Dort wird sich deine Mutter verstecken, wenn die Russen euch ausheben und verschleppen werden, bei den Atamians in der Gewürzkammer.«

»Der Führer gewinnt den Krieg«, widersprach ich, zutiefst erschrocken. »Was er sagt, ist heilig, sagt der Erichonkel.«

»Einen Teil der Juden hat der Marschall nach Transnistrien deportiert«, fuhr Meister Mailat fort, »später wird es heißen, er habe ihnen das Leben gerettet. Ebenso hat er die Zigeuner hingetrieben. Dort breitet sich Rumänien aus, jenseits des Dnjestr, doch bloß für ein Momentchen, nicht länger. Dem Marschall wird es wenig nützen. Ihn werden sie als ersten köpfen, den gallischen Hahn ...«

»Den galligen Hahn?« fragte ich.

»... den gallischen Hahn im deutschen Hühnerhof. Das schlägt sich, das rächt sich, das geht nicht gut aus.«

»Ich verstehe kein Wort«, sagte ich. »Sprecht Ihr von einem geköpften Hahn?«

»Vielleicht spricht der Herr Prophet von den Franzosen«, sagte Alfa Sigrid.

»Ich spreche vom Conducător«, sagte er, »vom Marschall Ion Antonescu, der vergessen hat, daß die Rumänen die kleineren Brüder der Franzosen sind.« Mehr erklärte er nicht.

Es war Freitag. Die Bauernwagen, die vom Wochenmarkt heimfuhren, holperten mit Hüh und Hott, mit Hăis und Ceanje über die Brücke, machten sich auf den Weg nach Felmern und Scharosch, nach Kobór und Sona, nach Bekokten und Seligstadt. Sie hüllten das Mauthaus in Staub, den der Laubbaum wegwischte, wenn ein Luftzug ihn bewegte.

Alfa Sigrid sagte: »Der Kopf von einem geköpften Hahn ist gegen böse Geister gut.«

»Und umgekehrt«, unterbrach sie der Meister.

Umgekehrt? Was heißt hier umgekehrt, dachte ich.

»Unlängst hat ein Mensch mir einen solchen geschenkt. Jetzt wird es mir besser ergehen.«

»Einen was?« fragte ich entsetzt.

»Den Kopf von einem Kokesch mit prächtigem Kamm. Der alte Macavei, der Häuptling der Zigeuner, ihr Bulibascha, hat ihn mir verehrt und eigenhändig an das Tor genagelt.«

»Was heißt umgekehrt?« fragte ich den Meister.

»Umgekehrt heißt umgekehrt!«

Alfa Sigrid antwortete: »Möglich, daß der Herr Prophet meint, ein Hahn ohne Kopf ziehe böse Geister ins Haus. Aber vielleicht ist das alles Hühnerglaube, wie mein Vater sagt.«

»Man kann die Welt in Gedanken oder in Bildern begreifen. Was seht ihr am Nachbarhaus über dem Tor?«

Wir sagten zugleich, sie und ich: »Das ist das Kraussche Wappen mit dem Einhorn.«

»Genau, ein Einhorn. Aber glaubt ihr, die Vonkrausschen wissen, welche Bewandtnis es mit diesem Fabelwesen hat? Nichts gegen die Krausschen: rechtschaffene Leute, gute Durchschnittsbürger, geadelt, weil ein Urgroßvater für die gichtigen Füße der Maria Theresia ein Paar bequeme Tanzschuhe geschustert hat, angenehme Nachbarn, sie lassen mich in Ruhe. Aber vom Einhorn wissen sie nichts.«

»Ich aber weiß«, sagte ich. »Es symbolisiert Jesus Christus, den einen Sohn Gottes, geboren von einer Jungfrau.«

»Larifari«, sagte der Prophet, »die Kirche grapscht nach allem, reißt alles an sich. Umgekehrt verhält es sich. Oder zumindest das eine und das andere. Es geht um eine antike Sage: Das wilde Einhorn findet Ruhe bloß im Schoß einer Jungfrau. Ein Bild von durchsichtiger Deutung für jedermann.«

»Von durchsichtiger Deutung«, sagte Alfa Sigrid, »für jedermann, für jeden Mann und jede Frau.« Ich sagte nichts.

»Den Sinn dieses Bildes hat allein Madame Burlea begriffen«, murmelte der Prophet. Diesmal sagte auch Alfa nichts.

»Wie alt bist du?« fragte der Meister das Mädchen. Sie pickte die Brosamen auf und warf verstohlene Blicke in den winzigen Hof der überwachsen war von Unkraut und wilden Blumen, Löwenmäulchen ... Unter den Zweigen des Baumes schwebte der Blick weit den blanken Fluß hinauf. »Fünfzehn.«

Der Meister sagte: »Jeder Traum gibt Geheimnisse preis, die der Mensch oft selber nicht kennt. Und jedes Märchen ist ein Versteck, es verhüllt im Gewande der Phantasie etwas Lebenswichtiges, ist wie ein Gleichnis.«

»Zum Beispiel?« fragte sie.

»Zum Beispiel das Rotkäppchen, von dem du träumst. Wenn es heißt, daß die Mutter das Rotkäppchen und nicht etwa das Grünkäppchen vor dem Wolf warnt, bevor sie es auf den Weg durch den Wald schickt, was mag das bedeuten als die Warnung: Du, Rotkäppchen, bist kein Kind mehr, sondern eine Jungfrau auf dem Weg ins Leben. Du erregst die Sinneslust der bösen Buben, Lust, dich zu überfallen, dich zu verführen. Hüte dich! Ihr kennt das Wort: Wenn die bösen Buben locken, folge nicht! Der Wald wäre das bedrohliche Leben, der Wolf der gierige Verführer. Und rot ist rot.«

»Es ist die Farbe des Blutes«, ergänzte Alfa Sigrid. »Mit fünfzehn bekommen unsere Zigeunermädchen Kinder.« Und fragte tapfer weiter: »Und das Dornröschen?«

»Das hat mit dir zu tun«, sagte Meister Mailat, »übrigens ist das Motiv bis China verbreitet:

> Während ich mich über meine Stickerei bückte,
> stach mich meine Nadel in den Daumen.
> Weiße Rose, die ich stickte, wurde rote Rose …

Li T'ai-Po: 701 bis 763 nach Christus.«

Seit ihn der Eifer gepackt hatte, schien er gegenwärtiger und leibhaftiger, ja man erspähte manchmal im Dickicht seines Bartes die blutroten Lippen. »Rot ist Rot. Und die Farbe des Blutes. Die Deutung: Wenn eine Jungfrau von einer Spindel gestochen wird und Blut fließt, dann kann sich jeder ohne viel Phantasie seinen Reim drauf machen, was geschehen ist. Im Märchen heißt es: In dem Augenblick aber, wo es den Stich empfand, fiel es auf das Bett nieder …«

»Und der Kuß?« fragte das Dornröschen.

»Spindel und Blut genügen nicht, um aus einer weißen Rose eine rote Rose zu zaubern. Sie muß erweckt werden. Leib und Seele ergeben ein Geschöpf.«

»Sie muß erweckt werden, die weiße Rose, die blutet«, sagte sie nachdenklich. »Und die hundert Jahre Schlaf?«

»Hundert bedeutet in der Antike, aber auch in der Bibel das vollkommene Gute.«

»Ja«, sagte sie andächtig, »das war das Werk der guten Fee. Das Dornröschen hatte hundert Jahre Zeit, den Schmerz zu verwinden, ihn völlig zu vergessen, vollkommen aus der Erinnerung zu verlieren. Eine spitze Spindel tut weh.«

»Um frei zu sein für den Prinzen, der nach hundert Jahren das vollkommene Gute bringt, heute sagt man die große Liebe, das große Glück«, ergänzte der Prophet.

Sie schlug die Augen auf: »Wie schön das klingt.«

Mit einem Elfenbeinkamm räumte der Meister die Brotkrumen aus seinem Bart. »Es muß nicht die Mitte des Leibes sein. Die Spindel kann das Herz treffen, es gibt auch Herzblut.«

»Es gibt auch Herzblut«, sagte das Dornröschen.

»Hab ich richtig gesehen, hat er dich nie geküßt?«

»Er war zu groß, zu lang«, sagte sie.

»Er war zu hoch«, sagte der Meister.

»Und ich zu klein«, sagte sie demütig.

»Du warst zu klein.«

»Ich konnte mich nie bis zu ihm recken, selbst nicht, wenn ich mich auf die Zehenspitzen stellte.«

»Und er hat sich nie zu dir gebeugt.«

»Er wollte sich nicht zu mir herabbeugen.«

»Man muß warten, bis es an der Zeit ist.«

»Oder bis die hundert Jahre um sind. Ich habe gewartet, daß ich wachse. Er ist tot.«

»›All unsre Söhne fielen schon im Osten ...‹ Tu Fu, 770 nach Christus.«

»Mein Glück, meine Zukunft hängen davon ab, daß ich rasch wachse, daß ich groß werde. Und vielleicht mein Leben. Aber: Ein kleines Mädchen bin ich nicht mehr.«

»Weiße Rose wurde rote Rose. Paß auf, daß du den Augenblick nicht verschläfst, wenn die hundert Jahre um sind. Die Wendeltreppe führt in den Turm hinein, sie führt aus dem Turm heraus; es liegt viel am Dornröschen selbst.«

»Woher wußte der beherzte Prinz, der wilde Freier, daß

die hundert Jahre um waren und er nicht im Dornenge-
strüpp hängenbleiben würde und sterben?« fragte ich.

»So etwas weiß man«, sagte das Dornröschen. Sie erhob
sich und lehnte sich an die Steinmauer hoch über dem Fluß,
wie in den Auslug eines Turmes.

Der Meister zitierte Chinesisches: »Die junge Frau steht
auf dem Warteturm ...« Und leise: »In tausend Schädeln
kriecht der Totenwurm.«

Ich faßte Alfa bei der Hand, und wir stiegen Schritt um
Schritt die Wendeltreppe hinunter.

V. Die Angst vor der Nacktheit

Von Tod und Leben

Durch die Wolkendecke sickerte Licht und Wärme. Ich hatte es mir im Liegestuhl auf der Terrasse bequem gemacht und war eingeschlafen. Ich träumte, daß ich ein Einhorn sei. Auf der Stirne war mir ein rotes Horn gewachsen, das mich verrückt machte. Ich irrte durch den Garten, verfing mich in den Ziersträuchern, blieb hängen im Dorngehege der Rosenportale, dahinter es blau und golden flackerte. Ich schämte mich! Nur weg mit dem Auswuchs, ehe mich jemand erblickte. Keinem Wesen wollte ich begegnen, auch keinem Wolf und nicht einmal der guten Fee. Nur fliehen. Wohin aber? Hin in jenes Blau und Gold, das verführerisch flackerte. Doch der Garten verwandelte sich in unentrinnbares Dickicht. Da spürte ich eine rauhe und warme Hand über mein Gesicht streichen. Das Horn war verschwunden.

Und wuchs anderswo. Es wuchs aus meinem nackten Bauch unterhalb des Nabels, bullig und blutrünstig. Verzweiflung packte mich. Ich entkam ihm nicht. Es war in seiner unbeugsamen Größe nicht zu verbergen, ein Mal, das mich verdammte zu greulicher Nacktheit. Ein Monstrum war ich geworden, mußte das Tageslicht fliehen, mich verkriechen vor der Welt. Alles an Sehnsucht und Sorge schrumpfte auf diesen Punkt. Wohin mit mir? Ich schleppte mich durch den bösen Garten, das steife Horn mit den Händen haltend. Zur Kalib wollte ich, in das Häuschen der Kinder, und zur Ruhe kommen an jenem Ort für immer.

Ich erwachte, als das warme und rauhe Etwas über meinen nackten Bauch strich. Unser Hund Ingeborg hatte mit seiner spröden Zunge darüber geleckt. Als ich die Augen aufschlug, lag das Hundewesen auf der Terrasse, den Kopf auf die Vorderpfoten gebettet, und blickte mich aus Augen an, die so besorgt schauten, als verstünde es mich.

Ich stopfte das Hemd in die Hose und schämte mich. Hatte sie, Alfa Sigrid, nicht gesagt, damals an jenem Tag der Nähe im Herbst des vergangenen Jahres, Menschen könnten einem so nahestehen, daß man sich voreinander nicht zu verstecken, nicht zu schämen brauche? Schäme man sich aber voreinander, sei die Beziehung gestört, beschädigt. Schämte ich mich vor mir, dann hatte etwas an mir Schaden erlitten. Hieß es nicht: Er hat Schaden genommen an seiner Seele?

Gesagt hatte sie an jenem Vormittag auf dem Friedhof auch dieses: »Eines sollte man nicht tun: schlafenden Menschen ins Gesicht schauen!«

Eines sollte man nicht tun: schlafenden Menschen ins Gesicht schauen. Sie lag ausgestreckt im Boot, den Kopf an den Vordersteven gelehnt, das Gesicht mir zugekehrt. Zeit war verflossen. Das Gespräch war eingeschlafen. Sie schlummerte. Ich sah ihr ins Gesicht! Sigrid schlummerte. »Ruf mich Sigrid, ich höre!« Der Name mit den zwei zärtlichen i hatte es mir angetan. Für mich nannte ich sie Sigrid Renata, auch Renata, weil ich wünschte, sie möge wiedergeboren werden zu Glück und Freude, und zwar durch mich, der ich sie retten wollte für das ewige Leben, und ein wenig auch für dieses.

Bevor wir die steinerne Wendeltreppe zum Bootssteg hinabgestiegen waren, hatte sich Sigrid bei unserem Gastgeber mit artigen Worten bedankt und mit einem Knicks verabschiedet. Der Seher hatte uns eine Sommerdecke in die Hand gedrückt und war dann erschöpft in den Liegestuhl gefallen, ganz mit seinem kosmischen Innenleben beschäftigt.

Ich machte es ihr in meinem schnittigen Zweier bequem. Über das Lattengestell am Boden, unter dem Spritzwasser und Sickerwasser gluckste, breitete ich die Decke. Aus meiner Joppe faltete ich ein Kopfkissen.

»Wie gut du für mich sorgst«, hatte sie gesagt. Und: »So bin ich noch nie nach Hause gefahren.«

»Streck dich aus. Dann liegt die Sandoline stabiler.«

»Wieso?«

»Der Schwerpunkt wird gesenkt.«

»Wie gescheit du bist.« Wir waren anfangs am Flachufer im trägen Wasser dahingeglitten, saumselig stromaufwärts. Manchmal griff sie nach einer Brombeerstaude. Ich bremste das Boot. Sie pflückte die schwarze Frucht und schob sie lustvoll zwischen die Lippen. Als sie sich zu mir vorbeugte, schwankte das Boot. Ein Schwall Wasser schwappte über Bord. Erschrocken legte sie sich zurück. An der Korallenkette um ihren Hals baumelte stilwidrig ein Medaillon in Gold und Schwarz.

Wir redeten dieses und jenes, und oft redeten wir nicht.

»Wie warm es ist«, sagte sie. Bis in seine Tiefen war der Fluß durchpulst von der Wärme des Sommers. Im Grün der Wälder am Horizont verlohte ein Baum.

»Wen trägst du im Medaillon?« fragte ich.

»Den liebsten Menschen«, sagte sie.

»Ja«, sagte ich und trieb das Boot voran gegen die Strömung, die stärker geworden war.

Sie fragte: »Diese Ulrike Enkelhardt, ist das nicht eine Holzpuppe?« Ich schwieg.

»Wie lange bist du mit ihr gegangen?«

»Wir kennen uns seit langem.«

»Was habt ihr in all diesen Jahren miteinander geredet?«

»Schau, Wildenten!« rief ich. Sie schnellte auf, drehte den Oberkörper in die Fahrtrichtung, das Boot schaukelte, aber ich hielt die Balance.

»Hast du eine Freundin?«

Hatte ich eine Freundin? »Nein.«

»Die Schule …«, seufzte sie.

»In ein paar Tagen beginnt sie«, sagte ich.

»Wie wird es sein?« fragte sie. »Am Ende des Schuljahres müssen wir Exitus feiern. So gehört es sich, wenn man auseinandergeht, sagt mein Vater. Mein Gott, vielleicht sind schon die Russen da. Meine Mutter unkt: Die bringen uns um oder verschleppen uns nach Sibirien. Und ma grand-mère meint, die Deutschen verlieren den Krieg: Les Allemands perdront la guerre, c'est toujours la même chose!«

»Sie führen neue Noten ein«, sagte ich. »Wie im Reich. Nicht mehr zehn ist die beste Note, sondern ausgezeichnet, als nächstes sehr gut, gut, genügend; dann ungenügend und schlecht. Wir werden gleichgeschaltet, sagt mein Vater.«

»Wie,« rief sie ärgerlich, »nicht mehr zehn, neun, acht, und mit vier war man durchgefallen? Wie kann man die Gescheitheit anders als so messen, wie die Gescheiten von den Übergescheiten unterscheiden? Denk doch, wie aufregend ein Zehner ausschaut! Ausgezeichnet, A, das ist nichts. Mein Vater ist sehr erbost, daß die Volksgruppe der Kirche die Schulen weggenommen hat.«

»Der Pfarrer Stamm wollte nicht unterschreiben. Sie haben gedroht, sie stellen ihn an die Wand.«

»Hat er unterschrieben?«

»Nein, aber die Schule haben sie trotzdem enteignet. Du hast lange gefehlt.«

»Lange!«

»Was hattest du?«

»Mit der Hylusdrüse.«

»Wie mein Bruder Kurtfelix. Er muß ein Jahr Liegekur machen. In der Tannenau. Wo ist bei dir die Hylusdrüse?«

»Hier«, sagte sie, ließ die Hand unter ihr Hemdchen schlüpfen und legte sie auf die Brust. »Auch ich mußte eine Liegekur machen.«

»Auf eurem Balkon.«

»Und über vieles nachdenken. In Deutsch hat der alte Pankratius einmal gesagt: ›Wer die Schönheit angeschaut mit Augen, ist dem Tode schon anheimgegeben …‹ Erinnerst du dich?«»Nein.«

»Ich hab das Gedicht gefunden. Von Platen. Es heißt weiter: ›… wird für keinen Dienst der Erde taugen, und doch wird er vor dem Tode beben, wer die Schönheit angeschaut mit Augen.‹ Wie verstehst du das?«

Ich schwieg. »Kannst du rudern und nachdenken?«

»Nicht sehr«, sagte ich.

»In der Zeile darauf heißt es: ›Ewig währt für ihn der Schmerz der Liebe ...‹ Soll man sich vor der Schönheit und der Liebe hüten? Daß die Liebe Schmerz mitbringt, könnte ich zur Not verstehen. Aber das paßt mir nicht. Ich will lieben, von ganzem Herzen jemanden liebhaben, ohne Schmerz und Leid. Aber daß jemand, der die Schönheit ansieht, gleich sterben muß, warum? Das geht mir nicht ein.«

»Vielleicht gibt es«, sagte ich und ruderte heftig weiter, »vielleicht gibt es eine Schönheit, die einen überwältigt, so mitnimmt, daß man nicht mehr leben will. In diesem Sommer sollte mich in Rohrbach eine Büffelherde überrennen. Es war so phantastisch schön, daß ich mich nicht von der Stelle rührte, bereit war, mich zertrampeln zu lassen. Im letzten Augenblick riß mich jemand weg. Oder ist es so, daß auch hinter der schönsten Schönheit der Tod lauert?«

»So steht es auch im Gedicht, nur wollte ich es dir nicht gleich entdecken: ›Ach, er möchte wie ein Quell versiechen, jedem Hauch der Luft ein Gift entsaugen und den Tod aus jeder Blume riechen, wer die Schönheit angeschaut mit Augen, ach, er möchte wie ein Quell versiechen!‹ Soll ich dann nicht mehr sagen, wie schön etwas ist, wie schön es jetzt ist? Immer nur vor dem Tod erbeben?« Ihre Augen füllten sich mit Tränen. »Warum wolltest du dich nicht retten?«

»Lassen wir das. Über den Wipfeln der Weiden sieht man immer wieder euer Haus. Warten sie nicht auf dich?«

»Ich verspäte mich oft, bin erst am Abend zu Hause. Warum bist du damals nicht heraufgekommen, als du mit der Sandoline bei uns vorbeigefahren bist? Ich habe dich gerufen, dich zum Frühstück eingeladen; das war bald nach meiner Konfirmation. Erinnerst du dich?«

»Nein«, sagte ich und erinnerte mich.

»Du warst oft garstig zu mir! Das ist mir nach meiner Konfirmation aufgefallen. Zuletzt hast du dich vor mir versteckt. Zu euch bin ich nur noch wegen deiner Mutter gekommen, ich liebe sie heiß. Wie garstig du warst.«

»Ja«, sagte ich.

»Aber das ist jetzt nicht wichtig. Schwamm drüber. Gerade in diesem Jahr hätte ich dich als Freund gebraucht. Unsereiner ist viel allein. Auch du hättest jemanden gebraucht.«

Ja, dachte ich.

»Was alles in diesem Jahr passiert ist; was heißt in diesem Jahr: in diesem Sommer!«

»Ja«, sagte ich, und zählte in Gedanken auf, wie die Geschehnisse sich überstürzt hatten: die Vereidigung an Führers Geburtstag, wie der Bannführer im Zorn weggestoben war; die Konfirmation der Freundin und meine Höllenfahrt den Turm hinab; der Tod des alten Pfarrers, ein Weidmann weniger in der Stadt; der neue Stadtpfarrer Fritz Stamm, der zuerst den Friedhof und dann die besseren Leute besucht hatte; die Nacht mit dem Freund in der Höhle, wir hatten unter einer Decke gesteckt; Kronstadt, eine einzige lohende Sommersonnenwende; der Dolchstoß des Freundes, bis heute ein schreckliches Rätsel; die vierundvierzig Minuten bei Gisela Judith und als Strafe die Fassadenkletterei; der Tod von Buzer Montsch, die Familie verschwand in der Gruft, als ob sich alle begraben lassen wollten; die Einberufung des Vaters und des Bruders Engelbert …

»Der Herbst kommt«, sagte sie. »Sieh, gelbe Blätter schwimmen im Wasser.« Sie griff hinein, daß es aufrauschte.

»Und Altweiberfäden.« Ich trieb das Boot voran.

»Wie zierlich die Brücke in deinem Rücken ist.«

»Eine Bogenbrücke«, sagte ich.

»Du siehst nicht das, was ich seh«, sagte sie.

»Ich seh dich, die du dich nicht siehst!«

»Wie schöne Füße du hast.« Wie häßlich die des Freundes sind, dachte ich.

»Auch mit meinen Füßen bin ich zufrieden. Sieh!« sagte sie. Ich sah. »Gefallen sie dir?«

»Ja«, sagte ich.

»Auch das, was man nicht sieht, sollte schön sein und gepflegt und gut riechen. Nicht wahr? Schau ich wirklich wie eine Chinesin aus?«

»Eher wie eine Griechin.«

»Deine Augen sind nicht mehr grün, sie sind dunkel wie Honig«, sagte sie.

»Das sind die Reflexe des Wassers«, sagte ich und beschleunigte den Lauf des Bootes.

»Warum ziehst du dein Hemd nicht aus? Es ist heiß.« Ich zog das Hemd aus.

»Wie braungebrannt du bist. Ich hab in diesem Sommer wenig gebadet. Aber ich habe meine eigene Badestelle. Schau«, sagte sie und schob die Bluse hoch. Ein Streifen Haut kam zum Vorschein, kaum gebräunt, nicht stärker getönt als die Elfenbeintasten alter Klaviere.

»Du spielst Geige?« fragte ich.

»Ich begleite meine Mutter, wenn sie Klavier spielt. Wie deine Muskeln tanzen, wenn du die Ruder bewegst. Es ist eine Freude, dich zu sehen.«

»Paddel heißt das, das ist ein Doppelpaddel.«

»Gut, du hast recht. Aber das ist jetzt nicht wichtig.«

»Ja«, sagte ich.

»Mit dir im selben Boot habe ich keine Angst, auch nicht vor dem Sterben.«

»Im selben Boot«, sagte ich, »wir sitzen im selben Boot.«

»Wenn du an ein Leben nach dem Tod glaubst, dann müßte es auch ein Leben vor der Geburt geben. Glaubst du das?«

»Gewiß«, sagte ich. Aber ich glaubte es nicht so ganz. Das heißt, indem ich ja sagte, glaubte ich nicht mehr, daß ich es nicht glaubte. Doch würde ich mich vom Pfarrer Stamm darüber unterrichten lassen. Das Leben vor dem Tod, jetzt, im Moment, war für mich spannender als das Leben nach dem Tod.

»Du bist mir so vertraut, als ob wir uns seit Anfang der Welt kennen würden. Und bist der einzige Mensch, vor dem ich mich nicht verstecken muß, dem ich alles sagen möchte, vor dem ich mich nicht schäme. Freut dich das?«

»Ja«, sagte ich.

»Als ich krank war, habe ich begonnen, mich vor dem Tod zu fürchten. Eingemauert, ohne atmen zu können, kein Licht, nie mehr aufwachen, und alles an mir fressen die Würmer.« Sie hielt die Augen geschlossen. »Das Schneewittchen lag in einem gläsernen Sarg, konnte alles sehen.

Und das Dornröschen schlief wie tot, aber es erwachte. Nur ich in der Gruft!«

Ich sah sie an: Da lag sie und war so schön, daß ich die Augen nicht abwenden konnte. »Dornröschen«, sagte ich laut. Sie schlug die Augen auf und blickte mich an. »Dornröschen«, sagte ich noch einmal.

»Da gingen sie zusammen herab«, sagte sie. »Ich kann nicht glauben, daß wir zwei tot sein werden.« Sie lag ausgestreckt. Über den Rand des Bootes blickte sie in den Fluß, dessen Wellen eine Handbreit unter dem Bord dahinschwirrten. Oder sie schaute zu mir hin, wenn sie den Kopf gerade hielt, wobei die Haare nach hinten fielen und man die Ohrmuscheln sah. Oft schloß sie die Augen, und »alles war so still, daß einer seinen Atem hören konnte. Und endlich kam er zu dem Turm und öffnete die Türe zu der kleinen Stube, in welcher Dornröschen schlief. Da lag es und war so schön, daß er die Augen nicht abwenden konnte.«

Sie war barfuß, und in dem knappen Bootsraum reichten ihre Füße bis zu meinen Kniekehlen. Den Faltenrock hatte sie geschürzt. Das Spritzwasser vom Paddel kühlte ihre Beine. Schließlich schlief sie ein, den Kopf in der Armbeuge. Nur das Klatschen der Ruder war zu hören. Und die sinnliche Musik der Wellen.

Als ich das andere Ufer ansteuern und in schräger Richtung den Fluß überqueren mußte, um vor den Zigeunern in Deckung zu gehen, immer stärker von der zunehmenden Strömung bedrängt, streichelten ihre zierlichen Füße über meine Haut, wenn das Boot unter dem Druck der Wellen erzitterte. In der Schleife des Flusses beim Prallhang angelangt, lenkte ich die Sandoline unter die überhängenden Weiden, wo das Wasser an das Steilufer schäumte und in Wirbeln brodelte. Darüber wohnten die Zigeuner in ihren Katen und Hütten.

Weiter nicht als bis hierher. Ich schlug das Wasser, indem ich das Doppelpaddel mit einer Schnelligkeit kreisen ließ, wie man es bei Wettbewerben in der Wochenschau sah – vergeblich. Unentrinnbar schob mich die Kraft des Wassers vom schützenden, tarnenden Versteck unter den Weiden weg zur Mitte des Flusses hin, in das Blickfeld der Zigeuner.

Kaum hatten sie das Boot erspäht, als sie sich auch schon wie Wilde gebärdeten. Die Buben, bekleidet bloß mit einem Strick um die Lenden, schüttelten ihre Genitalien, die Mädchen rafften die Röcke und reckten ihre nackten Ärsche in die Höhe, die großen Buben holten aus und bewarfen uns mit Steinen, einige zielten mit der Schleuder nach uns. Sie schrien unflätige Worte.

Ich versuchte zu entkommen. Nur sie möge es nicht treffen, bat ich, nur ihr kein Leid geschehen. Wie Geschosse durchlöcherten die Steine die Wasserfläche um das Boot. Einer traf die Bordwand, daß es widerhallte. Sie erwachte.

Am Ufer ragte wie ein Denkmal ein alter Zigeuner, gestützt auf seinen Hirtenstab, umhüllt von einem Pelz, und ließ die Horde ihr Mütchen an uns kühlen, wie damals, als ich mit meinem besten Freund hier vorbeigerudert war.

»Sigrid«, rief ich. »Wickle dich in die Decke ein. Zieh sie über den Kopf. Schütz das Gesicht. Verkriech dich!« Sie verkroch sich nicht. Sie wickelte sich nicht in die Decke. Nur den blauen Faltenrock von der BDM-Uniform streifte sie bis zu den Knien hinunter und klemmte ihn zwischen den Beinen fest. Auch schützte sie das Gesicht nicht. Im Gegenteil. Sie setzte sich auf und kehrte es gut sichtbar zum Ufer hin.

Im selben Augenblick ebbte der Tumult ab, die Steine plumpsten herab, die Mädchen ließen die Röcke züchtig fallen, einige winkten, die Buben versteckten ihre Gliede hinter der hohlen Hand, und der Alte hob den Stock, lüftete die Pelzmütze und rief: »Domniţa noastră, unser Edelfräulein, daß es uns am Leben bleibe!« Sie lachte mich an, ihre Zähne blitzten, sie hatte helle, warme Augen. Wie gut es ist, daß wir uns gegenübersitzen und ins Gesicht sehen können, dachte ich.

»Du bist ganz blaß«, sagte sie.

»Ja«, sagte ich, während mir das Blut ins Gesicht stieg. Mein Atem kehrte wieder. Ich bugsierte das Boot in stille Gewässer.

Eine Erinnerung tauchte auf, in den verschwommenen Bildern der Kindheit. Szentkeresztbánya, Hütte zum heiligen Kreuz. Wir gehen mit der Mutter ins Zigeunerlager am Bach, sie bestellt Rutenkörbe, mein Bruder Kurtfelix mitten unter den Nackedeis, den Purdis, nackt auch er, noch mehr nackt als sie, weil ohne Schnur um den Leib. Sie tanzen im Regen, die Buben um die Wette mit den Mädchen, deren semmelkleine Brüste wippen, deren rote Kittel um die Lenden hüpfen bis zum nackten Nabel hinauf. Die Kinder schleudern die Regentropfen von ihren Leibern, sie werden nicht naß. Ich selbst stehe in der Tür zur Lehmhütte, sehe bloß zu, bin mir zu gut und zu groß und beneide meinen Bruder trotzdem. Neben mir lehnt ein Zigeunermädchen mit verfilzten Zöpfen, unsere sogenannte Schwester, und blickt mich unverwandt an. Die hat der Bulibascha, der Zigeunerbaron, eines Mittags vor unsere Haustür gestellt, als Dankgeschenk an meine Eltern, weil meine Mutter dem Mädchen das Leben gerettet hat, ja, und aus Bedauern, weil meine Eltern damals nur Buben hatten. Körbe kauft meine Mutter. Die alten Weiber küssen ihr die Hand, und die Hunde lecken unsere Beine, und die Hühner gackern, und der Hahn hebt berauscht sein Haupt, und mein Bruder tanzt nackt im Regen, und das Mädchen sieht mich an.

»Wen sie ins Herz schließen«, berichtete Sigrid Renata, »dem tun sie nichts zuleide. Wen sie lieben, den schützen sie. Ihre Hunde erkennen mich und sind fromm und friedlich, wenn ich durch die Ziganie geh. Sogar die Hühner wissen, wer ich bin. Nur einem Hahn schwoll jedesmal der Kamm, und er hackte nach mir. Eines Tages erwartete mich der alte Trofim Macavei, der Vater vom Primgeiger Dionisie aus dem *Trocadero*, du weißt?« Ich wußte. Der meinem Vater auf der Burgpromenade die Hand küßte, nachdem der vor ihm den Hut gezogen hatte, genauso höflich wie vor dem evangelischen Stadtpfarrer und den Bettlern bei der katholischen Kirche.

»Er drückte mir eine Tüte in die Hand: ein Geschenk für Euch, domniţa mea, strahlte er: Öffnet das Stanitzel! Ihr werdet Euch freuen. Ich öffnete es und fiel fast in Ohnmacht: mon Dieu! Der Kopf des Gockels, der mich immer attackiert hatte, der rabiate Kokesch. Der Alte hatte ihn gekragelt. Ich aber mußte danke sagen und lächeln. Und stützte mich auf seinen Stab, so weich waren meine Knie. Er meinte: Ans Tor genagelt, halte der Hahnenkopf die bösen Geister auf. Ich bat ihn, das selber zu tun, denn ich sei auf dem Weg zur Schule. Aber der geköpfte Hahn ist für mich zur Devise geworden. Wenn ich danke zu sagen habe und dabei noch lächeln muß, obschon es mir schwer ums Herz ist oder mir das Herz bricht, dann rufe ich mir zu: der geköpfte Hahn!«

Bei der Toten Aluta mit ihrem uferlosen Röhricht verzweigten sich die Wasser des Flusses zu Bächen und Rinnsalen; wir aber paddelten den Hauptarm hinauf. »Glaubst du mir, daß es hier Mooraugen gibt, die bis zum Mittelpunkt der Erde reichen?« fragte sie, und ich antwortete: »Nein!«, und sie sagte: »Ich auch nicht! Aber glaubst du mir, daß ich hier neunundneunzig Wildschweine auf einmal gesehen habe und daß sich hier Fuchs und Wolf gute Nacht sagen und daß es Fischotter gibt und ein Biberpaar?« Ich antwortete: »Ja, denn wir sind mit unserem Vater oft am Sonntag bis hierher spaziert, als wir kleiner waren.«

Hier muß er den Flüchtling aufgeklaubt haben, dachte ich und schwieg über dieses Geheimnis, schwieg wie ein Grab. Im Steilufer, nicht weit vom Gutshaus flußaufwärts, lag die Höhle, wo der Flüchtling gehaust und ich mit dem ehemaligen Freund eine Nacht zugebracht hatte. Doch auch über dieses Bittere schwieg ich.

Die Fähre, beladen mit Gütern der Erde und Früchten des Bodens, glitt hin und her und versperrte den Fluß. Der Fährmann hielt die schwimmende Brücke an, ließ uns passieren. Er lüftete die Seemannsmütze und rief: »Boot ahoi!« Das Herrenhaus mit den schwarzleuchtenden Fenstern und den Balkonen segelte vorüber. Sigrid Renata winkte hinauf.

Nach einer Schleife rief sie: »Dort, meine Badestelle!« Sie zeigte auf eine Bucht, halbrund umstellt von Lehmwänden und in der Nachmittagssonne voll Licht und Wärme. Mit einem letzten Schwung rammte ich das Boot in den Sand. Knirschend kam es zum Stehen. Ich sprang heraus und versank bis zu den Schenkeln. Nahe beim Ufer schon wurde der Fluß tief. Ich reichte dem Mädchen die Hand und half ihr aus dem Boot. Sie hielt meine Hand auch nachher fest, als habe sie vergessen, sie loszulassen. Ein Luftzug ließ uns frösteln. Als wir aber in den Schoß der Bucht eintraten, umfing mit weichen Fingern die Wärme unsere Glieder. Unter den nassen Füßen spürten wir den heißen Sand.

Stufen, in die tonige Erde modelliert, führten zur Höhe des Steilufers. Von dort war es nicht weit zum Gutshaus.

»Hier ist es immer warm«, sagte sie.

»Ja«, sagte ich, »die Hitze staut sich. Es ist hier wie im Inneren eines Hohlspiegels.«

»Nein«, sagte sie, »es ist wie in einem Backofen, in dem wir uns verkriechen, oder als ob wir unter einer flauschigen Decke schlafen würden.«

»Wie tief die Sonne steht und wie heiß es noch ist«, sagte ich und setzte mich an das Wasser, wo die Luft kühler war. Meine Muskeln fieberten.

»Wir tunken uns, ich will baden! Und dann liegen wir in der Sonne«, sagte sie und breitete die Decke aus. »Bestimmt das letzte Mal in diesem Jahr.« Sie knöpfte die Bluse auf.

»Hast du einen Badeanzug?« fragte ich, um etwas zu sagen.

»Nein.«

»Wie dann?«

»Nackig. Oder wie der Rumäne sagt: în piele goală, mit leerer Haut. Wir sind ja konfirmiert.«

»Ich nicht.«

»Ja, wirklich!« Im Nu hatte sie die wenigen Kleidungsstücke vom Leib geworfen. Sie trat an den Saum des Wassers und blickte stromaufwärts. Mit dem Fuß prüfte sie die Temperatur. Vom Nacken her griff sie in die Haare und bündelte sie über dem Scheitel. Einen Augenblick verweilte sie so, beide Arme über dem Kopf verschränkt.

Ich schaute sie an, wie sich ihr Ohr und das Halbrund des Gesichts enthüllten, ich schaute um den entblößten Hals die

Korallenkette mit dem Medaillon in Gold und Schwarz, das die Brust des Mädchens berührte, und ich schaute in die Achselhöhle, die ihre Dunkelheiten preisgab. Ihre Gestalt hob sich ab vom Lila der Gebirge, die im Alpenrausch erglühten. Ich hatte die Schönheit angeschaut mit Augen.

»Wie schön das alles ist«, flüsterte sie. »Schau! Das Wasser ist fast durchsichtig. Ich kenne alle seine Farben. Es ist nicht kalt. So ist der Fluß im Herbst. Voll von vergangener Liebe. Schau an!«

Sie trat vom Strand weg ins Wasser. Bei jedem Schritt verlor sie an Körperlichkeit. Rasch verschwand ihre Gestalt, ich konnte ermessen, wie steil die Sandbank in die Tiefe abfiel. Als sie bis zur Brust eingetaucht war, noch nahe am Ufer, mußte sie sich gegen die Strömung stemmen. Mit vorgeneigtem Oberkörper watete sie langsam gegen den Lauf des Wassers. In Brusthöhe schob sie eine doppelte Bugwelle vor sich her. Zögernd entfernte sie sich.

Von oben aus dem Flußbett rief sie mit gedämpfter Stimme: »Wie wunderschön alles ist! Der Fluß, das Licht, die glitzernden Weiden, die lila Gebirge, der Kahn am Strand, und du! Aber warum willst du nicht mit mir baden?«

Ich saß am Ufer, in der Lederhose, im Hemd, unter der Kuppel der Wärme, und sah, was sie sah: die Aluta, das Spiel der Wassergeister über dem Spiegel, in den Weiden den silbernen Wind, die brennenden Spitzen der Karpaten und mein Boot in der Bucht. Ich schaute sie. Und hatte ein Geheimnis. Wer aber ein Geheimnis hat, ist einsam.

Sie kam lautlos herangeschwommen, blickte unverwandt zu mir. Als sie ein paar Stöße weit von unserer Landestelle entfernt war, geschah etwas Entsetzliches: Ihr Kopf kippte ins Wasser, die Haare breiteten sich über die Wasserfläche, sie begann mit den Armen um sich zu schlagen, dann drehte sich ihr Körper um seine Achse wie ein schwimmender Baumstamm, das Gesicht mit den geschlossenen Augen tauchte auf, sie rang nach Luft, einen Atemzug lang trieb sie auf dem Rücken dahin, ihr Körper glänzte auf, Brust und Bauch und die Knie lagen nackt im Licht, ehe ihr Leib verschwand.

Da war ich bereits neben ihr. Angekleidet war ich ins Wasser gesprungen. Ich griff verzweifelt in die Tiefen, tauchte mit offenen Augen, wie wir das geübt hatten. Ich erhaschte ihren Schatten, wollte nach ihr greifen, vergeblich. Ich schrie ins gurgelnde Wasser: »Gott, du hast den Engeln befohlen, daß sie dies Geschöpf behüten auf allen seinen Wegen, daß deine Engel sie auf den Händen tragen, damit sie ihren Fuß nicht an einen Stein stoße. Hältst du dich, Gott, an dein Versprechen, dann will ich an das ewige Leben glauben und das Himmelreich dazu.«

Während ich unter Wasser nach ihr suchte, sah ich sie vor dem Altar knien, im weinroten Samtkleid vor den sieben brennenden Kerzen, sah, wie der alte Pfarrer sich zärtlich über sie beugte und ihren Scheitel berührte und sie segnete: Gott Vater, Sohn und Heiliger Geist gebe dir seine Gnade, Schutz und Schirm vor allem Argen, Stärke und Hilfe zu allem Guten, daß du bewahrt werdest zum ewigen Leben! Während die Glocken läuteten, die Sonne aber für diesen Augenblick untergegangen war, beschämt von soviel Schönheit. Und es fiel mir die Zusatzfrage ein, die der Pfarrer ihr bei der Prüfung gestellt hatte: Das elfte Gebot, wie lautet das elfte Gebot? Viele in der Kirche hatten sich verwundert angesehen, während sie antwortete: Du sollst Gott, deinen Herrn lieben von ganzem Herzen, von ganzer Seele, von ganzem Gemüte und von allen Kräften und deinen Nächsten wie dich selbst! Und dachte: Was bist du für ein Gott? Lieben soll man dich, aber fürchten muß man dich.

Dem Ersticken nahe, mit platzender Lunge, stieß ich mich vom Grund an die Oberfläche, um Atem zu schöpfen. Ich hatte gespürt, wie der Fluß in der Tiefe seine Wasser vorwärtswälzte, unentrinnbar, bis in das Schwarze Meer am Ende der Welt. Und ich hatte mit beschwörendem Blick und geschüttelt von Grauen den Wasserspiegel talabwärts nach ihr abgesucht, geblendet vom Gold des Flusses, der in die Sonne mündete, wo er wie ein Feuerball explodierte.

Ich wollte untergehen in den goldenen Fluten und in den Wassern des Grauens und zuletzt vergehen im Meer. Ohne zu atmen war ich dabei, mich fallenzulassen und nie mehr aufzutauchen, als ich in meinem Rücken ihre Stimme etwas sagen hörte, was ich nicht verstand. Sie stand bis zum Hals im Wasser und schaute mich mit glühenden Augen an. Ich stürzte zu ihr, meine nassen Kleider klebten an mir.

»Rühr mich nicht an!« Ich rührte sie nicht an. Während das Wasser des Flusses uns umspülte sagte sie: »Ich wollte wissen, was du tust, wenn ich sterbe!« Sie stieg aus dem Fluß und trat ans Ufer: »Dreh dich um! Sieh weg! Ich will mich anziehen.« Ich drehte mich nicht um.

»Du ähnelst einem Flußgeist«, sagte sie, »einem von den Gehilfen der bösen Fee Aluta.« Sie lachte; wie sonderbar sie lachte. »Vielleicht wollte ich dich bloß zwingen, mit mir zu baden.«

Das Boot war verschwunden. Vielleicht hatte es talaufwärts geregnet, Wasser oder Blut oder Feuer, irgendwo im Geisterwald: bei Kaltwasser, bei Blutroth, bei Brenndorf. Die Wasser waren angeschwollen und leuchteten blutrot und feurig. Der Fluß hatte sich gehoben und hatte die Sandoline mitgenommen wie ein mutwilliges Geschöpf. Sie kann nicht weit getrieben sein, überlegte ich. Im Herbst fließt der Fluß langsam. Laut sagte ich: »Ich muß hinunterlaufen, weit kann die Sandoline nicht sein. Aber ich muß bei den Zigeunern durch. Die werden mich steinigen!«

»Lauf, sie tun dir nichts. Dort die Treppen hinauf. Die hat der Buzer eigenhändig ausgehauen, für mich allein. Denn hier darf niemand baden außer mir.«

»Komm mit«, bat ich, »dich kennen sie.«

»Nein«, sagte sie und streckte sich in den Sand, angekleidet, wie sie war. »Wie kuschlig es hier ist.«

»Du bist grausam«, sagte ich und machte mich auf den Weg, das Steilufer entlang, in der Hoffnung, das Boot noch vor der Zigeunersiedlung zu sichten. Vielleicht war es in der Nähe gestrandet oder drehte sich in einer Bucht. »Zum Teufel!« sagte ich. Ohne mich nach der Freundin umzuwenden, stieg ich über die Treppe auf die Höhe und spähte die Flußau entlang, die Hand über den Augen. Nichts. Ich stolperte den Uferpfad entlang. Schon erblickte ich die Flußbiegung mit den herabhängenden Weiden.

Ein halbwüchsiger Zigeunerbub vertrat mir den Weg. Ich bezog Abwehrstellung, legte mir die Jiu-Jitsu-Griffe zurecht, die wir in Kronstadt im Übungslager gelernt hatten, und überlegte, sofort ins Wasser zu springen und im Schutz des Ufers flußabwärts zu schwimmen, sollte sich die Meute der Zigeuner und Hunde auf mich stürzen. Es kam anders.

»Domnişorule, junger Herr«, sagte er, »Euer Boot ist bei der Aluta-Brücke von Domnul Mailat aufgehalten worden und liegt an der Kette.« Inzwischen war ich eingekreist von Kindern und Hunden, die mich geruhsam musterten. Vom Lager sah ich ein Paar auf mich zu spazieren, Sigrid Renata und den Alten namens Trofim Macavei, den Zigeuner-Bulibascha. »Er will dich begrüßen«, sagte sie. »Er kennt dich.«

»Das glaub ich nicht. Meinen Namen kann keiner behalten.«

»Dein Name sagt ihm nichts. Weder kann er ihn aussprechen noch sich merken. Aber andererseits bist du bestens ausgewiesen und empfohlen.« Wir sprachen deutsch, und alle hörten andächtig zu. In Siebenbürgen war das so: Du hörtest zu, selbst wenn du die Sprache des anderen nicht verstandest. Es klang heimatlich und feierlich wie die Liturgie in deiner Kirche.

»Ich sagte ihm, daß du der Sohn von der Fierăria ai nouă bist, von der Neuen Eisenhandlung.«

Bei diesem Wort hob der Alte den Stock und wies auf die Feuer im Lager, über denen in gußeisernen Kesseln die Tocana schmorte. Alles Geschirr aus dem Geschäft meines Vaters, dazu die Dreifüße, auf denen die Kessel saßen.

Der Alte lüpfte seine zerfressene Fellmütze und reichte mir die Hand. Er sah mich an, so lange, daß es mir seltsam zumute wurde: Was will er? Er fragte, wie alt ich sei. Und sagte: »Schade, auch dich wird es erwischen. Alle werden sie uns wegschaffen. Ieri jidanii, azi noi ţiganii, mâine voi saşii – gestern die Juden, heute uns Zigeuner, morgen ihr, die Sachsen. Nur: Uns macht es wenig aus, ob hier oder anderswo! Einen Fluß mit einer grünen Aue finden wir überall auf der Welt. Und ein paar Leute in der Nähe, die reicher sind als wir, die unsere Rutenbesen und Körbe brauchen und denen wir zur Hochzeit und zum Tanz aufspielen, schenkt uns Gott, der Liebreiche, wo immer. Mehr brauchen wir nicht.«

Er holte zum zweiten Mal weit aus und wies mit dem Stab über die Ansammlung von dampfenden Schmortöpfen, um die sich immer mehr Menschen und Hunde lagerten: »Die eisernen Töpfe von Eurem Vater, junger Herr, die halten, auch in Rußland. Die werden sie uns nicht nehmen. Und mehr haben wir nicht zu verlieren, ce să pierdem mai mult!«

Und fuhr fort, buchstabierte das Weltgeschehen nach seiner Lesart zu Ende: »Schreiben und lesen kann ich nicht, aber weil ich weniger weiß, weiß ich mehr: Nach euch Sachsen sind die Deutschen an der Reihe, cu fiurer cu tot, mit dem Führer und mit allem Drum und Dran. Und als letzte auf dieser Spur, la urma urmei: die Rumänen, lupii ăştia, diese Wölfe, auch sie entkommen nicht. Doch wie der gute Herrgott es will! Es helfe uns allen die Mutter Gottes.« Er wandte den Kopf und vertiefte sich in die Weite und in die Ferne.

Sigrid Renata sagte: »Und noch etwas habe ich ihm verraten: daß du mein Freund bist.« Sie reckte sich auf die Zehenspitzen, das Gesicht erhoben. Obschon sie barfüßig war, erreichte sie ihr Ziel: Sie gelangte bis zu mir herauf, weil ich mich zu ihr beugte, barfuß auch ich. Dabei streichelte sie mit ihrer samtweichen Sohle meinen Fuß. Ihre Hände waren gefangen: Sie hielt sie um meinen Nacken geschlungen. Noch immer tropfte das Wasser von mir.

Bloß ein paar Kinder mit nackten Bäuchen musterten uns, doch ohne lustvoll in der Nase zu bohren, wie das Kinderart ist. Auch sie hatten keine Hand frei, denn jedes Zigeunerkind hielt ein kleineres Geschwisterchen fest oder hatte es im Arm. Die Hunde witterten mit feuchten Schnauzen an meiner Haut und verwahrten meinen Körpergeruch in ihrem Hundegedächtnis.

Als wir uns trennten, war ihre Bluse, war ihr Rock feucht. Barfuß ging jeder seines Weges. Unsere Schuhe waren mit der Sandoline davongeschwommen. Ich durchquerte das Zigeunerdorf. Kein Hund drehte sich nach mir um. Kein Hahn krähte nach mir.

Die Pfarrfrau von Fogarasch sagte nicht: mein Mann oder mein Gemahl. Sie sagte: der Herr Pfarrer! »Der Herr Pfarrer ist in der Studierstube und arbeitet, bitte hinüber! Doch nimm einen Augenblick Platz und leiste uns Gesellschaft.«

Ich war gekommen, um mich über das ewige Leben aufklären zu lassen. Und nicht nur wegen der Freundin Seelenheil. Der gestrige Tag hatte mich belehrt, daß mit diesem meinem neuen Gott nicht zu spaßen war, er hatte zwei Gesichter. Der Schreck, als Sigrid Renata in den Wassern des Flusses verschwunden war, saß mir in den Knochen. Neben dem lieben Gott erschien das Gesicht eines großen Herrn, mit dem nicht gut Kirschen essen war. Eile war geboten. So war ich am Vormittag aufgebrochen, um an kompetenter Stelle alles über die letzten Dinge zu erkunden, und hatte vor, schon am gleichen Tag zum Gut hinauszugelangen und Sigrid Renata mit dem Gehörten zu trösten, zu erquicken, ihre Angst zu dämpfen und ihren Glauben zu stärken.

Obwohl mir das jenseitige Leben auf der Seele brannte, nahm ich gefügig Platz in der kleinen Gesellschaft schwarzgekleideter Menschen und ließ mich von der Dame des Hauses bedienen.

»Absichtlich ein türkisches Frühstück«, sagte die Pfarrfrau: »türkischer Kaffee, türkischer Palukes – auch Rachat oder Racahout genannt –, Scherbet und Halva, alles aus der Türkei eingesickert. Wir wollten unseren Gästen aus dem Reich einiges vom Balkan vorführen, unseren Trauergästen.« Sie verneigte sich zu den Eltern Lohmüllers hin, die schwarz und steif auf dem Biedermeiersofa saßen und mit verkrampften Fingern die Mokkatassen hielten.

»Andernfalls denken die Herrschaften aus Deutschland, sie seien in Deutschland«, sagte Buzers Mutter hinter ihrem schwarzen Schleier. Vielleicht schläft sie sogar mit ihm, dachte ich, ein schwarzes Nachthemd trägt sie gewiß. Einen Menschen nicht zu Gesicht zu bekommen, wenn er redet …

»Meine Freundin Rose Maria Montsch sieht sowieso aus wie eine Haremsdame«, sagte die Frau des Pfarrers. Und zu ihr gewendet: »Ich hätte nie gedacht, Teuerste, daß schwarz Sie so gut kleidet. Ja, man kommt in die Jahre.«

»Schwarz«, sagte die Mutter des toten Panzergrenadiers, »bei uns im Reich kommen manche aus dem Schwarz nicht heraus, andere legen es nicht mehr an.«

»Darf ich bekannt machen?« sagte die Pfarrfrau und wies auf mich. Ich sprang auf und erinnerte mich voll Ärger, daß ich mich nicht hätte setzen dürfen, ehe ich nicht vorgestellt worden war. Bestürzt nannte ich alle meine Vornamen.

»Wie gut du deutsch sprichst, mein Kind«, sagte Frau Lohmüller. Sie ließ meine Hand fahren, steckte das schwarz-geränderte Taschentuch weg und strich mir über das Haar, während sie meinen Kopf zu sich zog. Ich wollte ausweichen, denn in den Achselhöhlen war das schwarze Kleid feucht von Schweiß. Ich zwang mich, stillzustehen, dachte: geköpfter Hahn, und lächelte, wie Sigrid Renata es getan hätte, wenn sie hätte lächeln müssen, ohne daß ihr danach zumute war.

»Wir wissen«, sagte ihr Mann im zu engen Hochzeitsanzug mit einer vergilbten künstlichen Hochzeitsblume im Knopfloch, »daß wir nicht in Deutschland sind. Darum sind wir Ihnen allen so sehr dankbar, daß Sie sich die Mühe machen und unseretwegen deutsch sprechen. Auch der Herr Pastor gestern – wie schön, daß er nicht rumänisch gepredigt hat, sonst hätten wir nichts verstanden.«

»Deutsch ist unsere Muttersprache«, warf ich fassungslos ein. »Rumänisch ist für uns eine Sprache, die wir erlernen müssen wie eine Fremdsprache. Das erste rumänische Wort: Nu știu românește, ich kann nicht rumänisch, hab ich in der Schule gelernt, mit neun Jahren in der dritten Klasse.«

»Aber Heinrich«, rügte die Frau sanft, »das hier sind Deutsche, Deutsche nicht gerade wie wir, aber Volksdeutsche, sie gehören zum deutschen Volk außerhalb des Reiches.«

»Ich weiß, unsere treuen Volksdeutschen, die der Führer

unter die Waffen gerufen hat, damit sie helfen, den Krieg zu verlängern.«

»Nicht doch! Von wegen dem Endsieg hat man sie gerufen.« Und zu uns: »Er ist verwirrt, der arme Heinrich.«

»Trotzdem müssen wir uns bedanken, daß Sie als Rumänen unseretwegen deutsch sprechen. Die lange Reise wäre umsonst gewesen. Denn was der Herr Major salbadert hat – Führer und Vaterland und auf dem Feld der Ehre fallen und für eine große Sache sterben und Endsieg und so –, das ist nichts, das ist Abwaschwasser.« Er sah niemanden an, während er sprach, auch nicht den Gesichtsschleier der Frau Montsch, als diese aus finsteren Tiefen vernehmen ließ: »Recht hat er, er hat vollkommen recht, der Herr Lohmüller II!«

»Einfach Lohmüller«, sagte seine Frau freundlich. »Er wirft alles durcheinander. Der Tod von unserem Emil hat ihn durcheinandergebracht. Doch wir sind froh, daß wir wissen, wo unser Sohn, das gute Kind, begraben ist.«

»Unseren nächsten Buben«, sagte der Vater, »den Baldur Wieland, werden sie nicht verheizen, nicht Führer, nicht Vaterland. Noch sechs Jahre müßte der Krieg dauern! Und auch dann, auch dann wäre unser kleiner Bub erst sechzehn. So lange kann ein Krieg nicht dauern.«

»Denken Sie an den Dreißigjährigen Krieg«, sagte die Pfarrfrau.

»Noch besser an den Hundertjährigen«, ergänzte Frau Montsch, »dann gäbe es nur noch Tote.«

»Die arme Braut«, sagte die Pfarrerin.

»Bräute trösten sich«, sagte Frau Montsch.

»Trotzdem ist sie zu bedauern.«

»Diese Braut?« sagte die Frau Lohmüller, »alles ist für etwas gut.«

»Sie haben recht, diese Braut!« sagte Frau Montsch. »Aber es hat sich ja rasch ausgebrautet.«

»Ein Heer von Bräuten wird übrigbleiben«, sagte die Stadtpfarrerin.

»Und zertrümmerte Städte und verbrannte Erde«, sagte Herr Lohmüller.

»Wer hätte gedacht, daß es so lange dauern würde, damals, am Anfang, nach den Blitzkriegen, den Siegen ohne Ende«, sagte Frau Montsch.

»Genau vier Jahre«, sagte die Pfarrfrau, »eine echte Belohnung wäre der Endsieg.«

»Rußland bringt alle zu Fall«, sagte Herr Lohmüller und blickte nirgendwohin in die Ferne.

»Napoleon!« sagte die Pfarrfrau. Sie wies durch die Fenster auf die Hauswand voll Bärenklau, der sich rötete. »Dort ist Rußland! Man muß ertragen, was einem aufgetragen ist.«

»Muß man? Wo steht das geschrieben?« fragte die Mutter vom Buzer Montsch.

»Bedienen Sie sich«, sagte die Gastgeberin, »lassen Sie es sich schmecken!« Nur ich griff zu. Das Scherbet war so süß, daß mich die Zähne schmerzten, obschon ich bei jedem Löffelchen wie vorgeschrieben einen Schluck Wasser trank. Der Kaffee war stark: Hatte man ausgetrunken, blieb Kaffeesatz bis zur Hälfte in der kobaltblauen Tasse, auf der goldene Sichelmonde schaukelten. Der Rachat legte sich an den Gaumen, klebrig wie Gummi arabicum, und füllte den hohlen Zahn. Gut schmeckte das Halva, türkisches Konfekt aus Sesammehl, Sonnenblumenkernen und Honig. In unserer Schülersprache hieß das Bärendreck.

Wir saßen im Wohnzimmer im ersten Stock, ein Raum mit der Front gegen den Brukenthalplatz, seitlich erleuchtet durch eine Flucht von Fenstern voll Morgensonne – eigentlich ein Saal. Als die Majo Buchholzer vom Binderischen Gut einmal statt in der Küche versehentlich hier die Milch und die Eier abgeben wollte, berichtete sie nachher entgeistert, daß man in der guten Stube im Pfarrhof mit dem Milchwagen wenden könne. Der Präfekt von Fogarasch dagegen, Cavaler Scherban de Voila, behauptete, man könne im Salon des sächsischen Pfarrhauses ein Wettrennen mit Rikschas austragen oder einen portugiesischen Korso in Gang setzen. Er hatte die Reise von Portugal bis China mit dem Zug gemacht.

»Wie alt bist du?« fragte mich die Mutter von Buzer

Montsch, die ihr Scherbet unter den Trauerschleier hinein-
löffelte, ohne eine Falte des Gesichts preiszugeben. Auch die
Spitze des Kinns entblößte sie nicht.

»Fünfzehn.«

»Schon so groß?« Alle zeigten betretene Gesichter. »Wenn
die Russen nicht bald kommen, wirst du dran glauben müssen«, sagte Frau Montsch mit derselben Stimme, mit der sie
aus ihrer schwarzen Höhle nach den Lichtverhältnissen
außerhalb fragte: Scheine die Sonne oder gebe es einen
Kurzschluß?

»Und wenn sie kommen«, sagte Herr Lohmüller, »wirst
du erst recht dran glauben müssen, junger Mann.«

»Genau!« sagte Frau Montsch.

»Schade um jeden«, sagte Frau Lohmüller. »Wir dachten,
hier, in dieser kleinen Stadt, sei unser Emil in Sicherheit.
Aber der Balkan war immer ein Pulverfaß.« Die Leidtragenden schwiegen. Ich erhob mich.

Die Frau des Stadtpfarrers gab mir ein Buch für meine
Großmutter mit: *Die vom Sunderhof* von Felicitas Rose. »Damals war die Welt noch heil«, sagte sie zu den drei Menschen in Schwarz. Und zu mir: »Du findest ja den Weg allein. Der Herr Pfarrer arbeitet. Er konnte sich leider nicht
für diese Plauderstunde freimachen.«

Der Pfarrer arbeitete. Er arbeitete an seinem Ahnenpaß. Noch genauer: eine Nachfahrentafel hatte er angelegt. Die Papierbogen bedeckten den Konferenztisch. Er begrüßte mich: »Selten, daß mich ein Jugendlicher aufsucht!
Man konfirmiert die jungen Menschen aus der Kirche hinaus.«

»Ich bin nicht konfirmiert«, sagte ich.

»Ja, stimmt, ich vergaß. Je später, desto besser. Die Ge-
löbnisse der Kirche überfordern einen Jugendlichen. Jugend
muß sehen, fühlen, begreifen: Führer, wir folgen dir! Aber
sag, was dich herführt.« Doch schon beugte er sich wieder
über seine Tabellen und rief erfreut: »Sieh her, wie interessant. Dieser Handwerksbursche aus der Zips, Johann Za-
baner, der Bruder meines Urgroßvaters, Zinngießer, heiratet
in Mediasch eine zwölf Jahre ältere Frau, Katharina, ver-

witwete Oberth. Seine Meisterin. Er hat mit ihr sieben Kinder, beim letzten ist sie achtundvierzig. Weißt du, warum er sie geheiratet hat?«

»Ja«, sagte ich, »aus Liebe!«

»Liebe spielte damals kaum eine Rolle. Anders, mein Sohn. Durch die Heirat wird er Mitinhaber der Werkstatt, erwirbt das sächsische Bürgerrecht von Mediasch, kann in die Zunft aufgenommen werden, begründet ein Haus. Früher heiratete man selten aus Liebe von Mensch zu Mensch, vielmehr von Haus zu Haus, aus handfesten Interessen.«

»Mich interessiert das ewige Leben«, sagte ich.

»Das ewige Leben?« Der Pfarrer blickte mich einen Moment lang an. »Das ewige Leben! So allgemein, oder wie?«

»Alles, was man darüber weiß.«

»Sieh hier, noch etwas Merkwürdiges«, der Pfarrer trennte sich schwer von seinen Altvorderen: »Hier, dieser Vorfahre, der Großvater meiner Mutter, bei der Rubrik Beruf steht: Trabant beim evangelischen Bischof. Kannst du dir darunter etwas vorstellen?« Ich dachte nach.

»In Birthälm war das. Dort war der Bischofssitz bis 1867. Trabant? Was hatte der wohl zu tun?«

»Wahrscheinlich ist er vor der Kutsche des Bischofs hergelaufen und hat mit einem langen Stock die Zigeuner und Bettler verjagt ...«

»So wird es gewesen sein! Du bist ein kluger Bursch. Und hast Phantasie wie deine Mutter.«

»Gewiß hat er dem Bischof beim Auf- und Absteigen geholfen. Und der Frau Bischof die vielen Kinder in die Kutsche gehoben und ...«

»Das ewige Leben interessiert dich? So plötzlich? Seit wann denn?«

»Seit gestern.«

»Ah! Das Begräbnis vom Lohmüller. Meine Predigt.«

»Nicht nur.«

»Ich habe eben mit seinen Eltern ein seelsorgerliches Gespräch gehabt. Trösten? Menschlicher Trost versagt. Sie fahren heute ins Reich.«

»Wenn es kein ewiges Leben gibt«, sagte ich, »dann müßte man sich ein Leben lang vor dem Tod fürchten. Das ist unerträglich.«

»Willst du Geister von Toten beschwören, wie die gelähmte Anna? Oder was treibt dich um?«

»Sie wartet auf Ihren Besuch, Herr Stadtpfarrer.«

»Sie wartet nicht, die Anna Königes. Es ist ihr lieber, wenn ich nicht hingehe. Nur so kann sie über mich lästern. Warum soll ich ihr diesen Liebesdienst nicht erweisen?« Diese Logik warf mich um. Ich mußte mich sammeln.

Was die Bibel dazu sage, wünschte ich zu wissen. Die Bibel sage wenig, mußte ich zu meiner Enttäuschung vernehmen. In der Auferstehung Christi habe sich eigentlich alles über die letzten Dinge ausgesprochen. Hinweise auf »nachher«, aufs »Jenseits« seien spärlich, eher zurückhaltend, erschöpften sich in Bildern und Schauungen. Doch lasse sich einiges sagen ... Der Pfarrer warf einen letzten Blick auf seine Ahnen am Arbeitstisch und sagte fast entschuldigend: »Es ist mein Lieblingsthema nicht! Aber ich habe mir trotzdem so meine Gedanken gemacht.«

Das ewige Leben – großes Animo, viel Dynamik, so zumindest stelle er es sich vor. Überwältigende, andauernde und vielfältige Freude und Beschwingtheit. Himmlische Musik, viel würde gesungen werden, solo und in Chören und mit den Engeln und den Erlösten um die Wette. Der Pfarrer geriet in Eifer: »Weil dort reine Harmonie herrscht, müßte es perfekte Orchester und Kapellen geben, die alles spielten: moderne Tanzmusik und Negerjazz und sächsische Volkslieder und die Doinen der rumänischen Hirten, vielleicht auch preußische Militärmärsche, und wohl auch atonale Musik, und Kirchenmusik und Klassik ohnehin. Was nicht heißt, daß jedem alles gefallen muß, aber sonderbarerweise wird niemandem etwas nicht gefallen. Denn der Gesang stimmt!« Der Pfarrer fing Feuer: »Und das Gespräch stimmt auch! Gute Gespräche, die wird es dort geben, sprühende Unterhaltung, geistreichen Humor, launige Dialoge, intelligenten Frohsinn ... Und keinen falschen Ton.«

»Steht das alles in der Bibel?« fragte ich.

Der Pfarrer runzelte die Stirn: »Nicht ganz so. Die Bibel

muß man mit Phantasie und Intuition lesen. Weißt du, was Intuition heißt?«

»Ja«, sagte ich.

»Woher?«

»Von meiner Mutter.«

»Die Bibel sieht das ewige Leben im Bild der Hochzeit, das heißt: festliche Bewegung, sinnvoller Beginn, der Anfang von etwas Schönem und Neuem und Gesegnetem, innige Verbundenheit und Gemeinschaft der Glückseligen. Und Gott feiert mit, sitzt bei Tisch, er ist ein geselliger Gott.«

»Wie bei Königs Geburtstag.«

»Kein schlechtes Bild, ganz biblisch. Ein Fest der Völker, die herbeikommen von Norden und Süden, Osten und Westen, ein Volksfest, wie es bei uns am 10. Mai der Geburtstag des Königs ist, an dem alle neunzehn Völkerschaften Rumäniens mitfeiern und sie ein und dieselbe Freude verbindet.«

»Werden wir alle gleich sein?« fragte ich. »Ich möchte nicht mit allen gleich sein. Noch weniger allen gleichen.« Und ich dachte an meinen Erzfeind.

»Ja und nein. Gleich geliebt von Gott und in gleicher Weise glücklich. Aber jeder für sich vollendet in seiner Einzigartigkeit, wie Gott ihn sich ausgedacht, vorgestellt, gewünscht hat. Was hier Bruchstück bleibt, was in einem zerbricht oder gerade jetzt massenhaft abgebrochen wird an Leben, das wird dort zur Vollkommenheit ergänzt. Darum heißt es im Altargebet für die Toten: Vollende sie in Deinem Reich, Herr, nach Deinem Bilde.«

Wie wunderbar sich das anhörte. Eine unerklärliche Traurigkeit beschlich mich.

»Das alles ausgelöst, angefacht, in Bewegung gesetzt durch die Nähe Gottes, den wir endlich von Angesicht zu Angesicht schauen dürfen. Ein Genuß ohnegleichen, so daß wir trunken sein werden vor Freude, die letzten Endes ein Ausdruck der Liebe ist. Denk darüber nach.«

Liebe, das Wort war gefallen.

»Ich sag es noch einmal, anders: Geläutert von Sünde

und befreit vom Tod und damit ledig der Angst, sind wir durchsichtig und licht wie Jesus auf dem Berg der Verklärung.«

Was ist das? dachte ich, aber ich schwieg.

»Alles, was in uns angelegt ist an Gutem und Schönem und Wahrem, kommt zum Vorschein, gelangt zur Blüte, und jeder erhält sein ureigenes Gesicht und eigentliches Wesen: das Ebenbild Gottes.«

Der Pfarrer hatte sich erhoben und wandelte mit entrücktem Blick durch die Amtsstube, die vollgeräumt war mit Büchern. »Alles Bücher über die Bibel, das Buch der Bücher«, sagte er. Er war Feuer und Flamme. Nur weil ich gekommen war und gefragt hatte? Eine Begeisterung erglühte an ihm, daß ich gefaßt war, er könnte unter Donnern und Blitzen mit dem Feuerwagen in den Himmel enteilen, wie jedes Jahr im Juli Sankt Elias, der große rumänische Heilige, oder verklärt werden wie Jesus Christus auf dem Berg, worunter ich mir jetzt mehr vorstellen konnte.

»Und wenn sich einer ausruhen will? Allein sein will?«

»Himmlische Ruhe, heilige Stille, göttliches Schweigen, saphirblaue Einsiedeleien und golddurchwirkte Kapellen. Es ist der achte Himmel, mein junger Freund, wo sich das ewige Leben in aller Vollkommenheit abspielt. Dort wohnt Gott in seiner Reinheit und in inbrünstiger Einigkeit mit dem Sohn und dem Heiligen Geist, umschwebt von jubelnden Engeln und den Heiligen und Seligen.«

»Der achte Himmel«, sagte ich, »so viele Himmel gibt es?«

»Die sieben Himmel bis dorthin sind Wanderung und Läuterung. Denn alles, was hier und heute quält und bedrückt, das Leben verdirbt, zur Hölle werden läßt, wird nicht mehr sein. Hör dir das an, junger Mann, was in der Offenbarung steht, dem Seher Johannes war es vergönnt, einen Blick in den achten Himmel zu werfen:

›Und ich sah einen neuen Himmel und eine neue Erde … und ich hörte eine große Stimme von dem Thron, die sprach: Siehe da, die Hütte Gottes bei den Menschen! Und er wird bei ihnen wohnen, und sie werden sein Volk sein und er selbst, Gott mit ihnen, wird ihr Gott sein; und Gott wird abwischen alle Tränen von ihren Augen, und der Tod wird nicht mehr sein, noch Leid noch Geschrei noch Schmerz wird mehr sein; denn das Erste ist vergangen … Siehe, ich mache alles neu!‹

Auch dieses Geschrei hier draußen im Hof wird nicht mehr sein. Und das viele Hurrageschrei oben im Reich wird aufhören.« Der Stadtpfarrer wies in den Kirchhof, der gleichzeitig Schulhof war, wo Jungen und Mädchen in der Kluft lautstark für die erste Eröffnungsfeier der Deutschen Schule in Fogarasch probten, für das Schuljahr 1943/44.

»Und wie gelangt man dorthin?«

»Durch den Glauben. So spricht der Herr, Johannes 5,24: ›Wer mein Wort hört und glaubet dem, der mich gesandt hat, der hat das ewige Leben und kommt nicht in das Gericht, sondern er ist vom Tode zum Leben hindurchgedrungen.‹«

»Und wie kommt man zum Glauben?«

Nun zögerte der Pfarrer, der bisher so hinreißend geredet hatte. »Der Glaube, ja der Glaube, das ist so eine Sache! Er ist ein Geschenk Gottes! Lieber Bub, seit Gott in Christus in der Welt war und im Heiligen Geist in der Welt ist, gibt es den Glauben an allen Ecken und Enden. Falsch das ewige Gerede vom Menschen, der Gott sucht. Gott sucht den Menschen und bringt in seinem Brotsack den Glauben mit, willig, ihn an alle auszuteilen. Und noch etwas bringt er mit: die Liebe.«

»Und das Jüngste Gericht? Die Hölle? Wo dich Teufel mit glühenden Gabeln in den Feuerstrom der Hölle stoßen, wie man es sehen kann im Kloster Sâmbăta?«

Des Pfarrers Blick wurde irdisch. Nach einer Pause sagte er: »Das Geheimnis ist groß. Man kann sich nur in Bildern herantasten, in Gleichnissen davon stammeln. Ich hab es mir so zurechtgelegt: die Hölle – das ist, nicht dabeizusein!«

»Und wenn einer nicht glauben kann?«

»Kennst du das Gleichnis vom Gichtbrüchigen?«

»Ja, ich hab in Religion zwar nie 10 gehabt, aber ich kann mich daran erinnern.« Er nahm das Neue Testament zur Hand und blätterte und blätterte. »Matthäus, besser Markus, verflixt, welches Kapitel? Die bekehrte Anna hätte das sofort gewußt.« Endlich las er:

»Und es kamen etliche zu ihm, die brachten einen Gichtbrüchigen, von vieren getragen. Und da sie ihn nicht konnten zu ihm bringen vor dem Volk, deckten sie das Dach auf, da er war, und machten eine Öffnung und ließen das Bett hernieder, darin der Gichtbrüchige lag. Da nun Jesus ihren Glauben sah, sprach er zu dem Gichtbrüchigen: Mein Sohn, deine Sünden sind dir vergeben.«

Ich warf ein: »Aber Jesus sagt nicht, steh auf und wandle.«

»Das war damals ein und dasselbe, Sündenvergebung und wunderbare Heilung. Doch geht es mir nicht darum. Später sagt es Jesus, hier Zitat: ›Ich sage dir, stehe auf, nimm dein Bett und gehe heim!‹ Das gehört jetzt nicht zur Sache!«

Ich sah ein, daß es unklug war, einem Pfarrer zu widersprechen. Ein Pfarrer hatte von vornherein recht, wie die Großmutter weise erkannt hatte.

»Vom Glauben des Gichtbrüchigen wird kein Wort gesagt. Sonst heißt es bei den Heilungen: Siehe, dein Glaube hat dir geholfen, der Glaube des Kranken, des Elenden, des Verstörten, des seelisch Gefährdeten, des geistig Umnachteten. Ganz anders in unserer Geschichte. Die Entscheidung für den Gelähmten fällt, als Jesus den Glauben der anderen sieht. Und welch Glaube! Sie brechen in das Haus ein. Sie decken das Dach ab: Christus allein kann ihrem Freund helfen!« Glühend wünschte ich zu glauben.

»Das läßt schließen, daß der Glaube der anderen, eines Nahestehenden, genügt, um einen Menschen zu retten, um ihm durch Christus Hilfe angedeihen zu lassen, selbst wenn dieser jede Hoffnung aufgegeben hat. Der Glaube einer Mutter, eines Bruders, eines Freundes, der Nachbarn, kann dem andern Rettung sein.« Er sah mich zum ersten Mal an: »Und das zum ewigen Leben!« Wie dies alles Renata nahebringen?

Doch triftig war, und ich fragte: »Erst nach dem Tod?«

»Nein«, sagte der Pfarrer, »das ewige Leben beginnt schon heute und hier und gewinnt Gestalt und Wirklichkeit zu jeder Stunde und für jeden Menschen. Denk an den brennenden Dornbusch – hic et nunc!«

»Wo, wann, wie?« Ich ließ nicht locker.

»Wo die Liebe Gottes am Werk ist.«

Ich wünschte zu lieben wie Gott.

Verdunkelung

Ich war aus dem Liegestuhl aufgestanden, hatte mich auf der Terrasse scheu umgesehen und zum dritten Mal das Hemd aufgeknöpft, um mich zu mustern. Gottlob – nirgendwo, weder an der Stirne noch am Leib, war mir ein Horn gewachsen. Verwirrt griff ich nach meinem Tagebuch, um mich von den widerlichen Bildern des Traumes zu befreien.

Die verschleierte Augustsonne spendete Wärme. Der Zementboden war bereits trocken. Ich war barfuß und legte die Füße unserem Hund aufs Fell. Jene drei Tage mit Sigrid Renata im vergangenen Herbst stiegen vor meinem inneren Auge auf. Über die Begegnung mit der Freundin auf dem Friedhof und beim Fluß hatte ich noch am gleichen Abend ein halbes Heft vollgeschrieben. Das war der eine Tag unserer Freundschaft geblieben, ein Tag, an dem wir uns voreinander nicht hatten schämen und verstecken müssen.

Beschlossen hatte ich die Aufzeichnungen mit Versen von Whitman. Daß Amerikaner Gedichte machten, war eine Entdeckung, hatte ich doch gemeint, sie wären bloß Cowboys oder Plutokraten. Ich hatte die Zeilen in einem Büchlein mit Sinnsprüchen und Lebensweisheiten gefunden, das meine Mutter als Siebzehnjährige angelegt hatte. Sie lauteten: »Oh und zuletzt nur noch wir zwei allein. Oh eine wilde Musik, Hand in Hand … Eile dich, dich an mir festzuhalten. Zu eilen vorwärts, vorwärts mit mir zu eilen.«

»Oh und zuletzt nur noch wir zwei allein« – das gelang nicht mehr und nie wieder. Ich eilte zwar vorwärts zu ihr bereits tags darauf, aber sie war nicht in der Laune, sich an mir festzuhalten noch vorwärts mit mir zu eilen. Selbst einen Augenblick mit ihr allein zu sein mißlang, wiewohl sie erklang, die wilde Musik, Hand in Hand.

In den Vormittagsstunden hatte ich dem Stadtpfarrer meine Aufwartung gemacht. Nun barst ich vor biblischen Neuigkeiten – alle lebenswichtig für die Freundin. Kaum hatte ich das Mittagessen beendet, machte ich mich auf zu Sigrid Renata mit guter Nachricht über das ewige Leben. Den Weg wählte ich nicht durch die Siedlung der Zigeuner – wer weiß, ob ihre Gunst, trotz der gußeisernen Schmortöpfe meines Vaters, von Dauer sein würde. Ich trabte das andere Ufer entlang, ließ mich von der Fähre über die Aluta schiffen, ging dem Fährmann zur Hand beim Anziehen der Trossen. Ich erklärte ihm das Parallelogramm der Kräfte, das ich in die Planken ritzte: »Lotrecht zur Strömung, das treibt uns vorwärts!« Verständnisvoll nickte er, die Mütze in der Hand.

Da es für einen Anstandsbesuch zu früh war – die Siesta dauerte bis vier, fünf Uhr –, tauchte ich in den Fluß. Dort hockte ich unter Wasser und kühlte meinen Kopf. Während ich mich an einem Wurzelstrunk festhielt und durch einen hohlen Kukuruzstengel atmete, dachte ich weniger an das ewige Leben als an den Räuber Balan, den berüchtigten Wegelagerer und tollen Kerl.

Mein Vater hatte erzählt, wie ihn eines Nachts dieser allseits gefürchtete Strauchdieb im Geisterwald bei Schirkanyen ausgeraubt hatte. Legenden, hatte er vorher gedacht. Er selbst war auf diese Gruselgeschichten hereingefallen. Eines Nachts in einem Gasthof, es war Hochsommer, hatte er die Schritte des gefürchteten Räubers gehört, der sich vor dem offenen Fenster behutsam im Kreise bewegte: tapp, tapp, tapp. Ja, er erspähte sogar vom Dachboden aus dessen Schatten. Am Morgen stellte sich heraus: Vom Birnbaum waren die reifen Früchte zu Boden gefallen – tapp, tapp, tapp.

Dann aber schaute der Vater, was er nicht geglaubt hatte: Ein quergestellter Ochsenwagen mit Baumstämmen versperrte seinem Auto den Weg. Das Bäuerlein entpuppte sich als der sagenhafte Räuber. Mit balkanischer Höflichkeit nahm er dem Vater Geld, Staubmantel und Zündschlüssel ab, ja er stellte sich sogar vor: Marele haiduc Balan! Erst am Morgen traten die Gendarmen in Aktion, mit Drohgeschrei, das von weither erscholl: Hängen werden wir dich, du Schuft, wenn du dich nicht auf der Stelle ergibst!

Als man den Mann nach Jahren endlich fing, erläuterte er, wie er es angestellt hatte, spurlos zu verschwinden: Er tauchte im Fluß unter und atmete durch einen röhrenartigen Stengel. »Die Flußfrau Aluta hat mich aufgenommen und beschützt.«

Das überprüfte ich nun, indem ich mich über eine Stunde auf dem Grund des durchsichtigen Flusses versteckt hielt. Die Flußfrau tat mir nichts zuleide, und das mit dem Atmen glückte, nachdem ich einige Male Wasser geschluckt hatte. Ich glaubte, weil ich schaute. Auch mein Vater hatte erst geglaubt, als er den Räuber geschaut hatte. Der Pfarrer wiederum wünschte, man möge glauben, ohne zu schauen. Trotzdem hatte er das ewige Leben am Vormittag in Bildern beschrieben, anschaulich und verführerisch.

Prickelnd vor Kühle an Kopf und Körper stieg ich das Steilufer zum Gutshof hinauf und studierte das neue Wappen über dem Portal des Hauses: Wahrhaftig, der Hase hatte das Feld geräumt, war aus dem Schild in die Laubkrone gesprungen, von dort wuchs er als Kleinod heraus. Im Schild pflanzte neuerdings eine Frau einen Baum, eine Tanne oder Zypresse, nova plantatio, die neue Stiftung, und ein Bogenschütze zielte auf einen Raben in der Spitze des Baums. Das Ganze war eine Variante aus dem Wappen der Walachei. Statt von Hasensprung hieß die Familie nun endgültig von Neustift.

Die grand-mère aus der Walachei durfte wohl très contente sein. Für mehr reichte mein Schulfranzösisch nicht. Aber ich würde es sprechen lernen, fließend, das war ich ihr schuldig, à ma petite Liebling! Und der Dolfiführer würde platzen vor Neid, verstünde er doch nicht, was wir beide parlierten.

Auch die Binders hatten ihr Familiensymbol eingebracht: den linkischen Schützen, der den Pfeil in die falsche Richtung geschleudert hatte, weil er mit rechts und links nicht zurechtgekommen war. In dem halbierten Hasen, der sich in der Laubkrone behutsam umsah, lebte die Legende weiter.

Zum neuen Wappen der Binders hatte der Prophet kluge Worte gesprochen. Bei ihm war ich in diesem verworrenen Sommer fast täglich ein und aus gegangen, so daß er für mich einen Liegestuhl angeschafft hatte.

Unter dem Maulbeerbaum faulenzten wir. Ich blickte den Fluß hinauf, wo zwischen den Uferweiden das Gutshaus hervorschimmerte, wenn der Wind Durchblicke schaffte. Die Augen geschlossen, sagte der Prophet: »Die alte Fürstin dürfte zufrieden sein. Aber ihre Tage sind gezählt.«

»Wieso?«

»Weil sie auf nichts mehr zu warten hat.« Er schaukelte hin und her: »Prätentiös, das neue Wappen! Dieser Baum in der nova plantatio, meinen einige Heraldiker, entstamme dem Wappen der byzantinischen Kaiser. Diese gemeine Schildfigur ist nach dem Fall Konstantinopels 1453 von den Fürsten der Walachei übernommen worden.«

»Gemeine Figur? Was heißt das?«

»Das ist ein Terminus technicus der Heraldik.«

»Gemein ist es, etwas so Nobles wie ein Wappenbild gemein zu nennen«, erwiderte ich.

Der Prophet zuckte die Achseln und fuhr fort: »Viele dieser Fürsten waren Patronatsherren griechischer Klöster. So hängt vieles mit vielem zusammen und eure Schulkollegin und deine Herzensfreundin speziell mit dem erloschenen Kaiserhaus von Byzanz. Ihre Mutter wiederum ist eine einfache Lehrerstochter aus Kastenholz am Haarbach. Als Mädchen ist sie barfuß herumgelaufen, hat die Gänse der Pfarrerin gehütet, die Adele Theuerkauf.«

»Na und«, sagte ich. »Aber Klavier spielen kann sie!«

»Das kann jede sächsische Lehrerstochter. Doch ereifere dich nicht. Alle sind wir verschwistert. Soweit wir das Vaterunser beten, sind wir Kinder Gottes. Als Getaufte sind wir Christi Brüder. Und im Heiligen Geist werden wir zur Gemeinschaft der Heiligen.« Dagegen ließ sich nichts einwenden. So sagte ich schlicht: »Amen, so soll es sein!«

Ich sah mich im Gutshof um. Kein dienstbarer Geist weit und breit, den man nach dem »gnädigen Fräulein« hätte fragen können. Alle auf dem Feld bei der Ernte. Auch die strohblonde Majo Bucholzer war nirgends zu sehen, die Tochter des Altknechts, die in Holzschuhen herumlief und das Haar zu einem langen Zopf gerafft hatte, die mit den Binderischen Kindern auf dem Milchwagen zur Schule gefahren kam und die ich regelmäßig vergaß, wenn ich unsere Klasse Revue passieren ließ. Nur Hühner gackerten.

Ich trat in die Vorhalle. Treppen führten in die Höhe und Türen in unbegangene Gegenden. Gedämpftes Licht, Kühle. Von oben kam Musik, abweisend. Nur für sich ertönte das Zusammenspiel von Klavier und Geige. »Oh eine wilde Musik …«

Einige Sitzmöbel schienen in der Vorhalle eher abgestellt als hingehörig. Zum ersten Mal fühlte ich mich in diesem Haus fremd, am unrechten Ort. Alles am Vortag Geschehene schien ein Vexierspiel, das weiterging und in dem ich meinen Platz vergeblich suchte. Was wollte ich hier?

»Qu'est-ce que tu cherches ici?« Durch die Eingangshalle trippelte ein gebeugtes Wesen. Am weißen Haarschopf erkannte ich sie: Es war meiner Freundin fanariotische Großmutter, die ich mutterseelenallein in der Kirche hatte knien sehen, im Mai bei Sigrid Renatas Konfirmation, als ich ungewollt viel Ungemach angerichtet hatte. Auf zwei Krückstöcken wippte sie mit winzigen Schritten dahin, gebrechlich wie eine Nippesfigur. Ein gestaltloses Gewand umwallte sie. Von ihrem Hals hatte sich ein Tüchlein gelöst und war zu Boden geschwebt. Spring! Das klang im Ohr, steckte in den Gliedern, seit ich stehen und denken konnte. Schon hatte ich mich gebückt, um das seidenzarte Tuch vom Boden zu heben, als die alte Dame mich mit den Krückstöcken wegscheuchte und mit den beiden Stockenden das Tuch geschickt aufpickte.

»Est-ce que tu es le nouvel ami d'Alfa-Marie-Jeanne?« Um Gottes willen, dachte ich: Weiß sie alles? Hat auch sie das Zweite Gesicht? Oder hat die Freundin das Geheimnis ausgeplaudert? Und: Will die alte Dame wahrhaftig mit mir französisch sprechen? Alfa-Marie-Jeanne! Auch so läßt sich die Freundin rufen? Wird dies Mädchen nicht unter jedem Namen eine andere? Französisch verstand ich zur Not, wenn es gesprochen wurde, wiewohl ich es gerne las. Ob ich der neue Freund sei, hatte die alte Dame gefragt. Ich beschloß, französisch zu antworten, um mich als ebenbürtiger nouvel ami auszuweisen, abwechselnd mit oui und non.

»Oui«, sagte ich.

»Tu veux parler avec Alfa, n'est-ce pas?«

»Non«, sagte ich.

»Mais c'est drôle!«

»Oui«, sagte ich.

»C'est-à-dire, tu es venu me voir.«

»Non«, sagte ich.

»Tu ressembles à Tonio Kröger.«

»Oui«, sagte ich.

»Donc tu as lu cette jolie et triste nouvelle.«

»Non«, sagte ich.

»Mais c'est incroyable.«

»Oui«, sagte ich.

Die grand-mère ließ sich in einem Fauteuil nieder. Offensichtlich konnte sie sich aus den Hüftgelenken nicht bewegen. Sie begann laut zu singen und schlug die Krückstöcke aneinander. Es knatterte wie das Klopfbrett zur Zeit der Fasten in den orthodoxen Klöstern.

Das Duett von Klavier und Geige erstarb, eine Türe öffnete sich, und der Kopf meiner Freundin Sigrid Renata beugte sich über die Balustrade der Galerie.

»Grand-mère, est-ce que tu as des douleurs, puisque tu chantes si fort?« fragte sie besorgt. Ich verneigte mich und grüßte mit »Heil! Heil Hitler!«, während sie mit einem »Servus« dankte.

»Oui et non«, sagte die Dame, »je veux t'annoncer que ton ami te cherche.«

»Was ist?« fragte Alfa Sigrid von oben herab.

»Ich hab dir Wichtiges zu sagen.«

»Was?«

»Was wir gestern besprochen haben.«

»Gestern?«

»Über das ewige Leben.«

»Und zwar?«

»Mais descends«, befahl die Großmutter.

»Pas du tout. Ma mère m'attend, pour finir la sonate.«

»Descends!« Die Großmutter trommelte mit beiden Stöcken auf die Steinfliesen.

»Und das wäre«, fragte die Freundin, ohne sich vom Geländer wegzurühren.

Was in der Eile antworten? Ich stieß hervor: »Das ewige Leben, so meint der Pfarrer, das beginnt nicht erst nach dem Tod, sondern schon hier und jetzt!«

»C'est très intéressant«, sagte die Großmutter.

»Das weiß ich«, sagte Sigrid Renata.

»Seit wann?« fragte ich erstaunt und enttäuscht.

Sie sah mich voll an, ich spürte ihren Blick fast so nahe wie gestern, als wir im selben Boot gesessen waren.

»Seit gestern«, sagte sie.

»Und weißt du auch, womit das ewige Leben in dieser Welt beginnt?« fragte ich trotzig. Sie aber rührte sich nicht von ihrer hohen Warte.

»Ja«, sagte sie, »darüber sprechen wir ein andermal.«

»Der Pfarrer sagt: Sinnbild ist der brennende Dornbusch, der brennt und nie verbrennt.« Da flog sie die Treppen herab, pflanzte sich vor mir auf, reckte sich auf die Zehenspitzen, schlang die Arme um meinen Hals und küßte mich auf den Mund, während ich mich zu ihr hinunterbeugte.

Ich sagte: »Morgen will ich dir unsere Badestelle zeigen.«

»Eure Badestelle, wo?«

»Bei der Papiermühle, wohin nur unsere Familie baden geht. Die Papiermühle hat einmal meinem Urgroßvater gehört.«

»Gut, um zehn bin ich mit dem Bizykel bei euch. Servus. Meine Mutter wartet.«

Die Fürstin fragte: »Est-ce que ta grand-mère est en ville?«

»Ja«, sagte ich.

»Je me réjouirai de la voir chez moi. Il faut que j'envoie le cocher la chercher.«

»Ich werde es ausrichten. Sie wird sich freuen. Sie fährt gerne mit der Kutsche.«

»Mais avec quoi commence la vie éternelle dès maintenant et ici, dans le monde? Womit beginnt das ewige Leben schon hier und jetzt in der Welt?« fragte sie.

Ich schwieg. Ich antwortete nicht. Ich sagte es der alten Dame nicht. Weder auf deutsch noch auf französisch. Ich blickte zum Treppenaufgang, wohin Sigrid Renata enteilt war, zwei Stufen mit einem Satz überspringend. Wie der Sommerrock fast bis zu den Hüften hinaufgeflattert war! »Eile dich, dich an mir festzuhalten!« Eile dich, hörte ich eine innere Stimme rufen, dich an ihr festzuhalten.

»Tu te rappelles, quelle est la phrase la plus importante dans *Tonio Kröger*?«

Ich hatte den Faden verloren und sagte auf gut Glück: »Non.«

»Pour que tu comprennes et parce que Thomas Mann a écrit en Allemand, je le dirai dans ta langue: Wer am meisten liebt, ist der Unterlegene und muß leiden. Prends garde de n'être celui-là! Sieh dich vor, mon petit Tonio Kröger!«

»Zeig diesem jungen Mann meine Kapelle«, sagte die alte Dame zu ihrem Sohn, Herrn von Neustift, ehemals von Hasensprung, der eingetreten war und seine Mutter erstaunt begrüßte: »Was führt dich nach unten? Die kalten Fliesen tun dir nicht gut!« Die alte Dame wiederholte: »Führ ihn zur Kapelle. Ihn interessiert das ewige Leben.«

»Das ewige Leben? Wann?« fragte der Gutsherr, der sich in einen Lehnstuhl fallen ließ und die Stiefel von sich streckte. Ein Geruch von Schweiß, Stall und Leder verbreitete sich im Raum, während das Spiel der beiden Musikerinnen aus höheren Sphären tönte. »Wie schön das klingt!« Er hatte den Jägerhut abgenommen und wischte sich über die Stirne, die sich vom geröteten Gesicht hellhäutig abhob.

»Jetzt, sofort! Das kann auch dir nicht schaden«, sagte Sigrids Großmutter. Sie sprachen deutsch. »Du schaust selber wie das ewige Leben aus. Der junge Mann behauptet, das alles beginne schon heute und hier.«

»Interessiert dich das wirklich?« fragte Herr Binder von Neustift.

»Gewiß«, sagte ich tapfer.

»Seit wann?«

»Seit gestern.«

»Das ist ja eine junge Leidenschaft.«

»Oui«, sagte die Großmutter, »c'est vrai!« Die alte Dame begann mit dünner Stimme zu singen.

»Um Gottes willen«, sagte ihr Sohn, »hast du wieder Schmerzen?«

»Ich habe immer Schmerzen, aber ich singe nicht immer. Doch wenn ich singe, dann habe ich Schmerzen.«

»Hier unten erkältest du dich.« Er hob sie auf seine Arme und trug sie die Treppen hinauf. Ihre Krückstöcke pendelten rechts und links von seinen Ellbogen herab.

Wir stiegen zur Kapelle hinauf, die auf einer Kuppe nahe dem Herrenhaus ruhte. Die glasierten Ziegel leuchteten in der späten Sonne. Das Kirchlein war nicht nach Sonnenaufgang orientiert, sondern in Nord-Süd-Richtung, mit dem Portal gegen die Gebirge. Vom Gipfel der Karpaten konnte man an klaren Herbsttagen die Donau als Silberstreif am südlichen Horizont der Walachei erkennen.

»Dort an der Donau, beim Dorf mit dem kuriosen Namen Vaideei, liegen die Güter meiner Mutter«, sagte Herr Binder von Neustift, »das Erbbegräbnis aber liegt beim Dorf Dor Mărunt. Diese Dörfer heißen allen Ernstes so: Wehe ihnen und Winzige Sehnsucht.«

Ich sagte nicht: Ich weiß es. Der Mann, der neben mir ging, war seit gestern für mich ein anderer. Nicht mehr der vertraute Freund unserer Familie, der meine Mutter still verehrte und meinen Vater schätzte und den wir Kinder Guidoonkel riefen; den ich im Sommer im Fluß hatte große Wäsche machen sehen, bekleidet wie jeder Bauer mit einer blauen Schürze um die Lenden, sondern er war der fremde Vater von Sigrid Renata, vor dem ich ein Geheimnis hatte.

Er erkundigte sich mit hörbarer Besorgnis nach dem Ergehen unserer Familie und gab selbst die Antworten: »Der Felix schon wieder einberufen, die Inflation, uns hat der Spargel gerettet, der Erich führt das Geschäft, wieso hat man ihn nicht eingezogen?« Er hat Plattfüße, wollte ich sagen, aber die Stimme versagte, etwas schnürte mir die Kehle zu.

»Die Gertrud, sie malt und singt unbeschwert, ist sie in Baassen? Dein Großvater, er spinnt sein Seemannsgarn, der Engelbert, sie werden ihn bald mustern, nur nicht zu den Deutschen mit ihm, deine Großmutter, ich werde sie bitten, herauszukommen, meine Mutter wartet auf ihren Besuch. Du hast dich tapfer mit der Horde geschlagen, man darf sich nicht alles bieten lassen, meine Gratulation, und dazu wegen eines jüdischen Mädchens, alle Achtung! Doch, unter uns gesagt, so oder so sind wir am Finetti: Nach den Deutschen kommen die Russen, dann geht es allen an den Kragen, uns hier draußen als ersten, wehe uns, wehe ihnen. Bis zuletzt aber gilt: immer das Nächstliegende tun, das die Pflicht gebietet. Wie Gott will.«

Um den Eingang der Kapelle gruppierte sich als Fresko das Jüngste Gericht, wie es der orthodoxe Kanon verlangt. »Meine Mutter ist orthodox geblieben«, sagte Herr Binder von Neustift.

Abweichend von den konventionellen Darstellungen der Klosterfresken, wo aus dem schwertbewehrten Munde Christi ein Feuerstrom die Scharen der Sünder in die Hölle schwemmt, Türken mit Turban oder Juden mit spitzen Hüten oder Ungarn mit roten Stiefeln, Erzfeinde der Rumänen, wartete hier ein einziger Mensch vor dem Richterstuhl Christi, durchsichtig wie Glas, mit einem brennenden Herzen, das entzweigerissen war und aus dessen Hälften je eine Flamme schlug – die eine hell und licht, die andere von dunkler Glut.

»Wie angenehm kühl es ist«, sagte Sigrids Vater, als wir eintraten. Er nahm den Hut ab, sah aus wie rot und weiß geschminkt, die Stirne weiß gepudert, das Gesicht indianerrot. Ich atmete kaum in der bläulichen Leere. Keine Bänke! Vor Gott hat jeder Rechtgläubige aufrecht zu stehen. Selbst der König in Bukarest und sogar der Zar von Rußland standen während des Gottesdienstes, der heiligen und göttlichen Messe.

Der Innenraum erhielt sein Licht aus der Höhe, von wo ein Turm es durch Glasfenster einfließen ließ. Vorne trennte die Bilderwand, die Ikonostase, den Altarraum vom Mittelschiff. Die Goldene Pforte war flankiert von zwei Ikonen in Menschengröße. Die heilige Maria und der heilige Johannes, zwei Gesichter wie aus Holz geschnitzt. Jedes für sich betrachtet wirkte unfertig, aber das Ganze wurde vertraut, wenn man beide zusammenschaute: es ließ sich das Antlitz der alten Fürstin erkennen, wiewohl die ikonenhaft stilisierten Züge auf zwei Gesichter verteilt schienen, die einander verneinten und ergänzten. Über der Königstür in der Bilderwand gähnte eine halbrunde Nische, so daß man empfand: Dort fehlte etwas.

Ohne daß ich fragte, sagte Sigrids Vater: »Dorthin kommt das Herz meiner Mutter. Der entseelte Leib hinunter an die Donau.« Er seufzte: »Obschon auch bei uns Platz ist, in der Gruft. Doch gut so! Denn es hatte nicht den Anschein, als ob sie jemals ihr Herz hier verlieren würde. Wir waren alle überrascht. Eine winzige Sehnsucht zieht sie heute noch nach Hause, nach dem Heimatdorf an der Donau. Da dies endgültig ihr letzter Wunsch ist, so bleibt ihr Herz hier.«

Wir traten ins Freie. Sigrids Vater setzte den Hut auf und sah wieder wie ein Herr aus. Er schloß die Tür ab und sagte: »Das mit dem ewigen Leben ist eine vertrackte Sache! Und vorerst müssen die Kartoffeln unter Dach und Fach und der Kukuruz. Und dann sind wir fertig. Aus!«

Mit verwehten Haaren und barfuß, die Haut erregt von Kälte, Luft und Sonne, wie wir mit den Rädern von der Papiermühle gekommen waren, schlichen wir uns in das Arbeitszimmer des Vaters, den sichersten Ort im Haus. Stille beherrschte den Raum. Wir spürten, daß an diese Stille seit langem niemand gerührt hatte. Während ich im Regal nach den Erzählungen von Thomas Mann suchte, wegen Tonio Kröger, stöberte Sigrid Renata in dem hohen Bücherschrank und verhielt bei diesem oder jenem Titel: *Der Untergang des Abendlandes*, »ganz in Schwarz mit Golddruck, das haben wir auch, aber die billige Ausgabe!« *Verfall und Wiederaufbau der Kultur* von Albert Schweitzer – »welch schmales Büchlein, das geht ja rasch bei ihm.« Kurt Pfister: *Der Untergang der antiken Welt*, Victor Bibl: *Der Zerfall Österreichs* – »nur Untergang und Ende!« *Die sieben Säulen der Weisheit* – »welch putziges Buch, in Bast gebunden: Stabreim!« Schließlich holte sie ein Buch hervor. Wir versanken im Sofa, dessen Lehne sich um unsere Schultern legte wie der Arm eines Engels.

Durch das Verdunkelungspapier an den Fenstern sickerte Licht. In diesem Raum, der stets verschlossen blieb, wurden unter anderem die Bücher aufbewahrt, die laut Malytante in die Giftecke gehörten, verbrannt werden müßten. Zu denen hatte sie gezählt, was von jüdischen Autoren stammte oder von solchen, die sie dafür hielt: »Weibische Asphaltliteraten, die zersetzende, entartete Literatur fabrizieren und die deutsche Seele vergiften!« Sie lagerten bequem zugänglich im selben Bücherregal, darunter Wassermann, Werfel, Zweig, aber auch Remarque, Döblin und die Brüder Mann, »denen nichts heilig ist, bei dieser jüdischen Mutter!«

Im zweiten Durchgang der Säuberung hatte sie im Wäschekorb alles versammelt, was im S. Fischer Verlag erschienen war. In Rage versetzt hatte sie die Vignette auf dem Respektblatt mit dem nackten Jüngling, der schwer an einem Fischernetz zieht: »Dieser nackende Jude, eine Blutschande für die ganze deutsche Dichtung! Fischt mit seinen schmutzigen Fingern die Perlen aus dem deutschen Meer der Dichtung.« Sie hatte das Emblem herausgefetzt. »Heil dir, Hitler!« Denn der Vater hatte seiner Schwester verboten, die Bücher zu verbrennen, ja sogar, sie auf dem Dachboden abzustellen. Sie mußte sie eigenhändig zurückräumen. Als skandalös vermerkte die Tante mit flammenden

Heil-Hitler-Augen, daß deutsche Offiziere, Dr. Theato und Major Kimmi, gerade durch dieses Genre von Büchern in respektvolles Erstaunen versetzt wurden.

Hier hatte ich im Frühsommer mit Johann Adolf das Buch *Die Frau* eingesehen und es mit Unlust aus der Hand gelegt, hier führte mir meine Freundin ein Buch vor mit dem aufputschenden Titel *Die vollkommene Ehe*, von einem Holländer namens van der Velde.

Wir fühlten uns wohlig matt und müde, nachdem wir zu Mittag bei der Papiermühle gebadet hatten. Mein Urgroßvater, Johannes Goldschmidt, hatte die Mühle gebaut, die nicht mehr stand. Geblieben war der Name für eine Parklandschaft vor den Toren der Stadt jenseits des Bahnhofs. Und erhalten hatte sich das Schützenwehr mit den Bohlen und der Stauweiher, von Ellerngebüsch und Trauerweiden umkränzt. Ein Gebirgsbach flößte kristallklares Wasser in den kleinen See.

Einmal hatte ich hier mit Mühe und Not einen Nachbarbuben vor dem Ertrinken gerettet. Da er ratzekahl geschoren war, konnte ich ihn nicht, wie gelernt, am Haar packen. Kaum war ich in Reichweite, schnappte er nach meiner Hand und drückte mich unter Wasser, indem er sich rittlings auf meine Schultern hockte. Er selbst behielt den Kopf oben, mir ging die Puste aus. Damals hatte ich den Tod angeschaut mit Augen. Aus Romanen wußte ich, daß nun das eigene Leben vor dem inneren Auge abrollen müßte wie ein Film. Das unterblieb. Was sich einstellte, war ein tödliches Erstaunen, daß mir so etwas zustoßen konnte, während der Druck über den Lungen ins Unerträgliche wuchs. Das ist das Ende! Aus!

Erst als es Arnold Wolff gelungen war, den apokalyptischen Reiter von meinem Rücken wegzureißen, vermochte ich Atem zu schöpfen, ohne den jedes Geschöpf zum Erdkloß wird. Nachdem ich mit ein paar Stößen das Ufer erreicht hatte, machte ich meinem Zorn Luft. Mit einem Schlag streckte ich den Buben, der stieren Blicks herumtaumelte, ins Gras und brüllte: »Te salvez! Und mich ersäufst du!«

Als ich mich ins Wasser gestürzt hatte und auf ihn zu-gekrault war und sein kahler Kopf mit gräßlich aufgerisse-nem Maul und mit Augen voll Grauen auf- und unter-tauchte, hatte ich genau gewußt, daß er sich in Todesangst an mich klammern und es mir an Kraft und Geschicklich-keit fehlen würde, ihn herauszuziehen. Was mich ins Was-ser trieb und wissentlich in die Nähe des Todes, war ein Gedanke: Du kannst nicht zusehen, wie einer vor deinen Augen stirbt.

»Der Todestrieb ...«, hatte der Prophet lakonisch ge-meint. »Auch die Zieselmaus erhängt sich im Zwacken ei-nes Astes, und die Lemminge stürzen sich einer nach dem anderen ins Meer.« Ich verstand nichts mehr.

Das Wasser des Gebirgsbaches an diesem Tag im frühen September war so eisig, daß sich Sigrid Renatas Badeanzug über ihre Gestalt spannte, als habe man ihn auf ihre Haut modelliert, während an meiner Badehose die drei silbernen Abzeichen, Anker, Herz und Kreuz, vor Kälte klirrten. Wir lagen auf den Holzbohlen über dem Schützenwehr in der Sonne, das Gesicht nach unten, und spürten, wie die Kälte zögernd aus dem Badezeug verdunstete, die Haut aber kühl blieb. Und wir spürten, wie über unseren Körpern der Som-mer mit seinem großen Atem verwehte.

Während ich mich plagte, das Gespräch mit dem Pfarrer über das ewige Leben wiederzugeben und das Gehörte nach eigenem Gutdünken ausschmückte – zum Beispiel wünsch-te ich mir im ewigen Leben einen Gebirgsbach mit kristall-klarem Wasser –, hing sie ihren Gedanken nach oder dämpf-te meinen eschatologischen Elan mit Zwischensätzen wie: »Das mit den Gewässern verspricht die Bibel auf den ersten Seiten. Im Garten Eden fließen gleich vier Ströme. Aber sag, findest du es nicht kolossal, daß dieser Adolf Johannes sei-ne gelähmte Tante betreut, sich nicht vor ihr ekelt, an ihr herumhantiert? Das hat mich beeindruckt. Und dann: Er ist ein so hübscher Junge. Er hat Wimpern wie ein Mädchen. Und ist schlank und rank und dunkelhäutig wie ein Zigeu-nerjunge. Wenn er sich nur mehr pflegte! Und dann, seine Fingernägel sind scheußlich.« Sie hatte sich halb aufgerichtet, meine Hände ergriffen und zu sich gezogen, um sie prüfend zu betrachten, es war das einzige Mal, daß wir einander berührten: »Du hast männliche Hände, aber du nagst die Fingernägel ab. Pfui!«

»Er hat häßliche Füße«, sagte ich.

»Ich weiß. Aber wann laufen wir schon barfuß herum.«

»Wer an das ewige Leben glaubt, muß sich vor dem Tod nicht fürchten.«

»Sicher«, sagte sie höflich, »das leuchtet mir ein. Er ist auch der beste Schüler. Solche Menschen müßte man in unsere Kreise ziehen.«

»Der erste Goldschmidt aus Schirkanyen war Bauer.«

»Letzten Endes waren wir alle einmal Bauern, sagt mein Vater. Der Dolfi hat sich bestimmt geschämt. Es war ihm nicht alles eins, daß wir ihm zugesehen haben. Darum wollte ich so rasch wie möglich weg von dort.«

»Die anderen zwei Generationen waren Papiermacher«, sagte ich, »einer hier in Fogarasch.«

»Bedauert hab ich ihn, als wir ihn damals bei der Tante überrascht haben.«

»Wann damals? Das war vorgestern«, sagte ich.

»Ja wirklich. Du hast recht.«

»Weshalb mein Urgroßvater die Papiermühle aufgegeben hat und nach Freck gezogen ist, wissen wir nicht. Dort wurde er der reichste Mann. In Freck haben wir die Familiengräber. Du hast mich vorgestern danach gefragt.«

»Papiermacher in Fogarasch«, sagte sie. »Ah! Darum ist das eure Badestelle hier. Ist das alles, was von eurer Papiermühle übriggeblieben ist?«

»Alles«, sagte ich betreten. »Aber auch das ist etwas. Alles vergeht, aber der Name bleibt. Es sind hundert Jahre vergangen, und noch immer sagen alle Leute in Fogarasch zu diesem Ort Papiermühle.«

»Interessant, die Menschen vergehen, der Name überdauert. Man müßte dem Dolfi Manieren beibringen und gute Bücher zum Lesen geben.«

»Und seine Eltern …«, gab ich zu bedenken.

»Man kann sich die Eltern nicht auswählen.«

»Meine Großmutter meint, jeder ist am glücklichsten in seinem Stande. Jeder hat seine Kreise, in denen er verkehrt, und fühlt sich dort am wohlsten. Man sollte das nicht vermischen, sagt sie. Und das ist eine kluge Frau, wie du weißt.«

»Und das deutsche Blut?« fragte sie. »Habt ihr nicht Blutsbrüderschaft geschworen, ja getrunken, noch in diesem Sommer?« Wahrhaftig. Damals hatten mich die häßlichen Füße des Freundes und die Eltern von geringer Herkunft nicht angefochten. Aber es war ein Rausch gewesen, das war nicht ich.

»Wie bist du zu deiner Großmutter gekommen?« lenkte ich ab. »Sie ist eine Rumänin, dazu von drüben, das ist bei uns Sachsen sehr ungewöhnlich.«

»Durch ihre Widerspenstigkeit. Sie war als junge Frau maßlos störrisch. Meinen Großvater hat es nach einem Jagdausflug ins Donaudelta krank auf ihr Gut Vaideei an der Donau verschlagen; ich glaube, er hatte die Ruhr.«

»Na und?«

»Ihre Familie war gegen alles Deutsche. Deutsch durfte im Haus von heute auf morgen nicht mehr gesprochen werden, weil Bismarck irgendwann die Rumänen brüskiert hat. Trotzdem hat sie meinen Großvater geheiratet.«

»Auch nicht aus den gleichen Kreisen.«

»Nein«, sagte sie, »aber es war eine große Liebe.«

»Denkst du, daß eine große Liebe alle Unterschiede wettmacht, wegwischt?« fragte ich unsicher.

»Schon«, sagte sie, »sonst ist es nicht die große Liebe.«

»Sollte man nicht in seinem Milieu bleiben?«

»Peut-être ...«

Unerwartet fragte sie: »Was aber geschieht, wenn man an das ewige Leben nicht glauben kann, wenn man überhaupt nicht glauben kann, an nichts? Dann stirbt man vor Angst.«

»Es genügt der Glaube der anderen, die einem nahestehen, der Freunde und so. Denk an den Gichtbrüchigen.«

»Dann glaub du für mich.«

»Auch eine große Liebe vertreibt die Angst.«

»Gut! Ich halt mich an die Liebe. Du glaub für beide.«

»Weißt du, daß das ewige Leben schon hier beginnt?«

»Ja«, sagte sie.

»Woher weißt du es?«

»Du hast es mir gestern gesagt.«

»Und womit beginnt es schon hier?« trumpfte ich auf.

»Mit der Liebe«, sagte sie und blickte mich mit glühenden Augen an wie vor zwei Tagen, als ich sie in den Tiefen des Flusses gesucht hatte.

Wir blätterten im Buch über die vollkommene Ehe, streiften die schonungslosen Photobeilagen mit schiefen Blicken und verharrten beim Porträt des Autors. Das war ein Lichtbild in Grau und Grün von einem eleganten Kopf, der mit versiertem Blick an einem vorbeischaute. Von der Technik hing das Glück ab, und man konnte die Ehe durch Training zur Hochehe steigern. Für jedes Alter und jede Körperbeschaffenheit gab es bei Mann und Frau gleich mehrere Positionen. Und vom Orient hatte man enorm viel zu lernen: Tausendundeine Nacht.

»Weg damit, ein Schleier zerreißt«, sagte sie, klappte das Buch zu, räumte es in den Schrank, schloß die Glastüren und drehte den Schlüssel um. Aus einem zierlichen Regal beim Fenster griff sie neugierig einen Band heraus, in dunkelgrünes Leinen gebunden: *Jenseits* von Galsworthy.

»Ja«, sagte ich, »dort sind die Bücher, die meine Mutter dem Vater geschenkt hat.«

»Ich sehe es an der Widmung«, antwortete sie, »Weihnachten 1942. Wie sonderbar das klingt: ›Meinem Felix, damit du es weißt: Es gibt auch das Jenseits.‹ Der Titel genau unter der Widmung.« Sie blätterte nicht darin, sondern legte das Buch lautlos zurück. Und sagte: »Dies ist das Zimmer, wo der Flüchtling versteckt gewesen ist.«

Ich fiel aus allen Himmeln. »Wieso?«

»Weil du mutige Eltern hast.«

»Nein«, stotterte ich, »wieso weißt du das?«

»Deinen Vater bewundere ich, deine Mutter liebe ich heiß, euch alle hab ich in mein Herz geschlossen. Den Engelbert aber, den hab ich nicht so gern, obwohl ich ihn schon bewundere. Vor allem fürchte ich mich vor ihm.«

»Warum?«

»Weil er alles auskundschaftet. In seinem Wahn, alles zu berechnen, schnüffelt er überall herum. Nichts ist ihm heilig. Er hat so eine Art, einem unter die Haut zu kriechen, wie der Rumäne es ausdrückt, einem jedes Geheimnis zu entreißen, wie soll ich das sagen: den Dingen auf den Grund zu gehen, bis dorthin, wo es unanständig ist. Alles steht ihm zu, alles ist sein. Als ob er nicht zu eurer Familie gehörte.«

»Und was hat das mit dem Flüchtling, der Höhle zu tun?«

»Unsere Höhle kenn ich am besten, sie ist wie ein Liebesnest. Und den Flüchtling kenn ich besser als du. Der hat dort lange gehaust und nicht bloß von der Luft gelebt.«

Unsere Höhle, wiederholte ich bei mir, meine Badestelle, den Flüchtling kenn ich besser als du, die Treppen hat mein Cousin Buzer für mich aus dem Fels gehauen, Liebesnest ... Ich war so überrumpelt, daß ich nicht fragte, wieso sie den Flüchtling besser gekannt hatte als ich und wieso der nicht bloß von Luft gelebt hatte in ihrem Liebesnest.

»Und auf dich bin ich stolz«, sagte sie.

»Auf mich stolz?« fragte ich. »Aber ich hab für dich noch keine Lanze gebrochen, keine Heldentat vollbracht.«

»Nein«, sagte sie, »aber du hast geschwiegen wie ein Grab, noch besser: wie ein Mann.«

»Wann hab ich geschwiegen?«

»Vorgestern, als wir bei unserer Höhle vorbeigepaddelt sind. Ich hab aufgepaßt wie ein Haftelmacher: Jetzt wird er sich verraten, muß er mit der Geschichte herausrücken, wo wir im selben Boot sitzen und Freunde sind. Ja, ein wenig war ich gekränkt, daß du kein Wort gesagt, keine Andeutung gemacht hast. Unter dem Siegel der Verschwiegenheit sagt jeder einmal etwas weiter.«

Da es ihre Höhle ist, müßte sie auch von der Nacht mit dem Freund dort wissen, dachte ich beklommen. Hatten wir Spuren hinterlassen, etwas liegen lassen, das uns verriet?

Nein, beruhigte ich mich. Wir hatten fast nichts bei uns gehabt, damals, an dem übermütigen Nachmittag auf dem Fluß und halbnackt in der Nacht, innig verschwistert im Bauch der Höhle. Woher wußte sie das alles?

»Woher weißt du das alles?«

»Führst du Tagebuch?«

»Manchmal«, sagte ich, »auf losen Blättern, wenn etwas Besonderes geschieht in meinem Leben ...«

»Zum Beispiel?«

»Damals, der Flüchtling«, sagte ich kleinlaut. »Und nachher, als ich die Höhle bei der Toten Aluta entdeckt habe, deine Höhle, wie ich höre, wo er gehaust haben muß.«

»Über uns beide hast du etwas aufgeschrieben?«

»Nein«, log ich, wurde rot und wünschte mit allen Fasern, sie möge es glauben. Immer wenn ich log, wünschte ich mit allen Fasern, man möge mir glauben.

»Gut«, sagte sie, »daß du nichts aufgeschrieben hast, obwohl es ein besonderes Ereignis in deinem Leben war, wie ich hoffe. Oder nicht?«

»O ja, o ja«, beteuerte ich.

»Wo hältst du es?«

»In meinem Zimmer unter den Schulsachen.«

»Aha«, sagte sie.

Und nach einer Weile: »Du kannst und sollst über uns schreiben. Dein Bruder Engelbert ist nicht mehr im Haus. Aber du brauchst ein echtes Tagebuch, mit einem Verschluß, wie ich eines hab. Den Schlüssel mußt du um den Hals tragen. Denn alle sind neugierig: die Tanten, die Geschwister, die Dienstboten. Kaum haben sie etwas ausspioniert, posaunen sie es hinaus, flüstern es weiter. Du brauchst ein Versteck. Wir sind keine Kinder mehr. In allen alten Möbeln gibt es Geheimfächer. Such nach!« Sie nestelte ein Schlüsselchen aus dem Medaillon. »Oder noch besser, frag deine Mutter nach dem Geheimfach im Maria-Theresia-Sekretär. Sie tritt es bestimmt ab.« Sie sprang auf: »Wenn du willst, turne ich dir vor.«

»Fein.« Ich mußte Ordnung schaffen in meinen Gedanken.

»Schau her!« Ich schaute, wie sie für mich turnte. »Schauturnen«, sagte ich.

»Jetzt bin ich müde.« Ich machte ihr auf dem Sofa Platz, indem ich ganz in die Ecke rückte. Sie schlüpfte unter das Plaid, darunter der Flüchtling mit angezogenen Beinen, sprungbereit, eine Adventnacht ausgeruht hatte, legte ihren Kopf in meinen Schoß, streckte sich. Sie schlief sofort ein.

Es dauert noch, bis sie die Angst verwachsen hat, dachte ich bekümmert. Das Sofa war nicht länger als die Nische in der Familiengruft.

Als ich die Stimme vom Erichonkel hörte, der aus dem Geschäft kam und ausrief: »Da ist sie ja, die Wildkatze, das fanariotische Edelfräulein, die Prinzessin auf der Erbse! Wo stecken die beiden Turteltauben?« weckte ich sie.

»Der Erichonkel, verflucht und zugenagelt, gerade jetzt, dieses Ekel von Mensch«, murmelte ich.

»Da lag es und war so schön, daß er die Augen nicht abwenden konnte, und er bückte sich und gab ihm einen Kuß. Wie er es mit dem Kuß berührt hatte, schlug Dornröschen die Augen auf, erwachte und blickte ihn ganz freundlich an.«

»Was ist passiert? Ist das nicht die Stimme von deinem Erichonkel? Der ist mir nicht geheuer, wenn auch kein Ungeheuer.«

»Ja, zum Teufel, er weiß, daß wir hier sind. Unsere Räder stehen im Hof und verraten uns.« Wir entflohen.

Im Irrgarten

Am Vormittag hatte es geregnet, die Feuchtigkeit war verdunstet, gegen Mittag war die Sonne durchgebrochen, und dann wieder alles da capo. Das Ende war nicht abzusehen an diesem wankelmütigen Augusttag 1944.

Der ekle Traum vom Einhorn verwirrte mich, jenes Horn an meinem Bauch, rot und füllig wie der geschwollene

Kamm eines Hahns und unheimlich wie die Zigarre des lüsternen Toten Căpitan Popescu, deren Asche lang und länger geworden und dennoch steif geblieben war. Am liebsten hätte ich mich in die Kalib der Kinder verkrochen, um allem Kommenden zu entrinnen. Aber heute hieß es durchhalten.

Daß ich Buzi Mild im Regen hatte stehenlassen, um mich in Kaltherzigkeit zu üben, und ihn schließlich weggeschickt hatte, ging gegen meine Natur. Sein verdutztes Gesicht, das ungläubige Lächeln tauchten immer wieder auf an diesem Tag der krausen Gedanken und der Wirrnis an Bildern und Geschichten. Nachdem er seine Neuigkeiten losgeworden war, hatte er sich verdrückt, klatschnaß und kopfscheu. Fast tat er mir leid. Ich hörte noch das Stakkato des Regens.

Du mußt heute stahlhart sein, schärfte ich mir ein, bloß keine falschen Sentimentalitäten, ein Fremdwort, das ich vor kurzem meinem Wortschatz einverleibt hatte: sentimental – rührselig, empfindsam. Heute wird abgerechnet.

»Es geht nicht um der Wurst verlorenen Zipfel, es geht nicht auf Teufel komm raus, es geht nicht um Himmel und Hölle und nicht um das ewige Leben, aber es geht vielleicht um Leben und Tod, und vor allem geht es um Gerechtigkeit«, sprach ich laut zu mir, gebläht von Ingrimm und einem Haß, dem ich dauernd Nahrung zuführen mußte, um ihn am Leben zu erhalten. Bei diesen großen Worten wurde alles andere klein. Ich zählte Kränkungen und Erniedrigungen auf, die ich durch Johann Adolf hatte erleiden müssen. Nicht getraute ich mich, bis ins letzte nachzugehen dem, wie Sigrid mir mitgespielt hatte, denn ich ahnte leise: Das Geheimnis ist groß, und der Rest ist Schweigen. Trotzdem galt der Ingrimm auch ihr.

Heute war der Tag des Zornes. Dies irae hieß das beim Großvater, wenn er wünschte, daß man nicht merkte, wie zornig er war. Einer von uns dreien würde heute abtreten: Exit. Ihn mach ich fertig! Selbst wenn er Adolf heißt, Edelwolf wie der Führer, und der Ogrulei Liebling ist. Wie, das entzog sich meiner Vorstellung. Aber so, daß er es bereuen sollte für ewig, dieses Haus betreten zu haben – wenn ich ihm das Haus im letzten Augenblick nicht verbieten würde. Der Roland aber kommt mir nicht über die Schwelle! Ich bin nicht nur Hausherr, ich bin der Herr im Haus.

Sollte aber Sigrid mir das antun und beim Fest erscheinen, ich würde nicht in Panik geraten und beiden die Stirn bieten. Doch als ich ihren Namen dachte, mußte ich die Zähne zusammenbeißen. Gegen Tränen vermag man nichts.

Es war an der Zeit, ich mußte ins Haus, nach dem Rechten sehen. Mit den Großeltern und den Hausgeistern galt es, letzte Einzelheiten zu klären. Der neue, dunkelblaue Anzug sollte gebürstet und gebügelt werden. Der Großvater wollte mich lehren, wie man eine Halsschleife band und wie man sich anständig rasierte. Verzweifelt stemmte ich mich gegen den Fluß der Zeit, rührte mich nicht vom Fleck. Und spürte dennoch, wie die kommenden Ereignisse auf mich zustürzten. Es war wie verhext.

Es war wie verhext. Wenn ich mich Sigrid nähern wollte, stolperte ich über ihn. Überall stand er im Weg, war er vor mir am Ziel. Ich tappte durch einen Irrgarten, in den die beiden mich gelockt hatten, um mich zu verhöhnen, zu quälen, zu demütigen, zu erledigen. Es gelang nicht, mich ihr zu nähern, mit ihr allein zu sein. Als rufe sie mir höhnisch zu: »Eile dich, dich an mir festzuhalten. Zu eilen vorwärts, vorwärts mit mir zu eilen«, obschon ich ihr das Gedicht von Whitman nicht vorgelesen hatte. Aber auch ausweichen konnte ich nicht, der ich ihr jeden Tag in der Schule über den Weg lief und mit der ich in der Klasse dieselbe Luft atmen mußte. Das letzte Jahr, die Quarta vor dem Exitus, schleppte sich hin. Ich blieb an sie gekettet, ohne sie zu berühren. Es war wie verhext.

Als ich nach Schulbeginn, etwa eine Woche nach dem Ausflug zur Papiermühle, an einem Nachmittag zur Badestelle an die Aluta wanderte, wo noch viele Sonnenanbeter die scheue Wärme des Septembers auskosteten, sah ich sie und ihn am anderen Ufer stehen, ineinander vertieft mit Worten und Blicken. Er trug seine jämmerliche Turnhose, die sich schamlos genau um seine Lenden legte, sie einen aufdringlichen zweiteiligen Badeanzug, viel zu knapp, mit schwarzen Trauerstreifen. Sie kamen herübergeschwommen, umeinander kreisend und weiterhin im Gespräch. Als sie im seichten Wasser landeten, schwankten sie und hielten sich an den Händen, um einander Stütze und Hilfe zu sein.

Schon aus dem Fluß heraus hatte Sigrid mich erspäht, ich spürte es. Sie stürzte auf mich zu, der ich mit gesenktem Kopf und niedergeschlagenen Augen auf der Uferwiese hockte, ergriff meine Handgelenke und zog mich hinauf zu sich. Wie ihr das zur Manier geworden war, schlang sie die Arme um meinen Hals, reckte sich auf die Zehenspitzen und drückte ihre Lippen auf meinen Mund. Das war ihre Art oder Unart, mich zu begrüßen, nicht nur in der Öffentlichkeit, sondern wo immer sie mich antraf. Sogar im Hühnerhof, im Reich der Majo Buchholzer, die uns lernbegierig zusah, legte sie sich keinen Zwang an.

Mein ehemaliger Freund hatte sich von Bubi Ballreich eine Sandoline für eine Tour bis zur Aluta-Brücke und zurück ausgeliehen. »Komm mit!« sagte er zu mir.

»Ist das ein Befehl?«

»Nein«, sagte er und sah mich aus seinen schmalen, dunkelbraunen Augen an, die von langen Wimpern beschattet waren: »Es ist eine Bitte.« Schade, dachte ich. Einen Befehl kann man verweigern. Wir fuhren zu dritt bis zur Brücke und ließen uns von der Strömung zurücktreiben. Das Mädchen lag vorne in der Sandoline, viel näher an mir als damals am Tag des Begräbnisses, während wir hinaufgepaddelt waren bis zu ihrer Badestelle. Sie lag mit angewinkelten Beinen, denn wir saßen zu dritt im selben Boot, und ich war in der Mitte zwischen beiden. Ihre und meine Füße bildeten ein Oval und entsprachen sich in harmonischer Vollendung, während sich seine Füße an mir vorbeidrängten, häßlich wie zwei Kröten. Einmal streckte sie das Bein aus, und ihr Fuß berührte meine Haut. Ohne die Augen zu öffnen, sagte sie: »Pardon!«

Im Schulhof, wenn wir in den Pausen an der sonnigen Kirchmauer lehnten und unsere Jausenbrote aßen, rief sie ihn jedesmal herbei. Ich trat ab.

Sie hatte ihre Begeisterung für die Heimabende am Mittwoch entdeckt, wo der Hordenführer den Ton angab oder die Ortsgruppenleiterin das große Wort schwang und wohin ich mich nicht mehr verirrte. Sie kutschierte selbst den Trilbury herbei, später den Schlitten, begleitet von Majo mit dem blonden Zopf und den Holzschuhen.

Parkte am Sonntag der Binderische Schlitten mit dem renovierten Wappen beim Eislaufplatz vor dem Häuschen auf der Promenade, wo man sich umkleidete oder wärmte, ehe man im Burggraben seine Runden zog oder seine Künste zeigte, konnte ich gewiß sein, daß die beiden zusammensteckten, sich händehaltend über das Eis tummelten, sich sogar im Bogenschleifen versuchten, Arm in Arm, während die Invalidenkapelle Wiener Walzer oder spanische Tangos spielte.

Ich hielt mich an Ulrike Enkelhardt, bequem im Umgang. Ihr gewisses Etwas bestand darin, daß sie alles mit sich geschehen ließ wie eine Holzpuppe. Nur damals war sie aus der Rolle gefallen, an jenem Sonntag im Advent, als sie hier am Eislaufplatz wie besessen auf meinen Bruder Engelbert zugestoben war und sich ihm an den Hals geworfen hatte.

Erblickte mich Sigrid – ich nannte sie Sigrid, aber nicht mehr Sigrid Renata, auch in Gedanken nicht –, so flog sie auf mich zu, legte die Arme um meinen Hals, hob sich auf die gezackten Spitzen der Schecksen, küßte mich und lief zurück zu ihrem neuen Schwarm, meinem Freund von einst, meinem Feind für immer.

Der sehr kalte Winter 1943/44 ließ den Fluß bereits vor Weihnachten für Monate zufrieren.

Am Heiligen Abend waren wir alle sieben wie durch ein Wunder beisammen, auch der Vater, auch Engelbert, die über die Feiertage von der Truppe beurlaubt worden waren. Dazu gesellten sich die Großeltern aus Hermannstadt, die der Herr Ollmützer, begleitet von meinen kleineren Geschwistern, mit seinem Galaschlitten vom Bahnhof abgeholt hatte.

Als Ehrengäste hatten unsere Eltern wie auch im Vorjahr

Major Kimmi mit der ledernen Hand und Hauptmann Dr. Theato von der Deutschen Lehrtruppe eingeladen, für uns Knaben Menschen aus einer höheren Welt. Der Bruder Uwe begann bitterlich zu weinen, als er vernahm, daß die beiden Offiziere in der Nacht ausgezogen im Pyjama oder, noch schlimmer, im Nachthemd, schliefen und daß sie manchmal Brunnenwasser tranken.

Für die rassige Haustochter Elisabeth hatte man den MG-Schützen Jupiter Hinrich Wernecke von der Fliegerstaffel gerufen. Doch mußte er ohne sie dem Fest beiwohnen.

Noch häuften sich die Spielsachen unter dem Christbaum, noch bogen sich die Tische mit den Geschenken der Erwachsenen. Während die Kinder ihre Gedichte herunterschnurrten, erkundeten sie mit glitzernden Augen und aufgeregten Sinnen, was unter den weitgefächerten Zweigen auf dem Teppich ausgebreitet war. Der Christbaum steckte in einem gußeisernen Ständer, der Tannenwurzeln nachgeformt war und den unser Vater in seinem Geschäft als Ware führte, und erhob sich als Kerzenwunder bis zur Zimmerdecke, gekrönt mit einem Stern aus Rauschgold und echtem Silber, aus der Kindheit unserer Mutter in Budapest.

Bei der Bescherung verloren die Erwachsenen den Kopf: Sie mußten alle Geschenke selbst auspacken, herausbekommen, wer der Spender war, ihm um den Hals fallen, sich bedanken und schließlich alles herumzeigen, soweit sie es auseinanderhalten konnten oder noch zur Hand hatten. Der Vater räumte pausenlos das bunte Einschlagpapier beiseite, mit Sorgfalt: »Denn«, lachte die Mutter, »die hübschesten Geschenke findet man nachher im Papierkorb.«

Uwe brachte das Christkindl einen Märklin-Stabilbaukasten Spezial, mit dessen Metallteilen er den Großraumpanzer »Tiger« zusammenbasteln konnte, Kurtfelix ein witziges Buch: *Wir plaudern uns durch die Physik.* Er freute sich keineswegs, wie es sich gehörte, sondern lief vor Wut blau an und begann zu brüllen. Physik war für ihn das rote Tuch. Die Haustochter schüttete ihn von oben bis unten mit kaltem Wasser an, worüber alle entsetzt waren: die Parketten, die kostbaren Parketten!

Ich erhielt das *Neue Universum*, diesmal Nr. 64, mit der schnittigen V2 auf dem Schutzeinband. Ferner zwei Karl-May-Bücher: *Weihnacht* und *Am Jenseits*, ein Geschenk der Tanten, die erst für den nächsten Tag zu Tisch gebeten worden waren. »Mit Rücksicht auf den Lobgesang der Engel, Teil zwei: Friede auf Erden und den Menschen ein Wohlgefallen!«, wie der Vater erklärte. Die Tanten hatten nicht mitbekommen, daß ich über Karl-May-Bücher hinaus war. Die kleine Schwester erhielt eine Puppe, groß wie sie selbst. Trotzdem nannte sie die große Puppe kleine Schwester.

Und vieles andere hatte der Weihnachtsengel zusammengetragen. Unsere Mutter schenkte dem Vater eine Kassette mit dem Roman *Via Mala* von John Knittel, drei Bände rot gebunden, mit einer schmucklosen Widmung: »Meinem lieben Felix zu Weihnachten 1943«.

Dr. Theato photographierte uns so gekonnt, daß sich sein Gesicht über dem geöffneten Uniformkragen in einer Zierkugel des Christbaums spiegelte. Der Flieger-Maschinengewehrschütze Jupiter zündete das Blitzlicht. Vor dem illuminierten Tannenbaum saßen wir Kinder, auf dem riesigen Perserteppich, der Größe nach angeordnet, jeder sein Lieblingsspielzeug in der Hand, und warteten auf den Blitz.

Zwei Unterschiede zum Vorjahr waren mir beim Absingen der Lieder aufgefallen: »Hohe Nacht der klaren Sterne« sangen wir nicht. »Für ›Hohe Nacht der klaren Sterne‹ ist es zu spät. Für alles im Leben gibt es ein Zuspät«, sagte die Mutter und klappte nach »Stille Nacht, heilige Nacht« den Klavierdeckel zu. Niemand hatte etwas einzuwenden, selbst die deutschen Offiziere nicht. »Bitte zu Tisch«, rief sie.

Doch dann trat die Mutter zum Flügel zurück – die kleine Gesellschaft blieb unschlüssig stehen –, öffnete den Deckel über der Klaviatur und spielte im Stehen, es war mehr ein Geklimper, das Liedchen: »Horch, was kommt von draußen rein«. Und tatsächlich: Wir Großen wandten den Kopf zur Eingangstüre und horchten in die Ferne, was von draußen reinkommen wollte, während die kleine Schwester sich mit der Puppe im Takt wiegte.

Schneider sind Künstler und Ingenieure zugleich, dachte ich und blickte bewundernd auf das Kleid meiner Mutter. Ein Abendkleid aus tiefblauem Samt mit noch dunkleren Reflexen, eng anliegend in der Taille, unten eine Glocke, die Schultern aber nackt, daß man Angst bekam, es könne der obere Saum wegrutschen, denn Träger waren keine zu sehen, bloß der makellose Rücken und der Ausschnitt über der Brust. Ein Kleid so zu entwerfen und zu schneidern, daß es wie angegossen sitzt, dachte ich, das ist mehr als handwerkliche Fertigkeit, das ist Kunst und Technik zugleich: ein Tausendsassa, dieser Bardocz! Die Großmutter aber hatte gemahnt: »So etwas zieht man am Heiligen Abend nicht an.«

»Es ist das letzte Mal«, hatte die Mutter erwidert.

Sie reichte dem Major den Arm, der seine Lederhand höflich abwinkelte, und wir gingen zu Tisch. Neben mir saß der MG-Schütze Jupp. Das ist Jupp, mein guter Freund, der tut uns nichts Böses, erklangen vor meinem inneren Ohr die Worte Sigrids von damals, als im September auf dem Friedhof die deutschen Flieger über uns hinweggebraust waren und wir uns unter den Wurzeln beim Bach versteckt hatten, ganz nahe beieinander. So deutlich hörte ich ihre Stimme, daß ich erschrak, mich umsah. Ich nahm mich zusammen, hielt mich an den geköpften Hahn und lächelte so, wie sie gelächelt hätte.

Der Milchmann vom Binderschen Gut hatte neben dem alljährlichen Spanferkel zum ersten Christtag und den gelben Rosen für die Mutter ein Päckchen abgegeben, von Sigrid für mich, das sich unter dem Christbaum als eine Buchhülle entpuppte: bordeauxrot mit Seide gefüttert, mit petrolfarbenem Einband. Darauf prangte, gestickt in riesigen Lettern von antiker Linienführung, mein Monogramm, das eine Rose ergab. »Alles sub rosa.« Auf der Weihnachtskarte, ihr Gutshaus im Winter, standen nur diese drei Worte. Worauf ich mir keinen Reim machen konnte, außer daß es mit Geheimnis und Schweigen zu tun hatte. Ich hatte mich, von der Mutter ermuntert, aufgerafft und für die Gutsleute ein Schlüsselbrett angefertigt und eigenhändig ein Muster von altrumänischen Motiven in das Lindenholz geschnitzt.

Die Haustochter Elisabeth, vormals das Dienstmädchen Liso, hatte sich geweigert, bei der judaistisch-zionistischen Baalsfeier dabei zu sein. Sie blieb der Christbescherung fern. So wurde sie nicht, wie sonst am Heiligen Abend nach der Feier und nachdem sie zur kalten Platte den heißen Tee serviert hatte, zu Tisch gebeten. Was ihr nichts auszumachen schien, obschon wir wußten, daß sie auf den Luftschützen Jupp ein Auge geworfen hatte. Sie servierte mit eisiger Miene und mechanischer Präzision das Heiße und das Kalte, kein einziger Fehler unterlief ihr. Endlich trat sie mit einem feurigen »Heil Hitler« ab.

Als Frauenschaftsführerin hatte sie eine nicht ungefährliche Julfestfeier zu leiten, gemeinsam mit Onkel Erich von der DM. Das altgermanische Sonnwendfest lief am Kreuzberg bei Felmern in verschneiter Waldlandschaft ab. Es galt bei sibirischer Kälte, umschwärmt von ukrainischen Wölfen und belauert von roten Partisanen, Hand in Hand, deutscher Mann und deutsche Frau, über den lohenden Scheiterhaufen zu springen. Halsbrecherisch und feuergefährlich.

Nach dem forschen Abmarsch der Volksgenossin Elisabeth meinte der Schütze Jupiter gutmütig, er habe schon oft im Leben bei hochnäsigen Haustöchtern einen Bock geschossen und noch öfter bei höheren Töchtern eines Hauses: »Ha, ha!« Daß er nur Böcke geschossen hatte, fanden alle äußerst nett und sehr viel angenehmer, als wenn er auf Menschen geschossen hätte, was er schaudernd abwehrte: »Da steh Gott vor!« Im Nahkampf jedoch seien ihm einige Ausrutscher passiert, in Rußland bei einer Notlandung unter Partisanen. »Genaugenommen drei!«

»Das ist Notwehr«, meinte der Großvater versöhnlich, was die Großmutter durchgehen ließ, weil Weihnachten war. Doch die Geschichte mit den drei Ausrutschern im Nahkampf wollte niemand hören, obschon man in Siebenbürgen liebend gerne Geschichten hörte und erzählte. Auch wir Buben fragten nichts. Aber wir starrten gebannt auf die Goldene Nahkampfspange.

Er spielte mit den kleinen Geschwistern alles, was sie wünschten: Reiten und Jagen und Fangen und im Puppenwagen über das Parkett flitzen, die kleine Schwester als jauchzende Insassin. Wir atmeten auf, als die Kinder zu Bett gebracht wurden und er sich mit einem: »Grüß euch Gott alle miteinander!« verabschiedete, sich taktvoll zurückzog: »Frohe Weihnachten allerseits!«

Es war kalt geworden, der Fluß zugefroren. Eines Nachmittags Ende Februar 1944 machte ich mich mit den Schlittschuhen zum Binderischen Gut auf, den Fluß hinauf und gegen die gewisse innere Stimme. Ich sauste über das Eis, das in Figuren von Grau und Grün unheimlich gemustert war. Es war das Gesicht der Flußfrau Aluta, das mich unter der glasigen Kruste angrinste. Sehnsucht trieb mich und die Hoffnung, Sigrid von Angesicht zu Angesicht zu schauen und sie endlich unter vier Augen sprechen zu können. Im Hof sagte Majo, die die Hühner fütterte, ehe es zu dämmern begann: »Gut, daß du kommst, er ist schon da. Geh hinein. Die beiden sind drinnen.«

Ich drehte auf der Stelle um und stob in der Dämmerung, von Irrlichtern und Eisblumen umflattert, den Fluß zur Brücke hinunter, wo ich ausgepumpt und erbittert beim Meister Mailat einkehrte, mit zerschürften Händen und wunden Knien. Der beschimpfte mich, daß ich mein Leben aufs Spiel setzte, »für nichts und wieder nichts. Du bist ganz aus dem Häuschen und nirgends mehr drinnen!« Er drückte mich in seinen Schaukelstuhl aus Peddigrohr, den anderen hatte er verfeuert. So war ich besser dran als er. Beim Schaukeln leckte die kärgliche Wärme des Öfchens über mich hinweg, von der Nasenspitze bis zu den Zehen. Doch war das alles eins: Seit heute abend hatte ich jeder Art von Wärme entsagt. Ich würde mich zwingen, noch strenger in den eiskalten Höhen der Einsamkeit auszuharren. Zur Stählung der Seele würde ich jeden Tag mit nackten Füßen im

Schnee tanzen. Wir aßen keine Eier, denn die zwei kaiserlichen Hühner streikten. Der echte Kaiser von China war nicht mehr Kaiser von China, sondern neuerdings Kaiser der Mandschurei und ein Hampelmann in den Händen der Japaner.

»Es wird ihm an den Kragen gehen«, sagte der Prophet, »wie mir und uns allen! ›Horch doch, wie bang der blaue Affe schreit‹ – chinesisch und wahr.« In diesem letzten Winter vor dem Ende dämmerte es mir, daß ich nicht der Prinz der hundert Jahre war, sondern irgendein verblendeter Narr, der in der Hecke hängengeblieben war, bevor er zum Dornröschen gelangen konnte.

»Wird es uns allen an den Kragen gehen?« fragte ich.

»Allen. Mich werden sie als ersten aufknüpfen. Einen wie mich dulden sie nicht, in welche Haut auch immer ich schlüpfen mag. Sie sind sich Prophet genug. Und Kaiser krageln sie mit Vorliebe.« In welche Haut ich schlüpfen mag, wiederholte ich für mich. Wenn er tatsächlich in seine eigene Haut zurückkroch und das wurde, was er war, was er gewesen war, ein normaler Mensch, auf alle Fälle ein anderer als jetzt …

Wer aber war er in Wahrheit und wirklich? Wenn es ihm vielleicht ähnlich erging wie dem Friseur Nikesch, mit dem man sich von einer Stunde zur anderen nicht mehr hatte verständigen können? Nicht auszumalen! Dann verlor ich eine Zuflucht zwischen Himmel und Erde, zwischen Siebenbürgen und China. Dem stummen Friseur Nikesch war von der Loggia der Präfektenvilla ein Gurkenglas auf den Kopf gefallen, eine Sensation, denn es standen wenige stockhohe Häuser in der kleinen Stadt mit Gurkengläsern zur Straße hin. Als er aus der Ohnmacht erwachte, schrie er zum Entsetzen der Umstehenden: »Jetzt muß ich reden, jetzt werd ich reden, und was ich reden werd! Weil ich glaub, red ich!« Und gründete stehenden Fußes die Sekte der Evangelianer. Sein Laden aber ging ein, denn es gab Leute, die einen stummen Friseur bevorzugten. Auch mich hatte er vergrämt, als er mich nach der geschäftlichen Frage: »Sturmfrisur?« anschnaubte: »Nur wer glaubt, kommt nicht ins Gericht, sondern gelangt sofort in den Himmel! Ich glaube, darum fahre ich direkt in den Himmel. Pomade gefällig, junger Herr? Nein? Nußöl? Auch nicht. Gelobt sei Jesus Christus!«

»Es wimmelt in dieser kleinen Stadt von falschen Propheten«, sagte der Prophet, »die alle im Trüben fischen. Das sind die Kriegsläufte. Und merk dir eines, Freundchen: Was immer sie prophezeien, wenn es in Erfüllung geht, geht es anders in Erfüllung, als sie es prophezeit haben. Denk an den Nikesch!« An den hatte ich gedacht. »Hat er nicht allen weisgemacht, daß er schnurstracks in den Himmel fährt, weil er glaubt?«

»Wie der Prophet Elia im Feuerwagen!«

»Elia und Henoch … Und wahrlich, aufgefahren zum Himmel ist der Nikesch, aber anders, als er geglaubt hat.«

»Seine Anverwandten haben einen Uniformknopf begraben. Sonst soll man nichts von ihm gefunden haben.«

»Genau. Und auch der war nicht von ihm. Der übergescheite Nikesch … Er ist auf eine Mine getreten, und weg war er. Spurlos verschwunden. Schnurstracks nach oben ist er geflogen, erzählten die Soldaten. Den Knopf hat sich ein Kamerad von seiner eigenen Uniformbluse abgerissen, aus Erbarmen, damit die trauernde Familie ein Andenken hat, pentru familia îndoliată. Wie, du weißt nicht, was das heißt? Mot à mot: die in Trauer gehüllte Familie. Den Knopf hätte er sich sparen können, der gute Mihai. Denn diese Abart von Christen trauert nicht.«

»Wieso?« fragte ich.

»Die dürfen nie traurig sein, sonst kränken sie ihren Herrn. Die müssen als Bekehrte immer lachen und lustig sein, tanzen, singen und springen, selbst wenn es ihnen an den Kragen geht.« Nie traurig sein dürfen, dachte ich, das ist furchtbar, wie ein geköpfter Hahn, der tanzen muß.

»Dem Kaiser aus dem Fernen Osten, es wird ihm an den Kragen gehen, und mir und uns allen«, fuhr der Prophet fort.

»Der Herr von Binder rechnet ebenfalls damit, daß es uns schlimm ergehen wird, wenn die Russen kommen«, sagte ich, um etwas zu sagen. »Und meine Großmutter fürchtet, daß wir die ersten sein werden, die dran glauben müssen. Auf die Bourgeois, wie sie es nennt, haben die Bolschewiken es scharf. Sie weiß Bescheid, sie hat in Budapest den Béla Kun erlebt.«

»Das letzte Wort ist bei Gott«, sagte der Prophet und hatte wie immer recht.

Ich verlor mich in Gedanken, floh die kalte Stube im alten Mauthaus. In diesem Winter war ich oft vor den verdunkelten Fenstern unseres Hauses gestanden und hatte gleich Tonio Kröger in die Tiefe der Dinge geschaut bis dorthin, wo sie sich verwirrten. Zähneknirschend hatte ich geschworen, nie der Unterlegene zu sein und nicht zu leiden. Aber anders als er empfand ich keine Sehnsucht nach den Wonnen der Gewöhnlichkeit, sondern ein Heimweh nach etwas ganz anderem, vielleicht nach den himmlischen Gefilden, wie sie der Pfarrer geschildert hatte, wo kein Geschrei mehr sein sollte und Gott alle Tränen abwischen würde.

In den Winternächten stand ich in meinem Zimmer und lugte in den erstarrten Garten. Ich lauschte der schwarzen Akazie, die unter dem Frost knirschte, und spürte, wie die Zeit verrann ohne mich. Der Walnußbaum knarrte. Ich hörte, wie die Front näher rückte und schaute, wie die Horden der Tataren sich heranwälzten und alles niedertrampelten. Das war der Tod. Und wartete darauf – manchmal. Und erschrak, wie sehr ich manchmal wartete.

Ein Vorkommnis aus der Sommerfrische zog mich immer wieder in seine Netze, verfolgte mich auch jetzt, wo ich mich im Schaukelstuhl des Propheten vor dem winzigen Ofen im Licht einer Funzel erging.

Rohrbach im vergangenen Sommer … Wir warteten mit den Urzelpeitschen, deren Schmiß aus vielen Lederriemen geflochten war, auf die Büffelherde, um die Tiere vom Gehsteig und den Häusern fernzuhalten. Keiner von uns Stadtjungen trug etwas Rotes an sich, um die reizbaren Geschöpfe nicht in Rage zu versetzen. Als die Büffel die Dorfstraße heruntergestampft kamen, stand die Sonne bereits tief und riesig über dem Wald hinter der Kirchenburg.

Die Büffel drängten aus der Obergasse herbei, eine finstere, keuchende Masse. Die Augen waren voll tückischer Untiefen. Unter ihren Hufen wölkte der Staub. Sie waren bis zu den Schenkeln mit Morast besudelt, aber der Rücken und die prallen Bäuche starrten in gefährlicher Schwärze. Die Hörner, die nach hinten ausschwangen, wurden bedrohlich, wenn die Tiere den Kopf senkten. Weiter oben trieben die Dorfjungen mit Stöcken und Geschrei einzelne Büffel zurück, die sich von der Herde getrennt hatten und süchtig danach waren, ihre Körper an den Häuserfronten zu reiben. Mir blieb nicht viel zu tun, so schien es.

Da erhob sich kreischend ein rotgefiederter Hahn von der Dorfstraße. Auf der Flucht vor der Herde entwich er in die Lüfte. Mit seinen verkümmerten Flügeln flatterte er schräg über mich hinweg, getrieben von blinder Angst.

Ich vermochte die Augen nicht von ihm zu wenden. Gebannt verfolgte ich sein Geschick: Die Flucht mißlang. Mit dem Kopf stieß er gegen den Schwingbaum des Ziehbrunnens in meiner Nähe. Klappernd schnellte der Schwebebalken mit dem leeren Eimer aus der Tiefe des Schachtes empor, gerade in dem Augenblick, als der Hahn sich in Sicherheit wiegte. Deinem Schicksal entgehst du nicht!

Das Mädchen beim Brunnen hatte die Stange mit dem Schöpfeimer fahren lassen, ehe er sich gefüllt hatte, aufgeschreckt vom Lärm. Über den Brunnenrand gebeugt, um zu prüfen, wann der Eimer den Wasserspiegel durchbrechen würde, baumelte ihr Kopf in den Schacht hinein. Ich erfaßte mit einem Prickeln der Haut, wie unter ihrem Sommerkleid die straffen Schenkel sich hervorhoben, der pralle Unterleib sich spannte.

Der hochschnellende Schwengel traf den roten Hahn, daß er steil in die Luft wirbelte. Mit gespreiteten Flügeln, die Füße himmelwärts, den Kopf nach unten, schwankte er herab und sank schließlich in den Staub, ehe die Büffelherde herantoste. Als die Tiere etwas Rotes durch die Luft gaukeln sahen, gerieten sie in Wut: Blutrünstig rasten sie die Dorfstraße herunter. Die Erwachsenen schrien den Knaben zu, sich hinter die Tore zu flüchten, während die wildgewordenen Büffel vorbeitobten – ein Schwall von schwarzen Teufeln wie auf den Wandgemälden orthodoxer Klöster. Die Sonne zerfloß rotglühend in der Staubwolke.

Die entfesselten Tiere, sie würden den Hahn vor meinen Augen zerstampfen! Das anzusehen und als Bild für immer zu bewahren, traute ich mir nicht zu, fühlte ich mich zu schwach. Du mußt die Herde aufhalten, hörte ich eine widersinnige Stimme gebieten und erblickte gleichzeitig den waghalsigen Mädchenkörper, über den Brunnenrand gebeugt. Ein Antippen, und weg war sie, und nie wieder würde sich jemand an ihrem Anblick ergötzen können! Und beobachtete mich, wie ich mit einem Satz über den Straßengraben sprang und auf dem Fahrdamm Stellung bezog, unweit vom Hahn, der wie berauscht am Boden lag und strampelte, und wie ich die Peitsche weit ausschwingen ließ, es knallte, als ob ein Maschinengewehr zu feuern begonnen hätte. Die Front der Büffel rollte auf mich zu, Horden von schwarzen Leibern: die Augen hypnotische Geschosse, die röhrenden Mäuler aufgerissen, die Hörner gesenkt, bereit, alles aufzuspießen. Ein übles Ende.

Niemand hätte die Herde aufhalten können, selbst die himmlischen Heerscharen nicht. Rette dich, flüsterte mein Schutzengel, nimm meinetwegen den Hahn mit, das Krepierl, doch mach dich aus dem Staub! Ich machte mich nicht aus dem Staub, ich ließ die Arme sinken und stand still.

Der Erde gleichgemacht hätte mich die Büffelherde, wenn mich das Mädchen in dem Sommerkleid, das ausgegangen war, Wasser zu schöpfen, nicht weggerissen hätte. Mit beiden Händen zerrte sie mich hinter den Ziehbrunnen. In der nächsten Sekunde zog sie mich in den Hof, und von dort führte sie mich in die dämmrige Scheune. »Du dummer Bub!« Es war die Nichte von Pfarrer Deppner, auf Semesterferien hier von Klausenburg, Studentin der Medizin, nicht größer als ich, aber älter und vielleicht schon eine Frau. Ich kannte sie, weil sie mich bei unseren Spielen im Heu gesucht und jedesmal gefunden hatte. »Du dummer

Junge du, einen elenden, kopflosen Hahn wolltest du retten!« Sie drückte mich so heftig an sich, daß ich unter dem leichten Kleid ihren nackten Leib zu spüren bekam. »Du zitterst ja!« sagte sie. »Ja«, sagte ich, »ich zittere.« Sie roch nach wilder Minze, die sie im Mund zerkaute, und nach Desinfektionsmitteln.

Spurlos abgetreten wäre ich, denn vom Hahn blieben bloß ein paar rostrote Federn und im Graben der bleiche Kopf.

»Die Büffel, sie können einen zerstampfen«, sagte der Seher, der die ganze Zeit zur Zimmerdecke gestarrt hatte, auf die ein schwarz-roter Stern mit langen, gewellten Zacken gemalt war. »Sie stammen aus Indien, kommen aus dem Osten. Was von Osten kommt, ist für uns wie die apokalyptischen Reiter. Doch was hat es mit dem kopflosen Hahn auf sich? Alles ist doppelsinnig, muß befragt werden. Übrigens: Wovor du Angst hast, dem entgehst du nicht.« Ich dachte mit Unbehagen: Er sieht meine Gedanken. Aber alles weiß er nicht.

»1240 fluteten aus Asien hunderttausend Tataren heran wie wilde Büffel und zerstampften Siebenbürgen auf ihrem Ritt nach Westen. Sag an: Wenn jeder Tatar sieben Pferde hinter sich herschleifte, wie viele Hufe zertrampelten die Erde?«

Vier mal sieben mal hunderttausend. Im letzten Augenblick korrigierte ich mich: das Pferd des Reiters mitgerechnet! Viermal achthunderttausend. »Drei Millionen zweihunderttausend«, antwortete ich.

»Bravo«, sagte der Prophet.

»Es gibt heute noch bei uns Sachsen ein Kinderlied aus jener Zeit: ›Krech of den Birnbum, sech ow de Tattern kun‹.«

»Nach dem Tatareneinfall habt ihr Sachsen angefangen, eure Kirchen zu befestigen.«

Ihr Sachsen, sagte er, also war er keiner. Niemand wußte, was er war: Er beherrschte die drei Landessprachen, und sein Name paßte zu jeder Völkerschaft in Siebenbürgen. Ein Jude war er nicht, die bekam man nicht mehr zu Gesicht.

376

War er der Nachkomme des Fürsten Mailat, des legendären Erbauers des Wasserschlosses? Vielleicht aber war er wahrlich und leibhaftig ein Sohn des chinesischen Himmels: Mai-Lat. Und wovon er lebte, war ein Rätsel. Unvermittelt sagte er: »Dein Vater, so wortkarg er ist, er ist ein Gerechter.«

»Wieso ist noch eine Menschenseele übriggeblieben? Denn eigentlich waren es doppelt so viele Hufe, sechseinhalb Millionen. Im Jahr darauf fluteten die Tattern über Siebenbürgen zurück. Ihr Khan Ogudai in Sibirien war gestorben.«

»Weil Gott mit euch vieles vorhatte. Später, während die Türken hier wüteten, sind eure Kirchenburgen entstanden.«

»Und jetzt, wo die Russen kommen, aus dem Osten …«

»›Kein Ende nehmen noch die Unheilsposten, all unsre Söhne fielen schon im Osten‹ – chinesisch und wahr.«

»Was wird aus uns?«

»Das weiß Gott allein. Vielleicht auch nicht. Ich werde meine Schuhe von den Füßen ziehen und stehen und beschauen das große Gesicht, bis es spricht.« Als er meine verwunderte Miene gewahrte, erklärte er: »Denk an Mose und den brennenden Dornbusch. Man kann nicht mir nichts, dir nichts Gott zum Sprechen bringen. Gott verhandelt nicht mit jedem.«

»Warum spricht er nicht mit jedem?«

»Und spricht er, spricht er in Rätseln wie damals aus dem Dornbusch, als Mose ihn nach seinem Namen fragte. Schwer zu übersetzen: Ich bin, der ich bin. Ich werde sein, der ich sein werde. Ich bin, der ich sein werde. Oder in Träumen. Oder in Bildern. Oder in Taten. Oder im Schweigen. Hat Gott jedoch nichts mehr vor mit euch Sachsen, dann schweigt er sich aus, und dann ist alles aus.«

»Oder umgekehrt«, sagte ich hochmütig. Er sah mich erstaunt an, aber ich erklärte mich nicht.

In diesem Winter hatte ich mich durch den *Zauberberg* gefressen, wo sich ein Mittagessen über ein Kapitel erstreckt und der Mensch aus der Zeit herausfällt, ex tempore lebt wie im ewigen Leben. Ich wurde von Madame Chauchat aus Daghestan betört, fing an, sie zu lieben und zu hassen, verehrte und verdammte sie. Ich würgte an den fruchtlosen Disputen der Streithähne Settembrini und Naphta und bedauerte, daß sich der eine erst so spät eine Kugel durch den Kopf jagt, Exitus letalis, und ergo die Spiegelfechterei der beiden erst gegen Ende des Buches aufhört.

Ich genoß die handgreifliche Liebeserklärung des Hans Castorp an Clawdia Chauchat, der zur Hälfte des monströsen Buches seine Liebe gesteht, auf den Knien, doch ohne Folgen. Ich kostete den Triumph des Bildungsbürgers aus, die Eloge des jungen Liebhabers auf seine Herzensdame Wort für Wort verstanden zu haben, denn in Französisch besingt der Kniende nicht nur die schöne Seele der Angebeteten, sondern lobpreist auch ihre Anatomie, Glied für Glied bis tief die Wirbelsäule hinab. Wir hatten eben den Körper des Menschen durchgenommen, auch den der Frau.

Endlich, gegen Ende des Buches, stieß ich auf jene Aussage, derentwegen mir das enorme Werk zugespielt worden war und ich es mit Geduld, Anstand und Genuß gelesen hatte: Während seines Spaziergangs auf Skiern ins winterliche Hochgebirge, der ihn das Leben hätte kosten können, denn er geht in die Irre im Schnee, im Nebel, in der Dämmerung, und die schützende Angst vor dem Tod verläßt ihn, erkennt Hans Castorp, der aus dem Flachland in eisige Höhen Verschlagene: »Der Mensch soll um der Güte und der Liebe willen dem Tode keine Herrschaft einräumen über seine Gedanken.« Für mich kam diese Lebensweisheit zu spät: Sie hat die Liebe gewählt und mir den Tod gelassen, dachte ich bitter und schielte zum Propheten hinüber.

»Oder umgekehrt«, meinte der Meister, der Kukuruzstrünke in seinem Kanonenofen verfeuerte. Kaum hatte er einen hineingeschleudert, zersprühte dieser in Funken, die kaum Wärme spendeten. »Möglich sogar beides.« Umgekehrt. Beides. Ich war verwirrt. »Du verstehst das nicht«, sagte der Seher.

»Worum geht es?«

»Das reine Entweder-Oder gibt es im Leben nicht. Alles

ist offen und fließt ineinander. Erinnere dich, als du mit deinem Dornröschen hier warst nach dem Begräbnis des Panzergrenadiers. Haben wir uns damals nicht auf diese Formel geeinigt: das eine und das andere, sowohl als auch? Denn von Übel ist das andere: ja, ja, nein, nein! Das ist von Übel.«

Aha, dachte ich grimmig: So treibt sie es! Er und sie und ich. »Nicht doch«, rief ich. »Uns hat man in der DJ gelehrt: Ja, ja, nein, nein! Was darüber ist, das ist von Übel.« Wir saßen beim Licht der Petroleumlampe, winterlich gekleidet, ich in der Lodenjacke und schaukelnd, er in eine Reisedecke gehüllt auf einem umgestülpten Eimer. Langsam rösteten drei Kartoffeln vor sich hin.

Sein ewiges »dein Dornröschen« ärgerte mich. Und das »umgekehrt« erst recht. Um abzulenken, kehrte ich zum Anfang zurück: »Mein Erichonkel orakelt, unsern Colonel werden sie als ersten an die Wand stellen.«

»Oder umgekehrt: deinen Erichonkel. Es wird keiner entkommen. Selbst dein Dornröschen nicht.« Dein, dein, dein …

»Sie«, sagte ich, »und ich und unsere Familien rechnen damit. Übrigens erwischt es auch Sie, Herr Prophet.«

»Als allerersten«, gab er zu.

»Wenn keiner entrinnt, wenn alle dran glauben müssen, ist das nicht das Jüngste Gericht, wie im Sâmbăta-Kloster? Der Feuerstrom an der Nordwand verschlingt alle.«

»Noch ärger«, sagte der Prophet. »Denn dort können wir mit dem Erbarmen unseres Herrn und Heilandes rechnen. Gnade geht vor Recht. Viele werden gerettet. Hier gibt es keine Gnade und kein Recht mehr. Wir haben es mit Menschen zu tun.«

»Das heißt, es ist alles aus.«

»Nein«, sagte der Prophet. »Einige werden überleben.«

»Einmal sagen Sie so, einmal sagen Sie anders.«

»Du hast es erfaßt«, sagte der Prophet.

»Übrigens, weißt du, weshalb der deutsche Panzergrenadier gerade beim jüdischen Friedhof umgefallen ist, gefallen ist in der anrüchigen Strada Verde? Dieser herzhafte Mann hat die Kerzen am Grab des kleinen Glückselich angezündet und die Weidenäste hingelegt. Es war der Geburtstag vom Buben.«

»Baldur, Baldur Levi Glückselich ...«

»Niemand in unserer Stadt getraut sich auf den jüdischen Friedhof zu gehen, dazu noch gegen Abend, am wenigsten die Juden. Glückselich, welch Name für einen Juden heutzutage, reiner Hohn und Spott.«

»Sie wollen sich nicht umtaufen lassen, sagt Judith, ihre Zeit kommt noch.«

»Wie hieß der Bub gleich?«

»Baldur«, wiederholte ich.

»Richtig, Baldur, wie der kleinere Bruder des deutschen Soldaten. Der hat sich selbst erbötig gemacht, zum Grab zu gehen. Er verkehrte in der Familie.«

»Ja, das könnte stimmen. Er hat sich bei Dr. Hirschorn die Zähne plombieren lassen. Im selben Haus wohnen die Glückselichs. Und so ist er an sie geraten.«

»Oder umgekehrt, mein Sohn.«

»Was heißt das wieder?«

»Damit er unauffällig bei ihnen ein und aus gehen konnte, hat er sich oben beim Hirschorn die Zähne richten lassen.«

»Und warum hat er sich mit Juden zu tun gemacht?«

»Um ihnen zu helfen.«

»Wie? Er, ein deutscher Soldat? Entweder – oder!«

»Eben nicht. Siehst du, so ist alles offen, und die Dinge fließen ineinander und stoßen sich im Raum. Und weißt du, wer den kleinen Glückselich auf dem Gewissen hat, ihn in den Burggraben getunkt hat, daß er vor Schreck und Gram und Grippe gestorben ist?«

»Wahrscheinlich die Zigeuner.«

»Die müssen immer herhalten, wenn eine Schandtat nicht aufgeklärt wird. Wenn die soviel gestohlen hätten, wie man ihnen nachsagt, wären sie die reichsten Menschen der Welt. Und wenn sie alle umgebracht hätten, die man ihnen zur Last legt, gäb es nur noch Zigeuner.«

»Oder die rumänischen Legionäre. Unsere waren es nicht!«

»Ich kann es dir ja sagen, denn lange dauert es nicht mehr, bis dies alles aus ist. Seine eigenen Leute, jüdische Burschen, die sich zusammengetan haben und sich nicht gefallen lassen wollen, daß man sie wie Schafe zur Schlachtbank führt, selbst wenn das gut biblisch ist. Sie haben ihn in den Teich getaucht, aus Rache, als Warnung, weil die Glückselichs mit einem Deutschen verkehrt haben.«

»Das ist doch verrückt! Ist auch Gutes tun gefährlich?«

»Manchmal sehr.«

Es ging mir ein Licht auf: Das waren die Burschen, die mich im dunklen Gang im Hirschornschen Haus angefallen hatten. Als ich mich nämlich eines Abends, bis zur Unkenntlichkeit vermummt, unter einem nichtigen Vorwand hingeschlichen hatte, in der fiebrigen Erwartung, Gisela würde mich zur Hoftür begleiten, hatte die Mutter es ihr verboten, obschon ich einen Strauß Blumen mitgebracht hatte, späte Astern. Während ich mich enttäuscht zum Ausgang tastete, faßten Fäuste nach mir, und zwei Hände drückten mir die Gurgel zu. In gebrochenem Deutsch bekam ich zu hören: »Hitlerist du, braun wie Kinderkacke, was du suchen in diesem Judennest? Drehen wir dir Hals um, daß du nur noch brüllen kannst mit Mund hinten über Arsch: Heil Hitler und Judensau!«

Ich erkannte am Tonfall, daß sie zu Hause ungarisch sprachen und stieß hervor: »Hagyatok békében, gebt Frieden!« Sie ließen mich los, während der eine zum anderen sagte – übrigens ein Cousin der Gisela, der einmal mit uns Häuschen gespielt hatte, als wir das noch tun durften: »Felixbácsi fia, das ist der Sohn vom Onkel Felix.«

Alles ist offen und fließt ineinander, und die Dinge stoßen sich im Raum, dachte ich traurig.

»Dein Elend, aber auch deine Chance ist, daß du vorläufig keine Angst vor dem Tod hast. Es gibt Zeiten, wo man mehr Kraft braucht, am Leben zu bleiben als abzutreten. Man lebt aus Höflichkeit oder weil man nicht so viel Elan hat, sich davonzumachen. Hut ab vor solchen Leuten. Auch der Apostel Paulus kennt solche Zustände: ›Denn Christus ist mein Leben und Sterben ist mein Gewinn.‹ Philipper 1, 21. Bei dir kommt hinzu: Thomas Mann hat dich verdorben mit seiner magischen Melodie vom Tod. Für Thomas Mann aber gilt der zweite Satz des Apostels: ›Sterben ist mein Gewinn.‹ Sterben ist sein Gewinn gewesen, in jeder Hinsicht: Er schlägt Gewinn daraus, daß es kracht, literarisch und pekuniär, daher sein Ruhm und das große Geld. Ihr, die Bourgeois vor dem Ende, erkennt euch als kleinere Brüder von Thomas Mann, ihr kokettiert wie er mit Tod und Untergang. Doch habt acht: Während der vielgepriesene Dichter seine Figuren untergehen läßt, überlebt er prächtig und mit Gewinn. Übrigens hat auch dem Lebensverächter Schopenhauer eine gebratene Gans Sonntag für Sonntag bestens gemundet. Und dann der Pfarrer. Der hat dir mit seiner blühenden Phantasie das Jenseits in verführerischen Farben an den Himmel gemalt. Und verrückt gemacht hat dich schließlich die Frau Rozalia Căpitan Costescu, die Lebedame, mit ihrem Seligen, dem schmatzenden Helden, so daß du glaubst, tot sein heißt essen und trinken und Vergnügungen in Ewigkeit. Dein Dornröschen wiederum hat sich scheinbar hinter der Dornenhecke verschanzt. Kennst du den Unterschied zwischen scheinbar und anscheinend? Die wenigsten können das auseinanderhalten.«

»Ja, von meiner Mutter. Scheinbar heißt: in Wirklichkeit nicht. Die Sonne dreht sich scheinbar um die Erde.«

»Bravo! Aber auf dem Holzweg bist du, wenn du meinst, daß dir im Jenseits ein Logenplatz reserviert sei, von wo du zuschaust, wie hier alles drunter und drüber geht – ja untergeht.« Er spottet über mich. Darf er das?

»Gewißheiten wie diese stören dich nicht: daß du, bevor du in den Himmel kommst, verfault sein wirst, deine Hand, dein Mund, deine Augen?« Nein, das störte mich nicht.

»Nun sagt der Apostel weiter: ›Beides liegt mir hart an: Ich habe Lust abzuscheiden und bei Christus zu sein, was auch viel besser wäre; aber es ist nötiger, im Fleisch zu bleiben, um euretwillen.‹ Üb dich, beides durchzuhalten, das eine und das andere, sowohl als auch.«

Nein, diese widerlichen Vorstellungen konnten mir nichts anhaben. Als auf dem Binderischen Gut der Vorknecht

Bucholzer, Majos Vater, eine Kuh hatte notschlachten müssen, die aus der Scheide so geblutet hatte, daß der Schenkel und der Lauf bis zum Huf ein Blutfluß gewesen waren, und als man die glänzenden, geäderten Innereien auf den Mist geworfen hatte, waren diese mit einer Schnelligkeit verwest, daß nach einer Woche alles zu Erde zerfallen war. Daß es mir und uns allen so ergehen würde, machte mir nichts aus. Ja ich genoß die Vorstellung, mich in Erde zu verwandeln. Wo gehörte man sonst hin?

»Wer den Tod fürchtet, gibt dem Leben die Ehre«, dozierte der Prophet.

»Aber die Angst ist schlimm für die Liebe«, sagte ich altklug und erinnerte mich an das Bibelwort, das der Pfarrer angeführt hatte: Wo Angst in der Liebe ist, kommt die Liebe nicht ans Ziel.

Währenddessen sagte der Prophet den Luthertext her: »›Ist Furcht in der Liebe, so ist die Liebe nicht vollkommen.‹ Sehr gut, wir sind auf dem richtigen Weg. Nicht der Tod, die Angst ist der Feind der Liebe.«

»Thomas Mann behauptet das Gegenteil.«

»Stimmt nicht! Er meint das nämliche.«

»Er spricht nicht von der Angst, sondern vom Tod als dem Feind der Liebe«, versteifte ich mich.

»Um der Liebe willen sollst du dem Tod keine Macht einräumen, aber zitiere es genau, du weißt es besser.« Ich zitierte es genau, aber ich wußte es nicht besser. Der Prophet hatte recht, als er fragte: »Was ist die Herrschaft des Todes über unsere Gedanken?« Und sogleich antwortete: »Die Angst. Sie ist der Büttel des Todes in unserem Inneren. Alles Böse in dieser Welt kommt von der Angst. Und die ist letzten Endes immer Angst vor dem Tod, der deinem Leben und deiner Person den Garaus macht.«

»Und was meint Platen, wenn er sagt: ›Wer die Schönheit angeschaut mit Augen, ist dem Tode schon anheimgegeben‹?«

»Hast du sie angeschaut mit Augen?«

»Ja«, sagte ich tapfer, während meine Stimme zitterte. »Ich habe die Schönheit angeschaut mit Augen.«

»Verzeih«, sagte der Seher, »ich vergaß«, und wies mit seinem Ziegenbart flußaufwärts in Richtung des Binderischen Anwesens. Er sieht in mich wie in ein erleuchtetes Aquarium, dachte ich hilflos.

»Wirf die Dinge nicht durcheinander«, sagte er. »Eines ist die Schönheit, und etwas anderes sind die Liebe und der Tod und die Angst.«

»Aber alles fließt ineinander«, erinnerte ich ihn.

»Laß mich ausreden! Fehlt die Angst vor dem Tod, kann das zweierlei heißen: Du verlierst dich an den Tod, der Todestrieb wird übermächtig, du erinnerst dich.«

Ja, ich erinnerte mich, wie ich einfach die Hände geöffnet und die Urzelpeitsche hatte fallen lassen, als die Büffelherde herangebraust war. Aber ich schwieg.

»Erinnere dich: die Zieselmaus, die Lemminge. Das ist das eine. Oder du bist reif für die vollkommene Liebe, landläufig die große Liebe genannt. Für die ist der Tod keine Bedrohung, sondern …« – zum ersten Mal suchte er nach Worten –, »wie könnte ich das treffend ausdrücken: eine Vollendung, der Eintritt ins ewige Leben oder so. Darum wollen alle echten Liebespaare miteinander sterben, und die ganz großen tun es auch.«

»Sie springen Hand in Hand in den Vesuv.«

»In den Ätna. Nun aber, mein Springinsfeld, so Knall auf Fall kannst du dich nicht davonmachen, weder in den Ätna noch auf den Zauberberg, geschweige in den Himmel. Weißt du, weshalb? Wegen deines Dornröschens!« Ich schaute ihn böse an.

»Um ihretwegen wirst du nolens volens im Fleisch bleiben müssen. Und im Glauben. Beides um ihretwillen. Im Fleisch bleiben! Ist das für einen jungen Mann nicht reizvoll, voller Reize?« Er schmunzelte. Ich blieb abweisend. Doch ohne daß ich es innewurde, geschah etwas: Er rettete meine Sehnsucht.

»Sieh«, sagte er, »dein Glaube nimmt ihr die Angst und macht euch beide frei, für die große Liebe oder für den schönen Tod.«

»Oder für beides«, sagte ich zweideutig.

»Wunderbar, wie treffend du das sagst. Du bist bald der bessere Fechter.«

»Der bessere Spiegelfechter«, ergänzte ich.

»Der bessere, wie auch immer. Obwohl es heißt, der Jünger sollte nicht über dem Meister sein.«

»Zur Liebe gehören zwei.«

»Gewiß«, sagte der Prophet und lachte. Ich lachte nicht. Wir hielten die kalt gewordenen Hände an den Glaszylinder der Petroleumlampe, streckten die Füße unter das Öfchen und blickten dem Atemhauch nach.

»Das mit der Liebe und dem Tod und so, das sind vertrackte Sachen«, bemerkte ich und hörte in Gedanken Herrn Binder von Neustift sagen, als wir aus der Kapelle getreten waren: Das mit dem ewigen Leben ist eine vertrackte Sache. Zuerst jedoch die Kartoffeln und der Kukuruz!

»Warum vertrackt?« fragte der Meister gereizt. »Alles ist doch so klar und eindeutig!«

»Eindeutig?« fragte ich und zog das Wort übertrieben in die Länge. Das letzte Wort hatte diesmal ich. Nichts mehr konnte mißlingen, ob er sich ärgerte oder lachte. Er lachte. Aus seinem erdfarbenen Chinesenbart schälte sich der Mund, rot wie die Eingeweide eines Tieres. Die Wärme des Ofens reichte kaum aus, die Kartoffeln zu bräunen. Wir aßen sie halbgar. Sie vertrieben den bitteren Geschmack von meiner Zunge.

Trotzdem, ich war zutiefst verbittert. Ich verabscheute beide von Herzen und mit Lust, ihn und sie, den Freund eines Frühsommers und die Freundin für einen Herbsttag. Und blieb dabei: entweder – oder! Eindeutig war: Einer von uns dreien war zuviel, mußte abtreten.

Der Prophet und ich klebten am Kanonenofen. Wir tranken Lindenblütentee, während der Wind, der von Rußland her den vereisten Fluß entlangstrich, am Mauthaus rüttelte.

»›Nun braust der Ostwind auf mich ein, und hundertfach bedrückt mich: Was wird sein?‹ Chinesisch und wahr.«

Was wird sein? Und was werde ich sein? Hundertfach bedrückte es mich …

Die Konfirmation hatte ich endlich zu Palmsonntag 1944 über mich ergehen lassen, zwei Köpfe größer als die Kinder, drei Jahre älter als die Jüngsten. Gefügt hatte ich mich vor allem wegen der Großmütter.

»Tu es«, warb auch die Mutter, »tu es ihnen zuliebe! Und in Rücksicht auf deinen Vater. Man beginnt sich in der Stadt aufzuregen. In wie vieles muß man sich schicken.«

»Streich die Segel! Kopfüber ins Wasser, dann hast du es hinter dir«, riet der Großvater, »schaden kann es nicht!«

Die Konfirmation, die in den sächsischen Städten nach Recht und Sitte an Exaudi vor Pfingsten gefeiert wurde, war auf den Palmsonntag vorverlegt worden, weil man die Amerikaner erwartete und die Russen dazu. Die konnten jeden Augenblick hier sein, die Alliierten durch die Luft und die Russen zu Fuß über die Berge.

Ich willigte ein. War es die Enttäuschung über Menschen und Götter? Hatte ich doch an dem jüdischen Mädchen Judith in schmerzhafter Weise erfahren, daß auf Menschen kein Verlaß war, daß aber unser Gott im Himmel stärker war als die nordischen Götter, das Geschlecht der biertrinkenden und säbelrasselnden Asen in Asgard. Ich ahnte, daß ER allein Gott war und sogar diesem und jenem wohlgesinnt.

Nachgegeben hatte ich auch wegen der Höllenfahrt den Turm hinab, in der Deutung des Propheten ein »Zeichen des Himmels, deine wunderbare Errettung. Wobei man sich bei solch ausgefallenen Ereignissen sogleich fragen muß: Was will Gott einem damit sagen? Sicher ist, mein Sohn, daß Gott wünscht: Hurtig die Konfirmation! Denn es gibt ein Zuspät.«

Und gewiß wegen des Gesprächs mit Pfarrer Fritz Stamm über das ewige Leben. Das zu führen ich mich verpflichtet fühlte, obwohl das Mädchen, das ich retten wollte, sich von mir nicht mehr ins Herz sehen ließ. Übrigens war der Gutshof bei meiner Konfirmation nur durch die Hühnermagd vertreten.

Beim Aufsagen des Glaubensbekenntnisses betonte ich den Satz »Niedergefahren zur Hölle, am dritten Tage auferstanden von den Toten« so stark, daß einige in der Kirche aufschreckten und die Familie, die bei ihrem eigenen Sprößling hellwach geworden war und genau hinhörte, es nachher beim Festmahl im Salon kommentierte: »So jung und schon so gläubig! Wie überzeugt er das ausgesprochen hat!«

»Am dritten Tage auferstanden von den Toten«, lobte die Großmama gerührt.

»Laut und vollmundig wie ein germanischer Recke«, merkte die Malytante an. Die von der Gegenpartei, wie Erichonkel manchmal seine Familie aus Kronstadt nannte, sie waren alle herangereist: die andere Großmutter, Griso genannt, deren Augen dauernd tränten, ohne daß sie weinte, Fritzonkel mit Schnurrbart und einer Haartracht wie der Führer und unsere Malytante, die blondgefärbten Zöpfe hochgemut aufgesteckt. Kurtfelix hatte seine Liegekur in der Tannenau beendet. Er war seit Herbst wieder zu Hause und erlegte mit Pfeil und Bogen die Perlhühner des Hausmeisters so geschickt und unauffällig, daß ihm niemand auf die Schliche kam.

Die Tanten Hermine und Helene, die dem Abendmahl ostentativ ferngeblieben waren und sich am Mittagessen schadlos hielten, meinten: »Fast meinte man, du glaubst, was du so dahergeleiert hast: zur Hölle gefahren und auferstanden von den Toten. Merke dir: Man kann nicht zwei Herren dienen!«

Das hatte ein BDM-Mädchen, die Schwester der Scharführerin Edeltraut Maultasch, beim Hinausgehen so ausgedrückt: »Bis ich heirate, sieht mich keiner mehr in der Kirche!«

Die Griso meldete sich zu Wort, die wir liebten, weil wir mußten, und von der Tante Hermine sagte, sie sei eine schöne Frau, wobei Tante Helene ergänzte: »Aber keine Dame!« Der neue Pfarrer, obschon nicht der Jüngste, habe so schön gesungen wie Raguso, was wir wortlos zur Kenntnis nahmen. Auch sie habe als Jungfrau in Agnetheln gesungen, wo sie im weißen Kleid einer Liedertafel angehört habe. So schön gesungen, solo und laut, daß der Bischof Georg Daniel Teutsch die vierspännige Kutsche mit den vier weißen

Schimmeln angehalten und ihr die Hand gereicht habe und gesagt: Meine Tochter, du singst so schön wie Raguso. Kritisch äußerte sie sich über die Kerzen in der Kirche: »Das ist katholisch!«

Die Malytante gab ihren Senf dazu: Man wisse es von Broos bis Draas, daß die Fogarascher keine richtigen Sachsen und keine guten Deutschen seien.

»Katholisch heißt im Sächsischen verrückt«, fuhr die Griso mit weinerlicher Stimme fort, die zu den tränenden Augen und dem schwarzen Seidenkleid paßte. »Du machst mich katholisch, das heißt, du machst mich verrückt. Mein seliger Franz, euer lieber Großvater, auf den ihr stolz sein sollt, er hat mich katholisch gemacht, bis es soweit war. Nachher hat er sich beruhigt!«

»Wann nachher?« fragte unsere Mutter höflich.

»Nachdem er die Bierbrauerei verspielt hat, dazu Haus und Hof, nicht zu vergessen meine reiche Mitgift. Und das alles in einer Nacht.« Es klang beinahe stolz: alles in einer Nacht!

Uwe wollte wissen, was für eine Sorte von Gift das gewesen sei, das die Griso ihrem Mann ins Bier getan habe, damit er sich beruhige. Aber sie verstand keinen Spaß und nannte ihn einen frechen, ungezogenen Jungen und blickte dabei unsere Mutter an.

Am Abend, bevor es soweit war und sie alles verloren hätten, sei er mit der Kalesche und zwei Pferden von Birthälm nach Elisabethstadt ins Kasino gefahren und habe dort alles verjubelt und verspielt. »Alles. Das ganze Vermögen bis auf den letzten Heller. Und meine Mitgift dazu! In einer Nacht!« Zu Fuß und nur mit dem Peitschenstiel in der Hand sei er querfeldein nach Hause gekommen. »Feierlich hat er gesagt, in der Küche, ich erinnere mich wie heute: Amalie Sophia, hat er gesagt, jetzt ist Ruhe im Haus und Frieden auf Erden, jetzt haben wir keine Sorgen mehr, wir sind arm wie Kirchenmäuse!« Ganz feierlich sei ihr zumute gewesen bei dieser kleinen Rede. Ja, bei seinen letzten Worten habe sie die Gänsehaut bekommen: Wir haben nichts mehr, und wir sind nichts mehr. Nichts haben ist ein ruhiges Leben! Diese Art von ruhigem Leben sei ihr beschert gewesen, bis die vier Buben und die gute Maly aus dem Haus waren.

»Kirchenmäuse«, sagte die kleine Schwester. Das gefiel der Griso: »Eure Tochter hat zwar eine mondäne Frisur, diese Tolle obendrauf, das verdirbt den Charakter, doch sie scheint ein gutes Herz zu haben. Wie lange noch?«

»Was ist dann aus euch geworden?« fragte Kurtfelix. Auch das gefiel der Griso, denn sie sagte: »Wenn man nichts wird, wird man Wirt. Groschenwirt sind wir geworden. In Schäßburg. Dort ist unsere gute Maly auf die Welt gekommen.« Uwe wollte wissen, was mit dem Peitschenstiel geschehen sei. »Den haben wir als Andenken aufbewahrt an die gute alte Zeit«, sagte die Griso versöhnlich.

»Unsere Mutter hatte es schwer«, sagte unser Vater.

»Weil euer Vater jähzornig war«, sagte die Griso, »unheiliger Zorn öffnet dem Teufel die Tür.«

»Lat dat, Motter«, sagte die Malytante auf sächsisch und schluchzte auf. Aber die Griso ließ das nicht.

Mit weinerlicher Stimme erzählte sie weiter: »Am Tag nach der Hochzeit, als wir die Kommode an die Wand rükken, zwängt der Franz sich den Daumen ein. Er brüllt wie ein Büffel, mir werden die Knie weich und die Arme schlaff, ich kann ihm nicht helfen. Als er die Hand frei bekommt, wischt er in seiner Wut mit einem Schlag das ganze Porzellan von der Kommode, der gute Franz, ein Service für zwölf Personen, ein Hochzeitsgeschenk von meiner Taufpatin, der Fielktante – alles zerschellt am Fußboden.«

»Alles?« fragte Uwe begeistert.« Das ist ja toll!«

»Als er mit den Arbeitern aus der Bierbrauerei zum Mittagessen kommt, ist das Essen zu heiß. Er verbrüht sich die Zunge, packt die riesige, gußeiserne Kasserolle und schmeißt sie in den Hof hinaus, daß alle hundertzwanzig Krautlaberl in den Sand rollen. Aber ansonsten war er ein guter Mann.«

Laßt das Ende etwas Gutes sein. Daran hielt sich die Griso, und wir hörten das gerne. »Alle meine Söhne sind wie mit Honig bestrichen. Wenn nur ihre Frauen besser kochen würden, ihnen besser zu essen geben würden! Aber ich habe nichts gesagt!« Die Griso sagte dann noch, daß sie hoffe, sie habe uns beim Festessen keinen zu großen Schaden gemacht, und dann sagte sie nichts mehr.

Die Malytante erwähnte, daß sie für beide, Mutter und Tochter, neue Hüte gekauft habe, und zwar nicht, weil sie sie bräuchten oder wegen der Konfirmation, sondern weil sie sich hierher zu den Goldschmidtischen aufgemacht hätten. Bei den Goldschmidts habe man mit Hut zu erscheinen, und zwar mit Hüten nach der letzten Mode.

Weiter erinnerte sie uns, daß sie bereits in jungen Jahren in den *Kirchlichen Blättern* einen Artikel veröffentlicht habe. Auf der einen Seite sei der ihre erschienen und auf der anderen Seite eine Predigt vom hochwürdigen Herrn Bischof Teutsch. Jetzt aber habe der Sachsenbischof im sächsischen Volk nichts mehr zu sagen. »Froh kann er sein, wenn sich unsereiner noch in der Kirche taufen läßt oder konfirmieren oder trauen. Und nicht im deutschen Wald unter den heiligen Eichen Wotans!«

Beim Begräbnis der Frau des Volksgruppenführers, eines Engels aus dem Reich, Tochter eines SS-Obergruppenführers, sei der Bischof Staedel als einfacher Leidensgenosse dabei gewesen, ganz in Zivil, schlicht im schwarzen Bratenrock, und hinter dem Trupp der Führer und Offiziere, so daß alle es sehen konnten: Der Bischof ist nur noch der zweite Mann im sächsischen Volk, wenn nicht noch weiter hinten. »Nicht wahr, Fritzchen?« Doch der Onkel konnte nicht antworten, denn er aß.

Man habe die arme Frau, die ein Töchterlein hinterlassen habe, Heidi, ohne Kirche, ohne Pfarrer, ohne Orgel begraben, aber mit zackigen Reden und Ehrenwachen noch und noch und mit einem Stück von Bach oder Beethoven, gespielt vom Kammerchor des Coetus der Honterusschule, denn mit Musik sei alles romantischer. Doch ohne Pfarrer! So sei man gewiß, daß sie nicht im christlichen Himmel gelandet sei, dieser Engel von Frau, wo ein Rassenkuddelmuddel herrsche und wo man riskiere, auf getaufte Juden und schwarze Neger zu treffen.

Christus sei auch ein Jude gewesen, warf mein Bruder Engelbert ein, der von der Instrucţia premilitară für drei Tage nach Hause gekommen war, în permisiune, und der ohne Uniform sehr gewöhnlich aussah.

»Er ist ein Arier gewesen«, entgegnete die Malytante siegesgewiß und strahlte mit Augen, deren feuriges Blau alle bewunderten. »Anthroposophische Schädelmessungen haben es schlagend bewiesen: Die Galiläer sind Arier gewesen wie wir!«

»Das behauptet Houston Stewart Chamberlain«, pflichteten die Tanten wie aus einem Munde bei. Sie hatten *Die Grundlagen des 19. Jahrhunderts* gelesen, die eine den ersten Band, die andere den zweiten.

»Übrigens heißt das anthropologisch«, sagte die Tante Hermine forsch.

Beim Leichenbegängnis der Frau des Volksgruppenführers sei die ganze Innenstadt von Kronstadt abgesperrt gewesen. Kein rumänischer Fuß, kein walachischer Strempel habe sich sehen lassen, und der Bischof …

»Mahlzeit«, sagte der Vater und hob die Tafel auf.

Der Fritzonkel hatte kein Wort gesagt. Er aß die ganze Zeit, und als wir alle fertig waren, aß er noch immer, und als der Vater Mahlzeit gesagt hatte und: »Wünsche, wohl gespeist zu haben!«, aß er unbeirrt weiter, und er aß, bis er fertig war. Einen Satz sagte er dennoch, ohne im Kauen innezuhalten: »Das mit der Krone des Lebens ist ein ausgemachter Blödsinn und eine jüdische Spitzfindigkeit obendrein. Was heißt das: ›Sei getreu bis in den Tod, so will ich dir die Krone des Lebens geben!‹ Bist du tot, brauchst du keine Krone des Lebens mehr.«

Die Malytante fuhr ihm in die Parade: »Merk dir endlich, Jesus Christus war ein Arier. Aber ein Unsinn ist es trotzdem.«

»Eher ein Widersinn«, gab der Großvater zu bedenken.

»Ein Pfarrer macht keine Fehler. Der weiß, was er sagt«, begütigte die Großmutter. Ansonsten überließ man den Kronstädtern das Wort.

Herta, die einzige Schwester unserer Mutter, saß mit zu Tisch. Allein. Ihren Mann Herbert Kroner, Generaldirektor bei Julius Meinl in Bukarest, hatten seine wichtigen Geschäfte in der Hauptstadt zurückgehalten, trotz der Bombengefahr dort und des Familienfestes hier.

»Wichtige Geschäfte ...«, wunderte sich die Malytante: »Daß er gerade so seine junge Frau vernachlässigt? Man muß die Männer kurzhalten, besonders so ein Vollblut mit Glatze!«

»Herta und Herbert, wie harmonisch sich das anhört«, sagte die Großmama. Die Tante war viel jünger als unsere Mutter und nur wenig älter als Engelbert. Wir Neffen und Nichten nannten sie Herta. Sogar die kleine Schwester rief sie so. Wir verehrten sie mit scheuem Herzen. Sie schwieg so exklusiv, daß es auffiel. Es fiel auch auf, daß sie kaum etwas aß mit ihren Lilienhänden.

Lilienhände, dieses Wort hatte die Malytante erfunden. Noch manch Treffendes gab sie im Laufe der Jahre zum Besten, freilich nur vor dem Hauspersonal oder vor uns Kindern: »Sie tut so vornehm. Wenn man ihr etwas schenkt, sagt sie artig danke! Danke, wie schön, wie lieb von dir, ich bedanke mich sehr, eine erlesene Gabe: Unser Milchmann, meine Putzfrau, werden sich gewiß freuen! Sie macht mich ganz katholisch. Wenn ich für sie ein Geschenk auswähle, denk ich nur noch: Wird es dem Milchmann oder der Putzfrau gefallen? Und dann so etwas an Vornehmheit: Sie riecht nach nichts, nicht einmal nach Mensch riecht sie. Das gibt es doch nicht! Vielleicht weil sie so dünn ist wie ein Luftgeist. Sogar die Königinmutter Elena riecht nach Mensch, wenn auch nach Übermensch. Dagegen dieser Herbert Kroner, der riecht auf einen Kilometer nach Mann. Das kann kein gutes Ende nehmen!« So und anders tönten Malytantes Sorgen und Nöte.

Plötzlich sagte sie über den Tisch hin: »Ihr Goldschmidtschen schweigt euch aus. Menschen, die schweigen, sind mir unheimlich. Sie denken etwas, und ich weiß nicht, was sie denken, weil sie schweigen. Ist das nicht unheimlich? Die Herta hat kein einziges Wort gesprochen. Bei der Begrüßung hat sie mit dem Kopf genickt, als sei sie taubstumm. Wir allein müssen die ganze Unterhaltung bestreiten. Dafür sind wir gut genug. Was hättet ihr ohne uns gemacht? Wie in einem Totenhaus, bei einem Tränenmahl kommt es mir hier vor.«

Auch mich hatte der Spruch gestört: »Sei getreu bis in den Tod, so will ich dir die Krone des Lebens geben.« Was hat man dann noch davon, war es mir durch den Kopf geschossen.

Gestört hatte mich ferner die quälende Vorstellung, daß beim Niederknien die Hose aus den Stiefeln gerutscht sei. Ich war in sächsischer Tracht angetreten, das hatte sich die Griso ausbedungen, damit sich die lange Reise von Kronstadt lohne. Die Malytante hätte mich am liebsten in der Kluft der DJ gesehen, mein Vater im Tiroler Rock, die Großeltern von Hermannstadt im schwarzen Flaus, der Uniform der sächsischen Gymnasiasten, und die Mutter dezent im dunkelblauen Anzug. Aber die Griso war die älteste von uns allen, dazu die Mutter vom Vater.

Mit dem Läuten während der Einsegnung hatte es auf die Sekunde geklappt. Engelbert hatte den Turm hinauf eine Schnur an die riesigen Ohren des Glöckners gelegt und beim Ende des Vaterunsers leicht daran gerüttelt. »Alle großen Erfindungen sind denkbar einfach«, sagte er.

Selbst der Prophet war in der Kirche erschienen, was die Leute erschreckte, mich aber rührte. Er erhob sich nicht zum Gebet, sondern saß unbewegt in der vordersten Bank rechts, die für den Kurator allein reserviert ist, wiewohl mehrere Männer dort Platz finden. Ohne weiteres hatte er sich neben den obersten Würdenträger gesetzt, Herrn Haupt, den es genierte, den wilden Mann wegzuweisen. Beim Abendmahl gesellte sich Meister Mailat zu uns. Er kniete nicht nieder, sondern stand, ja er wollte sich ins erste Glied an meine Seite postieren, was gegen das »Recht« ist: Vater und Mutter flankieren den Konfirmanden. Höflich half er in der zweiten Reihe der Malytante beim Niederknien und Aufstehen, was der Fritzonkel übersah, zu beschäftigt mit Essen und Trinken am Tisch des Herrn. Dem Pfarrer fiel es schwer, im wuchernden Bart des Meisters den Mund aufzuspüren und die Oblate und den Kelch zwischen dic kaum geöffneten Lippen zu schieben. Er tat das aus freien Stücken, denn niemand konnte sagen, ob der Mann getauft war oder Buddhist.

Die Konfirmation wurde ein erholsames Familienfest, trotz des Sirenengeheuls am Nachmittag, das sich gottlob als blinder Alarm erwies. Wie angeschossen lief die ganze Familie in den Garten zum Splittergraben, den alle lobten, selbst die Griso: »Ein Luxus, den sich nicht jeder leisten kann! Ja, unser Felix, er ist wie mit Honig bestrichen.«

Die Großmutter schenkte mir ein Tagebuch mit lilaroten Buchdeckeln und Lederrücken, versehen mit einem zierlichen Verschluß, darin ein Schlüsselchen steckte. Diese Idee hatte sie vom Gut mitgebracht, wo sie die alte Fürstin besuchte. Mit roten Bäckchen berichtete sie: Die reizende Enkeltochter sei ihr während der Teestunde auf dem Balkon nicht von der Seite gewichen. Eigenhändig habe sie für alles gesorgt. »Erstaunlich, erfreulich, wo die Jugend von heute … Aber Teetrinken dort auf dem Balkon, so hoch über dem Fluß, wie in einem Luftballon, man wird ganz schwindlig. Freilich, die Aussicht ist grandios. Die Enkeltochter mit den vielen Namen – wie heißt sie gleich? –, sie ist von erlesenen Manieren und auch zu Hause derart geschmackvoll gekleidet, eine perfekte junge Dame. Und die Fürstin: ganz unser Genre, wenngleich sie von drüben kommt!«

Diese junge Dame habe meine Großmutter auf den Gedanken mit dem Tagebuch gebracht: »Er ist ein Träumer, vielleicht ein verkappter Dichter, er braucht ein Tagebuch!« Das hatte die Großmutter eingesehen. Mir war das neu.

Auf der ersten Seite stand die Widmung in Druckschrift: Ihrem »sonnigen Buben« zur Konfirmation und für die Zukunft. Darunter verwiesen zwei Sinnsprüche in zittriger Handschrift auf den Ernst des Lebens:

> »Mögen Wünsche für dein Glück
> Tausendfach erscheinen,
> Grüße sie mit heiterm Blick
> Und voran die Meinen.
> Göthe.

Herr schicke, was du willst,
Ein Liebes oder Leides,
Ich bin vergnügt, daß Beides
Aus deinen Händen quillt.

Wollest mit Freuden
Und wollest mit Leiden
Mich nicht überschütten;
Doch in der Mitten
Liegt holdes Bescheiden.
Möricke.
Deine Großmama.«

Das Tagebuch schloß ich nicht nur sorgsam ab – das Schlüsselchen trug ich bei Tag und bei Nacht um den Hals –, ich versteckte es auch wohlweislich im Hasenstall vor neugierigen Geschwistern, sensationslüsternen Tanten und anderen taktlosen Personen, war es doch eine Fundgrube von schrecklichen Geschichten und großen Geheimnissen.

Die Griso hatte mir einen Seelenwärmer gestrickt und weiße Dreiviertelstrümpfe: »Ich wußte nicht, daß du schon lange Hosen trägst!« Malytante und Fritzonkel hatten mir das *Ehebuch* von Graf Kayserling geschenkt: »Wir sind aus dem Alter heraus.« Von Tante Herta erhielt ich ein Schachspiel mit Elfenbeinfiguren und von den Eltern, wie es Recht und Sitte war, eine Armbanduhr, und zwar in einem silbernen Gehäuse, das meine Mutter entworfen hatte.

Die Tanten schenkten mir die *Geschichte der Siebenbürger Sachsen für das sächsische Volk*, verfaßt von Georg Daniel Teutsch und Sohn Friedrich, alle vier Bände, bis 1918.

Der Erichonkel, aufgeboten zu einem Einsatz der DM im Akazienwald, hatte mir am frühen Morgen seine Gabe in die Hand gedrückt mit den Worten: »Dir kann es weniger Gefahr bringen als mir.« Es war das Buch *Mein Kampf*.

Vally Langa hatte eine Gratulationskarte geschickt und einen Blumenstrauß, frühe Tulpen, und ein Angebinde, womit sie ins Schwarze traf: ein Gesichtswasser, *After shave for men*, das nach sibirischen Juchten duftete.

Ostern begingen wir noch zu Hause, zu Hause im wahrsten Sinne des Wortes. Wir rührten uns nicht weg. Während alle Glocken der Stadt erklangen und die Franziskanerkirche neben uns sich nicht genug tun konnte im jubelnden Geläute, grasten wir den Garten ab nach Nestern und Eiern und Hasen und Küken. Das dauerte, der Garten war groß. So reichlich lagen die Herrlichkeiten versteckt, daß die kleine Schwester meinte, dem Osterhasen sei der Rucksack geplatzt, oder sein Wagen, gezogen von einem Schafsbock, habe sich überschlagen. Ein solches Gefährt mit Osterhase und Schafsbock, von uns mit Laubsäge gebastelt und bemalt und lackiert, hatte sie unter einem Strauch entdeckt, während in einem Rutengehege ein Zicklein meckerte, das ihr sofort auf Schritt und Tritt folgte.

Zu Mittag aßen wir Lammbraten, der in Siebenbürgen zu diesem Fest auf den Tisch gehörte wie der Osterhase in sein Nest. Das hatten wir den Rumänen abgeschaut. Wer sich zum Osterschmaus kein Lamm leisten konnte, der war so arm, daß die Rumänen ihn laut bedauerten. Als Nachtisch gab es die Russische Elegante, Vaters Lieblingstorte, die in Rum ertrank.

Zwei Tage später löste sich die Familie auf. Der Bruder Engelbert nahm es »engelwärts«, wie er es ausdrückte. Seine Übungsgruppe hatte man ins Hochgebirge verlegt. Der Vater überwachte noch die Abfahrt unserer Mutter mit den Kindern nach Rohrbach, wohin man auf höheren Befehl zu fahren hatte. »Deutsches Blut ist kostbar geworden und muß geschont werden«, erläuterte der besorgte Kreisleiter. Dann eilte der Vater an die Ostfront, die nicht fern war.

Otto Ollmützer lud die Hausgeräte auf den Tafelwagen, während Guido von Binder nicht nur den Landauer bereitstellte, sondern es sich auch nicht nehmen ließ, trotz der dringenden Anbauarbeiten, selbst zu kutschieren: »Für unsere hochverehrte Gertrud habe ich Zeit!« Aber er verehrte unsere Mutter nicht nur, woraus er kein Hehl machte, sondern er liebte sie auch leise in seinem ländlichen Herzen, was keiner wußte, vielleicht nicht einmal er, nur Sigrid und ich. Ein friedlicher Anblick, wie die beiden Wagen frohgemut davonrollten. Daß es sie an Flucht gemahnte, verriet mir die Mutter später.

Ich fuhr mit der Bahn nach Hermannstadt, um mich an der Brukenthalschule einzuschreiben. Adolf Johann würde die Bergschule in Schäßburg besuchen, wohin die meisten Fogarascher ihre Kinder schickten: Gottlob, den war ich los! Arnold Wolff winkte das Honteruslyzeum in Kronstadt, 1544 gegründet. Von Sigrid wußte man in der kleinen Stadt, daß sie sich für die Klosterschule der Ursulinen in Hermannstadt entschieden hatte, extravagant wie immer. Mich ging das nichts mehr an.

VI. Morgengabe

Der Vater unserer Hausmeisterin, Nagyapó genannt, bemerkte mich nicht auf der Terrasse, wo ich verharrte, wiewohl die Zeit drängte – Mittag war vorbei. In wollenen Hosen mit Stiefeln, eine Pelzweste über dem Trachtenhemd, den riesigen Schnurrbart versengt von der Stummelpfeife, trieb er mit wenig Geschick und saftigen Flüchen die Hühner aus unserem Hof, wo sie nichts zu suchen hatten.

Niemand vertrieb beim Mauthaus die zwei Hühner vom entstellten Maulbeerbaum. Zu Tode erschrocken wiegten sie sich auf dem einzig verbliebenen Ast, der sich über die Brüstungsmauer zum Fluß hin streckte.

In der Woche zuvor war unsere Mutter mit den Kindern für zwei Tage von Rohrbach in die Stadt gekommen und hatte uns beim Dr. Schul untersuchen lassen. Als sie zurückfuhren, begleitete ich sie bis zum Mauthaus. Dort wollte ich den Propheten besuchen.

Im Wartezimmer des Arztes hatten wir Frau Nowarth Atamian getroffen, die bei Xenia Entwicklungsstörungen befürchtete: »Sie schluckt zuviel Süßigkeiten und wird dick und dicker!« Frau Atamian mit ihren Augen voller Trauer für ein ganzes Leben machte der Mutter ein tröstliches Angebot: Wenn die Russen kämen und sie die Deutschen hierzulande ausheben oder massakrieren würden, könne sich unsere Mutter mit der ganzen Familie in ihrem Haus verstecken. Auch sie seien seinerzeit von Deutschen gerettet worden, im Ersten Weltkrieg, als die Türken die Armenierschlächterei angefangen hatten. »Es gibt Schreckenszeiten, wo heißer gegessen wird als gekocht. Ich kenne mich aus. Genieren Sie sich nicht, kommen Sie! Ein prima Versteck wartet auf sie. Dort findet Sie nicht einmal der dracula, dragă doamnă!«

»Bine, doamnă Nowarth, merci«, sagte meine Mutter. Sie plagten sich auf rumänisch, die beiden Damen.

Ich kannte das Versteck, dank Xenia: In ihrem Haus gab es eine fensterlose Gewürzkammer, deren Tür von schweren Teppichen verhängt war und wo es betäubend nach Pfefferkörnern und Vanillestangen roch, nach Enibahar und Koriander und anderen aromatischen und scharfen Zutaten, und wo das Ewige Licht Tag und Nacht rot glühte. Mit benebelten Sinnen hatte mich Xenia aus dem Gemach geschleift.

Dr. Schul untersuchte uns Kinder der Reihe nach von oben bis unten, von oben bis unten in jeder Hinsicht, mich als ersten. Er war wieder zurück. Als er uns abtastete mit Händen voll Hornhaut und verharschten Blasen, jammerten die Kleinen, und Kurtfelix sagte: »Wie ein Reibeisen!«

»Ja, ja, das mit meinen Händen wird noch dauern.« Als er sah, wie braungebrannt ich war, riet er: »Nicht zuviel Sonne, allzuviel ist ungesund.«

Bei Kurtfelix stellte er fest, daß die Hylusdrüse ausgeheilt sei und eine Stunde Liegen pro Tag als Nachkur genüge, worauf mein Bruder sich losriß, halbnackt mit Indianergeheul in den Hof rannte und mit Pfeil und Bogen die Hoflampe zerschoß; es krachte wie im Krieg.

Beim Bruder Uwe hielt der Arzt sich unten länger auf. Dafür erklärte er die kleine Schwester im Handumdrehen für kerngesund. »Eine überirdische Schönheit, wie ein Engel! Ich gratuliere!« Bei Uwe hatte er einen doppelten Leistenbruch festgestellt und Phimosis.

»Was ist das?«

»Eine Verengung, eine Zusammenschnürung der Vorhaut über der Eichel am Glied. Sehen Sie hier, gnädige Frau.«

»Au!« schrie der Bub.

»Das hätte ihn nie behelligt«, erläuterte der Arzt, »wenn er als Israelit auf die Welt gekommen wäre.«

»Wieso?«

»Weil man bei uns den Knaben acht Tage nach der Geburt vom Priester in der Synagoge die Vorhaut abschälen läßt. Selbst Ihr Heiland Jesus, gnädige Frau, machte als echter Jude keine Ausnahme. Lesen Sie nach bei Lukas 2,21: ›Und da acht Tage um waren und man das Kind beschneiden mußte, da ward sein Name genannt Jesus.‹ Sie sehen, um uns kommt man nicht herum: nicht in der Heilsgeschichte und nicht in der Weltgeschichte, und keinesfalls in der Wirtschaft, und in der Kultur ohnehin nicht; wir sind überall dabei. Und vielleicht darum vielen ein Dorn im Auge und manchen ein Pfahl im Fleisch. Aber lassen wir das ... Die Operation? Eine Bagatelle, eine Knopflochoperation.«

»Wann?«

»Wenn sich die militärische und politische Lage geklärt hat. Lange kann es nicht dauern. Es wird nie mehr so werden, wie es war, aber es wird auch nicht so bleiben, wie es ist. Nicht einmal die Zukunft ist das, was sie gewesen ist.«

»Bitte noch einmal! Diese Sentenz möchte ich aufschreiben!« Die Mutter holte ein zierliches Notizbuch aus der Tasche von Alligatorenleder (Irrigatorenleder, sagte Uwe) und schrieb mit einem silbernen Stift, den man nicht Bleistift, sondern Crayon nannte, die Lebensweisheit auf für immer.

»Küß die Hände, gnädige Frau. Haben Sie acht auf ihre reizenden Kinder. Ah, der Größte ist schon beim Wehrdienst. Ja, ja! Und du bist wohl ein strammer Pimpf. Grüß Gott!«

Betrogen fühlte ich mich, als wir beim Hinausgehen im Wartezimmer Bannführer Csontos mit seinem Söhnchen trafen. Der große Führer drehte sich ostentativ weg und zählte mit dem Knaben die Kähne, die sich auf dem Burgteich tummelten.

Die Mutter machte von dieser ehrenrührigen Entdeckung keinen Gebrauch, selbst als Erichonkel sie wegen ihres Besuchs bei Dr. Schul ausschalt. Über andere Leute verlor sie nie ein Wort. Sie sprach allein von Menschen, die ihr in Büchern begegnet waren.

Erichonkel hatte beim Mittagessen in seiner lärmenden Art unserer Mutter Vorwürfe gemacht, daß sie mit uns bei diesem »jüdischen Quacksalber und Dorfbader« gewesen sei. Die Ogrulei werde ihn, Erichonkel, wieder hernehmen, und zu Recht. Sauer sei sie auf unsere Sippe, weil sich der

Felix geweigert habe, die Schilder mit der Aufschrift: Jüdische Kunden unerwünscht! in die Auslage zu hängen. Sie tribuliere ihn täglich fast beleidigend: »Wenn du schon nicht an der Front deine heilige Pflicht erfüllst, dann sei an der Heimatfront ein aufrechter Kämpe! Bist du der Geschäftsführer eurer Firma, oder bist du ein Hampelmann oder was?«

Tags darauf fuhren die Mutter und die Kinder wieder zurück, auch diesmal mit dem Landauer vom Gut, doch ohne Onkel Guido. Der Gutsherr mußte seine neuen Lohnarbeiter beaufsichtigen, Flüchtlinge aus Bessarabien, sogenannte refugiati, ein seltsam aufsässiges Volk. Damit man sie nicht verstehe, redeten sie russisch untereinander. Vielleicht waren es tatsächlich getarnte Bolschewiken, wie die Leute furchtsam flüsterten, eingeschleust von den Sowjets, die heranrückten? Ein weißhaariger Rumäne kutschierte, der wie ein Bojar aussah, conu Dumitru, und den die Fürstin aus dem Altreich mitgebracht hatte.

Ich fuhr auf dem Trittbrett bis zur Aluta-Brücke mit und sprang dort ab. Beim Propheten wollte ich im Schaukelstuhl ein wenig faulenzen und mich von ihm aufmuntern lassen. Meine Mutter durfte mir einen Kuß auf die Wange drücken, den Kindern reichte ich die Hand. Ich sagte fromm: »Grüß euch Gott alle miteinander. Guten Rutsch!« Die Mutter antwortete: »Dein Wort in Gottes Ohr.«

Man hatte den Weg über Scharosch gewählt. Die übliche Route über die Chaussee Kronstadt – Fogarasch – Hermannstadt war verstopft von rumänischen Truppen und deutschen Verbänden, die hin und her marschierten, so daß nicht auszumachen war, wohin es ging: zur Front oder weg von ihr. Von der Abkürzung über Calbor hatte Onkel Guido abgeraten: Rote Aufrührer trieben sich im Akazienwald herum ...

»Adieu! Adieu!« Alle winkten. Die Brücke dröhnte. Eine Staubwolke stieg auf ...

Ich stieß das Türchen in der hohen Fliederhecke auf, trat ein, stockte: im winzigen Hof kein Stein über dem anderen, keine Blume, kein Blatt mehr. Die Türen und Fenster der kleinen Behausung hingen in den Angeln, die Glasscheiben waren zerschlagen. Als ob die Russen hier schon durchgezogen wären, dachte ich verstört. Ich mußte mich am Stamm des verstümmelten Maulbeerbaumes festhalten. Die Füße versagten mir den Dienst. Ich glitt am Stamm hinab, setzte mich auf den Boden, dessen Kopfsteinbelag aufgerissen war. Vom Propheten keine Spur. Über mir greinten die Hühner. Ich saß und sah.

»Morgengabe«, hörte ich eine Männerstimme, deren Herkunft mir verborgen blieb. Erst beim nächsten Satz: »Ich hab auf dich gewartet, um dir noch das Letzte zu sagen«, entdeckte ich, woher sie kam: aus dem Hühnerstall. Es war ein geräumiger, amtlicher Hühnerstall der ehemaligen k.u.k. Mautbehörde. Dort hockte der Mann und sprach ein letztes Wort, als dränge es ihn, seine Schauungen loszuwerden, ehe alles aus war. Er weissagte mit hohler Stimme und vielen Pausen:

»Mit dem anständigen Ollmützer wird es ein böses Ende nehmen, stiefmütterlich! Dafür ein um so besseres mit dem Kreisleiter Schenker, ungerecht! Alles nachher, aber bald. Es wird ein kurioses Nachspiel geben. Und mit der Ogrulei, was für ein Ende wird es mit ihr nehmen? Das ist schon des Nachdenkens wert.«

Ich strengte meine Augen an, doch erkannte ich hinter den senkrechten Latten bloß einen unbekleideten Mann, auf dessen Haut sich Schatten und Lichtstreifen abwechselten: wie Sträflingskleidung sah es aus.

»Das ist die Morgengabe ...«, unterbrach er sich.

Später konnte ich ausmachen, daß Kopf und Kinn rasiert waren. Wie bei einem Sträfling.

»Mit der Hermine Kirr, was für ein Ende? Gar keines«, sagte er gequält. Und plötzlich wie erlöst: »O doch, ja, ich hab's! Sie wird sich verwandeln. Die Liebe wird sie übermannen, sie wird ein Kind bekommen, von einem Soldaten. Das Kind wird sie vergöttern. Später wird sie unter die Spiritisten geraten, denn eine wie sie muß sich immer mit etwas Höherem gemein machen. Aber niemand wird wissen, selbst sie nicht, ob der Bub vom letzten Deutschen oder vom ersten Russen stammt. Nicht einmal ich bekomme es heraus.

Meine Kraft erlischt. Das Heilige flieht mich. Gott läßt sich von mir nicht mehr in die Karten gucken!«

So konnte er auch nicht voraussehen, welch Ende es mit ihm nehmen würde.

Mit Grausen hörte ich zu, während er im Hühnerstall hockte, gestreift und geschoren wie ein Gefangener. Ein Nachspiel sollte es für den Kreisleiter Andreas Schenker und den aufrechten Otto Ollmützer geben, mit vertauschten Rollen. So sagte der Mann. Und wie er gesagt hatte, so kam es!

Als Rumänien im August 1944 kapitulierte und dem Deutschen Reich den Krieg erklärte, da schwammen dem Kreisleiter Schenker, von Beruf Rotgerber und Tschismenmacher, alle Felle davon. Ohne sich um sie zu kümmern oder seine Familie in Sicherheit bringen zu können, schwang er sich auf einen Pferdewagen, verkleidet als rumänischer Bauer mit breitem Gürtel, Hemd bis zu den Lenden, weißen Wollhosen, und ließ sich vom Fuhrmann Ollmützer, auch dieser rumänisch eingekleidet, stehenden Fußes wegkutschieren, nach Westen, der deutschen Front nach.

Das Gespann erreichte Rohrbach und holperte dem Scharoscher Wald zu, als mein Bruder Uwe den kinderlieben Mann erkannte. Er lief dem Korbwagen nach, rief erfreut: »Oinzonkel, Onkel Andreas!« Er hängte sich hinten an den Futtersack und mußte hören, wie der Kreisleiter knurrte: »Taci, mäi băiete, ce vrei de la mine, că nu te cunosc! Schweig, Büblein, was willst du von mir, ich kenne dich nicht!« Und mußte erleben, daß der vierschrötige Fuhrmann ihm eins mit der Peitsche über die Finger knallte. Der Bub schrie auf und fiel winselnd in den Staub der Straße nieder. Der Rachepfeil, den mein Bruder Kurtfelix den Männern nachschickte, verfehlte sein Ziel, sie trieben die Pferde an. Der Wagen stob davon.

Ohos Vater floh nicht. Er kehrte zurück und wurde nach dem Kommen der Russen als Antifaschist gefeiert. Hatte er sich nicht standhaft geweigert, an der Ostfront seine Pferde gegen die Russen kämpfen zu lassen, war er nicht von der Deutschen Volksgruppe als Volksverräter gebrandmarkt worden?

Doch daß er ein Antifaschist gewesen sei, das hatte er nicht gewußt. Was war das? Anfang Januar wurde er vom sowjetischen Platzkommandanten Rudenko empfangen und belobigt. Der Oberst, der gebrochen deutsch sprach, wartete ihm einen echten Wodka auf und zitierte Stalin, der gesagt haben sollte: Die Hitler kämen und gingen, aber das deutsche Volk bleibe, wofür der Genosse Ollmützer ein treffendes Beispiel abgebe.

Von dem Augenblick an war der Fuhrmann ein zweifelhafter Held in der kleinen Stadt, denn alle ehrbaren Leute fürchteten sich vor ihm. Doch am 13. Januar 1945 wurde sein angeschlagener Ruf wiederhergestellt. Wie alle anderen arbeitsfähigen Deutschen in Rumänien zwischen siebzehn und fünfundvierzig – ausgenommen der König, ein Deutscher mit Namen Hohenzollern-Sigmaringen – wurde er von den russischen und rumänischen Rollkommandos ausgehoben. Seine Tochter Oho mußte auch mit. Sie wurden allesamt in Viehwaggons verfrachtet und nach Rußland verschleppt, wo sie nach Wochen ankamen, Tote und Lebende über dem Haufen. Und wo er einen Fünfjahresplan lang unter Tage roboten mußte und Zeit hatte, nachzudenken über unten und oben, über die Gedanken Gottes, die nicht unsere Gedanken sind, und über die Wege der Menschen, die nicht Gottes Wege sind.

Der entlaufene Kreisleiter aber hieß seine neunköpfige Familie sehr bald im Zuge der Familienzusammenführung nach oben, nach Deutschland, nachkommen. In München feierte er mit anderen Davongekommenen im Hofbräuhaus fröhliche Urständ bei Bier und Kanons, ohne sich über die Verkehrtheiten der Menschenwege sonderlich den Kopf zu zerbrechen. Als anständiger Mensch schickte er seinem Retter eine Ansichtskarte vom Isartor, in der er sich bedankte, daß der Volksgenosse Ollmützer ihm zur glücklichen Flucht verholfen habe, und in der er allen Fogarascher Deutschen Mut verschrieb: Haltet aus, wir kommen! Wir kommen zurück, wie der Führer befohlen hat! Und die er mit Andreas Schenker unterzeichnete, Volksdeutscher Kreisleiter i. R.

Olga Hildegard Ollmützer kehrte früher zurück als ihr

Vater. Sie war im Bergwerk von Stalino mit beiden Füßen unter das Waggonettl eines Lorenzuges geraten. Dieser Zufall wurde ihr zum Schicksal. Für Arbeitsinvalide hatten die Sowjets keine Verwendung. Sie schickten das Mädchen nach Hause.

Der Mann im Hühnerstall kollerte: »Erschrick nicht, deine Mutter kommt davon. Aber sie wird beinahe ersticken und nie mehr ein Stück Gitterkuchen mit Nelkenpfeffer oder eine Vanilleschnitte anrühren oder ein Glas Glühwein mit Zimmet trinken oder Blutwurst mit Paprika essen. In der Gewürzkammer der Atamians wird sie sich vor den Russen versteckt halten können. Doch zuletzt erwischt es alle: auch den Atamian, den Armenier, obschon er ein Sowjet sein könnte, und den Bediner, der ein verkappter Kommunist ist, und euren Hausmeister Szabó, diesen Proleten, ja sogar den Dr. Schul und den Dr. Hirschorn.« Meinen Vater erwähnte er nicht, und ich stellte keine Fragen. »Alle! Und weißt du, warum?«

Ich wußte es nicht. Über mir gackerten die Hühner. Sie blickten voll Verlangen zum anderen Ufer hin. Plötzlich gaben sie sich Schwung und flatterten mit kurzem Flügelschlag und mit verzweifeltem Gekreisch davon, über den Fluß. Ich traute mich nicht, den Kopf zu wenden, um zu ergründen, ob sie das rettende Ufer erreicht hatten.

»Zuletzt müssen alle dran glauben. Es ist dies eines jedes Menschen geheimer Wunsch ...«

Ich raffte mich auf zu Frage und Antwort: »Was? In Sträflingskleidern herumzulaufen?«

»Eben! Du hast es erfaßt. Denn der Mensch ist nicht zur Freiheit geboren.«

Ich erhob mich, floh. »Morgengabe«, krähte es hinter mir her. »Sei stolz und dankbar! Es ist meine Morgengabe an dich: Das wird es morgen geben!«

VII. Tanztee mit Ende

Zweikampf

Ich riß mich los und verließ die Terrasse. Zu den großen Dingen waren mir hundert kleine eingefallen, die noch zu regeln waren. Die Flügel der äußeren Tür aus massivem Holz blieben einladend offen. Als ich die Glastür zum Flur schloß, erfüllte Getöse die Luft. Die drei Doppeldecker schaukelten von neuem im Tiefflug über Haus und Garten. Das beruhigte mich. Von dort drohte keine Gefahr. Die deutsche Luftwaffe beherrschte den Luftraum, wie das Abend für Abend im drahtlosen Nachrichtendienst gemeldet wurde – zumindest den Luftraum über der kleinen Stadt.

Ich ging durch die Zimmer, in denen die Dinge vor Stille erstarrt waren. Durch die Tapetentür schlüpfte ich in den Korridor: endlich die Geräusche der Küche.

Der Großvater fragte, wo ich mich die ganze Zeit herumtriebe, auch ein Hausherr habe Pflichten, nicht nur der »g'schamste Diener«. Daß er mich abkommandiert hatte wie den Schiffsjungen ins Krähennest, ließ er nicht gelten. Die Großmutter begütigte: »Alles geht seinen Gang, tutta la forza. Und trotzdem: hie und da der Schmetterling von Malmaison.«

Die Vorbereitungen liefen auf Hochtouren. Katalin bügelte meinen Anzug, den sie am Vormittag vom Schneider Bardocz abgeholt hatte. Ernsthaft hatte sie den Befehl ausgeführt, den Anzug »wie auch immer« herbeizuschaffen. Da war er, ganz zerknittert. Aufgebracht plagte sie sich nun mit den gewölbten Flächen des Rockes, mit den Kanten der Hosenbeine. In eine Dampfwolke gehüllt, fuhr sie mit dem Kohlebügeleisen – vor dem elektrischen fürchtete sie sich – über die zischenden Tücher, unter denen messerscharfe Falten dort entstanden, wo niemand sie wünschte. Zwischendurch stürzte sie in den Hof und schwenkte das gußeiserne Bügeleisen mit seinen halbrunden Luken, bis die erloschenen Kohlen wieder zu glühen begannen. Endlich war sie fertig. Wir atmeten auf.

Am Sparherd hantierte Frau Szabó, das verschossene Kopftuch tief in die Stirne gezogen, als könne sie sich so eher vor ihrem grimmigen Mann, unserem Hausmeister, verstecken.

Die Großmutter rührte ein Chaudeau an: »Ein echtes mit Wein«, wie sie betonte, »denn die Kinder sind leider keine Kinder mehr.« Bei allem, was mit dem Quirl oder der Schneerute gerührt oder geschlagen wurde, Mayonnaisen, Schlagobers, Schaumsaucen, deklamierte die Großmutter Balladen, die sich von der Länge und vom Rhythmus her eigneten, das Werk ihrer Hände zu fördern, während der Großvater ihr hingerissen zuhörte. Am bekömmlichsten für Weinchaudeau oder Eierpunsch, deren Fertigwerden unberechenbar war, erwies sich *Der Taucher*. Er ist von variabler Länge, benützt man die Parodien mit. Aus Rücksicht aber auf des Großvaters Wasserscheu war sie auf *Die Glocke* ausgewichen. Hochgemut tönte es mir entgegen: »Weiße Blasen seh ich springen! Wohl die Massen sind im Fluß.«

»Wie recht Schiller hat: Die Massen sind im Fluß, die ersten Blasen springen«, rief der Großvater entzückt. Nach einer Weile war der Schaum bis zu dem sibyllinischen Spruch gediehen: »Ihm ruhen noch im Zeitenschoße die schwarzen und die heiteren Lose!« Und nun die Sahne: »Vom Mädchen reißt sich stolz der Knabe, er stürmt ins Leben wild hinaus …«

Endlich hörte ich die Großmutter seufzen: »Das Werk ist vollbracht!« Der Quirl steckte in der steifen Creme.

Der Großvater kostete: »Ein Gedicht!« Er wartete mit gezücktem Messer, um mir den Bart zu schaben. Der war in diesem Sommer gewachsen, daß es in der kleinen Stadt auffiel. »Wie der Bub sich rasiert, das ist verlorene Liebesmüh! Alles muß gelernt werden. Das erste echte Rasieren ist wie die Taufe am Äquator. Kommt herbei, Euer Gnaden, es ist alles parat!« Ein ganzes Arsenal war gerüstet, um den Haarwuchs zu vertilgen, der mein Gesicht verschandelte: der Rasierapparat, bestückt mit einer Solingenklinge, der Pinsel aus Dachshaaren, die Seife im Schüsselchen, der runde Handspiegel, Toilettenessig und ein Lapisstift zum Verschorfen der Haut, Nivea und Puder. Während der Großvater mich einseifte, verschwand mein Gesicht hinter einer Maske von Schaum, aus deren Weiß blutrot und wulstig die Lippen leuchteten. Weiß mußte der Hahn gewesen sein, dem der alte Zigeuner den Hals umgedreht hatte, um Sigrid den Kopf als Talisman zu verehren; ans Tor geheftet wirksam gegen böse Geister. Unwillig betrachtete ich mein entstelltes Gesicht im Spiegel. So muß er ausgesehen haben wie deine Fratze jetzt, der geköpfte Hahn: weiß das Federkleid mit einem blutrünstigen Stumpf in der Mitte. Ich schüttelte mich, gerade als der Großvater das Messer ansetzte. Blut mischte sich mit dem Seifenschaum, es sah aus wie Himbeerpudding. »Lecker schaut das aus! Herbei mit dem Lapis«, rief der Großvater und trällerte: »Nur wer die Liebe kennt, weiß, wie heiß Lapis brennt. Liebe, Lapis, Höllenstein.« Zuwider dies alles! Wie lange noch schneiden und brennen, schaben und radieren andere an mir herum? Und wieder die Frage: Wer bist du? Wer wirst du sein?

Fast sprang ich dem Großvater neuerlich in die Klinge, als mir einfiel, daß ich Gisela Judith versprochen hatte, den Soldaten Ion nach ihr zu schicken: Dann kann dir nichts passieren, bei dem Soldaten bist du sicher aufgehoben wie in Abrahams Schoß. Du gehörst dazu, auch wenn du nicht mehr bei uns bist! Nicht nur aus Anständigkeit und einer keuschen Sehnsucht hatte ich sie zum Exitus geladen, zuletzt beschworen, ja zu sagen: Ihr Erscheinen sollte die Bombe sein, die ich platzen lassen wollte. Dies Mädchen würde ich auszeichnen, sie würde meine Auserkorene sein. Doch indem ich es mir vornahm, wußte ich bereits, daß es nicht stimmte: Für mehr, als sie einzuladen, reichte meine Standfestigkeit nicht.

Eingeseift lief ich in den Keller, klopfte kurz und riß die Tür auf. Der Soldat lümmelte barfuß auf seiner Bettstatt mit den zerwalzten Zeitungen und prüfte in einer Spiegelscherbe seine Mitesser. Auf dem Kopf saß ihm schief die Soldatenmütze, die einem Tschako ähnlich sah. Er ließ die Spiegelscherbe fallen. Geblendet vom Licht, schlug er die Hände vors Gesicht, erstarrte in Habtachtstellung und schrie: »Să trăiţi, domnule colonel!« Sein Colonel hatte sich bis heute mittag noch nie in den Keller herabgelassen; gewöhnlich befahl er seine Ordonnanz durch das Bimmeln einer Kuhschelle zu sich, deren Drahtseil vom Salon bis zum Soldaten reichte.

Ich trichterte ihm ein, was er zu tun hatte. Als einer, der das Befehlen fachgerecht gelernt hatte, ließ ich ihn jeden Satz wiederholen. Was er bereitwillig tat – mit Kommentaren. Er hatte sich vor mir aufgepflanzt und stand stramm, auch als er mich erkannt hatte; er schlug die nackten Fersen zusammen und salutierte: »Să trăiţi, domnişorule! Zu Befehl, junger Herr!« Er habe verstanden, ein schönes, junges Fräulein habe er herzubringen, sehr wohl, herzugeleiten unter seinem militärischen Schutz, als om und soldat. Was aber heiße hierher, in dieses Haus? »Dies ist ein Haus, in dem man verlorengeht, zum Fürchten.« Am besten sei es wohl, das Mädchen bei sich im Keller zu verwahren, wo sich die Mädchen wohl fühlten, »foarte bine!«.

»Nu! Nein, das nicht!« Hierher, das heiße weder in den Keller noch vorne zum Haupteingang, sondern in die Küche. Das tröstete ihn: »Küche ist gut, Küche ist immer gut, bine, bine!« Schon griff er nach seinen Schuhen, wichste sie, daß das brüchige Leder fleckig wurde. Dann schlang er braune Leinenlappen um die Füße, schlüpfte in die Schnürschuhe und bandagierte seine Waden mit khakifarbenen Wickelgamaschen.

Einen Korb mit Lebensmitteln, ordnete ich an, möge der Soldat sich aus der Küche holen und mitnehmen: »Das sind arme Leute, wohin Ihr geht.« Was er nicht glaubte, denn man könne nicht arm und schön sein. Doch Befehl sei Befehl.

Am schwierigsten war es, ihm die Adresse zu erklären. »Piaţa de Libertate?« Er schüttelte den Kopf. Schreiben und Lesen habe er nicht gelernt. »Piaţa Mare?« Das ja, der größte Platz von Fogarasch. »Hausnummer 22.« Zahlen könne er sich nur bis zwanzig merken. Also andersherum: »Gegenüber der Konditorei Embacher.« Er kenne in dieser verworrenen Stadt nur die Wirtshäuser. »Ist Euch vom Marktplatz nichts geblieben, wenn Ihr am Sonntag spazierengeht?«

Doch, die vielen feschen ungarischen Dienstmädchen mit ihren roten Stiefeln und prallen Hintern. Aber die redeten nicht mit einem stinkigen rumänischen Soldaten.

»Gut, aber eine Auslage mit Büchern? Vitrina?« Doch, eine Auslage mit bunten Büchern, die sei ihm aufgefallen. Bücher seien voller Geheimnisse wie der Schoß einer Jungfrau. »Wunderbar! Dort im Hof wohnt das Mädchen. Um fünf holt Ihr sie ab.« Er habe keine Uhr. Auch komme er mit den Zeigern nicht zurecht. Es war zum Närrischwerden! »Nachdem Ihr dem Colonel den Tee serviert habt.« Heute komme der dom colonel erst spät am Abend. Doch müsse er den verstorbenen Herrn Căpitan füttern, nachher habe er Zeit. Wegen dem sei heute Skandal gewesen. Der dom colonel habe gedroht, er schicke ihn an die Front, wenn der Tote nicht esse.

»Mit dem Mädchen müßt Ihr sehr behutsam umgehen!« Darin sei er Meister: delicat! Er schnalzte mit der Zunge. Im Umgang mit mannbaren Mädchen habe er so seine Erfahrung. Alles werde er ihr beibringen, was eine fata mare, ein unberührtes Mädchen, lernen und erfahren müsse fürs wahre Leben – »wenn Sie es wünschen, junger Herr!«

Ich wünschte es nicht. Das müsse ein seltener Vogel sein, meinte er betreten. Ich schärfte ihm ein, daß er sich schon im Hof cu delicatețe bewegen müsse. Die Leute dort fürchteten sich bei Tag und bei Nacht. Mitten am Tag seien die Vorhänge zugezogen. An der letzten Tür möge er anklopfen: eins, zwei, eins zwei drei. »Der Name des Mädchens tut nichts zur Sache. Ihr könnt ihn Euch sowieso nicht merken.« Ja, ja, alle hätten hier verdrehte Namen. Und wiederholte: »Eins, zwei, eins zwei drei!«

Die Mutter hatte es uns Kindern beigebracht: Wenn die Russen kommen, klopft ihr so an die Türe und nur so. Anders lassen wir niemanden ins Haus! Hatte unsere Mutter das von der Frau Glückselich zugesteckt bekommen, oder von der Tante Atamian? »Die haben alles schon durchgemacht«, sagte sie.

Dem Soldaten Ion gefiel das gut. Das sei wie im Krieg: Parole geben! Doch hatte er den Krieg nicht mitbekommen. Drei Sommer zuvor, am Morgen der Sonnenwende 1941, als der Marschall Antonescu befohlen hatte: »Ordon, să treceţi Prutul!« und die Rumänen in Bessarabien eingefallen waren, das ihnen die Russen immer wieder geraubt hatten, drei Tage vor dem Fest der Sânziene, an dem die Dorfmädchen an jedes Tor ein Kreuz aus Feldblumen nageln zur Abwehr der schlimmen Töchter des Erlkönigs, da hatte ihn die erste Kugel des Krieges getroffen, in der Furt mitten im Pruth. So getroffen, daß er zwar nicht mehr mit der Front mitziehen mußte, doch nicht so, daß er nach Hause geschickt worden wäre: lăsat la vatra, entlassen an den heimischen Herd.

In der Küche bat ich Katalin, den großen Einkaufskorb mit den besten Sachen zu beladen, die die Kammer hergab. Die Großmutter war gerührt über meinen Eifer. Das sei die rechte Art, die gesetzten Schranken und Grenzen zwischen Menschen zu überschreiten: im Tun des Guten. »Ihr habt mich gefragt, wer der Nächste sei? Immer der, der unsere Hilfe und Liebe braucht.« Ich zuckte zusammen: Genauso hatte ich empfunden und gehandelt, damals, an dem einen Tag mit Sigrid Binder, damals im heißen Herbst … Und was war daraus geworden?

Ein Blick auf die Küchenuhr, deren Zifferblatt die Mutter mit sächsischen Blumenmotiven bemalt hatte: vier Uhr vorbei. In ein paar Minuten konnten die ersten Gäste da sein! Ich schoß ins Bad, wusch mich eiskalt von oben bis unten, wie es sich für einen deutschen Jungen meines Alters geziemte, lief in die Küche um mein Hemd. »Um Gotteswillen, du holst dir den Tod, so nackt durch den zugigen Korridor zu laufen, den Tod holst du dir!« warnte die Großmutter. Wobei ihr der Großvater mit ungewöhnlicher Schärfe ins Wort fiel:

»Bertha, was unkst du wieder, als Frau eines Seemanns weißt du, wie fatal es ist, den Teufel an die Wand zu malen;

nie hätten die Italiener unser Schiff torpediert, wenn der Kapitän nicht mit seinen Kassandrarufen das Unheil heraufbeschworen hätte. Und meine Niere wäre nicht flötengegangen!«

Ich zog ein cremefarbenes Popelinehemd über, fuhr in die neuen Hosen. Was war das? Noch ein böses Omen? Nicht genug, daß sich Johann Adolf und sein Leibwächter Roland angesagt hatten – vielleicht trat sogar Sigrid auf den Plan –, und nun dieses! Die Katalin hatte die Bügelfalten verpatzt! Statt die Hosenröhre nach vorne hin plattzuwalzen, hatte sie die Falten mit viel List und Tücke rechts und links eingebügelt.

»Katalin!« schrie ich erbost, »was ist das?«

Sie muckte auf: »Bei uns in Kobór kennt man so etwas Unnatürliches nicht. Die Hosen sind bei den Bauern rund wie die Beine.« Guter Rat war teuer. Halbnackt stand ich in der Küche, zwar nicht in der Unterhose, das paßte sich nicht für einen Deutschen Jungen, sondern in der feschen Badehose, geschmückt mit den Maskottchen in Silber: Kreuz für Glauben, Anker für Hoffnung, Herz für Liebe. Doch salonfähig war ich nicht. In diesem Aufzug konnte ich nicht die Honneurs machen.

Der erste Gast traf ein. Alle hoben wir die Köpfe, spitzten die Ohren. Die Großmutter hatte die verpfuschte Hose in der Hand, der Großvater meinen Selbstbinder, die Katalin die Schürze, und ich hielt mein rasend klopfendes Herz mit beiden Händen fest: Vor dem Haus in der stillen Gasse bremsten Räder. Man hörte das Hoh des Wagenlenkers. Die Kutsche vom Binderischen Gut war vorgefahren. »Wer von weither kommt, ist pünktlich«, bemerkte der Großvater. »Ich werde gehen und die Prinzessin empfangen. Du wirst dich ja wohl in diesem Putz nicht zeigen wollen, so dekolletiert wie beim Untergang der Titanic. Doch zuerst die Schleife, daß du mindestens oben aufgetakelt bist. Für unten sorgt die gute Bertha. Die bringt deinen Hosen den richtigen Bug bei.«

Die Großmutter mahnte zur Eile: »Dalli, dalli! Du mußt als maître de plaisir in Aktion treten.« So war es. Ich mußte in Aktion treten. Als Katalin vermeldete, das gnädige Fräulein vom grófúr sei diesmal nicht mit dem Milchwagen angefahren, sondern mit einer Kutsche und einem echten Kutscher vorne, und mitgekommen sei auch die Gänsehirtin vom Gut, Marischko, und sie hätten im Zimmer des gnädigen Herrn Felix Platz genommen, und der alte gnädige Herr unterhielte sich mit ihnen so, daß sie laut lachten, war ich fertig angezogen.

Und als sie ein paar Minuten später herbeieilte und berichtete, daß der Sohn des Rauchfangkehrers und noch einer, der wie ein Gorilla aussehe, im Hof beim Löwen stünden und dringend nach mir fragten, war ich fix und fertig. Während ich mit eisiger Miene und pochender Erregung aus dem Vorsaal auf die Terrasse trat, hörte ich aus dem Gartenzimmer die Stimme des Großvaters und das prustende Lachen der beiden Mädchen.

Die beiden warteten am Fuß der Freitreppe. Von oben sah ich auf sie hinab. Der eine war im Konfirmationsanzug, der ihm zu eng geworden war, Roland wie üblich in Räuberzivil – beleidigend gekleidet für einen thé dansant, für den feierlichen Exitus seiner Klasse. Sein Feixen hätte ich verwunden, denn ich war der Hausherr und hätte es mir leisten können, großzügig und nett zu sein, oder ich hätte ihn beim Fest durch eiskalte Höflichkeit beschämen oder ignorieren können. Aber daß er die Angelrute bei sich hatte wie bei der Vereidigung und wie damals, als der Hordenführer auf mir herumgetrampelt war, das störte mich, und ich hörte mich mit fremder Stimme sagen: »Adolf Johann, komm herauf, mit dir haben wir gerechnet, du gehörst dazu. Der Roland wird seiner Wege gehen müssen.«

»Warum?« fragte der ehemalige Freund. »Übrigens kannst du mir wieder Hans sagen.«

»Ganz einfach«, sagte ich. »Er hat weder mit uns die Schule begonnen noch beendet.«

»Aber er war unser Kamerad.«

»Deiner ja, unserer nicht.«

»Dann komm ich auch nicht!«

»Das müßt ihr untereinander ausmachen.« Gerecht wollte ich sein. Der Tag der Abrechnung hatte begonnen, die Wahrheit drängte ans Licht. Denn sie ist eine Kraft, die sich am Ende verselbständigt und Gerechtigkeit schafft, und zwar von sich aus, aus eigenem Vermögen. Oder vielleicht umgekehrt: Wenn die Wahrheit sich endlich verselbständigt, schafft sie Gerechtigkeit. Das alles hatte ich mir ausgedacht. Darauf war ich stolz, wenngleich ich es nicht ganz verstand.

»Entschuldigt, als Hausherr habe ich viel zu tun!« Ich ließ sie stehen, wo sie standen. Jetzt galt es zu handeln. Diesmal würde es nicht enden wie beim letzten Kriegsspiel der Horde im Mai.

Das letzte Kriegsspiel der DJ-Horde von Fogarasch wurde am 10. Mai 1944, dem Staatsfeiertag des Königreichs Rumänien, ausgetragen. Der Hordenführer Adolf Johann Bediner hatte nicht nur alle Jungen zusammengetrommelt, sondern auch Sigrid dazugerufen. Wie geschmacklos. Als wir uns bei der Aluta-Brücke getroffen hatten, war davon nicht die Rede gewesen. Ich kochte vor Empörung.

Wir schlichen um das Zigeunerdorf herum in Richtung Wald zwischen Felmern und Deutsch-Tekes. Wohin ging es? Fragen war verboten. Arnold Wolff hatte eigenwillig das Lied angestimmt: »Im Frühtau zu Berge wir ziehn, fallera! Es grünen die Felder und Höhn, fallera. Wir wandern ohne Sorgen, singend in den Morgen, noch ehe im Tale die Hähne krähn …« Alle waren eingefallen, aber der Dolfiführer hatte nach der ersten Strophe abgeblasen und ein Landsknechtslied befohlen: »Ein Heller und ein Batzen, die waren beide mein, ja mein, der Heller ward zu Wasser, der Batzen ward zu Wein, ja Wein …«, alle Strophen bis zum Ende.

Vor dem Wald schwenkten wir gegen das Bindersche Gut ab. Bei der Kapelle der Fürstin trat Sigrid aus dem Park, gekleidet wie ein Bub, in kurzen Lederhosen, mit einem dickmaschigen Pullover, so daß man kaum die Mädchenbrüste ausmachen konnte, und einem Tirolerhut über der Pagenfrisur.

Wir mußten nicht mehr im Gleichschritt marschieren, sondern durften ihr zuliebe in einem lockeren Wandertempo gehen. Dafür mußten wir das Lied der HJ singen, als hätten wir Inspektion: »Vorwärts, vorwärts, schmettern die Fanfaren ...« Ich mimte das Singen, wollte dem Hordenführer eins auswischen, ohne entdeckt zu werden. Beim Refrain fiel ich ein: »Unsere Fahne flattert uns voran!« Beim nächsten Lied sagte ich das Glaubensbekenntnis auf und garnierte es mit Textfetzen: »Heute wollen wir marschieren, Adolf Bediner soll uns führen ...«

»Reißt das Maul auf, ihr Waschlappen! Je lauter ihr singt, desto rascher der Endsieg!« eiferte er uns an.

Endlich hieß es: »Die ganze Horde halt!« Der lose Haufen rückte in zwei Reihen auf, stand Habtacht wie am Appellplatz. Sigrid klaubte Blumen: Buschwindröschen, Schlüsselblumen, Nieswurz und Leberblümchen. Vom Waldesrand zum Steilufer der Aluta erstreckte sich eine Hutweide, hie und da durchfurcht von einer Erdfalte und auch sonst passend für ein Kampfspiel. Der Hordenführer wies auf Sigrid: »Sie ist der Siegespreis, um den gekämpft wird! Sie heißt es zu beschützen oder zu rauben. Wer sie verteidigen wird? Wir werfen das Los.«

»Einen Schmarrn mit Kren«, sagte Sigrid, »ich wähle mir die Leibwache selbst. Zuerst aber will ich wissen, wer die Anführer sind.« Das Los hatte gesprochen: Anführer waren ich und er. Geklärt war auch, welcher von uns beiden den ersten Mann aus der Horde aussuchen durfte: ich. An Sigrid lag es, sich für eine Kampfgruppe zu entscheiden. Wem vertraute sie sich an? Wem vertraute sie mehr? Sie sah mich und meinen Feind aus schmalen, nachdenklichen Augen an.

Als ersten Kämpen wählte ich den ungeschlachten Roland. Dem verdankte der Hordenführer seine Macht. Adolf konnte nur noch fauchen: »Welch kapitalen Bock du geschossen hast. Roland hält mit uns. Ihr werdet wenig von ihm haben.«

»Überhaupt nichts«, sagte ich verschlagen. Arnold Wolff höhnte: »Nun ist unser Führer wie der Mann ohne Schatten.«

Eine innere Stimme sagte mir, daß Sigrid sich auf meine Seite schlagen würde. Die Stimme trog: Die Freundin zog den Feind vor. »Das heißt, sie will von uns befreit werden«, erkannte Arnold scharfsinnig.

Viky Welther sagte: »Das ist vorher eingefädelt worden.« Er schnaufte vor Anstrengung und wünschte eine Erholungspause. »Mit dieser Prinzessin im Stall kann man nicht einmal nach Herzenslust pischen.«

»Eine abgemachte Sache«, knirschte ich.

Wir trugen blaue Wollfäden um das linke Handgelenk, die Gegner rote. Wem während des Kampfes das wollene Armband abgerissen wurde, der war tot. Die Haut über meiner linken Handwurzel blieb für immer voller Narben.

Kaum hatten wir das Terrain abgesteckt und uns getrennt, banden wir Roland an einen Baum, steckten ihm einen Knebel in den Mund und peinigten ihn mit Brennesseln, die wir an seine Waden schlugen. Der konnte uns nicht mehr schaden, weder als Feind noch als Freund. Obschon wir um einen weniger zählten als die anderen, war ich entschlossen, das Spiel zu gewinnen, sie zu rauben, mich zu rächen.

Ausgemacht war, einen Baum anzuschleichen, der die Hutweide überragte. Diese war spärlich mit Büschen besetzt, doch üppig mit Gras bewachsen. Vom Baum hing in einem Lederbeutel eine Schreckschußpistole. Der Schuß aus der Pistole war das Signal zum Kampf. Sigrid sollte im Umkreis des Baumes versteckt und bewacht werden, jedoch nicht weiter als einen Steinwurf entfernt.

Noch hatten wir uns nicht richtig gruppiert, als der Schuß krachte. Aus dem frischen Gras schnellten die dunklen und die blonden Köpfe der Jungen. Braune Hemden bekleckerten die Wiese, alles weit weg vom Baum, an dem sich kein Blatt rührte. Auch war keiner zu erspähen, der im Geäst herumturnte, mit dem Revolver fuchtelte, in die Gegend böllerte. Ein zweiter Schuß, ohne daß sich ein Zweig bewegte. Wir gingen in Deckung.

Aus einer Vertiefung der Weide trat ein rumänischer Hirt mit einer ellenlangen Peitsche, die er über seinem Haupt schwang und dann mit einer spitzen Bewegung knallen ließ. Aus der wolligen Schar der Tiere ragte der Esel, beladen mit den Habseligkeiten seines Herrn. Er trug ein Lämmchen im Zwerchsack. Zwei Hunde mit Querscheiten um den Hals trotteten neben der Herde dahin. Jetzt brachte der Wind das Geläute des Leithammels bis zu uns.

Der Hordenführer befahl, das Kriegsspiel neu zu beginnen, und zwar am Steilufer. Die Grenzen des Kampffeldes wurden markiert. Die feindliche Abteilung verschwand mit Sigrid. Sie sollten sich verstecken, wir mußten sie aufspüren. Den Roland vergaßen wir am Marterpfahl.

Wir robbten an der oberen Kante des Steilufers entlang und spähten hinunter. Nichts. Erst als ich überlegte, wo ich mich versteckt hätte, hatte ich eine Eingebung. Da war eine Stelle, unzugänglich und kinderleicht zu verteidigen: Es war der Schlupfwinkel, wo der Gefangene Zuflucht gefunden hatte, die Höhle, wo ich und Adolf eine Nacht gelegen waren, in inniger Umarmung.

Das schlägt dem Faß den Boden aus, dachte ich gequält, ist Verrat und Entweihung zugleich, Bruch eines Geheimnisses. Und wütend: eine Falle, eine Finte! Alles vorher ausgeheckt, selbst das mit dem Hirten! Wahrscheinlich waren die beiden nicht zum ersten Mal dort, denn dieses Liebesnest lag unweit vom Gutshof. Ich zitterte vor Scham und Zorn.

»Wartet«, befahl ich den Meinen. Und: »Keinen Ton, bis ich wiederkomme.« Ich schlich davon. Als ich die Augen über den Rand der Erdspalte schob, erblickte ich sie. Sie hockte auf einer Kuppe von Moos, eine Kletterstange tief unter mir. Alle ihre Hüter standen unten beim Fluß, bei dem sumpfigen Rinnsal, das im Uferschlamm mündete.

Um an das Versteck der Prinzessin zu gelangen, mußte man vom Fluß aus angreifen, durch einen morastigen Graben waten, von dort die abschüssige Böschung ersteigen und weiter steil hinauf zur Höhle vorstoßen. Das war unmöglich. Es konnte zu keinem Kampf Mann gegen Mann kommen, denn die Gegner würden uns mit spielerischer Leichtigkeit den Abhang hinunterboxen, in den verschlammten Graben mit dem Bächlein. Sie würden uns in den Fluß werfen, wie man eine Katze ertränkt. Ja, sie mußten gar nicht Hand an uns legen, sondern konnten uns mit Stangen von ihrer sicheren Warte in den Fluß kippen. Außerdem würden sie uns schon von weit her erspähen.

Arnold hatte eine Idee: »Wir lassen einen Strick hinunter und ziehen sie herauf!« Ich atmete auf. Nichts einfacher als das. Arnold hatte an das Kopfende des Seils einen Knoten geknüpft. Sigrid mußte zupacken und sich emporziehen lassen, sich vielleicht an der Felswand mit den Füßen, den Knien abstützen. Wir waren zu viert, um sie hochzuhieven, ein Kinderspiel. Abgesprochen war, daß sie sich befreien, rauben lassen mußte, wenn sich die Gelegenheit bot.

»Tu du es«, sagte ich. Arnold ließ das Seil lautlos abwärts gleiten. Mit einem leichten Schlag berührte es ihre Schultern. Sie hob den Kopf, erblickte Arnolds Stirne und Augen und stieß das Seilende beiseite wie eine lästige Wespe. »Sie will dich sehen«, sagte Arnold. Er hatte nicht recht, gleich doppelt nicht: Weder wollte sie mich sehen noch sich von uns befreien lassen. Wir rollten das Seil zusammen.

Ich zeigte hinunter zu den Gegnern: »Wir müssen diese Biester zerschmettern, sonst geh ich drauf.«

»Du gehst nicht drauf, wir zerteppern sie«, sagte Arnold.

»Sie rechnen nicht mit einem Angriff«, sagte Viky, der in der warmen Maisonne wohlig geschlummert hatte.

Arnold sagte: »Sie hockt auf einem Ameisenhaufen und weiß es nicht. Wenn du willst, wühl ich ihn mit einer langen Stange auf. Der Teufel holt sie auf der Stelle. Blut schwitzt sie. Vielleicht flieht sie, und wir fangen sie.« Ich winkte ab. Mit List ja, aber nicht mit Tücke.

»Sie erwarten den Angriff von flußaufwärts«, überlegte ich, »vom Wasser her. Allein von dort können wir an sie heran. Doch wie leise wir uns auch herantreiben lassen, selbst im Schutz des Ufers, irgendwann erspähen sie uns. Und vertreiben uns mit Steinen.«

»Wir erfrieren«, sagte Anton Sawatzky, »das Wasser ist eiskalt. Der Schnee vom Gebirge schmilzt jetzt.«

»So ist es, von oberhalb des Flusses geht es unmöglich. Wir müssen sie überrumpeln. Woher auch immer wir antanzen, sie dürfen uns erst dann sehen, wenn wir angreifen. Wir müssen dort sein wie vom Himmel gefallen.«

»Wie aus dem Boden gestampft«, pflichtete Arnold bei.

»Wie der Schwarze Tod müssen wir über sie kommen«, sagte Buzi Mild, der Sohn des Sargtischlers.

»Wir müssen sie über den Gansdreck führen«, sagte Viky.

Wir starrten hinunter zum Flußrand mit dem moorigen Rinnsal und dem verfilzten schmalen Uferstreifen. Ich entschied: »Hier, die Steilwand müssen wir hinunterklettern! Ihnen in den Rücken fallen, mit der Tür ins Haus fallen.«

»Wie kommen wir hinunter?« fragte Béla Feichter.

»Mit einer Strickleiter«, schlug Anton vor. »Seile haben wir genug.«

»Das ist die Masche! Das hat Kopf und Arsch«, sagte Arnold. Wir knüpften mühselig eine Strickleiter. Sie war zu kurz. Wir verlängerten sie durch eine zweite. Die reichte bis zur Sohle der Steilwand, baumelte aber hin und her, warf jeden ab, der sie betrat. »Wir müssen sie unten festmachen, sonst brechen wir uns den Hals.«

Viky meldete militärisch, daß die beschissene Bande unten am Ufer im Gras lümmle, einige sich die Hemden ausgezogen hätten und ein Sonnenbad nähmen. Als Beobachtungsposten mußte er die Augen aufreißen und konnte somit nicht mehr einschlafen: »Nur ein Feind steht Wache unten beim Wasser und starrt den Fluß hinauf.«

»Die denken, wir kommen mit Booten.«

»Das wäre etwas, jeder in einem Boot«, sagte Buzi. »Landen wir vor ihrer Nase, trifft sie vor Schreck der Schlag!«

»Hör auf mit dem Schwachsinn«, sagte Arnold. »Es geht hier um todernste Dinge.«

Viky meldete gehorsamst, daß der Hordenführer zu Sigrid hinaufgestiegen sei wie der Prinz zu Dornröschen in den Turm. »Vielleicht sind die hundert Jahre um, und er küßt sie gerade. Ich werde hinschleichen und sehen, wie er das anstellt. Alles muß gelernt werden.«

»Du bleibst«, zischte ich, »und kümmerst dich um deinen eigenen Dreck.«

»Jawoll! Wie befohlen!« wiederholte er. »Werde mich um meinen eigenen Dreck kümmern! Eben drücken mich die Gedärme.«

»Jemand müßte die Strickleiter unten verankern«, überlegte Arnold.

»Ich mach das«, sagte ich.

»Aber wie gelangst du hin? Wie immer du es drehst, du mußt an ihrem Lager vorbei, und sie nehmen dich gefangen.«

Ich lief flußaufwärts, bis ich die Treppen fand, die der Buzer Montsch für seine verliebte Cousine in das Steilufer gehauen hatte. Von ihrer Badestelle aus, wo ich ihre Schönheit angeschaut mit Augen, ließ ich mich ins Wasser gleiten. Die Kälte verschlug mir den Atem. Lautlos schwamm ich am Ufer entlang, im Schutz der Weiden, berieselt von Palmkätzchen und grünem Licht. In der Nähe des feindlichen Kriegslagers tauchte ich unter wie der Räuber Balan, im Mund einen hohlen Stengel, der so eng war, daß ich fast erstickte. Ungesehen trieb ich unter Wasser vorbei.

Kurz nach der ersten Schleife ging ich an Land, zitternd vor Kälte und Erregung. Ich entdeckte meine Kluft, die die Kameraden als Bündel heruntergelassen hatten, und daneben erhaschte ich das freischwebende Ende der Strickleiter. Ich verankerte sie im Lehmboden und straffte sie zusätzlich, indem ich sie festhielt. Einer nach dem anderen kletterte herab. Der dickliche Viky verfehlte eine Sprosse und hätte sich erhängt, wenn ihm Arnold nicht den Kopf aus der Schlinge gezogen hätte. »Los«, befahl ich. Auf dem verholzten Uferpfad näherten wir uns dem Lager.

»Wir müssen sie nicht nur überrumpeln, wir müssen ihnen Angst einjagen«, flüsterte Arnold.

»Mit den Posaunen von Jericho«, flüsterte Béla, der Sohn des Kirchendieners.

»Genau, das ist es. Schreien müssen wir wie die Teufel und höllischen Krach schlagen.«

»Mit den Feldflaschen und dem Eßgeschirr«, sagte Viky und hob die Stimme. Er bekam eins in den Nacken. »Vielleicht rennen sie davon, und wir müssen nicht mehr kämpfen.«

»Wie mit Tschinellen!« sagte ich. Und: »Keine Sekunde zögern! Mit einem Schlag angreifen. Ihr müßt jeden in den

Graben herunterziehen. Am besten packt ihr ihn am linken Handgelenk. So zerfetzt ihr ihm den Wollfaden, und er ist tot.« Manchmal bis zu den Knöcheln im Schlamm, wateten wir durch den Graben, der zu den Feinden führte. Ich wollte nicht siegen, nur kämpfen. Und mich rächen. Die Rache ist mein, spricht der Herr!, hörte ich den Propheten. »Der Herr bin ich«, entgegnete ich stolz, »heute bin ich mein Herr.«

»Jetzt! Los!« befahl ich. »Auf sie! Alle Mann ran! Gebt ihnen Saures! Zeigt es ihnen, den Arschkappelmustern, den elenden Krummscheißern! Schlagt ihnen die Zähne in den Hals!« Arnold fällte den Wimpel mit der Siegesrune wie eine Lanze, stürmte voran und brüllte: »Siegheil! Siegheil! Siegheil!« Die Horde stieß Urlaute des Zorns und des Schrekkens aus. Dazu erzeugte jeder mit dem Blechgeschirr seinen eigenen Radau. Mit infernalischem Getöse brachen wir hervor.

Arnold stieß den feindlichen Wachtposten in den Fluß. Angelockt vom Lärm, kam Adolf den Pfad herabgesprungen. Er kam von ihr, die oben stand wie ein Edelfräulein auf dem Söller, das einem Turnier beiwohnt. Das war das letzte, was ich sah. Das andere spürte ich.

Wir stürzten uns aufeinander und fuhren uns an die Gurgel. Aus dem Graben schnappte ich nach ihm, packte seine häßlichen Füße und zog ihn herab. Fast schien es mir, als ob er sich in meine Arme geworfen hätte, genauso lüstern und gierig nach mir wie ich nach ihm. Der Ringkampf im Stehen dauerte einige Augenblicke. Wir grapschten nach der linken Hand des anderen, um das Bändchen zu zerreißen. Dann fielen wir. Wir wälzten uns im Schlamm. Jeder versuchte, des anderen Gesicht in den sumpfigen Brei zu drücken. Keinen Ton gaben wir von uns. Hie und da hörte man ein verbissenes Stöhnen. Kein Wort fiel. Aber der Haß quoll aus den Poren.

Ich verspürte eine wilde Lust, ihm Schmerz zuzufügen, ja eine Wollust, seinen Körper zu berühren und zu peinigen. Waren diese aufgeputschten Glieder und Hände dieselben, mit denen wir nach dem Fisch unter den Wurzeln gefahndet hatten, auf der Kahnfahrt zur Höhle der Verschwiegenheit? Waren das dieselben Leiber, jetzt ebenso aufgereizt und inbrünstig verquickt wie damals?

Ich nahm meine letzten Kräfte zusammen, ich ging die Griffe durch, die wir im vorigen Sommer in Kronstadt im Kampflager gelernt hatten. Dorthin hatte man mich abkommandiert, nicht ihn! Ich wandte die Geschicklichkeitsübungen aus dem Privatturnen bei der Lehrerin Hienz an. Dort waren nur wir, wir unter uns; dort hatte einer wie er nichts verloren und nichts zu suchen! Ich wollte kämpfen, nicht bis zum Ende und um den Sieg, sondern ohne Ende und ohne zu siegen. Weh tun wollte ich ihm. Ja, ich wollte ihm weh tun, ihn verletzen, ihn töten, obschon er längst tot war, denn ich hatte ihm das rote Bändchen abgefetzt, das wußte ich. Ich wollte ihn um jeden Preis erniedrigen, in den Schlamm treten, ihn ersäufen wie eine räudige Katze. Ob wir siegen würden, war mir scheißegal. Die anderen gingen mich nichts an, und es focht mich nicht an, ob sie das Mädchen befreit hatten oder nicht. Dort sollte sie hocken auf dem Ameisenhaufen wie die Hexe am Scheiterhaufen, der nicht brennt und sie doch verbrennt.

Als uns Arnold mit Hilfe von zwei anderen Jungen mit Gewalt trennte, sahen wir wie die Mohren aus. Bloß das Weiß der Augen glitzerte gefährlich aus den verschmierten Gesichtern. Wir spien mooriges Wasser und fettigen Schlamm. Die Braunhemden hingen in Fetzen. Achselklappen und Schnüre, Abzeichen und Auszeichnungen waren in den Dreck getreten.

»Laßt sehn, wer wen um die Ecke gebracht hat«, sagte Arnold. »Geschlagen habt ihr euch wie zwei kopflose Hähne.« Mechanisch streckte ich die linke Hand hin. »Bravo«, sagte er. Mir war es plötzlich einerlei, ob ich Sieger war oder nicht. »Bravo«, sagte er. »Beide seid ihr tot. Gebt euch die Hand.« Wir gaben sie uns nicht. Jeder hatte dem anderen das Bändchen entrissen. Die linke Handwurzel war zerkratzt. Blut mischte sich mit dem schwarzen Schlick.

Sigrid sagte: »Nie wieder! Blut hab ich geschwitzt wegen euch Wüstlingen, sacre bleu au diable.«

Vereinbart war, daß die Sieger sie nach Hause begleiten durften. Das hieß, daß Milchkaffee und Torte sie erwarteten. Zum Hordenführer sagte sie: »Du Esel, du hast mich auf einen Ameisenhaufen gesetzt. Schau, wie ich ausschau.« Und sie zeigte die zerbissenen Schenkel unter der Lederhose. »Ich geh allein nach Hause!« Sie nickte und ging. Mich würdigte sie keines Blickes.

Viky sagte: »Aus mit der Torte. Wofür haben wir die Krot gefressen.«

Arnold sagte: »Hierher kann man verschwinden, wenn die Russen kommen.«

Buzi Mild sagte: »Wenn die Russen kommen, dann erst sollst schauen, was mein Vater zu tun hat.«

»Und meiner«, sagte Anton Sawatzky, der Sohn vom Photosalon.

Béla wünschte zu wissen, welche Partei am Ende gewonnen habe. Doch die Frage nach dem Endsieg blieb unbeantwortet.

Ich hatte Adolf und Roland am Fuß der Terrasse stehen lassen mit den Worten: Entschuldigt, ich habe zu tun. Er oder ich, darum ging es. Denn die Antwort, wer am Ende gesiegt hatte, stand noch ins Haus.

Noch ins Haus standen die drei rumänischen Schulkolleginnen Georgetta Oana, Rodica und Xenia. Sie trafen gleichzeitig ein, begleitet von ihren Müttern. Diese trugen in der linken Hand langstielige Blumen, in Zellophan gewickelt, die Köpfe nach unten gewendet, wie das rumänische Art war. Ich lief ihnen entgegen, die Treppe hinunter bis zur Tannenallee.

Ehe die drei Damen ihre aufs feinste herausgeputzten Töchter der Obhut unseres Hauses überließen, wünschten sie den Splittergraben zu sehen, von dem man sich Wunder was in der Stadt erzähle: »Un miracol!« Mit ihren hochhackigen Schuhen versanken sie auf den Gartenwegen, die dick mit gereutertem Kies bestreut waren. Wie Wasservögel wankten sie dahin.

Vor Entzücken über die Kinderkalib konnten sie sich

kaum fassen: die Hütte der Kinder, »adorabilă«! Von den Kleinen selber gezimmert? Was für geschickte und gescheite Kinder. Ja die Deutschen, große Meister in allem! Durch die Fensterchen guckend, sahen sie sich in den Räumlichkeiten um, »un apartament!«, und zählten alles auf: vorne eine überdachte Veranda, dann Küche und Wohnraum, und »un dormitor«, wo sogar Erwachsene schlafen könnten, mit einer Liegestatt auf frischem Heu!

Sigrids Worte gingen mir durch den Sinn, als sie im vorigen Sommer auf dem heißen Stein gesessen war und die Hütte der Kinder erblickt und ausgerufen hatte: »Dort möchte ich mich verkriechen für eine ganze Nacht!«

Dann inspizierten die Mütter den Unterstand mit den beiden bewehrten Türen. Die Wände verliefen im Zickzack und waren mit Bohlen getäfelt, so daß man nicht mit der eklen Erde in Berührung kam. Akkumulatoren spendeten Licht, das schütter war wie im Warteraum eines Dorfbahnhofs, so daß man das gute Gefühl hatte, hier nicht lange verweilen zu müssen. Es roch nach Harz und Nässe.

Nachdem sie den Luftschutzraum verlassen und einen prüfenden Blick zum Himmel geworfen hatten, riefen alle drei Damen wie aus einem Mund, der bei jeder anders rot geschminkt war: »O veritabilă operă germană! Wahrhaft deutsche Arbeit.« Ich getraute mich nicht, der Wahrheit die Ehre zu geben, nämlich daß dies eine opera româneasca war, entworfen und ausgeführt von unserem Geschäftsführer Sorin Mircea Nicoara, der bei Soroca am Djnestr gefallen war, was wir der kleinen Schwester verschweigen mußten.

»Gegen zehn, na, sagen wir zehn und einhalb«, bestimmten die Mütter, würden sie die Dienstmädchen, die servitoare, nach den Kindern schicken. Daß wir Jungen die Mädchen nach Hause begleiten wollten, jeder eines, quittierten sie mit einem berückenden Lächeln: Die jungen Herren möchten sich nicht derangieren, wozu der kenntnisreiche Großvater meinte, das bedeute: um Gottes willen, bloß das nicht! Schließlich überreichten die Damen meiner Großmutter die Blumen in den glasigen Stanitzeln und stellten laut und lärmend fest, daß die mama mare eine adevărată doamnă sei, und wie jugendlich sie aussehe mit den roten Bäckchen – ohne sich zu schminken! Zum Abschied händigten sie mir die in khakifarbenen Behältern steckenden Gasmasken ihrer Töchter aus; ich stellte sie im Vorzimmer auf den Boden, neben die feldgrauen Blechdosen unserer deutschen Schüler.

Bevor Frau Nowarth Xenia mit einem Kuß auf die Lippen ins Gartenzimmer schubste, beschwor sie die Tochter: »Benimm dich wie eine junge Dame! Schnabulier nicht alle Süßigkeiten weg!« Und mit gedämpfter Stimme: »Laß vor allem die anderen nicht merken, daß du in diesem Haus ein und aus gehst. Niemand muß wissen, daß unsere Familien sich besser kennen. Das kann nur schaden, wenn die Russen kommen.«

Schwebend wie Schmetterlinge mischten sich die Mädchen unter die bunte Gesellschaft, leicht zu erkennen an ihren riesigen rosa Schleifen im Haar.

Nachdem die Damen auch im Haus alles begutachtet und überschwenglich gelobt hatten, sogar meinen blauen Anzug mit den tadellosen Bügelfalten, »veritabilă operă germană«, und meinen weinroten Schlips und das Haus und den Hund mit dem aparten Namen Inkebork und den Löwen auf dem Sockel mit dem aufgerissenen Rachen und die ganze noble Familie und zuletzt das fleißige Dienstmädchen – ohne zu bemerken, gottlob, daß es eine Ungarin war, die kein Wort Rumänisch verstand –, nachdem sie noch einmal dem bombensicheren Luftschutzraum Lob gezollt hatten, wo einem nichts geschehen könne, selbst wenn, Gott bewahre, etwas geschehen sollte – sie schlugen alle drei das Kreuz –, verabschiedeten sie sich vom Großvater, der sie bis zum Tor begleitete, und sagten zu guter Letzt auch noch ihm eine Artigkeit: »Un veritabil cavaler«. Und rauschten davon. Ich stieg zur Terrasse hinauf.

Kaum hatte ich Atem geschöpft und meine Gedanken gesammelt, da hielt mich Katalin an: In der Küche sitze ein blondes Mädchen. Es wolle nicht sagen, wie es heiße, obschon es so schön ungarisch spreche, daß einem die Tränen kämen. Der Ion habe sie hergebracht. Gisela Judith! Mein Herz klopfte aufgeregt.

Wie hatte mein Herz geklopft vor Erregung, als ich es gewagt hatte, sie kurz vor dem Fest zum Exitus einzuladen. Erst als ich sicher war, daß sich der Vorhang beim Fenster bewegt hatte, klopfte ich an: eins, zwei, eins zwei drei. Gisela Judith öffnete nach geraumer Zeit. »Du hast uns erschreckt.«

»Warum«, fragte ich, »ich habe euer Klopfzeichen benützt.«

»Eben«, sagte sie. »Wir erwarten niemanden, der uns nahesteht. Außerdem haben wir dich gesehen ...«

»Frag ihn, was er will«, hörte ich die tonlose Stimme ihrer Mutter aus dem Nebenzimmer.

»Jeder, der anklopft, erschreckt uns«, sagte Gisela, »selbst wenn es mein Vater sein sollte. Oder unsere Dora.«

»Das wird nicht mehr lange dauern«, erklang die Stimme der Mutter. »Bleib mit ihm im Vorzimmer.«

Gisela stellte sich an das Fenster zum Hof, von wo man den Gang und die Treppe zur Zahnarztpraxis des Dr. Hirschorn übersehen konnte. »Warum kommst du?«

Beinahe feierlich sagte ich: »Ich möchte dich zu unserem Exitus einladen ...«

»Guck rasch, Juditko, wer kommt dort?« unterbrach mich die Mutter. »Ich höre das Gassentürchen.«

»Die Frau Schul geht zum Doktor hinauf«, meldete Judith ins Innere der Wohnung.

»Ich weiß«, antwortete die Mutter. »Sie läßt sich die Goldkronen abnehmen. Sicher ist sicher. Doch dies alles wird nicht mehr lange dauern.«

»Ich gehör nicht mehr zu euch!«

»Aber du hast mit uns die Schule begonnen.«

»Kommen die rumänischen Mädchen?«

»Alle.«

»Geh ruhig, mein Kind. Es kann uns nichts passieren. Bald ist alles aus. Dann müssen wir uns nicht mehr fürchten.«

»Nicht mehr fürchten?« fragte ich beunruhigt. »Warum?«

»Weil endlich die Russen kommen.«

Entsetzt rief ich: »Aber das ist ja ein Wahnsinn. Dann ist alles aus!«

»Für euch«, sprach die Mutter aus ihrem dunklen Versteck und erinnerte mich an die trauernde Mutter des Buzer Montsch, immerfort verborgen hinter schwarzen Schleiern.

»Und das Plakat bei der Sparkasse? Der russische Tank, der eine Frau überfährt, und der russische Soldat mit dem langen Messer?«

»Mit dem haben wir nichts zu tun.«

»Kommt der Dolfiführer?« fragte Gisela Judith.

»Das gilt nicht uns«, sagte die Mutter von irgendwo. »Wenn die Russen kommen, sind wir gerettet.«

»Ja, selbstverständlich, das heißt wahrscheinlich, vielleicht auch nicht, hoffentlich«, antwortete ich verwirrt.

»Der Dolfiführer, der tut dir nichts mehr zuleide, mein Kind. Das ist ein zahnloser Wüstenhund, der nicht mehr beißt. Wenn ich denk, was für ein anständiger Mensch sein Vater ist, auch wenn er ein Deutscher ist. Er soll ein verkappter Kommunist sein, gewesen sein, der Alte.«

»Und der Büffel von Roland, kommt der?«

»Der kommt mir nicht ins Haus. Mit dem bin ich fertig. Fürchtest du dich vor ihm?«

»Eigentlich nicht«, sagte sie, »aber ich kann ihn nicht ausstehn.«

»Wenn du wünschst, schick ich jemanden, um dich abzuholen.« Und schüchtern – ich hatte das schwarzgerahmte Photo ihres Bruders Baldur erblickt, und dabei war mir der deutsche Panzergrenadier Lohmüller eingefallen: »Wenn ihr Hilfe braucht, ich, wir …« Es war mir peinlich, weiterzusprechen.

»Was dann, wenn wir Hilfe brauchen?« fragte die Mutter. »Sag ihm, Juditko, daß dein Vater allen geholfen hat, als sie im Elend waren. Um uns hat sich niemand gekümmert, seit er weg ist.«

»Soll ich die Katalin nach dir schicken? Sie ist eine Ungarin.«

»Ich hab noch nicht ja gesagt.«

»Gch, es kann nicht schaden. Sie sollen merken, daß wir noch leben. Vor den Grünhemden mußt du dich hüten. Die haben unseren Baldur in den Wassergraben gestoßen.«

»Das wissen wir nicht, liebe Mutter süße.«

»Du hast recht. Er wollte es nicht sagen, unser Baldur: nicht Braunhemden, nicht Grünhemden, nicht Schwarzhemden. Geschwiegen hat er wie ein Grab, und erloschen ist er wie eine Kerze bei Chanukka. Bleiben die Zigeuner.«

»Das wissen wir nicht«, sagte Gisela und lugte durch den Vorhang in den Hof. »Die Zigeuner lassen uns in Frieden, seit man auch sie wegschafft.«

»Denen macht das nichts aus, daß man sie vertreibt.«

»Doch!« wagte ich der körperlosen Stimme entgegenzuhalten. »Es tut ihnen weh. Hier gefällt es ihnen besser.«

»Weil sie hier besser stehlen und faulenzen können. Trotzdem, sie tragen es leichter.«

»Drei Menschen aus der Stadt haben uns geholfen, liebe Mutter süße, vergiß das nicht.«

»Sag ihm nicht, wer das war. Wer hilft, kann zu Schaden kommen. So schrecklich sind die Zeiten. Wenn die Russen kommen, werdet ihr dran glauben müssen.«

»Hört das nie auf?« fragte Gisela Judith.

»Nein!« sagte die Stimme. »Auge um Auge, Zahn um Zahn, Leben um Leben!«

Obschon es mir die Kehle zuschnürte, sagte ich: »Unser Pfarrer meint: nicht Vergeltung, sondern Vergebung.«

»Das möchtet ihr, um billig davonzukommen. Nie!«

»Aber, liebe Mutter süße, auch Joseph hat seinen Brüdern vergeben. Und wieviel Böses haben die ihm angetan!«

»Seinen Brüdern. Die Deutschen sind unsere Brüder nicht.« Ich nahm mir ein Herz und sagte in die feindselige Tiefe des Zimmers hinein: »Sie sind mit meiner Mutter befreundet, Frau Glückselich. Wünschen Sie ihr etwas Böses oder daß man uns etwas zuleide tut?«

»Wen hört man im Treppenhaus?«

»Die Frau Schul kommt herunter.«

»Aha, die Goldkronen sind weg. Wo aber wird sie sie verstecken?« Wir schwiegen.

»Der Gertrud Böses wünschen? Euch Schlimmes? Der Hochgelobte bewahre euch vor allem Übel. Die Gertrud liebe ich, deinen Vater schätze ich, euch Kinder haben wir gerne. Aber umsonst, dem Verhängnis entgeht ihr nicht. Und nicht dem Gericht des Herrn, dem Gott unserer Väter. Wenn es alle trifft, trifft es auch euch. Aus!«

Das Mädchen Judith, das geduldig und mit verschämt gesenktem Kopf das winzige Vorzimmer mit mir teilte, sagte plötzlich auf ungarisch mit gequälter Stimme in die Stube hinein: »Hadd békében, kedves édesanyám, laß ihn in Frieden, liebe Mutter süße.« Ihr blondes Haar funkelte, als sei es aus Goldfäden gesponnen. »Félek«, sagte sie, »ich habe Angst. Vor allem, was kommt und sein wird!« Keiner fragte, keiner sagte etwas. »Vor dem wirklichen Leben.« Es war die gleiche Angst wie die meine. Doch der Prophet hatte geraten, mich vor dem wirklichen Leben nicht zu fürchten, denn das habe längst begonnen. Ich sagte: »Das wirkliche Leben hat für dich schon längst begonnen.«

»Vergiß nicht, daß du Judith heißt, nur Judith, mein Kind. Gisela, das war eine Marotte von deinem Vater, der große Stücke auf die Deutschen gehalten hat.«

»Trotzdem werde ich nie einen Menschen töten.«

»Du wirst, wenn es der Allmächtige fordert. Deinem Vater und Bruder bist du das schuldig. Vergiß nicht: Judith heißt Bekennerin.« Die Stimme klang wie ein schartiges Schwert. Es ging durch Mark und Bein. Verstohlen sah ich mich im Vorraum um, der mit zwei Stühlen zum Sitzen einlud. Unaufgefordert hatte ich nicht den Mut, Platz zu nehmen. Als ich den Kopf hob, erblickte ich ein Bücherregal. Ich traute meinen Augen nicht: *Apis und Este* von Bruno Brehm, die Trilogie über den Untergang der Donaumonarchie, Bücher, die ich im Sommer 1943 in drei Nächten ausgelesen hatte; *Soll und Haben, Die verlorene Handschrift* von Gustav Freytag, Bücher aus der Jugend des Großvaters, die er mir zum fünfzehnten Geburtstag geschenkt hatte, der Einband Jugendstil mit Schnörkeleien, mir peinlich, und Frenssens *Jörn Uhl*, von den Tanten genossen, Peter Rosegger und Theodor Storm, Autoren, von der Großmutter mit

Andacht gelesen und mit leiser Stimme empfohlen. Und unsere Klassiker.

»Wir haben deutsch gefühlt«, erklang die Stimme aus dem Hintergrund. »Aber wir fühlen nichts mehr für die Deutschen. Geh, wenn er dich ruft, Juditko, schon lange hat dich niemand zum thé dansant eingeladen. Geh, es ist ein Abschied für immer.« Wir einigten uns, daß ich die Ordonnanz von Colonel Procopiescu schicken würde, sie abzuholen.

Der Schreck war verflogen. Während ich von der Terrasse zur Küche hastete, spürte ich eine scheue Freude: Judith war gekommen. Das war das eine.

Das andere hatte die Großmutter zu berichten, die mich im Kinderzimmer erregt aufhielt: Habe sie mit ihrem kläglichen Rumänisch recht verstanden, dann habe sich der Soldat Ion auf französisch empfohlen. Er lasse dem Colonel sagen, daß der auf seine Dienste verzichten müsse. Er habe sich davongemacht, zu den roten Partisanen in die Wälder. Mit denen und den Russen werde er zurückkommen und den Colonel eigenhändig aufknüpfen, den Strick habe er gedreht und den Baum schon lange ausgewählt. »Und weißt du, wo?« Die alte Dame schauderte: »In unserem Garten, auf der Robinie vor der Kellertür!« Mit Vergnügen würde er ihm die Schlinge um den Hals legen, ihn aufhängen vor den Augen aller im Haus, nicht ohne ihn eine Woche bei Wasser und Brot im Keller gehalten zu haben. »›La revedere‹, war sein letztes Wort.« Wenn das ernst gemeint sei, dann könne man sich auf einiges gefaßt machen.

»Bertha«, sagte der Großvater beschwichtigend, der zur Stelle war, wenn man ihn brauchte, »das ist ein Deserteur und ein Hochverräter. Der kommt vors Kriegsgericht. Der wird zum Tod verurteilt und hingerichtet. Fahnenflucht, ja noch ärger: Er ist ein Überläufer. Den Strick hat er sich selbst gedreht, der Filou.«

»Auch das ist schrecklich, alles ist schrecklich!«

»Ich kann mir nicht vorstellen, daß er seine Absichten so mir nichts, dir nichts hinausposaunt«, gab ich zu bedenken.

»Oder er ist sich seiner Sache sicher, todsicher«, sagte die Großmutter. »Gefahr ist im Anzug, ich spüre es!«

»Larifari«, tröstete der Großvater. »Was kommt, das kommt. Kein Grund, um nicht fröhlich zu sein. Jetzt wird gefeiert!« Rote Partisanen, dachte ich flüchtig. Es wird immer bunter.

Endlich gelangte ich in die Küche, nahm Gisela Judith bei der Hand und geleitete sie ins Gartenzimmer – »wie viele Zimmer ihr habt«, murmelte sie benommen – und sagte eintretend, während ich sie zwischen Alfa Sigrid und den Hordenführer Adolf aufs Sofa drängte: »Hier ist das Mädchen, das ich extra eingeladen habe, unsere Schulkollegin.«

Tatsächlich, dort saß er auf dem Ledersofa. Fürs Hierbleiben hatte er sich entschieden. Den Busenfreund Roland hatte er fallengelassen. Und auf Anhieb hatte er sich zu ihr gesetzt! Oder hatte sie ihn herbeigewinkt?

»Ihr erinnert euch«, sagte ich, »sieben Klassen waren wir zusammen. Nach der Tertia im vorigen Jahr hat man ihr den Laufpaß gegeben, sie hinausgetan.« Obschon ich der Hausherr war, spürte ich das Blut in den Ohren pulsieren. Ich sprach hastig, mit gepreßter Stimme und mit brennendem Gesicht.

Das war mehr als eine Kampfansage an Adolf, den Hordenführer, mehr als ein Schachzug im Zweikampf er oder ich. Ich hatte die Brücken hinter mir abgebrochen. Und sprach weiter: »Sie wünscht, daß ihr sie Judith nennt und nicht mehr Gisela. Judith ist ein alter jüdischer Name aus der Bibel: die Bekennerin. Blutjung hat sie dem Holofernes den Garaus gemacht, dem Feldherrn des Nebukadnezar. Denn dieser wollte alle Juden ausrotten. Ihr erinnert euch: König Nebukadnezar, Geschichte des Altertums.«

»Rumänisch Nabucodonosor«, warf Xenia, die Armenierin, mit sonorer Stimme ein. »Alles schon dagewesen.«

»Bitte schön. Jedes Volk hat seine Heldensagen. Nicht nur die Deutschen«, bemerkte Georgetta, »sogar die Juden!«

»Holofernes hatte vor, die Juden zu massakrieren«, fuhr ich fort. »Die heldenmütige Judith schlich sich in das Lager des Feindes. Durch ihren Liebreiz gewann sie sein Herz.

Darauf schnitt sie ihm die Kehle durch und schlug ihm das Haupt ab. Es gibt darüber ein Drama von einem deutschen Dichter: *Der geköpfte Hahn.* Und viele Gemälde von berühmten Malern und sogar in der Musik ...«

Meine Stimme schwankte. Ich stieß hervor: »Das Fest kann beginnen. Mein Großvater wird kommen und euch begrüßen. Gute Unterhaltung! Und kein Grund, nicht lustig zu sein.«

Malmaison

»Gute Unterhaltung allerseits«, wünschte der Großvater im Gehrock mit einer Rose im Knopfloch und mit flammendem Kavalierstuch. Er reichte jedem mit einer Verbeugung die Hand. Darauf schickte er sich an zu einer belehrenden Begrüßungsrede. Die Mädchen und Jungen, die steif dasaßen, erhoben sich zögernd von ihren Plätzen und wandten sich zu ihm hin. Die Feierlichkeit des Auftakts und das Herrenzimmer verliehen den Anwesenden einen Rang, daß jeder von sich aus tat, was der Anstand erforderte.

Exitus, das Abschiedsfest der Schulabsolventen, sagte der Großvater, sei ein Wort mit vielen Bedeutungen. Exit, von dort leite es sich her, bedeute zum Beispiel: Ausgang, allgemein verständlich für jede Zunge und gut sichtbar im Kinosaal vom Laurisch-Chiba. Ferner: Er geht hinaus, Ausgang im Sinne von Ende, er tritt ab.

Das Wort Exitus wiederum steigere den ursprünglichen Sinngehalt, es habe mit Ende zu tun: Abschied, Neige, sogar Tod Exitus letalis. Nun erhob der Großvater die Stimme: »Das aber sollte uns nicht anfechten. Heute gilt, daß Exitus in besonderen Fällen für Erfolg steht. Das möge die Losung sein! Tanztee mit Ende, aber von Erfolg gekrönt. Ende gut, alles gut.« Solches wünschte der alte Herr mit betont guter Laune, obschon er böse Träume gehabt hatte. »Kein Grund, um nicht lustig zu sein! Merkt auf: ›Das gibt's nur einmal, das kommt nie wieder.‹ Hoffentlich regnet es nicht.«

Die Großmutter im taubengrauen Seidenkleid wischte zwei Tränen aus den Augen: »Finita la commedia«, sagte sie, obwohl das Fest erst begonnen hatte.

Katalin nickte zustimmend, ohne ein Wort zu verstehen. Sie konnte nur Ungarisch, und darum war das für sie die schönste Sprache der Welt. An den Tränen der Großmutter las sie ab, daß es eine gute Rede gewesen sein mußte. Wie auch die Predigt des Priesters zu Hause in Kobór erst gut war, wenn viele Frauen weinten und die Männer sich über den feuchten Schnurrbart wischten.

»Einen gescheiten Großvater hast du«, raunte Béla Feichter, der Sprößling des Kirchendieners. »Gescheiter als der Pfarrer.«

»So stell ich mir einen englischen Lord vor«, sagte Monika Bertleff sanft, die sonst gewagte Vergleiche bemühte.

»Geh du, mit deinem ewigen Drang zum Höheren«, fuhr ihr Hella Holzer über den Mund.

»Du bist nicht glücklich, wenn du nicht jemanden an die Wand drängst«, rügte Bubi Ballreich.

Henriette Kontesveller platzte die poetische Ader: »Kommt, wir machen Sätze mit Drang und drängen«, und zitierte drauflos: »›Nicht fort, hinauf sollst du dich pflanzen‹, sagt Friedrich Nietzsche.«

»Wo ist hier der Drang?« fragte ein DJ-Junge in Kluft.

»Du Kamel«, sagte sie. »Jeder hat den Drang zum Höheren.«

»Die Deutschen den Drang nach Osten«, warf Anton Sawatzky ein, dessen Mutter eine Rumänin war.

»Die Deutschen stehen ehern am Meerbusen von Riga und drängen die Russen ins Meer«, äußerte ein Bub in kurzen schwarzen Hosen mit Koppel und Siegesrune.

»Und die Russen bedrängen Jassy, sind schon über den Pruth gekommen«, antwortete Karlibuzi Mild, der Sohn des Sargtischlers.

Xenia Atamian seufzte erleichtert: »Gut, daß wir im Gartenzimmer sind, von hier können wir unu, doi, trei in die tranchée laufen. Das wird dort ein Gedränge werden.«

»Red deutsch«, mahnte ein BDM-Mädchen mit Haferlschuhen, »das heißt Splittergraben! Gedränge entsteht, weil ihr Rumänen euch überall reinmacht. Unde este bine, hop si noi!«

»Unter der Erde hört das Gedränge auf, und wir sind alle gleich«, sagte Georgetta, die Enkeltochter des Präfekten, während Rodica Hațeganu, Tochter des Protopopen, offenherzig zugab: »Unser Volk ist das Gedrange gewöhnt. Bei uns bedrängen sich zwei, drei im selben Bett.«

»Wo, du? Was redest du Blödsinn!« fuhr Georgetta sie an.

»Wo? An die Wand gemalt in der Mănăstirea Sâmbăta, bevor man in die Klosterkirche tritt. Im selben Bett liegen drei Männer in rumänischer Tracht. Und das ist große Sünde!«

»Wieso Sünde? Weil sie zu dritt in einem Bett liegen?«

»Nein, du Blöde! Weil sie am Sonntagvormittag nicht in die Kirche gehen, sondern im Bett faulenzen.«

»Meerbusen«, feixte Béla Feichter, »mich drängt es zu mehr Busen.«

»Und mich in den Gedärmen«, sprach Viky Welther das Schlußwort, denn Arnold Wolff gebot nun bissig: »Aus mit dem Geblödel. Habt ihr nicht gehört: Exitus?«

»Welch Glück«, sagte Sigrid zu Arnold, »daß sich die gute Majo nie vordrängt und die Ulrike keinerlei Art von Drang verspürt. Aber du drängelst gewaltig an die Spitze, seit ihr euren Führer in die Ecke gedrängt habt.«

»Heute tut er gut daran, wenn er schweigt wie der Dreck im Gras«, sagte Arnold. Daß Judith schwieg, die inzwischen allein auf dem Sofa saß, fiel nicht weiter auf.

Mit Bangnis war ich in das Gartenzimmer getreten, nicht nur wegen Judith. Als ich die Türe geöffnet und Sigrid mich erblickt hatte, war sie zu mir geeilt, hatte wie gewohnt die Arme um meinen Hals gelegt und mich geküßt – ich mußte Gisela Judith loslassen –, während die Majo mit neugieriger Nase zuschaute und Adolf keine Miene verzog. Sigrid mußte sich, um meine Lippen zu berühren, nicht mehr auf die Zehenspitzen recken, sondern bloß den Kopf in den Nacken legen. Sie war gewachsen.

»Wie groß du geworden bist!« Diesen albernen Satz, der jedes Kind kränkt, sagte ich. Sie ging zurück zu ihrem Platz. Mit dieser Geste war ihr Bann über mich gebrochen. Ich war gefeit. Besser als Siegfried, weil nicht zu verletzen. Kein Lindenblatt machte mich verwundbar. Sie waren mir gleichgültig geworden, beide. Die Befreiung von Zwiespalt, Beklemmung und Eifersucht schuf eine Glaskugel von heiliger Leere um mich, die sich weitete. Eine samtene Traurigkeit schwebte mit, als hätte man mir etwas Kostbares genommen. Es klirrte leise.

Kaum hatte Sigrid mich freigegeben, drängte Majo herbei, umfaßte meinen Nacken und küßte mich, und ich spürte den Duft von Chlorodont. Nase und Stirne waren voll Sommersprossen, die ich hautnah zu sehen bekam, denn ich hielt die Augen offen, als sie ihre saftigen Lippen auf meinen Mund drückte. Sie hatte eine selbstgewebte Bluse an, einen ebensolchen Leinenrock, rostbraun, der sie gut kleidete, und Strickstrümpfe. An den Füßen trug sie adrette Schnürstiefel von ihrer Großmutter. Als sie mich an sich zog, dachte ich, wie bequem es doch sein mußte, immer das nachzuahmen, was andere vormachen. Als sie mich aber losließ, hatte ich Feuer gefangen, und es wunderte mich, wie aufregend ihr Körper nach Schlüsselseife roch.

Ich nahm Judith wieder bei der Hand und schob sie, die alles mit sich geschehen ließ, zwischen die beiden auf das Sofa. Der Hordenführer herrschte Sigrid an: »Tausch den Platz! Verschon mich mit dieser …« Und zeigte abwehrend auf das jüdische Mädchen, das in der Mitte saß, die Hände über den Knien gefaltet. »Rück sofort neben mich«, befahl er Sigrid. Die stand wortlos auf und stellte sich zum Ofen.

Während ich von Holofernes und Judith sprach, trippelte Georgetta Oana, im Kimono mit Fächer, zu Judith, beugte sich zu ihr, küßte sie auf die Wangen und ließ sich voll Mitgefühl neben ihr nieder. Sie drängte das jüdische Mädchen so nah zu Adolf hin, daß der nun ganz in der Ecke klebte. »Weshalb räumt er nicht das Feld, der störrische Esel«, flüsterte Arnold. Die niedliche Rumänin hielt das stille Menschenkind umschlungen und rief, nachdem ich geendet hatte: »Wie gut, daß du da bist, Gisela oder Judith oder wie du es wünschst, wir freuen uns alle. Nicht wahr, Dolfi?« Sie fächelte ihm Luft zu. »Oder gefällt dir Hansi besser?« Und zu mir: »Das hast du gut gemacht, sie einzuladen: ›Edel und gerecht sei der Mensch …‹, so irgendwie sagt euer Goethe.«

Wahrhaftig, Ulrike war da. Ich hatte freigestellt, daß jeder Kollege auch jüngere Mädchen mitbringen könne. Sie sah mich aus Hirschkuhaugen an und sagte: »Der Arnold hat mich hergeschleppt. So bin ich halt hier, auch wenn ich bei euch jeden Winkel kenne.« Ihr Blick, der träge durch den Raum schweifte, war jeder Erinnerung bar. »Verzeih«, sagte sie und gähnte hinter vorgehaltener Hand.

»So ist es«, sagte ich, »du kennst jeden Winkel. Weißt du noch, wir haben hier oft Dunkelverstecken gespielt.«

»Haben wir das?«

»Wie aufregend das war, wenn wir zwei uns endlich im Dunkeln getroffen haben, du und ich, hinter den Vorhängen oder beim Kavaliersofen; erinnerst du dich? Immer hab ich gebetet, der Uwe sollte uns nicht so bald finden.«

»Warum sollte er uns nicht finden?« fragte sie gedehnt.

»Ja, ja, du hast recht. Warum nicht?«

»Das ist lang her, man vergißt halt!«

»Drei Jahre!« sagte ich und ließ sie stehen.

Viky hatte das Familiengrammophon im Rucksack herbeigeschleppt, unterstützt von Béla, der wegen des Regens den Schalltrichter über den Kopf gestülpt hatte, was nach Karneval aussah. Die Platten gehörten Arnold. Sein Vater betrieb auf der Rohrbacher Straße die Gaststätte *Zu den zwei Fischen*. Angeschlossen war die Tanzdiele *Trocadero*.

Viky wußte mit Platten Bescheid: »Läßt du die Platte so fallen, zerbricht sie nicht. Läßt du sie anders fallen, zerbricht sie.« Er ließ sie so fallen, und die Ebonitscheibe zerschellte auf dem Fußboden. Wütend schlug ihm Arnold die nächste über den Kopf; die zerbrach auch.

»Seht ihr, ich bin kein Schwachkopf, wenn's auch keiner

glaubt«, grinste Viky. »Meine Alte verknackst sich jedesmal die Hand, wenn sie mir eine über den Schädel haut.«

»Vier Schlager können wir uns auf den Hut stecken«, sagte Monika. »Ihr Esel! Worauf tanzen wir jetzt?«

Katalin kehrte beflissen die Scherben zusammen. Inzwischen war der Großvater mit seiner Lieblingsplatte zur Hand, der einzigen, die er besaß und die er nie abhörte, weil wir kein Grammophon besaßen: »Adieu, mein kleiner Gardeoffizier«, gekoppelt mit »Im Rosengarten von La Plata«. »Ergebenster Diener«, sagte er.

»Wir brauchen Ihre Musik nicht«, sagte Arnold grimmig.

»Du bist unmanierlich«, rüffelte ihn die lange Monika. »Man sagt einfach danke oder nein danke.«

»Kein Grund, um nicht lustig zu sein«, mahnte Anton. Um seiner Frisur Form und Schwung zu verleihen, hatte ihm die Mutter zuviel Nußöl über den Kopf geschüttet. Als er die triefenden Haare über der Herdflamme trocknen wollte, hatte er sie versengt. Bleiche Stummel standen in die Höhe. Es roch brenzlig. »Was ist mit diesen stinkigen Haaren?« fragten die Mädchen und stocherten in seinem Schopf herum.

»Der Roland, der Büffel, hat mir in der Kirche aufgelauert. Er hat mich in den Tisch mit den Opferkerzen für die Toten gestoßen. Darum sind meine Haare voll Öl und angebrannt. Meine Mutter hat mich mit Wasserstoff desinfiziert.«

»Genordet, heißt das heute. Aufs Haar schaust du aus wie die Lili Marlen, die große Filmdiva«, sagte Hella Holzer.

»Das ist nicht die Lili Marlen, sondern die Lilian Harvey«, verbesserte Henriette, die Freundin von Bubi Ballreich.

»Was suchst du in der orthodoxen Kirche?« fragte der Hordenführer.

»Ich habe gebetet. Eure Kirche ist immer zugesperrt.«

»Bist du nicht evangelisch?«

»Ich bin halb evangelisch, halb orthodox!« Wir lachten.

Der Karlibuzi Mild, den ich heute im Regen hatte stehen lassen, um mich seelisch abzuhärten, pirschte sich an mich heran: »Ist dir aufgefallen? Die Mädchen – man kann sie in zwei Gruppen einteilen.« Mir war das nicht aufgefallen. Als Hausherr mußte ich die Augen überall gleichzeitig haben. Das Bild verschob sich ständig, wie im Kaleidoskop der Großmutter.

»Einige sind wie für den Heimabend angezogen, nur die Krawatte fehlt und der Lederknoten. Andere wie junge Damen. Sieh, die Alfa Sigrid, welch Kleid! Dunkelgrüner Taft, bis über die Knie, mit einer Glocke unten! Um die Hüften eng und oben anliegend. Und die Brüste voll wie bei einer Frau.« Er schnalzte mit der Zunge.

»Schweig still«, sagte ich.

»Laß nur, ich kenn mich aus! Meine Mutter und ihr ...«

»Das haben wir bei deiner Konfirmation gehört: Sie gehen an der Aluta spazieren, die Nachtigallen schlagen hören ...«

»Und kommen erst am Morgen nach Hause, wenn keine Nachtigall mehr schlägt, sie und der Onkel Strohschneider.«

»Man soll sein Haus nicht austragen.«

»Aber es ist die Wahrheit.«

»Auch die Wahrheit kann des Teufels sein.«

»Ja, gut. Ich wollte dir bloß sagen, daß ich mir so meine Gedanken mache: Vielleicht trägt die Sigrid schon ein Leibchen; Brüstenhalter heißt das bei Herrschaften. Aber das brauchen die Mädchen erst, wenn sie sich mit Männern zu tun gemacht haben. So hörte ich sagen. Weiß ich, ob es stimmt?«

»Laß mich, ich hab keine Zeit für dein Gefasel!« Doch er folgte mir auf Schritt und Tritt. »Es ist das schönste Kleid, sehr passend für ein nobles Fräulein! Dabei fällt mir ein: In ihren schönsten Kleidern lassen sich die Leute begraben.«

»Spinnst du?«

»Ich mache mir so Gedanken: Plötzlich ist ein quicklebendiger Mensch tot, mausetot, tot wie eine Maus. Und was ist ein Mensch? Und was eine Maus? Doch tot beide. Vor den Toten fürchte ich mich nicht. Sie können einem nichts Böses antun. Es ist schwer, sie anzuziehen, denn die Glieder schlenkern hin und her und flutschen dir aus den Hän-

den. Oft müssen wir die schönsten Kleider hinten aufschnei-
den.«

»Hör auf mit diesem Gewäsch, wir wollen lustig sein.«

»Aber das mit den Toten geht noch. Unheimlich ist mir,
wenn ein Mädchen plötzlich kein Mädchen mehr ist, sondern eine Frau geworden. Ich tanze lieber mit den anderen.«

»Mit welchen anderen?«

»Ich sag's dir gleich!«

Xenia, prall wie ein Kürbis, in einem kneckschwarzen
Kleid, »damit ich schlanker ausseh, sagt meine Mutter, aber
mir ist das piepegal«, war aus dem Garten gekommen: »Ist
das heiß hier, wie im Dampfbad!« Sie wischte sich eine
feuchte Haarsträhne aus der Stirn: »Hundertzwei Schritte
bis zu eurer tranchée, gut gemessen. Es wird sein wie in einem cavou, wie sagt man das auf deutsch, ja, gut: Gruft, wie
bei der Alfa Sigrid am Friedhof. Aber wir haben alle Platz.
Durstig bin ich!« Ich winkte Katalin mit dem Tablett herbei.

»Ich zieh die anderen vor, die mit den weißen Blusen und
blauen Röcken und Haferlschuhen«, fuhr Karlibuzi fort.

»Was ist mit den weißen Blusen?« fragte Xenia.

»Mit denen tanze ich lieber.«

»Man muß mit jeder tanzen, ob sie einem gefällt oder
nicht«, belehrte ich ihn.

»Ich würde lieber eine weiße Bluse haben wollen«, sagte
Xenia. »Aber ein deutsches Mädchen möchte ich nicht sein!«

»Warum?«

»Es ist langweilig. Alle müssen gleich sein, pânǎ în mǎ-
duva oaselor, wie sagt man das?«

»Bis in Mark und Bein«, gab Buzi zur Antwort.

»Mumpitz«, sagte ich. »Man darf nie wortwörtlich übersetzen. Wie klingt das: ein Mädchen ist deutsch bis in Mark
und Bein? Wenn es schreit, ja, das dringt bis in Mark und
Bein.«

»Gut«, sagte Buzi versöhnlich, »bis auf die Knochen.
Deutsch bis auf die Knochen.«

»An dir ist Hopfen und Malz verloren«, sagte Bubi Ballreich. »Aber ich erzähl euch einen Witz über die Knochen,

zum Kugeln: Ein Lehrling bestiehlt einen Knochenhändler.«

»Was ist das?« fragte Xenia.

»Einer, der Knochen verkauft.«

»Wem, wozu?«

»An Medizinstudenten. Für Hunde. Zum Leimkochen.«

»Was? Knochen von Menschen?«

»Was weiß ich. Laß mich ausreden. Er schmeißt den Lehrbuben hinaus und will ihm ins Zeugnis schreiben, daß er gestohlen hat.«

»Na und«, sagte Henriette, »das ist die Wahrheit.«

»Ihr Mädchen seid schwer von Kapee. Schreibt er das hin, stellt ihn niemand mehr ein, schreibt er es nicht, lügt er.«

»Und wo ist der Witz?« fragte Monika.

»Der Witz sitzt immer am Ende«, sagte Arnold, »aber bis dahin kommt der Bubi ja nicht. Pointe heißt das zu deutsch.«

»Der Lehrbub sagt zum Knochenhändler: Schreiben Sie nicht nur die halbe Wahrheit, schreiben Sie die ganze Wahrheit. War ich nicht ehrlich, ehrlich bis auf die Knochen?

Richtig, sagt sein Prinzipal und schreibt: ›Er war ehrlich bis auf die Knochen!‹ Ha, ha, ha!«

»Und welches ist der Witz?« fragte Majo. Niemand hörte.

»Aber nicht, weil sie deutsch sind bis auf die Knochen, will ich mit den weißen Blusen tanzen«, sagte Buzi.

Xenia unterbrach ihn: »Wie gut, daß du nur mit denen tanzt, dann bin ich dich los, slava domnului!«

»Auch ich brauch dich nicht«, sagte Buzi Mild und starrte ihren Busen an.

»Aber mach weiter mit den weißen Blusen«, bohrte Xenia, »du bist noch immer nicht fertig.«

»Das sind Mädchen, die sich mit uns Buben zusammen am Brunnentrog waschen, oben nackig, und sind doch wie wir.«

»Und grüßen alle Leute mit Heil Hitler«, ergänzte Xenia, »auch die Rumänen, selbst meinen Vater, der ein Armenier ist, und sogar die Juden.«

Henriette mit der poetischen Ader begann zu deklamieren:

»Siehst du das Wappen am Tore? Längst verwelkte die Hand. Völker kamen und gingen, selbst ihr Name entschwand.«

»So wird es uns ergehen, wenn die Russen kommen«, jammerte Majo. »Das neue Wappen über dem Eingang. Alles kapores. Wie der Meister sich geplagt hat mit dem Raben auf dem Baum und der Frau und dem Jäger. Und wieviel das gekostet hat.«

Unbeirrt rezitierte Henriette weiter:

»Aber der fromme Bauer sät in den Totenschrein, schneidet aus ihm sein Korn, keltert aus ihm seinen Wein.«

»Ich möchte trinken, trinken etwas Süßes«, rief Xenia. »Ist eure servitoare surdo-mut? Wie heißt das? Taubstumm?«

»Sie kann nicht Deutsch«, sagte Béla.

»Ist es eine Rumänin?« fragte Rodica erstaunt. »Ihr Sachsen stellt ja keine Rumäninnen als servitoare an.«

Buzi flüsterte mir ins Ohr: »Sag nicht, daß sie Ungarin ist. Ungarn und Rumänen, das ist wie Feuer und Wasser. Unsern Strohschneideronkel haben sie aus dem fahrenden Zug geworfen, nur weil er wie ein Ungar geniest und gefurzt hat.«

»Aber den Hals hat er sich nicht gebrochen«, sagte ich.

»Klar nicht, er ist ein Zirkusmann«, sagte Buzi stolz. Katalin servierte Himbeersirup und Holundersekt, dazu Salzstangen und Apfelkuchen. Die Großmutter hatte ihr ein Häubchen aufgesteckt und eine weiße Schürze mit Rüschen umgebunden, ganz wie in den Zeiten vor dem großen Krieg.

»Die Deutschen fliegen noch immer über der Stadt«, sagte Xenia und horchte hinaus. »Gut, daß sie uns schützen. Sie sind ganz nah an den Wolken und schießen Raketen.«

Die Großeltern reichten Fotos herum, von Maskenfesten aus der Zeit, als sie in Budapest jung verheiratet waren. Die Kinder ergötzten sich an den prächtigen Kostümen: »In Budapest auf Bestellung angefertigt, maßgeschneidert, nach klassischen Originalen«, erklärte die Großmutter. »Der Großvater als Wildwestjäger mit Büchse, Satinhemd, Cowboyhut und …«

»Die Stiefel sind falsch ...«, rief Anton aus, der Photographensohn, »Attrappen, einfach Glanzpapier.«

»Aber der Rest ist echt«, sagte der Großvater mit Würde.

Erichonkel stand in der Türe, in voller DM-Uniform, ein Deutscher Mann vom Scheitel bis zur Sohle, blond, blauäugig, gestiefelt und gewappnet, in Feldausrüstung, die Regenpelerine umgehängt, die Schirmmütze unter dem Arm. Es klapperte und funkelte. Einen Knotenstock mit übergroßem Knauf hielt er in der Hand, als sei er auf der Wanderschaft. »Was ist passiert?« fragte der Großvater.

»Wir haben eine Nachtübung. Bolschewistisches Gesindel treibt sich angeblich im Akazienwald herum.«

»Bei Calbor?«

»Zu deutsch Kaltbrunnen!« knurrte der geharnischte Mann.

»Wieso?« fragte der Großvater. »Wohnen dort Sachsen?«

»Nicht mehr. Bloß Walachen. Aber vor zweihundert Jahren war das noch eine rein deutsche Gemeinde.«

»Was du nicht sagst. Aber was ist nun wirklich passiert?«

»Das Militär und die Siguranţa brauchen uns von der DM. Wir kennen das Gelände wie unsere Westentasche. Übrigens ist der Räuber Balan mit von der Partie, eskortiert von Gendarmen. Aus dem Gefängnis hat man ihn geholt. Der kennt die letzten Schlupfwinkel im Revier, und vor allem ist er erfahren im Umgang mit Gesindel.«

»Dann seid ihr ja in guter Gesellschaft.«

Der Mann in seiner martialischen Kostümierung wendete sich uns zu: »Hier geht es ja zu wie im ewigen Leben. Oder wie im Karneval! Wißt ihr, woher das kommt? Von carne vale! Und heißt: Fleisch, lebe wohl! Hals und Herzbruch für heute, Kroppzeug. Auf mich müßt ihr verzichten.«

Mit drei Schritten trat er auf Sigrid zu und begutachtete sie. »Wie du dich herausgeputzt hast, Prinzessin, seit ich dich nicht mehr vors Visier bekommen habe. Verführerisch wie ein Pfirsich, nein, wie eine Aprikose, die gepflückt werden will. Weißt du, woher das Wort Aprikose kommt?«

Sie lehnte am blaßgrünen Kachelofen und hielt schweigend seinem Blick stand. »Aprikose, die Frühreife. Du warst lange nicht mehr bei uns. Ja, die Liebe nimmt einen her. Sie ist nicht nur blankes Glück! Sie zehrt an einem. Aber sie beschleunigt alles. Im Nu ist man kein Mädchen mehr, sondern eine blühende Jungfrau, und im Nu keine Jungfrau mehr, sondern ...« Aufmerksam hörte sie zu, ohne den Blick zu senken.

»Basta!« sagte die Großmutter.

»Wie schön du bist, Alfa Sigrid Renata Marie Jeanne! Der Ofen paßt zu deinem giftgrünen Kleid«, sagte er und strich ihr mit einer schonenden Bewegung über die Haare. Sie wehrte nicht ab. Er machte eine zackige Kehrtwendung es dröhnte, war schon im Abmarsch, als er Gisela Judith auf dem Kanapee erspähte. Hielt inne. Starrte sie an.

Mit knarrenden Stiefeln trat er vor sie hin, die bei so viel glitzernder Uniform in Schwarz und Braun zurückschreckte, zurückwich vor der Dienstpistole und dem bösen Blick: »Auch du hier, du gefährliches Ding! Hast dich eingeschlichen ins feindliche Lager. Kein gutes Zeichen. Unglück gibt es, wo ihr Juden die Hand im Spiel habt. Das ist so in der Weltgeschichte und nicht anders in dieser kleinen Stadt. Und gilt auch für dies Haus. Daß du hier bist, ein böses Omen. Ein Jude in einem deutschen Haus ist wie der rote Hahn auf dem Dach.«

Er preßte den Knauf seines Stockes unter ihr Kinn, daß ihr Kopf wie losgelöst balancierte und unter dem Druck an die Wand schlug. Ihr Unterleib rutschte nach vorne. Der Rock gab die Oberschenkel frei – wie erregend das aussah!

»Laß sehen«, sagte er und bog ihr Gesicht mit einer herrischen Bewegung des Stockes zu sich herauf. Nur ich wußte, daß der Knauf mit Blei gefüllt war. Der zersplitterte jeden Schädel! Verbeulte einen Stahlhelm!

»Ich dachte es mir! Graue Augen, wie die Göttin Frigga. Schade, daß du bist, was du bist, und man sich nicht an dich heranmachen darf.« Dann sagte er aus heiterem Himmel: »Himmelfahrtskommando!« Und zog seinen bleiernen Stecken von ihrem Kinn zurück. Doch sie verharrte unbeweglich, wie gebannt: Der schwarze Seidenrock war weit hinaufgerutscht, so daß man die Schwellungen an den Strumpfbändern erblickte.

»Ja, ja«, sagte der Großvater: »Kaltbrunnen, rein deutsch vor Zeiten. Doch geh, Erich! Am besten, du gehst.«

Ich raffte mich auf, trat vor den Mann mit dem Schlagstock und rief: »Du elender Mensch, schäm dich in deine schwarze Seele hinein! Wie springst du mit meinen Gästen um!« Aber er hatte keine Zeit und keinen Blick für mich.

»Das ist eine Red vom Tanzmeister«, erklang im Nebenzimmer die Stimme Vikys, und man wußte nicht, was er meinte. »Gleich ist es soweit! Der Tanz beginnt!« Er steckte den Kopf durch die Tür. »Wir brauchen Tangobeleuchtung. Ein rotes Tuch über die Lampen und die Verdunkelung zu!«

»Wie in der Strada Verde vor gewissen Häusern«, kicherte Anton.

»Genau! Komm herüber, du verstehst dich auf Lampen.«

»Lieber Herzbruch als Halsbruch«, verabschiedete sich der DM-Mann. Schwerfällig ging er davon auf seinen Plattfüßen, in den schwarzen Stiefeln, die die Katalin auf Hochglanz gebracht hatte, denn es war eine Aktion auf Leben und Tod. »Fleisch, lebe wohl!« war sein letztes Wort.

»Es sind Karnevalskostüme«, bestätigte Sigrid, die dicken Photos von anno dazumal in der Hand wiegend, »Faschingskleider, einmalig. So etwas hat man in dieser Stadt nicht gesehen. Eine ganze Kollektion. Zum Beispiel ein kompletter Hofstaat: König, Königin, Prinzessin, Hofmarschall, Hofjäger, Schildwache, alles bis zu Koch und Kammerfrau!«

»Man kann jedes Märchenspiel aufführen, mit König und Prinzessin und so«, sagte Henriette.

»Märchenprinzessin brauchen wir keine. Wir haben eine echte«, sagte Hella mit einem schwärmerischen Blick auf Sigrid.

Seit jenem letzten Kriegsspiel der DJ von Fogarasch im Mai hatte ich Sigrid nicht mehr gesehen, einen ganzen Sommer lang. Einmal hatte sie mir nach Rohrbach einen Brief zukommen lassen, auf zartgelbem Papier, ein paar Zeilen, die mich verwirrten und empörten: »Glaub stärker, glaub für mich, die Angst schleicht sich heran. Wer Angst hat, kann nicht mehr richtig lieben.«

Mit dem Grammophon war es eine verwickelte Sache. Wenn Viky Welther es mit der Kurbel aufgezogen hatte, lief es ein paar Takte lang halbwegs harmonisch. Doch dann drehte sich die Achse rascher und rascher, die Töne schraubten sich in den Diskant, zuletzt rasselte es, die Platte rotierte rasend, und ehe man die Auserkorene ins Auge gefaßt hatte, um sie ins Nebenzimmer zu geleiten, erwies sich die Aufforderung zum Tanz als fauler Zauber. Wir glaubten es nicht mehr, wenn Viky den Kopf durch die Türe steckte und rief: »Kommt herbei, alles ist bereit! Der Tanz beginnt.«

Die Großeltern hatten sich zurückgezogen und Katalin mitgenommen. »Die Kinder können sich ohne uns unterhalten«, sagte die Großmutter, »sie sind groß, das wirkliche Leben hat für sie begonnen.«

»Wißt ihr was«, rief Béla Feichter, »wenn wir schon hier herumhängen, gesteht jeder, wer sein Schatz ist!«

»Wie spannend«, sagte Rodica Haţeganu. Ihre Augen glänzten vor Lust.

»Ai tu un prieten? Hast du einen Freund?« fragte die kleine Scherban ihre Kollegin. Untereinander sprachen sie rumänisch.

»Das wirst du ja hören.«

Die Wolken hatten das Licht verschluckt. Der Nachmittag versank in Dämmerung. »Es ist alles so romantisch«, schwärmte Henriette Kontesveller. »Es säuseln die Bäume, draußen Regen rinnt …«

»Sei froh, daß es nur draußen rinnt«, fiel ihr Anton Sawatzky ins Wort.

»Schweig, du făt-frumos«, fuhr ihn Xenia Atamian an.

»Anders rauschen die Brunnen, anders rinnt hier die Zeit, früh faßt den staunenden Knaben Schauder der Ewigkeit.«

»Warum nur Knaben? Auch mich packt manchmal ein

Schauder. Als mein Bruder mir einen Frosch ins Bett gesteckt hat. Huh!« Monika Bertleff schüttelte sich.

»Was ist das für ein Gedicht?« fragte Georgetta Oana.

»Die ›Siebenbürgische Elegie‹, von einem sächsischen Dichter aus Kronstadt: Adolf Meschendörfer. Ich habe sie auswendig gelernt, obschon ich eine Banater Schwäbin bin.«

»Und katholisch«, sagte der Hordenführer Adolf.

»Na und«, empörte sich Bubi Ballreich.

»Die Katholiken sind keine guten Deutschen.«

»Der Führer ist Katholik!« bockte Bubi.

»Wohlvermauert in Grüften modert der Toten Gebein, zögernd nur schlagen die Uhren, zögernd bröckelt der Stein.«

»Die Toten verfaulen in der Erde rascher, wenn es viel regnet«, sagte Karlibuzi Mild.

»Was redet ihr heute soviel von Toten und Grüften«, wies Sigrid ihn gereizt zurecht. Majo greinte: »Was fliegen die Flieger heute soviel herum, ich werd ganz duselig!«

»Die schützen uns vor den amerikanischen Plutokraten«, sagte der Hordenführer Adolf.

»Red keinen Stuß«, sagte Arnold, »wenn der Amerikaner herunterspuckt, wischt er diese alten Scharteken vom Himmel wie Fliegendreck. Haben die überhaupt etwas zum Schießen?«

»Ein MG hinten«, sagte Sigrid. »Ich hab mir das Flugzeug von innen angesehen.«

»Ich auch, außerdem waren die Flieger bei uns eingeladen«, übertrumpfte ich sie. »Der Schütze liegt im Rumpf.«

»Wir sind dort gelegen, er und ich«, sagte sie sanft, »hinten im Rumpf. Es ist dort eigentlich zu eng für zwei.«

»Warum wirst du so rot?« fragte mich Hella Holzer leise.

»Auch wir haben schöne Gedichte über unser Transsilvania«, sagte Georgetta. »Este?« wandte sie sich zu Rodica und Xenia. »Stimmt das, ihr Mädchen? Goga zum Beispiel ...«

»Ich bin keine Rumänin«, sagte Xenia.

Daß sie Armenierin war, vergaß ich regelmäßig. Sie wohnte ein paar Straßen weiter, und ich half ihr bei den Hausaufgaben. Oft kam sie zu uns. Wie ein Kobold kugelte sie durch die Zimmer, wobei sie sich keck über alle Süßigkeiten hermachte. Sogar das Schlüsselchen entdeckte sie zur silbernen Zuckerdose, die wegen der Dienstboten abgesperrt werden mußte.

Lieber besuchte ich sie. Durch den Hof der Klosterschule konnte ich in den Garten der Atamians schleichen. Dort wimmelte es von exotischen Pflanzen, von verschnörkelten Bäumen und Büschen. Sie zeigte auf den anatolischen Lebensbaum: »Das ist ein besonderer Baum, von dem hängt unser Wohl und Wehe ab, behauptet mein Vater!« Dort geschah es, daß die mollige Xenia, auf dem Holzgefäß hockend, aus dem der giftige Oleander wuchs, oder liegend unter den behaarten, eiförmigen Blättern des gemeinen Trompetenbaums, uns Buben allerhand vom Mädchen zeigte, am liebsten im Zwielicht des nacktsamigen Ginkgo biloba. »Für das spätere Leben!«

Im kleinen Salon, der unter schweren Teppichen erstickte, erklärte ich ihr die Mathematik. Ihr Vater, der Teppichhändler Sarkis Atamian, trug einen türkischen Fes. Regungslos saß er am runden Tisch und schien zu dösen, während der schwarze Kaffee seinen Duft verströmte. Manchmal unterhielt er sich mit seiner Tochter in einer fremdartigen Sprache. Sie waren die einzige armenische Familie weit und breit.

»Auch wir haben schöne Gedichte«, sagte Judith leise.

»Wer, wir?« fragte der Hordenführer Adolf tonlos vom Ofen her. Er hatte sich neben Sigrid gestellt, die nicht wich.

»Dieser Hahn auf dem Mist. Er braucht jemanden, der ihm den Rücken stärkt«, bemerkte Arnold zu mir. »Ist es nicht der Büffel von Roland, muß es jemand anderer sein. Aber an der Prinzessin verbrennt er sich die Finger.«

Ich sagte: »Aber er duldet bloß Schatten um sich. Und die leiht er sich aus, der Arme.«

»Wir, die Juden. Mit dem Unterschied zu anderen Völkern, daß unsere Gedichte die Gedichte der ganzen Welt geworden sind. Alle Christen kennen, lesen und lernen sie auswendig.«

»Was schwafelst du. Hör sofort auf mit dieser judaistischen Hetzpropaganda!« befahl der Hordenführer Adolf.

. Judith saß mutterseelenallein auf dem Ledersofa. Die blonden Zöpfe baumelten über die Wangen wie damals, im vergangenen Herbst, als sie sich über das Grab des deutschen Panzergrenadiers gebeugt hatte und drei gelbe Rosen aus ihrer Hand geglitten waren. Adolf sprach: »Wir wissen, daß ihr Juden, ihr hinterlistigen Kosmopoliten, euch verschworen habt, die Welt zu erobern, und daß ihr alle Völker unterjochen wollt ...«

Arnold baute sich vor ihm auf und schubste Sigrid weg, noch ehe ich als Hausherr einschreiten konnte. Mit seinem massigen Leib drückte er ihn an den Ofen, daß dieser erzitterte und dem Adolf die Luft ausging: »Halt deine Dreckschleuder. Hier ist weder Nachtübung noch Heimabend. Hast du kapiert? Hier ist Exitus. Du hast gehört, was das heißt. Nicht nur Tanz und Tralala, sondern: Einer tritt ab. Ende! Aus! Dieser eine bist du. Du trittst heute ab. Wir haben dich satt bis über die Ohren!« Dies sagte Arnold. Und sagte weiter: »Und wenn du dich nicht manierlich benimmst, dann dreh ich dir den Hals um und schlag dir dazu alle Zähne in den Hals!« Zu mir gewendet: »Wie hat dein Großvater gesagt? Exitus, Exitus ... wie?«

»... letalis«, sagte ich.

»Exitus letalis, vornehm auf lateinisch. Auf gut fogarascherisch heißt das jetzt – hör genau her und schreib es dir hinter deine ungewaschenen Ohren: Du krepierst! Du kratzt ab! Fährst in die Grube! Beißt ins Gras! Kapiert? Unser Buzi muß dich nicht mehr extra anziehen, sondern kann dich gleich in die Lade legen, so wie du bist!« Und er zerrte an der Krawatte des Führers, daß das Hakenkreuz im hohen Bogen wegflog. »Genug hast du uns kuranzt!« Dann schob er Sigrid und Adolf wieder zueinander an die Frontseite des Kamins wie zwei Attrappen: »Damit du wieder deinen Schatten hast, du Schießbudenfigur!«

Judith sagte mit der Stimme der Prophetin Mirjam: »Alle werdet ihr wünschen, mit mir zu tauschen, und zwar bald!« Worauf sich jeder seinen Reim machen mochte.

In die knisternde Stille steckte Viky verwundert seinen Kopf herein: »Was schweigt ihr alle wie die Kirchentüren?«

Die beiden lehnten am kalten Kachelofen. Jeder für sich. Sigrid wie eine Salzsäule. Es fiel mir auf: Sie hatte die Lippen mit Rouge nachgezogen. Wohl darum hatten sie sich so geschmeidig angefühlt, als sie mich zur Begrüßung geküßt hatte. Adolf war leichenblaß geworden.

»Jämmerlich steht er dort, wie ein blinder Hund, dem man die Zähne gezogen hat«, sagte Arnold zu mir.

Ich setzte mich zu Judith auf den Diwan: »Mach dir nichts draus.«

»Eigentlich ist er zu bedauern«, sagte sie. »Er erinnert mich an Samson, nachdem die Philister ihm die Haare geschoren haben. Aber wehe, wenn sie ihm wieder wachsen. Trotzdem: Ich bedaure ihn. Er hat verloren. Seine Zeit ist um.«

»An seiner Stelle würde ich sofort abhauen«, sagte ich.

»Wir wollten beichten, wer wem sein Herz geschenkt hat«, erinnerte Béla, der Sohn des Turmwächters.

»Sofort«, sagte Arnold, noch erregt, »das tut jeder auf der Stelle: Wer liebt wen? Eins, zwei, drei!«

»Angetreten«, sagte Sigrid spöttisch.

»Wer mit wem geht, das weiß man ja in einer kleinen Stadt«, sagte Hella.

»Wir wissen zum Beispiel nicht, wer mit dir geht«, sagte Bubi. Sie errötete bis unter die Haarwurzeln.

»Es gibt Kombinationen, das könnt ihr euch nicht vorstellen«, sagte Béla.

»Einzig und allein du kannst es dir vorstellen? Was schneidest du so auf«, sagte Arnold barsch.

»Ich weiß es am besten.«

»Wieso?« fragten viele.

»Weil alle Liebespaare auf den Turm steigen. Erinnert ihr euch, was für eine Aufregung das war?«

»Wann? Was für eine Aufregung?«

»An einem Abend, als mein Vater das Licht an der Turmuhr anzündet, da sieht die ganze Stadt zwei Schatten in seliger Umarmung. Wie es in der Bibel steht: Ihr sollt sein ein Fleisch!« Tatsächlich: In seliger Umarmung klebten sie aneinander hinter dem gläsernen Zifferblatt und küßten sich und hörten nicht auf, selbst als das Licht schon brannte! Sie war klein und dick, er war sehr groß. »Doch bis heute weiß man nicht, wer es war.«

»Ich weiß es.«

»Na also! Sag es uns!« drangen sie auf ihn ein.

»Kotz dich aus«, grollte Arnold.

»Nicht jetzt. Am Ende, wenn wir fertiggespielt haben. Ja, manchmal waren es gleich zwei Paare!«

»Zugleich?« wollten die Mädchen wissen.

»Zugleich selten. Meistens hintereinander.«

»Du bist gemein. Das ist Verrat, das schickt sich nicht für einen DJ-Jungen«, sagte eines der Mädchen in weißer Bluse und blauem Faltenrock. »Wenn das unsere Führerin hört.«

»Auch die kann mir gestohlen bleiben«, sagte Arnold, »eure Edeltraut Maultasch mit ihrem Galan, dem plattfüßigen Erich.«

Béla lächelte wie ein Turmgespenst. »Wenn ihr euch schämt, den Namen der Herzensbraut zu sagen, machen wir es anders. Jeder winkt seinen Schatz herbei. Ist man sich einig, bleiben die Paare zusammen. Wenn nicht, können die Aufgeforderten weiter rufen oder abtreten. Das gibt Überraschungen und Kombinationen, daß man seine Kinder verkauft. Ich schlage vor: alphabetisch und abwechselnd ein Junge, ein Mädchen.«

»Toll«, sagte Monika, »dann können wir Mädchen uns endlich einen Jungen angeln! Wer beginnt?«

»Mich hat noch nie jemand auf den Turm gerufen«, muckte Majo auf, erhob sich zu ihrer vollen Größe, blickte uns streng an und schlenkerte die Arme.

»Tröste dich, mich auch nicht«, sagte Sigrid.

»Wenn sich zwei gefunden haben, gibt man sich einen Kuß.«

»Ein Küßchen in Ehren kann niemand verwehren«, sagte Majo, die vom Land kam.

Schon beim ersten Wink geriet das Spiel aus dem Gleis. Die ranke Monika hatte sich Arnold herbeigeholt, der zwar folgte, sich aber nicht küssen ließ und wegtrat. Die Geprellte ergriff die Gelegenheit beim Schopf und rief Viky aus dem Nebenzimmer, der am Grammophon hantierte und ahnungslos ihr Opfer wurde: »Laßt mich in Ruh mit diesen Kindergartenspielen, ich arbeite schwer, oder wollt ihr heute nicht mehr tanzen?« Er entschlüpfte.

»Ich brauch deine Barmherzigkeit nicht«, sagte Judith und rührte sich nicht, hob nicht einmal den Kopf zu Arnold, der sie nicht nur herbeigewinkt hatte, sondern auch zu ihr trat.

»Nicht aus Mitleid, sondern weil du mir immer schon gefallen hast«, sagte er. »Es hat mir leid getan, daß man dich von unserer Schule gefeuert hat. Du warst ein gescheites Mädchen und ein feiner Kamerad. Wir haben immer so gut bei euch gespielt und feine Mehlspeisen bekommen.«

»Alle habt ihr bei uns gespielt«, sagte sie.

»Ja, was kann man machen.« Er dachte nach und schloß mit Worten, die man so aufschnappt: »Das Schicksal ist stärker als wir, man muß sich beugen.« Er setzte sich neben sie auf das Sofa, legte seinen Arm um sie, küßte sie auf die Stirne und auf die Augen. Und blieb dort sitzen.

»Sehr gut«, sagte Béla, »das ist eine echte Überraschung. Beruhige dich, Monika. Gib Ruh, deine Zeit kommt noch!«

Adolf sträubte sich, Farbe zu bekennen. »Ich spiel nicht mit«, sagte er, fügte sich aber, als Béla sanftmütig sagte: »Heute gibt es keine Spielverderber, es sei denn, der liebe Gott verdirbt uns das Spiel.«

Einige Minuten lang verstand man kein Wort, da die drei Doppeldecker über das Dach hinwegrasselten. Adolf gab sich einen Ruck und winkte mit einer herrischen Geste Sigrid herbei. Alle blickten wir gespannt auf die beiden. »Ce chestie«, sagte Xenia zu ihren Mädchen, was für eine Masche: »Sie rührt sich nicht, unsere Prinzessin, sie sieht ihn nicht einmal an! Als ob er Luft wäre!«

Wütend beorderte er ein Mädchen in weißer Bluse herbei, das mit hochrotem Gesicht gehorchte.

Das Mädchen Majo winkte vergeblich. Jeder meinte, er habe schon eine andere, und keiner gesellte sich ihr zu. Sie blickte hilfesuchend zu Sigrid hinüber, die sich im Schaukelstuhl niedergelassen hatte. Doch die tat nichts Nachahmenswertes.

Ulrike zückte einen Zettel und sagte: »Wen rufen? Viele sind mit mir auf den Turm gestiegen.«

Worauf Béla wohlwollend nickte und sagte: »Viele! Ich hab sie kaum aufschreiben können. Ruf den, dem du dein Herz geschenkt hast. Darauf sind alle neugierig.«

»Mein Herz. Wo ist mein Herz?«

Die rumänischen Mädchen sagten, daß die Mütter es ihnen nicht erlaubten, einen Schatz zu haben, aber daß sie ihr Herz gerne jemandem schenken würden, zumindest für den heutigen Nachmittag, nur seien die seriösen Jungen schon besetzt, ocupati! So fielen sie sich gegenseitig um den Hals und herzten einander, während der Buzi und der Béla und der Anton vergrämt wegschauten.

Hella Holzer winkte Bubi Ballreich herbei, der willig folgte und alles tat, was das Spiel vorschrieb, sich aber sofort seiner Henriette zugesellte, die sich an seine grüne Seite setzte. Zu dritt saßen sie auf der Ottomane beim Ofen. Er hatte die Arme um die Schultern der einen und der anderen gelegt und verteilte seine Gunstbezeugungen gerecht auf beide, damit keine zu kurz komme.

Als Sigrid sich bei N wie Neustift zu Wort meldete, hatte sie nur einen Satz zu sagen: »Ich habe einen, aber ich rufe ihn nicht, und ich sage nicht, wer es ist.« Alle blickten zu Adolf, als erwarteten sie von ihm eine Erklärung. Der allwissende Béla schüttelte den Kopf so, daß nicht ersichtlich war, ob das ja oder nein heiße oder ob er sich bloß wundere.

Als die Reihe an mir war, sagte ich kurz: »Ich bin allein!«

Damit wäre das Spiel zu Ende gewesen, wenn nicht Sigrid sehr bestimmt gesagt hätte: »Das ist die Wahrheit nicht!«

Ich fuhr auf, erbost, daß sie verraten könnte, was sie wußte – jene Geschichte in Rohrbach mit einem großen

Mädchen, vielleicht einer Frau, der Medizinstudentin, die mich vor der Büffelherde gerettet hatte. Und dann in der Scheune …

»Das ist mein Geheimnis«, schnitt ich ihr das Wort ab. »Das wissen nur du und ich und sonst niemand auf der Welt.«

»Du irrst«, sagte sie und blickte mich mit wilden Augen an wie damals bei der Badestelle, als sie aus den tödlichen Tiefen des Flusses aufgetaucht war, der ins Schwarze Meer mündet. »Das ist mein Geheimnis allein. Nur ich weiß davon und sonst niemand auf der Welt. Nicht einmal du.«

Alle schwiegen betroffen, bis eine rief: »Bitte, Béla, sag uns, wer waren die beiden Schatten auf dem Turm?«

»Das waren«, sagte Béla bedächtig, hielt inne und blickte sich fragend um: »Soll ich es wirklich sagen? O Gott, o Gott! Das muß ich mit meinem Gewissen besprechen.«

»Besprich es rasch und sag es uns.«

»Na gut. Das war …« – er blickte alle der Reihe nach eindringlich an, und sie senkten den Kopf oder schlugen die Augen nieder, bis auf Majo mit ihrem klaren Gesicht, denn auch die rumänischen Mädchen wichen seinem Blick aus –, »das war« – er legte eine Kunstpause ein – »die BDM-Scharführerin Edeltraut Maultasch.« Punkt. Pause.

»Die Maultasch, die Scheinheilige, die Dickmamsell! Aber mit wem, um Gottes willen? Zum Küssen gehören zwei!«

»Das auszutratschen, muß ich mir gut überlegen. Denn er ist ein Held.«

»Ein Held?«

»Ja, und tot. Und über Tote soll man nur Gutes reden, sagen die Lateiner.«

»Nichts Schlechtes«, verbesserte Adolf, der Primus. »De mortuis nihil nisi bene.« Er sagte das mit belegter Stimme.

»… nichts als Gutes«, verbesserte Sigrid ihn.

»Ich hab's ja gewußt: bene, bine. Das heißt Gutes!«

»Ein toter Held. Wer könnte das sein?« Karlibuzi, der eine Lehre bei den Pompe funebre antreten wollte, erriet es aufs erste. »Der Buzer Montsch«, sagte er mit trainierter

Trauer in der Stimme. Alle Köpfe drehten sich zu Sigrid, manche noch mit offenem Mund.

»Kein Grund, um nicht lustig zu sein und zu tanzen«, rief Viky in der Tür zum Nebenzimmer.

Sigrid hielt den Blicken stand. Sie verbarg ihr Gesicht nicht. Ihre Haut, hell wie Alabaster, hatte sich entfärbt. Auch Majos Gesicht war kreideweiß geworden, so daß die Sommersprossen wie Senfkörner wirkten.

Henriette sagte elegisch: »Anders schmeckt hier der Märzwind, anders der Duft vom Heu, anders klingt hier das Wort von Liebe und ewiger Treu.«

»Wie das Schneewittchen schaut sie aus, als es den giftigen Apfel geschluckt hat«, sagte Karlibuzi und sah Sigrid mit Kennermiene an.

»Der Tanz kann beginnen«, rief Viky und entblößte gutmütig sein Gebiß. »Kommt herüber, alles ist bereit!« Und als sich niemand rührte: »Mein heiliges und großes Ehrenwort.« Höher ging es nicht. Das wirkte.

Getanzt wurde im Wohnzimmer. Die Tanzfläche schimmerte in rosafarbenem Licht. Es gab einen Aufruhr in der Gesellschaft, die aus dem Gartenzimmer hinüberdrängte. Die Mädchen liefen alle in eine Ecke und lächelten betreten. Bloß Sigrid machte es sich in einer Fensternische bequem und schlug die Vorhänge als wallenden Überwurf um sich. Die Jungen standen unschlüssig auf dem Parkett herum, fingerten an ihren Krawatten und musterten verstohlen die Mädchenschar. Mit dem Schuh prüften sie argwöhnisch die Glätte des Bodens.

Mein Dilemma war, welche ich als erste zum Tanz einladen sollte. Der Reihe nach, wie sie in der Klasse gesessen waren? Oder nach dem Katalog? Tanzen würde ich mit allen, wie es sich schickte.

Oder sollte ich mit Gisela Judith den Tanz eröffnen? Etwas hielt mich zurück. Es schien mir, daß sie mir einiges schuldig war, seit damals, als sie mich nicht bis zur Hoftür begleitet hatte. Dafür hatten mich die jüdischen Burschen angefallen. Oder verdroß es mich, daß Arnold sie unter seine Fittiche genommen hatte und sie das guthieß? Mir gebührte ihre Gunst.

Andererseits hätte ich aus vielen Gründen Sigrid als erster die Ehre geben müssen, schon weil sie unserem Haus am nächsten stand. Kühl abwägen! Es ging um das Einmaleins der Höflichkeit. Noch barg mich die Leere des Anfangs.

»›La Paloma‹«, sagte Viky stolz. »Auf der anderen Seite ›Santa Lucia‹. Die Nadel kratzt, aber man erkennt die Melodie.«

»Gott sei Dank, man erkennt die Melodie«, sagte Hella mit süßer Stimme, »und der Rhythmus fährt in die Beine.«

»Die weiße Taube, das heilige Licht« erklärte Adolf, »das gemahnt an die Seelen der Toten, die zum Himmel steigen.«

»›La Paloma‹, ›Santa Lucia‹, das spielt die Blasmusik bei uns in Bekokten bei den Begräbnissen«, sagte Majo.

»Und in Fogarasch auch«, sagte Hella.

»Wie schön«, sagte Majo.

Das war es! Mit ihr würde ich den Ball eröffnen! Ich schritt auf sie zu, verbeugte mich: »Darf ich bitten?« Ihr Gesicht war rot übergossen. Sie schielte zu Sigrid, die Adolf folgte, und antwortete: »Gerne! Sehr gerne!« Und knickste in den schwarzen Schnürstiefeln ihrer Großmutter.

Und wir tanzten einen Tango. Federleicht glitt sie dahin, erspürte wie ein Engel alle meine Wünsche, rechts herum, drei schnelle Schritte rückwärts, die Schleife nach links, daß der Zopf über das Parkett wedelte, ins Knie geknickt, daß ich fast über ihr schwebte, wieder herauf zu mir, daß die Körper innig aneinander rührten, dann im seitlichen Dahineilen locker wie bei der Quadrille – alles führte sie aus mit einer Leichtigkeit, die mich entzückte.

Ich sagte es ihr. Und sie gab eine einleuchtende Erklärung: »Wir Kinder vom Dorf gehen schon mit zwei Jahren auf den Ball. Darum können wir gut tanzen.«

»Noch vor dem Kindergarten?«

Sie roch nach Schlüsselseife, daß es mich benebelte. Lust packte mich, mit ihr eine Sommernacht im Heu zu schlafen, auf einer himmelblauen Leinendecke, bis uns am Morgen das Krähen des Hahnes wecken würde und das Gackern ihrer Hühner.

Als erste löste sich Sigrid von ihrem Verehrer Adolf, dann Judith von Arnold, Ulrike vom Tränenprinzen, als letzte die Mädchen in den weißen Blusen. Sie bildeten einen Kreis und klatschten in die Hände.

Als die Melodie verklungen war und wir uns trennten, sagte Majo: »Danke schön!« Was ich ihr verwies: »Im *Guten Ton* steht: ›Nachdem der Herr sein Danke für den gewährten Tanz mit Verneigung angebracht hat, nickt die Dame höchstens mit dem Kopf.‹«

»Ich bin nur ein einfaches Mädchen. Und ich bin ja so froh, daß du mich ausgewählt hast.«

»Umgekehrt. Es ist eine Gunst, mit dir zu tanzen.«

»Was du nicht sagst. Das hab ich nicht gewußt.«

Nach dem ersten Tanz hatte ich mir ein Muster zurechtgelegt, wann ich wen auffordern würde. Ich wollte abwarten, welches von den Mädchen sitzenblieb, und dann als rettender Engel in Erscheinung treten. So war ich mittendrin, als Katalin mit wogenden Röcken herbeipreschte, das Häubchen schief auf dem Kopf, und mich am Ärmel zupfte. Die Ilonanéni müsse mich dringend sprechen, es sei etwas Scheußliches geschehen. Ich ließ ein Mädchen mit weißer Bluse fahren: »Verzeih! Ich bin zwar der Hausherr, aber nicht mein eigener Herr!« Und folgte der aufgeregten Magd in den Vorraum.

Die Hausmeisterin, diese sonst einsilbige Frau, beschwor mich auf ungarisch, das Fest abzubrechen und die Kinder nach Hause zu schicken. Abscheuliches sei vorgekommen, und böse Dinge seien im Gange. Sie legte eine Kunstpause ein, hob die Schürze vors Gesicht und wischte sich über die Augen: Eben als sie die Läden ihrer Wohnung schließen wollte, was sei auf dem Fensterbrett gelegen? Wieder verhüllte sie mit der fleckigen Schürze ihr Haupt: »Einen Hahn hat man uns hingelegt, mit abgeschlagenem Kopf, ekelhaft und grausig anzusehen. Und voll schlimmer Vorbedeutung. Denn der alte Macavei, der Bulibascha der Binderischen Zigeuner, der weiß es gewiß: Ein geköpfter Hahn zieht böse

Geister ins Haus, der Kopf aber allein, ans Tor genagelt, der hält sie ab. Hier nun fehlt gerade der segensreiche Kopf.«

»Das kenne ich alles«, sagte ich barsch.

»Sie wissen solche Dinge, urfi, junger Herr?« fragte Frau Szabó verwirrt. Ja, ich wußte um solche Dinge!

Inzwischen war der alte Nagyapó herbeigestelzt, ihr Vater. »Der kopflose Hahn«, meinte er, während er die Treppen zur Terrasse erklomm, »könnte das Ende der Welt bedeuten. Denn ohne Kopf vermag kein Hahn zu kreischen und somit in aller Frühe nicht die Finsternis der Nacht zu verjagen, die Mutter Sonne zu wecken und den nächsten Morgen herbeizurufen.«

Die Katalin erhärtete das Gesagte: Ihr habe von einem weißen Hahn geträumt. Den zu schlachten habe man ihr geboten, was zu tun sie sich geweigert habe. Gottlob sei sie erwacht, gerade als der Hahn des Nachbarn zum ersten Mal krähte.

»Gewiß ist«, sagte der alte Ungar, »daß dieser Hahn nie mehr krähen wird.« Das liege auf der Hand, wies ihn die Tochter zurecht, er sei ja tot, wie solle er krähen.

»Nicht weil er tot ist«, widersprach der Alte eigensinnig, »kann er nicht kreischen, sondern weil er den Kopf verloren hat. Was nicht heißt, daß die ganze Welt untergehen muß. Gewiß ist, daß dieser Gockel morgen früh nicht mehr krähen wird. Gehört er in die Nachbarschaft, in diese Gasse, dann können wir uns das Kreuz machen!« Er bekreuzigte sich.

Frau Ilona pflichtete plötzlich bei: »Heißt es nicht in der Bibel, daß der Herr zur Stunde des Hahnenschreis kommen wird? Schreit der Hahn nicht mehr, kommt unser Herr nicht. Die Welt bleibt des Teufels!«

»Abraxas«, entfuhr es mir. Bei den schnarrenden Lauten schreckte die Frau zusammen. Abraxas, das war der geharnischte Schlangenleib mit Hahnenkopf; fehlte der Kopf, blieb die doppelschwänzige Drachenschlange. Als ich unserem Pfarrer von dem verstümmelten Hahn auf dem evangelischen Kirchturm in Freck erzählt hatte, dem vorbeiziehende Soldaten den Kopf weggeschossen hatten, hatte er nachdenklich bemerkt: »Bleibt nur noch ein Symbol des Teufels.«

»Malmaison«, sagte ich laut. »Dann geht hier alles zum Teufel.«

»Teufel«, das Wort verstand Frau Ilona. Sie nickte schwermütig. Das mit dem Hahn sei nur der Anfang vom Ende. Ihr Vater habe nach dem Regen noch etwas gefunden und es herbeigeschleift. Sie traue sich nicht, es vorzuzeigen. »Aber da Sie, urfi, auch der Hausherr sind, a gazda, müssen Sie über alles wissen!«

»Mi az úiság? Was ist die Neuigkeit?«

»Übrigens hat sich auch der János, die Ordonnanz des Colonels, aus dem Staub gemacht.«

»Das wissen wir.«

Wegen all diesem, was in einer einzigen Stunde passiert sei, weinten sich die beiden Töchter, Oronko, das Goldchen, und Irenke, das Friedchen, die Augen aus dem Kopf. »Heraus mit der Sprache!«

»Wegen des Hahns hätte ich nicht gewagt, das Fest zu stören. Aber das andere, das ist schauerlich, schauderhaft. Sie können sich nicht vorstellen, urfi, was der Nagyapó, ruhelos und neugierig wie er ist, aufgestöbert hat. Und zwar bei Ihnen im Hof, und schamlos dem Löwen an den Schwanz gehängt! Ich scheue mich, es auszusprechen.«

»Also, wird's bald!«

»Ein blutbefleckter Unterrock!« Am Schwanz des Löwen ein Unterkleid … Wir schwiegen. Nach einer gebührenden Pause fuhr Frau Ilona händeringend fort: »Schicken Sie die Kinder nach Hause, urfi! Unglück steht ins Haus. Irgendeine Bluttat. Tod und Teufel! Der gute Gott allein es mag wissen.«

Das mit dem Unterrock nahm der Nagyapó auf die leichte Schulter, das könne auch Kindersegen ankündigen. Doch die Katalin widersprach leidenschaftlich: »Bei uns in Kobór ist das ein böses Vorzeichen.« Die beweiskräftige Geschichte zu erzählen, verwehrte ihr die Hausmeisterin.

»Kindersegen kann es sein«, bockte der Alte. »Überhaupt: blutiges Unterkleid und fruchtbarer Hahn! Wo die Enkeltöchter längst mannbar sind. Zu meiner Zeit, als ich ...«

»Schweigt, lieber Vater süßer! Vergeßt nicht, Ihr seid hier in einem Haus von Herrschaften.«

»Angezettelt hat das gewiß der alte Harhoiu, der Milchmann, der stinkige Walach«, meckerte der Alte.

»Haltet den Mund, lieber Vater«, wies Frau Ilona ihn zurecht. »Die Walachen schneiden Euch die Gurgel durch wie dem vermaledeiten Kokesch auf dem Fensterbrett. Haben sie nicht den Strohschneider-Bácsi aus dem Zug gestoßen, nur weil er den Schnurrbart auf ungarisch trägt?« Die Geisterseher und Zeichendeuter schlossen: Sie hätten das Ihre getan. Und zögen sich schleunigst zurück, weg von hier, aus dem Haus der erbosten Geister. Für diese Nacht auf alle Fälle. Und die Katalin nähmen sie mit. Morgen, wenn der Hahn krähe, werde man wieder zur Stelle sein und weitersehen.

Der Großvater rief von drinnen: »Kein Grund, um nicht fröhlich zu sein!« Die Großmutter aber wollte genau wissen, was die Frau Ilona, sonst still und stumm, so heftig zum Besten gegeben habe.

»Träume und Aberglauben«, sagte ich ausweichend.

»Träume ...« Die Großmutter zögerte. Auch sie habe letzte Nacht ein Traum geplagt, ein unzüchtiger Traum.

»Aber Bertha! In deinem Alter!« unterbrach sie der Großvater. Der sie leider beschäftige und den sie loswerden müsse, sonst verfolge er sie auch heute nacht.

»Genier dich nicht, der Bub ist groß, erleichtere dich, Segel ahoi! Übrigens hat ihn sein Vater zum Hausherrn bestellt, ergo muß er alles wissen, was im Haus vorgeht. Außerdem wartet das wirkliche Leben auf ihn ...«

»Ein fast unzüchtiger Traum.« Sie errötete zart. Der verewigte Rittmeister Costescu, der Selige von der Frau Rozalia, sei ihr im Traum erschienen, ohne Pferd, taumelnd, die Mütze am Hinterkopf, mit glasigen Augen, wie betrunken, und über der Stirne ein kreisrundes rotgezacktes Loch ...

»Das ist traurig und bedauerlich«, sagte der Großvater, »auch ein wenig unanständig; was aber ist unzüchtig dran?«

Die Großmutter zögerte, schwieg verschämt, wurde puterrot, nahm ihre ganze Courage zusammen und sagte feierlich, der Hosenschlitz des Herrn Rittmeisters sei offen gewesen. Obwohl er auf dem Feld der Ehre gefallen war, sei der Hosenschlitz des tapferen Helden nicht zugeknöpft gewesen. Ein schrecklicher Anblick.

Ich tröstete: »›Und es soll geschehen in der letzten Zeit: Eure Alten sollen Träume haben‹, spricht der Prophet bei der Aluta-Brücke.«

»Träume sind Schäume«, sagte der Großvater, nieste dreimal und rief: »Prosit! Kein Grund, um nicht zu feiern.«

Viky Welther hatte Damenwahl ausgerufen. Die Jungen blieben wie versteinert stehen und blickten zum Plafond, während der Walzer »Zwei Herzen im Dreivierteltakt« die Mädchen in Schwingung versetzte.

Ehe sich das Gewusel lichtete und ordnete und die Paare zusammenfanden, geschah etwas, was die Wahl verzögerte und alle den Atem anhalten ließ: Gisela Judith trat vor den Hordenführer Adolf hin, deutete einen Knicks an und fragte: »Gewährst du mir diesen Tanz?«, indes Monika sich wie eine hungrige Ziege auf Arnold stürzte und schon davonstampfte: nicht, daß jemand ihn ihr entrissen hätte.

Was würde geschehen?

Auf mich hatten sich gleich drei Mädchen zubewegt: eine weiße Bluse, dann Georgetta und Sigrid. Was rät der *Gute Ton*, wenn mehrere Damen einen auffordern? Gleich nachschlagen. Aber zu meiner Verwunderung mußte ich feststellen, daß er sich dazu ausschwieg. Ich sagte: »Verzeihung, diesmal nicht!« Schade, daß nicht allein Sigrid mich aufgefordert hat, dachte ich. Ich hätte zwar das gleiche geantwortet, doch mit anderem Effekt. Dann wäre es eine blanke Abfuhr gewesen, so blieb es eine Geste des Taktes.

Gisela Judith stand vor Hans Adolf und wartete. Sie sah ihm ins Gesicht, ein Gesicht von südlichem Teint und voll Anmut, trotz der altjüngferlichen Lippen. So lange heftete sie ihre grauen Augen auf ihn, bis er die seinen unter den seidigen Wimpern aufschlug und ihre Blicke sich begegneten.

»Welch schönes Paar«, sagte Anton, der Photographen-sohn.

»Zum Brüllen«, sagte Monika aus den Armen Arnolds, »man denkt, sie ist eine Germanin und er ein Israelit.«

»Ja«, sagte Adolf, »ich gewähre dir den Tanz.«

Als ich mit Georgetta Oana Scherban dahinwalzte – in ihrem Kimono aus Rohseide entglitt sie dauernd meinen Händen –, sagte sie: »Du hast Courage gehabt, die Judith herzurufen, darum will ich dir ein secret sagen. Zweimal die Woche trage ich ein schweres Paket mit Essen zu den Glück-selichs, von meinem Großvater. Das ist foarte periculos! Als Präfekt vom judet Făgăras riskiert er, daß ihn die Legionäre erschießen. Aber er sagt: Die Juden sind ein ebenso altes und vornehmes Volk wie die Chinesen und die Rumänen. Er war nämlich in China.«

»Ich weiß. Mit der Bahn von Portugal bis Peking.«

Ich tanzte mit Judith. Es war ein erholsamer Slowfox mit ei-nem trivialen Text: »In einer kleinen Konditorei, da saßen wir zwei bei Kuchen und Tee. Und das elektrische Klavier, das klimpert leise …« Sie zitterte am ganzen Körper, hing in meinen Armen, legte den Kopf an meine Schulter und schien wie in einem Traum.

»Bist du müde, willst du dich ausruhen, dich hinlegen?«

»Vielleicht«, antwortete sie, »ich weiß nicht, ob ich es will, ob ich noch etwas will, außer alles zu vergessen und mich nicht mehr fürchten zu müssen.«

Ich führte sie ins Kinderzimmer und richtete ihr ein La-ger auf dem Bett von Kurtfelix. Ehe sie sich auf der Couch zusammenrollte, wählte sie einen Titel aus der Sammlung von Karl-May-Büchern meines Bruders – fünfundsechzig waren es, das letzte *Der Fremde aus Indien* – und bat mich: »Schieb mir das Buch unter das Kissen, meine Seele ist be-trübt bis in den Tod und unruhig in mir.« Es war das Buch *Weihnacht*.

Sie wanderte mit den Augen durch das Kinderzimmer und sagte: »Wie gut ihr es habt. Ihr müßt euch nicht fürch-ten. Hier fühlt man sich geborgen, beschützt. Hier kann einem nichts Böses geschehen.« Malmaison, durchzuckte es mich.

»An den Wänden Bilder: der Wolf als Jäger verkleidet, er fährt in der Eisenbahn ... Was ist das?«

»Ein Märchen.«

»Welches Märchen?«

»Eines, das meine Mutter extra erfunden hat, mit Figuren, die sie zeichnen und malen konnte.«

»Blitzgescheit, deine Mutter. Und dort auf dem Schrank, mit Schlot und so, ist das eine Dampfmaschine?«

»Nein«, sagte ich, »es ist die Laterna magica meines Großvaters, als er klein war. Statt Glühbirnen eine Petroleumlampe.«

»Wie schwer man sich vorstellen kann, daß er klein war«, sagte sie, »dein lieber Großvater! Und sieh, die große Puppe, wie heißt sie?«

»Nelke oder kleine Schwester«, sagte ich.

»Groß wie ein kleines Kind! Der grüne Kinderwagen – in dem könnt ihr eure Schwester spazierenfahren. Und eine versteckte Türe, so etwas hab ich noch nie gesehen, wie im Schloß von Dornröschen.«

»Das ist eine Tapetentür«, sagte ich.

»Bestimmt war es beim Dornröschen eine solche Tür, die zum Turm führte.«

»Die führt ins Badezimmer.«

»Wie müssen die glücklich sein, die hier wohnen. Wo sind deine Leute?«

»In Rohrbach.«

»Auf Sommerfrische?«

»Frauen und Kinder sind von der Volksgruppe evakuiert worden, verschickt aufs Land wegen den Luftangriffen.«

»Wie man für euch sorgt, euch von allen Seiten beschirmt.«

»Meine Mutter und meine Geschwister waren in der vorigen Woche hier. Als sie gehört hat, daß Dr. Schul wieder aufgetaucht ist, ist sie mit uns gekommen und hat uns untersuchen lassen.«

»Beim Doktor Schul? Mitten am Tag?«.

»Er ist der beste Kinderarzt, er war unser Hausarzt.«

»Euer Hausarzt war er. Ja, er ist davongekommen.« Ich setzte mich zu ihr. Sie machte mir Platz. Ich spürte die Beuge ihres Schoßes an meiner Hüfte. Während ich mit der einen Hand das Plaid, unter dem ein jüdischer Flüchtling eine Nacht geschlafen hatte, an ihren Körper schmiegte, streichelte ich mit der rechten Hand über ihr Haar, ihre Wange, zupfte sie am Ohr, spürte, wie die Augen unter den Lidern erzitterten, strich über ihre Lippen und das Kinn, glitt den Hals entlang und tiefer. Über meine Fingerspitzen nahm ich ihre Gestalt wahr und formte sie vor meinem inneren Auge zu einer Erscheinung, die sich wie durch Hexenwerk verwandelte zum Bild einer anderen – eines nackten Mädchens am abendlichen Fluß.

»Es ist wie im Frieden hier«, sagte sie.

»Du hast mich damals nicht zum Tor begleitet«, versuchte ich zu ihr zurückzufinden.

»Nein, ich habe dich nicht begleitet. Wegen meiner Mutter, nicht wegen mir oder wegen dir.«

Als ich die karierte Decke aus dem Schrank gezerrt hatte, um sie über das Mädchen zu breiten, waren mehrere pralle, grasgrüne Beutel herausgekollert, einer kleiner als der andere. Was das sei, hatte sie ins Halbdunkel gefragt. Zögernd hatte ich geantwortet: »Rucksäcke, Rucksäcke für uns Kinder, meine Mutter hat sie mit der Hausschneiderin genäht.«

»Wie possierlich sie aussehen. Aber warum so rund?«

»Sie sind vollgepackt.«

»Ah, vollgepackt. Was ist drin?«

»Das Nötigste: Erste Hilfe, Eiserne Ration, Wäsche zum Wechseln, warme Sachen. Wenn die Russen kommen ...«

»Das kenne ich«, sagte sie.

Ich lenkte ab: »Hör, ich weiß inzwischen von zwei Menschen, die euch regelmäßig helfen, geholfen haben. Damals aber, als ich bei euch war und deine Mutter mich nicht sehen wollte, hast du von dreien gesprochen.«

»Ja, ich weiß, als du mich eingeladen hast und meine Mutter, die liebe, süße, sich nicht zeigen wollte.«

»Zwei hab ich herausbekommen. Der tote deutsche Soldat und der Präfekt, der Großvater von Georgetta.«

»Es gibt noch Menschen mit einem guten Herzen. Nicht alle haben ein Herz von Stein.«

»Wer ist der dritte?«

»Ich darf es nicht sagen, aber er steht dir nahe, ist mit dir sehr nah verwandt.« Sie löschte das Licht, zog meinen Kopf zu sich und sagte: »Wie gut, daß ich nicht weggerannt bin, als dein Onkel, als der Dolfiführer mich ...«

Noch hatte ich bei diesem thé dansant kein Wort mit Sigrid gewechselt. Jetzt aber, als sie bei einer Runde sitzen blieb, forderte ich sie zum Tanz auf. Sie kam mir auf halbem Weg entgegen. Wie eine Holzpuppe, so fremd ist mir ihr Körper geworden, dachte ich, als wir uns mit weiten Schritten in die Bogengänge eines Englischwalzers gleiten ließen: »Ich tanze mit dir in den Himmel hinein, in den siebenten Himmel der Liebe ...« Kalt bis ins Herz bewegte ich mich über das Parkett. Der Unterlegene werde ich nie mehr sein. Und erinnerte mich an die Empfehlung der alten Fürstin Filality: »Prends garde, petit Tonio Kröger!« Als sie sich bei einem gewagten Schwung an mich schmiegte, entwand ich mich der Berührung.

»Paßt der Text für uns?« fragte sie und richtete ihre Augen auf mich, fast in gleicher Höhe mit den meinen.

»Auf dich ja«, sagte ich.

»Ich habe dir einen Brief nach Rohrbach geschickt.«

Brief? dachte ich. Zwei arrogante Zeilen waren es: Glaub für mich, sonst kann ich nicht lieben. Ich sagte: »Ja, durch meinen Vater. Er kam în permisiune von der Front ...«

»Und?«

»Und nichts«, sagte ich.

»In drei Wochen bist du sechzehn. Schenkst du deinen Geburtstag aus?« fragte sie.

»Ich weiß es nicht.«

»Seit gestern bin ich außer Gefahr, so glaube ich.« Wie zweideutig das klingt, dachte ich. Und schwieg.

»Ich bin schnell gewachsen. Aber ich habe mich auch angestrengt und bin größer als die Nische in der Gruft.« Warum log sie? Vielleicht aus Angst.

»Dein Erichonkel hat noch nie so nett mit mir geredet. Aber das mit Judith war skandalös. Wir waren alle wie gelähmt. Keiner kam ihr zu Hilfe. Eine Schande!« Ich schwieg. Der Onkel im Akazienwald bei Calbor, bei Kaltbrunnen, auf Partisanenjagd. Seine Ratschläge vom Mittag fielen mir ein: Fahr ihr zärtlich über den Rücken, und du wirst elegant herausbekommen, ob sie einen Busenhalter trägt oder nicht!

Wie von ungefähr glitt ich mit den Fingerspitzen ihre Wirbelsäule entlang, vom Nacken hinunter ... und wurde jäh gebremst! Wahrhaftig und leibhaftig, Karlibuzi Mild hatte recht: Sie trug ein Leibchen. Und er wußte auch noch aus verläßlicher Quelle, daß bloß solche Mädchen das brauchten, die sich mit Männern eingelassen hatten ... Mitten im Dahinwalzen auf englisch hielt ich inne.

»Ist dir nicht wohl?« fragte sie.

»Es ist mir nicht wohl«, sagte ich und stahl mich davon.

VIII. Der achte Himmel

Die Dornenhecke

»Die Feder ist abgesprungen, ich muß das ganze Vehikel auseinandernehmen«, sagte Viky. »Bring Werkzeug. Feines Werkzeug! Das ist eine Präzisionsmaschine.«

Mitten in den »Nordseewellen« war die Melodie zerschellt. Es ruckte und knirschte. Die Paare trennten sich. Die versunkenen Seelen tauchten aus der Tiefe empor. Die Mädchen hielten sich die Ohren zu. Katzenmusik! Geistesabwesend blinzelten die Buben durch das offene Fenster in den Garten. Über den strich ein grauer Wind. Die Flugzeuge waren zur Ruhe gekommen.

»Gott sei Dank, este pace«, sagte Xenia, die den Tränenprinzen wacker durch die »Nordseewellen« gesteuert hatte.

Ich verneigte mich vor der Großmutter, bedankte mich für den Tanz, entschuldigte mich wegen der Panne und geleitete die alte Dame zum nächsten Polsterstuhl, den der Großvater bereithielt.

Mit der Großmutter hatte er vorher einen Paso doble getanzt: »Zwei rote Lippen und ein roter Taragona, und ich bin glücklich in Barcelona ...« Die Großmutter bewunderte den Reimeschmied. Wie geschickt Taragona mit Barcelona zusammenstimme! Einige Mauerblümchen und ich hörten höflich zu. Der Großvater erläuterte: »Taragona, das sind die spanischen Dragoner. Dragon wiederum heißt Drachen. Und Drachen, die gibt es allenthalben: Denkt an den Hausdrachen!« Er meinte, ähnlich wie der Mann im Hühnerstall, daß alles im Leben und in der Welt verknüpft und verknotet sei. »Wir hier in Siebenbürgen am Ende der Welt tanzen den Paso doble, den English-Waltz, sie unseren unsterblichen Walzer, unsere Polkas. Wir gehören zum Abendland, nicht zum Balkan. Ach, die Monarchie!«

»Dragoner«, sagte die Großmutter, »Krieg entzweit, das ist schrecklich, aber der Tanz vereint und die Liebe, die macht alles gut!« Und sah den Großvater mit verklärten Augen an.

»Es wird lange dauern, bis ich die Musik zusammengeflickt habe«, verhieß Viky.

»Wie blöd«, jammerte Monika Bertleff, »was fangen wir an? Die Zeit ist so teuer!« Sie hatte den nachgiebigen Béla am Bandel, weil ihr der Arnold Wolff davongelaufen war.

»Der mit seiner Jüdin«, stichelte sie, »wie wagt sie es, so blond zu sein, auszuschauen wie eine von uns!« Darauf hielt Arnold ihr Mund und Nase zu, daß ihr die Augen hervorquollen und sie, puterrot, kaum atmen konnte. »Ich hab ja nur die Wahrheit gesagt«, keuchte sie, »was man uns gelehrt hat!«

»Wir spielen etwas! Pfänder auslösen«, sagte Hella Holzer.

»Ich steh im Eck und schneide Speck, wer mich liebhat, holt mich weg«, reimte Henriette Kontesveller.

»Sterne zählen«, sagte Karlibuzi

»Wo siehst du Sterne?« sagte die Holzpuppe Ulrike Enkelhardt.

»Liebespaare brauchen keine Sterne, sie zählen sie auch ohne«, sagte Béla, der Turmwächter.

»Wir maschkurieren uns«, sagte Georgetta Scherban.

»Du bist es schon. Du schaust wie eine Chinesin aus.«

»Jetzt im August carnaval?« fragte Rodica Haţeganu, »es ist Fastenzeit.«

»Nur bei euch Orthodoxen«, sagte ich. »Übrigens kleine Fastenzeit.« Und erinnerte mich an die Enthaltsamkeit des toten Căpitan Costescu von heute vormittag, der sich spät und erst auf verzweifeltes Zureden hin bequemt hatte, die Opfergaben vor seinem Bild zu verspeisen.

»Wir führen ein Märchenspiel auf«, sagte Henriette.

»Rotkäppchen! Knüppel aus dem Sack!«

»Wollt ihr, daß ich euch auffresse«, sagte Arnold Wolff, »oder wollt ihr Dresche?«

»Mit einem König und einer Königin«, sagte Henriette.

»Die Königin haben wir schon«, sagte Majo. Ja, das war über jeden Zweifel erhaben: Die Königin war erkoren.

»Schneewittchen und die sieben Zwerge!« sagte eine der weißen Blusen mit Haferlschuhen. »Die sieben Zwerge können wir sein«, sagten die Buben in kurzen Hosen, die den Exitus mit einem Heimabend verwechselt hatten. »Wir schauen alle gleich aus.« Wenn sie mit den BDM-Mädchen tanzten, riefen diese: »Au, dein Koppel drückt mich auf den Bauch!«

»Das ist mit Sterben und Sarg, das paßt mir nicht«, sagte Sigrid.

»Dornröschen, dort stirbt keiner«, sagte Adolf wohlbedacht, es war fast wie früher. »Dort erwachen die Menschen wieder zum Leben.«

»Das spielen wir«, riefen viele. Sigrid nickte.

»Und die Prinzen in der Dornenhecke?« sagte Arnold störrisch. »Sollen wir uns wieder wegen dir prügeln wie damals vor der Höhle? Mir hat's gereicht!«

»Nein«, sagte sie. »Wir spielen, was nachher kommt, von dort weiter, wo die Menschen wieder zum Leben erwachen … Dann kann jeder anziehen, was er will. Auch das Rotkäppchenkostüm, sogar die amerikanische Flagge. Aber zuerst lesen wir die Geschichte.«

Zitterte nicht ihre Stimme, als sie die letzten Zeilen las? »Und endlich kam er zu dem Turm und öffnete die Türe zu der kleinen Stube, in welcher Dornröschen schlief …« Diese Zeilen, die sie an den vorigen Herbst erinnern mußten – wir beide im Mauthaus, wir beide im Boot … »Da lag es und war so schön, daß er die Augen nicht abwenden konnte, und er bückte sich und gab ihm einen Kuß. Wie er es mit dem Kuß berührt hatte, schlug Dornröschen die Augen auf, erwachte und blickte ihn ganz freundlich an.«

»Fabelhaft, phantastisch, toll!« klang es durcheinander.

»Aber wie bekommen wir heraus, welches der wahre Prinz ist?« fragte Hella Holzer beunruhigt.

»Sigrid muß ihn sich vorher auswählen! Dann ist alles von Anfang an klar. Übrigens weiß jeder, wer ihr Schatz ist, mit wem sie geht, wie es um sie steht.«

Buzi widersprach: »Keine Rede! Stille Wasser sind tief. Wer kennt sich bei ihr aus? Sie ist keine Unsrige.«

Viky rief von drüben: »Lost! Zählt ab! Ene tene turz, der Teufel läßt nen Furz!«

»Brillant«, sagte Henriette, »wir spielen vom Ende weiter. Und von wegen Prinz hab ich eine Idee. Du legst dich auf den Diwan, schließt die Augen, und jeder Bub küßt dich.«

»Pfui Teufel«, sagte Georgetta. »Die Arme!«

»Wie schön«, seufzte Hella.

»Auf die Stirne«, sagte Sigrid.

»Du tust genau, was im Buch steht«, fuhr Henriette fort. »Bei wem du die Augen aufschlägst, das ist der echte Prinz.«

»Ich tue genau, was im Buch steht.«

Katalin erschien mit verweinten Augen. Sie wollte aus dem vermaledeiten Haus weg, nur weg! Die Großmutter mahnte: »Itt marad! Hier wird geblieben!« Zu uns gewendet, sagte sie: »Getanzt habt ihr, jetzt wird der Tee serviert, Tanztee! Diesmal Tee mit Sahne und echtes Chaudeau, mit Wein. Und irgendwann einmal folgt das Ende, alles hat ein Ende ...«

»Nur die Wurst hat zwei«, sagte Viky.

»Was ist das: Schodoh?« fragte Buzi Mild.

»Das ist so wie Vogelmilch mit Schnaps«, erklärte Adolf.

»Ihr Toren«, sagte Henriette, »das ist ein Zeichen, daß wir keine Kinder mehr sind. Wein trinken Erwachsene!«

»Als nächstes ein Photo«, sagte der Großvater. Er stellte das Stativ auf. Die Kamera war mit einer schwarzen Haube versehen. Unter der verschwand sein Haupt, und von dort kehrte es zurück, bis jeder seinen Platz gefunden hatte.

»Bertha, du führst Regie nach Farbe und Größe, du weißt ja! Und alle mit den Bechern in der Hand. So seht ihr seriös aus, wie erwachsen. Kein Grund, um nicht lustig zu sein.«

»Lustig ja, aber ohne Becher!« Die Großmutter führte Regie. Doch nicht nur nach Farbe und Größe, sondern auch nach anderen Gesichtspunkten. So bedeutete sie Béla und Karli, sich vor die Gesellschaft auf den Boden zu strecken, mit den Köpfen zur Mitte hin. »Recht so! Gleich und gleich gesellt sich gern! Ihr ergänzt euch wundervoll!«

Die beiden freuten sich wie Schneekönige: »Uns sieht man am besten.«

Sigrid war die einzige, die in einem feudalen Sessel Platz fand. »Wie eine Königin«, sagte Majo.

Um sie als Mitte gruppierte die Großmutter die anderen. Adolf wurde neben Judith placiert, wegen des Kontrastes: »Sie blond, er dunkel, das macht sich gut auf dem Photo: hell-dunkel! Ja, und Gegensätze ziehen sich an!«

»Genau«, murmelte Sigrid. »Les extrêmes se touchent!«

Aus ebenfalls koloristischen Rücksichten stellte mich die Großmutter neben die braune Ulrike, die träge sagte: »Mir ist das wurschtegal, neben wem ich steh, Katz wie Mitz!«

Monika Bertleff wurde Arnold zugesellt, dem das nicht wurschtegal war und der sich sträubte. Doch war er der einzige Junge, der sie überragte. Entrückt in den siebenten Himmel allgemeiner Seligkeit, hatten die Jungen vergessen, ihr »Hopfenstange« zu sagen. Sie zerrte sogleich Arnolds Arm um ihren Nacken und zog seine Hand auf ihre rechte Brust. Die Großmutter war entsetzt: »Um Gottes willen, nur das nicht! Das sieht aus, als wüchse dir aus der Brust eine dritte Hand, du albernes Kind.«

Die drei rumänischen Freundinnen wurden getrennt und zwischen die anderen gestellt, wegen ihrer Maschen, die wie Riesenfalter über ihren Köpfen schwebten und dekorative Reflexe bildeten. Die Mädchen mit den weißen Blusen und den blauen Röcken gerieten an den Rand und mußten sich in einem Hofknicks verrenken oder auf den Knien liegen. Die uniformierten Buben wurden in die letzte Reihe verbannt, man sah nur Köpfe und halbe Gesichter. Als Leibgarde der Königin wollte die Großmutter sie nicht haben.

»Etwa so«, sagte die alte Dame, trat zurück und kniff die Augen zusammen. »Eine Königin mit ihrem Hofstaat!«

Doch diese Anordnung der Personen war eine optische Täuschung. Sie spiegelte nicht die wahre Lage der Herzen wider. Es entstand für alle Ewigkeit ein falsches Bild.

Die verschreckte Katalin hielt das Magnesiumlicht hoch. Als es die Großmutter entzündete, glitt es der Dienstmagd aus der Hand. Niemand sagte: Scherben bringen Glück! Der

Blitz verwandelte das Zimmer in einen Lichtkrater. »Wie die Explosion einer Brandbombe«, bemerkte Arnold. Alle hatten wir die Hände vor die Augen gerissen.

»Exquisit«, sagte der Großvater und klappte seine Instrumente zusammen. »Bis an das Ende der Tage wird euer Exitus verewigt bleiben.« Er notierte: Fogarasch, 23. VIII. 1944.

Zum Tee wurden belegte Brötchen gereicht und Kleingebäck. »Russischer Tee, eine Wucht«, sagte Arnold Wolff, der Sohn des Gastwirts, und schnupperte genußvoll. Russischer Tee! Er würde den Gasthof übernehmen, so war das Familientradition.

Feines Werkzeug hatte Viky verlangt, um das Grammophon zu reparieren. Das hieß Engelberts Zimmer am anderen Ende des Hauses aufsuchen und über seinen Schreibtisch gehen, hieß gegen die Regeln des Hauses verstoßen ... Aber Eile war geboten und höhere Gewalt im Spiel.

Ich kramte in seinen Schubladen und Fächern, verlegen und hastig. Hier, das verklemmte Stundenglas, das am Adventsonntag vor zwei Jahren seinen Dienst aufgesagt hatte. Eine Mappe, verziert mit astrologischen Zeichen und kosmischen Zeichnungen. Der Titel, *Mantische Berechnungen*, machte mich neugierig. Als ich sie öffnete, fiel mein Blick auf einen Bogen Papier mit den Initialen: A. S. R. M. J. B. V. H. Z. N. und dem Datum: Sommer 1943. »Versuch zu berechnen, wann sie 1,67 hoch sein wird.« Ganz unten, als Fazit: »etwa zwischen dem 22. und 27. August 1944. Dann muß sie höllisch aufpassen!!!«

Mit einem Schlag war meines Herzens Härte dahin. Eine Welle des Erschreckens schlug über mir zusammen. Gram um das Mädchen erfaßte mich und Erbarmen mit ihr. Und der verzweifelte Wille, sie vor dem Bösen zu bewahren, ihr Leben zu retten, um jeden Preis, wem immer sie ihre Freundschaft schenken würde, nachher. Nur ihr sollte nichts geschehen.

Du mußt etwas tun, um sie zu schützen, sagte ich mir. Eilfertig begann ich zu glauben und obendrein heftig zu beten:

»Herr, ich glaube, hilf meinem Unglauben. Mach mit mir, was du willst, streng und unberechenbar, wie du bist. Sie aber laß leben!«

Ich las weiter, eine Nachschrift: »PS! Aber sterben kann in diesen Zeiten jeder von uns, auch wenn er keine ausgemessene und angemessene Grabstätte hat, auch wenn er nicht herumspekuliert und austüftelt, wann es soweit ist und wie er sich vorbeiwinden kann. Da nützen keine Berechnungen und Rösselsprünge. Jeden, ob alt, ob jung, mag es heutzutage erwischen, wann und wo immer.«

Sigrid Renata lag hingestreckt auf dem Sofa, wo sie vor einem knappen Jahr geruht hatte, den Kopf in meinem Schoß. Sichtbar war sie gewachsen. Ihre Gestalt reichte von einer Armlehne zur anderen. Aber noch war sie samt Schuhen nicht größer als die gepolsterte Nische des Diwans.

»Warum zieht sie die Schuhe nicht aus?« fragte Bubi Ballreich.

»Eine Dame tut das nicht«, sagte Monika.

»Wie«, fragte Béla, »auch im Bett nicht?«

»Du ungebildeter Esel!« sagte sie. »Und seht, Strümpfe trägt eine echte Dame zu jeder Jahreszeit, sogar im Hochsommer. Und ebenso ein Combinée! Immer, sommers und winters. Auch bei Affenhitze trägt eine echte Dame ein seidenes Unterkleid.«

»Gott sei Dank, daß es auch falsche Damen gibt«, sagte Anton vom Photosalon. »Toll, wenn eine solche aus dem Haus ins Freie tritt und kein Combinée anhat. Durch das Kleid sieht man wie in ein Gurkenglas hinein. Und was sieht man? Den erotischen Schattenriß! Es kitzelt mich im Bauch.«

»Dann ist es keine Dame«, sagte Monika.

»Tu nicht so vornehm«, sagte Henriette. »Das weißt du aus deinen Hintertreppenromanen.«

»Nein«, sagte Monika mit Würde, »ich les keine solchen Romane, ich les nur Dreißig-Pfennig-Romane.«

Die Majo wollte wissen, warum es einen im Bauch kitzle, wenn ein Dame durch die Tür gehe. »Bei dir mit deinem Leinenrock kitzelt einen nichts«, beruhigte sie Monika. »Übrigens, Sigrids Kleid ist der letzte Schrei. Todschick!«

Alle standen um Sigrid Renata herum, die bewegungslos dalag. Todschick und wie aufgebahrt, dachte ich. Der letzte Schrei! Vor mir sah ich das Plakat an der Sächsischen Sparkasse mit dem letzten Schrei der jungen Frau. »Ist ihr schlecht?« fragte ich Arnold.

»Es fehlt ihr nichts. Wir warten auf dich, damit wir anfangen können.«

»Wer der Prinz sein wird, das weiß man, weshalb dieser Zirkus?« sagte ich. »Ich hol die Kostüme.«

»Bei ihr weiß man nie. Die Alfa hat immer Überraschungen auf Lager.«

»Wir beginnen«, sagte Henriette. Da es um poetische und romantische Dinge ging, hatte man ihr die Spielleitung überlassen. »Alle Mann ran, im wahrsten Sinne des Wortes: alle Mann! Dem Alter nach!« Die Prozedur ging rasch vonstatten. Die Buben bückten sich über das Mädchen, manche knieten in ritterlicher Pose, berührten mit den Lippen ihre Stirne und trollten sich. Sigrid lag mit geschlossenen Augen da und ließ alles über sich ergehen.

»Dornröschen stell ich mir anders vor«, sagte Anton.

»Du hast recht. Wenn man schläft, hat man rote Backen«, sagte Hella.

»Sie schaut eher wie das Schneewittchen aus«, sagte Karli, »sieh, wie weiß sie ist!«

Von Zeit zu Zeit wischte sie sich mit einem Tüchlein die Stirne. Monika bemerkte: »Die Buben schlecken sie bloß ab.« Bei Adolf öffnete sie die Augen.

»Er ist es. Das haben wir ja gewußt«, maulten die Mädchen. »Weshalb läßt sie uns zappeln, führt uns an der Nase herum?« Er war mit großer Sicherheit hinzugetreten, hatte seine rechte Hand unter ihren Nacken gelegt und ihren Kopf leicht zu sich gehoben. Er hatte sie linkisch auf die Stirne, auf die Augen und dann, mit einer überstürzten Bewegung, auf die Lippen geküßt. Ohne sich zu regen, hatte sie die Augen aufgemacht und ihn einen Augenblick angeschaut.

»Ich bin es«, sagte er mit einer Stimme, mit der er bei den Übungen Befehle erteilte. »Ich bin der Auserwählte«, betonte er und sah sich mit einem metallischen Blick nach mir um. »Bring die alten Klamotten. Wir können beginnen.«

Sigrid Renata drückte die Augen zu und lag wieder still auf dem Ledersofa, als sei nichts geschehen, während ich auf dem Sprung war, in die Abstellkammer zu verschwinden, um die Faschingskleider zu holen.

»Steh auf«, sagte der Dolfiführer mit harscher Stimme, »die Parade ist vorbei!« Mit nervöser Munterkeit rief er uns zu: »Angetreten zum Maskenball! Wird's bald!« Das war ein Befehl an alle, und nach eingefleischter Gewohnheit hielten sich die meisten bereit, zu gehorchen. »Auf, auf, der Minnedienst ist zu Ende, das Spiel beginnt!«

»Merkst du nicht, sie schweigt still!« sagte Arnold, »Und du, willst du kommandieren? Uns wieder herumpudeln?«

Das Mädchen regte sich nicht, als wäre es wahrhaft von Todesschlaf befallen. Arnold begriff als einziger, daß da ein Haken war. »Es ist noch einer, der nicht an der Reihe war«, sagte er unvermittelt und zeigte auf mich.

»Das ist gegen die Abmachung«, rebellierte Adolf. »Bei mir allein hat sie die Augen aufgeschlagen.«

»Um dir die Augen zu öffnen, du blinder Hund!«

»Ein deutscher Mensch hält sich an sein Wort.« Er wandte sich heftig an das Mädchen: »Sag ihnen die Wahrheit, sag ihnen, wie es steht!« Sie gab keinen Ton von sich.

»Aus, Herr Kraus!« sagte Arnold. »Marsch in die Ecke. Dort ist dein Platz!« Er drängte ihn weg.

»Sie ist mir nachgelaufen.«

»Schäm dich. Du bist kein Kavalier. Die läuft niemandem nach«, fauchte Arnold.

»War sie nicht sein amor, seine Geliebte?« fragte Rodica.

»Sein Schatz vielleicht, seine Geliebte nicht«, sagte Arnold. Und zu ihm gewandt: »Du hast nichts übrig für sie. Im Grunde willst du mit ihr protzen. Kapier endlich: Sie ist zu fein für dich! Auf einen groben Klotz gehört ein grober Keil.«

»Der Arme«, sagte Rodica.

»Er hat Blut geleckt, blaues Blut.«

»Blaues Blut«, fragte Rodica, »gibt es das?«

»Ja«, sagte Johann Adolf zornig. »Auch ich habe blaues Blut in meinen Adern, blau wie Tinte.« Er griff nach dem Orangenmesser auf dem Desserttisch und schürfte seinen Handrücken, daß das Blut aufquoll.

»Das Blut ist nicht blau!« sagte Rodica.

»Du bist übergeschnappt«, sagte Arnold. »Heraus mit deinem Taschentuch. Ich will dich verbinden.«

»Das Blut ist rot«, sagte Rodica.

»Sicher. Mein Blut ist rot. Trotzdem: Mich hat sie erwählt! Denn ihres ist auch rot. Seht«, schrie er, »wie rot es ist!« Und wollte sich mit dem Messer auf sie stürzen. Zwei hielten ihn, während Arnold ruhig sagte: »Laßt ihn. Mit dem Scheißmesser kann man nicht einmal einen Bleistift spitzen.« Doch die Buben hielten ihn fest.

»Komm«, sagte Arnold, »jetzt folgt die Probe aufs Exempel.« Er packte mein Handgelenk, schleifte mich zum Sofa und bog meinen Kopf mit Gewalt hinunter, bis mein Mund schließlich Sigrids Stirne flüchtig berührte.

Im selben Augenblick umspannte sie mit den Armen meinen Nacken, so fest, daß ich nicht entkommen konnte, ja in die Knie gehen mußte. Sie schlug die Augen auf, erwachte und blickte mich ganz freundlich an. Erregt rief sie: »Laßt uns fröhlich sein! Heute werden wir etwas erleben wie nie zuvor. Wir sitzen zusammen und haben uns so lieb. ›Nur schön zu leben, schön zu sterben, geziemt dem Edlen!‹« Sie sprang auf und drehte sich im Kreis, das Kleid mit dem weiten Rock wurde zum grünen Kreisel: »Hungrig und durstig bin ich, wo ist die Katalin?« So verwandelt war sie.

Alle blickten auf sie. Und gewußt hatte es längst jeder, daß das mit dem Adolf Schwindel sei, Augenauswischerei! Sogar Ulrike raffte sich auf und äußerte ihre Meinung: »Was? Die Alfa die Freundin vom Dolfiführer? Das hab ich nie geglaubt. Er kann ja nicht einmal küssen!«

Und Hella ergänzte: »Sie und er? Sein Vater ist bloß ein einfacher Rauchfangkehrer!«

Monika sagte: »Plustere dich nicht so auf! Es fällt der Prinzessin auf der Erbse kein Stein aus der Krone, weil sie mit dem Dolfi gegangen ist.«

»Sie hat mit ihm bloß geflirtet! So heißt das in der mondänen Welt«, sagte Henriette. »Vergessen wollte die Arme, entfliehen. Denn unsere Sigrid war in diesem Jahr weit weg. Sie hat Wasser vom Fluß Lethe getrunken!«

»Aus einem Fluß soll man nie trinken, warnt mein Strohschneideronkel«, sagte Buzi. »Was mußte sie vergessen?«

»Zuerst, was für ein Esel du bist! Und dann: was weh tut. Viele fürchten sich vor der großen Liebe. Die sich die Finger verbrannt haben, sagen, sie bringt nur Leid. ›Wieviel Muscheln am Strande, so viel Schmerzen bietet die Liebe.‹ Das nimmt nicht jeder in Kauf. Ich aber fürchte mich nicht!«

»Na hát tessék, bittschön!« sagte Bubi Ballreich. »Daß man das Fürchten lernt vor meiner Henriette.«

»Und nun hat er sie erweckt. Das ist es!«

Béla gab zu bedenken: »Vielleicht war sie scheintot, warum ist sie so hungrig? Mein Vater hat auch ein Schnitzel verlangt. Und einen gebratenen Hahn dazu, als er bei seinem Begräbnis aufgewacht ist.«

Die rumänischen Mädchen sahen, was sie vor Augen hatten: »Wie schön sie ausschaut, wie ihre Backen glühen und ihre Augen leuchten! Seht, wie goldig sie ist! Und die feine Haut. O principeșă veritabilă!« Sie umwarben sie und umfingen sie und streichelten sie und liebkosten sie. Und umarmten auch mich.

Sigrid Renata sprach zu allen, schaute aber Hans Adolf an: »Ich hab genau das getan, was im Märchen zu lesen ist und was ich am Anfang versprochen habe: nämlich das zu tun, was dort wirklich steht. Wer aufgepaßt hat, weiß es. Lest nach! Nicht nur ein deutscher Mensch hält, was er verspricht! Auch wir Binders haben ein Wort, das wir halten. Wenn ihr wollt, können wir mit dem Spiel beginnen.« Und zu mir gewandt, indem sie mich wieder an der Hand nahm: »Darf ich dich begleiten, mit dir gehen? Ich weiß, wo die Kostüme sind.«

Adolf gab nicht auf: »Das ist Verrat. Das ist gegen die Spielregeln, das gilt nicht. Sie ist mein. Schon vorher ...«

Henriette erbarmte sich seiner und ging mit ihrem literarischen Gemüt den Hintergründen des Trauerspiels nach:

»Dir fehlt ein Gefühl für die zärtlichen Unterschiede. Alles hat sich abgespielt, wie es im Buch steht. Dort heißt es, daß sie die Augen aufschlägt, erwacht und ihn ganz freundlich anblickt. Angesehen hat sie dich wie den Räuber Balan. Sie hat dir die kalte Schulter gezeigt, doch du hast nichts mitbekommen. ›Die Liebe will ein freies Opfer sein.‹ Liebe kann man nicht erzwingen, nicht befehlen.«

Rodica fiel ein: »Wir Rumänen haben ein Wort: ›Liebe mit Zwang nu există!‹« Und zu mir: »Komm, hör auch du zu!«

Henriette schloß: »Mein lieber Schwan Adolf! Kennst du das Wort? Der Mohr hat seine Schuldigkeit getan, der Mohr kann gehen.«

»Nein, ich weiß nur eines: Lückenbüßer war ich!«

»Nicht ganz«, sagte Henriette. »Etwas mehr.«

Es war verrückt, das alles. Er und ich kauerten zu ihren Füßen und hörten ihr zu, und beide nickten wir: Wie klug sie sprach! Und wie recht sie hatte!

Von diesem Augenblick an hatte der Dolfiführer ausgedient. »Bring die alten Klamotten!« war der letzte Befehl seines Lebens gewesen. Er trat ab.

»Frag nicht«, bat sie, als wir die Kostüme holten, »frage nichts«, bat sie mich, der ich betäubt war, keines Gedankens mächtig, geschweige fähig, etwas zu fragen.

»Erinnerst du dich an die Kristallvase?«

Ich erinnerte mich nicht, aber ich sagte: »Ja.«

»An die schwere Vase mit Silberrand?«

»Die Katalin muß uns helfen«, sagte ich verwirrt. »Die vielen Kleider sind für uns beide zu schwer.«

»Nein«, sagte sie, »niemand muß uns helfen. Zweimal warst du noch bei uns am Gut, seit damals, seit, nachdem … nachdem du mich zur Papiermühle gerufen hattest. Und beide Male ist mir etwas aus der Hand gefallen.«

»Die Vase mit dem fleckigen Silberrand?«

»Genau die. Als ich deine Stimme im Hof hörte, ich stand oben in der Eingangshalle, du weißt …«

»Ich weiß, dort, wo du mir gesagt hast, von oben herab,

du müßtest deine Mutter auf der Geige begleiten; über die Balustrade gebeugt hast du gesagt, daß du keine Zeit hast; ich wollte dir Neues vom ewigen Leben erzählen, ich bin mit deiner Großmutter allein geblieben, wir redeten französisch, nachher hat mir dein Vater die Kapelle gezeigt, und wir haben uns über das ewige Leben unterhalten ...«

Sie wollte mich unterbrechen. Ich bat: »Laß mich ausreden. Nachher war ich mit der Horde bei euch. Wir hatten Befehl, Tannenzweige zu holen, wir mußten den Saal ausschmücken, für einen Eintopfsonntag, die Ogrulei hatte uns geschickt, mit zwei Handwagerl waren wir gekommen, um Tannenzweige für den Eintopf ...«

»Als ich deine Stimme hörte, fiel mir die Vase aus der Hand, auf den Steinboden fiel sie. Dort ist sie in tausend Stücke zerflogen ...«

»Wie schön«, sagte ich.

»Das nächste Mal warst du im November bei uns ...«

»Ich weiß, wir haben Blumen geholt, für die Hochzeit der Vally Langa, meine Mutter hatte uns geschickt, sie war eingeladen; ich war mit meinem Bruder Engelbert bei euch draußen, als die Vally Langa zum zweiten Mal heiratete, im weißen Kleid, alle fanden es komisch, zum zweiten Mal heiratet man im dunklen Stoffkleid, die Freude ist kleiner, und man hat die Unschuld verloren ...«

»Ich weiß nicht, mit wem du da warst. Damals ist mir die Geige aus der Hand gefallen, vom Kinn heruntergesaust! So hat mein Kinn gezittert, als ich deine Stimme hörte. Meine Mutter sagte, ich sei eine alberne Gans.«

»Wie schön«, sagte ich.

»Und ich solle besser aufpassen, mich zusammennehmen. Das ganze Stück habe ich verpatzt. Die teure Geige ist perdu.«

»Wie schön«, sagte ich, während wir die geschnitzten Türen des altdeutschen Schranks öffneten und uns hineinsetzten. Daß ich ein drittes Mal mit den Schlittschuhen dort gewesen war, den Fluß hinauf und sofort umgekehrt, als die Majo mir verraten hatte, wer zu Besuch sei, verschwieg ich.

»Frage mich nichts. Es gibt eine Liebe, daß man fliehen

will, sich verstecken muß, bis die Zeit um ist, ihre Stunde geschlagen hat, der magische Augenblick da ist.«

Und dann sagten wir beide nichts mehr. Wir saßen nebeneinander im altdeutschen Schrank unter den märchenhaften Gewändern, umweht vom Naphthalingeruch, und sagten nichts.

Unter den Kronleuchtern, die unserer Mutter mißfielen, die aber jetzt ins Bild paßten, wandelten wir dahin, durch alle Zimmer. Wir waren als erste fertig, weil wir der König und die Königin waren und viele uns beflissen zu Diensten standen.

Alles war echt: der Samtmantel und die goldbestickten Gewänder und die Schuhe und die brokatenen Gürtel und die seidigen Überhemden und Unterröcke. Nur mit den Kronen haperte es. Für die Königin kramte die Großmutter das Talmidiadem von einem Maskenfest in Budapest im Jahre 1905 heraus, das auf einem Gruppenphoto das Haupt der Tante Helene zierte, als sie jung gewesen war, und schön und begehrt wie es hieß. Mit hörbaren Lauten der Empörung wollte sie es an sich reißen. Seit sechzig Jahren vermisse sie es.

Die Tanten waren trotz der atmosphärischen Spannungen über der kleinen Stadt herbeispaziert, ja sie hatten den Germanischen Singkreis geschwänzt, um zu beobachten, wie die Jugend von heute sich unterhalte. Um genau sehen zu können, hatte die eine den Zwicker auf den Nasenrücken geklemmt, und die andere blickte durch ein Lorgnon, das sie mit Vehemenz aufklappte, wenn ihr jemand zu nahe trat.

Doch sie konnten sich kein rechtes Bild machen, weil der Tanz in dem Augenblick aufhörte, als sie ihre absonderlichen Augenspiegel in Funktion gesetzt hatten. Die Paare ließen voneinander ab und scharten sich neugierig um sie. »Wie im Andersen-Märchen schauen sie aus«, sagte Henriette Kontesveller.

Die Tanten störte das rosarote Licht: »Eine verrufene Kaschemme ist nichts gegen diese Spelunke«, sagte Tante Helene.

»Ohne verrufen«, korrigierte Tante Hermine, »Kaschemme ist schon zweideutig genug. Übrigens heißt Kaschemme auch Spelunke, auf zigeunerisch nämlich!« Kurz darauf hatte das Grammophon den Geist aufgegeben.

Mir hatte man als Krone einen eisernen Turnring aufs Haupt gelegt. »Auch der rumänische König hat eine eiserne Krone«, ermunterte mich Rodica Hațeganu.

»Aus einer türkischen Kanone geschmiedet«, sagte Georgetta Oana Scherban.

Der Großvater ergänzte: »Die alte Krone der Langobarden ist ebenfalls von Eisen gewesen.«

Als mich der schwere Reif zu drücken begann, tröstete ich mich, indem ich an unseren König dachte, der täglich die eiserne Krone tragen mußte, und von dem der Colonel Procopiescu vormittags gesagt hatte, daß er in Kürze in die Weltgeschichte eingehen werde, wogegen der Großvater behauptete, er sei nur zum Schönstehen da, weil unter Kuratel von Marschall Antonescu, dem Conducător.

Auch die anderen verkleideten sich. Sie hopsten in der Unterwäsche herum wie Kinder im Kindergarten. Geruch von Mottenkugeln und Staub schwängerte die Luft, das Blut geriet in Wallung. Die Großmutter brachte Schminkzeug. Katalin schaffte Spiegel herbei. Auch der Großvater legte Hand an. Jeder beeilte sich, aus seiner Haut zu fahren. Die Zeit stand still.

Am raschesten war die kleine Scherban de Voila fertig. Zu ihrem Kimono setzte die Großmutter ihr einen Lampenschirm auf das Haar, den unsere Mutter gebastelt und mit orientalischen Blumen bemalt hatte, hängte den eingemotteten Mädchenzopf unserer Mutter hinten dran, den die Tanten sogleich jede für sich beanspruchten, steckte ihr den Elfenbeinfächer mit der Aufschrift »Bad Salzburg« in die Hand, und ein Chinese trippelte mit Verbeugungen und Luftküssen durch die Räume.

Als Rotkäppchen mit ganz kurzem Röckchen hatte sich Monika Bertleff verkleidet. Den Arnold Wolff als Wolf an der Leine spazierenzuführen, mißlang: Er pfiff ihr eins und entschlüpfte. Vergeblich hielt er Ausschau nach Judith. Glückselig schlief sie im Kinderzimmer. »Zum ersten Mal, endlich einmal, seit ich bei euch bin, ist es mir, als sei mein Familienname kein purer Hohn«, hatte sie geflüstert, bereits mit geschlossenen Augen und müder Zunge.

Als Kapitän befehligte Arnold die Leibwache: Er hatte ein samtenes Jackett an mit blaßgrünen Aufschlägen, dazu trug er hell gestreifte Hosen; eine ziegelrote Schärpe mit Goldfransen war um die Taille geschlungen, in der mein DJ-Dolch steckte.

Nur der Hofjäger Bubi Ballreich konnte ihm das Wasser reichen: im amethystfarbenen Hemd aus Taft, Diphtinhose mit Stulpen und einem Schießgewehr aus dem Kinderzimmer, auf dem Kopf den Wildwesthut, geziert mit der blauroten Kokarde des Sächsischen Turnvereins.

Henriette Kontesveller wirbelte als Kreisel in den Farben des Regenbogens dahin und trällerte Wortspiele und Schüttelreime: »Am besten du die Zeitung liest, am Ort, wo du die Leitung ziehst. Ich geh nun in den Birkenwald, denn meine Pillen wirken bald«, und den kürzesten: »Du bist Buddhist«, so daß es den Tanten in den Ohren rauschte und ganz schwindlig wurde im Kopf, wie sie laut und deutlich äußerten.

Hella Holzer hatte sich als türkische Bauchtänzerin verkleidet, mit seidenen Pluderhosen und einem Busenhalter aus Arabesken, der hielt, was er versprach; mehr hatte sie nicht an. Der Bauch war nackt. Viky mit Schlächtermesser und Metzgerschürze sagte, daß er noch nie einen so perfekten Nabel gesehen habe. Buzi Mild sagte gallig: »Wenn die so weitermacht, wird ihre Tochter Holzer heißen wie die Mutter.«

Rodica Haţeganu, die Pfarrerstochter, hatte sich tollkühn in ein Kostüm gewickelt, das als amerikanische Flagge entworfen worden war und aus einem blauen Rock mit den achtundvierzig Sternen und einem rotweiß gestreiften Leibchen bestand. Das grenzte an Hochverrat, hatte doch Rumänien nicht nur Rußland, sondern auch Amerika den Krieg erklärt, ja sogar Frankreich, obschon das der große Bruder war, und England notgedrungen ebenfalls.

»Das grenzt an Hochverrat«, zwinkerte Stadtpfarrer Fritz Stamm, dessen verspäteter Spaziergang ihn zu uns geführt hatte. Kaum einer bemerkte ihn in dem Treiben. Die jungen Menschen erschraken, als sie den Pfarrer erkannten, der es sich im Klubsessel bequem gemacht hatte und freundlich lächelnd zusah.

Am längsten dauerte es, bis man Xenia Atamian als Matrone aus der Biedermeierzeit vermummt hatte. Erst nachdem die Großmutter und die Katalin sie mit hundert Hafteln und Druckknöpfen Schicht um Schicht verpackt hatten, so daß sie fast aus den Nähten platzte, war es schließlich soweit, und man legte ihr die schwarzglitzernde Mantilla um. Damit etwas auf Dornröschen anspielte, schrieb ihr Anton mit Kreide auf den Rücken: Die gute Fee! Aber der Schweiß löschte es.

Leicht hatte es die Majo Bucholzer. Sie verlangte ein Reindl mit Kukuruzkörnern, schlenderte durch die Reihen der Masken und lockte mit glucksenden Lauten Hühner herbei. Denn ein König sei auch nur ein Mensch und esse gerne zum Frühstück ein Ei oder zu Mittag eine saftige Eierspeise.

Kaum eine Wahl hatte Johann Adolf Bediner. Im Schmollwinkel hockend, hatte er das letzte Kostüm, das eines Kochs, verschmäht. Übriggeblieben waren ein spitzer Judenhut und ein feuriges Gockelgewand, doch ohne Kopf. Der Kopf des Hahns aus Papiermaché fehlte und blieb verschwunden. Arglos machte der Großvater einen Vorschlag zur Güte: Judenhut und Hahnenjacke ergäben einen Soldaten wie von der Schweizergarde. Dergestalt könne er mit der Karnischenstange in der Hand als Trabant dem Königspaar voranschreiten, die Doppeltüren aufreißen und später als Türsteher Habtacht stehen und die Eingänge bewachen. Nach kurzem Schwanken willigte er ein, mit einer Änderung: Er wählte statt des Judenhutes die Mütze des Kochs.

Die Großmutter setzte sich ans Klavier und spielte den Marsch aus *Carmen*. So wandelten wir beide dahin, sie die Königin und ich der König, Arm in Arm, an der Spitze des Gefolges, durch das Spalier der paar Deutschen Jungen, die in der Kluft wie für den Mummenschanz geschaffen waren, und der Mädchen in weißen Blusen und blauen Röcken, denen die Großmutter bunte Tücher umgebunden und ein wenig Kopfputz aufgesetzt hatte und die in ihrem Element waren, wenn sie strammstehen sollten, sich jedoch schwertaten mit dem Hofknicks. Aber sie lernten um.

Die Königin an meiner Seite, die ihre Hand im plissierten Handschuh zart auf meinen Arm gelegt hatte, nickte hoheitsvoll nach rechts und nach links, wo alle auf den Wink der Zeremonienmeisterin Georgetta Oana in die Knie sanken, während ich ehern geradeaus blickte.

Zu den Schaulustigen hatte sich die ganze Hausmeisterfamilie gesellt. Der Nagyapó erinnerte sich lauthals daran, am 30. Dezember 1916 als Honvédsoldat bei der Krönung von Karl VI. in Budapest einen leibhaftigen König, a Király Karoly, zu Gesicht bekommen zu haben. Aber dieses hier scheine ihm noch großartiger. Die beiden verheulten Töchter Oronko und Irenke vermehrten das gaffende Volk. Die Szabós hatten ihren Aufbruch aus dem verwünschten Haus verschoben und sich schweren Herzens entschlossen, den geköpften Hahn, den Teufelsbraten, zu rupfen, zu sieden und zu verspeisen und ihn so vielleicht unschädlich zu machen. Nun warteten sie, daß das zähe Vieh gar würde. Die Großmutter verwies die Hausmeisterfrau streng in die Küche: »Und dort sind Sie vor dem Teufel sicher, az ördög alszik egyet, er schläft eben!«

Johann Adolf Bediner machte seiner neuen Charge Ehre. Er stand voll militärischer Botmäßigkeit an der Tür, ein preußischer Wachsoldat wie aus Erz gegossen, vor der Mahnwache in Berlin; oder besser: wie ein Strelitz vor dem Winterpalais der Zarin Elisabeth, den sie bei klirrender Kälte mit Wasser hatte übergießen lassen, damit er sich nicht regte; oder am besten: wie der römische Legionär vor dem Prätorium in Pompeji, der sich nicht weggerührt hatte, als der Vesuv ausgebrochen war, und den man nach vielen Jahrhunderten aus der Asche gebuddelt hatte.

Ich aber verschwendete keinen Blick an diesen Bediner. Denn das ist die strenge Art der Könige.

Jetzt war für mich die Welt wieder im Lot. Durch ausgleichende Gerechtigkeit hatte sich eingependelt, was unten und oben zu sein hatte. Ich empfand den Rausch dessen, der sich bestätigt und dort hingestellt weiß, wo er hingehört.

Als wir auf die Thronsessel geturnt waren, die Arnold Wolff auf den Schreibtisch meines Vaters gestellt hatte, hob die große Cour an. Die Gäste wurden bei Hof vorgestellt, ergingen sich in Knicksen und Verbeugungen. Georgetta Oana spielte ihre Rolle als Zeremonienmeisterin mit Charme und voller Kenntnis. Ihre Großtante war Hofdame gewesen. Zwischendurch erheiterte sie die Gesellschaft mit Pikanterien und Anekdoten vom rumänischen Königshof. Zum Beispiel, daß man bei Hof Geflügel mit der Hand esse und das Fleisch vom Knochen abnage wie jeder Bauer, der in der Eisenbahn sein Hühnerbein aus dem Zeitungspapier wickle, bloß daß bei Hof hinter jedem Gast ein Diener mit einem silbernen Wasserbecken bereitstehe, damit man sich die Fingerspitzen säubern könne. Oder daß bei einer Mittagstafel auf Schloß Pelesch in Sinaia der siebenjährige König Michael von seiner Großmutter, der Königinwitwe Maria, eine schallende Watsche bekommen habe, weil er das Kompott aus der Kristallschale geschlürft hatte, statt es in Brusthöhe auszulöffeln.

»So jung und bereits zum zweiten Mal König, der Arme«, seufzte die Großmutter.

»Wichtig für uns«, betonte der Großvater, »er ist ein Deutscher wie wir.«

Die Tanten sagten, es gehe hier zu wie im ewigen Leben, und der Pfarrer bestätigte das: Genauso stelle er sich das ewige Leben vor, als ein bewegtes Fest, wo eitel Freude und Fröhlichkeit und überschäumende Laune herrschten und vor allem die Liebe das große Wort führe. Das allerdings erst im siebenten Himmel, denn das sei der Himmel der Liebe.

»Liebe«, sagten die Tanten pikiert. »Was für Liebe?«

»Liebe«, sagte der Pfarrer tapfer.

»Daß man Gusto bekommt, auf der Stelle tot zu sein?«

»Dazu gibt es noch einen achten Himmel.«

»Nanu«, machten die Tanten.

»Einen achten Himmel, wo Gott selbst wohnt, mit dem

Heiland und dem Heiligen Geist, umgeben von Engeln und Heiligen und Seligen und einigen auserwählten Frommen im Zustand der Vollendung.«

»Dort ist es gewiß kalt. Und alles in Lila und Gelb, aufdringliche Farben, die mag ich nicht«, sagte Tante Hermine. »Und langweilig!« ergänzte Tante Helene abschätzig. »Vollendung, da hört alles auf, da bleibt alles stehen, da ist alles zu Ende. Wie uninteressant.«

Aus den höheren Regionen, in denen ich schwebte, holten mich meine Pflichten als Hausherr auf die Erde. Als sich der Stadtpfarrer Stamm verabschiedete, mußte ich für einige Minuten auf den Thron verzichten. Mit den Großeltern gab ich dem hochehrwürdigen Herrn das Geleit.

»Es hat aufgeklart«, sagte der Großvater auf der Terrasse, »es wird nicht mehr regnen. Heute morgen dachte ich, es kündige sich ein böser Tag an: das Wetter unberechenbar! Dazu habe ich von meinem verewigten Kommandeur von und zu Aichelburg geträumt, auf eine komische Weise: Der nackte Mohr ist aus dem Wappen herausspaziert und hat vor mir die Zähne gefletscht wie der Sensenmann.«

»Man soll den Tag nicht vor dem Abend loben«, sagte die Großmutter, »der Himmel hat eine unheimliche Farbe.«

»Ebenso soll man nicht den Tag vor dem Abend verteufeln«, antwortete der Großvater, was dem Pfarrer gefiel, denn er sagte: »Sehr richtig. Übrigens ist der Abend schon da.« Weiter sagte er noch, es sei ein schöner Exitus gewesen, der sich den Kindern als Erinnerung einprägen werde bis zu ihrem Lebensabend.

Die Großmutter sagte, glücklich der Mensch, der genug schöne und heitere Erinnerungen gesammelt habe für die bösen Zeiten, die keinem erspart blieben.

Der Großvater sagte, die Lebenskunst bestehe darin, notfalls gegen den Wind zu segeln. Wir seien noch nicht Matthäi am Letzten, und der Pfarrer sagte, daß gerade Matthäi am Letzten trostvolle Verheißungen ausgesprochen würden, die über alle bösen Zeitläufte hinwegtrügen: »Denn Matthäi am Letzten steht geschrieben, daß Jesus Christus alle

Macht gegeben ist im Himmel und auf Erden und daß er bei uns ist alle Tage bis an der Welt Ende!« Dabei hob er gewohnheitsmäßig den Blick und musterte den Himmel. Dort schob sich ein roter Mond mit entstellten Konturen über die Spitzen der Tannenallee, umrahmt von einem fleckigen Halos, und rollte riesig zum Garten hin: »Wie der Feuerball in der Apokalypse des Johannes«, sagte der Pfarrer. »Ein gutes Omen!«

Ich begleitete ihn zum Tor. Schon jenseits, auf der Gasse, streckte er beide Hände durch das schmiedeeiserne Gitter, legte sie auf meinen königlichen Stirnreif und sagte: »Die Liebe ist die größte unter ihnen, die Liebe höret nimmer auf, die Liebe ist langmütig und freundlich!« Und zog seines Weges.

Die Großmutter spielte den Kaiserwalzer, und den tanzten nur wir zwei, die Königin und ich, und alle schauten uns zu, und manche klatschten und freuten sich. Der Walzer war ein schwieriges Unterfangen, die Rechnung ging nicht auf: zwei Füße – drei Takte. Die Königin verwickelte sich in den kostbaren Hüllen ihres Kleides und schleuderte sie kurzerhand von sich, bis auf das leinene Untergewand, das kunstvoll durchbrochen war.

Inzwischen hatte Viky das Grammophon repariert, und der Tango »Historia de un amor« rauschte auf. Meine Königin wies alle Bewerber ab, sagte frank und frei: »Ich tanze nur mit dem König. Aus für heute!

»Weißt du, was Tango heißt«, fragte ich.

»Ja«, sagte sie, »ich berühre.«

»Er stammt aus Argentinien und ist 1911 nach Europa gekommen, als Gesellschaftstanz.«

»Wie gescheit du bist, du weißt alles«, sagte sie und war ganz nahe. Durch die königlichen Gewänder erkannte ich ihre Gestalt, wie ich sie geschaut hatte in makelloser Nacktheit, damals im Herbst, am Rande des Flusses, im Angesicht der Gebirge.

In diesem Augenblick entstieg dem Gedächtnis das Bild vom geköpften Hahn, verwahrt in der Kindheit unter einer winterlichen Sonne, das Bild, das ich gesucht hatte: wie sich das geopferte Tier den Fingern der Dienstmagd entriß und sein Haupt in ihren Händen verblieb, wie der kopflose Leib davonstob und auf dem makellosen Schnee eine Blutspur hinterließ, die sich in wollüstigen Voluten zu einem Muster fügte, wie der geköpfte Hahn trunken vor Wonne tanzte, bis er vor erschlaffter Lust umfiel, tot vor Glück. Nur der rote Stummel zuckte noch.

Beim nächsten Tanz, mitten im Tango »Avant de mourir«, sagte sie: »Jetzt gehen wir. Die Stunde hat geschlagen.«

Immortellen

»Jetzt gehen wir«, hatte sie gesagt. »Die Stunde hat geschlagen.« Durch die Lochstickereien des Gewandes sah ich im Schein des Festes ihre Haut leuchten.

»Ja«, sagte ich.

»Irgendwohin, wo wir allein sind.«

»Ja«, sagte ich.

»Wohin?«

»In mein Zimmer.«

»Nein«, sagte sie. »Ich will mit dir so allein und so zu zweit sein, wie du es mit dem Johann Adolf in der Höhle gewesen bist eine Nacht lang, bis zum ersten Hahnenschrei.« Unschlüssig standen wir auf der Terrasse.

»Mein Gott! So allein und so zu zweit …« In meinem Kopf entzündete sich ein Feuerspiel von roten Monden und von Leuchtkugeln, die einander umtanzten und deren Spuren sich zu schwellenden Motiven verquickten.

Wohin nur? Wohin mit uns? Unterkünfte krochen heran, die die geblendete Vernunft abwies: der Keller mit dem zerwühlten Lotterlager des Soldaten Ion – sie würden ihn an die Wand stellen, den Lebemann aus der Unterwelt unseres Hauses –, oder der Unterschlupf beim Himbeerspalier in der Laube, wo ich mit dem Freund in hautnaher Innigkeit gelegen, umhüllt vom Geruch der Beeren, und wo es jetzt feucht und cklig war, oder der Unterstand, die Privatgruft in unserem Garten, wie der Erichonkel das nannte.

»Wir gehen in die Kalib der Kinder«, sagte sie, nahm mir den eisernen Reif vom Kopf, raffte ihr königliches Untergewand, faßte mich an der Hand und zog mich fort. Feierlich schritten wir die Freitreppe hinunter. Vor dem Löwen verhielt sie den Schritt und neigte das Haupt: »Könige untereinander!« Die Kieswege im Garten knirschten unter unseren behutsamen Schritten, und oben glomm ein Mond, der rot und lappig war wie die Blutlache eines Opfertieres. Wir gingen zu der Ecke des Bretterzaunes, wo die Kinder ihr Haus gebaut hatten, mit allem, was dazugehörte.

Im Vorbeigehen pflückte sie ein paar Blumen. »Strohblumen«, rief sie aus.

»Immortellen«, sagte ich.

»Die Unsterblichen?«

»Man nennt sie auch so, denn sie verwelken nicht. Sie dauern ewig.«

Wir waren beim Kinderhaus angekommen. »Das ist mehr als eine Kalib«, sagte sie. »Sieh, man kann fast aufrecht stehen. Bei den sieben Zwergen muß es ähnlich gewesen sein. Wie es nach frischem Heu riecht, nach Grummet. Fühl, wie zart das Heu ist, fein wie das Seidenhaar einer Fee. Und oben eine Schicht von Farnen. Weich und wild.« Sie ließ sich hineinfallen. Der Duft wurde stärker.

»Die Kinder waren in der vorigen Woche zwei Tage hier und haben alles hergerichtet. Mein Bruder Uwe hat das Dach ausgebessert und in der Schlafstube Heu aufgeschüttet, die kleine Schwester hat aufgeräumt und alles geputzt. Die Hasenfelle hat Kurtfelix spendiert.«

»Diese Veranda? Ich erinnere mich nicht. Gab es sie damals schon?« Damals, im vorigen Sommer: Auf dem Steintisch war sie gesessen, wo sich die Gartenwege begegneten und zu einem Oval weiteten. Sie hatte bewegt Klage geführt über ihren Lieblingscousin Buzer und die Organistin Oho und plötzlich ausgerufen: Sieh dort, eine Kinderkalib!

»Ich muß sie übersehen haben, die Veranda, damals, im vorigen Jahr auf dem heißen Stein. Sogar ein Dach hat sie.«

»Sie haben sie im Frühjahr dazugebaut. Die Kisten aus dem Geschäft werden hier im Hof abgestellt. Die Kinder nehmen sie auseinander und zimmern aus den Brettern ihre Häuser.«

Ich knipste das Licht an, das von Akkumulatoren gespeist wurde. Die Glasbehälter samt Elektroden hatte der Bruder Engelbert auf dem Dachboden ausfindig gemacht und mit Säure gefüllt. Ein mildes Licht breitete sich aus, in dem man lesen konnte.

»Sogar eine Eßstube gibt es. Und ein Puppenzimmer.«

»Das ist das Kinderzimmer der Kinder der Kinder.«

»Wie herzig. Hier muß es herrlich zu schlafen sein.«

»Die Kinder haben hier draußen geschlafen, allein. Aber mitten in der Nacht hat sie die Angst gepackt. Die Nachtgeräusche sind so anders.«

Sie sagte: »Es gibt ein Gedicht: ›Nachtgeräusche‹. Weißt du noch, in der Schule?«

»Von Conrad Ferdinand Meyer: fast nur U oder I, die tiefgründigen, dunklen Vokale.«

»Vor allem am Ende der Verszeilen. Ich habe es auswendig gelernt, als ich die Liegekur gemacht habe.«

»Auf eurem Balkon«, sagte ich.

»Willst du es hören?« Ich wollte es hören.

»Melde mir die Nachtgeräusche Muse,
die ans Ohr des Schlummerlosen fluten ...

Das sind nämlich wir!« unterbrach sie sich.

»Erst das traute Wachtgebell der Hunde ...«, fuhr ich fort.

»Ja, tatsächlich, wo ist euer Hund Litvinow?«

»Er heißt jetzt Ingeborg, wegen der Russen. Er wird sich versteckt haben. Solche Lustbarkeiten gefallen den Hunden nicht. Außerdem hat er Liebeskummer.«

»Liebeskummer? Doch hör weiter:

Dann der abgezählte Schlag der Stunde ...«

Wieder hielt sie inne: »Acht hat es eben von eurem Turm geschlagen. Es ist schon dunkel. Die nächste Zeile hab ich vergessen. Aber das Darauffolgende hab ich mir gemerkt, weil ich es mir gewünscht habe:

> Dann? Nichts weiter als der ungewisse
> Geisterlaut der ungebrochnen Stille,
> wie das Atmen eines jungen Busens,
> wie das Murmeln eines tiefen Brunnens …

Genau das habe ich mir gewünscht: mit dir allein eine Nacht ›der ungebrochnen Stille‹, bis die Hähne krähen. Und alles andere auch, und dazu, was zwischen den Zeilen steht.« Ich sagte: »Die Kinder haben sich erschreckt und mitten in der Nacht an die hintere Haustür geklopft, obschon die offen war. Wie toll haben sie an die Tür getrommelt: eins zwei, eins zwei drei! Die Katalin hat sie ausgeschimpft.«

»Warum eins, zwei, eins zwei drei?«

»Das hat uns die Mutter beigebracht, wenn die Russen …«

»Wie gescheit! Das werde ich mir merken, für uns. Ich liebe deine Mutter heiß. Was seh ich hier: Karl-May-Bücher.«

»Kurtfelix hat jetzt der Karl-May-Fimmel erwischt.«

»Aber man hört dann plötzlich auf«, sagte sie, »auch mit den Puckibüchern. Man ist plötzlich kein Kind mehr.«

»Was hast du im Winter gelesen?«

Ich zögerte: »Durch den *Zauberberg* hab ich mich gefressen, von Thomas Mann.«

»Wir haben die *Buddenbrooks*.«

Ich seufzte: »Über achthundert Seiten. Es spielt in einem Sanatorium für Schwindsüchtige in der Schweiz. Ein Mittagessen dauert zig Seiten. Die Zeit steht still. Zuletzt meint man, selbst krank zu sein. Wie Hans Castorp, der zu Besuch heraufkommt und sieben Jahre bleibt. Dann dieses ewige Palaver über Gott und die Welt und die Unsterblichkeit der Maikäfer. Aber es hat sich ausgezahlt. Wegen eines Satzes.«

»Eines Satzes wegen? Achthundert Seiten?« Sie hatte sich aufgesetzt und sah mich an, wie eine fromme Frau zum Pfarrer aufschaut, wenn er predigt. »Kannst du ihn mir sagen?«

Ich konnte es, denn ich hatte darüber nachgegrübelt: »Um der Liebe und der Barmherzigkeit willen sollst du dem Tod keine Macht einräumen über deine Gedanken.«

Sie sagte nachdenklich: »Wiederhol den Satz langsam! ›Um der Liebe willen, und der Barmherzigkeit ...‹«

»›Sollst du dem Tod keine Macht einräumen ...‹«

»›Über deine Gedanken‹«, fiel sie ein. »Wie einfach das klingt, und wie wahr das ist! Und alles auf mich zugeschnitten! Das ist meine Rettung gewesen! Sagt der Thomas Mann, wie man das macht?«

»Nein«, antwortete ich, überrumpelt von der Frage. »Nein. Er stellt den Satz so hin. Du sollst ... Er rät es bloß.« Sie hatte recht: Er verriet nicht, wie man das machte.

»Dann schreib ihm. Erstens, daß es stimmt, was er sagt, wir haben es ausprobiert. Zweitens, daß wir beide wissen, wie man das macht, wie man das anstellt. Lebt er noch?«

»Er lebt, in Amerika. Aber seine Bücher sind verboten.«

»Auch uns hat unsere Mutter Bücher verboten. Zum Beispiel John Knittel, Hanns Heinz Ewers, Rudolf Herzog, Ganghofer. Es heißt immer: Du bist zu jung. Oder: Das ist keine echte Literatur. Sie sind im ›Giftschrank‹ eingesperrt.«

»Nicht so. Seine Bücher hat man verbrannt.«

»Wo? Warum?«

»Im Reich. Öffentlich, auf einem Platz in Berlin. Mit den Büchern der Juden und anderer Asphaltliteraten.«

»Ist er ein Jude?«

»Ich glaube, nein. Seine Mutter, heißt es. Aber man schiebt ihm in die Schuhe, daß er wie ein Jude schreibt. Du kennst das ja von den Heimabenden beim Dolfiführer, die du in diesem Winter so eifrig besucht hast: zersetzende Literatur, entartete Kunst, Gift für die deutsche Seele.«

»Schreib ihm!« bat sie.

»Es ist gefährlich, ihm zu schreiben.«

»Schreib ihm trotzdem. Denn sieh: Die Gedanken an meinen Tod sind mir fast ganz vergangen, seit dem Herbst ... seit du mich nach Hause gerudert hast.« Seit du mich nach Hause gerudert hast ... Etwas störte mich an diesem Satz. Vielleicht, daß es auch ihre Erinnerung war.

»Er hat recht«, sagte sie. »Doch es ist leicht gesagt: Du sollst ... Er weiß bestimmt nicht alles. Vielleicht weiß er gar nicht, wie man es anfängt, redet nur so.«

»Thomas Mann ist sehr gescheit.«

»Möglich, daß dies eben nur ein gescheites Wort von ihm ist. Mir hat genügt zu wissen, daß ein naher Mensch glaubt.«

»Was«, fragte ich gereizt, »was glaubt?«

Sie zögerte, sah mir gerade in die Augen: »Du weißt es.«

»Stell dir vor, ich habe es vergessen.«

»Das gibt es nicht. Was zwischen uns war, kannst du nicht vergessen haben.«

»Und wenn ich nicht mehr glaube? Vielleicht haben sich die Rollen geändert. Sag es, ich will es von dir hören.«

»Es genügt, wenn einer glaubt, glaubt, daß, daß ...«

»Was?« fragte ich hartnäckig.

»Glaubt! Fertig! Einfach glaubt. Und damit ist der andere gerettet. Das hast du mich gelehrt. Erinnere dich: Du hast mir die Geschichte des Gichtbrüchigen erzählt, damals.«

»Laß das ewige Damals! Als ob wir tot wären. Und was sind für dich nahe Menschen? Jeder, der dir schöne Augen macht?«

»Nein«, sagte sie, »sondern Menschen, denen man sich innig verbunden fühlt.«

»Deine Großmutter?«

»Auch die.«

»Wenn du keine Angst mehr hast, warum wolltest du dann nicht das Schneewittchen spielen?«

Sie lachte. »Weil ich das Dornröschen sein wollte! Keine Angst? Immer wieder fürchte ich mich. Auch heute: Ihr habt so viel vom Sterben geschwatzt, vor allem dieser unheimliche Buzi. Wo dieser Tage mein Leben besonders in Gefahr ist.«

»Warum?«

»Du weißt es besser.« Ja, ich wußte es.

»Der Prophet sagt: Erst wer den Tod fürchtet, gibt dem Leben die Ehre.«

»Laß das, was andere sagen! Ich will heute mich und dich

hören!« Und ließ sich nicht beirren: »Verfolgt einen die Angst vor dem Tod, denkt man bloß an sich selbst und kann niemanden mehr liebhaben, nicht einmal die Lieblingspuppe. Schreib dem Thomas Mann. Er freut sich gewiß!«

»Was soll ich schreiben?«

»Wie wir es angefangen haben. Schreib es mit seinen Worten: daß der Tod keine Macht mehr über meine Gedanken hat. Womit man beginnen muß.«

»Er weiß alles«, sagte ich.

»Denn seit ich nicht mehr dauernd an meinen Tod denke, kann ich einen Menschen von ganzem Herzen liebhaben. Fast zu lieb habe ich ihn! Und je mehr ich ihn liebhabe, um so weniger fürchte ich mich vor dem Tod. Zuletzt spielt er keine Rolle mehr. Man könnte ruhig sterben. Ich war ganz erschrocken, wie einen die Liebe überwältigen kann. Man wehrt sich. Man möchte entfliehen. Man weiß nicht, wohin mit sich.« Ach was, fliehen, dachte ich verärgert: Gelegenheit macht Diebe, Gelegenheit schafft Liebe.

»Und doch kann man der Angst nicht entrinnen!« sagte sie. Was geschieht mit mir? fragte ich mich verstört. Warum diese jähe Angst? Der Buzer war tot, der Dolfiführer abgetreten. Und trotzdem: noch immer waren sie mir auf den Fersen. War es nur das? Oder bohrte es tiefer? Wo diese Angst aufhängen? Ein Erschrecken gab es, das in den Haarwurzeln anhob und von dort bis hinunter in die Zehenspitzen kroch: Es schnürte den Hals zusammen, ein bitterer Geschmack säumte die Zunge, es brachte das Herz zum Flattern, versetzte dir einen Schlag in den Magen, die Knie wurden dir weich. Angst vor allem in der Welt, kosmische Angst.

Ich würgte hervor: »Hast du je darüber nachgedacht? Mir der Glaube und die Angst, dir die Liebe und Lust.« Plötzlich tanzte vor mir der entleibte Gockel seine närrischen Pirouetten, befleckte mit seinem Herzblut ein blütenweißes Lager. Sie blickte mich mit Schülerinnenaugen achtsam an, ehe sie sagte: »Du hast nicht recht. Auch ich glaube, daß der liebe Gott gut ist und unser Gutes will und daß es vielleicht ein Leben nach dem Tod gibt. Und du selbst hast gesagt: Die Liebe gilt für hier und für dort.«

Bitter dachte ich: Du warst mit der Liebe beschäftigt, ich mit dem Tod einen finsteren Winter lang, auf du und du mit dem Gedanken an den Tod. Laut sagte ich: »Du verstehst nur die Hälfte.«

»Einmal werden wir beide mehr als die Hälfte verstehen.« Wir schwiegen.

»Du schweigst?« fragte sie nach einer Weile.

»Du auch.«

»Woran denkst du?« fragte sie von ihrem Heulager.

»Und du?«

»Es ist unfein, mit einer Gegenfrage zu antworten.«

Ich zögerte, ich antwortete ausweichend: »An einen geschlachteten Hahn.«

»Und ich an einen geöffneten Hahn. Wenn die Russen kommen, sagt meine Großmutter, dann dreht sie den Gashahn auf, für uns alle. Dann ist alles aus: la fin absolue!«

»Um Gottes willen, nein«, rief ich und haschte nach ihrer Hand und führte sie über mein Gesicht und bat sie: »Nur das nicht«, und sagte beschwörend: »Der Pfarrer ist überzeugt, und hat es mir heute beim Abschied wieder versichert: Nur die Liebe bleibt. Die hört nie auf, nicht hier, nicht im Jenseits. Man muß Geduld haben und warten können.«

»Bis es an der Zeit ist, die Stunde geschlagen hat«, sagte sie. »Behaupte nicht, daß du nicht jemanden liebhast.«

»Für mich kommt alles zu spät«, sagte ich trotzig. Wir spürten beide, daß dieses vertrackte Problem von Liebe und Tod und dem ewigen Leben nicht aufging wie eine Gleichung zweiten Grades mit reellen Wurzeln. Und das störte uns, denn wir waren zwar erwachsen, aber noch jung, sehnten uns nach Klarheit und wünschten Eindeutigkeit.

Sie hatte sich vom Lager erhoben und sich vor mich gekniet; ich kauerte auf einem Tischchen und hatte ihren Kopf in meinen Schoß gelegt, in mein Königsgewand aus blauem Samt, nachgeahmt dem Krönungsmantel der ungarischen Könige. Ich legte die Hände behutsam auf ihren Kopf, ihre Stirn.

»Ich habe in diesem Winter nicht so viel gelesen wie du,

aber ich habe viel gegrübelt«, sagte sie. Und scheu und nach Worten suchend, so daß ich merkte, sie sprach diese Gedanken zum ersten Mal aus: »Vor nicht langer Zeit hat mich eine Geschichte aufgeregt und doch nicht losgelassen: *Der Opfergang* von Rudolf Binding. Zuerst dachte ich – wie soll ich das richtig ausdrücken? –, das sei hirnverbrannt, Edelkitsch, wie meine Mutter sagt. Ich hätte ihr die Augen ausgekratzt.«

»Wem?« fragte ich.

»Dieser Joie, schon der affige Name macht Bauchweh. Das ist die Dame, die der Octavia den Mann wegnimmt.«

»Wegnimmt? Denkst du, man kann einen Menschen besitzen?« fragte ich unsicher.

»Dann werden die beiden Treulosen todkrank – die Pest in Hamburg …«

»Zu Ende des vorigen Jahrhunderts, ich habe darüber gelesen. Aus den Kolonien eingeschleppt.«

»Ihn rafft die Pest dahin. Albrecht heißt er. Auch seine Nebenfrau Joie wird todkrank, und um ein Haar ist es mit ihr aus. Aber sie kommt durch. Sie weiß nichts vom Tod ihres Liebhabers. Wenn sie überhaupt am Leben geblieben ist, dann nur, weil sie auf ihn gewartet, gehofft hat. Und weißt du, was die betrogene Ehefrau tut?«

»Vielleicht schreibt sie der anderen einen geharnischten Brief, oder sie schickt ihr einen geköpften Hahn ins Haus.«

»Eben nicht, jetzt kommt das Verrückte. Die Betrogene verkleidet sich, zieht sich an wie ihr toter Ehemann, hüllt sich in seinen Radmantel, setzt seinen Hut auf und spaziert jeden Abend am Fenster der Ehebrecherin vorbei und grüßt zu ihr hinauf, die dort wie ein Schatten sitzt, noch immer zwischen Tod und Leben schwebend. Und sich erholt, weil sie glaubt, der Geliebte sei am Leben und gebe ihr ein geheimes Zeichen, daß alles beim alten geblieben sei. Ist das nicht wahnsinnig?«

»Eine seltsame Geschichte«, sagte ich nachdenklich.

»Ein Blödsinn«, sagte sie. »Was mich stört, ist vieles, aber auch dieses: Die andere wird gesund, bleibt am Leben dank einer doppelten Lüge. Ich glaube nicht, daß die Lüge etwas

Gutes schafft. Die Wahrheit ja, die setzt sich von allein durch, ohne uns, bringt alles ans Tageslicht.«

»Auch die Wahrheit kann des Teufels sein«, sagte ich.

»Ich glaube nicht«, sagte sie weiter, »daß einer jemanden so lieben kann, daß er ihn ... daß er ihn freigibt, dem anderen zuschanzt. Das ist etwas für die Monika Bertleff. Das kommt in Schundromanen vor: Ich liebe ihn so, daß ich glücklich bin, wenn er mit einer anderen glücklich ist. Das ist Kitsch. Ich glaube es nicht.«

»Ich glaube es, ja!« Und dachte an mich: Als ich in den mantischen Berechnungen Engelberts entdeckt hatte, daß sie in Todesgefahr war, hatte ich nur eines heiß erbeten: Bewahrt möge sie bleiben, wie immer, für wen immer, selbst für den anderen ... »Ich glaube, das gibt es auch im wirklichen Leben.«

»Gut, ich will nicht streiten. Aber aufgegangen ist mir dieses: Unser Leben hat nur dann ...« – sie suchte nach Worten –, »nur dann Sinn, Sinn, das Wort ist zu blaß, ist nur dann erfüllt, wird interessant, bringt Genugtuung ... Hilf mir, sag das richtige Wort!« rief sie ungeduldig.

»Die Franzosen meinen, für jede Sache, jeden Vorgang gebe es nur einen treffenden Ausdruck. Ich weiß, was du sagen willst, aber vielleicht gibt es dafür mehr als ein Wort.«

»Genugtuung, Befriedigung, diese Wörter gefallen mir nicht ...«

»Segen«, sagte ich.

»Das ist mir zu fromm. Das hast du vom Pfarrer oder vom Propheten oder von Dolfis Tante Anna.«

»Rede weiter, ich höre.«

»Wenn man sich einsetzt, sich verschwendet, hingibt ...«

»Sich opfert?«

»Ja, gut, sich opfert.«

Ich unterbrach sie: »Mich quält etwas anderes. Bis wohin und wann ein Schwur gilt. Bindet er dich für alle Zeiten, oder wird er hinfällig, wenn du dich getäuscht weißt?«

Sie antwortete kurz, denn die Zeit drängte zum Ende hin: »Das ist das umgekehrte Problem, das Gegenteil von einem Opfergang.« Rasch setzte sie fort: »Wenn man sich opfert –

ein zu anspruchsvolles Wort?« Sie hob den Kopf aus meinem Schoß: »Oder anders gesagt, nicht so poetisch, wie die Kontesveller dauernd daherredet, nicht so aufgeblasen: Wenn man alles immer nur für sich selbst haben will, bleibt man auf der Strecke, bleibt man allein, wird man sich zum Ekel. Aber, und jetzt kommt es, was mir aufgegangen ist: Nicht an eine Idee, an eine Bewegung, an ein Programm sollte man sich hingeben, vielmehr ...«

»Vielmehr?«

»Vielmehr an einen Menschen, an Menschen überhaupt.« Sie legte eine Pause ein, zögerte, nahm einen Anlauf: »Sieh dir unsern Hans Adolf an. Seit die Ogrulei ihn zu eurem Führer ernannt hat, ist er besessen von der Idee und der Bewegung. Und ist ganz verdreht, er kann sich nicht mehr normal benehmen und natürlich sein. So hübsch er ist – bis auf seine häßlichen Füße –, er ist nicht imstande, ein Mädchen zu streicheln oder zu küssen ...«

»Woher weißt du das?«

»Ich weiß es. Oder vernünftig mit einem zu reden. Erst seit heute kann man mit ihm wieder etwas anfangen.«

»Wieso?«

»Weil er wieder in seine alte Haut geschlüpft ist, weil er nicht mehr den Führerfimmel hat, seit der Arnold ihn zurückgestaucht hat. Sogar mit Gisela hat er getanzt.«

»Weil er abgetreten ist«, sagte ich.

»Ja«, sagte sie. »In jeder Hinsicht abgetreten, für immer. Das heißt: wieder ein Mensch, der es mit Menschen zu tun hat, seit er mit der Idee nicht mehr ankommt.«

»Vielleicht ist das bloß ein Trick. Er hat klein beigegeben, um überhaupt dabei zu sein. Aber lassen wir ihn«, sagte ich, »wir beide sind wichtiger, die Zeit drängt.«

»Eigentlich habe ich an dich gedacht, als ich die Geschichte gelesen habe. Daß du dich wegen der Gisela vom Dolfiführer hast so grausam kujonieren lassen und das alles auf dich genommen hast zwischen Himmel und Erde, das ist doch etwas wie ein Opfergang.« Ich sagte nichts, aber ich erschrak, wie nahe sie der Wahrheit war.

Sie löste zärtlich meine Hände von ihrem Kopf, hob ihr

Gesicht von meinen Knien und schaute zu mir auf. Wir verharrten lange so, sie auf dem Heulager, ich auf dem Zwergentisch sitzend, von Angesicht zu Angesicht. Irgendwann stand sie auf, räkelte sich und sah sich um: »Überall Karl-May-Bücher.«

»Wir haben alle fünfundsechzig, die ganze Serie vom ersten bis zum letzten Band.«

»*In den Schluchten des Balkan*«, sagte sie. »Gehören wir zum Balkan? Sieh, noch eines mit dem Titel: *Am Jenseits.*«

»Mein Großvater sagt, mit der Schwarzen Kirche in Kronstadt hört Europa auf. Jenseits der Karpaten beginnt der Balkan, eine andere Welt, eine fremde Welt.«

»Wie eigenartig«, sagte sie und wog das Buch in der Hand. »*Am Jenseits.* Was steht hier wohl? Auch bei deinem Vater gibt es ein Buch *Jenseits.* Von Galsworthy. Mit einer Widmung deiner Mutter an ihren Felix. Wie muß er mit so einer Frau glücklich sein, dein Vater, der Felix.«

»Ich habe es nicht gelesen.«

Sie sagte: »Meine Großmutter meint, erst jenseits der Donau beginnt der Balkan. Wer soll daraus klug werden?«

»Ich weiß es nicht. Vielleicht stimmt das für deine Großmutter. Aber für den guten Ion ist die Walachei schon tiefster Balkan, und er fühlt sich dort sauwohl. Balkan: Das ist nicht nur eine Landschaft, sondern auch eine Haltung und Lebensart, sagt der Großvater. Denn Balkan gibt es auch in Siebenbürgen und in manchen Menschen mittendrin.«

»Zünden wir die Kerzen an«, sagte sie und zündete die drei Kerzen an. »Was hast du noch gelesen?«

»Die Novelle, die deine Großmutter genannt hat.«

»Davon weiß ich nichts.«

»Nein«, sagte ich, »du weißt davon nichts, denn du warst damals sofort verschwunden, als ich zu euch hinausgekommen bin und dir vom ewigen Leben erzählen wollte.«

»Das wurmt dich noch immer. Wie heißt die Geschichte?«

»*Tonio Kröger.*«

»Und gibt es dort auch einen Satz, den man auswendig lernen muß?«

»Ja«, sagte ich, ohne zu säumen. »Wer am meisten liebt, ist der Unterlegene und muß leiden.« Es wurde still. Nur die Nachtgeräusche waren zu hören.

Sie wiederholte: »Wer am meisten liebt, ist der Unterlegene und muß leiden.« Das frische Heu verströmte sein Aroma, benebelte die Sinne. Langsam und deutlich sagte sie: »Ich bin bereit, die Unterlegene zu sein.« Und demütig: »Ich möchte leiden!« Und noch einmal, mit anderer Stimme, lachend: »Ich bin bereit, die Unterlegene zu sein!«

»Sechsundvierzig Karl-May-Bücher hab ich gelesen«, sagte ich. Durch die Gartenfenster des Hauses, die trotz der Verdunkelung offen standen, hörten wir den Hauch einer Melodie.

»Tango«, sagte sie und bettete sich auf das Heu, das samten war wie die Farben in den Gärten der byzantinischen Klöster, das nach Weihrauch duftete und nach welken Blumen an Trauerkränzen und das uns betäubte. In der Schlafstube der Kinderkalib legte sie sich auf das Lager, in ihrem königlichen Untergewand, und ich schaute, wie ihre Haut erglühte.

»Lösch die Kerzen«, sagte sie, »die Gelsen beißen mich!«

Ich löschte die Kerzen mit den Fingern, die erste, die zweite, die dritte. Es zischte und roch nach versengter Haut. Die Fingerkuppen wurden spröde.

»Sechsundvierzig Karl-May-Bücher hab ich gelesen«, sagte ich, »und dann nie mehr eines.«

Sie rief mich neben sich und sagte: »Jenseits …«

Und wir berührten uns.

Wir in der Kinderkalib am Rande des Gartens hörten als erste die Sirenen rufen, die dieses Mal vom Läuten der Glocken begleitet wurden.

»Die Sirenen und die Glocken auf einmal, wie schauerlich und festlich das klingt«, sagte Sigrid, während wir uns in der Nacht umsahen. Der rote Mond verbreitete ein trübes Licht. Benommen vor Glück, mit jungfräulichen Erinnerungen in den Sinnen und mit matten Gliedern spazierten wir durch den Garten, umweht von Traurigkeit, die von weit her kam. »Das Getöne erinnert mich an Königs Geburtstag. Im schönen Monat Mai!«

»Nein«, sagte ich, »das ist Fliegeralarm! Hörst du nicht das Auf und Ab, wie es anschwillt und abebbt?«

»Wie es anschwillt und abebbt«, sagte sie verloren. Wir schlenderten über die verschlungenen Wege des Gartens dem Haus zu, manchmal unter Obstbäumen, an denen Äpfel und Birnen über Nacht reif geworden waren. Der rote Mond ging mit.

»Tangobeleuchtung!« Sie mußte die Stimme heben, mein Ohr suchen, es ging laut zu in der Welt. »Tango, ich berühre!« Hatten wir uns etwas zu sagen, neigten wir die Köpfe zueinander. »Wie beim Sternezählen«, sagte sie und legte ihre Wange an meine Wange, um mir das zu sagen. In der rechten Hand trug sie das Sträußchen von Immortellen, das sie gepflückt hatte, vorher, und eine Birne. Mit der anderen Hand griff sie in mein nachtblaues Gewand und ließ sich leise mitziehen, wie Kinder sich mitziehen lassen, wenn sie müde sind vom Spielen. Sie biß in die Birne. Dann hielt sie die Strohblumen an die Nase, nieste und rief: »Die Strohblumen, sie kitzeln mich in der Nase!«

Beim heißen Stein, wo meine Familie und die Gäste im Sommer und in Friedenszeiten nachmittags Tee getrunken, sich mit Brettspielen vergnügt oder Geschichten erzählt hatten, nahm ich sie zum letzten Mal in die Arme. »Ich bin so schwach«, sagte sie, »meine Knie sind weich wie bei einer Gliederpuppe.« Ich hob sie auf den Steintisch, und wir ruhten aus.

»Wie seltsam, Sigrid, du bist barfuß, frierst du nicht?«

»Nein«, sagte sie, »es erinnert mich an die Zeit, als ich ein Kind war. Die Erde ist warm!« Durch die Königsgewänder spürten wir die warme Feuchtigkeit unsere Haut umschmeicheln.

»Sag etwas, erzähl etwas, deine Stimme, sie streichelt mich.« Mit den Lippen berührte ich ihr Ohr und sagte laut: »Gruslich und feierlich, dieses Geheule!« In diesem Moment brach das markerschütternde Heulen der Sirenen ab. Darauf verklangen die Glocken wie ein Wimmern. Wir genossen die Stille, als ob alle Gefahr vorüber wäre. Unser Haus lag verdunkelt unter der Kuppel des Himmels. Jemand hatte das Fenster zum Garten geschlossen. Kein Lichtstrahl drang ins Freie.

»Erzähl, sprich, sag irgend etwas! Was, das ist nicht wichtig. Dies alles geht uns nichts mehr an. Ich will deine Stimme hören.« Ich sagte zögernd: »Ähnlich war es, als sie die Knochen begraben haben.«

Sie fragte abwesend: »Welche Knochen? Ist das ein Witz? Doch erzähl! Ich sehne mich nach deiner Stimme, es ist, als streichelst du über meine heiße Haut. Laß mich nicht allein. Erzähl! Eine Tante aus Deutschland meint, wir hier in Siebenbürgen reden nicht, wir erzählen, wir machen aus allem eine Geschichte.«

»Menschenknochen, die man ausgegraben hat, als man am Marktplatz die Luftschutzbunker gebaut hat. Auch damals Glocken und Sirenen. Aber die Sirenen unisono. Und alle Glocken der Stadt auf einmal, gleichzeitig.«

»Dort soll ein Gottesacker gewesen sein. Das hat vorher niemand gewußt.«

»Wie schön du das sagst, wie seltsam das klingt!«

»Gottesacker, das hat mit Tod nichts mehr zu tun, dort verkommt nichts. Vielmehr erinnert es an Saat, an Frucht, und an Blumen und Bäume. Gott der Gärtner!« Und sagte: »Tadellos, wie euer Haus verdunkelt ist, keinen blassen Schimmer sieht man. Aber wieso damals alle Glocken und Sirenen?«

»Weißt du nichts?«

»Ach, bis zu uns hinaus dringt wenig.«

»Die Gebeine mußten begraben werden. Beim Begräbnis feierliches Getue. Mein Großvater macht sich heute noch lustig. Er sagt, es war, als ob sich Hunde um einen Knochen stritten. Wie knurrende Hunde gingen sie hinter dem Leichenwagen her.«

»Wer?«

»Alle Pfarrer der Stadt. Es war eine Gaudi und ein Spektakel zugleich. Der orthodoxe Erzpriester, umgeben vom sobor seiner Popen, war am imposantesten.«

»Das ist der Vater von Rodica. Aber was heißt sobor ?«

»Es ist die Versammlung der orthodoxen Geistlichen. Alle mit einer hohen Krone auf dem Kopf und umhüllt von golddurchwirkten Mänteln in Rot, in Blau, in Grün. Ihr Ornat kopiert die Krönungstracht der byzantinischen Kaiser.«

»Und unser neues Wappen kopiert deren Wappen.«

»Ich weiß es«, sagte ich.

»Alles weißt du von mir«, sagte sie und streichelte meine Hand. »Du wohnst in meinem Leib wie eine Sonne.« Sie zupfte mich am Ohr, sie strich über meine Wange zu den Lippen hin, und dann zog sie die Hand von mir zurück.

»Der jüdische Rabbi mit seinem Mosesbart war mit dabei.«

»Er ist verschwunden«, sagte sie.

»Auch der ist verschwunden. Ich weiß es von Judith. Alle Geistlichen waren angetreten, bis hin zum unitarischen Pfarrer in der Festkleidung der ungarischen Magnaten. Unser Pfarrer, der alte Brandstetter, mitten drin. Gott hab ihn selig, würde meine Großmutter sagen. Über seinen schwarzen Talar mit den Silberspangen hatte er einen weißen Überrock gebreitet, Alba heißt das.« Hörte sie noch zu?

»Die ganze Stadt war auf den Beinen, und jeder der Popen und Pfarrer und Priester und anderen Kirchenoberen drängte sich an den Leichenwagen, und jeder legte seine Hand an das Gestänge, an die Kränze, um zu zeigen: Wenigstens ein Knochen aus der riesigen Totenlade gehört mir.«

»Das muß fidel gewesen sein«, sagte sie. »Wo war ich damals? Ich glaube an der Donau, auf den Gütern meiner Großmutter.«

»Ganz vorne schritt Herr Renz mit dem Zylinder vor dem Bauch und im Bratenrock wie aus der Gartenlaube anno dazumal. Und neben ihm die Ogrulei, sie führte die DM-Blasmusik an. Dahinter der Strohschneider mit dem Klappzylinder unter dem Arm und in Lackschuhen. Und allen dreien rannen die Tränen über die Backen, und die Leute sagten, es seien Krokodilstränen. Vier Pferde waren angespannt, mit schwarzen Schabracken, die Pferde schauten aus wie maschkuriert, nur ihre Augen lugten durch zwei Löcher hervor, darüber der Tarbusch.«

Sie unterbrach mich: »Meine Großmutter bedauert die Pferde, besonders im Sommer, so ganz in Schwarz. Auch darum will sie nicht in unserer Gruft begraben werden, der Weg vom Gut bis zum Friedhof ist zu lang – die armen Pferde!«

»Auf dem Städtischen Friedhof war es sehr feierlich. Jeder hat von seiner Totenliturgie ...«

»Liturgie?«

»So heißt das, was die Pfarrer singen und vorlesen«, sagte ich, »von seiner Totenliturgie das Schönste vorgetragen. Jeder in seiner Sprache, denn die Toten verstehen alle Sprachen, behauptete der Franziskanerprior. Am tollsten hat der jüdische Rabbi gesungen, ganz tief, mit Kehllauten, Klagelieder, todtraurig, die Schauer sind mir über den Rücken gelaufen.«

»Auch mir kommt die Gänsehaut heraus. Aber du weißt nicht, warum! Ich erinnere mich an ein Lied: ›Mamatschi, schenk mir ein Pferdchen, ein Pferdchen wär mein Paradies ...‹«

»Ich kenn es. Meine Mutter singt es. Dann weinen wir Kinder wie auf Kommando, alle, auch wir, die Großen. Aber reden wir nicht von traurigen Dingen.«

»Gewiß«, sagte sie, »erzähl weiter, du erzählst mit soviel Humor.«

»Der Pfarrer Stamm meint, es war ein großer Tag für unsere kleine Stadt: Zum ersten Mal ziehen alle Religionen an einem Strang ...«

»Stoßen am selben Leichenwagen«, verbesserte Sigrid. Der Schalk saß ihr im Nacken, ich sah ihn. »Übrigens war der Herr Stamm damals gar nicht unser Pfarrer.«

»Immer mußt du widersprechen!« ereiferte ich mich. »Trotzdem behauptet er es. Es sei wie im Anfang der Zeiten gewesen, wo alle Menschen an denselben Gott glaubten, oder wie im ewigen Leben, oder noch besser: wie am Badestrand an der Aluta, wenn alle halbnackt sind und Gott allein weiß, wer wer ist ...«

»Halbnackt«, sagte sie nachdenklich. »Aber wenn das mit Gott nur Lug und Trug ist?«

»… oder im siebenten Himmel.«

»Im siebenten Himmel der Liebe«, sagte sie.

»Eben! Das meint der Pfarrer: Es gibt immer wieder einen Ort auf Erden, wo ein Stück Himmel sich auftut, wie das Blau zwischen den Wolken, und zwar dort, wo die Liebe die Menschen vereint. Mit dieser Massenbeerdigung haben die Kirchen den ersten Schritt in diese Richtung getan.«

»Zähneknirschend«, sagte sie, »aber sie haben ihn getan, in den siebenten Himmel der Liebe.«

»Darum war das ein großer Tag für unsere kleine Stadt«, schloß ich ernst und im Zweifel, ob sie sich über mich lustig machte. »Kurz und gut, keine Kirche konnte beweisen, daß das ihre Gebeine waren, weil niemand wußte, wem der Friedhof gehört hatte und welcher Konfession die Toten waren.«

»Du hast recht«, sagte sie sanftmütig. Wir saßen auf dem heißen Stein. Sie rückte näher und hob ihr Gesicht zum Mond, der sich entfärbte, je höher er stieg. Ich schaute ihr Gesicht, das dem Himmel zugekehrt war und phosphorn leuchtete, und schlug meinen blauen Mantel um sie.

»Sie bombardieren«, sagte sie, »aber erzähl weiter. Sie bombardieren Bukarest, wahrscheinlich auch Kronstadt, vielleicht noch näher! Der Schmetterling von Malmaison.«

Die Erde bebte, aber anders als sonst, es klang dumpfer, dichter, heftiger und näher. »Es klingt anders als sonst, dumpfer, dichter, näher«, sagte ich.

»Ja«, sagte sie. »Aber erzähl weiter. Auch bei uns werden Geschichten erzählt, an den langen Abenden im Winter, Geschichten an siebenbürgischen Kaminen.«

»Das ist echter Fliegeralarm«, sagte ich. »Die Geschichte ist zu Ende! Ich muß die Leute in den Unterstand führen. Komm!«

»Gewiß«, sagte sie, »die Geschichte ist zu Ende. Und wir müssen in den Unterstand, unter die Erde. Aber uns beiden kann nichts passieren.« Ich rutschte vom Steintisch herunter und half ihr auf die Beine.

Beim Löwen verhielt sie den Schritt. Sie legte ihm die Strohblumen in den Rachen, neigte leicht den Kopf und sagte: »Eine unsterbliche Erinnerung, für ewig.« Wir stiegen die Freitreppe hinauf, jeder von einer anderen Seite, so wünschte sie es, und trafen uns auf der Terrasse. Die ersten Leuchtraketen bohrten ihre Bahnen in das Firmament. Als sie zerplatzten, entblößte ihr grelles Licht alle Dinge. Auch unsere Gesichter legte es frei. Aber wir schämten uns nicht. Ehe wir ins Haus traten, streifte sie mit den Lippen flüchtig meine Wange und sagte, ihr Antlitz war kalkweiß: »Traumtänzer sind wir, Schlafwandler! Mich und dich wird es nicht treffen! Denn wir beide sind jenseits.«

Im Haus hatte der Colonel bereits das Kommando an sich gerissen, sehr zum Leidwesen des Großvaters, der meckerte: »Was mischt er sich ein? Der Dienstälteste bin ich!«

In Kriegsausrüstung, die Pistole griffbereit an der linken Koppelseite, das Monokel ins Auge geklemmt, die elegante Offiziersmütze aufgesetzt, mit Stiefeln, die spiegelten, stand er mitten im Wohnzimmer, schlug mit der Cravache an den Kasten des Grammophons, das sogleich seine Seele aushauchte mit dem Gassenhauer: »Im Leben, im Leben, geht mancher Schuß daneben«, und befahl: »Repede masca de gaze şi la tranchée!« So daß dem Großvater nur übrigblieb, den Befehl zu wiederholen: »Sofort die Gasmasken anlegen, ihr Kinder, und dann in den Bunker! Hurtig, avanti, andiamo!« Bunker sagte er, und das klang bedrohlich.

Die Großmutter sagte wie so oft: »Finita la commedia«, aber sie behielt nicht recht, denn die Kinder amüsierten sich königlich. Während sie die Gasmasken über die Gesichter zogen, lachten sie schallend: »Zum Schießen, wie wir aussehen! Wie Teddybären oder Sparschweinchen oder …«, bis ihr Lachen unter der Gummifratze in Gurgeln überging.

Henriette Kontesveller kam von der Terrasse herein. Der Colonel drehte sofort das Licht ab und herrschte sie an, sie möge die Tür schließen. »Wünschen Sie, daß ich durch das Schlüsselloch schlüpfe?« entgegnete sie schnippisch.

»Der Mond ist rot und rund«, sagte sie, und zitierte im Flötenton weiter aus der *Siebenbürgischen Elegie*: »Roter Mond, vieler Nächte einziggeliebter Freund, bleichte die

Stirn dem Jüngling, die der Mittag gebräunt! Wieso bleicht
der Mond eigentlich?« Doch niemand antwortete. »Das ist
gewiß ein Stubenhocker gewesen! Reifte ihn wie der gewal-
tige Tod mit betäubendem Ruch, wie in grünlichem Däm-
mer Eichbaum mit weisem Spruch! Der Vergleich hinkt.
Ehern wie die Gestirne zogen die ...«

Der Rest verging unter der Gasmaske in unartikulierten
Lauten. Unbewußt sprach ich das Gedicht weiter und zu
Ende: »Ehern wie die Gestirne zogen die Jahre herauf. Ach,
schon ist es Dezember. Langsam neigt sich ihr Lauf.« Spä-
ter, im Bunker, fiel mir ein, daß es September heißt, nicht
Dezember: »Ach, schon ist es September ...«

Die Tanten verabschiedeten sich. »Johann Hermann Ingo
Gustav«, sagten sie mit feierlicher Stimme, »teurer Bruder,
sollten wir uns zum letzten Mal im Leben sehen, sei gegrüßt
für immer und ewig. Heil Hitler!«

Die poetische Tante Hermine fügte hinzu, aber ohne Tränen in den Augen: »Grüß mir unsere Lieben im Himmel, vor
allem die gute Mutter, denn man weiß nie, wann wem von
uns das letzte Stündlein schlägt«, während die Tante Helene
zu meiner Großmutter sagte: »Bertha, du hättest unserem
Bruder besser zu essen geben können.« Um sich zu tarnen,
spannten sie die Regenschirme auf. »Denn«, so sagten sie,
»mit den angloamerikanischen Fliegern ist nicht zu spaßen.« In den Bunker wollten sie nicht. »Am besten stirbt
man im eigenen Bett. Außerdem ist euer Bunker feucht und
kalt, und wir holen uns zu allem Elend noch einen Schnupfen und den Tod.«

Als ich die Gasmaske aus dem feldgrauen Behälter nehmen wollte, auf dem mein Name aufgeklebt war, gab es eine
Panne, die Sigrid auflachen ließ. Die Gasmaske fehlte. Der
Blechbehälter war angefüllt mit vertrockneten Maikäfern.
Diese Maikäfer waren vorzeitig im April ausgeschwärmt,
hatten den Luftraum über der kleinen Stadt beherrscht und
waren für kriegswichtig erklärt worden. Sie mußten erledigt
und gesammelt werden.

»Im Gegensatz zu den Menschen«, hatte mein Vater gesagt. »Die werden zuerst gesammelt und dann erledigt.«

Mein Bruder Uwe hatte die Maikäfer offensichtlich nicht bei der Ortsgruppenleitung abgegeben. Es war die letzte großangelegte Aktion der Deutschen Schule in Fogarasch für den Endsieg gewesen.

»Siehst du«, sagte Sigrid, »ich habe recht: Wir brauchen das nicht, du und ich, wir sind jenseits.« Ihre Schutzmaske hatte sie der Katalin gegeben.

Unter dem Mond lustwandelte ein Gespensterzug, um in den Schlünden der Unterwelt zu verschwinden. Die Spukgestalten waren bester Laune. Gehüllt in phantastische Verkleidungen, tänzelten sie dahin. Die genormten Visagen der Gasmasken erinnerten an Einhörner, das Horn gesenkt. Die Menschen dieser Nacht hatten ihr Gesicht verloren. Die wilden Einhörner aber würden Ruhe finden im jungfräulichen Schoß der Erde.

Als ich die Bohlentüre zum Bunker aufsperrte und das Licht einschaltete, versuchte ein Schatten durch den Notausgang zu entweichen. »Haltet den Dieb«, schrie ich.

Und sie hielten ihn. Wer hielt den Dieb? Die Szabós, die sich über Gebühr mit dem kopflosen und verruchten Hahn abgegeben hatten, der nicht und nicht gar werden wollte und bis zuletzt ungenießbar blieb, und die vom anderen Saum des Gartens mit Geschrei herantrabten, den widerborstigen Nagyapó am Bandel, den sie hinter sich herzerrten, gefolgt von den Töchtern, die sich noch immer wegen des desertierten Soldaten Ion wund weinten: die fingen den Flüchtenden. Der war kein anderer als des Hordenführers Leibgardist, Roland, den ich vom Exitus weggejagt hatte und neben dem nun niemand sitzen wollte, selbst Adolf nicht, sein Führer und Freund. Man hätte ihn eigentlich bedauern müssen, den armen Teufel. Aber keiner hatte Lust dazu.

Diese Episode vermochte die Hausmeisterfamilie nicht von ihren bösen Vorahnungen abzulenken. Beharrlich und lauthals bemitleideten sie sich. Erst als sie auf das barsche Kommando des Colonels, dem das ungarische Gequassel ein Greuel war, die Gasmasken aufsetzten, wurden sie stumm wie kranke Tiere. Sigrid und ich aber mußten uns auf sein Geheiß feuchte Tücher vor die Gesichter halten.

Die drei rumänischen Elevinnen fragten ängstlich den Colonel, der allein sein menschliches Gesicht bewahrt hatte: »Unde sunt germanii noștri?« Und fragten mich: »Wo sind unsere Beschützer?« »Germanii nostri?« sagte der Colonel mit sonderbarer Betonung: »Rușii nostri!« Und dann sprach er nichts mehr.

Doch, er widersprach der Großmutter, die schwer keuchend aus den Höhlungen der Gasmaske ihre Meinung vortrug, auf deutsch, denn sie konnte nicht rumänisch: Hier seien wir alle gleich!

»Nu«, sagte der Colonel, »nu suntem egali. Mult ne separă! Zum Beispiel trennt uns die Angst. Und auch vor dem Angesicht Gottes sind wir nicht gleich.« Das war himmelschreiend! Der Großmutter fehlte die Kraft, das Rechte zu erwidern. Auch versagte ihr die Stimme.

Die rumänischen Mädchen fragten, ob sie beten dürften. Sie nahmen die Masken ab, massierten ihre erstarrten Mienen und fingen mit hochroten Köpfen zu beten an, auf dem feuchten Holzboden kniend, unter dem Wasser gluckste. Sie beteten zur Muttergottes, zur Maica Domnului. Sie sagten das Kindergebet auf, in Reimen: inger, îngerașul meu – Engel, Engelchen mein. Und zuletzt sprachen sie das Herz-Jesu-Gebet, das aus einer einzigen Bitte bestand und sich ewig wiederholte wie ein Paternosteraufzug: »Jesus Christus, Sohn Gottes, erbarme dich mein, der ich ein Sünder bin; Jesus Christus, Sohn Gottes, erbarme dich mein; Jesus Christus …« Wobei die Protopopentochter erläuterte, daß man beim Herz-Jesu-Gebet nicht knien dürfe, sondern sitzen müsse und unbeweglich seinen Nabel beschauen, denn das allein bewege das Herz des Herrn.

Das konnte im Unterstand bloß eine bewerkstelligen: die türkische Tänzerin Hella Holzer in ihrem bauchfreien Kostüm. Und sie tat es gehorsam und beschaute mit gläsernen Augen ihren Nabel – sollte das die Rettung sein? –, und murmelte ohne Ende, was zu murmeln war, während sich unter der Bohlendecke Wasserdampf und die Ausdünstung der erregten Leiber sammelten.

Unsere Dienstmagd riß sich die gräßliche Gummihaube

vom Kopf und wünschte ebenfalls zu beten. Was der Colonel gnädig gestattete, obschon die ungarische Sprache im verstümmelten Großrumänien verpönt war und des Offiziers Ohr und Gemüt sowie seine rumänische Ehre kränkte.

»Hier sind wir alle gleich«, hauchte die Großmutter zum letzten Mal und schaute mit Fischaugen durch die runden Glasfensterchen der Maske ins Jenseits.

»Nu suntem egali«, widersprach neuerlich der Colonel. Es fiel mir auf, daß er heute abend kein Wort deutsch gesprochen hatte. »Mult ne separă.« gurgelte er, »auch der Tod, die Art, wie man stirbt!« Krieg sei kein Hochzeitsschmaus. »Wird geschossen, fließt Blut, und es gibt Tote!«

Bomben fielen auf das Land. In der balkenbewehrten Wand knisterte es, und die mit Erde beschwerte Bedachung bebte.

Ausgang

Ich öffnete die Falltür des Notausgangs und spähte hinaus. Die Nacht war taghell erleuchtet. Weiße Leuchtraketen, die von den nahen Kasernen und der Kadettenschule aufstiegen und sich im Zenit als Flutlicht verschwendeten, drängten alles in den Schatten, selbst den Mond. Ein Scheinwerfer bildete eine wandernde Lichtbrücke und zeigte an, daß die Himmelsfläche parabolisch gekrümmt war.

In diesem Augenblick überlief es mich heiß. Spornstreichs verließ ich den Unterstand und jagte auf dem kürzesten Weg zur Terrasse, den Hausschlüssel in der gestreckten Hand. Die breiten Treppen zum Haus hinauf nahm ich drei Stufen in einem Satz, stieß mit dem Knie an die Kante der obersten Steinstufe, verspürte einen wilden Schmerz, der mich niederfallen ließ, raffte mich auf, schürzte das lächerliche Prachtgewand, lief durch die Flucht der Zimmer bis in die Kinderstube und rüttelte Gisela Judith wach, die schlief und glücklich lächelte.

Sie öffnete die Augen, ohne zu erschrecken, setzte sich

langsam auf, noch verklärt von ihrem Traumgesicht, und sagte: »Laß mich hier«, während das Haus unter dem Widerhall der fernen Bomben erzitterte und die Leuchter schwankten. »Laß mich hier, ich habe einen wunderbaren Traum gehabt.«

»Komm«, stieß ich hervor. »Schnell, mach dich fertig!«

»Ich möchte hier bleiben«, sagte sie traumbefangen, ohne sich zu rühren. »Es hat mir geträumt«, so sagte sie, »es hat mir geträumt, ich sei im Bauch des Walfisches versteckt gewesen, zusammen mit dem Propheten Jonas.«

»Komm! Fliegeralarm!«

»Laß mich hier. Wunderbares habe ich geträumt, und zwar, daß ich euch alle lieben konnte. Selbst deinen Onkel mit den bitterbösen Augen. Als er mich heute nachmittag angesehen hat, habe ich gedacht, er würde mich totschlagen. Den bleischweren Stock hat er mir an die Kehle gehalten, daß ich glaubte, ich müßte ersticken.« Sie lag zusammengerollt auf der Couch meines Bruders Kurtfelix und rührte sich nicht. »Warum haßt er mich? Ich habe ihm nie etwas zuleide getan. Immer habe ich ihn höflich gegrüßt, mit Grüß Gott sogar, bis er mich angefahren hat: Was fällt dir ein, du Göre, Grüß Gott zu sagen! Hätte ich Heil Hitler rufen sollen?«

»Judith, die Amerikaner bombardieren! Anders als sonst, stärker, näher. Spürst du nicht, wie die Erde bebt? Und der Alarm dauert an. Längst hätte es Entwarnung geben müssen.«

»Wir waren auf einem Schiff, die ganze Tanzgesellschaft von heute, ja alle Leute aus diesem Haus. Ein Sturm brach aus. Das Schiff sollte untergehen. Da sagte der Kapitän, er hatte das Gesicht deines Onkels, aber er lächelte, und das war noch unheimlicher: Einer muß ins Meer geworfen werden, muß geopfert werden, muß abtreten. Wer meldet sich?«

Ich ließ sie nicht ausreden. »Rasch, komm! Dalli!« Und versuchte, sie vom Kinderbett zu ziehen, aber sie ließ sich nicht bewegen. »Du erzählst uns das im Bunker.«

»Ich will hier bleiben. Im Bauch des Walfisches bin ich sicherer als in eurem Bunker«, sagte sie, während sie die karierte Decke bis zum Kinn zog. »Dein Onkel brüllte: Einer muß es sein! Wer meldet sich? Sonst sind wir alle verloren. Da rief ich: Ich will es sein, ich will sowieso nicht mehr leben! Alle freuten sich und waren einverstanden, alle vom Exitus, keiner war dagegen. Weg mit ihr! Über Bord mit ihr! Sie ist schuld, daß unser Schiff kentert!« Wasserbomben? dachte ich. Wasserbomben, Bombenteppiche, wie nett das klingt. Zum Beispiel, wenn man ins Wasser springt: Kommt, wir springen Bombe! Oder Bombenteppiche, schön gemustert: über Bukarest, über Kronstadt, über das ganze Land, bald über unsere kleine Stadt. Das ist die Bombe!

»Ich sag dir ein andermal, wer am lautesten geschrien hat: Weg mit ihr, ersäuft sie wie eine Katze! Sie ist schuld. Sie allein! Nicht der Dolfiführer jedenfalls. Doch hör auf mich: Laß mich hier. Vielleicht hat dein Onkel recht: Ich bring Unglück!«

»Schmonzes«, sagte ich gereizt, »schweig still, hör auf mit dem Geseire.« Ich umklammerte ihr Handgelenk, daß sie aufschrie, und zog sie hinter mir her, die plötzlich folgte wie eine Schlafwandlerin. Begleitet wurden wir vom Hund Ingeborg, der bei ihren Füßen geruht hatte, sich erholt hatte von den Schrecknissen des Festes.

Nachdem ich Mädchen und Hund im Bauch des Bunkers untergebracht hatte und als ich die wuchtige Falltür schloß, sah ich die drei deutschen Doppeldecker am gleißenden Horizont aufkreuzen und hörte neben dem Motorengeräusch ein Geknatter, das mir das Blut in den Adern gerinnen ließ und auf das ich mir keinen Reim machen konnte. Ich behielt das Gehörte für mich. Mit Entsetzen und Entzücken spürte ich: Das wirkliche Leben hatte mich in die Zange genommen.

Johann Adolf verlor die Nerven, wie man so sagt. Gegen den Befehl des Colonels riß er die Gasmaske vom Kopf, die weiße Kochmütze fiel zu Boden, und horchte mit gesträubten Haaren in die Oberwelt. Er sprang auf, schüttelte sich im bunten Hahnengewand, er stürzte zum Notausgang, hob die Türe in die Höhe und schrie wild und herrisch wie ein

Führer: »Wir sind gerettet!«, während er ins Freie stürmte. »Es sind die Deutschen! Es sind die Unsrigen, unsere Flugzeuge, ich habe das Balkenkreuz gesehen!« Der Hund schoß hinterher.

Auch die anderen wollten den beiden nacheilen, aber der Colonel hielt sie mit Gewalt zurück, indem er sich in den Gang stellte und den Ausgang verschloß, ja seinen Operettenrevolver zückte: »Inapoi! Zurück!« Zu spät, drei entschlüpften: ich, der ich die erste Angst hinunterwürgt hatte und hinter dem Entsprungenen in den Garten preschte, auf den Fersen gefolgt von Sigrid und Judith Gisela.

Ich hatte gezögert, gelähmt von Angst um mein Leben. Dann aber rasten die Bilder unserer Freundschaft an meinem Auge vorbei: Waren wir nicht beste Freunde gewesen, hatten wir nicht Blutsbrüderschaft getrunken, nachdem er mich bei einem Kriegsspiel in unserem Garten bis aufs Blut verteidigt hatte – sein Blut war für mich geflossen –, hatten wir nicht in der Höhle über der Aluta wie Zwillinge im Mutterleib geschlafen, nachdem wir einen Fisch in der Asche geschmort hatten, eingewickelt in Butterbrotpapier?

Ich wußte, daß er in Todesgefahr schwebte. Obschon ich gerade jetzt mit allen Fasern am Leben hing, konnte ich es nicht übers Herz bringen, den Menschen an meiner Seite in sein Verderben laufen zu lassen, wie auch damals nicht, als der rumänische Klassenkollege bei der Papiermühle zu ertrinken drohte und ich um ein Haar selbst untergegangen wäre.

Er hopste hin und her in seinem schillernden Gockelkostüm, doch ohne Hahnenkopf – wohin hatten die Kinder die Fratze aus Papiermaché verschleppt? –, ließ die Flügel flattern und krächzte: »Wir sind gerettet! Es sind die Deutschen! Sie schießen! Wir sind gerettet!«

Ich stürzte mich auf ihn, daß er zu Boden rollte. Während ich ihn mit meinem Leib zudeckte, hörte ich Judith, das jüdische Mädchen, rufen: »Wir sind gerettet! Es sind die Deutschen! Sie schießen. Endlich ist es soweit: Die Deutschen schießen auf uns! Wir sind gerettet! Gepriesen sei der Herr der Heerscharen, hochgelobt sein heiliger Name!«

Ehe die schwerfälligen Doppeldecker neuerlich heranschwankten, hörte ich Sigrid ausrufen: »Wir sind gerettet! Es sind die Unsrigen! Im letzten Flugzeug ist mein Freund Jupp! Uns kann nichts passieren!«

Kann nichts passieren, wiederholte ich. Es ist zum Totlachen! Obschon wir am selben Tisch gesessen sind, gegessen haben, schießen sie auf uns. Und es schoß mir durch den Sinn, wie pikiert meine Großmutter gewesen war, weil die Piloten und Schützen es mit der Etikette, mit den Eßmanieren nicht genau genommen hatten. Gerettet? Vielleicht nahmen sie es auch jetzt nicht so genau, die drei MG-Schützen.

Noch immer Johann Adolf auf den Boden pressend, sah ich die Steine über den Gartenwegen aufspritzen, die von unserem Hausmeister tadellos in Schuß gehalten waren. Mit Schrecken und Bewunderung stellte ich fest, mit welcher Schärfe sie ihr Handwerk ausübten, ganze Arbeit leisteten! Keineswegs kopflos schossen sie daher, wie erhofft, die Hand nachlässig am Abzug, etwa so, wie sie Messer und Gabel handhabten, bar des guten Tons. Hinten im Rumpf lag jeder für sich, wo auch ich einmal Leib an Leib mit Sigrid gelegen war, und schoß mit dem Maschinengewehr zielsicher in unseren Garten.

Inzwischen balgten wir uns wie bei dem Zweikampf um Alfa Sigrid, damals im sumpfigen Graben am Fuße der Höhle, vor langer, langer Zeit. Aber jetzt war ich der Stärkere, und so hielt ich den aufsteigenden Zorn zurück. Ich wußte, hatte es schon am Morgen geahnt: Einer von uns vieren muß abtreten, das blöde Wortspiel vom Exitus wird blutiger Ernst! Mein Herz erbebte, als ich ausrechnete, wer es sein könnte. Sie wird es treffen! Noch war sie nicht zu groß für die Nische im Grabgewölbe, noch waren die todbringenden Tage nicht vorbei.

Ich versuchte mich von meinem Widersacher loszureißen, wollte mich über sie werfen, sie mit meinem Leib und Leben schützen. Vergebens, denn jetzt hielt er mich eisern umklammert. Er hatte die Gefahr erkannt, benützte mich als Schild, wollte weit vom Schuß sein. Wut kroch in mir hoch. Obzwar ich der Stärkere war, würde er sie mir wieder entreißen, der elende Mensch für immer und ewig. Das nicht! Diesmal nicht! Nie mehr würde ich der Unterlegene sein.

Doch vielleicht ging die Rechnung anders auf: Hatte sie nicht versichert, daß es sie und mich nicht treffen werde, denn wir seien schon jenseits? Somit konnte ihr nichts passieren! Der Gedanke blendete mich. Es blieben als Todeskandidaten Judith und er, der sich an mich krallte wie der Ertrinkende im Stauweiher. Einer würde geopfert werden müssen, das hatte auch das jüdische Mädchen gesagt, im Traum erfahren. Und einen von beiden würde ich bewahren können. Wen wählen? Ihn, sie, ihn?

Der Opfergang, was ist das? Hatte nicht gerade er mich zu einem Opfergang für das jüdische Mädchen gezwungen, der sinnlos sein würde, wenn es sie nun traf?

Ich entwand mich ihm, konnte mich endlich frei bewegen. Frei, das hieß, daß ich mich entscheiden mußte. Er sank zurück und blieb liegen in seinem Narrenkleid und heulte los, während es mich hin und her zerrte: sie, er, sie? Ihre Mutter hinter dem Vorhang, der sich unmerklich bewegte, wenn das Tor ging und ein Mensch den Hof betrat wie ein Hiobsbote; seine Mutter mit der Schürze vor den Augen, am Küchentisch Pfefferminztee trinkend, sie durfte nicht weinen, weil es ihr Mann verboten hatte. Er, sie? Sie, er? Jesus, Maria und Joseph, bin ich denn der liebe Gott?

Ich sprang zu Judith hin, versuchte, die ekstatisch Betende und Singende und Tanzende zum Notausgang zu ziehen. Mit verdrehten Augen, wie tollwütig, schlug sie mit den Fäusten auf die Falltür ein wie auf eine Trommel und schrie irrsinnige Worte zum Himmel: »Laßt uns dem Herrn singen, denn er hat eine herrliche Tat getan, Roß und Mann hat er ins Meer gestürzt, so singt Mirjam, die Prophetin, und schlägt auf die Pauke und tanzt!«

Im gleißenden Licht der Raketen zogen die Flugzeuge ihre zweite Runde. Tief flogen sie über unseren Garten dahin, mit ohrenbetäubendem Getöse, die Bäume schüttelten sich und beugten sich zu Boden. Sigrid, die sich ihrer Sache so sicher zu sein schien, daß sie hochaufgerichtet auf dem taghellen Rasen stand, in höfischer Tracht, winkte zu den Flugzeugen hin. Die trommelnde Mirjam hatte ich jäh losgelassen. Der Sohn des Rauchfangkehrers, heute halb Hofkoch, halb Türsteher und trotz des Gewandes nicht mehr der Hahn im Korb, hatte sich zum Notausgang des Bunkers hingerollt, als sich alles entschied:

Über den Gartenweg, der breit zur Laube führte und sich zum Splittergraben hin gabelte, kamen mit rasender Geschwindigkeit die Projektile gehüpft, so schnurgerade, als ob das Maschinengewehr auf diese eine Spur eingeschossen werden sollte. Man hätte wie bei einem Geschicklichkeitsspiel den Geschossen mit einem hurtigen Satz entgehen können, hochschnellen wie beim Seilspringen. Ich hätte jeden der anderen mit legerer Hand von der gefährlichen Trasse wegschieben können.

Ich sah es kommen und glaubte zu wissen, wen es treffen würde, und hätte etwas dagegen tun und jeden von uns vieren bewahren können, auch mich: Du sollst dem Tod keine Macht einräumen! Und rührte mich nicht vom Fleck.

Vielleicht dachte ich, was man so denkt: dem Verlust durch Verzicht voraus sein. Oder simpler: Einer muß es sein, vergeblich willst du dem Schicksal die Stirn bieten und dem lieben Gott in die Arme fallen. Einen muß es treffen. Und entsann mich, daß der Vater bei seinem Kurzurlaub in Rohrbach dem Pfarrer Deppner im Nebenzimmer seltsame Dinge von der Front berichtet hatte, von Verwundeten, denen man die Füße weggeschossen hatte und die trotzdem keinen Schmerz empfunden und keinen Tropfen Blut verloren hatten, indes die Gliedmaßen durch die Luft gewirbelt und irgendwo liegengeblieben waren, und verfolgte die Todesspuren der drei Flugzeuge, eine nach der anderen.

Ich sah alles kommen und stand still: Hier war heiliges Land! Und rührte mich nicht von der Stelle, angewurzelt und unverwundbar wie der brennende Dornbusch, und hörte eine Stimme in mir und wußte endlich Bescheid über mich: Ich bin, der ich sein werde.

Ein leichter Hieb traf mich, als hätte ein Schulkamerad mir in der Pause im Scherz die Handkante in die Kniekehlen geschlagen. Oder als ließe Engelbert den Gartenschlauch mutwillig pendeln, um mit dem Wasserstrahl der kleinen Schwester und den jüngeren Brüdern über die nackten Beine zu fahren, am Abend, wenn die Kürbisse blühen, während die Mutter vom Fenster aus zuschaut und lacht und die Kinder schließlich in das Lachen der Mutter einfallen. So schien es aufs erste.

Außer daß ich in die Knie gesunken war in meinem himmelblauen Prunkgewand und schließlich feierlich vornüber kippte und hingestreckt lag mit gebreiteten Armen, wie ein deutscher König bei der Krönung im Dom zu Speyer, verspürte ich nichts, verspürte ich keinen Schmerz.

Ich war aus allen Himmeln gefallen. Daß ich kein Wort hervorbrachte – Kinderkalib zum Beispiel –, verwunderte mich sehr. Die Geliebte neigte sich zu mir und schaute mich mit ihren Augen an. Es wunderte mich, daß ich mich nicht regen konnte, und auch, daß das jüdische Mädchen mein Gesicht vom Boden wegdrehte und mein Ohr jetzt das Herz der Erde schlagen hörte, und es wunderte mich, daß der beste Freund sich in den Bauch des Bunkers flüchtete, entwich durch die Falltür in die Unterwelt.

Ich wünschte, daß ein Engel mich auf den Rücken bettete, und ich erwartete, daß sich der Himmel mit seinen blauen Wundern vor meinen Augen öffnen würde, wie es in den Romanen der Weltliteratur beschrieben wird und wie es in der Bibel geschrieben steht.

Erst als ein Schmerz wie eine explodierende Bombe meinen Körper zerriß, schoß der grausame Gedanke durch mein Hirn: Der Tod ein Tor zum ewigen Leben – Lug und Trug! Die Hütte Gottes mitten unter den Menschen und Christus der königliche Hausherr, der gesellige Gott mit uns an der himmlischen Hochzeitstafel – der Betrug aller Zeiten. Der Himmel auf Erden oder der Mensch im siebenten Himmel – eine ausgeklügelte Lüge.

Schauerlich war, daß man keinen vor der Entzauberung würde bewahren können. Es war zu spät. Aus! Es hatte mir die Stimme verschlagen. Ich würde niemanden mit dem Schreckensschrei warnen können: Glaubt nicht!

Darüber kamen mir die Tränen.

Tausend teuflische Gockel umtanzten mich und stießen mich mit ihren Krallen kopfüber in einen Feuerstrom, der mich in die Hölle schwemmte.

Als es um mich dunkel wurde und alle Tränen von meinen Augen abgewischt waren und vielleicht auch der Tod nicht mehr war, sah ich einen neuen Himmel, in das Gold der Heiligen getaucht. Ein himmlisches Nichts tat sich auf, in das ich entschwebte. Das viele blieb zurück, und alles wurde weit, während mich Glückseligkeit beflügelte wie nie.

Bis sich diesem Höhenflug eine Hürde in den Weg stellte. Es waren die sieben Buchstaben meines Namens, die Halt geboten, mich zur Umkehr zwangen vor der Grenze zum achten Himmel.

Am selben Abend, um zehn Uhr und vierundzwanzig Minuten, strahlte der nationale Rundfunk über alle Sender eine Proklamation aus. König Michael I. ließ das rumänische Volk wissen, daß das Land die Fronten gewechselt habe.

Mit gutturaler Stimme verlautbarte der König, Rumänien habe das Bündnis mit den Achsenmächten aufgekündigt, sei im Begriff, mit den Alliierten Waffenstillstand zu schließen und werde die Russen als Freunde im Land begrüßen. Das Rumänien von morgen werde ein freies, starkes und glückliches Rumänien sein.

Die deutsche Luftwaffe begann den Königspalast zu beschießen und die Hauptstadt immer massiver mit Bombenteppichen zu belegen, bis in den nächsten Tag hinein und die Tage darauf. Entwarnung gab es keine.

Am Nachmittag hatte der König den Marschall Ion Antonescu im Palast zum Vortrag empfangen. Nach einem höflichen Wortwechsel hatte der Souverän den Conducător aller seiner Ämter für verlustig erklärt und ihn von der Leibgarde verhaften lassen. Der hohe Herr, Protegé des deutschen Führers, wurde in der Schatzkammer in Gewahrsam gehalten. Die Kommunisten holten ihn noch in derselben Nacht und überstellten ihn nach Moskau.

Der deutsche Botschafter, Manfred Freiherr von Killin-

ger, war eben von der Gemsenjagd in den Karpaten zurück-
gekehrt – ahnungslos. Stehenden Fußes suchte er beim König um eine Audienz an, die ihm zu später Stunde gewährt
wurde, und forderte die sofortige Freilassung des Conducătors: »Andernfalls, Majestät, werde ich Rumänien in ein
Blutbad verwandeln. Ich bin so frei!«

Wieder in der deutschen Botschaft, schoß sich der Freiherr eine Kugel in den Kopf. Die Ärzte befanden: Exitus
letalis.

Inhalt

519

Dank

An der Hand geführt von Frau Brigitte Hilzensauer, Wien, und somit aufgerufen zu währender Dankbarkeit

Rothberg, Siebenbürgen/Romania   *Eginald Schlattner*